南宋
山水诗研究

NANSONG
SHANSHUISHI YANJIU

陈显锋 著

中央民族大学出版社
China Minzu University Press

图书在版编目（CIP）数据

南宋山水诗研究 / 陈显锋著 . -- 北京：中央民族大学出版社，2025.5. -- ISBN 978-7-5660-2426-8

Ⅰ . I207.227.442

中国国家版本馆 CIP 数据核字第 2024V77N75 号

南宋山水诗研究

著　　者	陈显锋
责任编辑	杨爱新
封面设计	舒刚卫
出版发行	中央民族大学出版社
	北京市海淀区中关村南大街 27 号　邮编：100081
	电话：（010）68472815（发行部）　传真：（010）68933757（发行部）
	（010）68932218（总编室）　　　　（010）68932447（办公室）
经 销 者	全国各地新华书店
印 刷 厂	北京鑫宇图源印刷科技有限公司
开　　本	787×1092　1/16　印张：25.5
字　　数	366 千字
版　　次	2025 年 5 月第 1 版　2025 年 5 月第 1 次印刷
书　　号	ISBN 978-7-5660-2426-8
定　　价	128.00 元

版权所有　翻印必究

前　言

本书由绪论和六章主体构成。概括如下：

绪论主要探讨山水诗定义和现当代山水诗研究状况及成果。

第一章：南宋前山水诗形成与发展。南宋前中国古代山水诗经历了先秦两汉发轫、魏晋南北朝成熟、唐代兴盛、北宋变易四个阶段。北宋山水诗乃宋调基础，于题材、体裁、艺术、诗学观诸方面直接影响了南宋山水诗兴发。

第二章：南宋山水诗创作社会背景及创作概况。南宋山水诗发展有着深厚的政治、经济、文化、教育、宗教、地域等社会背景。南宋山水诗作家群体庞大，作品数量丰富，体裁形态丰富多样。

第三章：南宋山水诗演变发展历程。南宋山水诗演变发展过程可分为初期、中期、晚期、末期四个阶段。它映照南宋山水诗兴发、辉煌、衰变、终结进程，亦呈现了山水诗新活、雄秀、清逸、哀婉特色之变。

第四章：南宋山水诗艺术特征。南宋山水诗主体、个体风格丰富多样，艺术审美观念不断发展、新变，同时不断吸收南宋绘画众多艺术手法，最终形成别异于北宋之南宋特色。

第五章：南宋山水诗与道佛。在家庭、老师和社会环境共同作用下，南宋山水诗人自小被道佛濡染，诗家亲身、直接所得道佛影响更为深厚。南宋山水诗题材、体裁、形式、内容并山水诗人诗学观均深受道佛影响。

第六章：南宋山水诗接受与传播。后世对南宋山水诗的接受与传播主要表现在南宋山水诗各类选本并诗话、序跋、尺牍论及中。其接受历程分为宋元初期、明代发展、清代繁盛三个阶段。

　　南宋山水诗特色发展乃南宋社会、政治、经济、文化、宗教、军事、历史、自然、地理等因素共同作用之果。南宋山水诗之上述陈现，书写文学新篇辉煌而精彩！

目录

1	绪　论
15	第一章　南宋前山水诗形成与发展
15	第一节　先秦两汉：山水诗形成
18	第二节　魏晋南北朝：山水诗成熟
22	第三节　唐代：山水诗繁盛
33	第四节　北宋：山水诗流变
51	本章结语
53	第二章　南宋山水诗创作社会背景及创作概况
54	第一节　南宋山水诗创作社会背景
83	第二节　南宋山水诗主要作家群体
93	第三节　南宋山水诗体裁多样性
110	本章结语
111	第三章　南宋山水诗演变发展历程
111	第一节　南宋山水诗发展初期

· 1 ·

121	第二节　南宋山水诗发展中期
155	第三节　南宋山水诗发展晚期
182	第四节　南宋山水诗发展末期
188	本章结语

189	**第四章　南宋山水诗艺术特征**
189	第一节　南宋山水诗艺术丰富性
209	第二节　南宋山水诗艺术观念世俗化
227	第三节　南宋山水诗艺术发展性
234	第四节　南宋山水诗绘画艺术性
259	本章结语

260	**第五章　南宋山水诗与道佛**
260	第一节　南宋山水诗家与道佛渊源
279	第二节　南宋山水诗作与道佛
298	第三节　南宋山水诗人诗论与道佛
312	本章结语

314	**第六章　南宋山水诗接受与传播**
315	第一节　南宋山水诗南宋接受与传播
331	第二节　南宋山水诗元代接受与传播
340	第三节　南宋山水诗明代接受与传播

351　第四节　南宋山水诗清代接受与传播
386　本章结语

387　结　语
389　主要参考文献
399　后　记

绪 论

人类生于自然，人类生活与自然山水的关联与生俱有。崇拜天地、吟哦山水为早期人文领域两个最基本的精神层面。山水吟咏乃是鸿蒙时代人类社会思维中最直接、最简单、最普遍、最重要的文化建构之一，从啸游林泉到留韵山水是形式转换，更是文化内涵生新。华夏自古被誉为诗国，从《诗经》、唐诗、宋诗至清诗，华章璀璨夺目。古代山水诗乃诗国里的闪亮明珠，它描绘中华河山秀美，展现古圣先贤风采鸾章，亦蕴含中华民族丰富而悠远的文化渊源。宋诗媲美唐诗，宋山水诗亦比肩唐山水诗。南宋山水诗承前发展，却个性独具；段限分明，亦同共基本。其领域待研究内容、课题极其丰赡。

一、山水诗名义辨析

山水诗为诗歌乃至文学最早的表现形式之一，山水诗实质内容表现由来已久，但山水诗门类观念确立则发展迟缓。

（一）梳理典籍，溯源名义

山水诗之定义现今词典、论著广有言及，文献繁多却无定论。词典、辞典或谓之"描写山水风景的诗歌"（罗竹风主编《汉语大词典》，上海辞书出版社，1986年）；或谓之"以自然山水为其审美对象，以自然山水为其题材"（张秉戍《山水诗歌鉴赏辞典·前言》，中国旅游出版社，1989年）；或谓之"以表现自然山水之美和观赏山水时的心境感受为主题的诗歌"（罗洛主编《诗学大辞典》，安徽文艺出版社，1995年）；或谓之"诗歌的一种。以山水名胜为描写对象，有的表现山水自然秀美壮丽的景色，有的通过山水风光，抒发自己的思想情趣。对景物观察细致、形象清新逼真、语言富丽精工是其主要特点"（夏征农主编《辞海》卷三，上海辞书出版社，2009年）。其他如《中华大词典》《中华大字典》等亦多有界定。诸家各执其理，但又似各执一隅，思乖圆融，其义难足。

专著中山水诗定义亦丰富。或谓之"歌咏山川景物的诗，是以山河湖海、风露花草、鸟兽虫鱼等大自然事物为题材，描绘出它们的生动形象，艺术再现大自然的美，表现作者审美情趣的诗歌"[1]；或谓之"以山水自然风物为主要审美与表现对象"[2]或"描写山水风景的诗"[3]；亦有援引西方谓之"自然诗"抑或"风景诗"者。[4]

古文献中山水诗定义阙如。言诗"山水"之称者最早见于南北朝刘勰《文心雕龙》，其《明诗》谓"宋初文咏，体有因革，庄老告退，而山水方滋"。晋前文人笔下山水诗句有见，南朝宋谢灵运开山立派，唐孟浩然、王维等汇聚成峰。然迄清之末，山水诗门类无立。

自南朝梁萧统《文选》、隋末虞世南《北堂书钞》（现存最早的类书）至唐欧阳询《艺文类聚》、徐坚《初学记》、殷璠《河岳英灵集》、姚合《极玄集》、韦庄《又玄集》，再至宋李昉《文苑英华》、刘克庄《分门纂类唐宋时贤千家诗选》、赵孟奎《分门纂类唐歌诗》，及元方回《瀛奎律髓》并明张之象《古诗类苑》《唐诗类苑》、高棅《唐诗品汇》、胡震亨《唐音统签》，甚而至清彭定求《全唐诗》、沈德潜《唐诗别裁》、吴之振《宋诗钞》、厉鹗《宋诗纪事》、陈焯《宋元诗会》、曹庭栋《宋百家诗存》、张豫章《御选宋诗》、王史鉴《宋诗类选》、戴第元《唐宋诗本》等，均有

---

[1] 丁成泉：《中国山水诗史》，武汉：华中师范大学出版社，2014年，第5页。
[2] 章尚正：《中国山水文学研究》，上海：学林出版社，1997年，第1页。
[3] 王国璎：《中国山水诗研究》，北京：中华书局，2007年，第1页。
[4] 陶文鹏，韦凤娟：《灵境诗心——中国古代山水诗史》，南京：凤凰出版社，2004年，第1页。

山水诗内容，但无山水诗名、类。

称"山水诗"乃唐王昌龄首倡。其《诗格》"意境"条曰："欲为山水诗，则张泉石云峰之境，极丽绝秀者，神之于心"①。其后白居易《读谢灵运诗》言："吾闻达士道，穷通顺冥数。通乃朝廷来，穷即江湖去。谢公才廓落，与世不相遇。壮志郁不用，须有所泄处。泄为山水诗，逸韵谐奇趣。大必笼天海，细不遗草树。岂惟玩景物，亦欲摅心素。往往即事中，未能忘兴谕。因知康乐作，不独在章句"。

宋代"山水诗"之称较多。北、南宋之际庄绰《鸡肋编》见"又有《送友人寻越中山水诗》云"之语，宣和年间许顗《彦周诗话》亦谓"画山水诗……惟荆公《观燕公山水诗》前六句差近之"。稍后，"山水诗"之名多为宋《苕溪渔隐丛话》《诗人玉屑》《诗话总龟》《韵语阳秋》《宛陵诗钞》《宣和画谱》等书言及。此后元明到清初三代700余年，"山水诗"之名少见提及。

清末山水诗称呼稍富。清王士禛《带经堂诗话》言"谢康乐出，始创为刻画山水之词（诗）"②，沈德潜承接唐王昌龄再次明确称名"山水诗"，谓"游山水诗，应以康乐为开先也"③。

但山水诗仍依附于其他诗类之中，故现存重要古代诗歌选本未见独目列出山水诗；分类选本亦无"山水诗"之专类，如刘克庄《分门纂类唐宋时贤千家诗选》、赵孟奎《分门纂类唐歌诗》、张之象《古诗类苑》《唐诗类苑》等均无见。

上述山水诗定义多为名词诠释，失之宽泛、模糊，于概念定义之规范多有偏差。以致后人多有以偏概全、以点当面之误，甚而视诗中有山水句者即为山水诗。

---

① [唐]王昌龄：《诗格》，郭绍虞《中国历代文论选》卷2，上海：上海古籍出版社，2001年，第88页。
② [清]王士禛：《带经堂诗话》，北京：人民文学出版社，1963年，第115页。
③ [清]沈德潜：《说诗晬语》，南京：凤凰出版社，2010年，第96页。

（二）界定内涵，明确定义

依现代山水诗研究成果，笔者将山水诗定义为：以自然山水及其附着景物、自然天象为描写对象并以表现描写对象之美为主要目的的诗歌。山水诗这一名义的完整理解，须把握其内涵中四个要素：标题、对象、比份、目的。依刘勰"原始以表末，释名以章义，选文以定篇，敷理以举统"①之思，细析山水诗定义内涵如下：

第一，明确的标题指向性。即标题明示诗作内容以山水描写为旨归。依此，凭标题就可剥离明显与山水诗对立的诗作，如《小集食藕极嫩》（杨万里）、《双燕》（范成大）、《汉儒》（刘克庄）等。题山水画诗，不可单就标题决断，须关联内容来辨别是否归类于山水诗。有些山水诗的标题指向性不明，亦须会同其他要素共同断定。如杜甫诗题"绝句"者67首，不看内容，难作结论。但辨别内容则清晰明了。如"迟日江山丽，春风花草香。泥融飞燕子，沙暖睡鸳鸯。"（《绝句二首其一》）可定为山水诗。标题非山水诗评定唯一标准。

第二，存在对象的真实性。指诗歌描写对象符合存在规律，以此为准绳分离游仙诗、梦境诗等。郭璞《游仙诗》、李白《梦游天姥吟留别》、宋吴镒《崇仙观》虽有山水描写，但景物多荒诞、虚幻、脱实，可置之山水诗外。至于日月星云、风雨霜雪、雷闪霓虹、冷暖动静等自然天象亦为山水诗描绘对象，如同山水林石、花鸟楼亭等亦为客观存在，故亦为山水诗题材重要内容。

题画（扇）诗较为复杂，部分可为山水诗。如果以描写自然、真实山水的文字去表现画景，且此类意义词句占主要部分，则视同山水诗。否则，可排除于外。如曹勋《题董亨道画西湖》（湖上秋山翠作堆）、杨万里《戏题水墨山水屏》（椋郎大似半边蝇）同为题画诗，前是而后非。

第三，语句山水主体性。指描写自然的山水或山水附着景物之词句在整体诗歌中占主要比份。这个比份难以用精确的百分度来衡量。但通过对

---

① [南朝梁]刘勰：《文心雕龙注》，范文澜注，北京：人民文学出版社，1962年，第727页。

公认的山水诗归纳来看，山水诗用在描写自然的山水或山水附着景物之词句，在整体诗歌中比份不低于整体词句的一半。自谢灵运后，典范山水诗均合此规范。如王维《山居秋暝》、陈与义《春寒》、陆游《马上作》（平桥小陌雨初收）等即是。

第四，山水审美的目标性。以表现自然山水之美为主要目的，这是判断是否山水诗的最主要因素，是山水诗之所以被称为山水诗的前提，亦是其区分于玄言诗、游仙诗、田园诗、咏物诗的根本原则。审美中亦含情感和意味，情感有内在喜悦、哀伤；意味有山水景物的感官愉悦，亦有思辨通达透彻、圆融普照的领悟。

这里的自然山水首先表现为原始的、本生的山水实物，如高山巨峰、怪石奇原、清溪湍流等，还包括附着在自然山水上的景物，如绿林、红花、飞鸟、鸣虫、帆船、瀑布等，自然生发的蓝天白云、彩霞霓虹、飞雪飘雨等亦收入其中，排除室内之作如假山盆景、古玩名器、绘画刺绣、彩光幻影等（此为咏物诗之范畴）。至于自然山水中露天人工之作如歌台舞榭、宫苑庄园等大型景观，依大众之意亦能位列山水诗内容。①

上述"四性"是衡量山水诗的要素。四者须统一认知、有机相连，一般认为共同符合才是正宗的山水诗。故山水诗可定义为：以自然山水及其附着景物、自然天象描写为对象，并以表现描写对象之美为主要目的的诗歌。

（三）山水诗的判断标准

山水诗区别于玄言诗、说理诗、宗教诗、游仙诗、隐逸诗、咏物诗、田园诗之根本在于诗作中利用山水景物的目的差异性。山水诗以表现自然山水之美为主要目的，此乃核定山水诗最重要的标准，以此准的辨别真假山水诗则为便易。

宗教诗中存录自然山水词句，但非以表现山水之美为目的，如"凝神爽气炼金丹，七返从来有七还。昨夜一声雷霹雳，不知人已在泥丸"（白

---

① 王国璎言"经过人工点缀的著名风景区，以及城市近郊、宫苑或庄园的山水亦可入诗。"（《中国山水诗研究》，中华书局2007年，第1页。）

玉蟾《赠云谷孔全道》)其实为炼丹诗。抑或表现了山水美，但整篇非以此为目的，只是附加、点缀，此乃游仙诗、隐逸诗引用山水景物之目的。如"朱霞升东山，朝日何晃朗。回风流曲棂，幽室发逸响……"（郭璞《游仙诗十九首·其八》），亦非山水诗。

通过山水诗表达个体情感可以蕴含在直接的景物描写中，也可以直接议论、说理。而山水诗中以议论、说理来表达个人情感时一定要有艺术展现，最终以表现山水之美为目的。此乃山水诗与玄言诗或说理诗之别。如王之涣《登鹳雀楼》（白日依山尽）为山水诗，朱熹《观书有感》（半亩方塘一鉴开）为说理诗。

山水诗与田园诗辨别颇难。田园诗定义莫衷一是，《汉语大辞典》谓之"歌咏田园生活的诗歌"。《现代汉语词典》谓之"以农村景物和农民、牧人、渔夫的生活为题材的诗"。《汉语词典》谓之"以田园为题材，描写田园风光、歌咏田园生活的诗歌，为一种田园文学"。诗中物象自然恬淡、画面宁静肃穆、趣味旷放潇洒，多为对已失落幻化的理想、纯洁世界、朴古乡村之回顾与想象，故或谓以中国晋人陶渊明、古希腊人忒奥克里托斯等为代表之专"叙农村风物"之诗为"田园诗"。此类概念措辞多被西方草原牧歌概念干扰，与中国古代田园诗隔阂难融。众多学者将二者合一，统称"山水田园诗"，然山水诗与田园诗终究有别。

白居易首次明确提出田园诗之意。其《与元九书》有"晋宋已还，得者盖寡。以康乐之奥博，多溺于山水；以渊明之高古，偏放于田园"[①]。此处"山水"与"田园"对举，二者之别意明了。袁行霈《中国文学史》言"田园诗会写到农村的风景，但其主体是写农村的生活、农夫和农耕。山水诗主要是写自然风景，写诗人对山水客体的审美，往往和行旅联系在一起"[②]，并认为陶渊明山水诗只有一首，即《游斜川》（开岁倏五日）。

今世公认陶渊明首创田园诗，且以《归园田居五首》为模范。论之田

---

① [唐]白居易:《与元九书》，郭绍虞《中国历代文论选》卷2，上海：上海古籍出版社，2001年，第97页。

② 袁行霈:《中国文学史》卷2，北京：高等教育出版社，2005年，第63页。

园诗者莫不以其一（少无适俗韵）、其三（种豆南山下）最为代表。对比《游斜川》，可见山水诗与田园诗之别。笔者以为田园诗乃是通过对田园劳动或农家生活描写，表现悠闲、自由、恬淡生活情怀的诗歌。田园诗涉及田园景物、田园劳动或农家生活，但其目的不在写风景、不在写劳动，而是以之为载体来展现参与者在田园生活中所得闲淡、萧散、冲远、隐逸之内在情趣。山水诗则以自然山水及其附着景物描写为对象并以表现描写对象之美为主要目的。二者区别明了。陶渊明之后，古代田园诗家举世公认者唯有孟浩然、王维、储光羲、范成大等数家，其典范田园诗所言必有田园景物或田园劳动或农家生活，孟浩然《过故人庄》、王维《渭川田家》（斜阳照墟落）、储光羲《田家杂兴八首》（其一）（春至鸰鹎鸣）、范成大《四时田园杂兴六十首》（其三）（高田二麦接山青）均如此。

宋代山水诗乃有别于唐音之宋调，如同宋代其他文学一样，山水诗在"宋主变，不主正，古诗、歌行、滑稽、议论，是其所长，其变幻无穷，凌跨一代，正在于此。或欲以论唐诗者论宋，正犹求中庸之言于释、老，未可与语释、老也"①。联组田园诗之变有时即参合山水诗意味，甚至包含悯农成分。如范成大《四时田园杂兴六十首》之二十五（梅子金黄杏子肥）几近山水诗，其三十五（采菱辛苦废犁锄）则为悯农诗。此六十首联组诗容量大，故融入田园诗之变调。尽管如此，田园诗、山水诗根本之异亦为明显。

因而，在宋代山水诗认识中一定要以代变意识去总揽，不可以程式化求同于唐代山水诗。此为宋山水诗时代研究要求和特色。

山水诗和山水诗句二者辨别。在论及山水诗时，多有以山水诗句指代山水诗，甚至以诗中偶有一联描绘山水者即称之为山水诗。山水诗乃诗篇整体概念，若诗中偶有山水描写，则不可称之为山水诗，仅可谓此为诗之山水诗句。当山水诗句于山水诗而言是诗中代表性、经典性一联或数联，可以指代其诗之主体，即山水诗句代表山水诗。于非山水诗而言，山水诗

---

① [明]许学夷：《诗源辩体》，北京：人民文学出版社，1987年，第377页。

句只意味该诗含有山水描写之诗句，整体诗作非山水诗，故不可凭此山水诗句指代诗之整体而谓之为山水诗。典范山水诗应该切合前述山水诗定义之标题、对象、比份、目的四特征之最大公约数。

二、选题意义

宋代是中国古典诗歌发展进程中的一个重要阶段，叶燮云："譬诸地之生木然，三百篇则其根，苏、李诗则其萌芽由蘖，建安诗则生长至于拱把，六朝诗则有枝叶，唐诗则枝叶垂荫，宋诗则能开花，而木之能事方毕。"① 可见，南宋山水诗亦为南宋文学最重要内容之一。

宋文化乃中华古文化之鼎盛，"华夏民族之文化，历数千载之演进，造极于赵宋之世"②。诗乃宋文化建构之要素，亦为宋文化最可代表之元素。"天水一朝，人智之活动与文化之多方面，前之汉唐，后之元明，皆所不逮也。"③ 中华文化维系不绝，而十二、十三世纪一百年间幸赖偏隅东南之南宋，文化在其兴盛，更在其承前启后。诗歌乃文化主要载体，诗家乃文化薪火主要承继者。宋文化比肩唐文化，宋诗比肩唐诗，宋山水诗亦几可比肩唐山水诗。唐山水诗已成为唐诗符号，故论唐诗必论唐山水诗。宋山水诗亦是宋诗符号，宋山水诗不仅包含了宋诗建构底蕴，亦饱含宋社会、政治、经济、文化、教育内涵。

南宋山水诗乃南宋诗支柱和最佳体现者。赵宋两朝诗坛单山水诗而言，南宋作者之盛、篇幅之富、佳作之多、艺术之精、内容之博远超北宋，南宋诗之本色可体现者唯能仅能于南宋山水诗，故时人并后人言南宋诗者必言其山水诗。纵观世人所言，论南宋诗必以其山水诗为代表，故南宋山水诗亦乃南宋诗之主体、精华，去山水诗则南宋无诗。

---

① [清]叶燮：《原诗》，北京：人民文学出版社，1979年，第34页。
② 陈寅恪：《金明馆丛稿二编·邓广铭宋史职官志考证序》，上海：上海古籍出版社，1980年，第245页。
③ 王国维：《王国维遗书·宋代之金石学》，上海：上海书店出版社，1983年，第70页。

南宋山水诗乃南宋社会信息的重要载体。试观南宋诗作者，上自至尊、下及寒士，吟诗必有山水，歌咏无离风景。其缘或"春风春鸟，秋月秋蝉，夏云暑雨，冬月祁寒，斯四候之感诸诗者也……感荡心灵，非陈诗何以展其义；非长歌何以骋其情"①（钟嵘《诗品序》），此逍遥山水者，触景动情，情动吟诗，诗华飞彩，故吟彼珠词玉句，悟其秀心慧意；抑或"凡士之蕴其所有，而不得施于世者，多喜自放于山巅水涯之外……写人情之难言"②（欧阳修《梅圣俞诗集序》），此忧愤时政者，托幽心于山水，寄烟霞于绵思，故窥彼沉郁顿挫，得其人情时势。进而，纵横整体、剖析词句，则感知南宋社会政治之变、经济之盛、人情之思、才学之深、习俗之异、地域之秀。

南宋山水诗乃南宋诗坛流变之凭据。从点铁成金之江西余绪、居仁悟入活法、中兴大家诗材山水到四灵崇情僻野、江湖派瞩目山园、遗民诗家寄寓林泉，南宋诗坛百余年前后传承、嬗变、兴衰之历程，山水诗囊括尽净。其间，亦有朱子山水之蕴藉，白石风月之空灵、玉蟾烟霞之灿烂，尽情包容。故解析山水诗，透照南宋诗坛全境；感知诗家心灵妙想，明察诗风流变轨迹。

故曰南宋山水诗乃南宋社会政治、经济、文化、人文、自然诸因素合作共生之精华，南宋山水诗研究可谓南宋诗坛、文学、文化、社会研究之捷径，亦可以之折射南宋社会政治、经济、文化、宗教、地理历史现状。同时通过考察后世南宋山水诗接受与传播兴衰之演变，窥知中国古代诗学发展之历史轨迹。

三、研究现状

南宋偏居江南，山媚水秀，吟咏佳作，古来有论，然未及全貌。自南宋迄有清，点评佳作美句、辑录逸典本事、选录大家妙章之著颇为丰富，

---

① 郭绍虞：《中国历代文论选》册1，上海：上海古籍出版社，2001年，第809页。
② [宋]欧阳修：《文忠集》卷42，四库全书本。

主要有宋元明清之选本、诗话、本事、序跋、尺牍等。

近现代，专论发达，探究集中，切合深入，点面齐备，品类丰富，较前人尤为出胜，蔚为研究之大观。兹略论一二如下：

（1）通论论著。此类论著置南宋山水诗论于总论一角，或附之历代诗论，或附之历代山水诗论，或附之宋诗论，或附之宋山水诗论，其特征为论及南宋山水诗或轻或略或无。其要著有：丁成泉《中国山水诗史》（华中师范大学出版社，1990年），李文初《中国山水诗史》（广东高等教育出版社，1991年），葛晓音《山水田园诗派研究》（辽宁大学出版社，1993年），朱德发《中国山水诗论稿》（山东友谊出版社，1994年），张宏生《江湖诗派研究》（中华书局，1995年），章尚正《中国山水文学研究》（学林出版社，1997年），张瑞君《南宋江湖派研究》（中国文联出版社，1999年），陶文鹏、韦凤娟主编《灵境诗心——中国古代山水诗史》（凤凰出版社，2004年），胡晓明《万川之月：中国山水诗的心灵境界》（北京大学出版社，2005年），等等。

此外，林文月《山水与古典》（生活·读书·新知三联书店，2013年）、王国璎《中国山水诗研究》（中华书局，2007年）、王玫《六朝山水诗史》（天津人民出版社，1996年）、朱晓江《山水清音》（浙江古籍出版社，2004年）、高人雄《山水诗词论稿》（上海古籍出版社，2005年）等未见南宋山水诗论，但其意包含南宋山水诗论，故亦列入通论论著。

（2）通论论文。此类论文论及整体古代诗歌，或宋代整体诗歌，或一流派，或南宋数家，或一家全部诗歌，南宋山水诗之论乃其中小部分或附属内容。

论及整体古代诗歌或宋代整体诗歌者学位论文有：张文利《理禅融会与宋诗研究》（陕西师范大学博士学位论文，2003年）、刘蔚《宋代田园诗研究》（南京师范大学博士学位论文，2003年）、钟巧灵《宋代题山水画诗研究》（扬州大学博士学位论文，2006年）、李成文《宋元之际诗歌研究》（南京大学博士学位论文，2006年）、林伯钦《宋代山水诗的文化解读》（华侨大学硕士学位论文，2007年）、张培《宋代山水田园词研究》

（河南大学硕士学位论文，2012年），等等。期刊论文有：李天道《古代山水诗的审美构思心理研究》（《青海民族学院学报》，1990年第2期）、胡大雷《论山水诗的特殊目的——山水诗形成原因新探》（《暨南学报》，1991年第4期）、郭道荣《禅宗与中国山水诗》（《成都大学学报》，1993年第2期）、陶文鹏《论宋代山水诗的绘画意趣》（《中国社会科学》，1994年第2期）、贺秀明《简论山水诗中的禅意理趣》（《厦门大学学报》，1998年第1期），等等。

　　论及南宋数家或一流派诗歌论文有：张春媚《南宋江湖文人研究》（武汉大学博士学位论文，2005年）、杨理论《中兴四大家诗学研究》（四川大学博士学位论文，2006年）、赵海霞《南宋江湖诗派研究》（内蒙古师范大学硕士学位论文，2006年）、茅雪梅《永嘉四灵研究》（暨南大学硕士学位论文，2006年）、解旬灵《南宋四灵诗派研究》（复旦大学博士学位论文，2007年）、张秀玉《宋代理学诗派研究》（扬州大学硕士学位论文，2007年）、李汶洁《永嘉四灵诗研究》（四川大学硕士学位论文，2007年）、韩立平《南宋中兴诗坛研究》（复旦大学博士学位论文，2009年）、李晶《唐宋山水田园诗之比较》（西北大学硕士学位论文，2010年）、常德荣《南宋中后期诗坛研究》（上海大学博士学位论文，2011年）等。

　　论及南宋一家诗歌论文有：刘义《李纲诗歌研究》（南京师范大学硕士学位论文，2007年）、刘雄《陈与义诗歌研究》（浙江大学博士学位论文，2013年）、吴迪《孙觌及其诗歌研究》（山东师范大学硕士学位论文，2014年）、向素萍《汪藻诗歌研究》（西南大学硕士学位论文，2010年）、张楠《吕本中诗歌研究》（郑州大学硕士学位论文，2008年）、赵薇《论曾几诗歌》（重庆师范大学硕士学位论文，2012年）、宋志军《范成大诗歌新探》（河北大学硕士学位论文，2001年）、张媛《陆游山阴闲适诗歌研究》（内蒙古大学硕士学位论文，2010年）、彭庭松《杨万里与南宋诗坛》（浙江大学博士学位论文，2005年）、张皓月《姜夔诗歌研究》（上海师范大学硕士学位论文，2008年）、张晟《姜夔诗歌艺术研究》（山东大学硕士学位论文，2014年）、王开春《戴复古研究》（安徽师范大学硕士学位论文，2006年）、王明建《刘克庄诗学研究》（河北大学博士学位论文，2003年）、王述尧《刘克庄研究》（复旦大学博士学位论文，2004年）、何忠盛《刘克庄诗学思想研究》（四川大学博士学位论文，2007年）、刘静《周密研究》（四川大学博士学位论文，2005年）等。

（3）专论论文。此类论文只论及南宋山水诗歌。所论及南宋山水诗对象及其内容复杂丰富，主要为一家或数家、或特定流派、或特定时段、或特定地域等。主要有：曹治邦《永嘉四灵山水田园诗艺术风格论》（《青海社会科学》，1991年第4期）、王宁国《诚斋自然山水诗综论》（《中州学刊》，1995年第6期）、曾明《陆游山水诗的艺术精神》（《西南民族学院学报》，1997年第6期）、陶文鹏《宋末七家山水诗简论》（《阴山学刊》，2001年第4期）、侯长生《朱熹山水诗的嬗变与超越》（《阴山学刊》2006年第8期）、何方形《戴复古山水诗的审美情感》（《湖北师范学院学报》，2007第6期）、王利民《论朱熹山水诗的审美类型》（《中山大学学报》，2010年第1期）、朱文凯《朱熹咏物诗研究》（福建师范大学硕士学位论文，2011年）等。

（4）诗家选本专著、论文。包含南宋山水诗之选本古来极富，近现代愈加壮观。单冠以"山水诗"之名者亦为丰富，兹列要籍如下：

君实《中国山水田园诗词选》（香港上海书局，1965年），朱安群《历代山水诗选》（江西人民出版社，1981年），袁行霈《中国山水诗选》（中州书画社，1983年），金启华、臧维熙选注《古代山水诗一百首》（上海古籍出版社，1980年），陶文鹏选析《盛唐山水田园诗歌赏析》（广西人民出版社，1986年），吴功正《山水诗注析》（山西人民出版社，1986年），余冠英主编《中国古代山水诗鉴赏词典》（江苏古籍出版社，1989年），张秉戍主编《山水诗歌鉴赏辞典》（中国旅游出版社，1989年），衣殿臣编著《历代山水诗》（大众文艺出版社，2000年），丁成泉辑注《中国山水田园诗集成》（湖北教育出版社，2003年），赵慧文、徐育民编著《中华历代咏山水诗词选》（学苑出版社出版，2009年），罗时进编选《山水诗选》（凤凰出版社出版，2012年）等。

研究南宋山水诗选本之论文亦为丰富，可查之期刊、硕博论文数百篇之多。要文有申屠青松《清初宋诗选本与遗民思潮》（《南京师范大学文学院学报》，2009年第4期）、申屠青松《历代宋诗选本论略》（《江汉大学学报》，2010年第1期）、王顺贵《从历代宋诗选本看江湖诗派之传播与接受》（《湖南社会科学》，2015年第2期）、卫宏伟《二十世纪宋诗选本研究》（安徽师范大学硕士论文，2014年）、高岩《明代宋诗选本研究》（河南师范大学硕士论文，2015年）、高磊《清代宋诗选本研究》（苏州大学博士论文，2010年）、谢海林《清代宋诗选本研究》（南京大学博士论文，2010年）等。

富含南宋山水诗之《宋诗三百首》选本系列刊印成为近代时尚，蔚为壮观，迄今方兴未艾。主要有钱仲联选、钱学增注《宋诗三百首》（浙江古籍出版社，1987年），吴在庆编著《新编宋诗三百首》（江苏古籍出版社，1994年），黄瑞云选注《两宋诗三百首》（中州古籍出版社，1997年），赵祖堃、赵晓兰选注《宋诗三百首》（新疆青少年出版社，1999年），周羽发主编《宋诗三百首》（延边人民出版社，2000年），程杰选注《宋诗三百首注》（天津人民出版社，2000年），赵山林、潘裕民注评《宋诗三百首》（黄山书社，2001年），王以宪编注《宋诗三百首详注》（百花洲文艺出版社，2001年），李梦生选编《宋诗三百首辞典》（汉语大词典出版社，2002年），奚柳芳、王礼贤选注《宋诗三百首》（上海画报出版社，2003年），许建中、汪俊选注《宋诗绝句三百首》（广陵书社，2003年），刘乃昌评注《宋诗三百首评注》（齐鲁书社，2004年），伍心铭编《宋诗三百首鉴赏》（时事出版社，2004年），高克勤编选《宋诗三百首》（上海古籍出版社，2000年），谢桃坊选注《宋诗三百首》（巴蜀书社，2008年），傅德岷主编《宋诗三百首鉴赏辞典》（长江出版社，2008年），李梦生解《宋诗三百首全解》（复旦大学出版社，2017年）等。诸选虽多有童蒙之用，亦以山水诗为主体。《宋诗三百首》与《唐诗三百首》争艳天下，足见宋诗深入人心久矣！

上述文本多有选评结合者，乃至详尽鉴赏，如陶文鹏选析《盛唐山水田园诗歌赏析》、余冠英主编《中国古代山水诗鉴赏词典》、张秉戌主编《山水诗歌鉴赏辞典》等。亦有只选而未评者，以所选诗篇名目寓含作者之本心，如衣殿臣编著《历代山水诗》，赵慧文、徐育民编著《中华历代咏山水诗词选》，罗时进编选《山水诗选》等。

钱锺书《宋诗选注》虽名未及"南宋山水诗"，其实多有收录，诗家各有总评，继以罗列此家诗作。此《宋诗选注》时人论及颇多，亦可入此列。

由上述所列文献可见，时人论及南宋大家陈与义、陆游、杨万里、戴复古、刘克庄等山水诗极为丰富。小家虽欠丰赡，但亦有未废，可谓平心而论之。

南宋诗家个体或时段山水诗研究可谓深入而丰富，陆游、杨万里、朱熹、四灵山水诗论述尤为充分，但总揽全局、纵横交错之论较为缺乏，与唐山水诗研究盛况相较，则天壤之别。包容南宋政治、社会、经济、文化、地理、历史之综合因素研究南宋山水诗者迄今未见，南宋山水诗为南宋诗坛主力，最能凸显南宋诗歌特征，亦唯有山水诗可以代表南宋诗歌发展状况。

祈愿南宋山水诗整体研究更加深入！

第一章　南宋前山水诗形成与发展

　　南宋山水诗是南宋诗歌主体和优秀体现者，其发展深受唐和北宋山水诗影响。宋前山水诗发展渊源悠久，成就辉煌。大致说来，中国古代山水诗经过了先秦两汉形成、魏晋南北朝成熟、唐代兴盛、宋代流变四个阶段。诗歌内在本身发展规律和外在社会、政治、经济等因素共同合力推动南宋前山水诗不断发展。

第一节　先秦两汉：山水诗形成

　　此期未有真正意义山水诗，亦无山水诗概念。称名"山水诗"实为论述方便。

　　人类自诞生即与山水相依。远古资料记载十分阙失，散落于各种文献中的远古歌谣乃我们研究包括山水诗在内之中国古代文学重要资料。《礼记·郊特牲·蜡辞》言"土反其宅，水归其壑，昆虫毋作，草木归其泽！"是篇乃今见最早关于"山水"之"诗歌"文字。虽为农事祭歌，亦显见简洁山水文字寄寓情感。《周易·系辞下》言：

　　　　古者包羲氏之王天下也，仰则观象于天，俯则观法于地，观鸟兽之文，与地之宜……以类万物之情。

《系辞》约孔子时代所为，晚于《易经》。上述文字表明：古人很早于山水并山水附着景物有研究，并以此创作了"八卦"及各种关于卦象之释词。《尚书·禹贡》篇亦充分表现古人于天下山水及山水附着物早有研究，且以之为本进而详加分类以别等级管理。

　　上述所言均依托山水寄托意志，并以文字表现情感，是文学原始形态。然先秦时代认知鸿蒙，无现代文学概念，故文哲史混合为一。《诗经》乃现存最早具有文学意味之诗歌总集。十五《国风》为黄河流域十五地风俗民情摘录，加之大小《雅》、三《颂》，其中大量关于自然山水之文字表现了描写色彩，如"泰山岩岩，鲁邦所詹"（《鲁颂·閟宫》）、"江汉浮浮，武夫滔滔"（《大雅·江汉》）借山水来比喻权势或军人。

　　《诗经》多见以描写山水之词句来"起兴"。如："节彼南山，维石岩岩。"（《小雅·节南山》）虽如钱锺书先生《管锥编》所言"涉笔所及，止乎一草、一木、一水、一石"[①]，但均整句描写山水，足见引山水入诗之意愿浓烈。

　　南方长江流域诞生的《楚辞》中山水描写愈加丰富灿烂。屈原《离骚》《九歌》、宋玉《九辩》诸篇中山水景物描写较《诗经》数量多、篇幅长、文采丽。《楚辞》中山水描写内容大增，乃至有整段描写山水景物者。不仅在写实，且深含感情。如《九歌》"袅袅兮秋风，洞庭波兮木叶下"（《九歌·湘夫人》）、"山峻高以蔽日兮，下幽晦以多雨"（《九歌·涉江》）、"秋兰兮青青，绿叶兮紫茎"（《九歌·少司命》）用语精炼。《涉江》"深林杳以冥冥兮，猿狖之所居。山峻高以蔽日兮，下幽晦以多雨。霰雪纷其无垠兮，云霏霏而承宇"则连句绘景蓄势。

　　整体上，屈原笔下山水多为客观描绘，寄托情感隐晦，借景言情疏松。宋玉山水描绘笔墨愈加浓厚而热烈，寄托情感成分加多。如："悲哉！秋之为气也！萧瑟兮草木摇落而变衰。"（《九辩》）

　　《九辩》开创"悲秋"主题先河，鲁迅《汉文学史纲要》称之"凄怨

---

① 钱锺书：《管锥编》册2，北京：生活·读书·新知三联书店，2001年，第358页。

之情实为独绝!"赋中以秋天自然山水景物为描写对象,寓个人身世与国家命运紧密相连,用大量文字直绘山水以寄情,可谓后来玄言诗之雏形。

这些诗句表现了人类于大自然的一种新认知,即自然山水之美恶与人类情感悲喜紧密关联,二者可以构成繁复文学画面。钱锺书《管锥编》言:"《楚辞》始解以数物合布局面,类画家所谓结构、位置者,更上一关,由状物进而写景……正谓其堪作山水画本也。"①

汉赋于自然山水景物描写之意识似为固步不进,但描写篇幅大增,景物之对象、范围大为扩展,既有自然山水天趣奇巧之美,亦有华苑琼林人工景物之丽。汉大赋几乎篇篇包罗万象,如司马相如《子虚赋》《上林赋》、扬雄《甘泉赋》《河东赋》《长杨赋》《羽猎赋》、班固《两都赋》、张衡《二京赋》等均在此列。京赋体系中之《两都赋》《二京赋》尤夸饰人工山水之美,甚至美过天造地设之浑朴。如此巧设实为后来唐宋诗歌景物描写之繁华提供资鉴。

汉代抒情小赋于自然山水之描写似乎更贴近后来之山水诗。如张衡《归田赋》通篇表现自然山水之美,以之寄托个人情感。其大量描写山水景物,尽逞模山范水之能事,艺术技巧大为发展,颇似其后二谢手笔。

上述诗赋中关于自然山水、人工景观的描写深深包藏儒家道德情感和浓厚社会功利色彩,山水景物描写只是帮衬,未将它们置于独立的主体审美观照地位。

以民间诗歌为主体之《汉乐府》表现自然山水之美较少,但正如班固《汉书·艺文志》所言,它们是"感于哀乐,缘事而发",开始直接表现个人苦乐和爱恨,是人性内在描写之开发。汉末《古诗十九首》进一步开掘个人内心情感表现,突出关注人的需要,大力张扬人的主体地位,为诗歌摆脱社会道德束缚、独立表现山水美之到来奠定了思想基础。这是诗歌发展的一个转折变化,或者说是进步,山水诗至此雏形俱现。

---

① 钱锺书:《管锥编》册2,北京:生活·读书·新知三联书店,2001年,第359页。

第二节　魏晋南北朝：山水诗成熟

　　一般认为魏晋为山水诗形成期。曹操《观沧海》被一些学者视为中国古代第一首完整山水诗。这一归属颇有争议。笔者以为，单论《观沧海》可为中国古代第一首山水诗，但《观沧海》乃曹操组诗《步出夏门行》之一章[①]，从整体论又不能视为山水诗，它不是以描写自然山水之美为目的。如果定曹操《观沧海》为中国古代第一首完整山水诗，则山水诗出现时间大大提前，最少在玄言诗前。故不宜单列《观沧海》为中国古代第一首山水诗，真正山水诗出现在此后。

　　众多学者公认山水诗为游仙诗、招隐诗、玄言诗的进一步发展结果。游仙于魏晋之前有所表现，如上古神话和《山海经》《庄子》《列子》等。以文学作品面目出现者有《楚辞》中的《离骚》《九歌》《远游》等，《九歌》《远游》可谓游仙诗之始祖。

　　《汉乐府》亦有求仙题材[②]。曹操、曹植多有此类作品。如曹操《秋胡行》借汉乐府题材表现了游仙意味，如诗中有"愿登泰华山，神人共远游。经历昆仑山，到蓬莱，飘飘八极，与神人俱"，此为游仙求仙以祈不老。曹植壮志难酬，痛苦郁闷，借写仙以排遣，首以"游仙"为名。此外，曹植《飞龙篇》《升天行》《仙人篇》《远游篇》《五游咏》等亦可归入其列。

　　嵇康、张华、郭璞、张协、何劭、潘尼、庾阐、湛方生诸家如此诗作亦多。郭璞《游仙诗》最为有名。现存19篇，其中9篇不全。如：

　　　　青溪千余仞。中有一道士。云生梁栋间……（其二）

---

　　① 《步出夏门行》是曹操用乐府旧题创作的组诗，作于作者北征乌桓胜利时。该组诗分五部分："艳"（序曲）《观沧海》《冬十月》《土不同》《龟虽寿》。全诗主要目的是抒发作者个人的雄心壮志。

　　② 《汉乐府》中《董逃行》《长歌行》《王子乔》均以游仙为主题。

郭璞"游仙"非真心求仙,乃是借游仙言其内心情怀,抒仕途偃蹇之意,叹入世失意之悲。锺嵘《诗品》"晋弘农太守郭璞"条评云:

宪章潘岳,文体相辉……乃是坎壈咏怀,非列仙之趣也。①

郭璞《游仙诗》文采飞扬,刘勰《文心雕龙·才略》亦赞曰:"景纯艳逸,足冠中兴,《郊赋》既穆穆以大观,《仙诗》亦飘飘而凌云矣"。

而且,郭璞笔下"仙境"凡气十足,似乎多为现实写照,故朱自清有"游仙之作以仙比俗,郭璞是创始的人"②之说。

仙人幽居之所必是山峻林茂,人迹罕至,于是"游仙诗"中出现大量描写山水词句,为山水诗之到来开辟了道路。

招隐与游仙同时存在。招隐源于汉代淮南小山《招隐士》,本是"王孙兮归来,山中兮不可以久留",但魏晋时代则反变为招山外之人入深山隐居,可见招隐诗与游仙诗差别明显。现存魏晋招隐诗不多,有陆机三首,张华两首,左思两首,张载一首。左思《招隐诗》其一为"白云停阴冈,丹葩曜阳林。石泉漱琼瑶,纤鳞或浮沉。非必丝与竹,山水有清音……"此诗自然山水描写声色兼备,且词句所占比份过半。类似招隐诗者较多。如张华《赠挚仲洽诗》《答何劭诗三首》、张协《杂诗十首》,其他如潘岳、石崇、孙统、孙绰等各有招隐诗见存。

游仙诗、招隐诗作者藉山水风光、自然清音释放情怀、表达心志。此种方式开启了文人依山水清谈之思路,加之社会政治险恶、道佛盛行,玄言诗紧接游仙诗、招隐诗而来。

玄言诗兴盛于东晋。《文心雕龙·明诗》言"江左篇制,溺乎玄风,嗤笑徇务之志,崇盛亡机之谈"。 锺嵘《诗品序》称玄言诗特点为"永嘉时,贵黄老,稍尚虚谈,于时篇什,理过其辞,淡乎寡味。爰及江表,微波尚传,孙绰、许询、桓、庾诸公诗,皆平典似道德论,建安风力尽

---

① [南朝梁]锺嵘:《诗品注》,陈延杰注,北京:人民文学出版社,1980年,第38页。
② 朱自清:《诗言志辨》,北京:商务印书馆,2011年,第88页。

矣"。可见玄言诗以言理为主,理盛辞逊,文艺无佳,全篇"淡乎寡味",虽缺乏艺术神采,但借山水言理成为风尚。东晋玄言诗主要人物是孙绰、许询,此外还有其他许多诗人,如殷浩、庾亮等。孙绰、许询玄言诗中山水描写十分精彩,如:

> 萧瑟仲秋月,飂戾风云高。山居感时变,远客兴长谣。疏林积凉风,虚岫结凝霄。(孙绰《秋日诗》)

此诗借秋日景物清谈人生之短促,虽后含议论,但文华犹璨,且中间直绘自然山水词句过半。

其时,僧人亦为重要作者,如支遁、慧远、竺道等。玄佛合流风行一时,文人名士乐与佛家交接,在相互诗文应和中推进了玄言诗进一步发展,文人借佛言诗,释家借诗扬法,以此又反推玄释影响文化。

玄言诗虽意在说理,自然山水成为道具,但诗中大量山水描绘,为诗中山水独立地位的获得铺开了发展道路,故玄言诗与山水诗最为亲近。

刘勰《文心雕龙》言"宋初文咏,体有因革,庄老告退,而山水方滋"。谢灵运被看作第一个大量写山水诗的人,"理过其辞,淡乎寡味"之玄言诗转换到"俪采百字之偶,争价一句之奇;情必极貌以写物,辞必穷力而追新。此近世之所竞也"[①]之山水诗,谢灵运功劳最大。

山水诗兴于东晋成为共识。尽管范文澜言山水诗起自"东晋初庾阐诸人"[②],但一般公认首功者应是谢灵运。

谢灵运是晋代山水诗兴起第一号人物,亦为中国古代诗歌风气转变之关键人物之一。沈德潜指出:"诗至于宋,性情渐隐,声色大开,诗运一转关也。"[③]

谢灵运家世显赫,但刘宋时期为了打击士族,谢家并未受到重用。谢

---

① [南朝梁]刘勰:《文心雕龙注》,范文澜注,北京:人民文学出版社,1962年,第67页。
② 范文澜注《文心雕龙·明诗》言:"写作山水诗起自东晋初庾阐诸人。"
③ [清]沈德潜:《说诗晬语》,南京:凤凰出版社,2010年,第96页。

灵运自认为有经国济世之才，为此极为愤懑，于是纵情山水，以天才笔力，驰骋文字，藉文散怨。皎然《诗式》"文章宗旨"评曰"曩者尝与诸公论康乐为文……彼清景当中，天地秋色……其声谐哉！"①

这种变化就是谢灵运诗歌艺术特色。袁行霈主编《中国古代文学史》归结为两大点：善摹象、重写实。②其实，摹象与写实是有重叠的，谢灵运艺术特色还应加上空间维度性。其诗之时间、空间架构非常明显，所绘内容宛如电影缓缓推进慢镜头。如此特色于前人诗作少见，此亦为以山水为主要描写对象的必然结果。如《于南山往北山经湖中瞻眺》，诗中先纪行，再写景物，终归玄理。用语工整精练，造境自然清新，从不同角度、不同侧面、不同场面展示大自然从山到湖之美丽，画面连缀，一幅幅移动犹如电影镜头。虽然最后几句意含理趣，但此前七联都是自然山水景物描写，且以充分表现自然山水之美为主，此前他人山水描写诗作中未有如此细致、大量的词句。因此，谢灵运被视为中国第一个山水诗大家。其实，同时代写山水诗者不少，如稍早之杨方、李颙、庾阐、殷仲文等，稍后之鲍照、王融、沈约等，诸家于山水诗发展之贡献，均无谢灵运显著。严羽评谢极高，称"谢灵运之诗，无一篇不佳"③。

谢灵运山水诗往往尾带玄言理趣，无论是名作《登池上楼》还是《石壁精舍还湖中作》，均如此。及至谢朓诗，玄言的"尾巴"终于消失，山水诗进展到成熟时期。

谢朓为"竟陵八友"之首，亦为齐梁时期最杰出诗人。其山水诗艺术手法超越同宗谢灵运（大谢），后人誉之小谢。

谢朓于山水描写较大谢细腻，更主要的是他寓情于景，情景融合，超越了大谢情景分离之弊，真正做到如范晞文《对床夜语》所言"景无情不发，情无景不生"、王夫之《姜斋诗话》所言"情景名为二，而实不可离，神于诗者妙合无垠。巧者则有情中景，景中情"。谢朓名作《晚登三山还

---

① [唐]皎然：《诗式》，何文焕《历代诗话》，北京：中华书局，1981年，第29页。
② 袁行霈：《中国古代文学史》卷2，北京：高等教育出版社，2005年，第88—91页。
③ [宋]严羽：《沧浪诗话》，郭绍虞校释，北京：人民文学出版社，1983年，第153页。

望京邑》为山水诗描景、抒情有机结合之典范。全诗以表现自然山水之美为主，个人情感浑融自然景物，即目所见满是明山秀水。其《之宣城郡出新林浦向板桥》《游东田》等亦是山水诗范本。至此，中国古代山水诗经过漫长的递变而定型。

二谢山水诗于中国古代诗歌史留下灿烂篇章，描摹山水诗句脍炙人口。谢朓描山绘水之细节较谢灵运更为精致，句式和谐，句意清新。这与他追求艺术性的自觉意识密不可分。谢朓以为"好诗圆美流转如弹丸"（《南史·王昙首传附王筠传》），其山水诗正是这一审美观的体现，讲究声律，平仄有法，音调和谐，畅口悦耳。时人沈约《伤谢朓》称之道："吏部信才杰，文锋振奇响。调与金石谐，思逐风云上。"

后人多从谢朓处获益。李白"一生低首谢宣城"（王士禛《论诗绝句》），自言"解道澄江净如练，令人长忆谢玄晖"（《金陵城西楼月下吟》）、"三山怀谢朓，水澹望长安"（《三山望金陵寄殷淑》）、"蓬莱文章建安骨，中间小谢又清发"（《宣州谢朓楼饯别校书叔云》）。杜甫亦赞曰"谢朓每篇堪讽诵"（《寄岑嘉州》），且以"诗接谢宣城"（《陪裴使君登岳阳楼》）为追求。二谢于唐诗辉煌有铺垫之功。

第三节　唐代：山水诗繁盛

中国古代山水诗盛于唐，且盛唐、中唐山水诗最为优秀。唐代是中国封建社会最为辉煌时代之一，国力强盛，思想开放，各种文化互相融合，中外人员交往密切。《资治通鉴·贞观二十一年》载唐玄宗曾言"自古皆贵中华，贱夷狄，朕独爱之如一"。疆域广大，国家富足，政治清明，文人辈出、经济强劲。因而，唐代文化全面昌盛。

唐乃中国古代诗歌最辉煌时期之一，亦中国古代山水诗兴盛阶段。社会稳定、经济繁荣促使唐代文人漫游天下名山大川，科举制度、社会风尚使许多学子读书于深山幽林；三教融和之下士人身心浸润玄门，趋慕烟霞，神思异发，文心蕴藉；朝官贬谪蛮荒，寒士入幕僻野；高蹈汉驰骋漠北，柔媚者漫游江南；加之绘画、书法、音乐、舞蹈空前繁荣，诸因素和合促成唐代山水诗兴盛。

唐代山水诗作者人数、作品数量大增，内容丰富。艺术技巧极大提高，与宗教、绘画关联密切，组合方式繁复精熟、作品风格丰富多样。

清康熙年间，彭定求等10人奉敕编定《全唐诗》，得诗48900余首，纂为900余卷，诗家凡2200余人。近年，日本学者平冈武夫采用统计法认为该书共收诗49403首，作者共2873人。中华书局1992年出版《全唐诗补编》，对清代《全唐诗》做了校补，诗数达55730首，唐代诗人上升到3700多位，而且近年来不断有新补出现。唐诗人群体之壮观前所未有。

唐山水诗人数量庞大，山水作品丰富。从初唐、盛唐、中唐到晚唐，享誉古今中外之山水诗大家不下30位；作者范围广泛，从达官贵人到戍卒舆夫均见诗作存现。但是，相对于宋代而言，唐代印刷业很不发达，保留诗作的意识较为淡薄，所以唐代保存到今天的山水诗作数量不如宋代多。

诗作内容丰富，五岳三山尽括其中，从王维《终南山》《辛夷坞》、杜甫《望岳》《登岳阳楼》到白居易《钱塘湖春行》、杜牧《江南春》，唐王朝广阔疆域之名山大川于山水诗中几乎均有涉及。

由于诗作作者、时代归属存在分歧，加之衡量山水诗标准略有歧义，故唐代山水诗具体数目统计不一，笔者统计不少于万首，几乎与唐前所有诗篇之总和9700余首持平。[①]

佛家道徒亦为山水诗创作丰富者。他们幽居名山秀水，于山水诗题材发展、意境深化、艺术繁荣亦多功绩。清编《全唐诗》收有僧家诗作2783首，为诗僧人113位。著名诗僧有皎然、寒山、灵一、灵澈、清江、

---

① 相关资料统计唐前现存诗歌为：先秦作者19位、诗580首；秦作者4位、诗5首，汉作者89位、诗433首，魏晋作者277位、诗2801首，南北朝作者416位、诗4328首，隋作者129位、诗1581首。共计作者934位，诗9728首。

无可、贯休、齐己等。《全唐诗》806卷录寒山诗311首，皎然诗于《全唐诗》815—821卷，计诗488首。山水诗中为僧人作不下116首。道人亦存丰富诗作，其中多有山水诗佳篇。

唐代各教并重，道释优宠，世俗尚好。观寺道庙幽雅辉煌，遍布名山大川，自然与人文融合完美。诗人多踏足庙观、乐接僧徒。宗教于推动唐代山水诗繁荣贡献重大。

另一现象是唐代山水诗画相融。唐张彦远《历代名画记》记载，历代画家"自轩辕至唐会昌凡三百七十二人"，其中仅张彦远时"唐代的画家就有二百六人"(《历代名画记》目录，影印四库全书子部八)。许多画家为诗人，如画家吴道子、阎立本存诗，张彦远有《彩笺诗集》。唐朱景元《唐朝名画录》分画为神、妙、能、逸四品，列画家124人。①《历代名画记》《唐朝名画录》所列画题多有以山水为主者，画家亦为山水诗家，如王维、张志和等。

同时，题画诗（含词）亦大为兴旺。唐代100多位诗人所留下的200多首题画诗，李白现存题画诗11首，杜甫现存题画诗18首。诗家王维还是画家，他书画诗并存，苏轼于王维画作《蓝田烟雨图》题跋云："味摩诘之诗，诗中有画；观摩诘之画，画中有诗。"张志和《渔歌子》（西塞山前白鹭飞）本为题画卷之作，"初颜鲁公典吴兴，知其高节，以渔歌五首赠之。张乃为卷轴，随句赋象，人物、舟船、鸟兽、烟波、风月，皆依其文，曲尽其妙，为世之雅律，深得其态"(《唐朝名画录》)。画家为诗，诗家绘画。画家徜徉山水写画留诗，诗家饱览山水得景献诗。诗家、画家的融合亦促进了山水诗的繁荣。

明代胡应麟《诗薮·内篇》卷三（古体下）中就此评曰："题画自杜诸篇外，唐无继者。"②杜甫题画诗内容丰富。其《严公厅宴同咏蜀道画图》诗："日临公馆静，画满地图雄。剑阁星桥北，松州雪岭东。华夷山不断，吴蜀水相通。兴与烟霞会，清樽幸不空。"老杜此诗可证画家依画

---

① 黄宾虹：《美术丛书》（二集六辑），杭州：浙江人民美术出版社，2013年，第4页。
② [明]胡应麟：《诗薮》，上海：上海古籍出版社，1979年，第54页。

第一章　南宋前山水诗形成与发展

寄情山水亦如诗人为诗寄情山水之盛。清沈德潜云："唐以前未见题画诗，开此体者，老杜也。其法全在不粘画上发论。……本老杜法推广之，才是作手。"[①]诗画同源，沈德潜之语足证绘画与山水诗相互推进，山水画之繁荣必有山水诗之发展。

"山水诗"名谓之提出首见于盛唐诗人王昌龄，其《诗格》称"欲为山水诗，则张泉石云峰之境，极丽绝秀者，神之于心，然后用思，了然境象，故得形似"[②]。此足见唐人重视山水诗艺术手法。唐人于山水诗艺术构建体现在诸多方面：

第一，体裁形式多样化。古诗、乐府、歌行体、律诗、绝句齐备，律诗有五律、七律、长律等，绝句有五绝、七绝等。

第二，修辞手法多样化。古代诗歌是以对偶句式为主，这是无须多论的基本修辞手法要求。唐代山水诗中常见修辞手法有夸张、比喻、拟人、引用、想象、对比、象征等，且多为数种修辞手法交错组合使用。

唐代山水诗对比一般分为两种。一种是相辅对比，一种是相对对比。相辅对比指相对照的两个概念在性质上没有矛盾对立，如山——地、草——木、枝——叶；相对对比指相对照的两个概念在性质有矛盾对立，如生——死，有——无，强——弱。

对比者有词与词、句与句；亦有同一句或相邻两句间。如"蝉噪林逾静，鸟鸣山更幽"中"噪——静""鸣——幽"是词与词相对对比，"蝉噪林逾静——鸟鸣山更幽"是句与句相辅对比；"空山不见人，但闻人语响"是相邻两句相对对比。

如此修辞艺术此前山水诗少见，唐则多用，此为唐山水诗兴盛之证实。

第三，艺术方式组合精熟。唐山水诗兴盛亦体现于诗作艺术方式之工巧。直接描绘，借景言情、寓理，绘景、抒情、寓理融为一体，妙合无

[①] [清]沈德潜：《说诗晬语》，南京：凤凰出版社，2010年，第124页。
[②] [唐]王昌龄：《诗格》，郭绍虞《中国历代文论选》卷2，上海：上海古籍出版社，2001年，第88页。

垠。王维、孟浩然、李白、杜甫、白居易等山水诗大家艺术性最为高超，柳宗元、王昌龄、王之涣、韦应物等亦艺术精湛。如王之涣《登鹳雀楼》"白日依山尽，黄河入海流"是直接描绘山水之貌，"欲穷千里目，更上一层楼"则是借景寓理。一诗四句二十字，山水之气貌、诗人之神情在精熟的艺术组合中凸显于纸面。这种巧妙、高超表达技术造就了唐代山水诗中许多经典名句。

宋人于唐山水诗艺术手法之精妙评点众多。欧阳修《六一诗话》（十二条）提倡诗作应该"状难写之景如在目前，含不尽之意见于言外，然后为至矣"。接着以唐山水诗为例："若严维'柳塘春水漫，花坞夕阳迟'，则天容时态，融和骀荡，岂不如在目前乎？又若温庭筠'鸡声茅店月，人迹板桥霜'、贾岛'怪禽啼旷野，落日恐行人'则道路辛苦、羁愁旅思岂不见于言外乎？"①欧阳修实意就是指诗作要情景融合，且唐山水诗恰好如此。这一称赞唐山水诗情景融合之意于其《欧阳文忠公集·试笔》卷一三〇"温庭筠严维诗"中亦有类似表达：

  余尝爱唐人诗云"鸡声茅店月，人迹板桥霜"，则天寒岁暮，风凄木落，羁旅之愁，如身履之。至其曰"野塘春水慢，花坞夕阳迟"，则风酣日照，万物骀荡，天人之意相与融怡，读之便觉欣然感发。谓此四句可以坐变寒暑。诗之为巧，犹画工小笔尔，以此知文章与造化争巧可也。②

范晞文愈加称扬唐山水诗情景融合之巧妙：

  老杜诗……上联景，下联情。……景中之情也……情中之景

---

① [宋]欧阳修:《六一诗话》，北京：人民文学出版社，1962年，第9页。
② [宋]欧阳修:《欧阳文忠公集·试笔》卷130，四库全书本。

也……情景相触而莫分也。……固知景无情不发,情无景不生。①(《对床夜语》卷2)

严羽《沧浪诗话》极力推崇唐诗,其《诗辩》有精彩评点:

盛唐诸人,惟在兴趣,羚羊挂角,无迹可求。故其妙处,透彻玲珑,不可凑泊。如空中之音,相中之色,水中之月,镜中之象,言有尽而意无穷。②

唐诗这种"透彻玲珑""言有尽而意无穷"就是指其情景合一艺术表现。方回《瀛奎律髓》卷二十三对杜甫山水诗情景合一有更深刻理解,认为杜甫"圆荷浮小叶,细麦落轻花""细雨鱼儿出,微风燕子斜""片云天共远,永夜月同孤"都是"景在情中,情在景中,未易道也"。"寂寂春将晚,欣欣物自私""江山如有待,花柳自无私"中情景相会更是"无斧凿痕,无妆点迹,又岂只是说景者之所能乎?"

王夫之于唐诗中情景融合亦有极为透辟论述。《姜斋诗话》言"情景名为二,而实不可离。神于诗者,妙合无垠,巧者则有情中景,景中情"③(《夕堂永日绪论》内编,13条)。此于唐李白、杜甫等山水诗中表现突出,举出许多事例加以论证,且言"不能作景语,又何能作情语邪?古人绝唱句多景语,如'高台多悲风''蝴蝶飞南园''池塘生春草''亭皋木叶下''芙蓉露下落'皆是也,而情寓其中矣。以写景之心理言情,则身心中独喻之微,轻安拈出。……有大景,有小景,有大景中小景……皆以小景传大景之神"。

唐代高手在山水诗中让情景"互藏其宅",尽管"情景虽有在心在物

---

① [宋]范晞文:《对床夜语》,丁福保《历代诗话续编》,北京:中华书局,1983年,第417页。
② [宋]严羽:《沧浪诗话》,何文焕《历代诗话》,北京:中华书局,1981年,第688页。
③ [清]王夫之:《姜斋诗话》卷2,北京:人民文学出版社,1961年,第150页。

之分，而景生情，情生景，哀乐之触，荣悴之迎"，但都会涵咏于一体。

清叶燮《原诗》解杜甫《冬日洛城北谒玄元皇帝庙》"碧瓦初寒外"句，谓"此五字之情景，恍如天造地设，呈于象、感于目、会于心。意中之言，而口不能言；口能言之，而意又不可解。"① 此见老杜诗情景融合细致入微，物情景构建巧妙。

第四，艺术风格愈圆美。谢朓言"好诗圆美流转如弹丸"（《南史·王昙首传附王筠传》），沈约转言"好诗圆转如弹丸"。这"圆美流转"不仅仅指语言，还包含艺术的风格。

而所谓"盛唐气象"不仅指唐社会政治，亦含唐文学。文学亦囊括山水诗在内的"盛唐气象"不仅出现在唐代盛世时期，亦出现在初唐、中唐、晚唐时期。同时，不仅有"盛唐气象"，还应有"初唐气象""中唐气象"和"晚唐气象"。此谓唐文学风格多样性，亦为唐山水诗多样性。

唐山水诗精彩纷呈艺术多样性，首先可以简单地一分为三，即既有"热"风、"冷"风，又有居于二者之间之"温"风。恰如一年气候，又犹生命周期。三态齐备恰好表明唐山水诗艺术风格发展到全盛阶段。

其一，激切壮阔。此艺术风格最显见于李白、白居易、韩愈等诗作。如陈子昂《与东方左史虬修竹篇序》所谓"骨气端翔，音情顿挫，光英朗练，有金石声"。它用语明快、气韵流畅、情绪高涨。如鹰击穹空、洪泄汪洋，读之气振情奋。

李白最能代表此风格。清代乔亿《剑溪说诗》言："兴酣落笔而不自觉。然逸气横生，高出齐、梁万万也。""太白神游八表……又才为天纵，往往笔落如疾雷之破山，去来无迹，将法于何执之？""若青莲大篇……正如大风拔木，屋瓦皆飞，气之所过，物必从之，风何有意于其间哉？""试阅青莲诗，如海水群飞，变怪百出，而悠然不尽之意自在，所以横绝高绝。"

李白这种"热"情历来被人高评。清贺裳《载酒园诗话》赞李白诗

---

① [清]叶燮：《原诗》，南京：凤凰出版社，2010年，第36页。

风"如大圭不琢,而自有夺虹之色"。明清文人特别欣赏李白七绝山水诗。明代胡应麟《诗薮》言"太白五七言绝,字字神境,篇篇神物","七言绝,太白、江宁为最"。明高棅《唐诗品汇》云"盛唐绝句,太白高于诸人,王少伯次之"。明焦竑《诗评》称"龙标、陇西(李白)真七绝当家,足称联璧"。明王世贞《艺苑卮言》比曰"七言绝句,王江宁与太白争胜毫厘,俱是神品"。清宋荦《漫堂说诗》言"三唐七绝,并堪不朽,太白、龙标绝伦逸群"。清叶燮《原诗》评语"七言绝句,古今推李白、王昌龄"。这些点评,足见诗仙李白山水诗艺术之高超。

其二,内蕴醇厚。此类艺术风格的作品因其含蕴深厚,韵味无尽,历来被人奉为瑰宝。它用辞圆润,用句淳厚,字义中和,意重义复,如食香茗,余香满口。以杜甫、王维、孟浩然、柳宗元、韦应物、李商隐等为代表。其中杜甫最著。杜诗这种"温"情风格,内涵丰富而又不露芒颖。苏轼《书黄子思诗集后》言:"李太白、杜子美,以英玮绝世之姿,凌跨百代,古今诗人尽废;然魏晋以来,高风绝尘,亦少衰矣。李杜之后,诗人继作,虽间有远韵,而才不逮意。"老杜等内蕴醇厚之诗确如王羲之书法"萧散简古,妙在笔墨之外"。

内蕴醇厚的诗风历来被人称道。锺嵘《诗品》赞曰"言在耳目之内,情寄八荒之表"。司空图所言"象外之象,景外之景""韵外之致""味外之味"就是极力主张诗作如此,其《与李生论诗书》云:"王右丞、韦苏州澄澹精致,格在其中。"《与王驾评诗书》云:"右丞、苏州趣味澄敻,若清风之出岫。"明杨慎《升庵诗话》卷三"司空图论诗"条引作"右丞、苏州趣味澄敻,若清沇之贯达"[①]。其意类然。

欧阳修《六一诗话》褒扬诗作"以闲远古淡为意"。苏轼提倡诗须"质而实绮、癯而实腴"。《评韩柳诗》谓诗"所贵乎枯淡者,谓其外枯而中膏,似淡而实美"。"若中边皆枯淡,亦何足道?佛云:'如人食蜜,中边皆甜。'人食五味,知其甘苦者皆是,能分别其中边者,百无一二也。"

---

① [明]杨慎:《升庵诗话》,丁福保《历代诗话续编》,北京:中华书局,1983年,第686页。

称道"渊明、子厚之流是也"。

王维类似艺术风格亦为突出。其诗《鸟鸣涧》《鹿柴》《辛夷坞》等均富含蕴藉。

其三，凄清孤寂。孟郊、刘长卿、贾岛、姚合等可属此类。诚如刘勰所言"文变染乎世情，兴废系乎时序"。由于时代、社会、个人生活和个人性情等多种因素共同制约，他们的诗作气短骨弱、冷落哀悴，用辞凄清暗淡，内容孤苦忧怆。以贾岛为代表，苏轼谓"郊寒岛瘦"，其山水诗亦如此。

"冷"诗凄清孤寂风格长期不被推崇。唐司空图《与李生论诗书》称"贾浪仙诚有警句，视其全篇，意思殊馁，大抵附于寒涩，方可致才，亦为体之不备也"。宋代亦不乏诮语，欧阳修《书梅圣俞稿后》称"孟郊、贾岛之徒，又得其悲愁郁堙之气"。《六一诗话》言贾岛"平生尤自喜为穷苦之句""岛尝为衲子，故有此枯寂气味，形之于诗句也如此"（《诗人玉屑》载）。《彦周诗话》谓苏轼"郊寒岛瘦……此语具眼"。

严羽贬贾岛最低，《沧浪诗话》言"下视郊岛辈，直虫吟草间耳"。楼钥生同情之心，其《答綦君更生论文书》中称"若孟郊、贾岛之诗，穷而益工者，悲忧憔悴之言，虽能感切，不近于'哀以思'者乎？"明陆时雍较为冷静，其《诗镜总论》言"贾岛衲气终身不除，语虽佳，其气韵自枯寂耳"。清王夫之亦贬贾岛，《姜斋诗话》谓之"枯寂"，满是寒"衲"气。清朱彝尊《唐诗采风》愈加严厉："晚唐若全怪郊瘦岛饥，似冬之寒风。"

亦有肯定贾岛苦吟者。五代王定保编订的《唐摭言》称："元和中，元、白尚轻浅，岛独变格入僻，以矫浮艳，虽行坐寝食，吟味不辍。"可见岛用功之苦。其后宋魏泰《临汉隐居诗话》言："孟郊诗寒涩穷僻，琢削不假，真苦吟而成。观其句法、格力可见矣。"宋胡仔《苕溪渔隐丛话》前集卷二赞"欲清深闲淡，当看韦苏州、柳子厚、孟浩然、王摩诘、贾长江"。并引张文潜语之"贾浪仙之徒，皆以刻琢穷苦之言为工"，是一种"清远闲淡""清绝高远"风格。清李重华《贞一斋诗说》亦言"孟东野、贾浪仙卓荦偏才,俱以苦心孤诣得之"。

贾岛这种"冷"风诗界应有其存在。就像气节有夏之热烈高扬,也必有冬之凄冷幽峭。清延君寿《老生常谈》论诗时言:"人于读王、孟、韦、柳后,不读郊、岛两家,犹是缺典。"贾岛愁苦、凄冷之风于刘长卿、孟郊山水诗作中亦是显眼。

其四,广博大度。实质上,唐代众多山水诗不可绝对归类。他们之间多两可状态。恰如严羽《沧浪诗话》言"盛唐人诗亦有一二滥觞晚唐者,晚唐人诗亦有一二可入盛唐者,要当论其大概耳!""热"中"冷","冷"里有"温"。热—温—冷的浑混使山水诗呈现更为广博风格,此为诗歌艺术更加成熟表现。所谓"好诗圆美流转如弹丸"。

李白"飞流直下三千尺"炽热中兼"人烟寒橘柚,秋色老梧桐"的温情。贾岛"虫吟草间"亦含"志士终夜心,良马白日足"之浩气。杜甫愈发含蕴兼美。其诗被誉为"博大精深""集大成者""沉郁顿挫",不仅指内容丰富,还指其艺术气象的浑厚宽广。清陈廷焯《白雨斋词话》言:"杜陵之诗,包括万有,空诸依傍,纵横博大,千变万化之中,却极沉郁顿挫,忠厚和平。"试以《登高》为例略言一二,此诗历来被人高评。明胡应麟《诗薮》言此诗"当为古今七言律第一,不必为唐人七言律第一。"清杨伦《杜诗镜铨》亦言其为"杜集七言律诗第一"。整体上它恰好能代表杜甫"温"的风格,但一诗之内又有"热""冷"。"无边落木萧萧下,不尽长江滚滚来"丝毫不输太白"飞流直下"豪情,加上"万里"完全媲美"热"风;可是最后一联"艰难苦恨繁霜鬓,潦倒新停浊酒杯",其困顿之态几同"日暮苍山远,天寒白屋贫",配上"悲秋常做客""多病独登台",确见郊岛之凄寒。可见,集大成者其风格是混合博大的,一首之内居然众态齐备,可谓"盛唐诸公之诗,如颜鲁公书,既笔力雄壮,又气象浑厚"(严羽《在答出继叔临安吴景仙书》)。

元稹《唐故工部员外郎杜君墓系铭并序》中言:"至于子美,盖所谓上薄风骚,下该沈、宋,言夺(一作"古傍")苏、李,气吞曹、刘,掩颜、谢之孤高,杂徐、庾之流丽,尽得古今之体势,而兼人人之所独专矣。"

杜甫之众风格齐备，在于他善"集大成"。秦观《韩愈论》明确指出："于是杜子美者，穷高妙之格，极豪逸之气，包冲淡之趣，兼俊洁之姿，备藻丽之态，而诸家之所不及焉。然不集众家之长，杜氏亦不能独至于斯也。"

杜甫自言"晚节渐于诗律细""老去诗篇浑漫与"。宋吴沆《环溪诗话》挑明："凡人作诗，一句只说得一件事物，多说得两件。杜诗一句能说得三件、四件、五件事物；常人作诗，但说得眼前，远不过数十里内，杜诗一句能说数百里，能说两军州，能说满天下，此其所为妙。""惟其意远，举上句，即人不能知下句。"故此，杜诗"恣肆变化、阳开阴合"。

贾岛之"冷"诗也含有"温""热"。寒士贾岛开始亦有大志，即令在困蹇之际内心亦有温度。如其早期忆友诗作《忆江上吴处士》。明王世贞《艺苑卮言》称"秋风吹渭水，落叶满长安""置之盛唐，不复可别"。明谢榛《四溟诗话》亦言"气象雄浑，大类盛唐"。许学夷《诗源辩体》谓之"尚有初、盛唐气格，惜非完璧。其诗有'秋风吹渭水，落叶满长安'。古今胜语，而不自知爱"。

持此观点者甚多。清吴乔《围炉诗话》卷二言"贾岛《代旧将》诗，子美也"。清贺裳《载酒园诗话》亦言"贾诗最佳者……使人读之，不胜抚髀顾影之悲，可与魏武《龟虽寿》篇并驱"。叶燮似乎很早就注意到韩愈欣赏贾岛之诗，其《原诗》言："卢仝、贾岛、张籍等诸人，其人地与才，愈俱十百之，而愈一一为之叹赏推美。"

不拘一格，合成众家，此为文学、山水诗家艺术风格醇熟圆美表现。

要之，包含山水诗在内之唐诗呈现了高度兴盛，此后难有媲美者。王维、杜甫等山水诗艺术手法、风格后人更是难有企及。叶梦得早在宋代就有预言：

七言难于气象雄浑……自老杜……等句之后，尝恨无复继

者。①（《石林诗话》卷下）

叶梦得所论之例似乎还偏于山水诗。其实，前贤唐人如王昌龄、李白、皎然、刘禹锡、司空图等论唐诗之伟已以山水诗为本。宋人更胜一筹，欧阳修、张戒、严羽如此，众多宋诗话亦如此，《石林诗话》赞唐山水诗只是冰山一角。宋后之人踵武前贤，元明清迄今均如此。清人王士禛以"神韵"论诗源于唐诗多以山水诗为妙，所举蕴藉含蓄、意在言外之例全在山水诗。其《香祖笔记》《蚕尾续文》最见其本心。如：

严沧浪以禅喻诗，余深契其说，而五言尤为近之。如王、裴……太白……常建……浩然……刘眘虚……妙谛微言，与世尊拈花，迦叶微笑，等无差别。通其解者，可语上乘。②（《蚕尾续文》）

可见，从内容到艺术，山水诗于唐代处于巅峰。宋诗承唐诗而来，宋变唐，"然学唐诗者，莫善于宋"③（袁枚《答沈大宗伯论诗书》），宋山水诗亦如此。南宋山水诗于唐山水诗虽有异变，但艺术性毫无逊色。

第四节　北宋：山水诗流变

北宋山水诗承接唐五代而来。但于唐五代多有变异，以适应宋代社会及其文化特色，最终发展为宋代山水诗。南宋山水诗以北宋山水诗为基

---

① ［宋］叶梦得：《石林诗话》，何文焕《历代诗话》，北京：中华书局，1981年，第432页。
② ［清］王士禛：《带经堂诗话》，北京：人民文学出版社，1963年，第83页。
③ ［清］袁枚：《答沈大宗伯论诗书》，郭绍虞《中国历代文论选》卷3，上海：上海古籍出版社，2001年，第467页。

础，北宋山水诗变异之研究乃南宋山水诗研究之基础。

一、北宋山水诗发展背景

北宋建立乃兵不血刃、和平更替而来，前朝文人整体和平进入新时代。有鉴于唐末、五代武将擅权之教训，北宋于政治上多有变革：崇文抑武，优待文人。朝中各部门、各要职均以文人为主，军中亦以文人统领；同时，完善谏察制度，鼓励"风闻言事""异论相搅"以监察百官、纠察时弊。此举大大激发文人参政议政热情，推动北宋文人思想意识开放，促进文学、诗学发展，亦影响文学、诗学内在思想内容和外在建构形式。

在经济发展的同时，北宋尤重文化、教育、学校发展。国家、地方政府广办学校，公私书院大兴，私塾遍及城乡，汴京、金陵、临安等主要城市几乎家家有读书人、户户听诵书声。科举规模扩大，几乎取消科举资格限制，破除门第观念，寒士凭才学科考可入庙堂为官，范仲淹、欧阳修、王安石等最为典型。这一切极大促进文人、诗人兴起。

北宋政府统治思想虽以儒为本，并标榜三教并重，但实则道佛更胜。北宋儒学乃是一种新儒学，被称为道学、理学，本质乃是大量融合了道佛，与汉儒别异。社会时尚、广大文人则更倾心道佛，故道佛于文化、文学影响远超儒学。诗歌之创作群体、形式、内容、艺术手法、格调、理念等均亦深受道佛影响，欧阳修、王安石、苏轼、黄庭坚等山水诗家所受道佛影响尤深。

诗歌创作主体多有差异。朝堂厚禄权臣、青灯诵经僧徒、幽居湖山隐士均出山水诗家。文士亦非人人幸运，有奔波举场、穷困潦倒一生之寒士，有侧身下僚、卑微坎壈而终身之小吏，故山水诗韵调花样纷呈。

北宋弊政亦大量存在。政府机构庞大，人员冗余，效率低下，虽有庆历新政、熙宁变法，但因触犯朝中保守集团利益，最终均归失败。变革失败极大影响参入变革文人、士人并社会广大文人、士人思想，最终影响文学、诗学发展。

北宋疆域较之汉唐狭小，文人多以恢弘汉唐为雄心，但北宋军力不济。士人、诗人不得不直面现实，理智逐步驱逐梦想，冷静取代浮躁，平淡压倒热情。最终宋代文学别具一格，后人称之为"宋调"，以别之"唐音"。山水诗乃宋诗代表，亦为宋调典范。

二、北宋山水诗发展历程

北宋文学之发展自有历程，不可仅依时间划分时期。北宋诗之发展亦有自身特征。方回言北宋诗之发展轨迹详明：

> 宋刬五代旧习，诗有白体、昆体、晚唐体。白体如李文正、徐常侍昆仲、王元之、王汉谋。昆体则有杨、刘《西昆集》传世，二宋、张乖崖、钱僖公、丁崖州皆是。晚唐体则九僧最逼真，寇莱公、鲁三交、林和靖、魏仲先父子、潘逍遥、赵清献之徒，凡数十家。深涵茂育，气极势盛。欧阳公出焉，一变为李太白、韩昌黎之诗。苏子美二难相为颉颃，梅圣俞则唐体之出类者也。晚唐于是退舍。苏长公踵欧阳公而起，王半山备众体，精绝句，五言或三谢。独黄双井专尚少陵，秦、晁莫窥其藩。张文潜自然有唐风，别成一宗，惟吕居仁克肖。陈后山弃所学学双井，黄致广大，陈极精微，天下诗人北面矣，立为江西派之说者。（方回《送罗寿可诗序》，《桐江续集》卷32）

根据北宋诗发展历程，北宋山水诗发展可分为初、中、晚、末四个阶段。[①]

（一）初期：承前启后

北宋建立到欧阳修入文坛（1027年前后）为终点。此为北宋山水诗之兴起，主要山水诗人有白体（王禹偁为代表）、昆体（杨亿为代表）、

[①] 许总：《宋诗史》，重庆：重庆出版社，1992年，第25页。

晚唐体（九僧、林逋、寇准为代表）。初期山水诗最高成就者为晚唐体之林逋。

由于文学发展须以前人为基础，加之北宋和平换代，故宋初山水诗主要以学唐、仿唐为主，承多变少。

白体学白居易浅切、流连光景，歌吟个人生活情感；昆体学李商隐，香艳且多唱和、应酬；晚唐体学贾岛、姚合，注重苦吟，着笔幽清景物。

王禹偁山水诗多写旅次、登临所见自然景物，代表作《村行》（马穿山径菊初黄）清新自然。虽归为白体但亦有所创新，只是力量不足以动摇诗坛仿旧习俗。吴之振谓之"元之独开有宋风气，于是欧阳文忠得承流接响"①（《宋诗钞·小畜集钞》）。

此期山水诗最佳代表乃是晚唐体。为纠正白派浅俗平易浮靡诗风，九僧、魏野、林逋、寇准等倡导晚唐体，以清苦诗风、精设画面、提炼词句来变革诗坛，开北宋山水诗清寒幽静之先。如九僧之"虫迹穿幽穴，苔痕接断楞"（释保暹《秋径》）、"月依寒木尽，蛩背冷灯鸣"（释宇昭《宿丁学士宅》）可谓清寒入骨。寇准亦多幽寒孤寂山水诗，如五律《春日登楼怀归》（高楼聊引望）、《秋日原上》（萧萧古原上）、《湖上作》（极目望南浦），七律《秋夜怀归》（渭水苔矶阻旧游），七绝《青州西楼雨中闲望》（海上秋添寂寞情）等均满纸凄清。

林逋山水诗为此期最佳代表。其人工诗擅书，梅妻鹤子，隐居西湖孤山，今所见多为西湖山水景物吟咏。如七律《西湖泛舟入灵隐寺》（水天相映淡溶溶）、《孤山后写望》（水墨屏风状总非）、《孤山寺端上人房写望》（底处凭阑思眇然）描绘西湖旖旎风光。林逋以咏梅闻名，但唯有《山园小梅》（众芳摇落独暄妍）较好，其颔联"疏影横斜水清浅，暗香浮动月黄昏"驰名古今。

北宋此阶段山水诗总体成就欠佳，板滞、驽峭、平实、流丽、清快佳作较少。但为后来苏轼之奔放、王安石之清丽并南宋诗学晚唐、主张轻活

---

① [清]吴之振：《宋诗钞·小畜集钞》，北京：中华书局，1986年，第13页。

铺定基础。

（二）中期：缓慢新变

从欧阳修主宰文坛（1027年前后）到王安石、苏轼主宰文坛（1051年前后）。主要山水诗人有欧阳修、梅尧臣、苏舜钦。

经过几十年发展，在现实政治、发达经济和冷静理性文风影响下，北宋诗坛逐步走出前期承袭、模仿之路，迎来自我发展、创新阶段。在欧阳修引领下，梅尧臣、苏舜钦山水诗独具特色，诗作数量、质量、艺术手段并风格均较前大有突破，形成北宋山水诗小高潮。

欧阳修山水诗佳作主要有七律《戏答元珍》（春风疑不到天涯）、七绝《小池》（深院无人锁曲池）等，优秀山水诗句则较丰富。但欧阳修于北宋山水诗有开辟之功，提拔、培养北宋山水诗大家王安石、苏轼且开创论诗新途径；首开诗话，树立论诗新思维、新模式；承继唐韩愈以文为诗特色，推动苏轼、江西诗派形成以文为诗高潮；赞扬并推助平淡、清远诗风，力转北宋前期诗坛肤浅格调，树立平淡、冲远、思理宋诗标杆，最终使宋调特色凸显。以文为诗主要体现于欧阳修古风，其古风340余首，居北宋前期前列，如《三游洞》（漾楫溯清川）、《春日西湖寄谢法曹歌》（西湖春色归）、《庐山高》）（庐山高哉几千仞兮）、《山中之乐》（丹茎翠蔓兮）等均有以文为诗之特质。欧阳修可谓宋诗雏形铸造者。

此期山水诗最佳代表为梅尧臣、苏舜钦。梅尧臣力主平淡、闲适、委婉诗风，其山水诗佳作主要在律绝句，如《鲁山山行》（适与野情惬）、《东溪》（行到东溪看水时）等均广为传颂。苏舜钦山水诗在平淡中带有疏朗，清秀中有豪爽，佳作以律绝为主。其七绝山水诗《淮中晚泊犊头》（春阴垂野草青青，时有幽花一树明。晚泊孤舟古祠下，满川风雨看潮生。）可谓北宋前期绝句最佳代表，空灵、冲淡、闲远，即令置唐王维、韦应物名下亦无愧色。七绝《夏意》（别院深深夏簟清）、《初晴游沧浪亭》（夜雨连明春水生）亦流丽、清明、高旷，于北宋前期苦涩主体风格大有新变，于后来者如王安石晚年七绝多有启发。

论及宋初诗多提及石延年（字曼卿），今所存石延年山水诗较梅、苏大为逊色，仅绝句数首可观，如《春日楼上》（水树春烟重）、《秋夕北楼》（秋霁露华清带水）等，余则少有可观。

（三）晚期：二峰并立

以王安石入主诗坛（1051年前后）到苏轼离世，约50年。此阶段为宋诗、北宋山水诗最为辉煌时期。此期山水诗杰出代表为王安石、苏轼，双峰并立，诗秀史册。

王安石诗、文均佳。最能代表王安石诗歌成就、艺术风格者唯有山水诗。其诗现存1700余首，山水诗几半，700余首，律绝、古风均存佳作。

王安石山水诗佳作名篇众多，格调多样，韵律秀美，词句精炼，意境隽永，历来高评联翩。五律如《半山春晚即事》（春风取花去）、《即事》（径暖草如积）、《江亭晚眺》（日下崦嵫外）、《游北山》（揽辔出东城），七律如《次韵春日事》（人间尚有薄寒侵）、《太湖恬亭》（槛临溪上绿阴围）、《松江》（宛宛虹霓堕半空）均为佳品。

五绝山水诗亦多佳作，如《望钟山》（伫立望钟山）、《题齐安壁》（日净山如染）、《梅花》（墙角数枝梅）、《南浦》（南浦随花去）均秀丽清新。最显王安石山水诗特色者为七绝，佳作多，品位高，为其山水诗最高成就者。如《北山》（北山输绿涨横陂）、《书湖阴先生壁》（茅檐长扫净无苔）、《泊船瓜洲》（京口瓜洲一水间）、《钟山即事》（涧水无声绕竹流）、《江上》（江北秋阴一半开）、《若耶溪归兴》（若耶溪上踏莓苔）、《北陂杏花》（一陂春水绕花身）、《定林所居》（屋绕湾溪竹绕山）、《台城寺侧独行》（春山撩乱水纵横）、《游钟山》（终日看山不厌山）、《登飞来峰》（飞来山上千寻塔）、《钟山晚步》（小雨轻风落楝花）等，词、意、境、韵均出尘超凡，历来评价甚高、甚多。

王安石山水诗似杜甫，注重功力，苏轼山水诗似李白，味在天然。苏轼为两宋第一全才，其诗居两宋第一，山水诗亦名居两宋前茅，唯王安石、陆游可比。

苏轼山水诗体裁完备，各体皆佳；题材丰富，几无事不可入。今存诗2800余首中山水诗近千首，广泛分布于五、七律，五、七绝，古风等。

名篇丰富，以七绝、古风中山水诗最著称。七绝如《饮湖上初晴后雨》（水光潋滟晴方好）、《惠崇春江晚景》（竹外桃花三两枝）、《赠刘景文》（荷尽已无擎雨盖）、《题西林壁》（横看成岭侧成峰）均脍炙人口、流传古今。古风山水诗名篇尤富，如《书王定国所藏烟江叠嶂图》（江上愁心千叠山）、《游金山寺》（我家江水初发源）、《巫山》（瞿塘迤逦尽）、《百步洪》（长洪斗落生跳波）、《李思训画长江绝岛图》（山苍苍）等。古风以文为诗尽显，其艺术手法独特，信笔由缰而汩汩滔滔，想落天外而逍逍遥遥，凸显苏轼天才、洒脱个性。苏轼山水诗确乎为自然天籁之篇。

（四）末期：宋调确立

以苏轼离世为起点到南宋建立（1127年），约30年。主要山水诗人有黄庭坚、陈师道。黄、陈生活时间几乎与苏轼同步，但二人诗作影响主要在苏轼身后，故二人山水诗宜置于末期、苏轼后之北宋第四阶段。就山水诗成就而言，陈师道与黄庭坚并列；但于宋代山水诗坛影响而言，则黄庭坚远在陈师道之上。

宋调以江西诗派为典范，而江西诗派则以黄庭坚、陈师道、陈与义为三宗。陈师道诗学黄庭坚，陈与义实异于江西诗派，故真正江西诗派之宗乃黄庭坚。黄庭坚强化诗歌议论、思理特色，于宋诗多有理论建树，其诗学观于山水诗建构亦有重大影响。两宋之季，南宋诗学思维前后多有变异，但本质乃是以黄庭坚诗学观为中心而圆转。其"破俗""生新"诗学主张造就其别具一格的山水诗风味。

黄庭坚山水诗可观者数量未富，但寥寥数首中名篇亦见。最著名者为七绝《鄂州南楼书事》（四顾山光接水光），流丽、轻快、爽朗，与其滞涩主体风格大别。此外《雨中登岳阳楼望君山》（满川风雨独凭栏）亦朗朗上口，七律《登快阁》中名句"落木千山天远大，澄江一道月分明"广为人称道，亦山水诗名句。黄庭坚山水诗总体成就不高，韵律拗口，吟诵拗牙，乃是黄庭坚诗惯有"生涩瘦硬、奇僻拗拙"[①]特色于山水诗中表现。

---

① 胡云翼：《宋诗研究》，长沙：岳麓书社，2011年，第69页。

陈师道为"三宗"之一，其诗学观于其后宋诗有一定影响，主张"朴拙"为诗，其"后山体"异于"山谷体"，其山水诗亦异于鲁直风格，较鲁直顺畅，但转化为内在心里抒发，多清冷之意。其佳作主要在律体，如《晚游九曲院》（冷落丛祠晚）、《后湖晚坐》（水净偏明眼）、《野望》（山开两岸柳）、《杂题》（乱水交如线）等，皆有可观。

但陈师道山水景物描绘中最终均触及诗人自我内心，穿插"病身无俗事，待得后归鸦"（《晚游九曲院》）、"身致江湖上，名成伯季间"（《后湖晚坐》）、"剩寄还乡泣，难招去国魂"（《野望》）、"生涯鞍马上，岁月短长亭"（《杂题》）等枯燥、冷峭议论。

黄陈二人并整体北宋末期山水诗艺术成就不高，但其身后之江西诗派乃宋诗典范，南宋诗并南宋山水诗均在江西诗派浸润下发展。

以上可见，北宋山水诗承接唐诗而来，在变异中前行，以王安石、苏轼山水诗成就最高。欧阳修、苏轼、黄庭坚为宋调铺就基石，最终以黄庭坚之后学者凝成江西诗派，宋调定型。北宋山水诗总体上呈现宋调基本特征，但相对而言，宋调中以文为诗、议论化、思理性特征退居山水诗艺术性之后，故北宋山水诗艺术性更加凸显，承继唐诗、唐山水诗特色更为纯正、鲜明。

三、北宋山水诗主要特征

北宋山水诗承唐而来，但多变化于唐，别具一格。宋调内涵主要依托山水诗存在，北宋山水诗艺术特色乃北宋诗歌艺术特征的主要表现。北宋山水诗主要特征可概况为：山水诗家才学化、审美思维个性化、主体意境平淡化。

（一）山水诗家才学化

北宋诗家才学化首先体现在山水诗家集诗、文于一身。大家自王禹偁始，至欧阳修、王安石、苏轼、黄庭坚均诗文满身，欧、王、苏位列"唐宋八大家"。同时，欧阳修、苏轼、黄庭坚乃中国古代著名书法大家；欧阳修、苏轼亦宋代词赋家。苏轼、王安石学问最博：苏轼乃全才，兼善绘画、音乐；王安石大学问家，重释《诗》《书》《周官》为《三经新义》，撰《字说》，训诂多异前人。其他如林逋善行书、苏舜钦善草书、梅尧臣善画、文同书画兼善等。故，无论学问意识之有无、大小、显隐，诗家所聚之多重才华必影响其山水诗之创作。

北宋山水诗家才学化还在于将世俗之道与山水之道以达观意识融通。理学山水诗人将理学与山水景物贯通。邵雍、周敦颐、程颢、张载等亦以理学视角曲写山水景物，使山水诗别开生面，如程颢《春日偶成》（云淡风轻近午天）、张载《芭蕉》（芭蕉心尽展新枝）可谓情理景并行。非理学家王安石、苏轼等部分山水诗亦借助学问（含道学、佛学），将景物之美与山水之道结合，形成哲理山水诗，如：

江北秋阴一半开，晚云含雨却低回。青山缭绕疑无路，忽见千帆隐映来。

——王安石·江上

横看成岭侧成峰，远近高低各不同。不识庐山真面目，只缘身在此山中。

——苏轼·题西林壁

北宋山水诗体裁分布亦现才学化。艺术性、创作能力要求高的律体、长篇排律、长篇古风中多含山水诗，其中王安石、苏轼、黄庭坚各得近千首，欧阳修、陈师道亦各逾500首。一些古风动辄数百韵，如苏轼《巫山》（瞿塘迤逦尽）达390余字。山水诗如此用律繁复、词语众多，正是诗家才学化表现。

北宋山水诗家多诗话。欧阳修《六一诗话》开诗话论诗先河，其后有周紫芝《竹坡诗话》、叶梦得《石林诗话》、陈师道《后山诗话》等。梅尧臣、苏轼、黄庭坚论诗之言愈加丰富，甚至后人有摘苏轼诗论辑为《东坡诗话》。欧阳修《六一诗话》、惠洪《冷斋夜话》、范温《潜溪诗眼》、叶梦得《石林诗话》、魏泰《临汉隐居诗话》等，所载北宋山水诗家及其诗艺评点、解析均凸显学问。

北宋山水诗才学化还体现于诗家广泛借鉴前人诗句、典故。黄庭坚最讲才学化，言："老杜作诗，退之作文，无一字无来处，盖后人读书少，故谓韩、杜自作此语耳。古之能为文章者，真能陶冶万物，虽取古人之陈言入于翰墨，如灵丹一粒，点铁成金也。"① 在《跋书柳子厚诗》中批评王观复"未能从容中玉佩之音 …… 意者读书未破万卷"②，正为推崇才学化体现。

（二）审美思维个性化

社会才学化风尚，加之个体勤奋好学，故北宋山水诗家审美能力大为提高，审美情趣异变，审美个性化鲜明。

以俗为美，瞩目细微。北宋山水诗选材多集中于凡俗、细微、凄清山水景物，常见有野塘春笋、孤棹寒篷、寒溪竹桥、败亭霜菊、幽寺疏钟等物象。如"万壑有声含晚籁，数峰无语立斜阳。棠梨叶落胭脂色，荞麦花开白雪香。"（王禹偁《村行》）"野水无人渡，孤舟尽日横。荒村生断霭，古寺语流莺。"（寇准《春日登楼怀归》）王安石、苏轼等笔下景物亦多细微者，如王安石"小雨轻风落楝花，细红如雪点平沙"（《钟山晚步》）、"春山撩乱水纵横，篱落荒畦草自生"（《台城寺侧独行》），苏轼"荷尽已无擎雨盖，菊残犹有傲霜枝"（《赠刘景文》），黄庭坚"嫩草已侵水面绿，平芜还破烧痕青"（《观化》）等均如此取景。黄庭坚所谓"点铁成金"正是着眼于凡俗景物，化俗为雅。宋人学识广博，认知能力提高，审美情趣雅化，平凡中见奇伟，细小中知广大，故多取材常见山水景物，但寓意非凡，诗意秀美。

特立独行，风格多样。北宋山水诗个性化体现于体裁范式多样化。一般山水诗家以律绝为主，但苏轼、黄庭坚古风山水诗尤多，数百言长篇巨

---

① [宋]黄庭坚：《答洪驹父书》，郭绍虞《中国历代文论选》册2，上海古籍出版社，2001年，第316页。

② [宋]黄庭坚：《跋书柳子厚诗》，《山谷集》卷26，四库全书本。

制多见，与20字绝句短小体制悬殊，起伏强烈。王安石山水诗则以七绝见长，精心雕琢，用律工整，严羽谓之"公绝句最高，其得意处，高出苏、黄、陈之上"①。同时，同一题目、同一题材，或律、或绝、或古风、或并用，山水诗家体制个性化、审美思维差异性鲜明。

风格鲜明，类别丰富。北宋山水诗以宋诗风格为主体，清瘦、雅淡、幽冷，如秋之菊桂，书卷气十足，宋调山水诗即此。严羽所谓"辨体"，且明白指出唐宋诗之别，"盛唐诸人惟在兴趣……近代诸公，乃作奇特解会，遂以文字为诗，以才学为诗，以议论为诗"。"唐人与本朝人诗，未论工拙，直是气象不同。""晚唐，分明别是一副言语；本朝诸公，分明别是一副言语。"②北宋山水诗审美趣味与唐山水诗之别极为分明。

就个体而言，北宋山水诗审美趣味亦是丰富多样、千差万别。既有"作为整体的宋诗共性的集中熔铸"，更有"个体的诗人个性极度发展"。③北宋山水诗主要名家王禹偁、九僧、欧阳修、梅尧臣、苏舜钦、王安石、苏轼、黄庭坚、陈师道各具风味。如王禹偁质朴、林逋清逸、九僧幽寒、欧阳修清丽、梅尧臣淡远、苏舜钦豪俊、黄庭坚奥峭、陈师道清瘦等，不一而足。

世人于王安石、苏轼山水诗个体风格评品极富。后山谓之"王介甫以工，苏子瞻以新，黄鲁直以奇"④。其实王苏二家山水诗审美趣味丰富性远非数语可尽。

王安石山水诗清逸、秀丽、俊朗、深婉、幽远乃至凄寒、孤寂各有所现。吴之振等《宋诗钞》所言"论者谓其有工致，无悲壮……余以为不然，安石遣情世外，其悲壮即寓闲淡之中"⑤，极为中肯。王安石笔下山水诗呈现多样审美情趣，叶梦得言"王荆公晚年诗律尤精严……但见舒闲

---

① [宋]严羽：《沧浪诗话》，何文焕《历代诗话》，北京：中华书局，1981年，第690页。
② [宋]严羽：《沧浪诗话》，何文焕《历代诗话》，北京：中华书局，1981年，第688、695页。
③ 许总：《宋诗以新变再造辉煌》，桂林：广西师范大学出版社，1999年，第193页。
④ [宋]陈师道：《后山诗话》，何文焕《历代诗话》，北京：中华书局，1981年，第306页。
⑤ [清]吴之振：《宋诗钞·临川诗钞》，北京：中华书局，1986年，第564页。

容与之态耳……其用意亦深刻矣"[1]。黄庭坚言之"暮年作小诗，雅丽精绝，脱去流俗"[2]。《漫叟诗话》曰："荆公定林后诗，精深华妙……自以比谢灵运，议者亦以为然。"[3]

苏轼山水诗风格亦是丰富。虽纵情天性、驰骋神思，豪迈、奔放、俊朗、清新、流丽鲜明，但有时亦有深婉、幽清乃至孤凄之态，可谓北宋山水诗审美趣味最丰富、最多样者。时人言其"新"，亦谓之"东坡超迈""妙丽古雅"。[4]清人称道苏轼风格者愈多，如"苏豪宕纵横"[5]"东坡诗旷多于豪"[6]"苏轼之诗，其境界皆开辟古今之所未有，天地万物，嬉笑怒骂，无不鼓舞于笔端"[7]。"东坡近体诗……言尽而意亦止，绝无弦外之音、味外之味。"[8]所道苏轼诗特色，亦含山水诗风格。

赵翼所言最鲜明。"东坡……天生健笔一枝，爽如哀梨，快为并剪，有必达之隐，无难显之情，此所以继李、杜后为一大家也。""其妙处在乎心地空明，自然流出，一似全不着力，而自然沁入心脾，此其独绝也。""工巧而不落纤佻。""自成一家，不可方物。"[9]袁枚称"太白、东坡以天分胜，学之，画虎不成，反类狗也"[10]。此言正道苏轼诗之独特审美趣味。

黄庭坚、陈师道同属于江西诗派"三宗"，但其山水诗风格别样。黄

---

[1] [宋]叶梦得：《石林诗话》，何文焕《历代诗话》，北京：中华书局，1981年，第406页。
[2] [宋]胡仔：《苕溪渔隐丛话》前集卷35，北京：人民文学出版社，1962年，第234页。
[3] [宋]胡仔：《苕溪渔隐丛话》前集卷33，北京：人民文学出版社，1962年，第222页。
[4] [宋]罗大经：《鹤林玉露》甲编卷3，北京：中华书局，1983年，第52页。
[5] [清]潘德舆：《养一斋诗话》，郭绍虞《清诗话续编》，上海：上海古籍出版社，1983年，第2015页。
[6] [清]刘熙载：《艺概·诗概》卷2，上海：上海古籍出版社，1978年，第67页。
[7] [清]叶燮：《原诗》内编上，北京：人民文学出版社，1979年，第9页。
[8] [清]袁枚：《随园诗话》卷3，北京：人民文学出版社，1982年，第71页。
[9] [清]赵翼：《瓯北诗话》，北京：人民文学出版社，1963年，第56–63页。
[10] [清]袁枚：《随园诗话》卷4，北京：人民文学出版社，1982年，第103页。

庭坚瘦硬奇崛，或清丽俊逸，或雄健旷阔，吴乔称其"专意出奇"[1]，方东树甚至谓之"腴妙"[2]。陈师道山水诗则多质朴、深沉、孤清，方回谓之时含"劲健清瘦，尾句尤幽邃，此其所以逼老杜也"[3]。其山水诗多自我内心描绘，但封闭明显，与黄庭坚山水诗自我心结显露形成差异，迥别于苏轼山水诗心性豪迈外溢、自我情感尽力宣泄，故严羽谓之"以人而论，则有……东坡体、山谷体、后山体、王荆公体"。

可见，同为宋调山水诗，但个体审美趣味差异、思维个性化鲜明，此为北宋山水诗特质的重要表现。

（三）主体意境平淡化

宋诗主体格调为平淡。北宋山水诗个体风格丰富多样，但主体审美意味同归于宋调，意境平淡、清远、旷逸为其根本特征。自王禹偁至陈师道大小山水诗家均在此轨范内上下而行。

宋初白体、晚唐体、昆体主体即是以平淡为境。白体以唐白居易闲适悠游、流连光景为宗，主要指吟风弄月之元和体。此类作品以悠闲、淡远为风格。不仅李昉、李至《二李唱和集》如此，王禹偁山水诗亦多见，少有风格激昂、豪迈者。王禹偁代表作《山行》中清丽、淡远、幽凄可见。昆体原为矫白体浅俗而来，亦是以晚唐为宗，虽标榜学李商隐之华丽，实则丽中多清，亦无雄阔之气。

同为晚唐，从贾岛、姚合到皮日休、陆龟蒙等，其诗风均以清淡、平远为主。宋初山水诗之主体、诗宗晚唐之晚唐派，其山水诗自然以平淡为要。九僧、林逋、魏野、寇准之山水诗无一不以凄清、清淡凸显。林逋《孤山雪中写望》、魏野《暮秋闲望》、寇准《春日登楼怀归》均含凄清，林逋《山园小梅》名联"疏影横斜水清浅，暗香浮动月黄昏"中的平淡、

---

[1] [清]吴乔：《围炉诗话》，郭绍虞《清诗话续编》，上海：上海古籍出版社，1983年，第610页。

[2] [清]方东树：《昭昧詹言》卷12，北京：人民文学出版社，1961年，第323页。

[3] [元]方回：《瀛奎律髓汇评》卷1，李庆甲集校，上海：上海古籍出版社，2005年，第17页。

清逸历来广为称道。

北宋中期，欧阳修、梅尧臣等更是力主"平淡"，将宋调基本定型。《六一诗话》言："圣俞覃思精微，以深远闲淡为意。"[1] 欧阳修所引不仅在于表白梅尧臣诗学思想，亦为认可、共鸣之征，可见"平淡"论乃二人共同观念。梅尧臣自言"因吟适性情，稍欲到平淡"（《依韵和晏相公》）、"作诗无古今，唯造平淡难"（《读邵不疑学士诗卷》）。方回谓"宋人当以梅圣俞为第一，平淡而丰腴"[2]。

平淡非平庸，亦非寡淡。苏轼不仅继续推崇平淡论，亦阐明平淡本质，言"所贵乎枯淡者，谓其外枯而中膏，似淡而实美"[3]（苏轼《评韩柳诗》）。"予尝论书，以谓钟王之迹，萧散简远，妙在笔画之外……至于诗亦然……发纤秾于简古，寄至味于淡泊。"[4]（苏轼《书黄子思诗集后》）书、诗艺术相通，书法之"萧散简远"亦是诗歌之"简古""淡泊"，均以平淡为工。唯有艺术高超、醇熟才可至"平淡"境界，"五色绚烂，渐老渐熟，乃造平淡"[5]。苏轼以陶诗为平淡，故自称"独好渊明之诗。渊明作诗不多，然其诗质而实绮，癯而实腴"（苏辙《追和陶渊明诗引》）。

苏轼所论平淡本质，亦于梅尧臣言尽意余之论等通：

> 圣俞尝语余曰："诗家虽率意，而造语亦难。若意新语工，得前人所未道者，斯为善也。必能状难写之景，如在目前，含不尽之意，见于言外，然后为至矣。……余曰："语之工者固如是。状难写之景，含不尽之意，何诗为然？"圣俞曰："作者得于心，览者会以意，殆难指陈以言也。"（欧阳修《六一诗话》）

---

[1] [宋]欧阳修：《六一诗话》，北京：人民文学出版社，1962年，第10页。
[2] [元]方回：《瀛奎律髓汇评》卷1，李庆甲集校，上海：上海古籍出版社，2005年，第42页。
[3] [宋]苏轼：《苏轼全集》，上海：上海古籍出版社，2000年，第2124页。
[4] [宋]苏轼：《苏轼全集》，上海：上海古籍出版社，2000年，第2133页。
[5] [宋]周紫芝：《竹坡诗话》，何文焕《历代诗话》，北京：中华书局，1981年，第348页。

可见诗人所求平淡绝非简单之诗，更非简单之事。

王安石虽无直接平淡之论，但观其山水诗作如《北山》《登飞来峰》《泊船瓜洲》等，平淡、清逸凸显，叶梦得谓之"意与言会，言随意遣，浑然天成，殆不见有牵率排比处。如'含风鸭绿鳞鳞起，弄日鹅黄袅袅垂。'读之初不觉有对偶。至'细数落花因坐久，缓寻芳草得归迟。'但见舒闲容与之态耳……其用意亦深刻矣！"① 黄庭坚称荆公诗"雅丽精绝，脱去流俗，每讽味之，便觉沉濯生牙颊间"②。荆公山水诗言少意多，正在平淡之中，故吴之振评曰"闲淡"。(《宋诗钞·临川诗钞序》)

及至黄庭坚、陈师道，虽有鹜峭，但同样以平淡作为山水诗意境之典范。如黄庭坚《与王观复第二书》称赏平淡，谓"但熟观杜子美到夔州后古律诗，便得句法简易而大巧出焉。平淡而山高水深，似欲不可企及，文章成就，更无斧凿痕，乃为佳耳"③。

要之，诗求平淡、平淡为高乃北宋山水诗家共同艺术意识。个中缘由乃北宋冷峻、理性社会环境使然，同时亦是诗人深受道佛（禅）浸润、好学静思、才学外化之结果。

四、北宋山水诗于南宋山水诗影响

北宋山水诗乃是北宋诗歌主体。南宋山水诗承接北宋而来，故北宋山水诗之作家、作品、题材、体裁、艺术性、诗学观及其时代接受等深深影响了南宋山水诗，影响最深刻者为诗学观和艺术法则之传承。

（一）确定宋调山水诗内涵

北宋诗为中国古代诗史第二座高峰，其山水诗亦是如此。北宋山水诗为南宋山水诗之先导，其诗学观亦是南宋山水诗内涵基础。

---

① [宋]叶梦得：《石林诗话》，何文焕《历代诗话》，北京：中华书局，1981年，第406页。
② [宋]胡仔：《苕溪渔隐丛话》前集卷35，北京：人民文学出版社，1962年，第234页。
③ [宋]黄庭坚：《与王观复第二书》，郭绍虞《中国历代文论选》册2，上海：上海古籍出版社，2001年，第324页。

北宋山水诗"元之独开有宋风气，于是欧阳文忠得以承流接响。文忠之诗雄浑过于元之，然元之固其滥觞矣"①。宋调自王禹偁首倡，至欧、梅、苏初具规模。其后王、苏大力扩张，黄、陈倾情强化，宋调挺立，并列唐音。宋调本质特征乃是以文为诗、以议论为诗、以才学为诗、理性化书卷气、筋骨瘦硬。

北宋山水诗本质亦是宋调。承继北宋山水诗而来、以北宋山水诗为本之南宋山水诗亦是宋调，其特征亦是如此。南宋虽有所变革，但本质大抵仍是思理、才学、骨气，南宋陆游、杨万里、朱熹、四灵、戴复古等大小家山水诗皆合此宋调特质之中。故后人论及宋山水诗必将欧、王、苏、黄与陆、杨、范、戴相连，最少亦是苏陆二家并列。元明清乃至南宋人诗话、选本、诗评等论述两宋诗特点均以北宋开辟之宋调为基础，可见北宋山水诗乃是南宋山水诗立论之本。

（二）基本审美意识贯通性

北宋山水诗个体风格丰富多样，南宋山水诗亦是如此。平淡乃南北宋山水诗审美意识共性，即南宋山水诗亦始终奉行以欧阳修、梅尧臣、王安石、苏轼、黄庭坚建立之平淡诗风作为最高审美理念。陆游、杨万里均强调诗发自然，崇尚妙趣天成。陆游言"雕琢自是文章病，奇险尤伤骨气多"（陆游《读近人诗》）。杨万里言平淡恰如食荼，谓"苦未既，而不胜其甘。诗亦如是而已矣……近世唯半山老人得之"（杨万里《颐庵诗稿序》）。（《诗人玉屑》卷十六谓之"顺庵"）

四灵、江湖派山水诗亦是推崇平淡。严羽言四灵"独喜贾岛、姚合之诗，稍稍复就清苦之风"（《沧浪诗话》），四灵"敛情约性，因狭出奇，合于唐人"②，故"清而不枯，淡而有味"③。戴复古《读放翁先生剑南诗草》言"茶山衣钵放翁诗……入妙文章本平淡，等闲言语变瑰琦"，戴复古与陆游平淡诗风主张共鸣。而陆游诗学茶山，茶山祖黄鲁直。刘克庄亦是

---

① [清]吴之振：《宋诗钞·小畜集钞序》，北京：中华书局，1986年，第13页。
② [宋]叶适：《题刘潜夫南岳诗稿》，《水心集》卷29，四库全书本。
③ [宋]曹豳：《瓜庐诗题识》，薛师石《瓜庐集》附录，四库全书本。

赞赏诗作平淡，称"二诗简淡扫秾华"（《答谢法曹》）。

可见，山水诗平淡审美意识乃两宋共同观念，南宋源于北宋。

（三）南宋山水诗师学北宋

南宋山水诗家虽师法广泛，但受北宋山水诗影响最巨大、最直接。宋调以江西诗派特质为主体，江西诗派以黄庭坚、陈师道为宗，故南宋诗坛诗学观念虽左右变化，但始终在江西诗派笼罩中。

南宋初期吕本中、曾几出自江西诗派，及至中兴期依然在江西诗派诗人左右。陆游诗学曾几，杨万里奉行江西诗派审美及思想，作《江西宗派诗序》。末期江湖派戴复古、刘克庄诚服江西诗派，如戴复古言"茶山衣钵放翁诗……李杜陈黄题不尽，先生模写一无遗"。江西诗派风格甚至于宋末部分诗人、地域中重新流行。

王、苏、黄诸家山水诗被南宋诗家广为学习。南宋初吕本中《紫微诗话》《童蒙诗训》等反复强调诗须学苏黄。如《童蒙诗训》之《前人文章句法》条言"东坡句法……鲁直句法……学者若能遍考前作，自然度越流辈"。《文字体式》条言"学诗须熟看老杜、苏、黄，亦先见体式，然后遍考他诗，自然工夫度越过人"。《苏黄文字之妙》条言"自古以来语文章之妙，广备众体，出奇无穷者，唯东坡一人；极风雅之变，尽比兴之体，包括众作，本以新意者，唯豫章一人，此二者当永以为法"[①]。其他《苏黄诗不可偏废》《学古人文字须得其短处》等均有学苏黄精论。朱熹亦言学苏黄，"文字到欧曾苏……方是畅""东坡文字明快"（《朱子语类》）。杨万里亦称"予之诗，始学江西诸君子，既又学后山五字律，既又学半山老人七字绝句，晚乃学绝句于唐人"[②]（《诚斋荆溪集序》）。

南宋其他诗话、诗评、序跋论及王、苏、黄山水诗十分丰富。除前举叶梦得《石林诗话》外，葛立方《韵语阳秋》、黄彻《䂬溪诗话》、刘克庄《后村诗话》、张戒《岁寒堂诗话》、严羽《沧浪诗话》等大量论及，

---

① [宋]吕本中：《童蒙诗训》，郭绍虞《宋诗话辑佚》，北京：中华书局，1980年，第585—604页。

② [宋]杨万里：《诚斋荆溪集序》，《诚斋集》卷81，四库全书本。

汇总类诗话如魏庆之《诗人玉屑》、胡仔《苕溪渔隐丛话》中所言愈加集中。张戒谓"诗妙于子建,成于李、杜,而坏于苏、黄。……苏、黄习气净尽,始可以论唐人诗"。此言从侧面证明南宋人学习苏黄之盛、苏黄诗影响南宋人之深。

(四)艺术法则观念前后传承

清蒋士铨诗曰:"唐宋皆伟人,各成一代诗……宋人生唐后,开辟真难为……亦自易矩规……寄言善学者,唐宋皆吾师。"(《辩诗》)此言北宋变唐而鼎立。事实上,南宋山水诗亦变化于北宋。南宋承继了北宋创新理念,"异变"之诗学观前后贯通。

南宋时,江西诗派为宋调之基本,但其末流弊端丛生,山水诗亦然。于是吕本中高举"变革"大旗,以"活法""悟入"揭开创新序幕。虽这一变革仍以北宋诗为基础,但从此南宋山水诗日益独立壮大,最终成为南宋山水诗之特质,并列于北宋山水诗。

陆游、杨万里亦继承北宋变革意识。陆游言子学诗"工夫在诗外",杨万里言善诗者须"去词""去意"而变化于前人。陆、杨诗材观念之变更是鲜明。陆游谓山水诗创作之妙应于"山程水驿中",契合杨万里"闭门觅句非诗法,只是征行自有诗"观念。杨万里以其"步后园,登古城,采撷杞菊,攀翻花竹,万象毕来献予诗材……未觉作诗之难也"(《诚斋荆溪集序》)。杨万里突破"诗人之病",正是变革创新之效。

四灵回归唐诗既是承接宋初晚唐体,亦是变革。叶适言:

> 初,唐诗废久,君与其友徐照、翁卷、赵师秀议曰:"昔人以浮声切响单字只句计巧拙,盖风骚之至精也。近世乃连篇累牍,汗漫而无禁,岂能名家哉!"四人之语遂极其工,而唐诗由此复行矣。(叶适《徐文渊墓志铭》)[①]

---

① [宋]叶适:《徐文渊墓志铭》,《水心集》卷21,四库全书本。

宋末刘克庄折中四灵"捐书以为诗"和江西诗派"资书以为书",又是一种变革。

可见,南宋诗家与北宋诗家在"变"上本质一致,前后相通。南宋诗家如此意识,北宋之影响密不可分。

北宋山水诗家艺术法则传承南宋亦多。除宋初晚唐体与四灵晚唐体吻合外,尚有王安石、黄庭坚精雕细琢、工笔细描被陆游、四灵、戴复古所接受;苏轼活泼、自然笔法与杨万里脱透、轻活相通;黄庭坚"无一字无来历"与吕本中"遍考精取,悉为吾用"(《与曾吉甫论诗第一帖》)、刘克庄"帖括"[①] 相通。

此外,北宋山水诗大量接受绘画艺术,借鉴道佛空寂意境、含混语用、机锋语义,注重内在心理刻画等。如此艺术法则愈加深刻影响南宋诗家,亦为南宋山水诗家接受、再现。两宋山水诗艺术意识、艺术法则前后承继、贯通之本质可见。

本章结语

南宋前山水诗乃是一个漫长阶段。大致可分为先秦两汉草创、魏晋南北朝成熟、唐代兴盛、北宋流变四个时期。

山水诗产生乃文化、文学发展结果,亦是人类自身生活、思想、社会发展结果,并与儒学、道教、玄学、宗教发展关联密切。山水诗在谢灵运笔下成熟,至唐兴盛,并形成古代山水诗第一高峰。唐代山水诗无论诗家、题材、体裁、艺术技巧、作品数量、作品质量均超越先前历代总和。

盛极必变。北宋山水诗虽亦是中国古代山水诗新高峰,但变化于唐。不仅其题材、体裁、作家作品数量盛于唐,山水诗主体格调别异唐音,以

---

① 钱锺书:《宋诗选注》,北京:生活·读书·新知三联书店,2002年,第405页。

平淡、思理、筋骨、才学、清素为其主调、特质。

北宋山水诗乃南宋山水诗基础，其诗学观念、艺术法则深刻影响南宋山水诗发展。南宋山水诗亦变异于北宋山水诗，但其宋调根本特征与北宋贯通。

第二章 南宋山水诗创作社会背景及创作概况

南宋人文发达,"天水一朝,人智之活动与文化之多方面,前之汉唐,后之元明,皆所不逮也"①。诗歌居南宋文学重要地位,清《四库全书总目》收宋别集382家396种,其中北宋115家122种,南宋267家274种,所录别集南宋为北宋两倍多。现存南宋文学作家、作品数量明显"超迈北宋",且成就与"北宋比肩"②。

《四库全书总目》所录南宋诸家主要为诗人,其别集亦主要为诗集。山水诗乃南宋诗歌成就之重要载体,亦为南宋诗坛辉煌之最佳代表。南宋山水诗艺术技巧较前人大有发展,山水诗作家群体、作品数量、体裁形式、题材范围超越前代,南宋山水诗于南宋诗坛主体地位鲜明,南宋诗坛亦因之媲美北宋诗坛。"文变染乎世情,兴废系乎时序。"(刘勰《文心雕龙》)南宋山水诗之发展源于诗歌自身发展规律,亦因南宋政治、经济、文化、自然诸因素构成南宋社会背景使然,时代社会背景乃推动南宋山水诗发展最直接、最重要因素之一。

---

① 王国维:《王国维遗书·宋代之金石学》,上海:上海书店出版社,1983年,第70页。
② 王水照,熊海英:《南宋文学史·南宋文学的时代特点与历史定位》(前言),北京:人民出版社,2009年,第1页。

第一节　南宋山水诗创作社会背景

南宋山水诗之繁荣有其深刻背景，其中，经济、文化、教育、人才、地理、三教为推进南宋山水诗创作发展的要素。

一、经济繁荣，物质丰厚

南宋享国152年（1127—1279），疆域之辽阔不及前之汉唐北宋、后之明清，然经济文化之繁荣则超前越后。南宋经济乃中国古代"最辉煌的历史时期"[1]，元人魏元礼赞曰"十倍于汉，五倍于唐"[2]。"仓廪实而知礼节"（《史记·管晏列传》），包括山水诗在内之南宋文化因之大为发展。南宋繁荣农业、都市、印制业诸方面于山水诗发展推助甚伟。

南宋山水诗之繁盛首先得益于南宋发达之农业。此地为中国之东南，气候温热，雨量充沛，农业发展具有天然优势。靖康之乱，"中原士民，扶携南渡，不知其几千万人"（《建炎以来系年要录》）。江南劳力大增，生产技术大增，生产理念亦大新。耕牛、铁制农具普遍使用，注重兴修水利，旱涝保收。耕作面积扩大迅速，圩（围）田极为发达，杨万里诗赞太平州（今安徽当涂）圩田为"夹路垂杨一千里，风流国是太平州"。太湖流域之苏、湖、常、秀诸州为南宋农业最为发达地区，时谚赞曰"苏湖熟，天下足"。江浙水路交通便捷，富余粮食大量转运外地。此外，南宋江西路鄱阳湖流域、两湖路洞庭湖流域、淮北路长江流域之农业亦发达。民以食为天，有饭吃乃从事文化活动最基本条件。

---

[1] 王国平：《以杭州为例，还原一个真实的南宋》（代序），何忠礼《南宋全史》（一），上海：上海古籍出版社，2011年，第7页。

[2] ［宋］章如愚：《群书考索续集·宋朝财用》卷45，四库全书本。

第二章 南宋山水诗创作社会背景及创作概况

南宋山水诗之繁荣亦赖都市之繁荣，以江浙最为典型。临安（今杭州）"户口蕃息，仅百万余家者，城之南西北三处，各数十里，人烟生聚，市井坊陌，数日经行不尽，各可比外路一小小州郡，足见行都繁盛"（耐得翁《都城纪胜·坊院》）。南宋临安人口总数常年在500万以上，而同时欧洲伦敦人口约3.4万，欧洲最大城市罗马约9万人。① 马可·波罗赞临安（今杭州）曰："世界其他城市之冠。"② 人口稠密，文化发展才有市场。临安（今杭州）商贸亦发达，店铺林立，买卖兴隆，万物齐聚，其都市之繁盛于宋元之际笔记资料广有证见。

时人周密《武林旧事》、耐得翁《都城纪胜》、吴自牧《梦粱录》、罗烨《醉翁谈录》、西湖老人《繁盛录》等记录翔实。耐得翁言："自高宗皇帝驻跸于杭，而杭山水明秀，民物康阜，视京师其过十倍矣……其与中兴时又过十数倍也。"③ 吴自牧亦言："南渡以来，杭为行都二百余年，户口蕃盛，商贾买卖者十倍于昔，往来辐辏，非他郡比也。"④ 陈傅良称"东南财赋之渊薮，惟吴越最为殷富""祖宗之时，银绢缯絮钱谷，皆仰给于东南"（章如愚《群书考索续集·东南财赋》卷46）。

农业发达、食物充足使百姓基本生活多有保障；都市昌盛、资源丰富促进社会繁荣安定，士人奋发；主体经济发达促使了南宋仕人待遇优厚，社会整体（尤其士人）因而有闲暇时间、剩余精力、文化心思去追求艺术活动，南宋山水诗创作因之大为发展。

南宋山水诗之辉煌亦因南宋印制业发达。南宋制版、造纸、制墨、制笔、制砚产业盛极历史，关系南宋山水诗发展最为直接者为雕版、造纸。

宋代造纸业与印刷业技术之"广泛应用和发扬光大却是在南宋时期"⑤。南宋雕版业、制纸业之繁荣最能体现中国古代制书业之发达，故叶

---

① 陈野：《南宋绘画史》，上海：上海古籍出版社，2008年，第27页。
② [元]马可·波罗：《马可·波罗游记》，福州：福建科学技术出版社，1981年，第175页。
③ [宋]耐得翁：《都城纪胜·序》，上海：古典文学出版社，1957年，第89页。
④ [宋]吴自牧：《梦粱录》，上海：古典文学出版社，1957年，第238页。
⑤ 葛金芳：《南宋手工业史》，上海：上海古籍出版社，2009年，第229页。

德辉言:"书籍自唐时镂版以来,至天水一朝,号为极盛。"①

雕版主要分官刻、私刻。官刻有中央刻版、地方刻版②,私家刻版有家刻、坊刻,它们于南宋山水诗发展最有功绩。临安、福建、成都为南宋刻版三大中心,其中临安为第一大中心,其官刻、私刻繁盛。《书林清话》卷3之《宋私宅家塾刻书》记载可考家刻达45家。③

南宋坊刻最为繁盛。《书林清话》卷3之《宋坊刻书之盛》记载到清代犹可考者达26家。出于经济目的,坊刻"虽为人鉴赏,然雕镂不如官刻之精,校勘不如家塾之审"④。但于南宋山水诗保存、传播贡献特殊。以陈起、陈续芸父子为代表之临安陈氏坊刻最为著名。据《书林清话》之《南宋临安陈氏刻书》所论,南宋中后期诗家、尤其中小诗家诗作今日之留存全赖此坊雕版,如"江湖诗派"总集系列、宋诗僧集系列。临安陈氏坊刻亦刻版大量诗家别集,可考者50余种,它们与总集共同力助南宋山水诗发展。书商抑或直接成为诗家。陈起广接"江湖之士以诗驰誉者"(《直斋书录解题》卷15),其山水诗亦有可观者,如《夜过西湖》(鹊巢犹挂三更月)等。此外,南宋书院、寺院亦大量印制诗作,其中多有山水诗。

南宋书籍制业发达,书籍商业繁荣,书铺遍及大市小镇。南宋士人诗歌创作总量丰富,除整体文学素养提升、个体勤奋有为外,亦为制书业繁荣促进。时人刘克庄言"本朝……人各有集,集各有诗,诗各自为体"⑤(《竹溪诗序》),此种现象不仅有赖于雕版繁荣、印术高超,亦有赖于快捷传播、便利流通及社会广泛消费需要,它们于南宋山水诗发展传播大有贡献。

"自唐以前,诗无刻本。其所传者,大抵皆才人妙笔,纸贵人间,故

---

① [清]叶德辉:《书林清话·自序》,长沙:岳麓书社,1999年,第1页。
② 姚瀛艇:《宋代文化史》,开封:河南大学出版社,1992年,第67页。
③ [清]叶德辉:《书林清话》,长沙:岳麓书社,1999年,第71页。
④ [清]叶德辉:《书林清话》,长沙:岳麓书社,1999年,第74页。
⑤ [宋]刘克庄:《后村先生大全集》卷94,四部丛刊初编本。

所存少而工者多。自宋以后，刻本盛行，易于流布，连篇累牍……可传。"① 可见，南宋山水诗东南繁盛，与东南经济、农业、都市、手工业等繁荣紧密关联。

二、文教繁荣，书藏助学

南宋山水诗之繁荣与南宋学校、书院、藏书、诗书家族等亦紧密关联。

（一）学校遍布，书院众多

中国古代教育之繁荣首推南宋，南宋教育之繁荣首先体现为各类学校遍布城乡。

南宋学校主要有官学、私塾、书院等。官学有中央、地方官学。中央官学有太学、武学、医学、算学、画学等，以太学最为重要、最为高级，主要教授历代儒家经典、诗赋等。度宗咸淳间（1265—1274）太学生达1636人（《咸淳临安志·太学》卷11），其中多有山水诗家（如郑思肖等）。地方官学更为丰富。各路、府、州、县均设置官学。最低级官学为县办，普及率很高，如两浙路77县，县学74所，普及率达到97%②。官学为学生提供饮食住宿，"今州县有学，宫室廪饩，无所不备，置官立师，其过于汉、唐甚远"③（《水心别集·学校》）。府州学校"巍堂修庑，广序环庐，槐竹森森，气象严整"（《开庆四明续志·学校》卷1）。甚至偏僻之地亦舍修齐整，如吉州（吉安）"学宫之盛，与上国等"④（《方舆胜览》卷20）。南宋官学物质雄厚，如江宁府学屋舍125间，学田9380亩，年收入粮食4280余石、钱4100余贯。⑤

---

① ［清］顾嗣立：《元诗选·凡例》，北京：中华书局，1987年，卷首页。
② 苗春德：《南宋教育史》，上海：上海古籍出版社，2008年，第73页。
③ ［宋］叶适：《水心别集》卷13，四库全书本《水心集》、四部丛刊本《水心先生文集》（《水心文集》）卷3。
④ ［宋］祝穆：《方舆胜览》卷20，北京：中华书局，2003年，第359页。
⑤ 程民生：《宋代地域文化》，开封：河南大学出版社，1997年，第184页。

南宋私学主要为私塾、舍馆,教授蒙童为主,以经济繁荣之两浙最为隆盛。临安"每一里巷,须一二所。弦诵之声,往往相闻"(《都城纪胜·三教外地》)。经济条件较逊之福建亦多私学,邵武"所至村落皆聚徒教授"(《舆地纪胜·邵武军》卷134),莆田"三家两书堂"(《莆阳比事》卷1),兴化"十室九书堂"(《舆地纪胜·兴化军》卷135),南平甚至有"五步一塾,十步一庠,朝诵暮弦,洋洋盈耳"(《舆地纪胜·南剑军》卷133)之盛。其他如淮南、四川、两湖、两广私学繁荣一如福建。理宗时政府甚至助学贫苦学童,"选里之未成童,父兄贫而不能教者……岁养二十员"(《宝庆四明志·学校》卷12)。

南宋书院于文化、教育乃至仕人发展作用重要。书院教学层次普遍较高,多为名家硕师主讲,学生慕名而来。南宋书院较北宋大增,规模书院即达百余所,为古代书院最辉煌朝代[①]。两浙最多,其次为福建、江西、湖南。白鹿洞书院、象山书院、岳麓书院、丽泽书院号称南宋四大书院。

庐山白鹿洞书院因朱熹而名声最著,学生中多有山水诗人。贵溪象山书院规模最显。黄宗羲言:"陆子之在象山五年间,弟子属籍者至数千人,何其盛哉!"[②](黄宗羲《宋元学案·槐堂诸儒学案》)象山书院气象宏伟,陆九渊讲学时,"学者辐凑,每开讲席,户外屦满,耆老扶杖观听"(《宋史·儒林四》)。"时乡曲长老,亦俯首听诲。每诣城邑,环坐率二三百人,至不能容,徙寺观。县官为设讲席于学宫,听者贵贱老少,溢塞途巷,从游之盛,未见有此。"(《陆象山先生全集·年谱》)。朱熹亦叹:"闻象山垦辟架凿之功益有绪,来学者亦甚,恨不得一至其间观奇览胜。"

书院经费多方筹措,或私或公或公私并举。如叶适所称许石洞书院"徙家之藏书以实之,储洞之田为书院之田,而斥洞之山为书院之山,示郭氏不敢有也"[③](《石洞书院记》)。亦有政府大力扶持者。如明道书院,

---

[①] 姚瀛艇:《宋代文化史》,开封:河南大学出版,1992年,第100页。

[②] [清]黄宗羲,全祖望:《宋元学案·槐堂诸儒学案》卷77,北京:中华书局,1986年,第2571页。

[③] [宋]叶适:《水心集》卷9,四库全书本。

南宋淳祐年间理宗赐院名，并助之制田产4908亩，江宁府每年另拨补助款6万贯[①]。

学校、书院推动文化、教育发展最为有力，读书、藏书成为社会时尚。南宋山水诗家之兴盛最直接原因乃南宋学校发达、教育繁荣。

（二）勤奋好学，读书成俗

疆域局促、军力屡弱，加之东南气候柔媚，南宋人没有唐人壮阔豪迈，亦缺少北宋人的俊朗，社会主体表现为深沉、冷静、内敛、多思，正是如此平和、厚重社会特性使南宋人专注于读书学习、潜心诗书研究，社会整体充满斯文气象，嗜书勤学、藏书助学成为南宋社会共同意识。

"二浙文物之富，甲于天下。"[②]（李弥逊《跋邵旸叔诗后》）以临安为代表之两浙好学风尚最为浓厚，无论贫富子弟均视读书为人生最高境界。"今之风俗，好学笃志，尊师择友，弦诵之声比屋相闻。"[③]（《嘉泰会稽志·风俗》卷1）处州"家习儒业""声声弦诵半儒家"[④]（《方舆胜览》卷9）。婺州"名士辈出，士知所学"（《方舆胜览》卷7）。瑞安"此邦素号多士，学有渊源"（《方舆胜览》卷9）。

江西嗜文好书亦成风气。朱熹言"江西人大抵秀而能文"（《朱子语类》卷116）。如抚州"至本朝而尤号人物渊薮"[⑤]，南城（建昌军）"比屋弦诵，与邹鲁同风"[⑥]，宜春（袁州）"士夫秀而文，士力学知廉耻"（《方舆胜览》卷19），吉安（吉州）"郡多秀民……儒术为盛。"（《方舆胜览》卷20）。

南宋福建文化最为发展。本区域远离兵燹而"故家文籍多完具"[⑦]。福州、泉州、建瓯、邵武、莆田等地读书气息尤为隆盛。如泉州"素习诗

---

① 程民生：《宋代地域文化》，开封：河南大学出版社，1997年，第186页。
② [宋]李弥逊：《筠溪集》卷21，四库全书本。
③ [宋]沈作宾：《嘉泰会稽志》卷1，四库全书本。
④ [宋]祝穆：《方舆胜览》卷9，北京：中华书局，2003年，第155页。
⑤ [宋]黄震：《抚州重建教授厅记》，《黄氏日钞》卷88，四库全书本。
⑥ [宋]王象之：《舆地纪胜》卷35，北京：中华书局，1992年，第1501页。
⑦ [宋]陈振孙：《直斋书录解题》卷8，上海：上海古籍出版社，1987年，第235页。

书"(《方舆胜览》卷12），邵武"儒雅之俗……弦诵之声相闻"(《方舆胜览》卷10），建瓯"家有诗书……俗如邹鲁之国，文物蔼然"(《方舆胜览》卷11）。偏僻之泰宁亦"比屋连墙，弦诵相闻"（何乔远《闽书·建置志》卷36）。因崇尚学习，勤奋有加，两浙、福建青年文盲稀少。其他如四川、淮南、两广亦以好学为俗。

南宋人勤学苦读之盛多见时人诗句，如"读书灯影度微明"（李石《扇子诗》）、"卧听邻斋夜读书"（杨万里《夜闻萧伯和与子上弟读书》）、"巷南巷北读书声"（吕祖谦《送朱叔赐赴闽中幕府》）、"短檠明火读书声"（赵蕃《雨中夜归闻两儿诵书偶成二绝幸明叔先生同赋以示之其一》）、"隔河送过读书声"（郑清之《家园即事十三首其三》）等。

大家学者书不离身，杨万里"轿里看书得昼眠"（《过水车铺二首其二》），李纲作《舟中读书有感》。陆游更是嗜书成癖，自道"七十未捐书，正恐死乃息。起挑窗下灯，度此风雨夕"（《四月十三夜四更起读书》），七十五岁仍见《冬夜读书示子聿八首》。陆游以读书为题之吟咏比比皆是，如《春夜读书》《夏夜读书自嘲》《秋夜读书每以二鼓尽为节》《冬夜读书忽闻鸡唱》《雨夜读书》《夜分复起读书》等，有百首之多。

寒门亦好书勤读，如"舟过时闻夜读书"（李时可《舟中夜闻读书》）、"读书茅屋白云岑"（赵方《东岑》）、"读书声间织机声"（戴东老《春日田园杂兴》）等。道释人亦好学勤读，有"且可还家深读书"（释慧空《别刘师美》）、"不废秋窗一夜书"（释宝昙《煎茶》）等诗句可证。

可见，南宋士人之隆兴乃南宋各地崇学习俗之厚赉。叶适言："今吴越闽蜀，家能著书，人知挟册，以辅人主取贵仕。"[①]（《汉阳军新修学记》）

（三）书藏丰富，助学为乐

南宋藏书蔚为中国古代藏书之极观。南宋多目录学专著，今存者如晁公武《郡斋读书志》、陈振孙《直斋书录解题》、尤袤《遂初堂书目》等，

[①] [宋]叶适：《水心集》卷9，四库全书本。

佚失者更多。裒辑书目、附列卷中之著亦为富赡，如郑樵《通志·艺文略》、王应麟《玉海·艺文》等均罗列时人存留书籍。诸类书籍、引注显现南宋藏书之富前所未有。

南宋公私均以藏书为重。马端临言"高宗渡江，书籍散佚。献书有赏或以官，故家藏者或命就录，鬻者悉市之。"① 至南宋前期末，国家藏书甚富，《文献通考·经籍考一》（卷174）载："计见在书四万四千四百八十六卷。较《崇文》所载，实多一万三千八百一十七卷；……又得一万四千九百四十三卷。"迄宁宗末，朝廷秘书省藏书约59000卷（《文献通考》卷174），此数不含朝廷其他部门藏书。

南宋私家亦嗜藏书。无论贫富，"有钱长买书"（王十朋《书院杂咏》）、"困米无炊尚买书"（陆游《开岁愈贫戏咏》），故私家藏书数量庞大。南宋私家藏书以江浙最富。周密言"吾家三世积累……凡有书四万二千余卷，及三代以来金石之刻一千五百余种，皮置书种、志雅二堂，日事校雠"②。绍兴十三年（1143）陆宰向朝廷献书13000余册。无锡尤袤家藏书3万多卷，其《遂初堂书目》乃依自家藏书而为。安吉陈振孙抄录家藏并当地书目，整理、结集为《直斋书录解题》，为南宋并中国古代著名目录学家。

福建藏书亦富。因版印发达，福建几乎家家藏书，大户富室积书数量惊人。

昭武（军）朱敬之专建"万卷楼"藏书。③ 莆田亦为藏书富地，"近年惟直斋陈氏书最多，盖尝仕于莆，传录夹漈郑氏、方氏、林氏、吴氏旧书至五万一千一百八十余卷"④。"闽中不经兵火"⑤，加之储存有法，故福建存书之富仅次于江浙。

---

① [元]马端临：《文献通考》卷174，四库全书本。
② [宋]周密：《齐东野语》卷12，北京：中华书局，1983年，第218页。
③ [宋]陆游：《万卷楼记》，《渭南文集》卷21，四库全书本。
④ [宋]周密：《齐东野语》卷12，北京：中华书局，1983年，第217页。
⑤ [宋]陈振孙：《吴氏书目》，《直斋书录解题》卷8，上海：上海古籍出版社，1987年，第235页。

江西私家藏书最著名者为庐山白鹿洞(《宋史》卷416)。高宗时，江西饶州张伯寿筑堂藏万卷书，"缇帙缥囊，鳞贯栉比，左右环列"①，蔚为壮观。

孝宗时，吉州庐陵欧阳彙（欧阳修孙，字晋臣）藏书万卷，建楼亦名"万卷堂"，"筑屋其居之东偏，藏书万卷，扁之曰'万卷堂'"，所藏之书免费供家乡"二三子学焉"②。此善举为张孝祥特书《万卷堂记》以纪之。陆游《渭南文集》载江西建昌南城吴氏兄弟藏书数千册，并筑高楼、设幽境供他人借阅学习。③ 江西私家藏书多对外开放，类似今天私家图书馆，甚至为学子提供膳食，如此善举推动山水诗传播与发展。

寺院亦有助于山水诗发展。如范成大于荐严寺苦读十年，"忙里有诗偿日课"，故范氏山水诗极为丰富。

要之，南宋山水诗及其山水诗家之盛亦颇得益于南宋崇学风尚和藏书习俗。

三、地灵人杰，风物渊薮

自然地理环境之优劣历来关乎人才发展之强弱。南宋居东南地域，气候温和，水润山泽，得天独厚之自然条件促进了南宋经济、都市、人文发展之同时，亦促进了地域风物渊薮。同时，丽山秀水不仅"满眼皆诗材"，更是山水诗创作之灵感与动力。江山秀丽，诗家荟萃，如此促进了南宋山水诗创作之繁盛。

（一）钟灵毓秀，江山助力

人才、才性得"江山之助"主要表现为两点。

第一，自然环境直接影响身体健康、智力发展。中国自古有"人杰地灵"之称，南宋尤其两浙、两淮、湖南、江西诸地区，日照充足，降水充

---

① [宋]洪适:《万卷堂记》,《盘州文集》卷31,四库全书本。
② [宋]张孝祥:《万卷堂记》,《于湖集》卷14,四库全书本。
③ [宋]陆游:《吴氏书楼记》,《渭南文集》卷21,四库全书本。

沛，以丘陵平原为主，湖河密布，水木清华，鸟语花香。如此自然景观反映此地不良物质（如水、土、气、生物有害成分等）较少，人居安稳，智力发展良好（按：人才智力与地理自然现已成重要研究课题），所谓"钟灵毓秀"是也。南宋江浙等地人才辈出，多与"自然环境优越有关，这里明山秀水是造就和哺育科学家先天聪慧，诱发后天灵感最优越的地理环境"①。北宋末，陈襄言江浙"东南之会藩也，其山川清丽，人物秀颖，宜有美才生于其间"②。刘攽言"南方人性皆慧黠"③。晁补之《鸡肋集》亦言"大江之南，五湖之间，其人便捷多能，轻清而好奇"④。可见，人才与地域关联自古有论。

南宋，江浙人才大盛，时谚谓之"水乡湖地，人心柔慧"，以钟灵毓秀归其因者成共识。南宋初庄绰言"荆扬多水，其人亦明慧文巧"⑤。此后言此意者愈多，如"风物温秀，儒学之士居常数十百人"⑥（沈立《越州图序》）。"明山之东，三垂际海，清淑之气……毓奇孕秀，显诸人者宜也"⑦（罗濬《叙人》上）。祝穆《方舆胜览》、王象之《舆地纪胜》如此之论更为丰富。如谓江阴"人秀而文。得江山之助，故其人秀多文"⑧。"向山背江，风物殊胜……得江山之助，故其人秀而多文。"⑨自然育才俊，山水助聪明，缘此之故，故《宋史·地理志》统括钟灵毓秀下两浙为"人性柔慧"。

南宋其他地区人才之兴发亦多归因地气清顺、钟灵毓秀。如江西南城"地气殊异，江山炳灵……林奇谷秀，水透山环，学富文清。其地山

---

① 吕学斌：《论地理环境对人才成长的制约》，《浙江师大学报》（社科版），1998年第2期，第97页。
② [宋]陈襄：《杭州劝学文》，《古灵集》卷19，四库全书本。
③ [宋]刘攽：《著作佐郎周君墓志铭》，《彭城集》卷38，四库全书本。
④ [宋]晁补之：《上苏公书》，《鸡肋集》卷51，四库全书本。
⑤ [宋]庄绰：《鸡肋篇》上，四库全书本。
⑥ [宋]孔延之：《会稽掇英总集》卷20，四库全书本。
⑦ [宋]罗濬：《宝庆四明志》卷8，四库全书本。
⑧ [宋]祝穆：《方舆胜览》卷5，北京：中华书局，2003年，第100页。
⑨ [宋]王象之：《舆地纪胜》卷9，北京：中华书局，1992年，第495页。

水清秀，胜概冠于江表。南城在大江之西号为多士，无土山、无浊水，民乘是气，往往清慧而文。建昌佳山水，比屋弦诵，与邹鲁同风"①。（《建昌军》）福建"闽中山水之聚，水甘而山秀，居民之域……自有宋，闽中之士始大振发"②。

四川人才之兴亦有言此者，如合州"表之以四山之环合，中之以两溪之襟带，田亩桑麻，左右交映。人生其间，多秀异而习诗书"（《方舆胜览》）。

足见宋人认同山水之美孕育心智之优。此乃"江山助人"意识重要内涵。

第二，良好自然环境有利于激发人类智力思维。此尤显于文学创作灵感之顿悟，为江山助人最重要层面。文学灵感有赖外界激发，或曰创作禀赋源乎自然山水景物，此论先秦早有。如《荀子》《吕氏春秋》《礼记》关于音乐（文学）源于自然外界之论中最著名者为"物感说"："凡音之起，由人心生也。人心之动，物使之然也。感于物而动，故形于声。"（《礼记·乐记》）

山川灵秀使人目睹心动、天机顿发，从而激情笔端。嗣后之汉儒、陆机、刘勰、锺嵘等均有定论。如"情动于中而形于言"（《毛诗序》）；"遵四时以叹逝，瞻万物而思纷……慨投篇而援笔，聊宣之乎斯文"（陆机《文赋》）；"登山则情满于山，观海则意溢于海"（刘勰《文心雕龙·神思》）；"气之动物，物之感人，故摇荡性情，形诸舞咏""若乃春风春鸟……斯四候之感诸诗者也"（锺嵘《诗品序》）。

秀丽山川激发诗人创作才性为南宋人集体观念。南宋初，诗人徐俯言："江山明秀发诗情（《浣溪沙》），学者黄彻称"山川历目前，而英灵助于文字……燕公得助于江山，郑綮谓相府非灞桥，那得诗思，非虚语也。"（《䂬溪诗话》）地理学家黄裳亦谓"水甘而山秀……闽中之士始大振发。"（《送黄教授序》）南宋诗人韩元吉之言最为透彻："其山川之清

---

① [宋]王象之：《舆地纪胜》卷35，北京：中华书局，1992年，第1501页。
② [宋]黄裳：《送黄教授序》，《演山集》卷19。四库全书本。

第二章 南宋山水诗创作社会背景及创作概况

淑,草木之英秀,文人才士遇而有感,足以发其情致而动其精思,故言语辄妙,可以歌咏而流行……亦山川之气或使然也。"①诗人胸中自存丘壑,遇山川草木之英秀,神思触动,灵性顿发,陈诗珠玉,"得江山之助,故诗极凄婉之美"(葛胜仲《丹阳集》卷8)。

南宋山水诗家陆游、杨万里、范成大"得江山之助"最为典型。陆、杨以诗自言"江山"助思维灵感之句甚富,如陆游有"景物自成诗"(《巢山二首》)、"君诗妙处吾能识,正在山程水驿中"(《题庐陵萧彦毓秀才诗卷后》)、"挥毫留得江山助,不到潇湘岂有诗"(《偶读旧稿有感》)等。杨万里有"江山得助催新句"(《七字敬饯周彦敷府判直阁之官虎城》)、"诗人元自懒,物色故相撩"(《春日》)、"江山岂无意,邀我觅新诗"(《丰山小憩》)、"闭门觅句非诗法,只是征行自有诗"(《下横山滩头望金华山》)、"不堪风物索新诗"(《山村》)、"江山拾得风光好,杖屦归来句子新"(《送马庄父游金陵》)等。

谓"江山之助"助诗材者最富,此为南宋山水诗家集体意识。如陆游有:

村村皆画本,处处有诗材。

——舟中作

桐庐处处是新诗,渔浦江山天下稀。

——渔浦

樊川诗句营丘画,尽在先生拄杖边。

——舍北晚眺

暮春之初光景奇,湖平山远最宜诗。

——禹寺

晚来又入淮南路,红树青山合有诗。

——望江道中

---

① [宋]韩元吉:《张安国诗集序》,《南涧甲乙稿》卷14,四库全书本。

杨万里山水诗借江山之助，独具一格，所谓"年年花月无闲日，处处山川怕见君"（姜夔《送朝天续集归诚斋时在金陵》）。其自道诗材之助诗句极为丰富，如：

> 岸柳垂头向人揖，一时唤入诚斋集。
> ——晓经潘葑

> 城里哦诗枉断髭，山中物物是诗题。
> ——寒食雨中同舍约游天竺得十六绝句呈陆务观 其九

> 江天万景无拘管，乞与诗人塞满船。
> ——江雨三首 其三

"江山之助"所助之诗材、诗思多相辅相成，合二为一。如诚斋"江山拾得风光好，杖屦归来句子新"，因"江山"而"句子新"实乃诗材、诗思之双助。在诗集自序中，杨万里于此亦有精彩表述："自此，每过午，吏散庭空，即携一便面，步后园，登古城，采撷杞菊，攀翻花竹，万象毕来献予诗材，盖麾之不去，前者未雠，而后者已迫，涣然未觉作诗之难也。"（杨万里《诚斋荆溪集序》）

此言江山不仅为诗材之助，亦为诗思、智力之助。

"江山之助"于江湖派戴复古、刘克庄诸家亦见诗思、诗材之论。吴子良言戴复古：

> 石屏戴式之以诗鸣海内余四十年……所游历登览，东吴、浙西、襄汉、北淮、南越，凡乔岳巨浸，灵洞珍苑，空迥绝特之观，荒怪古僻之踪，可以拓诗之景、助诗之奇者，周遭何啻数千万里。……岂非其陶写于山水者奇耶？……然则诗固自性情发，石屏所造诣，有在言语之外者，非世俗所能测也。[1]（吴子良《石屏诗后集序》）

---

[1] [宋]戴复古：《石屏诗集》卷首，丛书集成续编，台北：台湾新文丰出版社，第437页。

戴复古"江山之助"助其能力、诗材，亦有助于其涵养、生活阅历等。故虽幼学有不博、艺有不精，见有不广，"抛却一犁游四方"（《田园吟》）后，亲历自然，广涉山水，行路读书，借江山之助，诗才大进，故"虚名一日动公卿"（《春日二首呈黄子迈大卿其一》），"江山之助"于戴复古远在智力突破、题材新得之上。

就南宋山水诗家整体而言，"江山之助"不仅在于助其创作智力之发展、技艺之提高、诗材之新异，更在于推动了古代诗学发展至南宋而诗学意识之嬗变。在东南秀美山水长期浸润下，南宋山水诗家审美能力提升、审美意识异变，化俗为雅、以俗为雅，即目自然景物，描绘现实山水，于平凡中挖掘精彩，细微中凸显奇伟，因而南宋山水诗家中少有前人（如郭璞、谢灵运、李白等）描绘仙神行迹、怪异风光、超凡江山，即令道家白玉蟾亦少此类内容。南方清秀现实山水景物足以使人心旷神怡、目力难济了，所谓"从山阴道上行，山川自相映发，使人应接不暇。若秋冬之际，尤难为怀"（刘义庆《世说新语·言语》）。故南宋山水诗多写荒野幽僻、清秀明丽、灵巧美柔、水态河姿之景物。如陆游诗：

　　湖山胜处放翁家，槐柳阴中野径斜。水满有时观下鹭，草深无处不鸣蛙。

　　　　　　　　　　　　　　　　　　　　——幽居初夏
　　十日雨晴湖水深，暖催新绿上横林。分泥海燕穿花径，带犊吴牛傍柳阴。

　　　　　　　　　　　　　　　　　　　　——春晚泛湖归偶赋

可见，南宋山水诗家"江山之助"乃因得新异自然环境、山水题材，触动、破除固有心理机制、题材定势，思维提升，灵感顿发，即物而成佳篇。

（二）人才辈出，东南荟萃

就地理关系而言，东南江山形态、气候天然少变，而两宋前后此地人才强弱则大变，故曰政治、经济、文化于人才兴衰作用为根本；或曰自然地理本有利于人才身心健康发展，加之政治、经济、文化助力，人才之"江山之助"效应凸显。靖康之变，宋室南渡，中原政治、经济、文化中心南移（彼时，北方虽有中原文化遗存，但非主流），中国东南可谓天时地利人和，经济文化发展为华夏极致之同时，人才亦大盛，蔚为奇观。

南宋江南人才兴盛非独为文才，政治、经济、文化、军事、宗教、地理、商贸、手工业诸方面均人才辈出、精英荟萃。南宋时期，人才、官员排布聚集于江浙、福建、江西等主要地域，尤其是江浙，几占半数。故南宋洪迈言："古者江南不能与中土等，宋受天命，然后七闽、二浙、与江之西东，冠带诗、书，翕然大肆，人才之盛，遂甲于天下。"[1]

南宋江浙、福建、江西三地域进士分布统计亦可见。据相关学者统计数据[2]，南宋进士人数最多为江浙区域6899人，此数为河北东路1380倍，江浙、江西、福建三地进士之和为14048人，约占总数19555的72%。南宋状元共49人，其中江浙23人，位居第一；第二位福建13人；第三位江西3人，三地共39人，约占总数的80%。南宋59名宰相，亦以三地为主。其中江浙25人，位居第一；江西10人，位列第二位；福建9人，位列第三；四川3人，位列第四。江浙、江西、福建三地合计44人，占总数的70%以上。

论南宋综合人才的数量亦是江浙、福建、江西三地居全国领先地位，相关数据可参看程民生《宋代地域文化》[3]。明末清初黄宗羲、全祖望所辑《宋元学案》列宋代学者1700余人，其中江浙680人，福建304人，江西183人，三区域合计1167人，占近70%。1167人中，南宋近1000人，此数于《宋元学案》所列南宋人数占比约为九成，足见到南宋时，人才愈加荟萃于江浙、福建、江西三地。南宋主要山水诗人如李纲、汪藻、孙觌、曾几、陆游、范成大、杨万里、朱熹、赵蕃、韩淲、姜夔、四灵、戴复

---

[1] [宋]洪迈:《容斋随笔·饶州风俗》卷5，北京：中华书局，2005年，第682页。
[2] 刘锡涛:《宋代江西地理文化研究》，陕西师范大学博士学位论文，2001年。
[3] 程民生:《宋代地域文化》，开封：河南大学出版社，1997年，第129—237页。

第二章　南宋山水诗创作社会背景及创作概况 ◂◂◂

古、刘克庄、谢枋得、文天祥、周密、黄干、王柏等均出自三地。

时人及后人于南宋人才东南荟萃多有论及。如论两浙："二浙文物之富，甲于天下，而常独冠诸郡。"①"人才比他郡为冠。"（《庆元府》）②"儒学之士居常数十百人。以词笔取甲科升迹列者，比比有之。"（沈立《越州图序》）③（明州）"衣冠文物，至我朝而始盛。气之所钟，亦有待而发欤？"（罗濬《叙人》上）④"本朝南渡后，陶和染醇，文物滋盛。乃始以胜壤名天下，而官守者亦乐之焉。地之显晦，时邪？人邪？（陈耆卿《地理门序》）"⑤江西、福建人才亦为兴盛。如："临川于江西号士乡。"（张孝祥《送吴教授序》）⑥（泉州）"名贤生长"（《方舆胜览》卷12）。

明徐有贞《重建范文正公祠堂记》言："宋有天下三百载，视汉唐疆域之广不及，而人才盛过之，此宋之所以为宋者也。"⑦

家族师生传承于南宋山水诗之繁盛亦扮演了重要角色。南宋东南众多家族人才济济，时人云："富家大族，皆训子弟以诗书，故其俗以儒素相先，不务骄奢。士之贫者，虽储无担石而衣冠楚楚，亦不至于垢弊。大抵受性刚直，任气尚义。"⑧（罗濬《奉化县志·风俗》）"抚州古名郡，至本朝而尤号人物渊薮……儒学行谊如陆象山兄弟一门之盛。其余彬彬辈出，几不容偻指。嘻，果孰为之而能尔哉！学校渐摩之功于是为大，师友渊源之自于是为切。"（黄震《黄氏日钞·抚州重建教授厅记》卷88）

南宋大家族多诗书世代相传，文化气息氛围浓厚。"为父兄者，以其子与弟不文为咎；为母妻者，以其子与夫不学为辱。其美如此。"（洪迈《饶州风俗》，《容斋随笔·四笔》卷5）家族内部成员间互相学习、咏和，

---

① [宋]李弥逊：《跋邵旸叔诗后》，《筠谿集》卷21，四库全书本。
② [宋]祝穆：《方舆胜览》卷7，北京：中华书局，2003年，第121页。
③ [宋]孔延之：《会稽掇英总集》卷20，四库全书本。
④ [宋]罗濬：《宝庆四明志》卷8，四库全书本。
⑤ [宋]陈耆卿：《赤城志》卷1，四库全书本。
⑥ [宋]张孝祥：《于湖集》卷15，四库全书本。
⑦ [明]陈暐：《吴中金石新编·祠庙》卷5，四库全书本。
⑧ [宋]罗濬：《宝庆四明志》卷14，四库全书本。

极大地促进了山水诗的发展。同时，家族与家族间连接密切，或姻缘、或亲缘、或师徒，相互关联，凝聚乃至扩大了山水诗人地域性荟萃。

南宋时，江浙、福建、江西望族首推婺州（金华）吕氏家族。此家族可称为南宋第一大家族。南宋以吕本中、吕祖谦为代表，《宋元学案·范吕诸儒学案》立有专论，清王梓材按语"谢山（全祖望）《札记》：'吕正献公家登《学案》……共十七人，凡七世'"[1]。除吕本中外，吕氏家族如吕祖谦等亦有山水诗存世。

江浙家族还有四明（宁波）楼氏（楼钥为代表）、山阴陆氏（陆游为代表）、余杭赵氏（赵汝谈为代表）、杭州张氏（张炎为代表）等。

江西、福建亦多山水诗家族。江西有鄱阳洪氏（洪迈为代表）、赣州曾氏（曾几为代表）、信州上饶韩氏（韩淲为代表）。福建有莆田刘氏（刘克庄为代表）、五夫刘氏（刘子翚为代表）、邵武严氏（严羽为代表）、崇安胡氏（胡安国为代表），诸家族山水诗人辈出。

江浙、江西、福建家族文化中支柱性人物均有山水诗佳作存世，其中甚至有南宋山水诗大家，如陆游、吕本中、楼钥、曾几、严羽等。此类地域性家族推动南宋山水诗及其诗家发展大有作为。

南宋初期，陆游诗学茶山。刘克庄言："陆放翁学于茶山，而青于蓝。"[2] 方回亦云："放翁诗万首，佳句无数。少师曾茶山，或谓青出于蓝。然茶山格高，放翁律熟；茶山专祖山谷，放翁兼入盛唐。"（《瀛奎律髓汇评》）卷23）魏庆之进一步肯定陆游为茶山入门弟子，云："陆放翁诗本于茶山……"（《诗人玉屑》卷19）

尔后，戴复古亦师学陆游，"登三山陆放翁之门，而诗益进"[3]（楼钥《石屏集序》）。而曾几、陆游、戴复古均为南宋著名山水诗人，三人分属于江西、江浙区域。如此师徒关系加固了南宋山水诗人地域性荟萃。

---

[1] [清]黄宗羲，全祖望：《宋元学案·范吕诸儒学案》卷19，北京：中华书局，1986年，第789页。

[2] [宋]刘克庄：《茶山诚斋诗选序》，《后村先生大全集》卷97，四部丛刊初编本。

[3] [宋]戴复古：《石屏诗集》，丛书集成续编本，第166册，第438页。

地域性师徒相传于福建理学山水诗人最为典型。朱熹幼年师事刘胡学派刘勉之、胡宪、刘子翚，《宋史》云："父松病亟，尝属熹曰：'籍溪胡原仲（胡宪）、白水刘致中（刘勉之）、屏山刘彦冲（刘子翚）三人，学有渊源，吾所敬畏。吾即死，汝往事，而惟其言之听。'"（《宋史·朱熹传》卷429）朱熹后来又问学于李侗。黄宗羲《晦翁学案序录》评点如下：

  祖望谨案：杨文靖公四传而得朱子，致广大，尽精微，综罗百代矣！……梓材案：……自龟山而豫章为一传，自豫章而延平为再传，自延平而朱子为三传。《序录》谓文靖四传而得朱子，盖统四先生言之。其实朱子本师刘白水，为龟山门人，亦祇再传耳。①

全祖望、王梓材于朱熹师承之梳理可见：南宋初期杨时、杨时弟子罗从彦、罗从彦弟子李侗、李侗弟子朱熹四者一脉相承。杨时、罗从彦、李侗并称"南剑（南平）三先生"，为"闽学鼻祖"，故四者师徒关系不仅开辟了"闽学"，最重要还在于拓展闽学。其光大闽学之功绩多归于朱熹。

朱学门徒遍布天下。据《宋元学案·晦翁学案》梳理图示可见，朱子一传和再传弟子体系繁密，多达千人。朱熹及其弟子、再传弟子多有山水诗佳作，如陈淳、王柏等为山水诗名家。

陆氏心学师承关系亦然。黄宗羲言："陆子之在象山五年间，弟子属籍者至数千人，何其盛哉！然其学脉流传，偏在浙东。"②同样，杨万里诗学王庭圭（一作珪）、四灵诗学叶适、刘克庄诗学真德秀，诸师承关系均强化了江西、江浙、福建山水诗发展。

（三）下层士群兴起，诗坛气象新变

南宋强化崇文政策，读书人成为社会弄潮儿，士人群体疾速扩大，他

---

① [清]黄宗羲，全祖望：《宋元学案·晦翁学案》卷48，北京：中华书局，1986年，第1495页。
② [清]黄宗羲，全祖望：《宋元学案·槐堂诸儒学案》卷77，北京：中华书局，1986年，第2571页。

们不仅为南宋文化发展和文学创作主导者,更是南宋诗坛主体。

下层崛起,寒士进入高层机会增多。南宋士群之扩大主要在于中下层士人崛起,读书不再为少数大家族特权。南宋科举考试几无门槛,只要不触犯刑律、不冒藉匿服、非残疾者皆可应举,乃至屠夫亦能发解赴省试。刘克庄《宰牛者断罪拆屋》判词有:"刘棠忝预乡书,顾以屠杀为业……计刘棠平日所杀,何啻累千百头。罪至徒流,恐又非解元之所能免。"(慢亭曾孙《名公书判清明集·宰牛》卷14))后村此语足证之。

新增士人多为中下层阶级,乃至贫寒家庭。"考之《宋史》本传、陈思的《两宋名贤小集》等史籍,在南宋四十九榜进士第中,无一人为大臣之子,无一人为贵族之孙,由此可以看出宋代中下层平民向上社会流动之一斑。"[1] 著名诗人、学者,如朱熹、陆九渊、杨简、叶适、黄震等均出身下层进士;一些下层士人甚至最终跻身高层,官拜宰相之真德秀等即是。

中下层士人兴发,有利于社会发展、进步,于南宋政治、文化、思想、风尚、文学、诗学亦产生一系列重大影响,南宋山水诗亦因之而变。

中下层士人日益成为诗坛主体。中兴山水诗大家陆游、尤袤、杨万里、朱熹等中进士前均非显族,姜夔自幼失怙,依姊而食,后流落江湖,终生布衣。

此后之永嘉四灵、江湖派亦以寒士为主。四灵"都是命运落拓的贫寒之士"[2],而且"江湖派诗人比四灵更为平民化"[3]。他们以中下层士人为主,且多寒士。张宏生《江湖诗派研究》可见江湖诗派成员除刘克庄地位较为显赫外,其他主要成员如戴复古、高翥、葛天民、叶茵、叶绍翁、乐雷发、刘过、许棐、李龏、吴惟信、宋伯仁、陈起、武衍、周文璞等均地位低下,且多为寒士,占比超过七成。

戴复古出身寒微,父敏"以诗自适,不肯作举子业,终穷而不悔"[4]

---

① 何忠礼:《南宋科举制度史》,北京:人民出版社,2009年,第271页。
② 袁行霈:《中国文学史》卷3,北京:高等教育出版社,2005年,第169页。
③ 许总:《宋诗史》,重庆:重庆出版社,1992年,第817页。
④ [宋]戴复古:《石屏诗集·序跋》,四部丛刊本,卷首页。

（楼钥《石屏集·序》）。戴复古尚在襁褓而父逝。后谨遵父愿，以诗为乐，虽布衣终身，却名动天下。"野人何得以诗鸣……虚名一日动公卿"（《春日二首呈黄子迈大卿》其一），"流落江湖成白首……赢得虚名满世间"（《减字木兰花》其三）。

刘克庄为江湖派领袖，亦为南宋后期最著名诗论家，评点时士，奖掖后进，所论乃诗坛现状之反映，其《后村先生大全集》序跋可见中下层士人创作之兴盛。明代毛晋收录《后村先生大全集》之题跋为四卷本《后村题跋》，其中诗之序跋31篇均为微名诗人[①]。其实，刘克庄《后村先生大全集》中诗之序跋有150余篇，未被毛氏录于《后村题跋》之中下层诗人甚众。通计《后村先生大全集》，其诗之序跋九成为微名诗人，可见南宋后期诗坛主体乃是中下层士人之天下。"江湖派的创作中……诗真正由少数官僚文人手中转入广泛的平民阶层。"[②]

诚然，"江湖文人的集中涌现……不仅文人的数量相对增加，也造成了文学中心的下移与文学主体的平民化"[③]（刘婷婷《宋季士风与文学》）。其实，诗作主体的平民化不仅为江湖诗派特色，亦为南宋后期诗坛集体特色。

南宋末期虽有文天祥官拜丞相、少保，封信国公，但其时诗坛主体亦多为中下层士人乃至宋末遗民。如真山民，姓名不详，终生无仕，宋亡遁迹山林；汪元量、萧立之、郑思肖、周密、林景熙、谢翱、陈允平均地位低下，宋亡后均自命遗民，隐逸山林，啸傲泉流。陈亮言："公卿将相大抵多江浙闽蜀之人，而人才亦日以凡下。场屋之士十万数，而文墨小异，以足以称雄于其间矣！"（《宋史》卷436）[④]故曰，南宋末期诗坛创作以中下层士人居主体格局未有突破，山水诗领域如此特色尤为鲜明。

南宋诗坛观念新变。士人范围下移，中下层士人成为文化、文学主

---

① [宋]刘克庄：《后村题跋》，丛书集成初编，上海：商务印书馆，1936年，卷首页。
② 许总：《宋诗史》，重庆：重庆出版社，1992年，第816页。
③ 刘婷婷：《宋季士风与文学》，浙江大学博士论文，2007年。
④ [元]元脱脱：《宋史·陈亮传》，北京：中华书局，1977年，第12936页。

体，其观念及其所具有文化意识必然会冲击、改造原有社会主体意识。"传统士人的精英意识随之淡化，导致士阶层文化的下移和文学取向的差异；进而言之，宋元之际因士阶层的分化而造成文化下移趋势，以及由文化下移导致文坛的主要力量步入了非精英写作的时代。"[1] 中下层士人成为文坛主体，最明显表现就是文学俗化（小说、戏曲、民间文学兴发，乃至日益增多），诗歌现实性大增。

中国古代诗学至南宋最见嬗变。就南宋山水诗而言，士群扩大、下移，中下层士人成为诗学主体，山水诗之体裁、题材、语言世俗化，内在诗学理念、风格、审美意识现实性回归。

体裁上以轻便、活泼之五七绝句、五七律体为主体，尤以绝句发展成就最高，体式厚重之长篇古风、排律因远离现实、疏离士人情趣，其发展则日益萎缩。题材上，即目所见，工笔细微，以眼见现实、自然山水景物为描绘主体，所谓"近时小家数不过点对风月花鸟，脱换前人别情闺思，以为天下之美在是"（刘克庄《听蛙诗序》）[2]。方回亦言："近世诗学许浑、姚合，虽不读书之人，皆能为五七言。无风云月露冰雪烟霞、花柳松竹、莺雁鸥鹭、琴棋书画、鼓笛舟车、酒徒剑客、渔翁樵叟、僧寺道观、歌楼舞榭，则不能成诗。"（《送胡植芸北行序》）[3] 从陆游、杨万里到四灵、江湖派，均把直接自然、素描山水作为山水诗最大追求。

审美意识上，以俗取景，以俗入诗，以俗为美，"大量的平民诗人的创作实践的交流与聚合，则自然形成所谓'不妨村'亦即有意为'俗'的意趣"[4]。诗学理念上，捐书为诗，专注现实自然山水，主张"征行自有诗"；在风格上，以平淡、清幽、自然、闲适为美，以筋骨、思理为尚，于唐诗风格大有新变。南宋诗学为中国古代诗学理论化嬗变最重要阶段。四灵甚至重提诗学晚唐以求变，强化模山范水、幽微苦吟以反江西诗派闭

---

[1] 沈松勤：《宋元之际士阶层分化与文学转型》，《文学评论》，2014年，第4期，第62页。
[2] [宋]刘克庄：《后村先生大全集》卷97，四部丛刊初编本。
[3] [元]方回：《桐江集》卷1，《续修四库全书》第1322册，第379页。
[4] 许总：《宋诗史》，重庆：重庆出版社，1992年，第816页。

门为诗、议论为诗、思理满纸之弊。

地灵人杰，风物渊薮，更在于政治中心南移，经济、教育、文化大为发展，推动了南宋士人群体扩大、下移，中下层士人最终成为诗坛主体。天地人和，促进了南宋山水诗新变、繁盛，最终独具特色，傲立文坛。

四、政弊兵弱，文祸屡起

南宋山水诗之发展亦深受南宋政治时局影响。南宋经济文化高度发展之同时军事孱弱，此为中国古代封建社会奇异现象。孱弱军事，加之腐败政治、朝堂争斗，南宋社会整体始终沉陷于低沉、压抑、悲观乃至无望、痛苦中，南宋社会士人主体之中下层读书人深受其影响，进而影响南宋社会文化、文学乃至人心、风尚之发展。（刘婷婷《宋季士风与文学》、史伟《宋元之际士人阶层分化与诗学思想研究》等均有所论及。）庆元党禁、江湖诗祸乃影响南宋山水诗人及其山水诗发展最直接、最重要之政治事件。

第一，朝纲败坏，军力孱弱。北宋立国之初即推行崇文抑武政策，南宋愈加奉行崇文抑武国策，但于文臣管理失之权术。南宋150余年间，文臣间互相倾轧层出不穷，乱国乱政乱军之害，远甚于武人，南宋最终断送在理学文人手中。

南宋文武、文文间争斗频繁。主要事件有岳飞、韩世忠与秦桧斗争，吕颐浩与秦桧争夺，赵鼎与秦桧争夺，赵鼎与张浚争夺，韩侂胄与赵汝愚争夺，韩侂胄被史弥远刺杀，真德秀、魏了翁与史弥远争夺，江湖派反史弥远斗争等。

南宋上层官员奢靡铺张非常严重。大将张俊强取豪夺，大肆敛财，富几敌国。其田产数万顷，每年收租米百万石；园苑宅第连片，仅房租一项，每天可得200贯以上。为防偷盗，张俊铸银千两一锭，谓之"没奈何"。绍兴二十一年（1151），高宗幸张俊府第，张俊大摆筵席，用近200道菜招待高宗。张俊死后，诸子向朝廷"进黄金九万两"（洪迈《夷坚志》戊卷4《张拱之银》,但其所去乃百分之一。张俊曾孙张镃"其园池声伎服玩之丽甲天下",每宴饮,"酒竟,歌者、乐者无虑数百十人,列行送客。烛光香雾,歌吹杂作,客皆恍然如仙游也"(《齐东野语·张功甫豪侈》卷20)。清人评之曰:"湖山歌舞,极意奢华,亦未免过于豪纵"(《四库全书总目提要·南湖集》卷160)。元陆友仁《砚北杂志》所载:"尧章制《暗香》《疏影》二曲,公(范成大)使二妓肄习之,音节清婉。姜尧章归吴兴,公寻以小红赠之。"虽为文坛美谈,亦见石湖生活之奢华。

南宋中后期吏治松散,几乎是大官大贪,小官小贪,无官不贪。理宗朝,"赃吏满天下"[①]。如宝佑元年(1253),赵时廷任湖南管账,勾结转运使陈登贪污铜钱达到80余万贯[②]。度宗时吏治更加腐败,度宗亦言"吏以廉称,自古有之,今绝不闻"(《宋史·度宗纪》卷46)。

南宋继续坚持以文驭武、抑制武人传统,由不谙军事之文人统帅军队,兵不知将,将不知兵;同时,士兵军纪败坏,战斗力低下,无心恋战。故南宋绍兴、隆兴、开禧、端平四次北伐均以惨败告终。

南宋政治、军事时局深深影响南宋山水诗人及其山水诗作,诗人群体范围、题材、语言、风格乃至诗学观念、审美情趣等层面均在影响之列。

第二,庆元党禁,文人受累。光宗朝,赵汝愚打击韩侂胄,韩侂胄等积极反击,终于酿成庆元党禁事件。最终,周必大、朱熹、徐谊、彭龟年、陈傅良被禁止入朝为仕,反道学从学术之争变为政治之斗,此为"庆元党禁"。

庆元党禁历时6年,于南宋山水诗发展影响深远。被定为"伪学逆党"59人中,有20余位为南宋山水诗家。朱熹、周必大、楼钥等弟子并再传弟子、追随者为南宋山水诗人则更多。不仅如此,韩侂胄被杀害后,道学家趁机将"庆元党禁""开禧北伐"前后相连,大肆打击支持北伐者,南宋山水诗家名家陆游、辛弃疾、张孝祥、叶适亦被冲击、迫害。庆元党

[①] [宋]刘克庄:《轮对札子》,《后村先生大全集》卷51,四部丛刊初编本。
[②] 何忠礼:《南宋全史》册2,上海:上海古籍出版社,2011年,第178页。

禁于南宋山水诗影响主要如下：

山水诗议论化增强。庆元党禁使山水诗人尤其是关心社会现实者形成了新的诗学观，以山水显志，山水吟咏中直接融合诗人社会政治情怀，山水诗议论性增加。不仅仅表达个体悲哀，山水诗更多表现社会、国家命运关怀乃至人类共同命运之关怀，于具体可感形而下之山水文字中包含着个体理想与社会现实、时俗风尚、国家命运等形而上之深层意识，规范了山水诗内涵，个体与社会融合，此举大大促进山水诗创作质量提升和数量提高。如陆游《新夏感事》（百花过尽绿阴成）前两联为个人眼见之景物描绘，后两联为国家时政得失之议论评点。由景入情，景为情设，情以景生，个人哀乐与国家命运关怀内在融合。

故南宋中后期山水诗中景物描绘必融合言情议论成为集体意识，篇幅较为丰富之律体山水诗几无四联八句纯粹山水景物之描绘者。此种诗学观于南宋中后期诗话亦多体现、论及。

山水诗哲理性增强。庆元党禁使众多士人、诗人受到打击，冷峻思考个体人生、社会生活乃至国家民族命运，感悟自然现象、感悟山水景物，这一意识多体现在哲理性山水诗中。故南宋中后期山水诗哲理性大增，尤于陆游、朱熹、杨万里、叶适山水诗中为富。如朱熹《水口行舟》（昨夜扁舟雨一蓑）、杨万里《过松源晨炊漆公店》（莫言下岭便无难）等。

山水诗平淡风格加强。庆元党禁对士人、诗人乃至整体社会产生了巨大负面影响，加重了宋人深沉、冷峻、思考之情怀，淡化了唐人乃至北宋山水诗豪情，南宋山水诗整体风格愈加趋向凄寒、平淡。姜夔、楼钥、叶适、陈傅良，抑或陆游、范成大、杨万里、朱熹等，山水诗整体风格均以平静、内敛为主，少有北宋那种奔放洒脱情怀、激荡开阔气象。

第三，江湖诗祸，诗风萧瑟。开禧北伐失败后，史弥远矫诏杀死韩侂胄，进而逼死原太子赵竑。史弥远残暴行径激起南宋朝野有良知者强烈反对。真德秀、魏了翁、洪咨夔等不断上书为济王鸣冤。

在民间，以临安书商陈起为中心之江湖诗人亦站在真德秀、魏了翁一边。陈起刊刻《江湖集》中收录了时人含刺史弥远假诏废立、专权擅威意味之诗句。于是，史弥远制造"江湖诗祸"，还"诏禁士大夫作诗"[①]。方回《瀛奎律髓》、罗大经《鹤林玉露》、周密《齐东野语》等均有载。如：

> 唯宝、绍间，《中兴江湖集》出，刘潜夫诗云："不是朱三能跋扈，只缘郑五欠经纶。"又云："东风谬掌花权柄，却忌孤高不主张。"敖器之诗云："梧桐秋雨何王府，杨柳春风彼相桥。"曾景建诗云："九十日春晴景少，一千年事乱时多。"当国者见而恶之，并行贬斥。景建，布衣也，临川人，竟谪春陵，死焉。（罗大经《鹤林玉露·诗祸》乙编卷4）

不仅禁止当事人作诗，还"诏禁士大夫作诗"，一些人因之改行，"如孙花翁惟信季蕃之徒，寓在所（临安），改业为长短句"。刘克庄自云"却被梅花累十年"，不仅于诗作亦于仕途，"绍定癸巳，弥远死，诗禁解……时潜夫废闲恰十年矣！"[②]史弥远甚至不顾宁宗亲自求情，将上书反对他专权弄国之武学生华岳"杖死东市"（《宋史·华岳传》卷455）。

开禧北伐、江湖诗祸于山水诗人打击甚大。不仅直接冲击陆游、叶适、刘克庄、敖陶孙、周文璞、赵师秀等当事诗人，亦于其他诗人、社会整体均有巨大深远影响，诗界可谓人心凄冷，诗风萧瑟。

江湖诗祸于山水诗发展亦富影响：

山水诗社会情怀淡薄。士人更加悲观，初期乃至开禧北伐时所具有的那点政治热情和报国宏志几被消磨殆尽，山水诗关心社会时政程度减弱，少有先前充满豪迈激情语句直接论及时事，多以隐晦含糊语句、清闲平淡情感谈论日益窘迫之时局。大多数山水诗人于政治"噤口不言，避祸全

---

① [元]方回：《瀛奎律髓汇评》卷20，李庆甲集校，上海：上海古籍出版社，2005年，第844页。

② [元]方回：《瀛奎律髓汇评》卷20，李庆甲集校，上海：上海古籍出版社，2005年，第844页。

身……颓唐消极乃至冷淡麻木"①，遁迹江湖甚至玩世心态亦于山水诗中见，所谓"有口不须谈世事，无机惟合卧山林"（翁卷《行药作》）。

山水诗取材景象狭小。山水诗景物描绘对象更加细碎、幽微，倦鸟、秋风、寒蒲、茅茨、野桃、残花、断桥多入诗景，戴复古、刘克庄等少数山水诗家豪气略存，大多数山水诗家气象更加悲凉，境界更加狭小，方回所谓"气象小矣"（《瀛奎律髓》卷10），江湖派小诗人尤其鲜明。

山水诗艺术意境浅俗。山水诗中俗气更重，俗景俗事俗语更加丰富，山水诗艺术性之高雅缺乏，韵味淡薄，平凡充斥，格调卑下，所谓满纸"衰气"，明胡应麟称之"气格卑弱"。② 清人亦曰"江湖一派多五季衰飒之气"（《四库全书总目提要·苇航漫游稿》）。

五、三教融合，道佛盛行

宋代所称理学，亦称道学，乃一种新儒学，自唐朝开始萌芽。安史之乱后，唐王朝出现衰落趋势，为拯救社会之颓变，韩愈、柳宗元始立儒学新思想以济人心。宋初三先生胡瑗、孙复、石介改造加以发挥，再经周敦颐、邵雍、张载、二程诸家日益完善，此时理学之名已被宋廷认可。南宋中期，经朱熹、张栻、吕祖谦诸家发挥，理学形成完备儒学新体系，其中朱熹乃理学集大成者。

为维护统治需要，南宋朝廷前后百余年扶持理学发展。理宗即位后多次下诏以确立理学国家地位。宝庆三年（1227），理宗下诏赠朱熹太师，追封信国公；从此，理学被南宋朝廷正式确立为官方正统思想。

南宋朝廷原非独尊儒术，道释儒始终并行；同时，理学实融道佛而来。南宋立定之初，高宗接受李纲"从儒。彼道释之教，可以为辅，而不可以为主；可以取其心，而不可以溺其迹。""治之之道，一本于儒，而道释之教，存而弗论，以助教化，以通逍遥"（李纲《梁溪集·三教论》

---

① 许总：《宋诗史》，重庆：重庆出版社，1992年，第814页。
② [明]胡应麟：《诗薮·杂编》卷5，上海：上海古籍出版社，1979年，第318页。

卷143）的主张。宋孝宗自撰《原道辨》（后名《三教论》）主张"以佛修心、以道养生、以儒治世则可也"。宁宗、理宗朝于道释亦为尊崇。

南宋城乡遍布大小寺院。据吴自牧《梦粱录》卷15之《城内外寺院》统计，仅临安府城内外便有寺院庵舍671座。方回言："佛事在东南，浙右为盛。浙右，钱塘为盛。钱塘之盛，莫盛于灵隐、径山。聚其徒千五百至二千众，故其众僧所居之堂，视天下无加焉。"①

南宋理学家亦均非纯儒，所谓"皆阳儒而阴释"（朱熹《朱文公文集·张无垢中庸解》卷72）者是也。朱熹本人浸润道佛甚深，"时年十有四，慨然有求道之志……虽释老之学，亦必究其归趣，订其是非"②。朱自言"某年十五六时亦尝留心与此（禅）""某自十四五岁时，便觉得这物事（禅）是好底物事，心便爱了。"③"熹旧时亦要无所不学，禅道、文章、楚辞、诗、兵法，事事要学。"（《晦庵学案》）④甚至"清夜眠斋宇，终朝观道书"（《读道书作六首》）。即令应试仍怀揣禅师道谦所赠经书《大慧语录》。

朱熹之后大儒真德秀、魏了翁亦如此。真德秀多次撰文宣扬道教著作《感应篇》，言其"扶助正道，启发良心"（真德秀《西山文集·感应篇序》卷27），大量撰写道教青词，故清人谓之"沈溺于二氏之学，梵语青词连轴接幅，垂老津津不倦"（黄宗羲《宋元学案·西山真氏学案》卷81）。魏了翁亦溺于道释，其《鹤山集》数百篇醮词、青词、疏文均为道释内容。其他如张栻、杨时、王基等理学名家如此，心学之陆九渊亦然。

南宋山水诗家均钟情道佛。南宋最大诗家陆游家传道学渊源。放翁自言"少时妄意学金丹"（《溪上夜钓》）、"少年慕黄老，雅志在山林"（《古风》）等。杨万里为南宋著名理学家，"上窥姚姒，下逮羽陵群玉之府，至于周柱、鲁壁、汲冢、泰山、汉渠、唐馆之藏。奥篇隐袠，抉摘殆尽。

---

① [元]方回：《建德府南山禅寺僧堂记》，《桐江集》卷2，《宛委别藏》本。
② [清]李清馥：《闽中理学渊源考·文公朱晦庵先生学派》卷16，四库全书本。
③ [宋]黎靖德：《朱子语类》卷104，北京：中华书局，1986年，第2620页。
④ [清]黄宗羲，全祖望：《宋元学案》卷48，北京：中华书局，1986年，第1543页。

沉浸浓郁，撷葩咀黄……"①，故其《诚斋易传》道家意识尤富。范成大读书荐严寺十年，心慕道释，自号"此山居士"。

南宋其他山水诗人如曾几、吕本中、姜夔、四灵、戴复古、刘克庄等均倾心道释。从山水诗展现内容比例而言，南宋山水诗之道佛已完全压倒理学，成为山水诗之山水自然景物外最广泛题材。

道佛平淡清净、含蓄顿悟，肯定个性，注重现实，如此观念于南宋山水诗影响深刻。

（一）扩大了山水诗作者、题材表现范围

山水诗作家除主体俗家、理学家外，亦含众多佛徒道士，志南、永颐、白玉蟾等数十位禅徒道士均为山水诗名家。拓展山水诗内容：取材道佛寺院器物、胜迹并山水、林泉、烟云入山水诗；大量标题直接为僧徒道人题赠、应和，诗句中涉及道佛典故、用语、人名更为丰富。

（二）影响山水诗家诗学观

禅宗影响南宋诗学观最大表现在于诗话和以禅论诗之兴盛。诗话乃"禅宗语录的直接或间接影响下产生的"②，援禅论诗，以禅喻诗成为南宋诗家论诗集体意识。吕本中"活法""悟入"之论诗方法论并此术语均来自道佛意识，"'活'字是南宗禅最重要特征之一，强调悟道的随机性……宗杲曾指教吕本中参禅……吕本中论诗重'活'，显然与此思想有关"③。从本质而言，吕氏"活法""悟入"相通，因为诗之活法"也当如禅宗那样由参而悟"④，故"活法""悟入"皆从禅而来。此后陆游之"山程水驿""功夫在诗外"、杨万里之"征行有诗""味外之味"、四灵之推崇晚唐，诸诗学观均与道佛意识紧密关联。

严羽《沧浪诗话》以道佛论诗达到高峰，所谓"禅家者流……论诗如论禅……大抵禅道惟在妙悟，诗道亦在妙悟"（《沧浪诗话·诗辩》）。

---

① [宋]胡铨：《胡澹菴先生文集·诚斋记》卷18，清道光十三年刊本，第2页。
② 王水照：《宋代文学通论》，开封：河南大学出版社，1997年，第326页。
③ 周裕锴：《宋代诗学通论》，上海：上海古籍出版社，2007年，第225页。
④ 黄宝华：《中国诗学史》（宋金元卷），厦门：鹭江出版社，2002年，第173页。

(三)促进了山水诗艺术表现力提升

道佛典籍及其日常论辩讲求机锋、思理性,注重用语之精炼,重视用语之内在神韵,讲求词眼之含蓄,意在言外,言尽意不尽,"得意者越于浮言,悟理者超于文字"(《大珠禅师语录》)与"但见性情,不睹文字,盖诗道之极"(皎然《诗式》)契合无间。在道佛影响下,山水诗家追求词语之琢磨,结构之紧凑,传神之名句、名联荟萃。禅宗之《灯录》《偈语》等用语风趣生动而含蓄,南宋哲理山水诗深邃、隽永之特性从中受惠颇丰。南宋诗话如《岁寒堂诗话》《沧浪诗话》等作者所持含蓄、思理主张得之道佛影响亦深;诗家意在言外,言约义丰之诗句契合道佛含蓄、善理、富议之用语特色。

(四)强化了山水诗淡远意境升华

老子所谓"致虚极,守静笃""清静以为天下正"(《老子》),佛禅亦主张"空无""戒定"观念。道佛崇尚自然宁静、追求平淡拙质之倾向于宋人影响巨大。[①] 南宋诗家胸怀宁静平和心态,多随遇而安,"行到水穷处,坐看云起时",人格修养完善,面对入仕或出仕、贫穷或富贵均能保持较为宁静的心态,不似唐人张扬个性,人生态度更趋向平和、理智。

这种超越躁动的生活范式、超脱豁达、洞彻人生本质的睿智投射到山水诗中便是促进山水诗家"抵御现实世界的磨难,消解人生道路的焦虑"[②] 之升华,追求旷远、清幽、恬静情怀。山水诗富含平淡、闲远、哲理性境界,深受道佛意识影响之南宋诗话、序跋亦极力主张平淡、闲远意境。

此外,道家称"道法自然""山水寓道",佛家言"青青翠竹尽是法身,郁郁黄花无非般若""一月普现一切水,一切水月一月摄",山水载道,山水悟道。道佛如此意味于南宋山水诗家亦极有影响,不仅力推山水诗家倾心自然,借山水言志,崇敬山水,使幽居山林成为社会时尚;同时,以山水为媒,儒道佛深入融会,极大促进南宋山水诗以俗为雅、重理尚意之嬗变。

---

① 王水照:《宋代文学通论》,开封:河南大学出版社,1997年,第362—370页。
② 许总:《宋诗:以新变再造辉煌》,桂林:广西师范大学出版社,1999年,第88页。

第二节　南宋山水诗主要作家群体

山水诗是以艺术方式表现自然山水及其附着景物的诗歌，以此为准绳方可确认南宋诗家中山水诗人。笔者依山水诗之多寡、优劣，确定百余人为南宋山水诗主要代表，界定成就，分级排列。

一、南宋山水诗数量丰富性

南宋迄明清，南宋诗辑集刻印者数目庞杂，但元、明刻本于南宋山水诗失之全面。纵观而言，宋末江湖集系列、清《宋诗纪事》（及其补遗）、清《全宋诗》（及其补遗）乃南宋山水诗数量统计最佳依据。

《宋诗纪事》收录诗人之富于《全宋诗》前居首。是书乃清代厉鹗撰，共100卷，选录宋诗人3812家，以诗存人，各附小传。评选合一，仿南宋计有功《唐诗纪事》体例且有所发展，以人为序，前部分以帝王皇后居首，中间主体部分为大众诗人且以各自生活时代后先为序，最后以释子、女冠、高丽、无名子、女仙、神鬼、怪物、谣谚杂语收尾。

时人纪昀《宋诗纪事》提要称"鹗此书裒辑诗话，亦以纪事为名。而多收无事之诗，全如总集；旁涉无诗之事，竟类说家。未免失于断限。又采摭既繁，牴牾不免"，虽重复错讹，瑕疵亦多，但"全书网罗赅备，自序称阅书三千八百一十二家……考有宋一代之诗话者，终以是书为渊海，非胡仔诸家所能比较长短也"[①]。

陆心源《宋诗纪事补遗》补《宋诗纪事》之漏，辑得厉鹗未录之宋诗人3000余家，诗歌8000余首，凡100卷，体系一如前人。《宋诗纪事》（二册）最近佳版为1983年上海古籍出版社版。

---

① [清]纪昀：《四库全书总目提要》，石家庄：河北人民出版社，2000年，第5407页。

《宋诗纪事》所录南宋山水诗之富居古刻本之最。虽为纪事、诗话、总集，实为选本，故此处略论。

几近囊括宋诗作者及其篇目之总集乃《全宋诗》。是著卷帙浩繁，为北京大学古文献研究所总辑，傅璇琮先生主编。前五册1991年7月刊版，此后十余年齐集完毕，1998年初版72册、3785卷，计人8900余家，约为《全唐诗》4倍，诗作约26万篇，约为《全唐诗》5倍。总聚多种佚补，计诗篇几30万。

是著以作者时代先后为序排列，另附人名检索，方便校对。搜罗丰富，历代选集、类书、史籍、方志、笔记、诗话、家乘、族谱、书录、佛道、金石等著作尽量囊括，弥补前人收集之不足；校勘、辑佚、辨伪、出处力求详备。邓广铭称《全宋诗》："搜采广博，涵容繁富，名家巨制、散篇佚作全部荟萃于斯。而考订之精审，比勘之是当，亦远非《全唐诗》之所可比拟。不唯两宋诗坛之各流派各家数可藉此而探索其源流，而300余年之社会风貌、学士文人之思想感情，亦均藉此而得所反映。因此，这部书不仅是攻治宋诗以及宋代文学史者之所必须披读，亦为攻治宋史者所必须备置案头的参考读物。"（《全宋诗》序言）

《全宋诗》后人多有补录，著名者有陈新等补正《全宋诗订补》（916页，2005年大象出版社出版），汤华泉辑撰《全宋诗辑补》（12册，400万字，2016年黄山书社出版），高志忠、张福勋编著《〈全宋诗〉补阙》（246页，2018年商务印书馆出版）等。

据笔者粗略统计，《全宋诗》（含补遗）所录南宋诗人5000余位，超过北宋人数。其中有山水诗存录者3000余位，大小名家近千人。《全宋诗》所含南宋诗亦卷帙浩繁，所附着南宋山水诗内容最为大观，本书所列南宋山水诗句例均可检索其中。《全宋诗》以事实文本确证山水诗为南宋诗作之主体，论南宋诗必论南宋山水诗，南宋山水诗为南宋诗之缩影、精华、最佳体现者，其特征几为南宋诗之特征，故论南宋山水诗实为论南宋诗。

《全宋诗》乃南宋山水诗文本研究之基石。勘检篇目、议定诗例，校之别集,庶几可概南宋山水诗发展之全貌。

二、南宋山水诗作家群体多样性

南宋山水诗数量大,内容丰,作者众,查检《全宋诗》及其逸补可得诗人三千之余,诗家之多不可穷尽各个体之研究,故须择优而取。

(一)南宋山水诗家精英众多

南宋山水诗坛群英璀璨,主要诗家享誉古今。笔者以描绘山水美为诗之主要内容,量质兼顾,遴选南宋山水诗精英百余人。揣其品质,别以级类,罗列如下:

第一级南宋山水诗人(20家):

汪藻、孙觌、李纲、吕本中、曾几、陈与义、陆游、范成大、杨万里、朱熹、姜夔、四灵(徐照、徐玑、翁卷、赵师秀)、戴复古、刘克庄、方岳、真山民、汪元量

第二级南宋山水诗人(57家):

程俱、李光、刘一止、王庭圭、周紫芝、刘子翚、李弥逊、沈与求、郑刚中、张元干、张九成、王之道、吴芾、楼钥、史浩、赵构、朱淑真、黄公度、王十朋、韩元吉、韩淲、李流谦、王质、张栻、陈造、王炎、辛弃疾、曾丰、叶适、张镃、孙应时、武衍、裘万顷、刘宰、苏泂、赵汝鐩、洪咨夔、魏了翁、程公许、王迈、叶绍翁、利登、戴昺、林希逸、陈著、刘黻、俞桂、姜特立、高翥、严羽、吴惟信、文天祥、萧立之、郑思肖、黄庚、周密、华岳

第三级南宋山水诗人(90家):

吴可、罗从彦、尹焞、严粲、叶梦得、阮阅、王铚、张扩、郭印、王安中、赵鼎、潘良贵、张嵲、董颖、李处权、胡寅、范浚、胡铨、仲并、王之望、郑樵、胡宏、李石、林光朝、洪适、汪应辰、洪迈、吴儆、尤袤、陈渊、曾协、林季仲、冯时行、薛季宣、林亦之、吕祖谦、陈傅良、

陆九渊、蔡戡、杨简、刘爚、游九言、刘应时、曾极、卢祖皋、黄干、罗与之、敖陶孙、乐雷发、刘过、陈淳、汪莘、周文璞、潘柽、何应龙、许棐、郑清之、吴泳、薛师石、真德秀、陈耆卿、袁甫、徐鹿卿、姚镛、周弼、徐元杰、吴潜、王柏、叶茵、李昂英、戴栩、朱继芳、薛嵎、许月卿、马廷鸾、王应麟、谢枋得、何梦桂、陈起、施枢、阳枋、宋伯仁、俞德邻、连文凤、林景熙、邓牧、于石、谢翱、陈允平、郑协

同级诗家次第以其生活时代为序。其中山水诗人亦理学家者，大儒朱熹外，著名者并有吕本中、杨万里、张九成、张栻、薛季宣、吕祖谦、陈傅良、陆九渊、杨简、黄干、魏了翁、郑樵、王柏等。

此外，另立南宋山水诗道释氏山水诗人名单12人。释家有志南（南宋初）、葛天民（光宗朝）、居简、元肇、善珍、文珦、行海、斯植（理宗朝）、永颐（理宗朝）、圆悟（理宗朝）、绍嵩（理宗朝）等，道家如白玉蟾等。

如此，足见南宋山水诗坛群星闪耀，较之北宋，媲美无愧。解析个体，纵横综论，亦可窥南宋山水诗发展全貌。

（二）南宋山水诗家身份丰富

南宋山水诗人身份涵盖极为广泛，居官或曾居官者为主，次为授师、游士、太学生、隐士、幕僚、平民、道士、僧人。开列如下：

官员：

参知政事：李光、李纲、沈与求、陈与义、范成大、楼钥、真德秀、文天祥；左相：周必大、赵鼎、郑清之；其他：吕本中（中书舍人）、曾几（左通议大夫）、李弥逊（试中书舍人）、曹勋（昭信军节度）、吴芾（吏部侍郎）、陆游（礼部郎中）、杨万里（江东转运副使）、朱熹（知南康军）、刘克庄（福建提刑）、陈渊（监察御史）、陈造（浙西路安抚司参议）、赵蕃（太和主簿）、徐玑（县主簿）、赵师秀（县推官）、王迈（需次弋阳尉）、周文璞（溧阳县丞）、薛嵎（长溪县簿）

幕僚：王炎（江陵帅幕）、曾丰（广西帅漕幕）、苏泂（荆湖幕宾）

授师：刘子翚、范浚、胡宏、陈长方、林亦之（亦布衣）、陈淳、王柏、陈深、黄庚

太学生：华岳（武学生）、郑思肖

游士：戴复古、高翥、严羽、罗与之、叶茵、吴惟信、刘过（布衣）、邓牧

隐士：陈著、萧立之、真山民、刘应时、薛师石、邓牧、于石

布衣：姜夔、武衍、徐照、翁卷、尹焞、曾极、柯梦得、汪莘

琴师：汪元量

僧人：志南、元肇、居简、永颐、绍嵩、斯植、圆悟、道璨

道士：白玉蟾

上面所列足见南宋山水诗人涉及人群之广泛。实际较之更为丰富，亦更为精彩。

或被罢黜。如张元干为右朝奉郎官，因送李纲词，激怒秦桧被除名（陆心源《宋史翼·张元干传》卷7,《宋史》无传）；孙觌知临安府，以盗用军钱除名且被羁管（《建炎以来系年要录》,《宋史》无传）；叶适为江淮制置使，力主抗金，及韩侂胄败诛，被夺职（《宋史》卷434有传）。

或自请辞。如韩淲，清高绝俗，淡泊富贵，入仕不久即请归（《涧泉集》）；刘宰授浙东仓司干官，寻告归，居家38年（《宋史》卷401有传）；刘子翚以荫补承务郎，通判兴化军，寻以疾辞归武夷山专事讲学（《宋史》卷434有传）；赵蕃辞官家居33年，与去官家居20年韩淲并有诗名，时称"二泉"（《宋史》卷445有传）；胡宏父荫补右承务郎，以秦桧专权不出，居衡山下20余年（《宋史·儒林五》《宋元学案》卷42之《五峰学案》）。

或先在家为民，后居官而终。王炎居家，张栻闻其贤，檄入江陵幕府，后知饶州、知湖州（《双溪集》）；刘克庄居村多年，后以荫补将仕郎，为江东提刑、工部尚书等；（林希逸《后村先生刘公行状》,《宋史》无传）；郑樵年轻时闭门读书撰著30年，广涉礼乐、文字、虫鱼、草木、方书之学。高宗时召对，拜迪功郎、礼、兵部架阁（《宋史》卷436

有传）。

或为官亦为师。如朱熹为官时亦收徒授学；李石历知黎州、合州、眉州，学者云聚，闽越之士万里而往，诸生刻石题名者数千。此类人物众多，张栻、黄干、真德秀、魏了翁等均如此。

所为朝官亦兼主道释之所。南宋崇尚理学，但儒表释里，朝廷命官多受宫观之事。曾几曾主临安洞霄宫、台州崇道观、提举洪州玉隆观，陈与义提举江州太平观，吴儆主管台州崇道观，朱熹提举南京鸿庆宫，吴芾提举太平兴国宫，王十朋主管台州崇道观，叶梦得先后提举洞霄宫、鸿庆宫、太平观等。

乾坤代变，江山易主，许多山水诗人官职地位因之被迫异动。王奕，宋官玉山教谕，元兵破临安，失官入玉斗山，结屋授徒终生；俞德邻度宗咸淳九年（1273）浙江转运司解试第一，未几宋亡，遁迹以终；连文凤度宗咸淳间入太学，宋亡无仕，流徙江湖（《宋史》）；汪元量，因善琴官奉宋廷，宋亡，随六宫北去，后束发为道南归，流浪山水间。

南宋山水诗家文武齐备。宋开科取士，以文为主，武艺不废。王之道本军人，长文善诗；华岳武学生，登嘉定武科第一，其山水诗文采斐然；岳飞武将，其《游嵬石山寺》《题池州翠光寺》词采可观；辛弃疾"沙场秋点兵"勇猛驰名，才雄词豪，映衬山水诗亦清新自然，《题金相寺净照轩诗》《江山庆云桥》《郡斋怀隐庵》等多悠然可人，如《游武夷作棹歌呈晦翁十首》其三（玉女峰前一棹歌）清秀可爱，足以媲美朱子。

宋亡，山水诗家中亦多可列为遗民诗人者。主要有谢枋得、何梦桂、周密、俞德邻、郑思肖、林景熙、邓牧、谢翱、陈允平、黄庚、郑协、王镃等，宋遗民诗人达280余位（参看方勇《南宋遗民诗人群体研究》，人民出版社，2000年）。

更为复杂乃山水诗人中布衣、游士、隐士、授师等难以绝对区分者。林亦之为授师亦布衣；邓牧宋亡不仕，居余杭洞霄宫之超然馆，薄于名利，遍游方外，集布衣、游士、隐士等于一身；乐雷发长于诗赋，累举不第，授徒为职，因其门人姚勉登科后以让第疏上，理宗特赐及第，授馆职四年却称病告归，再为授师；姜夔终生布衣，依食萧德藻、张鉴等，辗转漂泊又实为游士；刘过为布衣亦游士，其《龙洲集》卷14《与许从道书》言："某本非旷达之士，垂老而无所成立……某亦受而不辞。"①

南宋山水诗家亦多道家释徒。以白玉蟾、志南、葛天民闻名。白玉蟾（葛长庚），字白叟、以阅、众甫，号海琼子、琼山道人、武夷散人、紫清真人等，闽清人，生于海南琼山。师事陈楠学道，全真教尊为南五祖之一，诗载《海琼集》《武夷集》《上清集》《玉隆集》等。

志南事首见朱熹《跋南上人诗》，《诗人玉屑》（20卷）"志南"条引《柳溪近录》言：

> 僧志南诗云："古木阴中系短篷，杖藜扶我过桥东。沾衣欲湿杏花雨，吹面不寒杨柳风。"②

葛天民，字无怀，亦称朴翁，法名义铦，山阴人，居西湖。与姜夔、四灵多有唱和，有《无怀小集》传世。

山水诗之作者亦有医者。如张扩少好医术，从黄州名医庞安时游，又得蜀人王朴所藏《素书》，治疾良效，名闻都洛。其《东窗集》多有山水诗，如《山居四首》《君山》等。

亦有贵上为帝、低下如奴者。南宋高宗赵构、孝宗赵昚、宁宗赵扩、度宗赵禥均有山水诗，如孝宗《冷泉堂》、度宗《题诸色扇》皆有可观。高宗诗为上乘，多山清水秀之幽境，造语清新，气韵流畅。如《题刘松年画团扇》"南山晴翠入波光，一派溪声绕路长。最爱早春沙岸暖，东风轻浪拍鸳鸯"句，不减白居易《钱塘湖春行》气貌。再如：

> 虚堂燕坐悄无言，欲断残香冷自烟。秋色满山林桂静，一轮霜月

---

① [宋]刘过：《龙洲集》卷14，四库全书本。
② [宋]魏庆之：《诗人玉屑》，上海：上海古籍出版社，1978年，第451页。

泻寒泉。

——虚堂

桃李无言春告归，落红如海乱莺啼。西村渡口斜阳里，渺渺烟波绿拍堤。

——题马远画册五首 其一

万片绿荷流水西，乱风飘雨湿人衣。前村竹树田家密，时见鞠䩺屋后飞。

——题燕文贵柳庄观荷图

此诗无帝王之矜傲，亦无理学之玄语。宁宗诗差可匹配，其组咏《潇湘八景》文采灿然，如：

薮泽趁虚人，崇朝宿雨晴。苍崖林影动，老木日华明。
野店收烟湿，溪桥流水声。青帘何处是，彷佛听鸡鸣。

——山市晴岚

林表堕金鸦，孤村三两家。晴光明浦溆，红影带蒹葭。
傍舍收鱼网，隔溪横钓槎。炊烟未篝火，新月一钩斜。

——渔村夕照

词句琢磨，自然稍逊，但刻景摄实，音色细微，亦尽显山水之美。

奴娼者亦善诗。洪迈《夷坚志·夷坚甲志》卷6"古田倡"条载南渡之际有倡者周氏，尝赠古田尉陈筑诗：

梦和残月过楼西，月过楼西梦已迷。唤起一声肠断处，落花枝上鹧鸪啼。[1]

---

[1] [宋]洪迈:《夷坚志》1册，丛书集成初编，上海：商务印书馆，1937年，第46页。

第二章 南宋山水诗创作社会背景及创作概况

此诗虽挟花间味色，但刻画鸟月不乏生气，魏庆之《诗人玉屑》称载之。庵尼亦多山水好诗。尼正觉，海盐人，夫死，入庵为尼，咏春绝句云：

> 春朝湖上风兼雨，世事如花落又开。退省闭门真乐处，闲云终日去还来。①

此诗绘景兼融悟世，可谓得宋山水诗之本色。尼妙云，字慈室，明州人，高宗绍兴十九年（1149）主清修宫，亦善诗。咏《东湖》云：

> 山环湖水水环山，短艇白鸥窗几间。野外更将供给至，饱参著得十僧闲。②

状山水写艇鸥技高一筹，亦不乏本行寓意，足见南宋山水女诗人之才（清董震轩《四明宋元僧诗》引《延庆寺志》亦载）。黄孙氏以半诗誉世，《诗人玉屑》卷20之"黄谷城母夫人孙氏"条载：

> 谷城母夫人孙氏道绚，极有词藻，尝赋九日诗，有"别墅苍烟萦古木，寒溪白浪卷轻沙"……使易安尚在，且有愧容矣。③

"别墅苍烟萦古木，寒溪白浪卷轻沙"山水景物之语盛比唐老杜之苍劲，亦带四灵徐照之清寒，意古气豪，笔力老健。

南宋山水诗家之女性当以朱淑真居首。淑真，生于宋室南渡前后，孝宗淳熙九年（1182）宛陵魏仲恭（端礼）辑其诗为《断肠集》十卷，未几钱塘郑元佐为之作注，并增辑后集七卷（一本把第七卷釐厘为两卷，作八

---

① [明]樊维城，胡震亨：《天启海盐县图经》卷12，汪启淑家藏本，第10页下。
② [宋]志磐：《佛祖统纪·清修久法师法嗣》卷16，四库全书本，第233页下。
③ [宋]魏庆之：《诗人玉屑》，上海：上海古籍出版社，1978年，第461页。

卷），现有《续修四库全书本》等。其诗山水描写出色。如：

半窗残照一帘风，小小池亭竹径通。枫叶醉红秋色里，两三行雁夕阳中。

——对景漫成

鹁鸠声歇已闲晴，柳眼窥春浅放青。楼上捲帘凝目处，远山如画尽帏屏。

——喜晴

柳垂新绿腻烟光，紫燕惺松语画梁。午睡忽惊鸡唱罢，日移花影上窗香。

——春日杂书

晴波碧漾浸春空，邃馆清寒柳曳风。隔岸谁家修竹外，杏花斜袅一枝红。

——下湖即事

除上述类型外，南宋山水诗作者亦含众多无名氏，如：

水似青萝带，山如碧玉环。池蛙鸣聒聒，林鸟语关关。
松桧磐高盖，藤萝引翠鬟。倚栏无一语，何以慰幽闲。

——宋·无名氏·游象耳山[①]

此诗由清刘喜海《金石苑》第5卷所录，据其图画碑列上下次序、字样如"庆元二年"及其他作者如"唐枑"生活年代等，可考此为南宋诗。其诗用语清雅，造境幽深，置盛唐间，亦可混迹。

南宋山水诗作者数量众多，身份复杂，职业多样，性情各异。由此，南宋山水诗内容及其形式亦呈现鲜明丰富性。

---

① [清]刘喜海:《金石苑》卷5，清道光二十六年（1846）刻本，第11页。

第三节　南宋山水诗体裁多样性

南宋山水诗数量庞大，体裁亦富。虽诗之近体发展尤胜，古体承袭旧制亦风采犹存。精彩纷呈、内涵丰富乃南宋山水诗体裁形态主要特色。

一、南宋山水诗体裁形态多样化

南宋乘江西诗派风帆而来，饱览风光。虽历尽数变，但终承唐晖。故南宋诗家近体富含山水诗，古体亦不乏风景吟咏。笔者选取足可凸显南宋山水诗特征之28位代表，解析各家诗篇体裁，足见南宋山水诗体裁形态之多样性。此28大家诗作体裁数据如下：

	近体诗					古体诗			
	五律	七律	五绝	七绝	排律	古风	四言	六言	乐府
汪藻	60	90	15	68	6	84		3	
孙觌	209	134	8	135	22	201	1	9	
李纲	142	481	20	421	28	454	10	7	
吕本中	228	211	42	398	15	416	3	15	
曾几	135	153	59	125	5	117		8	
李弥逊	92	227	7	198	2	155		3	
陈与义	81	120	27	156	5	243	2	4	
刘子翚	114	133	44	157	2	206		13	
陆游	1718	3155	200	2170	31	1877		36	17
范成大	188	379	64	794	11	361	1	105	7
杨万里	526	722	215	2158	10	600	1	9	8
朱熹	209	184	188	475	11	326		4	
楼钥	396	293	5	281	20	229		8	
姜夔	14	16	7	93		52		5	5
韩淲	452	572	80	836	5	642	1	31	
徐照	148	21	2	23	9	50			6
徐玑	95	24	4	25	12	13			
翁卷	97	13	1	18		15			

续表

	近体诗					古体诗			
	五律	七律	五绝	七绝	排律	古风	四言	六言	乐府
赵师秀	96	32	1	16		13			
戴复古	470	223	12	139		103		2	
高翥	32	85	5	64		6			
严羽	41	14	8	24	2	55	1		
刘克庄	581	1512	708	800	61	480	1	392	1
方岳	101	476	59	517	6	229		8	
周密	76	67	14	137	1	130	1	10	
文天祥	217	143	193	205	1	198	4	4	1
真山民	47	49	10	15		1			
汪元量	56	122	7	202	5	73	3	6	3
小计	6621	9651	2005	10650	270	7329	29	690	48
总计	29197					8096			

上述28诗家现存诗篇各体主要以山水诗或山水诗句为主，南宋山水诗体裁多样性特征因之足见。南宋山水诗体裁主要有五律、七律、五绝、七绝、排律、古风、四言、六言、乐府等9体。其中以近体五律、七律、五绝、七绝最为丰富，居各体总数八成，个体诗家山水诗主体亦主要呈现于律绝。如陆游、杨万里、范成大、刘克庄等山水诗形态最富，广布于五律、七律、五绝、七绝、排律、古风、四言、乐府8体；孙觌、李纲、吕本中、曾几、李弥逊、陈与义、刘子翚等山水诗形态亦富，多为五律、七律、五绝、七绝、排律、古风6体，诸家山水诗均以律绝为主，古风次之。

纵观南宋山水诗坛，其体裁整体丰富性、分布特色亦如此：众体齐备，近体律绝最为丰富，古体、古风次之；个体虽有多寡之别，主体情势均如此呈现。

南宋山水诗律绝形态丰富贯穿始终，在中兴期达到顶峰，丰富性最为壮观，其量数倍于前后期，前后期律绝体裁丰富性较之古体亦为强劲，故南宋山水诗律绝之体裁丰富性最显。较之五、七律，七律山水诗秀语妙韵之作尤多，其丰富性超越五律；较之五、七绝，七绝以其体态之宽厚而丰富内涵，故其丰富性超越五绝。进而言之，七律、七绝为南宋山水诗体裁丰富性最佳体现。

南宋古体山水诗丰富性特色较之律绝稍有差异。古体山水诗丰富性至足表现为中兴时期，此期大家陆游、杨万里、朱熹、韩淲、白玉蟾五人诗篇最为凸显，诸家众多长篇大制尤见才俊。前期古风山水诗丰富性媲美此期律绝，后期古风山水诗丰富性则逊色此期律绝为深；整体而言，古风山水诗丰富性虽见强盛，但较之律绝，则丰富性大为逊色。

四言、乐府山水诗数量较少，但相对其总体数量而言，其含山水诗、山水诗句亦有其丰富性，且篇什卓越。四言如：

> 碧云散舒，合且复离。皓月涌照，圆而不亏。
> ……
> 翳翳村巷，遥遥犬声。肃肃庭树，啾啾鸟鸣。
>
> ——赵蕃·碧云

释斯植所拟乐府诗清而不艳，山水景物宛然在目，入五言绝句抑或难辨，如：

> 早作西州行，暮作西州宿。杨柳忽风生，年年芳草绿。
> 青云千里心，白鹭一点雪。谁将玉笛吹，吹下关山月。
>
> ——古乐府二首

诗之体裁规定形式，亦厚载内容，映射内涵。律绝并长篇古风之构建颇费功夫，佳篇妙句愈靠技艺，南宋山水诗体裁丰富性凸显了诗家深厚文学艺术性，宋人虽生唐后，开辟为难，但吟咏之技、体悟之思、典雅之意后出转精。故南宋山水诗无愧先朝，不让前贤。

相较唐代和北宋山水诗而言，南宋山水诗整体形态丰富性加强。南宋山水诗律绝体裁之富既是诗歌自身发展的时代特征，亦为诗人个体诗学素质提升、创作艺术之精进和社会崇尚诗学、艺术普及化、整体文化底蕴深厚之反映。

二、南宋山水诗体裁形态主体化

南宋山水诗体裁基本特点还在于体裁形态的主体化，即在南宋山水诗差异性发展过程中，一些体裁日益成为个体或集体诗作的主要表现形态。这一发展过程是体裁形态主体化下个体差异化、体裁形态时段差异化下的集体主体化。此为诗家个体差异、诗学观念社会转化、社会政治经济时代发展、诗歌形态自身内在发展规律诸因素共同作用结果。

（一）主体化下个体差异化

南宋山水诗体裁选择受制于个性因素。细析主要山水诗家诸作，足见山水诗佳作各有花样。上上者如陈与义、陆游、朱熹、戴复古、白玉蟾等律绝多，古风亦多，众体娴熟，文采飞扬，若百花盛开满园春，最能凸显南宋山水诗体裁丰富性。汪藻、李纲、吕本中、韩淲、李弥逊、楼钥、四灵等律诗多而绝句少，孙觌、曾几、杨万里、方岳、周密、文天祥、真山民、汪元量等山水诗佳作绝句丰富。刘克庄律、绝、古风极为丰富，但山水诗佳作少，且亦在绝句中。

陆游可谓南宋山水诗体裁最集大成者。赵翼所言极是：

> 放翁以律诗见长……然律诗之工，人皆见之，而古体则莫有言及者。抑知其古体诗……又放翁古今体诗，每结处必有兴会、有意味，绝无鼓衰力竭之态……①

放翁五律、七律、五绝、七绝山水佳作尤多，古风亦不乏名篇，如：

> 村落初过雨，园林殊未霜。幽花杂红碧，野橘半青黄。

---

① [清]赵翼：《瓯北诗话》卷6，郭绍虞《清诗话续编》，上海：上海古籍出版社，1983年，第1222页。

飞鹭横秋浦，啼鸦满夕阳。最怜山脚水，撩乱入陂塘。

——野步书触目

小浦闻鱼跃，横林待鹤归。闲云不成雨，故傍碧山飞。

——柳桥晚眺

平桥小陌雨初收，淡日穿云翠霭浮。杨柳不遮春色断，一枝红杏出墙头。

——马上作

佳园寂无人，满地梅花香。闲来曳拄杖，腊月日已长。
朱桥架江面，栏影摇波光。奇哉小垂虹，梦破鲈鱼乡。
汀鹭一点白，烟柳千丝黄。便欲唤钓舟，散发歌沧浪。
可怜隔岸人，车马日夜忙。我归门复掩，寂历挂斜阳。

——游万里桥南刘氏小园

戴复古亦为体裁丰富、各体兼善之南宋山水诗大家。王埜言戴复古"近世以诗鸣者……式之独知之，长篇短章，隐然有江湖廊庙之忧。虽讦时忌，忤达官，弗顾也"①。赵以夫亦谓"戴石屏诗备众体，采本朝前辈理致，而守唐人格律，其用工深矣，是岂一旦崛起而能哉！"②

次之者或如四灵等长于律篇。四灵则最为人称道，刘克庄言"赵紫芝诸人尤尚五言律体，紫芝之言曰：'一篇幸止有四十字，更增一字，吾未如之何矣。'其言如此"③。此语可见四灵赵师秀等亦以长于律句自许而不否。林希逸亦有此意，称："诗有近体，始于唐，非古也。今人以绳墨矩度求之，故江西长句，紫芝有诗论之讥。盖紫芝于狭见奇，以腴求瘠，每曰'五言字四十，七言字五十六，使益其一，吾力匮矣'。"④

四灵其山水诗五律多有名篇，如：

---

① [宋]王埜：《石屏诗集序跋》，《石屏诗集》，四库全书本。
② [宋]赵以夫：《石屏诗集跋》，《石屏诗集》，四库全书本。
③ [宋]刘克庄：《野谷集序》，《后村先生大全集》卷94，四部丛刊初编本。
④ [宋]林希逸：《方君节诗序》，《竹溪鬳斋十一稿续集》卷12，四库全书本。

柳竹藏花坞，茅茨接草池。开门惊燕子，汲水得鱼儿。
地僻春犹静，人闲日自迟。山禽啼忽住，飞起又相随。

——徐玑·山居

青苔生满路，人迹至应稀。小寺鸣钟晚，深林透日微。
野花春后发，山鸟涧中飞。或有相逢者，多因采药归。

——赵师秀·大慈道

四灵多山水律诗为共识，《中国文学史》言"四灵的作品以五律为主要诗体。今存的四灵诗集中，五律皆占半以上，其中较好的（山水诗）作品如徐照《山中》和赵师秀的《龟峰寺》等"①。四灵爱好律体极为明显。整体而言徐照存诗199首，五律占148，比例约为74%；徐玑存诗173首，五律为95，比例约为54%；翁卷存诗144首，97为五律，比例约为67%；赵师秀存诗158，五律96，比例约为61%。四灵偏嗜五律可见一斑。

白石、草窗、秋崖等优于绝句。陈衍《宋诗精华录》卷4称："晚宋人多专攻绝句，白石其尤者，与词近也。"②缪钺亦言："白石之诗，独饶风韵。盖白石为词人，其诗亦有此词意，绝句一体，尤所擅长。清王渔洋论诗主神韵、作诗工绝句，故极赏白石。尝谓余于南渡后诗，自陆放翁外，最喜姜夔尧章。"③南宋中期，白石山水诗绝句可称道者尤富，多空灵、蕴藉、凄清意境。如：

细草穿沙雪半销，吴宫烟冷水迢迢。梅花竹里无人见，一夜吹香过石桥。

——除夜自石湖归苕溪十首其一

---

① 袁行霈：《中国文学史》卷3，北京：高等教育出版社，2005年，第170页。
② [清]陈衍：《宋诗精华录》，曹中孚校注，成都：巴蜀书社，1992年，第590页。
③ 缪钺：《姜白石之文学批评及其作品》，《诗词散论》，上海：上海古籍出版社，1982年，第84页。

朱庭珍言姜夔"独为翘楚，其诗甚有格韵，清雅可传"①。这里"格韵"意指律绝之格韵。世人于南宋山水诗其他诸家体裁之个性多有评论。如：

近岁诗人惟赵章泉五言有陶、阮意。②

宋之学陈子昂者朱元晦，学杜者……陈去非、杨廷秀……学晚唐者，九僧、徐照、翁卷、戴石屏、刘克庄诸人，亦自有近者，总之不离宋人面目③

大抵南宋古体当推朱元晦，近体无出陈去非，此外略有三等：尤、杨四子元和体也，徐、赵四灵大中体也，刘、戴诸人自为晚宋，而谢翱七言古，时有可采焉。④

与义……天分绝高，工于变化。风格遒上，思力沈挚，能卓然自辟蹊径……第其品格，当在诸家之上。(《四库全书总目提要·简斋集》)

《真山民集》……然皆近体，无古诗……或宋末江湖诸人皆不留意古体，山民亦染其风气。(《四库全书总目提要·真山民集》)

南宋山水诗各家有所擅长，亦有不善处。如楼钥"近体诗格律壮雅，亦宋人中铮铮者"⑤。"(楼钥)五言艰涩，而七律尤鄙浅，不足称也……(姜夔)其诗以绝句为最，但格律未高耳。"⑥

南宋山水诗体裁个性差异正是山水诗家及其体裁丰富性的表现，亦为

---

① [清]朱庭珍：《筱园诗话》卷4，郭绍虞《清诗话续编》，上海：上海古籍出版社，1983年，第2408页。

② [宋]刘克庄：《瓜圃集序》，《后村先生大全集》卷94，四部丛刊初编本。

③ [明]胡应麟：《诗薮·外编》卷5，上海：上海古籍出版社，1979年，第215页。

④ [明]胡应麟：《诗薮·杂编》卷5，上海：上海古籍出版社，1979年，第316页。

⑤ [宋]李慈铭：《越缦堂读书记》，《攻媿集札记》，上海：上海书店出版社，2000年，第914页。

⑥ 丁仪：《诗学渊源》，张寅彭《民国诗话丛编》册3，上海：上海书店出版社，2002年，第221页。

南宋山水诗卓越之承载。尽管山水诗家个体体裁形态呈差异化发展，但各家最终形成自己主体性体裁形态，大致而言，南宋山水诗大家和名家均以律绝为其山水诗主体体裁形态。

（二）时段差异化下主体化

南宋山水诗体裁形态丰富多变，演变具有时段差异性，呈现非均衡等宽发展。整体时段而言，律绝形态发展差异性小，古体形态发展差异性大；单一时段而言，近体与古体相对发展则错综复杂，异彩纷呈。无论个体、集体如何差异性发展，最终，在集体无意识下，律绝成为南宋诗家构建山水诗的主体体裁。

1.体裁形态发展时段性划分

南宋山水诗体裁主要为近体和古体。近体主要有七律、五律、七绝、五绝，古体主要有古风、四言、五言。根据别集、总集数据统计、归纳、分析，南宋山水诗体裁形态发展呈现前、中、后三段特色。前述28家南宋山水诗人可谓最佳代表，前期主要山水诗人有汪藻、孙觌、李纲、吕本中、曾几、李弥逊、陈与义、刘子翚等；中期亦可称为中兴期，主要山水诗人有陆游、范成大、杨万里、朱熹、姜夔、韩淲等；后期有四灵、戴复古、严羽、刘克庄、方岳、周密、文天祥、真山民、汪元量等。

前期、后期南宋山水诗体裁形态发展缓慢、平和，形态创新少，变化小，此间优秀诗人为陈与义，其山水诗体裁形态主要代表为七律、七绝。南宋山水诗形态发展中期最具丰富性、创新性、差异性，此期各家山水诗以体裁形态之丰富性构建了中兴期山水诗亦为南宋山水诗之辉煌。此期最杰出山水诗大家为陆游、朱熹，他们亦为两宋杰出诗家，山水诗体裁形态发展齐全且丰富多彩，亦为南宋山水诗体裁形态发展时段最佳代表。

2.体裁形态发展时段差异及集体主体化

南宋山水诗体裁形态发展具有整体时段单一性和相对时段多样性。整体时段中，南宋山水诗体裁形态发展趋势前后一致，呈现单一性。南宋山水诗众体中律绝（主要是七律、五律、七绝、五绝）数量始终居绝对优势，其成就居南宋山水诗主体地位；律绝形态始终居发展主导地位，发展趋势前后相继，变化小。古体山水诗中，古风数量居律绝之后，但较之律绝，数量殊少；山水诗古体之四言、六言数量不足古风一成，于律绝更是少之又少，故古体之整体发展日趋萎缩，其衰减情势前后一致。可见，南宋山水诗体裁发展历程中，律绝整体之始终壮大发展、古体整体之始终减少萎缩二者同一，体裁形态在整体时段发展呈现单一性。

相对而言，南宋山水诗体裁形态发展差异丰富，呈现多样性。前期，近体、古体处南宋山水诗发展起步阶段，体裁形态发展几乎平分秋色，差异性小。中期，近体形态突飞猛进，数量远超古体；古体之形态较前期大有发展，但较之近体则发展缓慢，故近、古体形态发展差异性大。后期，近体形态犹在发展，古体则大为落后，甚至趋于停顿，近、古体裁形态发展差异性殊大。

就近体之律绝形态发展而言，前、中、后三期均在发展，但中期发展最为迅猛，首尾两期发展平缓，中期律绝体裁形态总量远超首尾两期之和。同时，首尾期虽绝对发展差异性小，但首期律体发展大于绝句，山水诗律体成就高；尾期绝句发展大于律体，山水诗绝句成就高。故较之律绝均衡大发展之中期，首尾期律绝发展相对差异性大，特色突出。

就古体之古风而言，前中期均有所发展，中期到达鼎盛，后期徘徊，几近停顿；古风形态整体发展不足，故各期发展差异性小。古体之四言、六言、乐府整体形态发展平慢，总量尤少，各期差异性很小。

南宋山水诗体裁形态时段性发展还具有复合性，近体之律绝发展最为纷繁。律绝发展中，七律日益向七绝简化，五律日益向五绝简化。前期律、绝、古风并进，但总量不富；中期律绝发展迅速，古风总量犹富但相对而言较弱；后期以绝句数量居多，尤其在四灵之后，绝句成为山水诗主流体裁，如真山民、汪元量、萧立之等均以山水绝句闻名。

对南宋山水诗体裁阶段性发展趋势世人多有肯定，如：

近世诗人好为晚唐体。（俞文豹《吹剑录》）

宋末江湖诸人皆不留意古体。①

宋末风气日薄，诗家多不工古体（《四库全书总目提要·三体唐诗》）

晚宋人多专攻绝句。②

南宋山水诗体裁形态发展总规律是近体日益增多、古体日益缩减。主体化发展之下，律绝以其数量优势、主导地位，最终形成南宋山水诗体裁形态律绝主体性。

南宋山水诗体裁形态律绝主体化极大推动了诗学发展和传播。南宋山水诗主体体裁由繁化简、删繁就简，是诗学观念嬗变，亦为诗学领域一次重大变革。

（三）南宋山水诗体裁形态律绝主体化发展成因

南宋山水诗体裁形态律绝主体化发展乃南宋诗学发展缩影，亦为南宋诗学发展解析最佳个体代表。主体化动力由多重因素共同组成，诗学观念的时代性转变乃其首因。

南宋诗学观念之转换主要围绕江西诗派而来，其中杨万里为转折点；杨万里山水诗律绝的前后数量变化为南宋山水诗人诗学观念转折关捩，其绝句数量优势突变为南宋山水诗体裁形态主体性转换完成的标志。

杨万里创作生涯前期（含杨万里诗歌创作中期），南宋山水诗人多受江西派影响，承袭江西派诗学观念，模仿江西派诗作风格。江西派诗派有一祖三宗之传承，方回言："古今诗人当以老杜、山谷、后山、简斋四家为一祖三宗。"③而此前即有江西派之称，吕本中作《江西诗社宗派图》，胡仔《苕溪渔隐丛话》、赵彦卫《云麓漫钞》、王应麟《小学绀珠》等跟

---

① [清]纪昀：《四库全书总目提要·真山民集》，石家庄：河北人民出版社，2000年，第4229页。
② [清]陈衍：《宋诗精华录》卷4．曹中孚注，成都：巴蜀书社，1992年，第590页。
③ [元]方回：《瀛奎律髓汇评》卷26，李庆甲集校，上海：上海古籍出版社，2005年，第1149页。

进其说，杨万里、刘克庄等亦有言：

> 江西宗派诗者，诗江西也，人非皆江西也。人非皆江西，而诗曰江西者何？系之者也。系之者何？以味不以形也……江西宗派图吕居仁所谱，而豫章自出也。①
>
> 吕紫微作《江西宗派》，自山谷而下，凡二十六人……后来诚斋出，真得所谓活法，所谓流转圜美如弹丸者，恨紫微公不及见耳。②

此一祖三宗中老杜、鲁直、后山不仅以律诗见长，亦因拗峭风格著称。

老杜诗歌主要风格就是沉郁顿挫。其《进雕赋表》自称"臣之述作，虽不足以鼓吹六经，先鸣数子，至于沉郁顿挫，随时敏捷，扬雄、枚皋之徒，庶可企及也"。其后张戒《岁寒堂诗话》亦言"观子美此篇，古今诗人，焉得不伏下风乎？……此其怀抱抑扬顿挫，固已杰出古今矣"。此论此后成为公认，如《四库全书总目提要·精华录》言："律以杜甫之忠厚缠绵，沉郁顿挫，则有浮声切响之异矣。"清贺贻孙《诗筏》云："子美诗中沉郁顿挫，皆出于屈、宋，而助以汉、魏、六朝诗赋之波澜。"③

而"沉郁是感情的悲慨壮大深厚，顿挫是感情表达的波浪起伏、反复低回"④。清吴瞻泰分解曰："沉郁者，意也，顿挫者，法也。意至而法也无不密。"⑤陈廷焯详释曰："所谓沉郁者，意在笔先，神余言外，写怨夫思妇之怀，寓孽子孤臣之感。凡交情之冷淡，身世之飘零，皆可于一草一木发之。而发之又必若隐若现，欲露不露，反复缠绵，终不许一语道破，

---

① [宋]杨万里：《江西宗派诗序》，《诚斋集》卷80，四库全书荟要本。
② [宋]刘克庄：《江西诗派·总序》，《后村先生大全集》卷95，四部丛刊初编本。
③ [清]贺贻孙：《诗筏》，郭绍虞《清诗话续编》，上海：上海古籍出版社，1983年，第174页。
④ 袁行霈：《中国文学史》册2，北京：高等教育出版社，2005年，第240页。
⑤ [清]吴瞻泰：《杜诗提要》，合肥：黄山书社，2015年，第5页。

非独体格之高,亦见性情之厚。"①

沉郁顿挫在老杜律诗中表现最为显著。翁方纲言"杜五律虽沉郁顿挫……至七律则雄辟万古,前后无能步趋者,允为此体中独立之一人"②;《四库全书总目提要·精华录》言"律以杜甫之忠厚缠绵,沉郁顿挫"。同时,为了表达沉郁顿挫感情"需要而写拗体,晚年七律拗体更多"③。这些拗体又恰好可以表现其沉郁顿挫风格;而律诗以其规模较大,恰为沉郁顿挫、拗体的表现提供充分操作空间,同时律体亦因之而能丰富内容,三者可谓相辅相成。

杜甫沉郁顿挫的拗体在山水诗中同样表现突出,其《秋兴八首》几乎篇篇如此,其他山水诗如最被称道"杜集七言律第一"之《登高》亦然。

一祖如是,三宗相应。方东树言:"欲知黄诗,须先知杜;真能知杜,则知黄矣。杜七律所以横绝诸家,只是沈著顿拙,恣肆变化,阳开阴合,不可方物。山谷之学,专在此等处,所谓作用"④。

真正开辟江西派者为黄庭坚。其诗风格最大特点乃"生涩瘦硬,奇僻拗拙"⑤,此为学杜而成自家田地,自谓"体古人致意曲折处,久乃能自铸伟词"(《潜溪诗眼》引)。山谷此特色于老杜律诗中获益最多,盖因老杜律诗最是"声律拗峭,奇字险韵"⑥。老杜自云"晚节渐于声律细"(《遣闷戏呈路十九曹长》),鲁直于此眼明心知,道"观杜子美夔州后诗……不烦绳削而自合矣"(《与王观复第一书》)、"但熟观杜子美夔州后古律诗,便得句法简易而大巧出焉。平淡而山高水深,似欲不可企及,文章成就,更无斧凿痕,乃为佳耳"(《与王观复第二书》),故"少

---

① [清]陈廷焯:《白雨斋词话》,北京:人民文学出版社,1959年,第5页。
② [清]翁方纲:《石洲诗话》,北京:人民文学出版社,1981年,第49页。
③ 袁行霈:《中国文学史》册2,北京:高等教育出版社,2005年,第239页。
④ [清]方东树:《昭昧詹言》卷20,北京:人民文学出版社,1961年,第450页。
⑤ 胡云翼:《宋诗研究》,长沙:岳麓书社,2011年,第69页。
⑥ 许总:《宋诗史》,重庆:重庆出版社,1992年,第455页。

陵七律，无才不有，无法不备……山谷学之，得其奥峭"①。前人皆已首肯此情，陈岩肖语"至山谷之诗，清新奇峭，颇造前人未尝道处，自为一家，此其妙也。至古体诗，不拘声律，间有歇后语，亦清新奇峭之极也"②。王若虚称"黄诗大率如此，谓之奇峭"③。

在波折、瘦硬、拗峭风格之余，鲁直要求厚用典故，讲究作诗"无一字无来处……点铁成金"（《答洪驹父书》）；同时对前人诗句要"夺胎换骨"（惠洪《冷斋夜话》）、"以俗为雅，以故为新"（《穷寄投有北诗序》）等。

鲁直如此风格和诗学主张恰好要借律体来表现，亦因律体最能表现。鲁直多认可肯定"得之矣"（《王直方诗话》）。其山水诗表现最为完整。

至于后山亦承杜黄而好律体。胡应麟言"宋黄陈首倡杜学……陈五言律得杜骨"（《诗薮·内编》卷3）、"宋之学杜者，无出二陈，师道得杜骨，与义得杜肉；无己瘦而劲，去非赡而雄；后山多用杜虚字，简斋多用杜实字"（《诗薮·外编》卷5）。《宋诗钞·后山诗钞》亦言"其诗深得老杜之法……盖法严而力劲，学赡而用变，涪翁以后殆难与敌也"。他人之论亦似此：

  后山诗朴老孤峭，在江西派中自当首出，只让涪翁一头地耳。（查慎行言，《瀛奎律髓汇评》卷1）

  学诗于黄庭坚……五言律诗佳处往往逼杜甫，而间失之僻涩。七言律诗风骨磊落，而间失之太快、太尽……方回论诗，以杜甫为一祖，黄庭坚、陈与义及师道为三宗……固不失为北宋巨手也。（《四库全书总目提要·后山集》）

---

① [清]施补华：《岘佣说诗》，丁福保《清诗话》，上海：上海古籍出版社，1978年，第991页。

② [宋]陈岩肖：《庚溪诗话》，丁福保《历代诗话续编》，北京：中华书局，1983年，第182页。

③ [金]王若虚：《滹南诗话》卷3，丁福保《历代诗话续编》，北京：中华书局，1983年，第522页。

后山学杜学黄，又有所变，对鲁直学杜而得生新、奇崛、拗峭有所不满，言"鲁直过于出奇"，主张"宁拙无巧，宁朴无华"（《后山诗话》），故其山水诗呈现朴拙而简易特色。但后山一生郁郁失志，生活贫困潦倒，常常"尊空囊亦空，花且为我黄"（《秋怀》）。故其诗表面虽朴，实似老杜沉郁顿挫，乃以细密、冷峻词句甚至哽咽顿涩之情来表现其丰富内心感受，有"琵琶声停欲语迟"之妙。此种风格于其律诗表现最著，故"往往呈现如同杜诗那样的凝练沉郁之风"[1]，亦对江西派有较大影响。

南宋前期诗人承江西派而来，虽不断破旧革新，且宗唐为旨归，但因受江西派一祖三宗律体深刻影响，故山水诗律体居主要地位，汪藻、孙觌、吕本中、曾几、陈与义等均如此。

江西派后继者在一祖三宗那里所得不仅奇崛拗峭、简陋瘦硬，有时甚至饾饤满纸、处处补衲、艰涩隐晦，议论泛滥，完全失去诗歌韵味。物极必反，盈亏互变。南宋山水诗人在规摹江西派之际，亦逐渐挣开藩篱。吕本中反对学江西派又食而不化，首倡"活法""悟入"：

> 学诗当识活法。所谓活法者，规矩备具，而能出于规矩之外；变化不测，而亦不背于规矩也。是道也，盖有定法而无定法，无定法而有定法。知是者，则可以与语活法矣。（吕本中《夏均父诗集序》）[2]
>
> 作文必要悟入处，悟入必自工夫中来，非侥幸可得也。（《童蒙诗训》）[3]
>
> 此事须令有所悟入，则自然越度诸子。悟入之理，正在工夫勤惰间耳。如张长史见公孙大娘舞剑，顿悟笔法。（《与曾吉甫论诗第一帖》）[4]

---

[1] 许总：《宋诗史》，重庆：重庆出版社，1992年，第515页。
[2] 郭绍虞：《中国历代文论选》册2，上海：上海古籍出版社，2001年，第367页。
[3] 郭绍虞：《宋诗话辑佚》，北京：中华书局，1980年，第594页。
[4] 郭绍虞：《中国历代文论选》册2，上海：上海古籍出版社，2001年，第369页。

曾几、陆游进一步推动"活法"深入。陆游诗道："我初学诗日，但欲工藻绘；中年始少悟，渐若窥宏大……汝果欲学诗，工夫在诗外。"（《示子遹》）"我昔学诗未有得，残余未免从人乞；力暴气馁心自知，妄取虚名有惭色……诗家三昧忽见前，屈贾在眼元历历。天机云锦用在我，剪裁妙处非刀尺。"（《九月一日夜读诗稿有感走笔作歌》）

陆游对山水诗诗材感受更深，强调要目击山水、领悟实境，言"君诗妙处吾能识，正在山程水驿中"（《题庐陵萧彦毓秀才诗卷后二首》其二）、"挥毫当得江山助，不到潇湘岂有诗"（《予使江西时以诗投政府丐湖湘一麾会召还不果偶读旧稿有感》）、"村村皆画本，处处有诗材"（《舟中作》）。无论吕本中、曾几还是陆游，他们以"活法"救弊江西派时所为山水诗均以律绝为主。

放翁表面似鄙视晚唐体，"时时作乔做衙态，诃斥晚唐"，其实践却努力追慕晚唐体，"格调皆极相似"，故"其鄙夷晚唐，乃违心作高论耳"①。

其实，方回早已有论，言："放翁诗出于曾茶山，而不专用江西格，间出一、二耳。有晚唐、有中唐，亦有盛唐。"（《瀛奎律髓汇评》卷4）

放翁为中国古代诗作最多者，其古体有1800余篇，但律绝则多达7200余篇，为古体4倍，其律绝山水诗则为古体山水诗8倍，体裁形态律绝主体化显著。

"活法""悟入"到诚斋则大放异彩，几乎抛弃模拟江西派诗作思维，山水诗体裁形态律绝主体化凸见：

> 予之诗始学江西诸君子，既又学后山五字律，既又学半山老人七字绝句，晚乃学绝句于唐人。学之愈力，作之愈寡……自此每过午，吏散庭空，即携一便面，步后园，登古城，采撷杞菊，攀翻花竹，万象毕来，献予诗材。②

---

① 钱锺书：《谈艺录》，北京：中华书局，1993年，第125页。
② [宋]杨万里：《诚斋集·荆溪集序》，《诚斋集》卷80，四库全书本。

江西派、后山诗均以律体为主，荆公诗以七绝为主；诚斋所言"唐"实指晚唐①，亦以绝句为主。师法如此，故诚斋诗篇体裁形态日趋简化，几乎完全抛弃了长篇古风。

至于诚斋感悟后，"抛弃"江西、后山、荆公、晚唐，力主即目自然，寓目即书、口占而出，则更必以轻便之律绝（尤以绝句）为主。如此之下，诚斋山水诗作以其轻快、活泼、风景宛然著称，诚如后村所言："后来诚斋出，真得所谓活法，所谓流转圜美如弹丸者，恨紫微公不及见耳。"②事实上，诚斋诗作律绝有 3600 余首，古体仅 600 余首，仅为前者的 1/6；律绝中绝句为主体，占 2400 余首，律体 1200 余首，不及绝句半数。就山水诗而言，律体为 300 余首，绝句 1200 余首，古体仅 20 余首，其山水诗律绝主体性转换愈加明了。

诗学晚唐亦为南宋诗家诗学观祈向，亦推动南宋山水诗体裁形态律绝主体化。所谓晚唐体乃是唐后期贾岛、姚合以律绝为主体之苦吟、凄清、雕琢、白描诗作模式（贾岛实为中唐人，但后人以其诗之清苦列其人其诗入晚唐，通称"晚唐"或"晚唐体"）。宋初晚唐体即流行，代表人物有潘阆、魏野、林逋、九僧等，后来梅尧臣、荆公、苏轼亦有所好，苏轼甚至有赞"荆公暮年……七言诗终有晚唐气味"③。江西派三宗之一山谷于晚唐体多有抵牾，曾言："学老杜诗，所谓刻鹄不成尚类鹜也。学晚唐诸人诗，所谓作法于凉，其弊犹贪；作法于贪，弊将若何！"（黄庭坚《与赵伯充书》）④

江西派突起后，晚唐体退居角落。但江西派弊端日显，南宋诗家即援用晚唐体以矫治，杨万里、陆游、范成大均趋近晚唐。杨万里诗道："笠泽诗名千载香，一回一读断人肠。晚唐异味同谁赏？近日诗人轻晚唐。"（《读笠泽丛书三绝》）且屡赞"晚唐异味"：

---

① 吕肖奂：《宋诗体派论》，成都：四川民族出版社，2002年，第190页。
② [宋]刘克庄：《江西诗派·总序》，《后村先生大全集》卷95，四部丛刊初编本。
③ [宋]赵令畤：《侯鲭录》卷7，北京：中华书局，2002年，第182页。
④ [宋]魏庆之：《诗人玉屑》，上海：上海古籍出版社，1978年，第115页。

而晚唐诸子虽乏二子之雄浑……属联切而不束，词气肆而不荡，婉而庄，丽而不浮，骎骎乎晚唐之味矣。（杨万里《周子益训蒙省题诗序》）

　　尝食夫饴与荼乎……至于荼也，人病其苦，然苦未既，而不胜其甘。诗亦如是而已矣……近世惟半山老人得之。（杨万里《颐庵诗稿序》）

　　甚至称"诗至唐而盛，至晚唐而工"（《黄御史集序》）。如此诗学观下，杨万里山水诗律体多，绝句更多。

　　四灵在叶适揄扬下更是大张旗鼓，"永嘉四灵，皆为晚唐体者也"（陈振孙《直斋书录解题》卷20）。四人山水诗体裁形态律绝主体化尤显，如徐照律绝203首，古体稍多，有50首；徐玑律绝150首，古体13首；翁卷律绝129首，古体15首；赵师秀律绝145首，古体13首。从徐照到赵师秀，律绝主体化毕现。此后戴复古、刘克壮等江湖派推波助澜，直至真山民逞力纵横，南宋后期晚唐体几乎一统天下，山水诗体裁形态律绝主体化发展到极致，如真山民律绝121首，古体仅1首。

　　诚如钱锺书言："南宋诗流之不墨守江西派者，莫不濡染晚唐。"[①]江西抑或晚唐均以律绝为多，晚唐绝句更盛。可见，自中兴至末期，杨万里、陆游、四灵、刘克庄、真山民等均步趋晚唐轻快之律绝，即令参透"悟入"，亦律绝为多。如此之下，南宋山水诗体裁形态律绝主体化势在必然。

　　除趋学江西、晚唐观念之演变外，亦在于诗歌体裁自身由繁趋简内在发展趋势、宋人艺术修养提高日趋工于律绝之机巧使然；同时，较之律体，绝句便宜流行，诗家乐为，传播易达，受者易受，为求成品效率和传播效果，古风尤其长篇古风日益被人背弃，此为十分重要因素。此外，南宋前中后各期诗家个体及其集体才性秉质之差异、趣味之异变亦影响了南

---

① 钱锺书：《谈艺录》，北京：中华书局，1993年，第124页。

宋山水诗体裁形态发展之差异性、丰富性。诸因素和合相向，共同作用，最终山水诗律绝以其轻快和工巧日益成为南宋山水诗体裁形态之主体。

南宋山水诗作者、体裁、题材呈现鲜明丰富性，故南宋山水诗之研究足以代表南宋诗坛主体发展状况之研究，南宋山水诗发展特色亦能映射南宋社会政治、经济、文化、宗教诸要素发展特色。

本章结语

文学之传承、发展、创作从来不是孤立存在的，时代制约文学，文学映射社会，文学紧密关联社会。南宋山水诗特色形成、发展有其深厚社会背景。其中经济、文化、教育、人才、宗教因素多正面推动山水诗创作与发展，政治于山水诗发展利弊同在。南宋经济、文化、教育高度繁荣，军力却孱弱无刚，如此特异景象于南宋山水诗人思想、诗学观及其山水诗题材、风格、意境影响深远。

南宋山水诗创作异变于北宋，最主要在于诗人群体庞大、身份复杂，体裁形态日益律绝主体化；中下层诗人成为诗坛主体，山水诗日益时俗化、娱情化。江西诗派格调、晚唐意味始终伴随南宋山水诗创作、发展之全程。

第三章　南宋山水诗演变发展历程

南宋建立之初，政局不稳，高宗（1127—1162在位）东躲西逃，一心妥协求和。孝宗（1162—1189在位）雄心勃勃，但力不从心。韩侂胄北伐（1206）失败被杀，在投降派史弥远控制下，国力日衰。1279年陆秀夫身负幼帝投海，南宋灭亡。

根据南宋上述政治和诗坛发展状况，南宋山水诗152年发展历程约略可分为四个阶段，即初期（1127—1162）、中兴期（1162—1207）、晚期（1207—1250）、末期（1250—1279）。它映照南宋山水诗兴发、辉煌、衰变、终结之进程，亦为山水诗格调新活、雄秀、清逸、哀婉之轨变。方回曰："堂堂陈去非，中兴以诗鸣。吕曾两从橐，残月配长庚。尤萧范陆杨，复振乾淳声。尔后顿寂寥，草虫何薨薨。永嘉有四灵，词工格乃平。上饶有二泉，旨淡骨独清。学子孰取舍，吾非私重轻。极玄虽有集，岂得如渊明。"（《秋晚杂书三十首》其十七）此言基本概括了南宋山水诗主要诗家及其发展轨迹。

第一节　南宋山水诗发展初期

两宋相接，南宋山水诗承前而来。南宋山水诗兴发于南宋初期，此期主要山水诗人多为旧人，其山水诗成就却多突显于诗人创作后期，故归论于此期为宜。

一、主要山水诗人群体

南宋初期山水诗人可观者百余位，名家主要有程俱（1078—1144）、李光（1078—1159）、刘一止（1078—1161）、汪藻（1079—1154）、王安中（高宗时）、王庭圭（1080—1172）、孙觌（1081—1169）、周紫芝（1082—1155）、李纲（1083—1140）、吕本中（1084—1145，字居仁，亦称紫微、东莱）、曾几（1084—1166，字吉甫，号茶山居士，亦称文清）、李弥逊（1089—1153）、陈与义（1090—1138，字去非，号简斋居士）、张元干（1091—1170）、张九成（1092—1159）、朱淑真[生当宋室南渡前后，孝宗淳熙九年（1182）辑《断肠集》]、曹勋（1098—1174）、刘子翚（1101—1147）、黄公度（1109—1156）、王十朋（1112—1171）等十余位。他们身份复杂，有理学家（吕本中、张九成、刘子翚等）、女诗人（朱淑真）、宰相（李纲、李光、陈与义等），有主和者（孙觌等），亦有诗词兼善者（张元干等）。他们均兼跨两代，遭逢国难之痛，其山水诗多描绘所辗转各地之山水风光，凸显清新，克服了前期山水诗风格板滞、模式固化、范围囿限、视野狭小、景物陈旧之缺点。更重要的在于此期主要山水诗家将山水景物与国破家亡关联，蕴含了风光秀美、山河破碎之情感，为山水诗内涵注入了时代气息和民族情怀。

此期最重要的山水诗家有吕本中、曾几、陈与义，其中陈与义最为优秀。刘克庄言简斋"建炎以后，避地湖峤，行路万里，诗益奇壮……造次不忘忧爱，以简洁扫繁缛，以雄浑代尖巧，第其品格，故当在诸家之上"[1]。《四库全书总目提要·简斋集》亦称："北宋诗人，凋零殆尽。惟与义为文章宿老，岿然独存。其诗虽源出豫章，而天分绝高，工于变化。风格遒上，思力沈挚，能卓然自辟蹊径。……在南渡诗人之中，最为显达。

---

[1] [宋]刘克庄：《后村诗话·前集》卷2，王秀梅点校，北京：中华书局，1983年，第26页。

然皆非其杰构。至于湖南流落之余，汴京板荡以后，感时抚事，慷慨激越，寄迹遥深，乃往往突过古人。"

江西派发轫于北宋—南宋时期，不仅代表宋诗典范，其势力影响几乎笼罩整个南宋诗坛发展始终。江西诗派后继吕本中、曾几，中兴大家杨万里、陆游实均承江西诗派衣钵而略有创新。四灵于晚唐短暂主力诗坛后，江湖派之戴复古、刘克庄本质上又均重回江西派诗学观。可见，南宋诗学观之整体发展深受初期之吕本中、曾几诗学观影响。

二、山水诗主要特征

此期为南宋山水诗之发轫，虽有承继，新变亦多。寓情山水，感伤时事，风格清新，音韵灵动，为山水诗内在结构范式新旧转换之萌发期。

（一）山水诗内涵自我意识异变

南宋初期山水诗内涵意识结构模式于北宋多有变化，心灵山水偏向自然山水意识产生。北宋诗学尤其中后期多为学人之诗，偏向理议，注重精神内在世界展示，其风景描绘中心灵感受宣泄丰富，想象、虚拟色彩偏多。山水诗心灵精神山水成分丰富，则自然客观景物展现、描绘减弱。

山水诗之心灵山水多于自然山水之因在于宋人好学、博书、崇理、善思、富议，亦在于宋人以老杜诗学为旨归。杜诗自然景物与个人情感融合密切，山水佳作《登高》《秋兴八首》等内在感受丰富，景物选取、排布全由心灵感受役使，绘景中议论，抒情中描写，情境组合完美。江西诗派诗学老杜，偏重个体内心世界表达，心灵山水成分丰富，多幻化、虚拟、臆念景物，因山水而生议论气氛浓厚。

江西诗派之宗黄庭坚、陈师道藉山水融入内在心灵表现最为突出。黄庭坚名作如《题落星寺》（落星开士深结屋）、《秋怀》（秋阴细细压茅堂），陈师道名作《春晚游宝云寺》（繁杏青犹小）、《次韵李节推九日登南山》（平林广野骑台荒）均如此。江西诗派后学者于北宋诗坛影响重大，其山水诗偏重内在心灵感知描写，有时淹没自然客观景物表现，议论堆砌，理道浓厚。

南宋初诗家逐步摆脱江西派影响，取材自然，直面实景。其山水诗结构逐步增加客观景物描绘，注重刻画自然山水，以此填补前人偏重内在想象而描写之不足。虽未能根绝心灵臆动之词句、未能祛除宋诗多理富议之弊，但于江西诗派乃是一种嬗变，暗含回归盛唐山水诗之意识，为南宋山水诗之辉煌铺基固本。

南宋初期，汪藻、王庭珪、周紫芝、李纲、孙觌、吕本中、曾几、李弥逊、陈与义、张九成、刘子翚诸名家大量山水诗多取材自然，客观景物画面丰富。绝句绘景明显，律诗亦然，如汪藻《春日》（亦作《旅次》）（一春略无十日晴）、《天台道中》（渺渺孤程逐雁飞），王庭珪《秋郊晓兴》（玉露三秋夜）、《晓行唐兴寺道中寄刘美中》（雨洗穹色静），周紫芝《晚霁》（翠叶看成幄）、《雨过》（池面过小雨），孙觌《胥口》（江阔卧人影）、《临安道中》（莽莽原野迥），张九成《三月晦城门晚景》（雨涨春江浪）、《到白石寺次壁间郑如圭韵》（寺古僧多老）等，均富含山水景物描绘。吕本中、曾几、陈与义等甚至有全篇句句言景者，如：

霁色春江上，沧茫一棹通。水随天地阔，山入画图工。
薄霭凝新碧，轻风随乱红。片帆迎返照，叠嶂路疑穷。
—— 吕本中·春暮渡江

云物澹清晓，无风溪自闲。柴门对急雨，壮观满空山。
春发苍茫内，鸟鸣篁竹间。儿童笑老子，衣湿不知还。
—— 陈与义·雨

陈与义乃此期最杰出诗家。他师法陶、杜、黄，其山水诗虽未脱尽心灵意念，且蕴含丰富，但二者融合较黄更为神化，逼近老杜。律诗名作《雨》（沙岸残春雨）、《登岳阳楼》（洞庭之东江水西）、《巴丘书事》（三分书里识巴丘）、《观雨》（山客龙钟不解耕）等均如此。如《登岳阳楼》：

>　　洞庭之东江水西，帘旌不动夕阳迟。登临吴蜀横分地，徙倚湖山欲暮时。
>　　万里来游还望远，三年多难更凭危。白头吊古风霜里，老木沧波无限悲。

这里"夕阳迟""吴蜀横分地"均为虚拟之景，"万里来游还望远，三年多难更凭危"乃以登楼为意之议论，"白头吊古风霜里，老木沧波无限悲"景情并举。全篇议论成分重，但心灵山水与自然景物融合浑圆。较之鲁直《雨中登岳阳楼望君山》（投荒万死鬓毛斑）艺术性高出一筹，其画面广大、深厚，风格苍凉、沉郁，气势浑雄、悲壮，大背景、小触点艺术手法均媲美老杜《登岳阳楼》（昔闻洞庭水）。可见简斋学杜得其神髓，杨万里诗赞之"诗宗已上少陵坛"（《跋陈简斋奏草》），仇远亦诗赞"简斋吟集是吾师，句法能参杜拾遗"（《读陈去非集》）。

要之，南宋山水诗结构方式变化首先在于诗家将画面之心灵山水转向自然山水，注重外在即目自然景物的客观描绘，扩张直击山水之词句，增加景物描写画面，通篇纯为山水景物者亦富。在议理肆行之江西诗派中，护持了传统山水诗面目。

（二）促进宋山水诗内在诗学观念变革

南宋诗家依托山水对中国古代诗歌创作主体和创作途径进行了总结、开拓。宋山水诗之变乃宋诗变革重要节点，南宋诗学观念之变革肇自山水诗结构之变化。其时诗人以山水诗为依托、以景物描绘为本体，力主"活法"，注重变易，促进了学人诗学观念之转换，打破了宋诗僵化、沉闷局面，开辟了南宋诗歌新天地。

北宋末江西诗派之后学日益拗峭、生硬、奇崛、苦瘦，偏执"点铁成金""夺胎换骨"，恪守"资书以为诗"，加之用典晦涩、泛滥，整体诗坛发展滞缓。南宋初期，江西诗派续学者则奋起扭转，矫之以"活法""悟入"，吕本中、曾几、陈与义、孙觌着力重大，其功效主要显现于山水诗之中。

居仁于江西诗派作用深远,所绘《江西诗社宗派图》为此派定门立名,亦乃中国有明确诗派观念之第一人。其诗学江西诗派,乃以明确理论主张补救江西诗派弊端之第一人。其"活法""悟入"之论主要见于《童蒙诗训》《夏均父集序》《与曾吉甫论诗第一帖》《与曾吉甫论诗第二帖》。居仁以其山水诗贯彻"活法"之效用,方回称之"流动而不滞者"(《瀛奎律髓》卷17)。律诗名作《春晚郊居》(柳外楼高绿半遮)、《题淮上亭子》(亭下长淮百尺深)、《柳州开元寺夏雨》(风雨潇潇似晚秋)、《晚步至江上》(浦口生春绿未酣)、《小园》(小园常在眼)、《春暮渡江》(霁色春江上)等均为其诗风流动圆转之体现。

茶山诗学江西诗派韩驹、居仁,确凿言:"老杜诗家初祖,涪翁句法曹溪。尚论渊源师友,他时派列江西。"(《李商叟秀才求斋名于王元渤以养源名之求诗》)于居仁"活法""悟入"亦发扬光大,首先搬掉壁垒,会通二者,言"居仁说活法,大意欲人悟"(《读吕居仁旧诗有怀其人作诗寄之》),谓"活法""悟入"意义相通,扩大"活法"内涵,亦简化入"悟"之门禁,便于诗学从理论到实践之操作。其山水诗较居仁少,但多承载"活法",将"活法"实践推向更高层次,如《三衢道中》(梅子黄时日日晴)、《途中二首》(鹁鸠晴雨报人知)、《独步小园四首》(江梅落尽红梅在)均清新淡雅,被赵庚夫誉为"新如月出初三夜,淡比汤煎第一泉"(《读曾茶山诗集》)。方回亦誉其为"自然轻快,近杨成斋"(《瀛奎律髓汇评》卷27)。

陆游《曾文清公墓志铭》载茶山"有文集三十卷,《易释象》五卷,他论著未诠次者尚数十卷"[①]。因卷帙散失,后人辑剩文为《茶山集》八卷,故于诗论多有未见。《读吕居仁旧诗有怀其人作诗寄之》最可见其理悟"活法"观念之思维:"学诗如参禅,慎勿参死句。纵横无不可,乃在欢喜处。又如学仙子,辛苦终不遇。忽然毛骨换,正用口诀故。居仁说活法,大意欲人悟。常言古作者,一一从此路。岂惟如是说,实亦造佳处。其圆如金

---

① [宋]陆游:《渭南文集》卷32,四库全书荟要本。

弹，所向若脱兔。风吹春空云，顷刻多态度。锵然奏琴筑，间以八珍具。人谁无口耳，宁不起欣慕。"茶山言"活法"亦如参禅学仙，要在"悟入"。宋人好禅，以禅论诗，茶山以"悟入""参禅"通理，透解"活法"入髓，可谓得其真传。

茶山于"活法"重大贡献乃是衣钵后传，后学者以中兴大家陆游、杨万里受益于茶山最深。

简斋以其清新、轻灵山水诗作实践引领南宋初期"活法"意识深入发展。作为南宋初期诗坛第一大家，简斋力主创新，"务一洗旧常畦径，意不拔俗、语不惊人，不轻出也"（葛胜仲《陈去非诗集序》）[①]。其诗多雄浑、悲壮、苍劲、阔大、圆融、清淡、轻快、明丽、新活、自然，融老杜、鲁直与渊明、东坡于一体，其山水诗于江西诗派之弊突破最力，故严羽称之曰"亦江西之派而小异"（《沧浪诗话·诗体》）。

简斋清新、轻灵山水诗贯穿始终，后期尤富。前期名作如《襄邑道中》（飞花两岸照船红）、《江南春》（雨后江上绿）、《中牟道中二首》（雨意欲成还未成）已呈活泼势。靖康之变，五年避难，家国破败使简斋诗风大变，山水诗虽多悲壮沉雄，但不乏活泼、清新者。晚年退归湖州，举目风景，山水诗愈加明丽、深婉，张嵲谓之"体物寓兴，清邃超绝……上下陶谢韦柳之间"[②]，名作众多，如：

露侵驼褐晓寒轻，星斗阑干分外明。寂寞小桥和梦过，稻田深处草虫鸣。

——早行

二月巴陵日日风，春寒未了怯园公。海棠不惜胭脂色，独立濛濛细雨中。

——春寒

[①] [宋]陈与义：《陈与义集校笺》，白敦仁校笺，上海：上海古籍出版社，1990年，第1013页。

[②] [宋]张嵲：《陈公资政墓志铭》，《紫微集》卷35，四库全书本。

画面清新活泼，直接具体山水景物，形态描写丰富。此类山水诗于简斋诗集达百余篇，如《入山二首》（出山复入山）、《出山二首》（阴岩不知晴）、《绝句》（野鸭飞无数）、《罗江二绝》（荒村终日水车鸣）、《窦园醉中前后五绝句其一》（东风吹雨小寒生）、《甘棠道中》（笋舆碍石一悠然）、《题水西周三十三壁二首》（不管先生巾欲摧）、《村景》（黄昏吹角闻呼鬼）、《宣风楼》（楼迥云随画栱飞）、《城上晚思》（独凭危堞望苍梧）等均可入此列。简斋诗不仅以"活"灌注，格调新变，且音节顺畅，气韵活泼，篇幅轻灵，其后期山水诗基本除去江西诗派生硬、枯瘦、拗崛之弊。

简斋为南宋初山水诗最有成效者，亦为宋山水诗两高峰间有机连接。南宋山水诗之集大成者陆游、活泼清新之极变者杨万里均循其开山铺基之路而有成。

方回于居仁、茶山、简斋三人均有赞誉，言"嗣黄陈而恢张悲壮者，陈简斋也；流动圆活者，吕居仁也；清劲雅洁者，曾茶山也"（《瀛奎律髓汇评》卷1）。"老杜之后有黄陈，又有简斋，又其次则吕居仁之活动，曾吉甫之清峭，凡五人焉。"（《瀛奎律髓汇评》卷24）

居仁、茶山所言"活法""悟入"乃是以遵从江西诗派体式为基础，是对江西诗派后期误区之救弊、疏通，乃是一种补救。吕本中虽力主诗学"不可循习陈言，只规摹旧作"（《童蒙诗训》），批评机械学习者"左规右矩，不能稍出新意，终成屋下架屋，无所取长"，茶山亦为推进居仁诗学观念出力，促进南宋初期山水诗有所变易。但他们内心均认为学诗须"先见体式""遍考他诗"（《童蒙诗训》），故其"活法""悟入"观本质上仍在江西诗派中求活计。简斋大变之前后，亦再无扛鼎之人，故对江西诗派的彻底突破有待中兴大家陆游、杨万里等人接力。

（三）山水景物描写融合时代动荡、现实承继与开拓

靖康之乱，时代裂变。生民涂炭，诗人南奔，山川景物之美与国难家破之悲并存，故山水诗富含时代动荡印记之现实乃南宋初期山水诗显著特征之一。从师法杜诗律精韵贴转入学习杜诗爱国哀民思想内涵，为南宋初期山水诗迥异于前期江西派山水诗之根本差异。

靖康之变，诗人四处奔波，远山涉水，视野拓展，诗作画面秀丽、清逸；同时，家国破亡而惆怅、苦痛、思索亦使山水诗沉郁、悲怆。汪藻、王庭圭、李纲、吕本中、曾几、陈与义、张元干之山水诗均富含此特色，诸家山水景物描写之画面与烽火战乱下悲愤之心灵结合，丰富现实性中包含丰富民族性，极大提升了南宋初期山水诗艺术和内容品味，所谓"国家不幸诗家幸"。李纲、吕本中表现突出，如李纲《将次钱塘》（岁晚飘零日）、《江行十首》（理棹适江干）、《玉山道中五首》（悠悠征骑渡溪岩）、《平津晚望》（春入沙阳花满林）、《南昌楼秋望》（兵火凋残今几秋）、《春暮平津晚望》（风回雨霁已春残）、《平津阁望雨》（平津景物晚依依），吕本中《题淮上亭子》（亭下长淮百尺深）、《柳州开元寺夏雨》（风雨翛翛似晚秋）、《春晚郊居》（柳外楼高绿半遮）、《自阳山还连州》（雨后轻裘寒尚侵）、《连州阳山归路三绝》（苍黄避地出连州）、《宿翠微寺》（西山今夜雨）、《连州游隅湖亭》（附溪翳嘉木），多为山水风景、家国变乱融合佳作。曾几此类诗作如《游张公洞》（张公洞府未著脚）、《苏秀道中》（一夕骄阳转作霖）、《寓居吴兴》（相对真成泣楚囚）等，亦多为人称道。

社稷危难，促使江西诗派后期诗风丕变，学杜成为集体时尚。吕本中、曾几诸家诗学显著，但学杜最成功者乃陈与义。陈与义诗作最见艺术性者乃山水吟咏与时代现实无间融合，因此被誉为南宋初期诗坛第一大家。

靖康之乱，陈与义五年辗转，数遭凶险，万里奔波，于杜诗体会最深，自言"草草檀公册，茫茫杜老诗""但恨平生意，轻了少陵诗"。其后期山水诗颇得老杜真髓，清新间浑雄、顿挫，沉郁显厚重、苍秀，"南渡诸人诗，尚有可观者……至陈去非宏壮，在杜陵廊庑"[1]。此类山水诗颇富，佳作如《细雨》（避寇烦三老）、《雨》（沙岸残春雨）、《观雨》（山客龙钟不解耕）、《雨中》（北客霜侵鬓）、《金潭道中》（晴路篮舆稳）、

---

[1] [明]胡应麟：《诗薮·外编》卷5，上海：上海古籍出版社，1979年，第215页。

《渡江》(江南非不好)、《舟次高舍书事》(涨水东流满眼黄)等，山水景物描写与爱国情感融为一体，格调浑雄，内涵富赡，将山水诗艺术推进到新发展阶段。最被人称道者为《登岳阳楼二首》(洞庭之东江水西)、《巴丘书事》(三分书里识巴丘)诸篇，方回谓之"气势浑雄，规模广大"[①]；纪昀亦曰"意境宏深，真逼老杜"[②]。"至于湖南流落之馀，汴京板荡以后，感时抚事，慷慨激越，寄迹遥深，乃往往突过古人……造次不忘忧爱，以简严扫繁缛，以雄浑代尖巧。第其品格，当在诸家之上……体物寓兴，清邃超特。纡馀闳肆，高举横厉。"(《四库全书总目提要·简斋集》)

陈与义山水诗为其诗学成就最佳代表者。前人论其风格多以山水诗为本事，如"望之苍然，而光景明丽，肌骨匀称"(刘辰翁《简斋诗笺序》)[③]。"盖其一种萧寥逋峭之致，譬之僚涧邃壑，绝远尘埃。"(冯煦《增广笺注简斋诗集序》)[④]"自陈黄之后，诗人无逾陈简斋，其诗由简古而发秾纤。"[⑤]纪昀言之"深稳而清切……闲致……闲淡有味"[⑥]专以其山水诗而论。可见陈与义山水诗简古、雄浑风格广为人道。

陈与义乃南宋初期山水诗最高成就者、宋诗变易最有贡献者，为中兴期陆游、杨万里导夫先路，山水诗成就亦紧随陆后，比配范、杨。

南宋初期山水诗无逊于南宋末期，山水诗发展与文化发展、经济繁荣非有同步，政治、时局则可紧密制约文化发展。南宋初期山水诗虽有李纲、吕本中、曾几、陈与义诸人建功立业，然政局动荡，根基未稳，故山水诗成就整体较前之元祐和后之中兴为逊。

---

① [元]方回:《瀛奎律髓汇评》卷24，李庆甲集校，上海：上海古籍出版社，2005年，第1091页。

② [元]方回:《瀛奎律髓汇评》卷1，李庆甲集校，上海：上海古籍出版社，2005年，第42页。

③ [宋]陈与义:《陈与义集》，北京：中华书局，1982年，第3页。

④ [宋]陈与义:《陈与义集》，北京：中华书局，1982年，第558页。

⑤ [宋]罗大经:《鹤林玉露·甲编》卷6，北京：中华书局，1983年，第105页。

⑥ [元]方回:《瀛奎律髓汇评》卷17，李庆甲集校，上海：上海古籍出版社，2005年，第675页。

第二节 南宋山水诗发展中期

南宋中兴期亦南宋山水诗中期。此期乃南宋盛世，孝宗胸怀雄心，政局安稳，社会蓬勃，经济雄厚，文化繁荣。南宋山水诗亦步入中兴，大家多、风格富、艺术高、品味正，宋代山水诗再度成就辉煌，雄秀挺立。

一、主要山水诗人群体

此期山水诗人数量众多，可观之家有百余位，名家十计以上，如萧德藻（生卒年不详，绍兴时进士）、陆游（1125—1210，字务观，号放翁）、周必大（1126—1204）、范成大（1126—1193，字致/至能，号石湖居士）、尤袤（1127—1194）、杨万里（1127—1206，字廷秀，号诚斋）、朱熹（1130—1200，字元晦，号晦庵、晦翁等）、张栻（1133—1180）、楼钥（1137—1213）、辛弃疾（1140—1207）、赵蕃（1143—1229，号章泉）、姜夔（约1155—约1221，字尧章，号白石道人）、韩淲（1159—1224，号涧泉）等。此期释家亦有山水诗可观者，如居简（1164—1246）、元肇（1189—1265）、绍嵩（理宗朝）等。

此期山水诗三万余首，占南宋山水诗作半数以上，居南宋山水诗四阶段之首。陆游四千首，居有宋之冠；千首以上者半百，如范成大、杨万里、朱熹、韩淲、赵蕃、居简等均在此列，数百首者愈加众多。

此期名家云集，山水诗亦为杰出。"自乾、淳以来，诚斋、放翁、石湖、遂初、千岩五君子足以跞江西，追盛唐。过是，永嘉四灵、上饶二泉、嫩庵、南塘二赵（赵汝谠、赵汝谈）为有声。"（方回《晓山乌衣坊南集序》）[①] 赵蕃、韩淲被誉为"上饶二泉"，时人刘宰称："粤自炎祚中兴，

---

① [元]方回：《桐江集》卷1，续修四库全书本。

文物萃于东南……诸老沦谢，文献之家，典刑之彦，岿然独存，犹有以系学者之望者，章泉先生一人而已。"（刘宰《章泉赵先生墓表》）[1] "至章泉、涧泉又各以其诗号为大家数。"（刘克庄《赵庭原诗序》）[2] "上饶自南渡以来，寓公曾茶山得吕紫微诗法，传至嘉定中，赵章泉、韩涧泉正脉不绝。"（方回《次韵赠上饶郑圣予沂并序》）[3] 二泉诗学江西诗派，方回亦出如此，故称赏有加。

白石亦有高名。杨万里《寄张功甫姜尧章进退格》赞道："尤萧范陆四诗翁，此后谁当第一功？新拜南湖为上将，更推白石作先锋。"清人于白石尤为推崇，王士禛有"余于宋南渡后诗，自陆放翁之外，最喜姜夔尧章"[4]，甚而誉为"白石诗风致胜诚斋远矣"[5]！"夔诗在南宋中叶最为杰出，虽篇帙无多，而格意不在范、陆下。其自序主于摆落一切，冥心独造，可谓不负所言。"（《四库全书简明目录·白石诗集》卷16）

陆游、范成大、杨万里、尤袤原被称为"中兴四大家"，但尤袤作品散失颇多，其诗作今仅存64首，另有11残句，故无法媲美陆、范、杨。此期最著名大家应为陆游、范成大、杨万里、朱熹四人。

陆游为南宋诗坛第一大家，其山水诗亦如此，时人及后人推崇备至。杨万里赞之："君诗如精金，入手知价重。"（《和陆务观见贺归馆之韵》）朱熹道："放翁老笔尤健，在当今推为第一流。"（朱熹《答巩仲至》）刘克庄亦曰："譬宗门中初祖，自过江后一人。"（刘克庄《题放翁像二首其一》）后代亦盛称扬，如厉鹗言之："诗为中兴之冠。"[6] 赵翼称："放翁以律诗见长，名章俊句，层见叠出，令人应接不暇。使事必切，属对必工；无意不搜，而不落纤巧；无语不新，而不事涂泽，实古来诗家所未见也。然律诗之工，人皆见之，而古体则莫有言及者。抑知其古体诗，才气豪

---

[1] [宋]刘宰：《漫塘集》卷33，四库全书本。
[2] [宋]刘克庄：《后村先生大全集》卷97，四部丛刊初编本。
[3] [元]方回：《桐江续集》卷15，四库全书本。
[4] [清]王士禛：《香祖笔记》卷9，上海：上海古籍出版社，1982年，第167页。
[5] [清]翁方纲：《石洲诗话》卷4，北京：人民文学出版社，1981年，第144页。
[6] [清]厉鹗：《宋诗纪事》卷53，上海：上海古籍出版社，1983年，第1341页。

健，议论开辟，引用书卷，皆驱使出之，而非徒以数典为能事。意在笔先，力透纸背，有丽语而无险语，有艳词而无淫词，看似华藻，实则雅洁，看似奔放，实则谨严……放翁工夫精到，出语自然老洁。"甚至言："宋诗以苏、陆为两大家，后人震于东坡之名，往往谓苏胜于陆，而不知陆实胜苏也。"① 可见，放翁山水诗各体均多佳作。

理学家朱熹、张栻山水诗佳作亦富，朱子山水诗成就媲美范杨而无愧。明清人辨析明了，胡应麟谓朱熹古体诗为南宋第一，"大抵南宋古体当推朱元晦"②，其论必然含古体山水诗。李重华亦称："南宋陆放翁……同时求偶对，唯紫阳朱子可以当之，盖紫阳雅正明洁，断推南宋一大家。"③ 近人陈衍道："晦翁登山临水，处处有诗，盖道学中最活泼者。"④

诚斋山水诗实不及放翁、晦翁，亦不及简斋，然其人当时名气最大，所谓"诚斋诗名牛斗寒"（周必大《奉新宰杨廷秀携诗访别次韵送之》）、"四海声名今大手，万人辟易几降旗"（袁说友《和杨诚斋韵谢惠南海集诗三首其一》）、"今日诗坛谁是主，诚斋诗律正施行"（姜特立《谢杨诚斋惠长句》）、"四海诚斋独霸诗"（项安世《又用韵酬赠潘杨二首》），放翁亦自谦："我不如诚斋……人言诚斋诗，浩然与俱东……我欲与驰逐，未交力已穷。"（《谢王子林判院惠诗编》）时人誉诚斋山水诗名位之高主要因其山水描写模式创新、开拓，以此而誉其为南宋中兴大家。冯班言："诚斋自开门户，不傍古人，自是一种好诗。"⑤ 吕留良称："盖落尽皮毛，自出机杼，古人之所谓似李白者，入今之俗目，则皆俚谚也……见者无不大笑。呜呼！不笑不足以为诚斋之诗。"⑥（《宋诗钞·江湖诗钞》）

---

① [清]赵翼：《瓯北诗话》卷6，北京：人民文学出版社，1963年，第79页。
② [明]胡应麟：《诗薮·杂编》卷5，上海：上海古籍出版社，1979年，第316页。
③ [清]李重华：《贞一斋诗说》，丁福保《清诗话》，上海：上海古籍出版社，1978年，第927页。
④ [清]陈衍：《宋诗精华录》卷3，曹中孚校注，成都：巴蜀书社，1992年，第463页。
⑤ [元]方回：《瀛奎律髓汇评》，李庆甲集校，上海：上海古籍出版社，2005年，第921页。
⑥ [清]吴之振：《宋诗钞》，北京：中华书局，1986年，第2038页。

诚斋"虽沿江西诗派之末流，不免有颓唐粗俚之处；而才思健拔，包孕富有，自为南宋一作手"（《四库全书总目提要·诚斋集》），所言极为中肯。故曰，诚斋并放翁、石湖、晦翁为南宋中兴期山水诗大家亦为公认。

二、山水诗主要特征

（一）山水诗画面结构模式完善

中兴时期主要山水诗人初期都受江西诗派影响，但他们从江西诗派入而未从江西诗派出。在前人吕本中、曾几、陈与义破局影响下，陆游、范成大、杨万里等中兴大家以自然山水引领心灵情感，心灵山水转向自然山水意识成熟，山水诗之山水景物结构模式完善。

1. 破除前人观念之弊

江西诗派诗学"一祖三宗"，然老杜遥远，后山名气较小，简斋后出，故山谷于江西诗派影响最大。事实上，江西诗派得山谷诗风最多，亦最有效用。江西诗派真正开创者二谢、三洪、徐俯、韩驹等，或为山谷弟子，或为亲戚，与山谷关系密切，故所受山谷影响最深。然山谷诗学观念虽曰创新，但均要在以书本为前提，本质上乃是在前人书本上求活计。山谷《与王观复书》言："所送新诗……此病亦只是读书未精博耳……当以理为主，理得而辞顺，文章自然出群拔萃。"[1]《答洪驹父书》亦曰："少加意读书，古人不难到也。诸文亦皆好，但少古人绳墨耳，可更熟读司马子长、韩退之文章。凡作一文，皆须有宗有趣……""自作语最难，老杜作诗，退之作文，无一字无来处，盖后人读书少，故谓韩、杜自作此语耳。古之能为文章者，真能陶冶万物，虽取古人之陈言入于翰墨，如灵丹一粒，点铁成金也。"[2]诗以理主，故寻书可得，得之捷径乃是"点铁成

---

[1] [宋]黄庭坚：《与王观复书》，黄庭坚《黄庭坚全集》，成都：四川大学出版社，2001年，第470页。

[2] [宋]黄庭坚：《答洪驹父书》，黄庭坚《黄庭坚全集》，成都：四川大学出版社，2001年，第474—475页。

金""夺胎换骨",故山谷诗书气十足。后村揭橥其资书之用曰:"豫章稍后出,荟萃百家句律之长,究极历代体制之变,搜猎奇书,穿穴异闻,作为古律,自成一家,虽只字半句不轻出,遂为本朝诗家宗祖。"① 山谷以书为源,以学为诗,因其才力博大,且力主"以俗为雅,以故为新",故其山水诗多可观。

后山亦是资书求诗。盖因书本"有规矩,故可学"(《后山诗话》),故可"闭门觅句",且"蒙头吟榻"亦可得。山谷后继者才智不及,诗思日隘,"立门庭者必饾饤,非饾饤不可以立门庭……除却书本子,则更无诗"②。此弊日深,故吕本中、曾几等倡导"活法""悟入"以救之。然居仁、茶山本质仍在依托书本、承袭前人。居仁以为"学诗当识活法。所谓活法者,规矩备具,而能出于规矩之外;变化不测,而亦不背于规矩也……左规右矩,庶几至于变化不测"(《夏均父集序》)。诗作应"遍考精取,悉为吾用"(《与曾吉甫论诗第一帖》)、"学诗须熟看老杜、苏、黄,亦先见体式,然后遍考他诗,自然功夫度越过人"(《童蒙诗训》)。这里所谓"规矩""遍考精取""体式"无一不是来自书本,本质上仍是"资书以为诗"。

中兴时期,陆游、杨万里诸山水诗家抛弃了"资书以为诗"观念,转向自然,故此期山水诗面目焕然一新,不单为南宋,亦两宋山水诗最为辉煌时期之一。其故要在即目山水、取材自然。

2. 山水诗画面结构模式圆熟

陆游、范成大、杨万里等中兴大家于意识上摒弃江西诗派闭门思句、资诗书本思维模式,博览外界,置身自然。加之仕途广远、足迹南北、投身实践,益发推动他们彻底打破江西诗派心灵固守、取言书本之规范。

第一,扩大景物描绘画面。开放心灵、骋步自然、直接山水、揽物入诗成为诗家创作共识。陆游、范成大、杨万里、朱熹、张栻等均居官屡

---

① [宋]刘克庄:《江西诗派》,《后村先生大全集》卷95,四部丛刊初编本。
② [清]王夫之:《姜斋诗话》,丁福保《清诗话》,上海:上海古籍出版社,1978年,第17页。

变,辗转多地;姜夔一生布衣,亦穿梭沔鄂鄱阳,往返三吴;佛氏道徒则云游四海,步行天下。诸诗家纵横南北、穿越东西,所见乃山山诗材、村村画本,不假搜索,即景会心,即心得句,故诗作画面多直接景物描写,多纯然客观山水组合,少有心灵思理词句,少有臆造虚构景物,着力山水景物本色描绘。陆游、范成大、杨万里、朱熹等山水诗家均呈现如此特征。

因此,中兴期山水诗景物画面整体广大,绝句几乎全为山水客观景物描绘,律诗、古风山水景物语句占比过半。自然景物描写主体性成为南宋山水诗画面结构主流。

绝句山水诗画面须以景物描写为主。此为中兴山水诗家继承盛唐山水诗写实传统之集体意识,陆游、范成大、杨万里、朱熹、姜夔等均在其列。如:

阵阵轻寒细马骄,竹林茅店小帘招。东风已绿南溪水,更染溪南万柳条。

——范成大·自横塘桥过黄山

郁郁层峦夹岸青,春山绿水去无声。烟波一棹知何许,鹁鸠两山相对鸣。

——朱熹·水口行舟二首 其二

所举诗作句句为山水自然景物描绘画面,全诗清新、流韵。

陆游、姜夔乃南宋诗坛山水绘景圣手,其绝句表现自然愈见嘉誉,此点有别于前期吕本中、曾几、陈与义山水绝句。陈与义诗学老杜,诗情丰富沉郁,律绝山水诗名作句句绘景者有之,如绝句《出山》(山空樵斧响)、《早行》(露侵驼褐晓寒轻)、《春寒》(二月巴陵日日风),律诗《晚步》(旴亩意不释)、《雨》(云物淡清晓)、《登岳阳楼》(洞庭之东江水西)、《立春日雨》(衡山县下春日雨)等,句句绘景者为数未富,附含理议、臆拟景物者则多,律诗愈加如此。即令山水绝句短篇,简斋亦不乏议论,心灵山水凸显,一句乃至两句虚拟景物、直抒思致之作比比皆是。名作如《绝句》(野鸭飞无数)、《襄邑道中》(飞花两岸照船红)、《窦园醉中前后五绝句》(东风吹雨小寒生)等均如此。

与前期相较,中兴期大家之山水诗、山水词句、山水画面之主体性愈加凸显,其他山水诗家之山水诗绝句亦多以山水景物描绘为画面主体,景物描绘主体性成为中兴期山水诗家绝句山水诗画面结构主流意识。

画面景物主体性体裁全面发展。律体、古风篇长意广,包含词句丰富,非有丰富自然山水景物描绘不足以构成主体画面。中兴期大家山水诗之律体、古风,其结构画面亦是以自然山水景物描绘为主体,凸显诗家构建技巧之圆熟、审美能力之提高、诗作艺术之精进、山水诗成就之辉煌。山水诗艺术高低、优劣之辨最能展现于此:放翁、晦翁最上乘,石湖、诚斋次之。如:

村落初过雨,园林殊未霜。幽花杂红碧,野橘半青黄。
飞鹭横秋浦,啼鸦满夕阳。最怜山脚水,撩乱入陂塘。
——陆游·野步书触目

草径盘纡入废园,涨馀野水有残痕。新蒲漫漫藏孤艇,茂树阴阴失近村。
拄杖敲门求小憩,老盆盛酒泻微浑。兴阑却觅桥边路,数点归鸦已带昏。
——陆游·野步至村舍暮归

晓涧淙流急,秋山寒气深。高蝉多远韵,茂树有馀阴。
烟火居民少,荒蹊草露侵。悠悠秋稼晚,寥落岁寒心。
——朱熹·南安道中

江皋晴日丽芳华,翠竹疏疏映白沙。路转忽逢沽酒客,眼明惟见满园花。
望中景助诗人趣,物外春归释子家。向晚却寻芳草径,夕阳流水绕村斜。
——朱熹·又和秀野二首 其二

五律、七律均为自然山水景物描绘，凸景细致全面，每句一画面，幅幅异景，前后关联。如此广阔画卷非精湛组合艺术、敏锐摄景灵心不足以表现。石湖、诚斋亦富如此山水诗，如石湖之《花山村舍》(潦退滩滩露)、诚斋之《船过砚石步》(雨中初厌箬篷遮)，差可比拟放翁、晦翁。

中兴期山水诗画面景物结构广大之特色于"雨"诗凸显。南宋山水诗以"雨"为标题者律诗达千余首。从师法江西诗派之初期到异变超越江西诗派之中兴期，众多"雨"诗画面结构变化差异明显。吕本中、曾几、陈与义咏雨心灵感悟浓厚，理议成分多。如吕本中名作《柳州开元寺夏雨》前两联"风雨翛翛似晚秋，鸦归门掩伴僧幽。云深不见千岩秀，水涨初开万壑留"为山水景物画面，后两联"钟唤梦回空怅望，人传书到竟沈浮。面如田字非吾相，莫羡班超封列侯"则纯为理议。陈与义雨题山水诗亦多含理议句，如五律《雨》前三联"沙岸残春雨，茅檐古镇官。一时花带泪，万里客凭栏。日晚蔷薇重，楼高燕子寒"为山水景物画面，尾联"惜无陶谢手，尽力破忧端"则为议论。陆游"雨"诗愈加丰富，但山水景物占据画面为多，如其《晨雨》(过云生谷暗)、《梅雨陂泽皆满》(雨暗迷行路)均联联入画。杨万里、朱熹等"雨"诗大抵亦以山水景物描绘为主。取材自然、以直接景物描绘为画面主体，此意识深入中兴诸山水诗大家之心。

中兴名家古风山水诗亦不乏句句山水景物画面。百字左右长篇较为丰富，如陆游《雨霁出游书事》(十日苦雨一日晴)(112字)、《八月十四日夜湖山观月》(84字)、《瞿唐行》(84字)、《晚步》(院荒有古意)(80字)，范成大《中岩》(赤岩倚玲瓏)(120字)、《新岭》(瘦马兀薯腾)(100字)、《过平望》(寸碧闯高浪)(80字)，朱熹《行视武夷精舍作》(神山九折溪)(140字)，杨万里《题望韶亭》(新隆寺后看韶石)(280字)、《晚步南溪弄水》(吾庐在南溪)(150字)、《入峡歌》(峡山未到日日愁)(98字)、《钓雪舟中霜夜望月》(溪边小立苦待月)(70字)，等等，诸古风均句句含景。骚家诗手姜夔古风亦有句句景物者，其《昔游诗十五首》之一、二、十三可为代表。

诸家短小古风句句绘景者则数千计。至于主体画面山水景物结构，间或融合单句心灵山水抑或包含单句理议之律绝、古风则数量更为丰富，成为整体中兴期山水诗画面结构模式主体。

山水景物描写画面主体性成为中兴期各家山水诗结构共性。单篇山水诗作如此结构者为多，各家山水诗作整体亦如是。笔者粗略统计，以山水景物描写为主体画面之山水诗作在南宋中兴期总量丰富，其中陆游4000余首，范成大800余首，朱熹700余首，杨万里300余首，四人合计6000余首。其他亦数量不菲，如张栻百余首，姜夔60余首。如此足见中兴诗家承继面向自然山水、描绘本色景物之山水诗传统，并推进、发展到新阶段，成效伟大。

第二，山水景物表象意味野逸。中兴大家山水诗画面结构模式之成熟亦显于整体山水表象中野逸意味。盖因观念之突破，秉承面向自然、亲近山水之旨归，有物可写，物各有异，中兴期山水诗画面组合较前期异彩纷呈，野逸意味大为发展，映射着此期山水诗家个体文学素养、审美能力及社会整体习俗生活、政治时局等系列发展变化。

以山水景物画面习俗认知、社会共同审美情感、时代生活普遍存在意识为理性基础，此期山水景物描写画面组合呈现绚烂、素淡、闲适、淡远、生机、灵动、轻盈、雅致、时俗、激扬、沉郁、悲壮等韵味，各具情态，和而不同，如月映万川，万川一月。其纷繁样式共同装点中兴期山水诗，使之山水景物画面形态多姿多彩，最终以其表象推进了山水诗内容之升华与艺术之精进。大致而论，中兴期山水景物表象野逸意味有二：布景秾艳素淡共容，取景野僻幽微并存。

秾艳素淡共容。绚烂、明丽为南宋中兴期山水诗画面结构之底色。此期主要大家陆游、范成大、杨万里、朱熹之山水诗画面色彩均以艳丽、暖色为主体基调，辅以素淡、温和之中性画面，灰暗、阴冷之暗色成分较少，且非集体所有。整体而言，杨万里山水画面极富秾艳，且居其山水景物诗篇表象意味之最大成分。陆游、朱熹、范成大诗篇自然山水景物总体画面表象所占成分稍逊，但其部分山水诗景物画面之秾艳亦有时可比匹杨诗。如陆游《野步书触目》（村落初过雨）中"红碧""青黄""夕阳"言秋光晴和、色彩绚烂之秾，朱熹《又和秀野二首》（江皋晴日丽芳华）中"翠竹""满园花""芳草径""夕阳"亦绘春深色秀、花满芳香之妍，二者媲美杨万里《秋圃》（何处秋深好）酽浓色调之"红碧树""紫黄花""暮霞"而无愧。

中兴大家山水诗秾艳画面之诗篇颇多，如陆游《春晴出游》、杨万里《晓出净慈寺送林子方》、范成大《碧瓦》、朱熹《春日》均在此列。在主体秾艳之下，亦不乏素淡画面。对比而言，陆游、范成大素淡山水诗较多，盖因放翁诗作丰富、石湖性格内敛之故，如放翁《小园独立》（草香无处觅）、石湖《道中》（月冷吟蛩草）等皆幽情满纸、素颜景物，孤清气寒，悲伤可感。

中兴期山水诗山水景物画面意味秾艳与素淡之别与描写景物对象、天象、气候、心境之别关联紧密。四季景物皆有描绘，夏冬未足，春秋为多。春万物荣萌，百花争艳，物野妍变；秋翠盛果熟，天蓝云秀，艳彩焕发。沐浴晴和之气，清风暖煦，山原明艳，加之诗家艺技驰骋而意归自然，故山水诗用彩亮丽，色调鲜暖，其画面意味明媚，此类山水诗为中兴大家主体，诗篇万余。

至于春阴秋雨、云幕月阙、心境郁结之时，是处红衰翠淡，山川减色，物态凄清，画面自然素淡。中兴大家诗咏雨霏光晦者极为丰富，四季皆有，早晚可见，画面素淡。此类题"雨"之山水诗，陆游达500余首，如《春雨》《春雨二首》《春雨四首》《春雨绝句六首》《春晚苦雨》《秋雨》《晚秋风雨》《秋雨二首》《秋日小雨有感》之类诗题俯拾即是；范成大有百余首，其《次韵子永夜雨》《宜斋雨中》《鞭春微雨》《夜坐听雨》《秋前三日大雨》皆有可读；杨万里近300首，《夜雨泊新淦》《雨夜》《又和春雨》《寒食雨作》《舟中小雨》等伴随季节、旅次同咏；朱熹占30余篇，《夜雨二首》《晨起对雨二首》《客舍听雨》《秋雨》均含抑郁幽冷情怀。至于吟咏冷雨潇潇、阴风凄凄、大雪漫漫之景，画面清素幽伤之主题者，篇章甚夥，计算难定。

山水景物画面意味秾艳素淡与心境平和亦为关联。陆游隐居阴山、范成大退寓石湖、朱熹立定武夷、杨万里悠居江西期间，山水诗画面多以艳色入目，渲染鲜明。此期诗篇为南宋山水诗增添光彩，亦为中兴大家山水诗佳作代表。

野僻幽微并存。即目山川，寄情自然，中兴诗家钟情于野景逸趣，其山水景物画面广泛摄取荒岭僻壤、丛林杳道、乱石幽溪。在诗学观念异变之下，野僻山水景物为中兴山水诗最重要、最广泛画面，以野僻景物结构山水诗画面亦成为此期集体意识，以"野""幽""荒""僻""微""乱"等字眼结构山水诗画面者极为丰富。陆游山水诗画面中含"野"达700余首，"野店""野蔓""野寺""野岸""野水""野渡""野塘""野路""野花"等随处可见；含"幽"达600余首，主要有"幽居""幽水""幽坞""幽花""幽径""幽泉""幽窦""幽草"等；含"荒"达200余首，"荒村""荒圃""荒陂""荒径""荒山""荒池""荒蔓""荒蹊"反复再现画面。范成大山水诗画面中含"野"达60余首，有"野店""野气""野旷""野风""野草""野景""绿野"等；含"荒"达70余首，主要有"荒园""荒山""荒村""荒寒""荒凉"等。杨万里山水诗画面中含"野"达200余首，含"荒"达70余首；朱熹山水诗画面中含"野"达150余首，含"野"达50余首，二人所使用"野""荒"之语大抵与放翁、石湖类同。至于姜夔，其山水诗现存百余首，画面亦含"野""荒"者达20余首，相对而言亦谓之"野""荒"成片。此类"野""荒"之诗组合画面，足证中兴季诗人面向自然、目击山水之心迹。如：

小雨南山路，今朝思出游。难从子规请，宁遣竹鸡忧。
野店寒饶柿，烟津晚唤舟。归来对灯火，未恨湿衣裘。
——陆游·雨中出游夜归

"雨中出游"味非常态，游则不定，雨则野趣。"南山""子规""鸡""野店""柿""烟津""舟"之画面，句句具显荒野、僻远，全篇选材、取景味在野游之萧散、飘逸、空灵、清远。

亦有直呼"野"名者，如陆游《野步书触目》《野步至近村》《访野人家》《初晴野步》《野步》《野兴》《野寺》《野望》，杨万里《野炊猿藤径树下》《与子上野步》《野桥》《野塘》《野望》，范成大《野景》《行唐村平野晴色妍甚》，朱熹《题野人家》《野望》，等等，数以百计，诸篇"野"题愈见山水画面取材野逸意味。

南宋山水诗家如此钟情幽野原荒，时人与后人均有论及。姜夔即言山水诗要"写出幽微，如清潭见底"①。

收拾山水之荒野偏僻亦与绘景之细微、幽深关联紧密。中兴期山水诗画面意味野逸多配以幽微景物，盖因取材自然意识之异变，以即目山水妙藏野僻，收拾自然胜在幽微，幽野共生，物我契合。加之南宋中兴大家诗艺素养精进、审美意识丰富、鉴赏能力提高，凡而见奇，俗而视雅，故以僻野显胜、以细微示美、以幽深寓境。

钟情幽微意味山水景物。除"野""幽""荒"明言幽微之语外，陆游笔下"小桥""陂泽""群蛙""瘦溪""石桥""草径""寒藤""青芜""古木"等随处可见，名联如"山重水复疑无路，柳暗花明又一村""翩翩乳燕穿帘影，薿薿新篁解箨声""小楼一夜听春雨，深巷明朝卖杏花""绿叶忽低知鸟立，青萍微动觉鱼行"等亦以幽微描绘见工。类似隐含幽微用语于范成大、杨万里、朱熹山水诗亦多见。如"涧声""疏钟""青壁""藓花""林花""蒲叶""涧树""孤鸿""岩花"等，并有名联"小荷才露尖尖角，早有蜻蜓立上头""烟波一棹知何许，鹧鸪两山相对鸣""梅花竹里无人见，一夜吹香过石桥"等。尽管此季为南宋经济、社会最为繁盛之时，亦为中华文化最为繁荣时代之一，但山水诗画面、意境结构意味于幽僻、清淡、细微成为集体意识，与盛唐山水诗之宏阔、高迈、浩荡对比明显，南宋山水诗、唐山水诗二者异变明显。

要之，中兴期山水诗画面结构模式圆熟丰富，得益于诗家个体意识整体异变。抛弃山谷"点铁成金""夺胎换骨"书本诗学观念，集体意识转

---

① [宋]姜夔:《白石道人诗说》，何文焕《历代诗话》，北京：中华书局，1981年，第682页。

向取材自然、即目山水，面向大千世界、取境纷繁社会，故此期山水诗以描写自然景物为主体，山水诗画面结构日趋本色化。

中兴期如此之变，山水诗得益于个体艺术技巧整体提升、思维认知正面化飞跃。诗家以俊朗风貌加速诗作艺术转化，精于捕捉时机、选取景物、感知色彩、布置画面，精于艺术审美、鉴赏，精于天地人和合，精于创作心境、自然天象、景物表象意味融合，精于艺术设置情感、色调、景物、光线、天气搭配，从而促进了南宋山水诗景物形态、表象意味结构丰富。

另外，中兴期社会总体经济繁荣、政局稳定、人心平和于诗家心态亦有积极提升，诗家以乐观精神、阳光诗境扫视一切。《乐记》所谓"治世之音安以乐""乱世之音怨以怒"，刘勰谓之"文变染乎世情，兴废系乎时序"（《文心雕龙·时序》），故中兴期山水诗整体画面亮丽、健劲、清新，不仅四大家陆游、范成大、杨万里、朱熹如此，绰约独立之姜夔、目空尘世之释居简等景物画面亦为明静、闲远，完成了"资书以为诗"到"捐书以为诗"整体意识之转换，打破江西诗派内敛、自省封闭思维。

中兴期山水诗画面结构成为南宋山水诗最佳样板，此后之南宋山水诗家均奉描写自然山水为圭臬，回归唐诗成为集体意识。

（二）南宋山水诗成就最高阶段

南宋中兴期山水诗为南宋山水诗、南宋诗歌最高成就者，亦为两宋诗歌最佳代表之一。中兴诗坛媲美北宋元祐诗坛，本质上乃是指此期陆、范、杨、朱、姜五家山水诗匹敌前期王、苏、黄三家山水诗。中兴期山水诗成就之巨大，约略下见。

1. 切近社会 取材宽广

南宋山水诗成就最高者为中兴期山水诗，数量之多、质量之优、名作之盛、名家之众、艺术之巧、成就之高均以此期为第一。名家除陆游、朱熹、杨万里、范成大外，亦有姜夔、张栻、韩淲、赵蕃等，诸家名作名句举不胜举，众多诗篇可谓古今齐赞，孺幼皆知。如此崇高成就，与此期山水诗人切近社会生活、取材丰富宽广紧密关联。

诗学观念之变异，集体意识从"资书以为诗"全面转向诗材自然、即目山水。陆游所谓"造物有意娱诗人,供与诗材次第新"(《冬夜吟》)、"村村皆画本,处处有诗材"(《舟中作)》,范成大道"眼底会真诗句生"(《次韵王浚明咏新居木犀》)、"但得好诗生眼底"《说虎轩夜坐》,朱熹称"望中景助诗人趣"(《又和秀野二首》)、"天风更送好诗来"(《次沈侍郎游楞伽李氏山房韵》),杨万里"闭门觅句非诗法,只是征行自有诗"(《下横山滩头望金华山》)、"万象毕来,献予诗材"(《荆溪集自序》),感悟愈深。

现实自然、眼前景物、四极疆域之山水名胜均成为南宋山水诗人最广泛、最直接的诗材,西湖之幽胜、武夷之清风、钟山之翠绿、桂林之明秀、三峡之湍急、夔州之雄险、岳阳楼之远眺、黄鹤楼之遥想尽收卷中。日常生活所感所见、旅次登临加之次韵酬和等多重因缘,促使诗人将四季景物更替、风雨日月天象变化、飞禽走兽、花草山水、名胜古迹、荒郊野岭与乡村人民、社会文化连为一体,互相融合。中兴期山水诗如此取材于陆游、范成大、杨万里、朱熹、韩淲、赵蕃诸家均广泛存在,题材之富为南宋山水诗发展各阶段之首。

最能表现此期山水诗取材独特者为切近社会政治生活,主要指山水景物描绘中融入淮境景物、军营气象、农家风光。

淮境景物。南宋偏居一隅,淮水以北原本北宋领土外族侵占。范成大、杨万里北使纪其见闻,前者存世七十二绝句,后者有《初入淮河四绝句》等,二家所纪均融入山水描绘,形成特有边疆山水诗题材。如:

狐冢獾蹊满路隅,行人犹作御园呼。连昌尚有花临砌,肠断宜春寸草无。

—— 范成大·宜春苑

大伾山麓马徘徊,积水中间旧滑台。渔子不知兴废事,清晨吹笛棹船来。

—— 范成大·旧滑州

此处原北宋园囿,昔日之繁华尽为荒野,朝代兴废,江山易主,笛棹依旧,怀旧心伤融入山水描绘之中,沉郁悲怆。其他《龙津桥》《邢台驿》《栾城》《安肃军》《金水河》《定兴》等均为范成大此类山水景物佳作。杨万里亦借淮北山水景物描绘国破山河分之景状,如:

> 两岸舟船各背驰,波痕交涉亦难为。只馀鸥鹭无拘管,北去南来自在飞。
>
> ——初入淮河四绝句

悲愤之情与山水景物融合无痕,成为爱国山水诗之佳作。此外《登楚州城》《雨作抵暮复晴五首》(其一)等亦属其类。

陆游等亦有描绘北方原大宋领土山水景物诗句。此类诗作极大丰富了中兴期山水诗取材对象和艺术特色,承继老杜纪史传统,社会政治意义更为丰富。

军营气象。山水景物描绘军营生活、战场风光为陆游山水诗创举。放翁一生爱国,为官入蜀、亲临抗敌前线南郑(汉中)等,九年(1170—1178)川陕生活为其提供最富特色之爱国山水诗创作机缘,后来放翁亦有回忆川陕铁马秋风生活之山水诗,此类山水诗多收录于《剑南诗稿》。陆游性格本为豪放,爱国情感激切,加之鄂渝蜀沿途特异山水、前线刀形剑影,故陆游此类山水诗多雄横、豪迈、奇逸、清悠,律绝均有佳作,如《剑门关》《楚城》《冬夜泛舟有怀山南戎幕》《春晚怀山南》等。古风更胜一筹,篇幅长伟,气势雄俊,《风雨中望峡口诸山奇甚戏作短歌》《山南行》等历来脍炙人口。

农家风光。此类取材在山水诗中兴期蔚为大观。陆、范、杨均有丰富内容,佳作盛传不衰。范成大有田园山水诗百首,以《四时田园杂兴》绝句60首最著。其诗创造性地将田园山水融合,扩大田园诗内涵,亦扩大山水景物取材范围,具有重大意义。其序"野外即事"可谓即目山水、取材自然。其一、二、三、十三、十四、十六、二十二、二十三、二十四、

二十五、三十四、四十三、四十四、四十八、四十九、五十四诸篇可谓规矩山水诗，如：

  土膏欲动雨频催，万草千花一饷开。舍后荒畦犹绿秀，邻家鞭笋过墙来。（其二）
  高田二麦接山青，傍水低田绿未耕。桃杏满村春似锦，踏歌椎鼓过清明。（其三）
  梅子金黄杏子肥，麦花雪白菜花稀。日长篱落无人过，惟有蜻蜓蛱蝶飞。（其二十五）
  新霜彻晓报秋深，染尽青林作缬林。惟有橘园风景异，碧丛丛里万黄金。（其四十八）

石湖上述四绝可谓句句道景，声色灿然，情状毕肖，山光物态具备，虽曰田园，实则山水佳作。

放翁、诚斋亦多此类农家田园、山水融合之作，山水诗本色凸显。陆游此类山水诗极为丰富，组诗《农家六首》《农桑四首》《晚秋农家八首》《村居四首》《春晚村居杂赋绝句六首》《夏初湖村杂题八首》《小舟游近村舍舟步归四首》《村舍杂书十二首》《连日治圃至山亭又作五字四首》中多包含山水诗佳作。单篇中亦多此类佳作，如《野步书触目》《江村初夏》《农家秋晚戏咏》《农家》等，除《游山西村》脍炙人口外，《社日小饮》等亦清新可爱：

  社雨霏霏湿杏花，农家分喜到州家。苍鹅戏处塘初满，黄犊归时日欲斜。

——社日小饮

杨万里之田园山水诗欠富，却亦具活泼、诙谐本色。组诗《圩丁词十解》《桑茶坑道中八首》《暮行田间二首》《雨后田间杂纪五首》《晓登多稼亭三首》等均含特色。如：

　　田塍莫笑细于椽，便是桑园与菜园。岭脚置锥留结屋，尽驱柿栗上山颠。

　　　　　　　　　　　　　　　——桑茶坑道中八首 其二
　　水满平田无处无，一张雪纸眼中铺。新秧乱插成井字，却道山农不解书。

　　　　　　　　　　　　　　　——暮行田间二首 其二
　　雨前田亩不胜荒，雨后农家特地忙。一眼平畴三十里，际天白水立青秧。

　　　　　　　　　　　　　　　——晓登多稼亭三首 其二

如此脱透、轻快、滑稽风格于其单篇亦然。如：

　　无边绿锦织云机，全幅青罗作地衣。个是农家真富贵，雪花销尽麦苗肥。

　　　　　　　　　　　　　　　　　　　　　——麦田
　　插秧已盖田面，疏苗犹逗水光。白鸥飞处极浦，黄犊归时夕阳。

　　　　　　　　　　　　　　　　　　　　——农家六言

朱熹诗虽无明确田园山水诗标题，但《隆冈书院四景诗》（其三）具有其意：

　　水绕荒村竹绕墙，俨然风景似柴桑。车缲白雪丝盈轴，铚刈黄云稻满场。
　　几树斜晖枫叶赤，一篱疏雨菊花黄。东邻画鼓西邻笛，共庆丰年乐有常。

晦翁此诗所绘景物简朴、秀丽，画面欢快、明亮，独具乡村风光，农家生活气息浓烈，乃田园山水诗佳作。它与放翁、石湖、诚斋上述田园山水诗作共同展现了中兴期山水诗取材特色。

无论淮境景物、军营气象抑或农家风光，其内容切近南宋中兴期现实社会生活，明证"诗书本说人间事"（朱熹《读诸友游山诗卷不容尽和和首尾两篇》其一）之功利性、现实性，展示了中兴期山水诗题材丰富性和诗学观念异变性、繁复性。

2. 雄秀清淡，风味纷呈

中兴时期亦为南宋山水诗艺术风格最丰富时期，雄秀、冲淡、闲远、清旷、幽深、柔媚、优美，众味纷呈。

主体雄秀。此期主要为孝宗朝，政局稳定、经济繁荣；人主雄心焕发，朝野希望满怀，诗人亦情绪高昂，积极进取；南方山明水秀，气候宜人，取材自然、师法山水之诗学观深入人心。地利、人和、物丰之下，山水诗整体气象健劲、明丽、俊朗、雄浑、爽利、清新。陆游、范成大、杨万里、朱熹、张栻、赵蕃、韩淲、居简等山水诗主体上均以雄秀为宗。前述陆游之《野步书触目》、杨万里之《农家六言》、朱熹之《隆冈书院四景诗》（其三）均风格鲜明、气韵灵动。

中兴大家山水诗雄秀之风称扬久远。朱熹谓陆游"老笔尤健，在当今推为第一流"[①]"放翁之诗，读之爽然"。[②]清人亦谓如此，言"放翁以律诗见长，名章俊句……古体诗，才气豪健"[③]。"游诗清新刻露，而出以圆润……感激豪宕、沈郁深婉之作。"（《四库全书总目提要·剑南诗稿》）

范成大山水诗雄秀亦为前人肯定，杨万里谓之"大篇决流，短章敛

---

① [宋]朱熹：《答巩仲至》，《朱子全书》册23，朱杰人主编，上海：上海古籍出版社，2002年，第3108页。

② [宋]朱熹：《答徐载叔赓》，《朱子全书》册23，朱杰人主编，上海：上海古籍出版社，2002年，第2649页。

③ [清]赵翼：《瓯北诗话》卷6，北京：人民文学出版社，1963年，第80页。

芒……奔逸隽伟，穷追太白"①。查慎行谓之"气概飞扬"②。《四库全书总目提要·石湖诗集》言："骨力乃以渐而遒。盖追溯苏、黄遗法，而约以婉峭。"杨万里诗风亦具雄秀，时人周必大称："诚斋大篇短章，七步而成，一字不改。皆扫千军，倒三峡，穿天心，出月胁之语。"③清纪昀评曰"格意俱高"④。朱熹山水诗亦意气风发。方回谓之"高古清劲"⑤，其《瀛奎律髓汇评》谓"公诗瘦健，有冲和之气"（卷1）、"有气格"（卷46）⑥，等等。

主体雄秀，个体则各略有别，如放翁之清俊、石湖之温雅、晦翁之清秀，三家异中多同，于诚斋之轻活则同中多异，如此纷繁气象，共同汇聚中兴期山水诗风格之大成。

细论之，陆游山水诗风格豪迈、雄壮者占量未富，《风雨中望峡口诸山奇甚戏作短歌》类豪旷山水诗者百不居一；爱国抗战类豪放风格倒淹没了陆游诗风本来面目。陆游山水诗主体诗风为清俊，幽静含明秀，清雅寓沉郁。其山水诗奄有多家之长，兼李白之豪放、杜甫之沉郁、王维之明秀、韦应物之冲淡、苏轼之飘逸、王安石之清丽，有时乃至陶渊明之纯朴、孟浩然之自然。尤其退居阴山后二十年间，其山水诗更为本色，清秀、明静、幽旷乃至深隽。其五律《城西晚眺》《新晴》《春雨二首》《小园独立》《初晴野步》、七律《云门溪上独步》《春晴出游》《散步东村》《春阴》《溪上露坐》、五绝《柳桥晚眺》、七绝《马上作》《社日小饮二首》《晓雨初霁》《柳桥》等均为此类此期佳作。放翁"少工藻绘，中务宏肆，

---

① [宋]杨万里:《诚斋集·石湖居士诗集序》卷82，四库全书本。
② [元]方回:《瀛奎律髓汇评》卷16，李庆甲集校，上海：上海古籍出版社，2005年，第610页。
③ [宋]周必大:《文忠集·跋杨廷秀石人峰长篇》卷49，四库全书影印本，第13页。
④ [元]方回:《瀛奎律髓汇评》卷20，李庆甲集校，上海：上海古籍出版社，2005年，第803页。
⑤ [元]方回:《送罗寿可诗序》，《桐江续集》卷32，四库全书本。
⑥ [元]方回:《瀛奎律髓汇评》，李庆甲集校，上海：上海古籍出版社，2005年，第20，1608页。

晚造平淡"。"名章俊句，层见叠出 …… 无意不搜，而不落纤巧；无语不新，而不事涂泽，实古来诗家所未见也。"（赵翼《瓯北诗话》卷6）

范成大、朱熹山水诗亦多复合风采。范成大山水诗温雅中多含闲适、婉丽、清新、厚重，钱基博谓之"异陆游之圆润 …… 亦皆风趣幽隽，音节清脆。大抵得笔之峭秀于西江，得味之幽隽于晚唐，味幽而格瘦"①。朱熹山水诗清秀中含明丽、冲淡、隽永，乃至活泼、轻快。甚至略含戏谑、调侃，其《涉涧水作》（幽谷溅溅小水通）、《水口行舟》（昨夜扁舟雨一蓑）等与杨万里《新柳》（柳条百尺拂银塘）、《宿灵鹫禅寺》（初疑夜雨忽朝晴）等幽默、戏弄多有相似之味。

杨万里山水诗风格复合形态较陆、朱、范为少，然亦非胶柱鼓瑟，除上述戏谑外，其轻活主体诗风中含有细小、新鲜、滑俗之意味，注目瞬间景物之变化，绘形绘色绘神之作丰富。杨万里惯用拎着景物、指点画面与读者交流、谈笑、调侃模式，轻松、活泼、亲切。咏雨山水诗如《衡山值雨》（稍喜归涂中半程）、《小雨》（雨来细细复疏疏）、《晚晴》（风收点滴晓檐声）等亦活泼、风趣，但《雨作抵暮复晴》（栖鹊无阴庇湿衣）、《晓晴过猿藤径》（厌雨欣初霁）、《秋雨初霁》（松竹阴寒分外苍）等则深沉、幽怆、哀清，与前迥异。杨万里山水诗多戏谑、浅滑，绝句成就整体居石湖之上，格律诗整体居石湖之下。

此外，姜夔之清空、幽冷，张栻之恬淡、清丽等亦以其差异性共同构建着南宋山水诗整体风格之丰富性。时人于此早有定论。尤袤曾言："温润有如范至能者乎？痛快有如杨廷秀者乎？高古如萧东夫，俊逸如陆务观，是皆自出机轴，岂有可观者。"②全祖望亦言："建炎以后，东夫之瘦硬，诚斋之生涩，放翁之轻圆，石湖之精致，四壁并开 …… 宋诗又一变。"③所论各自风格特色失于稳妥，但四壁并开、风采各异大抵为实。

---

① 钱基博:《中国文学史》，北京：中华书局，1993年，第706页。

② [宋]姜夔:《白石道人诗集》，王云五主编，丛书集成初编，上海：商务印书馆，1939年，卷首第1页。

③ [清]全祖望:《鲒埼亭集·外编》卷26，四库全书本，第5页上。

(三)新变高潮

主要体现为陆游山水诗集大成异变、范成大山水田园诗主旨异变、杨万里山水诗风格异变、理趣山水诗内外结构异变。陆游山水诗集大成之异变包含内容和艺术两大方面,前略有论及,其实更为丰富。限于篇幅,此处要在概论后三点。

1. 范成大山水田园诗主旨异变

突破了田园牧歌诗静穆描绘,在表达田园山水明媚、愉悦、自由、恬淡之余,亦大量引入农家生活的艰辛、悲伤。

田园诗自《诗经》萌芽以来,千年以后到晋陶渊明才得以确立。陶渊明在田园诗中用少量山水景物描绘,表达田间之恬静愉悦、自得满足的感觉和乡村美丽山水自然风光,藉此表达作者从中获得自由、超逸、空灵之境界。故陶渊明笔下田园及其风光描写乃是一种载体,其主旨在于显示作者自己精神意念满足、超脱,风格恬静、明秀,意境悠闲、淡远,其《归园田居五首》《丙辰岁八月中于下潠田舍获》《饮酒二十首》均如此。

及至隋、唐代,田园、山水描绘笔墨日趋融合,田园含山水,山水即田园,王绩、王维、孟浩然、储光羲、常建、韦应物等即如此。其田园山水诗主旨仍以表现乡村田园生活之惬意、山水景物风光之明媚为主,烘托作者超然、自由、萧散之空灵性情、旷达胸襟。唐代亦另有描写农家生活诗作,多表达农家辛苦生活、艰辛劳动、欺凌压迫等,人们习惯称其悯农诗,李绅、元结、刘叉、杜荀鹤、聂夷中等多有秉承如此观念之作品。唐代乐府诗亦有哀农伤民者,元结、白居易、元稹等多如此佳作。从陶渊明到王维、孟浩然田园诗,一个明显异变乃是诗作结构中描绘田园山水景物的词语逐渐增多,表达自我内在意念的词语逐步减少乃至隐晦、双关化。

及至南宋中兴期,陆游、范成大等破除壁垒,跨越差异,将山水田园风光与农家艰辛生活二者融合。其异变旧规、扩大主旨之举,使田园山水诗得以崭新面貌承载南宋诗界风采。如陆游此类田园山水诗典范之作为《农家秋晚戏咏》:

鞭地如镜筑我场,破砻玉粒输官仓。九月野空天欲霜,甑中初喜新粳香。

舍边萧萧落叶多,野蚕出茧飞黄蛾。寒蔬种罢醉且歌,只鸡短纸赛园婆。

颔联、颈联描绘农家田园风景,首联、尾联展现农家劳动艰辛和官府压迫,如此融合乃异变传统田园山水诗之主旨,并推进到新阶段。陆游《农家歌》"饭牛三更起,夜寐不敢熟。茫茫陂水白,纤纤稻秧绿"、《农家六首》其二"盗息无排甲,兵消不取丁""江浦渔歌远,人家绩火青"和其五"油香荞饵脆,人静布机鸣。县吏催科简,豪家督债轻"均为此类代表作。杨万里《晓登多稼亭》(雨前田亩不胜荒)、《雨后田间杂纪》(行到深村麦更深)亦为此类田园山水主旨之异变篇章。

范成大异变田园山水诗主旨成效最著,亦最被人称道。其《四时田园杂兴》60首中有纯粹田园山水风光描绘,前列其二、三、二十五、四十八诸篇即如此,此为传统田园山水诗之承继,但更有主旨之异变,如:

小妇连宵上绢机,大耆催税急于飞。今年幸甚蚕桑熟,留得黄丝织夏衣。(其二十九)

下田庳水出江流,高垄翻江逆上沟。地势不齐人力尽,丁男长在踏车头。(其三十)

昼出耘田夜绩麻,村庄儿女各当家。童孙未解供耕织,也傍桑阴学种瓜。(其三十一)

新筑场泥镜面平,家家打稻趁霜晴。笑歌声里轻雷动,一夜连枷响到明。(其四十四)

上列数首,描绘田园山水风光,亦展现农家艰辛:"大耆催税急于飞",甚至"饥色"连连;男女老少劳作繁多,歇息难有。如此,异变了田园生活牧歌典雅之情调,代之以食不果腹、艰难困苦之现实写照,还原了田园生活本色,推进了传统田园山水诗主旨之新变。

《四时田园杂兴》亦有纯然表现农家辛苦之篇章,如第三十五首(采菱辛苦废犁锄)、第四十一首(垂成稼事苦艰难)、第五十八首(黄纸蠲租白纸催)等,此为异变之极,脱离了田园山水诗之本质,故只可视为悯农诗。

2. 杨万里山水诗风格异变

杨万里山水诗整体成就在陆游、朱熹之下,其内容一定程度上亦居范成大之后。其山水诗贡献主要在于以面向自然、取材新巧、细微之艺术观念开辟了轻活、灵动之艺术风格。

杨万里山水诗风格变异乃是对传统山水诗经典模式的解构。其艺术手法新颖可取,但艺术品质则显粗俗、浅滑,缺少艺术美感,少韵味,少蕴藉,其众多山水篇章品嚼之失味。如此艺术风格唯杨万里第一运用方为鲜明艺术性,杨万里第二则为平庸、滑稽、浅陋,故后来诗家多忌用之。

杨万里山水诗风格异变之大、之奇为中兴诸家之首,主要特点为:宣展式语白、片段式取景、滑稽式立意。

宣展式语白。诚斋诗风轻快、活动,"所谓流转圆美如弹丸者"①。其艺术秘诀之一即多加衬语,最典型方法乃用宣展式语白——在描绘山水景物画面时插入道白、提示、转换、点评类词语,使诗作整体前后结构钩联、诗意串联、语势流动而呈现浑然一体之圆美;诗风轻快、活泼、灵动。如:

霁天欲晓未明间,满目奇峰总可观。却有一峰忽然长,方知不动是真山。

——晓行望云山

莫言下岭便无难,赚得行人错喜欢。正入万山围子里,一山放出一山拦。

---

① [宋]刘克庄:《江西诗派序·总序》,《后村先生大全集》卷95,四部丛刊初编本。

——过松源晨炊漆公店

中秋无月莫尤天，月入秋来夜夜妍。且道今宵明月色，何曾减却半分圆。

——中秋无月既望月甚佳二首 其一

上列三首中，下标波浪线之词语均为宣展式语白。利用如此语白，诚斋如山水之导游员、画展之讲说者，将画面一一引入读者，消除陌生，融合情感，使读者如临其境，凸显诗作亲切、轻巧、欢快、流便的特色。诚斋融入宣展式语白之山水诗众多，约为其山水诗总数之半，俯拾即是，如《岭云》（好山幸自绿崟崟）、《上濛悴滩》（清江斜抱岭根来）、《憩楹塘驿二首其一》（夹路黄茅与树齐）、《过五里径三首》（瘦日当中暖稍回）等。名作《宿灵鹫禅寺》（初疑夜雨忽朝晴）、《小池》（泉眼无声惜细流）均可归为此类。其诗有时淡化语白，代之以展览式内在关联紧密之组合排列、画序转换，宣讲式特性亦为明显。

片段式取景。唐诗主体气象壮阔宏大、苍茫浑雄，取景多抽象、混沌、疏大，宋诗以僻野细微、以小见奇异变之。宋诗之异变于诚斋山水诗表现最为显著。诚斋山水诗以纤细、幽微、奇巧、瞬间存见、片段画面为结构特色，即擅长摄入景物瞬间形态，定格灵巧时机、细微情节、单一画面，结成诗篇，轻盈、简直而紧凑，于南宋山水诗家中风格最为独特。片段式取景使诚斋山水诗画面结构充满活力，其特点于绝句表现最为突出。如：

泉眼无声惜细流，树阴照水爱晴柔。小荷才露尖尖角，早有蜻蜓立上头。

——小池

下轿浑将野店看，只惊脚底水声寒。不知竹外长江近，忽有高桅出寸竿。

——过神助桥亭

河岸前头松树林，树林尽处见行人。行人又被山遮断，风飐酒家青布巾。

——舟中晚望二首 其一

《小池》之扬名全在"小荷才露尖尖角，早有蜻蜓立上头"的幽微描绘，其艺术之胜乃片段式取景：小荷"尖尖角"和尖尖角之"蜻蜓"；其景物在细微末小，亦在于瞬间场面"蜻蜓立"，诗人偶然瞥见，触动灵感，收入笔尖，画面轻盈、灵巧、清新、自然。《过神助桥亭》中"脚底水声寒"和"忽有高桅出寸竿"亦为片段细节摄入。"桅出寸竿"乃瞬间即见即失，而诗人收拾偶见画面于诗句。《舟中晚望》全篇乃五片段缀联：河岸—松林—行人—青山—酒帜。舟行晚望，所见景物历时即变，故画面一一切换，以微小瞬间所见片段造境，鲜明形象。

诚斋山水诗作如此手法有千首之多，《净远亭午望》（城外春光染远山）、《过百家渡四绝句》（一晴一雨路乾湿）、《过宝应县新开湖十首》（雨里楼船即钓矶）、《宿新市徐公店》（篱落疏疏一径深）均为此类佳作。诚斋诗篇片段式取景大获全胜，钱锺书先生于此形象描绘生动，言之"如摄影之快镜，兔起鹘落，鸢飞鱼跃，稍纵即逝而及其未逝，转瞬即改而当其未改，眼明手捷，踪矢蹑风，此诚斋之所独也"[1]。

滑稽式立意。清人言诚斋"盖落尽皮毛，自出机杼，古人之所谓似李白者，入今之俗目，则皆俚谚也……见者无不大笑。呜呼！不笑不足以为诚斋之诗"[2]。读之发"笑"即为诚斋山水诗特色，世人以清新、活泼抑或佻巧、鄙俗称之，均与其"笑性"画面结构紧密相关。诚斋诗之"笑式"结构乃是以反俗出格思维，合和夸张、拟人、反讽、移形诸手法，形成滑稽嬉戏之意味。如：

---

[1] 钱锺书：《谈艺录》，北京：生活·读书·新知三联书店，2001年，第353页。
[2] [清]吴之振：《宋诗钞·江湖诗钞序》，北京：中华书局，1986年，第2038页。

乌白平生老染工，错将铁皂作猩红。小枫一夜偷天酒，却倩孤松掩醉容。

——秋山

昨日愁霖今喜晴，好山夹路玉亭亭。一峰忽被云偷去，留得峥嵘半截青。

——入常山界

树捧山烟补缺云，风揉花雨作香尘。绿杨尽道无情著，何苦垂条拂路人。

——宿小沙溪

五日银丝织一笼，金乌捉取送笼中。知谁放在扶桑树，只怪满溪烟浪红。

——舟过城门村清晓雨止日出

一鸥得得隔湖来，瞥见鱼儿眼顿开。只为水深难立脚，翩然飞下却飞回。

——过新开湖五首 其四

晴明风日雨乾时，草满花堤水满溪。童子柳阴眠正著，一牛吃过柳阴西。

——桑茶坑道中

上述六首山水诗注重语白、细节、片段的同时，运用比喻、拟人、反讽等多种艺术手法，品读"小枫一夜偷天酒，却倩孤松掩醉容"，玩味其中人、物滑稽之相，无不令人发笑。

在结构滑稽山水诗画面时，诚斋特以儿童思维、儿童视野立意认知，从而构成与成人认知形成巨大反差、鲜明对比的效应，产生搞笑、嬉戏意味。如：

雨丝拂水不曾沉，一一如珠一一明。乱走不停跳不住，忽然跳入水精瓶。

——过宝应县新开湖十首，其三

江氛海雾暗前村，四望秋空一白云。忽有数峰云上出，好山何故总无根。

——富阳晓望

诚斋此类山水诗极为丰富，如《晓行望云山》"却有一峰忽然长，方知不动是真山"、《岭云》"天女似怜山骨瘦，为缝雾縠作春衫"、《新柳》"未必柳条能蘸水，水中柳影引它长"均以童真、童稚、童趣、童眼、童心之样式来描绘山水景物，写出嬉笑、滑稽画面。正赵翼所谓"诚斋专以俚言俗语阑入诗中，以为新奇"（《瓯北诗话》卷6）。

诚斋滑稽、轻快、活泼、取景自然、立意片段之特色，独树一帜，故严羽谓之"诚斋体"。但此体有时亦挟带直露、浅显、单薄之弊，清人多有指正，如蒋鸿翮《寒塘诗话》称："杨诚斋诗，粗直生硬，俚辞谚语，冲口而来，才思颇佳，而习气太甚。"李慈铭《越缦堂日记》（光绪乙酉十月初四日）谓："阅石湖、诚斋两家诗……诚斋则粗梗油滑，满纸村气。"翁方纲《石洲诗话》道："诚斋之诗，巧处即其俚处"（卷4）、"诚斋以轻儇佻巧之音，作剑拔弩张之态，阅至十首以外，辄令人厌不欲观"（卷6）。

3. 理趣山水诗内外结构异变

诗载思理由来已久。诗可独载理，谓之哲理诗；诗载理且多趣味者谓之理趣诗。山水与理趣融合谓之理趣山水诗，亦谓之哲理山水诗，唐代即已斐然，名作如孟浩然《春晓》、王湾《次北固山下》、杜甫《望岳》、王之涣《登鹳雀楼》、刘禹锡《乌衣巷》等。北宋承继前人，理趣山水诗亦为风行，名篇主要有苏轼《题西林壁》《春江晚景》、王安石《登飞来峰》《北山》等。南宋中兴期理趣山水诗较北宋大盛，亦南宋理趣山水诗之最盛。

其因要在多样。第一，承前发展，中兴期理趣山水诗本质上乃诗言理特别是玄言诗、唐宋理趣山水诗传统创作之延续。第二，儒道释融合紧密，道家"山水悟道"、儒家"乐山乐水"、佛家"山水修身"和合促进诗人奔赴山水、骋怀情理。第三，理学盛行风化，以诗言理、高谈心性成为时尚，成为理学基本要求，朱熹、杨万里等本身即为理学大家。第四，社会政治意识强化，思理求方以期变革社会成为文人集体意识。第五，时人好学深思、认知敏感，长于自平凡、琐碎现象中推导理哲，以之认知事物抑或宽怀自圆。第六，诗人创作能力强、技巧熟，长于融理入诗、以景寓理。凡此种种，促进南宋中兴期理趣山水诗之大发展，异变之殊空前绝后。南宋中兴期理趣山水诗作者为数不少，陆游、范成大、杨万里、朱熹、张栻、赵蕃、韩淲等均有所见，其中以朱熹、杨万里为著。于前人相较，二人于理趣山水诗内外结构最有发展，其异变性独秀时人。

外在结构异变。理趣山水诗外在结构之发展主要体现于结构式样规模扩大。通观中兴期理趣山水诗，其外在结构主要表现为两大类型，一者以景言理，一者以景喻理。

以景言理者所描绘山水景物表象本身直接寄寓哲理。山水景物与哲理二者合而为一，山水诗为理之本体。大体上理在诗表，不假思索，由诗得理。如范成大"梅子弄黄应要雨，不知客路已泥深"（《桐庐》）、"谁怜磊磊河中石，曾上君王万岁山"（《金水河》）诸篇即如此，前者言下雨利弊之两面性，后者言江山变异、高低贵贱变化，其理明了。此类以景言理之山水诗最著名者为杨万里、朱熹，如：

  莫言下岭便无难，赚得行人错喜欢。正入万山围子里，一山放出一山拦。

——杨万里·过松源晨炊漆公店

  霁天欲晓未明间，满目奇峰总可观。却有一峰忽然长，方知不动是真山。

——杨万里·晓行望云山

步随流水觅溪源，行到源头却惘然。始悟真源行不到，倚筇随处弄潺湲。

——朱熹·偶题

闻道西园春色深，急穿芒屩去登临。千葩万蕊争红紫，谁识乾坤造化心。

——朱熹·春日偶作

"一山放出一山拦""方知不动是真山"等，句句以山水景物言理而理明景中。

其他如杨万里《宿灵鹫禅寺》（流到前溪无半语，在山做得许多声），朱熹《偶题》（只看云断成飞雨，不道云从底处来），张栻《立春日禊亭偶成》（春到人间草木知），韩淲《偶成》（流水高山元不恶），赵蕃《自桃川至辰州绝句四十有二》（尽道川流能险恶，不知世有险于川）、《柳》（风流不在春风日）等理趣山水诗作亦可归为此类。

以景喻理者所描绘山水景物表象没有理意，但依此表象引申而领悟到深邃、内在哲理。山水景物画面描写中没有直接言理，山水景物乃是悟理之媒介，透过诗的品读、理解最终可以联想、推进到哲理。中兴期山水诗多含此类理趣山水诗，以朱熹最富，杨万里次之。如：

泉眼无声惜细流，树阴照水爱晴柔。小荷才露尖尖角，早有蜻蜓立上头。

——杨万里·小池

胜日寻芳泗水滨，无边光景一时新。等闲识得东风面，万紫千红总是春。

——朱熹·春日

杨万里《小池》片段式山水诗喻意禅道之义理，所谓功到自然成，"道生一，一生二，二生三，三生万物"（《老子》42章）；抑或意味：虽善小而为之，则福来德来！

"泗水"乃儒学之地，故朱熹《春日》偏重儒理。以春来人间、万物沐浴春光、春景无处不在喻言儒理如同自然季节更替，普及大地，普天之下无处不在、无处可逃、无人可改之属性。

杨、朱以理学家身份，借山水景物吟咏，深发义理，契合宗教悟道之思。朱熹以景喻理类似理趣山水作名篇有《偶题》（擘开苍峡吼奔雷）、《水口行舟》（昨夜扁舟雨一蓑）等。此外，陆游《临安春雨初霁》（小楼一夜听春雨，深巷明朝卖杏花）、《楚城》（一千五百年间事，只有滩声似旧时）、张栻《题城南书院三十四咏》（花落花开莺自语，东风吹水细鳞鳞）、志南《绝句》（沾衣欲湿杏花雨，吹面不寒杨柳风）等结构类别亦归以景喻理者。

上述所列为少数名家、名作，其他诗家亦为丰富，兹不列举。可见中兴期理趣山水诗外在结构在南宋最为丰富，较唐、北宋之规模发展迅猛。

内在结构异变。内在结构异变主要体现为理趣山水诗主旨指向范围、象意融合程度扩大。理趣山水诗主旨指向范围是指山水诗所蕴含之哲理，所适用于指导之对象、启发之事件。唐代、北宋理趣山水诗之主旨多以认知生活、探求真相为指向，如杜甫《望岳》、王之涣《登鹳雀楼》、苏轼《题西林壁》、王安石《登飞来峰》等；间有感叹人生富贵荣衰之变，如刘禹锡《乌衣巷》，但非主体。南宋中兴期理趣山水诗主旨则广为扩大，涉及生活、学习、修心、宗教、政治、社会诸方面。其主旨指向类别及其经典例句简列如下：

人生感悟：杨万里《过松源晨炊漆公店》（一山放出一山拦）

杨万里《晓行望云山》（方知不动是真山）

朱熹《偶题》（只看云断成飞雨，不道云从底处来）

朱熹《水口行舟》（今朝试捲孤篷看，依旧青山绿树多）

韩淲《偶成》（流水高山元不恶，短篱破屋为无穷）

社会生活：范成大《桐庐》（梅子弄黄应要雨，不知客路已泥深）

赵蕃《柳》（风流不在春风日，要看秋风摇落时）

　　　　　　陆游《楚城》（一千五百年间事，只有滩声似旧时）
　　时代沧桑：范成大《安肃军》（台家抵死争溏泺，满眼秋芜衬夕阳）
　　　　　　范成大《金水河》（谁怜磊磊河中石，曾上君王万岁山）
　　自然规律：朱熹《春日》（等闲识得东风面，万紫千红总是春）
　　　　　　朱熹《春日偶作》（千葩万蕊争红紫，谁识乾坤造化心）
　　　　　　张栻《立春偶成》（律回岁晚冰霜少，春到人间草木知）
　　　　　　张栻《题城南书院三十四咏》（花落花开莺自语，东风吹水细鳞鳞）
　　修行悟道：杨万里《小池》（小荷才露尖尖角，早有蜻蜓立上头）
　　　　　　朱熹《入瑞岩道间得四绝句呈彦集充父二兄》（隔断红尘三十里，白云黄叶共悠悠）
　　　　　　朱熹《偶题三首》（始悟真源行不到，倚筇随处弄潺湲）
　　官场现形：杨万里《宿灵鹫禅寺》（流到前溪无半语，在山做得许多声）

　　朱熹《观书有感二首》其题亦作《杂诗二首》。如此，则中兴期理趣山水诗主旨指向类别可涉及学习读书类。当然，上述类别亦有多解，如志南《绝句》（沾衣欲湿杏花雨，吹面不寒杨柳风）言人生感悟亦可解为自然规律类；杨万里《宿灵鹫禅寺》讽刺官场之人亦可解旨为世人于环境之应变——逆境多奋发，顺境多懈怠。可见此期山水诗主旨之丰富和指向范围之大。

　　象意融合程度扩大。山水景物之象与哲理内涵之意二者结合更多样化、多元化。有时像显意隐，有时像隐意显，有时二者显隐同步。综论之，其融合程度可解析为象意显现式、象意隐现式。

　　象意显现式是指山水诗景物描绘的外在表象能够直接、明确显现哲理意义的形式。一般而言，理趣山水诗中以景言理者多可归入其中。

　　此类理趣山水诗景物描绘中挟带议论，观点明确，有时以理害诗，影响山水诗之形象性、画面组合景物之主体性。一般哲理明确，理解无碍，歧义较少。中兴期此类主要诗篇及其关键诗句例略选如下：

陆　游《楚城》（一千五百年间事，只有滩声似旧时。）
范成大《桐庐》（梅子弄黄应要雨，不知客路已泥深。）
　　　《金水河》（谁怜磊磊河中石，曾上君王万岁山。）
　　　《安肃军》（台家抵死争潆洣，满眼秋芜衬夕阳。）
杨万里《晓行望云山》（却有一峰忽然长，方知不动是真山。）
朱　熹《偶题三首》（始悟真源行不到，倚筇随处弄潺湲。）
　　　《春日偶作》（千葩万蕊争红紫，谁识乾坤造化心。）
张　栻《题城南书院三十四咏》（花落花开莺自语，东风吹水细鳞鳞。）
　　　《立春日禊亭偶成》（律回岁晚冰霜少，春到人间草木知。）
韩　淲《偶成》（流水高山元不恶，短篱破屋为无穷。）

上述列举诗句多议论色彩浓厚，如"曾上君王万岁山""方知不动是真山""始悟真源行不到""谁识乾坤造化心""春到人间草木知""流水高山元不恶"诸句均重议论色彩，富于理性，诗篇完全组合则构成象意显现式理趣山水诗，象可显意，全篇言理明显、直接，可谓即目于诗而理自见。此式艺术形象性稍逊丰富，表达失当者则坠入说理言义之枯燥。上述所列中兴期大家此类理趣山水诗多为优秀之篇，象意组合较好。

象意隐现式是指山水诗景物描绘的外在表象不能直接、明确显现哲理意义而必须通过引申、联想获得哲理意义的形式。一般而言，理趣山水诗中以景喻理者多可归入其中。此类理趣山水诗景物描写占比大，有时纯粹为景物描绘，通篇没有任何议论词语，哲理意义完全融化于所展示、描绘的景物表象中，山水诗结构形式中规合格，诗作艺术性高，最能体现山水诗特色，同时又饱含丰富哲理内涵。故此种山水诗意义的解读往往因人而异，歧义丰富，乃至互相冲突。此类理趣山水诗在中兴期居优势地位，为数丰富，其艺术价值、哲理内涵均广为人称道。名篇佳作列举如下：

释志南《绝句》（沾衣欲湿杏花雨，吹面不寒杨柳风。）
陆　游《临安春雨初霁》（小楼一夜听春雨，深巷明朝卖杏花。）
杨万里《小池》（小荷才露尖尖角，早有蜻蜓立上头。）

《宿灵鹫禅寺》（流到前溪无半语，在山做得许多声。）

《过松源晨炊漆公店》（正入万山围子里，一山放出一山拦。）

朱　熹《春日》（等闲识得东风面，万紫千红总是春。）

《水口行舟二首》（满江风浪夜如何，……依旧青山绿树多。）

《偶题》（只看云断成飞雨，不道云从底处来。）

《偶题》（断梗枯槎无泊处，一川寒碧自萦回。）

上述列举均以山水景物描绘为主，议论成分隐晦或消失，表面无明显哲理词句，所表达义理难从表象直接推出，须通过联想、引申、转换而及内在隐含之义。不同个体接受作品时有环境、时间、对象之异，有联想、意识指向之异，依此类山水诗理解所得哲理具有复义性、差异性、异变性、矛盾性；同一个体所得之义理因环境、认知、语境之变化，抑或抵牾。此类理趣山水诗于南宋、于有宋乃至于中国历代诗歌发展史均具有极其重要的地位和极大的影响力。

朱熹、杨万里、陆游、范成大四人意象隐现式理趣山水诗成就享誉有宋，但略有差异。朱熹理趣艺术成就居南宋中兴第一，亦居有宋第一，超越前期苏轼、王安石；杨万里艺术成就居南宋第二；陆游、范成大此类理趣山水诗整体数量较少，佳作较朱、杨逊色，但陆游"山重水复疑无路，柳暗花明又一村"内涵极为丰富，其诗作艺术性、哲理包容性较之苏轼"不识庐山真面目，只缘身在此山中"、王安石"不畏浮云遮望眼，自缘身在最高层"更胜一筹。

朱熹理趣山水诗多为经典，义理与山水景物融合无痕，山水诗本色鲜明，亦最能代表理趣山水诗之精华，朱熹诗学地位之高，理趣山水诗功不可没，陈衍誉曰："晦翁登山临水，处处有诗，盖道学中最活泼者""寓物说理而不腐。"[①] 刘熙载亦曰："（晦庵诗）惟有理趣而无理障，是以至为难得。"[②]

作为宋代乃至中国古代理学最高成就者，晦庵热衷山水，性爱山丘，"闻有佳山水，虽迂途数十里，必往游焉。携樽酒，一古银杯，大几容半

---

① [清]陈衍：《宋诗精华录》卷3，曹中孚校注，成都：巴蜀书社，1992年，第463页。

② [清]刘熙载：《艺概·诗概》，上海：上海古籍出版社，1978年，第69页。

升，时引一杯。登览竟日，未尝厌倦"；亦在于藉山水悟道，"大抵登山临水，足以触发道机，开豁心志，为益不少"[1]。朱熹自言"未觉诗情与道妨"（《次秀野韵五首》其三），并完美融理趣于山水景物之中，山水景物表象初看无理，实则内在理味隽永丰富，理趣意味较他人之诗作更隐晦、深邃，艺术性强，包容性广。故曰南宋中兴期理趣山水诗景理融合、妙趣横生，最合"理趣"之称者唯朱熹。

从范成大田园山水诗主旨之变异、杨万里山水诗取材观念之革新到朱熹之理趣山水诗形象丰富性，三者共同构成南宋中兴期山水诗辉煌成就重要成分。

陆游是南宋中兴期最重要的山水诗人，亦为南宋最著名山水诗人。其山水诗之艺术性为南宋最高，风格为有宋集大成者。山水诗占其诗作半壁江山，风格多样，艺术性强，手法醇熟，诗学陶渊明、李白、杜甫、韦应物、苏轼等，将现实社会、山水田园融合，高扬积极爱国热情，为中国古代山水诗人独一无二者。其山水诗题材内容超越李白，其艺术手法超越苏轼，其山水诗风格多样性比肩老杜，即目会景，即景会心，即心会语，同时不乏艺术提炼。

陆游山水诗风格最为多样，物象、情理多重复杂组合。其山水诗以闲适为主，有时融合爱国激情，情绪高昂，世人称赏，故特别显眼。陆游闲居数十年，步入山乡修心养性之际，有时难免消沉，郁闷，故山水诗多闲远、清逸，有时甚至低沉，非恪守宋调，而多有突破。如此种种最能展示中兴期山水诗真实完整形象。

综论之，南宋中兴期社会生活整体稳定、经济繁荣，社会升平下山水诗整体明朗、健劲、雄放、甘甜，少苦涩。爱国诗人面对国运多舛多有悲哀，吟咏山水有期待收复旧山河寓意，但不为主流。以纯粹山水景物描绘加之以吟咏山水养性、言志、悟道为旨归的山水诗乃时尚主流。其时，大诗家才华横溢、风格多样、艺术精湛、量富质优，故此期山水诗为南宋诗

---

[1] [宋]罗大经：《鹤林玉露·观山水》丙编 卷3，北京：中华书局，1983年，第282页。

成就最高代表；陆游为统领，朱熹、范成大、杨万里为羽翼，此期亦南宋大诗家最多、最集中阶段。

第三节　南宋山水诗发展晚期

南宋晚期（1207—1250）政局衰变，诗风亦衰变。1207年（开禧三年），主张北伐之韩侂胄被奸臣史弥远矫诏刺死。史弥远独揽朝权后，矫诏改立赵昀（理宗）为帝，逼死原太子赵竑，制造"江湖诗案"以钳制社会舆论；树空疏理学为国学，消磨国人意志。不仅中兴无望，且亡国之势日甚。

如此社会氛围之下，四灵、江湖派等山水诗者亦丧失中兴时期陆、范、杨、朱心性气概，或者隐居山林、沉浸寺院，或者浪迹江湖、戏游人生。吟咏山水、寄托情性成为苦闷、彷徨、穷困文人唯一精神追求。"文变染乎世情，兴废系乎时序"（刘勰《文心雕龙·时序》）此期山水诗清逸之风正是南宋晚期社会衰落映照。清者，寒瘦幽微，敛情僻野；逸者，遮蔽世俗，悠游山林，混迹江湖。

较之南宋初期、中兴期，南宋山水诗晚期四十余年间主要诗家名气大为逊色，整体成就逊色尤甚，但四灵、戴复古、方岳等诗作犹有可观。

一、主要山水诗人群体

南宋山水诗晚期（1207—1250）主要山水诗人群体有四灵和江湖派。此期山水诗人数量较为丰富，著名者有叶适（1150—1223，字正则，号水心）、徐照（？—1211）、徐玑（1162—1214）、翁卷（1163—1245）、赵师秀（？—1219）、葛天民（与四灵游）、戴复古（1167—1250？江湖派）、高翥（1170—1241，孝宗时，江湖派）、赵汝鐩（1172—1246，江湖派）、洪咨夔（1176—1235，江湖派）、王迈（1184—1248，江湖派）、严羽（戴复古同时）、叶绍翁（1194—1269，叶适门下，江湖派）、陈起（？—1256，江湖派）、刘克庄（1187—1269，江湖派）、利登（理宗淳祐元年进士，江湖派）、戴昺（宁宗朝进士，江湖派）、林希逸（1193—1271，江湖派）、徐元杰（1194—1245，江湖派）、方岳（1199—1262，江湖派）、俞桂（理宗绍定五年进士，江湖派）、叶茵（1199—？与四灵徐玑游）、汪莘（1155—1227），等等。此期道释家元肇（1189—1265）、白玉蟾（葛长庚）（1194—？）、文珦（1210—？）等亦可归入其中。叶适、四灵约已生活二十余年或四十余年，但其山水诗影响多为此期，故归入此期为宜。

此期山水诗家人数不菲，但自成体系、后世传而称道者寡。此期最重要山水诗家为永嘉四灵之徐照、徐玑、翁卷、赵师秀，江湖派之戴复古、刘克庄、方岳。

此外，还有难以归属四灵或江湖派之叶适、葛天民、严羽等。叶适，字正则，世称水心先生。历太学正、博士、宝文阁待制，兼江淮制置使。力主抗金，侂胄败诛后被夺职，杜门著述，主张功利，反对空谈，于朱熹学说多有批评，为永嘉学派之巨擘，有《水心文集》等。叶适非四灵诗学直接之师，但叶氏欣赏四灵诗作并大力提携，四灵因之揄扬而名。叶氏本人山水诗可观者少。

葛天民，字无怀，初为僧，名义铦，字朴翁，有《无怀小集》。山水诗五律如《湖村晚兴》（残霞伴孤鹜）、七律如《西湖泛舟入灵隐山》（晴岚漠漠水溶溶）等略有可观，明丽平易。

严羽，字仪卿，一字丹丘，号沧浪逋客。精于论诗，推崇盛唐，其《沧浪诗话》以禅喻诗，强调"妙悟"与"兴趣"。其山水诗五律清新悠远，可观者如《访益上人兰若》（独寻青莲宇）、《江行》（暝色兼葭外）等。

亦有道释家释元肇、释文珦、白玉蟾等。释元肇，俗姓潘，年十九遁佛门，入金陵、天台、净慈、灵隐等寺，圆寂于径山。事见《武林梵志》卷九。其山水诗量富质高，律绝均有佳作，绝句如《湖上秋日》《西园晚春》《江路午行》等、律诗如《洞庭翠峰》《山村初夏》《天台道中》《秀野园》等均清新明秀，少有凄清幽冷之气象。

释文珦，字叔向，自号潜山老叟。早岁出家，遍游东南各地，山水诗律绝多有可观者。如绝句《晚泊》《晚》《即景》《竺山中夜》《春晚》、律诗《咏苔雪》《钱塘晚渡》《春日野步》均诸注目幽微、僻野，清瘦旷远。

白玉蟾，本名葛长庚，家琼州，字白叟，号海琼子、海蟾等，继为白氏子，自名玉蟾。全真教尊为南五祖之一，有《海琼玉蟾先生文集》四十卷。文学成就为中古道家第一。其山水诗之律绝、古风均可观。绝句如《远景》《宝慈寺》《早秋》《江亭夜坐》《东山道院》《暮色》、律诗如《春夏之交奉呈胡总领》《天谷庵》等均清秀爽俊、色彩斑斓，与尘世山水诗家无二。

释元肇、释文珦、白玉蟾三家山水诗媲美俗家而无愧，为南宋山水诗之辉煌功不可没。

二、四灵山水诗主要特征

徐照，字灵晖、道晖，号山民；徐玑，字文渊、致中，号灵渊；翁卷，字灵舒、续古；赵师秀，字紫芝，号灵秀、天乐，四人均为永嘉（今浙江温州）人，且各自字号均有"灵"，时人合称之"四灵"。四灵身份低微。徐玑以荫入仕，仅为短期主簿、县丞；赵师秀为太祖八世孙（《宋史·宗室世系表》六），但其支族没落，其仕最高仅为州推官；徐照、翁卷终身布衣。四灵社会地位卑微，但于中国古代诗歌史却占一席之地。徐照有《芬兰轩集》，现存诗259首；徐玑有《二薇亭集》，现存诗166首；翁卷有《苇碧轩集》，现存诗138首；赵师秀有《清苑斋集》，现存诗140首。四灵诗作数量未富，但主要为本色山水诗。南宋山水诗史，四灵笔写辉煌，其诗学观念并山水诗之取材特色、艺术特色、历史地位等均有可论之处。

（一）诗学观念更化：诗学晚唐

四灵诗学观念更化首要在于回归唐诗。南宋中兴期，陆游、杨万里、范成大力导江西派诗学者面向自然，倡导"闭门觅句非诗法，只是征行自有诗"（杨万里《下横山滩头望金华山》）。但江西派诗学观并未绝根，上饶"二泉"（章泉赵蕃、涧泉韩淲）被公认为江西诗派后继者。谢枋得言："诗有江西派，而文清昌之，传至章泉、涧泉二先生，诗与道俱隆。"①方回亦言："上饶自南渡以来，寓公曾茶山得吕紫微诗法，传至嘉定中赵章泉、韩涧泉，正脉不绝。"②陆游诗深含江西派气息，晚年所作《老学庵笔记》大量称赏江西诗派诗学观，其山水诗亦多见江西派踪影。江西诗派在黄庭坚、陈师道培养下，以老杜为衣钵，但其后学者未得其长而袭其短，饾饤典故、以故为新、闭门思诗、内敛自省，沉迷"点铁成金""夺胎换骨"，虽经杨万里"痛击"，但江西派之弊犹存；加之社会环境制约，其时诗坛整体颓波可谓蓄势待发。

在类似晚唐社会背景推动下，四灵进一步反拨江西诗派，以晚唐贾岛、姚合为宗力挽宋诗之颓变，推动山水诗回归本色，回归唐诗。叶适言："庆历、嘉祐以来，天下以杜甫为师，始黜唐人之学，而江西宗派章焉。然而格有高下，技有工拙，趣有深浅，材有大小。以夫汗漫广莫，徒枵然从之而不足充其所求，曾不如脰鸣吻决，出豪芒之奇，可以运转而无极也。故近岁学者，已复稍趋于唐而有获焉。"③在叶适提携下，四灵振臂高呼，成就显著。影响巨大：

> 初，唐诗废久，君与其友徐照、翁卷、赵师秀议曰："昔人以浮声切响单字只句计巧拙，盖风骚之至精也。近世乃连篇累牍，汗漫而无禁，岂能名家哉！"四人之语遂极其工，而唐诗由此复行矣。④

---

① [宋]谢枋得：《萧冰崖先生诗卷跋》，《叠山集》卷3，四库全书本。
② [元]方回：《次韵赠上饶郑圣予沂并序》，《桐江续集》卷15，四库全书本。
③ [宋]叶适：《徐斯远文集序》，《水心集》卷12，四库全书本。
④ [宋]叶适：《徐文渊墓志铭》，《水心集》卷21，四库全书本。

四灵更化诗学观，推进唐诗学习风气，时人于此多有肯定。"四灵，倡唐诗者……今之以诗鸣者不曰四灵则曰晚唐。"[①]"永嘉之作唐诗者，首四灵，继灵之后……岂不盛哉!"[②]严羽亦言："近世赵紫芝、翁灵舒辈，独喜贾岛、姚合之诗，稍稍复就清苦之风，江湖诗人多效其体，一时自谓之唐宗。"(《沧浪诗话·诗辨》)在四灵诗学观带动下，晚唐风格山水诗呈现一时繁荣，"师秀与徐照、翁卷、徐玑，绎寻遗绪，日锻月炼，一字不苟下，由是唐体盛行。其诗清新圆美……人传诵之"[③]。赵师秀辑《众妙集》《二妙集》为倡导诗学晚唐之范本。《众妙集》选唐人76位，228首，主要为晚唐。《二妙集》只录晚唐贾岛、姚合诗，其诗学晚唐宗旨愈加明了。二集以清幽闲雅山水诗为主体，极大推进南宋山水诗发展。

四灵主张取材自然。以"捐书以为诗"反拨江西诗派"资书以为诗"，以"诗句多于马上成"(徐玑《六月归途》)对抗江西诗派"无一字无来历""夺胎换骨"，以形式新变打破江西诗派所固化的宋诗规范，乃是主体宋诗一种变异。诗学观念之异变促动四灵山水诗面目一新，其旨趣、风格秀逸一时。

(二) **取材特色：立足山野 探幽索微**

在时代现实和个性双重作用下，四灵山水诗取材与中兴期大异。本来，本色山水诗多以描绘山水景物为主体，描绘四季、天象山水诗最终亦是以山水景物为依托，四灵山水诗笔墨集中于自然景物，更青睐细微幽僻处。其山水诗多取材幽微、破落、细小景物，较中兴时期山水诗家更偏爱野僻荒静，更偏爱寺庙道院，故现实尘世生活气息未富，社会政治题材较少。

---

① [宋]范晞文：《对床夜语》卷2，丁福保《历代诗话续编》，北京：中华书局，1983年，第416页。
② [宋]王绰：《薛瓜庐墓志铭》，知不足斋影印《南宋八家集》本。
③ [明]徐象梅：《两浙名贤录·文苑·赵师秀》卷46，杭州：浙江古籍出版社，2012年，第5780页。

1. 偏爱幽野，注目细微

四灵山水诗取材均立足僻野、荒凉、凄清，"野""荒""静""寺""院""雨""秋""寒""冷""凄""清"等包含凄荒、孤寂之意者成为常用词语。徐照259首诗中，含"野"33处、"静"15处、"寺"25处、"雨"20处、"秋"25处；徐玑166首诗中含"野"25处、"静"18处、"寺"10处、"雨"39处、"秋"34处；翁卷138首诗中含"野"12处、"静"5处、"寺"18处、"雨"21处、"秋"29处；赵师秀140首诗中含"野"19处、"静"5处、"寺"19处、"雨"29处、"秋"33处。所见"野"景有水、山、泉、蔓、苔、霭、花、鸟、径、林、露、草、池、萤、凫等；至于桥、屋、笛、磬、堂、堤、苑等人工所为，四灵亦以"野"语前饰。

四灵心性善感，于野景中偏爱细微，即令幽深处亦过目不忘。如徐照"蛩响移砧石，萤光出瓦松"（《宿翁灵舒幽居期赵紫芝不至》）、"残磬吹风断，眠禽压竹低"（《题衢州石壁寺》），徐玑"柳密莺无影，泥新燕有痕"（《春日晚望》）、"开门惊燕子，汲水得鱼儿"（《山居》），翁卷"光逼流萤断，寒侵宿鸟惊"（《中秋步月》），赵师秀"楼钟晴听响，池水夜观深"（《冷泉夜坐》）、"微雨过时松路黑，野萤飞出照青苔"（《玉清夜归》）等均于细微深处见幽胜。

2. 结好僧徒道士，取景寺院幽深

四灵足迹遍野寺幽院，偏爱道僧凄清，其山水诗直接以"寺""院"为题者丰富，蕴含道释色彩之山水诗占诗作总数八成。如徐照有《宿寺》《题江心寺》《登歙山寺》《宿吉州永庆寺》《同徐文渊登永州高山寺》《高山寺晚望》等12篇，徐玑有《宿寺》《灵峰寺洞》《净名寺》《秀峰寺》4篇，翁卷有《宿寺》《能仁寺》《福州黄檗寺》等9篇，赵师秀有《石门寺》《龟峰寺》《桃花寺》等7篇，四人共有32篇，此类取材占其山水诗总量二成。山水诗提及僧道数十位，如葛天民、钦上人、顺上人、奭上人、方上人、善上人、尘老、实老、约老等。广泛取材幽深寺院、孤寂僧道愈加烘托四灵山水诗的凄清及与世俗生活的隔离。"得句佛香中"（徐照《宿寺》），寺院不单为山水景物取材之处，亦有为四灵激发灵感、净化心灵之功效。

3. 精神家园

四灵生活清苦，甚至为衣食发愁，如徐照"家贫儿废学""儿饥因废学"、徐玑"贫喜儿妇安""自为贫婆驱"、翁卷"知分贫堪乐"、赵师秀"家务贫多阙""贫甚损诗情""吾贫未得归"，但四人诗句很少言及个人具体物质生活追求，诗中所吟咏乃个人内在精神感悟、超越物质的友情，在于给隔离世俗、超脱现实的心灵以归宿、安顿、寄托，乃是以精神为家园。如徐照《宿翁灵舒幽居期赵紫芝不至》《宿寺》、徐玑《泊舟呈灵晖》《山居》、翁卷《幽居》《寻僧》、赵师秀《月夜怀徐照》《冷泉夜坐》等皆借山水景物描绘抒发个体内在精神体味，所以本质上乃是宋人自省、内敛、善思、好静加之对现实失望、憎恨的反映，"既与世不合，当令人事疏"（徐照《贫居》）、"有口不须谈世事，无机惟合卧山林"（翁卷《行药作》）正是他们山水诗取材特色的最好脚注。故四灵山水诗论及社会政治事件较少，唯数句略有提及，如翁卷"亡国岂无恨"（《过太湖》）、徐玑"忧世长如饭有砂"（《翁知县归自湖湘》）等。然四灵力主"卧山林"之取材正好减少了议论，屏蔽了说理，实现了山水诗本色回归，成就了他们山水诗功绩。此举亦为以取材反拨江西诗派议论过重、说教细密之弊。

方回言四灵："所用料不过'花、竹、鹤、僧、琴、药、茶'，于此数物一步不可离，而气象小矣。"（《瀛奎律髓》卷10）所道言明四灵本色山水诗立足山野、探幽索微取材特征，同时亦显方回之偏见——典范山水诗之取材非此而谁？！

（三）艺术风格：孤清幽淡 清新灵动

四灵山水诗艺术风格于宋独树一帜。在时代社会政治、诗歌发展进程、作者个性三重因素共同作用下，四灵山水诗主体呈孤清幽淡之美，同时其绝句不乏清新灵动之感。四灵孤清幽淡山水诗风格主要依托凄清景物、空寂寺院、素淡色调而成。

1. 凄清景物

四灵孤清幽淡主体意境源于其以凄清寒冷、破落残缺景象结构画面。因审美意识时代、个性之异变，四灵山水诗取材偏好幽微、破落、细小、野僻、荒静之景，其山水诗景物画面之描绘常见"清""寒""残""孤""寂""断""破"等语词，以之组合山水景物，孤寂、清冷、衰败、破落、凄怆意象凸显。以"清"入山水诗者徐照53处、徐玑61处、翁卷29、赵师秀31处，以"寒"入诗者徐照43处、徐玑25处、翁卷24处、赵师秀35处，以"残"入山水诗者徐照13处、徐玑2处、翁卷5处、赵师秀6处，以"孤"入诗者徐照8处、徐玑11处、翁卷6处、赵师秀7处。常见词语有"清思""清吟""清冷""清寒""寒声""寒云""轻寒""寒烟""孤萤""孤影""孤坐""孤望""孤村""孤吟""残磬""残照""残秋""残峰""残星""残灯""残壁""断云""断岸""断崖""断桥""断寺""破屋"，等等，加之"萤照""蛩响""寒霜""单雁"等，四灵山水诗清寒逼人。如翁卷《中秋步月》：

幽兴苦相引，水边行复行。不知今夜月，曾动几人情。
光逼流萤断，寒侵宿鸟惊。欲归犹未忍，清露滴三更。

诗中"幽""苦""水边""夜月"已见凄寒之意，"光逼流萤断，寒侵宿鸟惊"加之"清露滴三更"，触觉、视觉、听觉同至，可谓寒气入骨。

借助感官多角度渲染幽清画面，此乃四灵山水诗中孤清幽淡风格常见结构模式。此类作品常见，如徐照《宿翁灵舒幽居期赵紫芝不至》"蛩响移砧石，萤光出瓦松"、徐玑《山居》"开门惊燕子，汲水得鱼儿"、翁卷《书隐者所居》"石老苔为貌，松寒薜作衣"、赵师秀《大慈道》"青苔生满路，人迹至应稀"等，均乃佳作。

2. 空寂寺院

四灵还将大量寺院禅堂环境融合山水景物描绘画面，荒山野岭、寒风冷雨陪伴孤灯空堂、古佛幽声，烘托凄寒幽冷画面。如徐玑《宿寺》：

古木山边寺，深松径底风。独吟侵夜半，清坐杂禅中。
殿静灯光小，经残磬韵空。不知清梦远，啼鸟在林东。

寺外"古木""深松"，寺内"独吟""夜半""清坐""啼鸟"，加之"殿静灯光小，经残磬韵空"丰富烘托，愈见山寺清幽、凄静、孤寂、空虚。四灵交好禅徒、频栖寺院，更善于借用寺院孤寂环境、凄清生活、枯苦诵读来结构山水诗画面。或者以寺院直接点题，如徐照《宿寺》、徐玑《宿寺》、翁卷《宿寺》均用共知清苦的寺院处所来展现孤清幽淡气象；或者隐含寺院空寂存在环境、禅徒寡淡物质生活和孤清精神来组合画面，从而体现山水诗孤清幽淡。此类结构模式在四灵山水诗中极为丰富，徐照《山中寄翁卷》、徐玑《冬日书怀》、翁卷《太平山读书奉寄城间诸友》、赵师秀《太平山读书寄城中诸友》等均为此类佳作。

3. 素淡色调

孤清幽淡格调亦源于四灵偏爱素淡冷色。四灵笔下自然景物抑或四季天象展现以白、黑为主体，描绘夜色、冬季、雨天、寒风、白霜为其山水诗最主要自然环境。徐照《宿翁灵舒幽居期赵紫芝不至》《中夕》《宿永康》、徐玑《秋夕怀赵师秀》、翁卷《中秋步月》、赵师秀《贵溪夜泊寄赵昌甫》等均为夜境，甚至为秋、雨之夜。百花盛开之春在四灵笔下亦多为惨淡之色，如徐玑《春日晚望》中仅以"晓晴千树绿"言色，毫无红艳之感。即令偶有歌咏盛夏，亦瑟缩之象，如徐玑五律《夏夜怀赵灵秀》中，"水风凉远树，河影动疏星。江国晴犹润，烟林暮转青"两联冷气透纸。

四灵山水诗亦有清新灵动者，主要体现于绝句之中，虽非主体，亦有绝妙情性。如：

飞尘难到碧波中，波上烟云尽不同。吟断不知惊鹭起，汀花一半在船篷。

——徐照·题赵运管吟篷

水满田畴稻叶齐，日光穿树晓烟低。黄莺也爱新凉好，飞过青山影里啼。

—— 徐玑·新凉

一天秋色冷晴湾，无数峰峦远近间。闲上山来看野水，忽于水底见青山。

—— 翁卷·野望

绿遍山原白满川，子规声里雨如烟。乡村四月闲人少，才了蚕桑又插田。

—— 翁卷·乡村四月

黄梅时节家家雨，青草池塘处处蛙。有约不来过夜半，闲敲棋子落灯花。

—— 赵师秀·约客

此外，徐照《舟上》、徐玑《过九岭》《连江官湖》、赵师秀《德安道中》等皆为清新自然之篇。如此新巧、流动之绝句与厚重、深沉之律诗相映成趣，亦为四灵主体心灵在幽冷、凄清、枯寂、压抑下的一点快活、轻松的情感宣泄。

尽管如此，四灵山水诗主体之拗折、顿挫、孤寂、凄清、细碎风格未为动摇。世人以"清"公认四灵诗，宋人苏泂诗道："为爱君诗清入骨……百度逢来百度抄。"(《书紫芝卷后》)曹豳有"予爱四灵诗，爱其清而不枯，淡而有味"①之谓；清人亦有"清瘦不俗，故亦能自成丘壑"②"清苦有思致，甚爱之"③之赞。

（四）艺术技巧：精雕细琢，以微见境

四灵诗作艺术精巧主要为：直接描绘、摒除典故；精雕细琢、刻意求工；注重细节、以微见境。

---

① [宋]曹豳:《瓜庐诗题识》，薛师石《瓜庐集》附录，四库全书本。
② [清]纪昀:《四库全书简明目录·芳兰轩集》卷16，四库全书本。
③ [清]张谦宜:《𥳑斋诗谈》卷5，郭绍虞《清诗话续编》，上海：上海古籍出版社，1983年，第863页。

1. 直接描绘，摒除典故

在"捐书以为诗""诗句马上成"诗学观念支配下，四灵抛弃典故，远离饾饤，不假修饰，以白描手法，直击景物，所谓见山是山、见水是水。如前述徐玑《宿寺》(古木山边寺)整篇未加修饰，白描见工。"古木山边寺，深松径底风""殿静灯光小，经残磬韵空"两联尤见特色，十景物(古木、山边、寺、深松、径底、风、殿、灯光、经、磬)依次罗列，常语常词，典故不见，但清幽孤寂凸显。绝句亦如此，徐玑《新凉》、翁卷《野望》、赵师秀《约客》均以白描写实见精。四灵耿介秉性、孤洁情怀可谓不枝不蔓，与其素笔直书契合无痕。

2. 精雕细琢，刻意求工

在素描之下，四灵于词语选用、结构设计乃用意深刻。用语精心琢磨、反复推敲，构式语气圆转、韵脚安稳，中间锻炼联句、精稳工对。

四灵精工之心初始既定，他们以为"风骚之至精"在于"浮声切响、单字只句计巧拙"，而"连篇累牍，汗漫而无禁"[1]无能名家，故"日锻月炼，一字不苟下"[2]。他们推敲字句多有自道，如"传来五字好，吟了半年余"(翁卷《寄葛天民》)、"悟得玄虚理，能令句律精"(徐玑《读徐道晖集》)等。后人亦言此意，如方回评四灵"非极莹不出，所以难"(方回《瀛奎律髓》卷42)，戴复古言赵师秀"瘦因吟思苦"(《哭赵紫芝》)，刘克庄称他们"为言苦吟，过于郊岛"[3]。清人谓之"镂心鈲肾，刻意雕琢"(《四库全书总目提要·芳兰轩集》)、"以炼句为工，而句法又以炼字为要"(《四库全书总目提要·清苑斋集》)。近代胡云翼亦称四灵"以清苦为工……其雕绘之刻苦有如此者"[4]。四灵山水诗精雕细琢、刻意求工之举多被传为美谈。如赵师秀《冷泉夜坐》由"更响""如深"改为"听

---

[1] [宋]叶适:《徐文渊墓志铭》,《水心集》卷21, 四库全书本。

[2] [明]徐象梅:《两浙名贤录·赵师秀》卷46, 杭州: 浙江古籍出版社, 2012年, 第5780页。

[3] [宋]刘克庄:《林子显诗序》,《后村先生大全集》卷98, 四部丛刊初编本。

[4] 胡云翼:《宋诗研究》, 长沙: 岳麓书社, 2011年, 第138页。

响""观深",魏庆之引谓其琢磨之胜、之神乃"光弼入子仪军"(《诗人玉屑》卷19)。

3. 注重细节,以微见境

叶适谓四灵:"摆落近世诗律,敛情约性,因狭出奇。"① 其"狭"之意不仅仅在于取材范围,亦含以微见境之特色,多瞩目山水景物之细处和瞬间呈现之表象,较之前期诗人杨万里类似,四灵山水诗之生动、精炼处几乎全在细微上见意境。

四灵经典联句均聚焦细枝末节。如徐照《宿翁灵舒幽居期赵紫芝不至》"蛩响移砧石,萤光出瓦松"、《白岩僧舍》"炉香穿野霭,杉露滴僧衣"、《题衢州石壁寺》"残磬吹风断,眠禽压竹低"、《题翁卷山居》"虫行黏壁字,茶煮落巢薪";徐玑《春日晚望》"柳密莺无影,泥新燕有痕"、《宿寺》"殿静灯光小,经残磬韵空"、《山居》"开门惊燕子,汲水得鱼儿"、《新凉》"黄莺也爱新凉好,飞过青山影里啼";赵师秀《冷泉夜坐》"楼钟晴听响,池水夜观深"、《玉清夜归》"微雨过时松路黑,野萤飞出照青苔"等名联均如此。此亦见四灵性心敏锐,目光独到。细致入微、多愁善感似乎成为宋人集体属性。前人于四灵山水诗以微见境多有论及,除《诗人玉屑》《对床夜语》《瀛奎律髓》外,清人赵翼《瓯北诗话》、贺裳《载酒园诗话》等亦多语之。四灵细节白描缺少宏大开阔场面和豪放气势,但语精意工,较之疏旷叫嚣者亦为大胜。

四灵回归山水诗本色,多素描,少议论、少臆想山水风景;少烟云笼罩、少混杂,少空笔、少虚白。譬如画卷之线条明细、古奥,深墨工笔,山水自然,景物真实,笔笔有见,处处存在,布满画幅。此乃南宋四灵山水诗特有奇观。

(五)山水诗客观历史地位:功绩耀世

世人于四灵诗作不乏诋訾,但置之历史本位,四灵山水诗功绩斐然,其推动山水诗回归本色、矫正宋诗弊端、倡导诗学宗唐、推动宋诗承前启

---

① [宋]叶适:《题刘潜夫南岳诗稿》,《水心集》卷29,四库全书本。

后发展尤有贡献。

1. 南宋诗坛精英

于中兴名家相比,四灵身份、地位可谓卑微之至,加之时代局限,四灵山水诗中言及社会政治较少,但亦为奉行儒家所谓"不在其位不谋其政"之训,故不应苛责其逃脱现实、远离社会之意。四灵山水诗整体抑或各个体成就低于陈与义、陆游、杨万里、范成大、朱熹诸大家,但整体成就高于江湖派,为南宋诗坛主力军。论及宋文学必论及宋诗,论及宋诗必论及四灵诗。四灵山水诗乃四灵诗作主体、精华,现存四灵600余首诗篇中,山水诗有500余首,占量九成。其精湛艺术、独特风格、经典名作历来为人称道。即令诋訾者亦不可磨灭四灵山水诗光耀,如《四库全书总目提要》多有贬损,但"自吐性情,靡所依傍"之赞亦在史册,足见其不可否定之历史地位。

四灵着力山水诗本色描绘于推进艺术提升具有促进之功;其取材细微、衰落、破旧、荒凉、幽冷、野僻是社会生活人心写照、时代审美意识之异变——与时代衰落、人心悲凉吻合,亦为诗人化俗为美能力提升。描绘山水景物同时,四灵山水诗包含一定禅意和理趣,如《数日》《野望》《山雨》《过九岭》诸篇即是,较之中兴期虽不占主流,亦足见四灵山水诗内涵亦为丰富。

2. 纠偏江西诗派

江西诗派为宋诗典范代表,但其用韵拗峭、用语生偏、用典泛滥、理议沉闷已将宋诗引入发展歧途。四灵力反江西诗派末流,高举宗唐旗帜,其"捐书以为诗"、反对"无一字无来历"、抛弃"夺胎换骨"之论为没落宋诗注入新鲜活力,推进了晚宋诗坛继续发展,所谓"近世理学兴而诗律坏,惟永嘉四灵复为言"(刘克庄《林子显诗序》)。"四灵以清苦为诗,一洗黄陈之恶气象、狞面目。"[1]"故其诗主于野逸清瘦,以矫江西之失。"(《四库全书总目提要·清苑斋集》)

---

[1] [清]顾嗣立:《寒厅诗话》,丁福保《清诗话》(上),上海:上海古籍出版社,1978年,第83页。

3. 开辟江湖派

四灵山水诗孤清幽淡、凄冷衰落之风格，精雕细琢、以微见境之技法于江湖派多有差异，其群体人员构成愈加对比鲜明，故江湖派与四灵合一为难。江湖派乃松散概念，单因陈起刻版《江湖诗集》而得名。为商业目的，陈起收刻其时流行诗作，非开辟流派之意，故是集收录复杂，不可以所录诗作者同纸归为同类，四灵一些山水诗亦在其中。后人所言"江湖诗派"与陈起《江湖诗集》本质有别。二者关系大约可言为：因《江湖诗集》后人兴"江湖诗派"，"江湖诗派"本质特征非《江湖诗集》所有，故四灵非江湖派同类。《四库全书总目提要》论及四灵、江湖派时已将二者并列"四灵一派……江湖一派"，究其实乃在认定四灵开辟江湖派，江湖派乃四灵后学者。宋人严羽意亦如此，"近世赵紫芝、翁灵舒辈独喜贾岛、姚合之诗，稍稍复就清苦之风，江湖诗人多效其体，一时自谓之唐宗"（《沧浪诗话·诗辩》）。

4. 言情归本

四灵时期，道学被奉为国教，空谈心性，大兴理学，于诗主张言志。朱熹言："熹闻诗者志之所之，在心为志，发言为诗。然则诗者岂复有工拙哉？亦视其志之所向者高下如何耳。"[①] 主张文者要"去讲义理"而不可"去学诗文"，否则"落得第二义"[②]。朱熹之论可窥见其时社会认知。理学以言道为本，以诗言志，所谓"近世贵理学而贱诗，间有篇咏，率是语录讲义之押韵者耳"[③]。四灵兴起，冲破南宋诗坛理学笼盖，描绘山水景物，抒写心灵，故刘克庄称"近世理学兴而诗律坏，惟永嘉四灵复为言"[④]。

四灵不仅主张"诗言情"，而且以其山水诗作实践其诗学观，故宋人称四灵"诗清入骨"（苏泂《书紫芝卷后》）、"爱四灵诗，爱其清而不枯，

---

① [宋]朱熹：《答杨宋卿书》，《朱子全书》册22，朱杰人主编，上海：上海古籍出版社，2002年，第1728页。

② [宋]朱熹：《论诗》，《朱子全书》册18，朱杰人主编，上海：上海古籍出版社，2002年，第4332页。

③ [宋]刘克庄：《吴恕斋诗稿跋》，《后村先生大全集》卷111，四部丛刊初编本。

④ [宋]刘克庄：《林子显诗序》，《后村先生大全集》卷98，四部丛刊初编本。

淡而有味"（曹豳《瓜庐诗题识》）。但是，尽管四灵诗学晚唐成就显著，其山水诗之异变从本质上并未背弃宋诗根本特征，而是在"一定程度地保存了宋诗的本质精神"[①]。

三、江湖派山水诗主要特征

南宋晚期宝庆初年，"钱塘书肆陈起宗之能诗，凡江湖诗人皆与之善，宗之刊《江湖集》以售"（方回《瀛奎律髓》卷20）。其实，陈起初刻集名曰《江湖小集》，"江湖诗案"后刊刻续集，有《江湖前集》《江湖后集》《江湖续集》等，后人统称为《江湖诗集》。《江湖诗集》所收录诗人十分庞杂，四灵诗作亦有涉及，故后人所言"江湖诗派"之"江湖诗人"非《江湖诗集》所录诗之全体，而应另有所指。张宏生《江湖诗派研究》列其成员138位，虽包含有姜夔、赵师秀、葛天民、曾巩、永颐、绍嵩、斯植等公认非江湖派，但其人数众多可见一斑。江湖派山水诗在南宋诗坛地位不高，除戴复古、刘克庄名气较大外，其他人皆默默无闻。如此局面，盖因江湖派艺术风格未能自成一家、诗作成就整体低微、诗人集体社会地位未为显达之故。

（一）山水诗结构丰富性

江湖派山水诗结构丰富性体现为主体平民性、风格多样性、取材广泛性、艺术丰富性诸方面。古代诗歌内容真正可考乃从《诗经》开始。而诗之来源无论《国语·周语》献诗说抑或《汉书·艺文志》采诗说，具体作者均难以考定。"男女有所怨恨，相从而歌，饥者歌其食，劳者歌其事。"（《春秋公羊传注疏》卷16）[②]何休此注揭示《诗经》之原始作者多为底层，或曰《诗经》创作主体乃平民。江湖派诗作主体多平民，亦可谓回归诗歌本色。

本来，陈起将所刻版命名"江湖诗集"乃因其作者主要为江湖游走

---

① 许总：《宋诗史》，重庆：重庆出版社，1992年，第808页。

② [清]阮元：《十三经注疏》，北京：中华书局，1980年，第2287页。

者，即"取中兴以来江湖之士以诗驰誉者"（陈振孙《直斋书录解题》卷15）。江湖派百余位诗者中，出入朝廷、位列公卿者罕有，主要成员中刘克庄、方岳、赵汝鐩、洪咨夔等入仕，但未为显达。其他如戴复古、高翥、叶茵、汪莘等皆为布衣，陈起乃书商，更多诗家如刘过乃江湖游士，靠献诗卖文维持生计，平民化愈加凸显。他们因陈起之书关联，几乎无组织性，亦无统一聚会酬和，更无明确创作纲领、无群体性趋同风格、无共同主题。江湖派乃中国古代诗史一个奇胎，其如此之原因在于创作主体平民性、流动性、偶合性、随意性。

江湖派主体平民化乃南宋社会文化异变之映射。第一，表明宋人文化之普及，文化传承不再专限于世家权贵，"旧时王谢堂前燕，飞入寻常百姓家"成为历史主流。第二，显示南宋人创作能力整体提高。此期虽未见唐诗名家，亦未见北宋元祐、南宋中兴期王苏陆杨诸大家，但社会整体诗才大张，平民百姓吟咏成为风尚。第三，明证宋人审美情趣的提升和转变。历史诗人尤其唐人、北宋诗家吟咏高山大川、名胜古迹为多，但晚宋人于日常景物、平常处所亦可激发诗情，"化俗为雅"成为诗人新视野、诗材新增长、新意味，突破诗歌阳春白雪之神话。

作者的下移、化俗为雅拓展了诗歌表现力，促进了诗歌发展。但作者平民化易导致诗歌走向衰落，所谓"匮而贵，滥则烂"是也。

创作主体平民化引导创作内容、审美意味、诗作用语平民化。江湖派多数山水诗人因阅历、身份局限，所描绘景物主要为平常山水，身边目见"俗"物皆可入诗，以名山大川、名胜古迹为对象的整体描绘未富。以俗物常见为诗料在江湖派成为共识，如"乾坤万象供诗料"（戴复古《醉吟》）、"西风何处无诗料，水际山颠亦去寻"（刘克庄《西风二首》）、"门前草木皆诗卷"（乐雷发《赋诗为寄》）、"撩人野兴皆诗料"（徐经孙《秀岩》）等皆此意。

同时，内容平民化促进审美观念平民化，所谓"化俗为美"很大程度上以日常生活之"俗"为标准，"美"不再限于伟大、崇高，所见所闻皆有美意，即"花鸟皆诗料，江山即画图"（刘克庄《梦中为人跋画两绝》），故江湖派山水诗没有奇异、诡怪之作，多是着力描绘平实、普通自然山水。

江湖派用语平易，典故少，饾饤少，无江西派古奥拗峭之弊。如戴复古"其诗纯任自然，则阮亭所谓'直率'者也"（翁方纲《石洲诗话》卷4）。"诗无事料，清健轻快，自成一家。"[①]魏庆之亦言："石屏……语简意深，所谓一不为少。"（《诗人玉屑》卷19）

然则，有时用语平易流入简易，这方面刘克庄表现明显。尽管如此，江湖派在中国山水诗史上有其闪光点，一些诗篇清新隽永；同时作者之平民化促进了诗作内容发展和数量丰富，于解析南宋社会亦提供了丰富资料。

江湖派诗作最擅长题材，最成功处在于山水景物之描绘。但成员庞杂，关联松散，取材多样，主题分散，加之山水诗整体数量未富，故未有以丰富个体作品形成个体风格而笼罩全局者，亦未有集体性主体风格，山水诗风格杂样纷呈。与前期四灵较之，大约放逸、萧散成为江湖派主流趋势，幽清孤寂成分较少。其中，戴复古之清健、刘克庄之疏阔、方岳之清秀各见其山水诗，且较为显著。

江湖派山水诗取材较四灵为广。自然山水、四季天象、名山大川、寺院庙宇、乡村田园、幽林深径、画卷屏风等均有描绘。最为四灵所缺少者为江湖派将战乱灾荒、社会政治与山水景物融合，显示了诗人忧国忧民情怀。在艺术手法上江湖派烘托阔大气势与工笔幽微细节并存，但缺乏雕琢提炼、妥帖精稳，许多诗篇粗糙、叫嚣、肤浅，内涵丰富性欠缺。其中以戴复古、刘克庄、方岳三人整体成就为高。

（二）戴复古山水诗主要成就

戴复古为江湖派山水诗最有成就者。戴复古（1167—1250？），黄岩人，字式之，号石屏。笃志诗学，登三山陆游之门而艺益进。好游历，晚年归隐，一生未仕，有《石屏集》，其《论诗十绝》颇有名气。现存诗

---

① [元]方回：《跋戴石屏诗》，《桐江集》卷4，南京：江苏古籍出版社影印本，1988年，第4页。

900余首中山水诗过半,其佳作亦丰富。戴复古之山水诗题材、数量、质量、艺术均为江湖派之冠冕。

1. 题材宽广

戴复古山水诗取材范围远超四灵总和。自然山水、天象季节、旅次登临、名胜古迹、禅院寺庙、亭榭台阁、幽林野壑、烟云泉石、花草鸟兽、次韵应和等常见题材在其山水诗中均有丰富表现,如《春日》《秋夜旅中》《山行》《大龙湫》《罗汉寺》《赠孤峰长老》《题董侍郎山园》《江村晚眺》《庐山》等皆入此列。

戴复古于田园、题画、时政、边境等题材亦有丰富展现,不仅在吟咏山水景物,亦包含爱国爱民、抗敌保家之情怀。田园山水诗佳作有《田园吟》(二首)、《宿农家》等,题画山水诗佳作有《画山》《题姚雪蓬使君所藏苏野塘画》等。时政、边境等题材山水诗最为著名,数量多,内涵深,广为人称道,如:

横冈下瞰大江流,浮远堂前万里愁。最苦无山遮望眼,淮南极目尽神州。

——江阴浮远堂

小桃无主自开花,烟草茫茫带晓鸦。几处败垣围故井,乡来一一是人家。

——淮村兵后

北望茫茫渺渺间,鸟飞不尽又飞还。难禁满目中原泪,莫上都梁第一山。

——盱眙北望

此类山水诗还有《金山》《淮上春日》《频酌淮河水》《淮上回九江》《淮上寄赵茂实》等,爱国爱民之心寄寓沉郁、悲凉、厚重、浑雄意味,其形象上近老杜、陈简斋,下启顾炎武、王夫之等。王埜谓:"近世以诗鸣者多学晚唐,致思婉巧,起人耳目,然终乏实用……要不专在风云月露间也。式之独知之，长篇短章，隐然有江湖廊庙之忧，虽诋时忌，忤达官，弗顾也。"①此言切中石屏诗境内涵。

2. 风格多样

戴复古幼失父怙，自立其强。长而笃于诗，恭问学、喜游历、广交友，所谓"游历登览，东吴、浙西、襄汉、北淮、南越，凡乔岳巨浸，灵洞珍苑，空迥绝特之观，荒怪古僻之踪，可以拓诗之景、助诗之奇者，周遭何啻数千万里……凡以诗为诗友者，何啻数十百人"②。戴复古自言："野人何得以诗鸣，落魄骑驴走帝京。白发半头惊岁月，虚名一日动公卿……"（《春日二首呈黄子迈大卿》其一）如此奇特经历造就戴复古豪迈秉性、江湖情怀，故其山水诗风格丰富多样，主体豪俊，兼有清新、冲淡、沉郁。

第一，豪俊。豪俊为戴复古山水诗主体风格。其山水诗多见山川高耸、江河奔涌、天苍原莽、花红林绿等壮阔场面，多有"大""满""万""高""群""须臾"等阔大豪迈词语。如"诗情满天地"（《长沙道上》）、"三千里外却逢君"（《湘中遇翁灵舒》）、"白鸟来无数，青林望不穷"（《江皋》）、"楼高纳万象，木落见群山"（《题董侍郎山园》）、"接天烟浪来三峡，隔岸楼台又一州"（《鄂渚烟波亭》）等皆有可见。《鄂州南楼》乃其典型诗代表：

鄂州州前山顶头，上有缥缈百尺楼。大开窗户纳宇宙，高插栏干侵斗牛。

我疑脚踏苍龙背，下瞰八方无内外。江渚鳞差十万家，淮楚荆湖一都会。

---

① [宋]王埜:《石屏诗后集序》，《石屏诗集》，丛书集成续编，台北：台湾新文丰出版社，第439页。

② [宋]吴子良:《石屏诗后集序》，《石屏诗集》，丛书集成续编，台北：台湾新文丰出版社，第437页。

此诗有李白之博大、苏轼之飘逸,"大开窗户纳宇宙……下瞰八方无内外"可谓气概磅礴,豪情万丈。其他如《万安县芙蓉峰》《陪虞使君登岳阳楼》《黄州栖霞楼即景呈谢深道国正》诸篇均健劲、奔放、爽朗。

第二,清新。戴复古山水诗之清新多凸显于绝句,名气最大、称颂最广。如:

江头落日照平沙,潮退渔舠阁岸斜。白鸟一双临水立,见人惊起入芦花。

—— 江村晚眺二首 其二

乳鸭池塘水浅深,熟梅天气半晴阴。东园载酒西园醉,摘尽枇杷一树金。

—— 初夏游张园

定格细微景物、瞬间镜头,抓住动人场景、超然感觉,用愉快口吻、简洁笔调描绘出轻松诗篇。白鸟"惊入芦花"瞬间消失,灵巧、活泼、可爱乃至滑稽细节让人过目难忘;初夏,枇杷缀满树头,熟黄如满树挂金,惹人喜爱,"摘尽"而兴犹未尽,加之"东园载酒西园醉",可谓神情欢畅,如蓬莱飘仙,气象超然。《江村晚眺》工笔素描,《初夏游张园》浓彩阔笔,手法有变,效果同在。绝句《湘中遇翁灵舒》《晚春》《初夏》《题郑子寿野趣》等亦有此类清新。

戴复古山水律诗亦有清新呈现,如《江皋》《春陵道上》等皆可入列,质量较绝句稍逊。此类清新篇章凸显戴复古山水诗风格多样性,亦显现其醇熟技术、即目自然之诗学观。

第三,闲淡。闲淡包含闲适、典雅、清静、平和,此类风格于戴复古山水诗中占比较大。戴复古浪迹江湖、四方闯荡,见多识广、洞悉世情、参透人生。为人豪迈之下亦有冷峻、冲淡情怀,见之于诗则山水景物画面温稳、意象平和,物态展现自然,映射诗人安然、平易、中和心绪。如:

雨过山村六月凉,田田流水稻花香。松边一石平如榻,坐听风蝉送夕阳。

——山村

东轩亦潇洒,春晚雨晴时。喜鹊立门限,飞花落砚池。青山解留客,绿竹遍题诗。一点归心动,夜来闻子规。

——东轩

《山村》描绘夕阳西下、山松静野,诗人独坐石榻、临风听蝉之境,画面闲淡、祥和、静穆,诗人心旷神清、情态超然可见。没有任何夸饰、激烈手法,语词平易。《东轩》偏重冲淡、野逸之味。"喜鹊立门限……绿竹遍题诗"最见意气,以花鸟之无心无意与山林之知感知情融合,烘托冲和、闲淡、自然、旷达、安详之意,乃"卧听风雨、坐看烟云"之境。戴复古此类山水诗篇章丰富,《白鹤观》《光泽溪上》《觉慈寺》《罗汉寺》《溪上》等皆有此境。

第四,深沉。戴复古之深沉多见于叹息江山易帜、世事沧桑、时局艰难、民生困顿之山水诗。戴复古心本有高志,爱国爱民心切,但生不逢时、力不从心,故嗟叹之心托深沉之诗,悲怆、痛惜、抑郁乃至愤懑溢于山水,正可谓"谢公才廓落,与世不相遇。壮志郁不用,须有所泄处。泄为山水诗,逸韵谐奇趣"(白居易《读谢灵运诗》)。如:

小桃无主自开花,烟草茫茫带晚鸦。几处败垣围故井,乡来一一是人家。

——淮村兵后

横冈下瞰大江流,浮远堂前万里愁。最苦无山遮望眼,淮南极目尽神州。

——江阴浮远堂

北望茫茫渺渺间,鸟飞不尽又飞还。难禁满目中原泪,莫上都梁第一山。

——盱眙北望

三绝句均叹息江山沦陷、兵燹惨烈之痛，语调低沉，情绪悲怆。《淮村兵后》尤为沉痛，桃花自开自落，晓鸦飞来飞去，残垣败壁，故井空存。兵燹之惨、沦陷之痛尽在其中。山水诗之深沉亦见之戴复古其他篇章，如绝句《无题》（忆闻春燕语雕梁）、律诗《鄂州戎治静憩亭》《山中少憩》等皆可入此类。

戴复古主张创新，自言："意匠如神变化生，笔端有力任从横。须教自我胸中出，切忌随人脚后行。"（《论诗十绝》）语求自然，言："欲参诗律似参禅，妙趣不由文字传。个里稍关心有误，发为言句自超然。""曾向吟边问古人，诗家气象贵雄浑。雕镂太过伤于巧，朴拙惟宜怕近村。"

戴复古山水诗风格多样性、形象性、成就居江湖派之冠，它反映戴复古思想深远、眼界广阔、阅历丰富、师承广泛、情性宽容。

戴复古山水诗成就之高与其诗学观关联紧密，既言自然，亦求细琢、勤奋。"每一句得，或经年而成篇"（吴之振《宋诗钞·石屏诗钞》），自言："草就篇章只等闲，作诗容易改诗难。玉经雕琢方成器，句要丰腴字要安。""有时忽得惊人句，费尽心机做不成。"（《论诗十绝》）同时博学广师，"所搜猎点勘……何啻数百千家。所游历登览……周遭何啻数千万里……凡以诗为诗友者，何啻数十百人……岂非其搜览于古今者博耶？岂非其陶写于山水者奇耶？岂非其磨砻于师友者熟耶？"（吴子良《石屏诗后集序》）可见其山水诗之成就非草草而来。

世人于戴复古诗多有高评，宋世荦、赵汝腾、吴子良、王埜、方岳等二十余人有嘉誉，《石屏诗集》（四部丛刊本）有载。如赵汝腾称："石屏之诗平而尚理，工不求异，雕镂而气全，英拔而味远。玩之流丽而情不肆，即之冲淡而语多警。"（《石屏诗序》）

戴复古以山水诗见长，视野开阔，笔力劲健，诗意奔放，风格豪俊、清圆、轻快、沉郁、厚重并存，无愧于江湖派山水诗之冠冕。

（三）刘克庄、方岳等山水诗主要成就

江湖派百余位山水诗人唯方岳几可媲美戴复古，二人山水诗成就约略相当，且各有特色。刘克庄于宋末诗坛最为著名，其山水诗则远居戴复

古、方岳之后，其数量质量较二家均大有距离。

1. 浅逸的刘克庄山水诗

刘克庄（1187—1269），初名灼，字潜夫，号后村，莆田人，以荫补将仕郎，历龙图阁学士等。现有《后村先生大全集》196卷，其中诗存4500余首。刘克庄为晚宋学界领袖，其诗论、题跋驰名一时，但山水诗疏阔，成就远不敌石屏，其《后村诗话》《后村千家诗》（托名）却远超诗名。

后村山水诗百余篇，数量居晚唐山水诗诸大家之后。其山水诗题材较为广泛，除山水景物、旅次登临、名胜古迹、应和次韵、寺院庙堂、亭台楼榭外，后村亦开辟新题材融入山水诗。后村山水诗于农村、农事多描绘，其《劳农二首》、组诗《田舍即事》律绝各十首中多涉及山水景物画面。

最为丰富者乃是边塞、时政类山水诗，如《真州北山》（忆昔胡儿入控弦）、《忆真州梅园》（当年飞盖此追随）、《北来人二首》（试说东都事）等即为此。后村亦有军旅题材山水诗，如《筑城行》（万夫喧喧不停杵）等。较之南宋其他山水诗大家，后村山水诗题材虽有新创，但数量少，未显特性，成就不佳。

后村山水诗最大不足在于佳作精品少，风格疏豪，艺术粗糙。有时饾饤词语，沉闷而枯燥；抑或用语低劣，意味肤浅，内蕴不足。盖因其诗学观念揉合江西诗派"资书以为诗"和四灵"捐书以为诗"却未加消化，故整体语用生硬拗崛、风格疏豪粗率。律诗山水佳作寥寥无几，《小寺》（小寺无蹊径）、《簪带亭》（上到青林杪）较好；五绝佳篇亦未富，《夜登甘露山》《咏潇湘八景》等有可观者。七绝为其山水诗最高成就，可观者稍多。如：

一径松花飐紫苔，东风落尽佛前梅。道人深掩禅关坐，莫听莺声出定来。

——临溪寺

一抹斜阳上缭垣，芜花满地柏阴繁。城中客子闻钟去，独立空山听断猿。

——报恩寺

　　世人于后村誉少毁多。叶适谓之"刘潜夫年甚少，刻琢精丽，语特惊俗……思益新，句益工，涉历老练，布置阔远，建大将旗鼓，非子孰当?"①(《题刘潜夫南岳诗稿》)方回言："后村诗比'四灵'斤两轻，得之易，而磨之犹未莹也。'四灵'非极莹不出，所以难。后村晚节诗饱满'四灵'，用事冗塞，小巧多，风味少，亦减于'四灵'也。"②清人谓之更低，"其诗派近杨万里，大抵词病质俚，意伤浅露"(《四库全书总目提要·后村集》)。

2. 清秀的方岳山水诗

　　方岳（1199—1262），字巨山，号秋崖，祁门（今属安徽）人。历南康军、兵部架阁等，忤丁大全，罢归居乡。有《秋崖集》四十卷。现存诗1300余首，其中山水佳作300余首，乃江湖诗派山水诗大家。《江湖诗集》未录方岳，但其行迹被公认为江湖诗派成员③，山水诗江湖派特色鲜明。

　　方岳山水诗题材体裁富，艺术品位高。方岳热爱自然，淡泊情志，归趣山林，其山水诗于自然景物情有深厚，佳作颇多。旅次、登临、季节、怀古等写作缘起中大量融合山水题材，富含烟云、林泉、寺院、花鸟、天象、山原、溪流、田园等景物。

　　方岳山水诗题材有两点鲜明特色：

　　第一，以"山居""梅花"为主题者甚丰。前者如《山居十六咏》（五绝16首）、《次韵宋尚书山居十五咏》（七绝15首）、《山居七咏》（七绝

---

① [宋]叶适:《水心集》卷29，四库全书本。
② [元]方回:《瀛奎律髓汇评》卷42，李庆甲集校，上海：上海古籍出版社，2005年，第1501页。
③ 张宏生:《江湖诗派研究》，北京：中华书局，1995年，第297页。

7首）、《次韵宋尚书山居》（七绝8首）、《山墅》（五律5首）、《山中》（七律27首）、《山居》（七律1首）、《次韵山居》（七律4首）、《山居》（古风10首）等，可见方岳以归隐山居为乐之情趣。方岳爱梅成癖，其200余首含梅之山水诗中以"梅"题名者有80余首，如《梅边》《山间逢梅》《梦寻梅》《雪后梅边》《观梅》《寄梅》《逢梅》《月中观梅》《雪中观梅》等。

第二，创新突出。较之江湖派他人，方岳山水诗之《渔父词》《农谣》《又和晦翁棹歌》《杨柳枝》颇为颖秀。七绝《渔父词》4首借山水描绘寓隐者高洁、逍遥、洒脱之象。如"烟波渺渺一轻篷，浦溆生寒芦荻风。昨夜新霜鱼自少，满江明月笛声中"中"鱼自少"意寓官场，"烟波渺渺""明月笛声"乃隐者所处，故"渔父"实喻隐士。七绝《农谣》5首皆为田园山水佳作，如其一"春雨初晴水拍堤，村南村北鹁鸪啼。含风宿麦青相接，刺水柔秧绿未齐"，句句言景，全篇生机盎然。

方岳《又和晦翁棹歌》（七绝10首）亦为独到。虽朱熹之逝（1200），方岳方生（1199），但其和多有可观。如其三："莫说水穷山势开，匆匆急棹酒船回。溪山欲尽兴无尽，撑入白云深处来。"此亦为方岳题材蹊径独辟处。《杨柳枝》本为民歌，多用闺房之思。其体为词或为诗，方岳笔下诗气纯正，淡化闺思而主景物描绘。如其一"绿阴深护碧阑干，拂拂春愁不忍看。燕子未归花落尽，一帘香雪晚风寒"，几全为景物，此亦题材别裁之榜样。

方岳山水诗体裁齐全，七律、五律、七绝、五绝、排律、古风各体均有佳作，此晚宋独一无二者。五律如《舟次当涂》《初秋》《泊歙浦》《兰溪晚泊》《道中连雨》、七律如《次韵徐宰集珠溪》《宿芙蓉驿》《山行》《山中》、排律如《新晴》、古风如《山居十首》《秋江引》、五绝如《山径》等均为佳品。方岳七绝句尤胜，前述组诗《次韵宋尚书山居十五咏》（七绝15首）、《山居七咏》（七绝7首）、《次韵宋尚书山居》（七绝8首）多佳作，其他如《湖上八首》《清明》《春晚》《入村》《东津》《洞元观》等均为名篇。

山水诗体裁组诗丰富。同一题材多种体裁具备，如咏"山居"有五绝、七绝、五律、七律、古风等百首之富，其中仅七律《山中》便有27首。咏"梅"亦多组诗，如七绝《梅花》前后就有14首，《月中观梅》《雪中观梅》七绝之后亦再各以长篇古风尽兴。此类山水诗组诗在方岳集中比比皆是，名篇如《入村》《唐律十首》《渔父词》《农谣》均在其中。同一题材同一体裁或不同体裁一咏再咏，且多有佳作，可见方岳诗材才双富。方岳之七绝回文、题画绝妙无痕，亦为晚宋江湖派山水诗特有：

啼莺几处垂垂柳，乳燕双飞片片花。溪浅度云山带雨，岸崩欹树草连沙。

——溪店（回文）

闲云古木山藏寺，野渡孤舟水落矶。秋色无人空黯淡，竹门未掩待僧归。

——记画

前者可从尾读至头，亦为优美山水诗；后者虽曰记画，所绘景物毫无画意，乃绝妙山水名篇。方岳另有《书赵相公梅卷》（一梢两梢晓滩月），亦着画意无痕，可谓体裁异变之神笔。

风格清秀灵动。方岳山水诗艺术于江湖派独占鳌头，风格亦颖异其中，乃江湖派最清秀灵动者。如五律《道中连雨》：

蚤晏逢人问，荒村店亦稀。竹舆穿雨过，沙鸟带云飞。
野渡疑无树，春山尽有薇。不缘诗是伴，谁与倚荆扉。

此诗绘雨中路途所见春景，即目白描，生机盎然。中间两联尤为灵动，天雨而人物无畏：竹舆穿雨，鸟伴云飞，精神抖擞，画面生动；远望亦春机蓬勃，野渡细雨蒙蒙，青山满眼新绿。

方岳古风亦多清新流动者，如《山居十首》其八：

> 我爱山居好，新篁绿上竿。草蕃侵路狭，地阔占云宽。
> 山响棋声湿，堂深树影寒。柴门底须掩，非意不相干。

通篇描景，"山响棋声湿，堂深树影寒"以感觉之误烘托山居幽静，手法独特。

方岳山水七绝灵秀尤胜一筹，几乎篇篇可人。前述《渔父词》（4首）、《农谣》（5首）、《溪店》（回文）、《记画》《书赵相公梅卷》《东津》《洞元观》均此类名篇。清秀灵动之七绝极富，再如：

> 青梅如豆带烟垂，紫蕨成拳著雨肥。只有小桥杨柳外，杏花未肯放春归。
>
> ——春晚
>
> 茅茨烟树水溶溶，篱落人家带晚春。独立西风无一事，自撑短艇看芙蓉。
>
> ——独立

画面清新，气韵流动，超然洒脱。自然之趣、山水之幽、情怀之旷全在白描之中。

评论未富，评价甚高。方岳正史无传，笔记野史论之亦少。清人陆心源《宋史翼》载元人洪焱祖撰《秋崖先生传》可鉴。虽论者未富，但评品甚高。吴之振谓之"诗主清新，工于镂琢，故刻意入妙，则逸韵横流。虽少岳渎之观，其光怪足宝矣"[①]；《四库全书总目提要·秋崖集》卷164引洪焱祖《秋崖先生传》亦谓之"以意为之，语或天出"；陈訏称"秋崖诗工于琢镂，清隽新秀，高逸绝尘，挹其风致，殆如云中白鹤，非尘网所能罗也"[②]。近人胡云翼于其山水诗曰："如此的杰作……这位作家实在是白描

---

① [清]吴之振：《宋诗钞·秋崖小稿钞》北京：中华书局，1986年，第2771页。
② [清]陈訏：《宋十五家诗选》，续修四库全书第1621册，第257页。

的圣手……是最值得珍视的第一流作家。"①

南宋晚期山水诗成就逊于中兴季，但媲美宋初而无愧；促进山水诗本色回归亦功不可没。四灵诗学晚唐以矫江西诗派之弊，即目自然，素描山水，精雕细琢，促进了山水诗艺术、内容本色回归，在一定程度上破除宋"贵理学而贱诗，间有篇咏，率是语录讲义之押韵"之观念。江湖派浪迹江湖，"以俗为雅"，歌咏尘俗，怀抱生活，诗从高大上回归到原点始义，促进创作主体平民化本色回归，但视野狭窄，诗风幽清，诗家卑微，衰落之势显见。

第四节　南宋山水诗发展末期

戴复古之离世标志江湖诗派使命完结，亦为南宋山水诗晚期终结。此前四灵均已谢世，此后刘克庄创作为少，不久亦故。1250年后，南宋进入末期，南宋山水诗亦进入末期（1250—1279），"亡国之音哀以思"，哀婉成为此期山水诗主流。荡气回肠中慷慨悲歌、笔写史诗抑或寄情山水、托物喻志。面对北方强势日益南侵，山水诗人满腔悲愤，成为山水诗主调。此后临安陷落（1276）、崖山海战（1279），以文天祥、真山民、汪元量、郑思肖、林景熙等为代表的诗家胸怀悲壮之情，寓家国之思于风烟云霞之境，谱写了别样山水清音。

一、主要山水诗人群体

此期南宋正遭受江山易帜、家亡国破之巨变。面对历史转折，山水诗家诗写抗争，以诗存史，撼天动地；抑或决绝朝堂，以乐寓哀，曲写心

---

① 胡云翼：《宋诗研究》，长沙：岳麓书社，2011年，第143页。

志，咏黍离沧桑、故国往事，寄托情感。山水诗人为数众多，主要有萧立之（1203—?，淳佑进士，宋亡不仕）、谢枋得（1226—1289）、周密（1232—1298）、文天祥（1236—1283）、汪元量（1241—1317?，宋遗民），郑思肖（1241—1318）、林景熙（1242—1310）、谢翱（1249—1295）、真山民（生卒年未详，宋亡隐居）、陈允平（生卒年未详。宋亡，不受官，放还）、王镃（生卒年未详。宋末官金溪尉，宋亡，隐居湖山）、郑协（生卒年未详，宋遗民）等，其中最重要山水诗家是文天祥、汪元量、真山民三人。他们于国家存亡之际，寄情山水，谱写动人诗篇。

二、沧桑巨变的历史题材

南宋诗坛末期，山水诗数量、佳作较之前三期均有衰减，但崇之者却谓之远超四灵、江湖派。儒家主张"以德治国"，谓之"诗言志"（《尚书·舜典》）、"诗言是其志也"（《荀子·儒效》）。道家主无为，亦言"诗以道志"（《庄子·天下篇》）。而其志多指"情志、怀抱"（朱自清《诗言志辨》），政治内涵浓厚，不仅仅在个体，更在于国家。宋末文天祥、汪元量、真山民等之山水诗正是如此写照，故历史地位崇高，诗学艺术成就则名实有悖。此阶段山水诗最重要者在于慷慨山水、诗咏沧桑历史之题材意义。

赵翼言："身阅兴亡浩劫空……国家不幸诗家幸，赋到沧桑句便工。"（《题遗山诗》）此于宋末山水诗人最为贴切。以文天祥为首的宋末山水诗人最重要、最时新的取材乃是诗史沧桑、国是剧变，藉情山水，慷慨悲壮；或者辗转南北，山河同忾，一路诗纪；或者悲山泣水，满怀伤歌；或者托志山水，松贞石坚。在遭逢乱世之际，诗人赋予山水吟咏新内容、大意义，践行"诗言志"的时代篇章。文天祥、汪元量、萧立之、谢枋得、郑思肖、林景熙、谢翱、真山民、陈允平、王镃等均有此类慷慨爱国山水诗题材。如文天祥《越王台》《南安军》《池州》《建康》《发建康》

《真州驿》《万安县》《苍然亭》《隆兴府》《金陵驿》《早秋》《重阳》、汪元量《金陵》《石头城》《凤凰台》《扬州》《涿州》《多景楼》《南岳道中》《湖州歌九十八首》（部分）、《越州歌二十首》（部分），真山民《兵后寓舍送春》《泊舟严滩》《兰溪舟中》《临江晓行》《春感》，林景熙《桔城》《重过虎林》《南山有孤树》，陈允平《淮西》《故宫》《虎丘即事》，萧立之《茶陵道中》，谢枋得《武夷山中》，郑思肖《秋雨》，谢翱《过杭州故宫》等均包含深厚爱国民族情感，哀家国之异变，痛江山之破落，纪兵燹之酷烈，为山水诗注入时代情感。如汪元量《湖州歌九十八首》：

芦荻飕飕风乱吹，战场白骨暴沙泥。淮南兵后人烟绝，新鬼啾啾旧鬼啼。（其三十二）

两淮极目草芊芊，野渡灰馀屋数椽。兵马渡江人走尽，民船拘敛作官船。（其三十六）

长淮风定浪涛宽，锦樟摇摇上下湾。兵后人烟绝稀少，可胜战骨白如山。（其四十九）

凄风旷野，人烟断绝，残垣橡灰，白骨如山，一片凄凉。诗人借芊草、泥沙、芦荻、野渡、淮浪、港湾、民船等景物之描绘控诉战争杀戮，亦隐含不畏强暴的爱国精神。

文天祥、汪元量山水诗多用标题地名纪其抗争心迹，如《越王台》《南安军》《池州》《建康》《发建康》《真州驿》《万安县》《隆兴府》等，处处以山水为证见其忠贞之心。如《金陵驿》：

草合离宫转夕晖，孤云飘泊复何依。山河风景元无异，城郭人民半已非。

满地芦花和我老，旧家燕子傍谁飞。从今别却江南日，化作啼鹃带血归。

其诗所言"金陵"山河破碎、百姓遭殃实乃遍指南宋,"从今别却江南日,化作啼鹃带血归"则意以"金陵"证其碧血丹心,纪史功能齐备。文天祥山水诗不拘于山水诗本色规范,因为学杜,更因心志所需,故其中议论成分丰富。吴之振谓之"志益愤而气益壮,诗不琢而日工,此风雅正教也。至其集杜句成诗 …… 读其诗,其面如生,其事如在眼者,此岂求之声调字句间哉"①。此所谓诗品因人品提携而生辉。

近人梁昆亦言"《指南录》以后之作,则气壮而志愤,言忠而声正,不屑雕镂,不违格律,与老杜为不远"②。《四库全书总目提要》于文天祥以诗纪史亦有论,言之"盖被执赴燕后,于狱中所作 …… 诗凡二百篇,皆五言二韵,专集杜句而成。每篇之首,悉有标目次第,而题下叙次时事,于国家沦丧之由,生平阅历之境,及忠臣义士之周旋患难者,一一详志其实。颠末粲然,不愧'诗史'之目"(《四库全书总目提要·文信公集杜诗》)。

汪元量山水诗亦多以地名入诗纪史,其《金陵》《石头城》《凤凰台》《扬州》《涿州》《多景楼》《湖州歌》《越州歌》等均为佳作。如《多景楼》:

多景楼中昼掩扉,画梁不敢住乌衣。禅房花木兵烧杀,佛寺干戈僧怕归。

山雨欲来淮树立,潮风初起海云飞。酒尊未尽登舟急,更过金焦看落晖。

此楼乃镇江古胜,于北固山甘露寺内。连佛寺禅房亦无幸免,"多景楼"人证物证纪实暴行,控诉敌人凶残之至。汪元量"诗史"之名于其山水诗凸显,今人孔凡礼《增订湖山类稿》多收录旁人评语以证之。

宋人李珏称之"纪其亡国之戚,去国之公,艰关愁叹之状,备见于

---

① [清]吴之振:《宋诗钞·文山诗钞》,北京:中华书局,1986年,第2872页。
② 梁昆:《宋诗派别论》,台北:台湾东升出版公司,1980年,第134页。

诗，微而显，隐而彰，哀而不怨，唏嘘而悲，甚于痛哭……唐之事纪于草堂，后人以'诗史'旧之，水云之诗，亦宋亡之诗史也"①。马廷鸾亦言"元量出《湖山稿》求余为序。展卷读甲子初作，微有汗出。读至丙子作，潸然泪下。又读至《醉歌》十首，抚席痛哭，不知所云……因题其集曰'诗史'"②。后人亦为如此，吴之振谓之"诗多纪国亡北徙之事，与文丞相狱中唱和作，周详恻怆，人谓之诗史"③；厉鹗言"往时读《泣血录》为之泪下……水云之诗，亦宋亡之诗史也"④。

可见，托贞心于山水，在宋末成为山水诗题材特色，亦为宋末山水诗历史意义亮点。

三、浪迹林泉遗民异韵

以真山民为代表，遗民在宋末别有山水意韵，回归到山水诗本色，纯然景物描写成为山水诗画面主体。真山民，生卒年、姓氏无定，据后人所考约为真德秀家族，故名（清《御选宋诗》定名真桂芳亦不确实）。仅存《真山民诗集》122首，"皆探赏优胜之作，未尝有江湖应酬语也"（《宋诗钞·真山民诗》），可谓宋末最显山水诗本色者。其山水诗体现为自然、灵秀、寄托。

其诗素描景物，即目山水，纯情自然，无江西诗派之生硬、执拗之势，无典故、饤饾之弊，清新、灵动，最能体现宋末回归唐诗自然本色，以秀逸清婉为风格主调。如：

扶携方外友，来入白云关。八九峰如画，两三人倚栏。

棋声敲竹外，帘影落花间。一曲瑶琴罢，翠阴生昼寒。

——宋道士同游白云关

---

① [宋]李珏：《书汪水云诗后》，《湖山类稿·跋》，四库全书本。
② [宋]马廷鸾：《书汪水云诗后》，《湖山类稿·序》，四库全书本。
③ [清]吴之振：《宋诗钞·水云诗钞》，北京：中华书局，1986年，第2938页。
④ [清]厉鹗：《宋诗纪事》，上海：上海古籍出版社，1983年，第1887页。

风扫连阴作快晴,瘦筇伴我出山扃。路从初日红边过,人在野花香里行。

古木殊无趋世态,幽禽懒作弄春声。棕鞋踏遍山南北,只与白云相送迎。

——春晓山行

所取题材均注目自然山水。描写中体现山水秀美、轻灵、飘逸意境。脱去宋诗理议累赘,淡化内敛色彩。

真山民灵秀山水以律诗为主,绝句次之,神在天然、贵在流动,生动灵秀凸显于警句、精联。"棋声敲竹外,帘影落花间""路从初日红边过,人在野花香里行",此类景句十分丰富,如"霜轻留草绿,雾暗失山青"(《临江晓行》)、"鸟声山路静,花影寺门深"(《兴福寺》)、"风蝉声不定,水鸟影同飞"(《夏晚江行》)、"烟碧柳生(亦作出)色,烧青草返魂"(《新春》)、"涧暗只闻泉滴沥,山青剩见鹭分明"(《山行》)等,无不清新秀逸灵动,可谓一联一画幅,一诗一画卷。

但是真山民之所为乃是一种异响、变调,乃是遗民心酸写真,王夫之所谓"以乐景写哀"(《姜斋诗话》)是也。诗人将家国之痛寄情山水,其诗隐约可见:

天色微茫入暝钟,严陵滩上系孤篷。水禽与我共明月,芦叶同谁吟晚风。

隔浦人家渔火外,满江愁思笛声中。云开休望飞鸿影,身即天涯一断鸿。

——泊舟严滩

此类家国情思于《临江晓行》《西湖图》《山间次季芳韵》《道逢过军投宿山寺》等亦多有体现。且多托禅门以寄悲哀心境,故佛寺吟咏丰富,如《三峰寺》《宿南峰寺》《圣果院访忠上人不值》等可见心迹。《四库全书总目提要》谓之"颇得晚唐佳处矣。一丘一壑，足资延赏，要亦宋末之翘楚也"（《四库全书总目提要·真山民集》）。

不单真山民，浪迹林泉，寄情山水者于遗民山水诗人多见，陈允平、林景熙、郑思肖、萧立之等皆入此列。借吟咏山水表达家国不变之民族情感成为宋末集体意识，亦为宋末山水诗共同特色，此为宋末山水诗题材、风格最大意义之所在。

本章结语

万物发展皆有兴、盛、衰、亡之变，如岁之春夏秋冬，花之蕾开残谢，南宋山水诗之发展亦有初生、中壮、晚衰、末终四变。每期之变则诗家有高低大小之别、诗品存优劣上下之分。四期各具形态，各逞特色，共同装扮南宋山水诗大花园色彩缤纷、灿烂多姿。

然南宋山水诗乃南宋社会之表现，诗歌外在表层之发展源自社会内在本质之实变。首先，南宋诗坛以山水诗为主体，南宋山水诗发展进程及阶段特征之演变实为南宋诗坛、南宋文坛发展变化共同缩影。其次，南宋山水诗发展史乃南宋社会政治发展共进史。南宋初期、末期山水诗残垣断壁之描绘乃诗人悲愤情绪、政治颓变之体现，中、后期山水诗林泉寺院之寄兴亦乃心性消磨、社会悲凉之映照。再次，南宋山水诗发展史亦为南宋经济文化兴衰演变史。中兴期为南宋山水诗辉煌时节，亦为南宋社会经济最强盛、文化最繁荣阶段；南宋山水诗首尾两端之平展缘于南宋社会初期和晚期经济、文化之颓变。最后，南宋山水诗发展研究之认知关联社会意识形态情感之认知。以人论诗，吕本中、曾几、刘克庄、文天祥、汪元量、谢翱山水诗是也；以诗论人，孙觌、陈与义、陆游、范成大、姜夔、朱熹、四灵、真山民是也。诗品、人品、社会相互关联。

文学、文化自身发展进程最终受制于外在的社会、政治、经济演化进程，南宋山水诗发展本质特征亦如此。

第四章 南宋山水诗艺术特征

清蒋士铨曰："宋人生唐后，开辟真难为。"(《辩诗》)南宋山水诗可谓难上加难。然而，难上难之南宋山水诗亦能成就辉煌，其质量、数量均为南宋诗坛代表，于中国古代诗学史亦有重要地位和影响力。南宋山水诗诗学成就多归功于南宋山水诗艺术性。南宋山水诗艺术性内涵广泛，可论者极其复杂、丰富。

从别异新变本质而言，南宋山水诗艺术性可以体现于南宋山水诗个体风格丰富性、山水诗艺术整体意境与宋调离合性、山水诗艺术审美观念平易化、山水诗绘画艺术性诸方面。

第一节 南宋山水诗艺术丰富性

南宋山水诗人群体庞大，诗作丰富，题材百花齐放，风格丰富多样，沉雄雅俗，众态显然，容纳唐、北宋风格之精华，可谓历代山水诗风格之集大成者。南宋山水诗风格之发展有时段之异，亦有个体之别，中兴期陆游、杨万里、朱熹山水诗风格最丰富、最典型；陈与义、四灵、戴复古、方岳山水诗艺术性亦显特色。

一、主体同一性，个体差异性

南宋150余年，山水诗名家数以百计，山水诗名篇佳作数以万计。宏观上，南宋山水诗艺术发展历程与具体表现形式丰富多样，各居情态，但同时却统归为宋调山水诗，整体具有宋调平淡、思理、才学化特色；微观上，南宋山水诗丰富性、差别性包括整体阶段性差异、个体特色差异。个体风格差异性与阶段主体共性又相互包容、映衬，呈现统一性。诸层面彼此区别又相互关联，共同形成南宋山水诗整体、个体艺术多样性发展历程。

南宋初期，靖康巨变，宋室南迁。此期主要山水诗家孙觌、汪藻、吕本中、曾几、陈与义等跋山涉水，辗转流离，山水吟咏多寓家国破灭之恨。因而，一变先前悠远、闲适、平和格调，沉郁、雄厚、苍凉、深远成为此期山水诗主体风格。同时，此期诗人时跨两代，性情不一，个体或兼清新、明丽，或兼秀逸、韵致，或兼闲静、隽永，各家特色明显。

南宋中兴期主要山水诗家有陆游、范成大、杨万里、朱熹，其他名家有东南三贤之一张栻，"先锋"姜夔，"二泉"赵蕃、韩淲等。此期为南宋政治、经济、文化盛世，亦为山水诗发展黄金时节，山水诗主体风格为雄健、俊朗、明秀。此期个体特色亦最为丰富。山水诗家或清新明丽，或闲适奇逸，或深厚沉郁，或雄阔爽快，或理趣幽默，极其丰富多样。陆、范、杨、朱四大家个体风格愈加繁复。陆游偏重雄厚、沉郁、悲壮，杨万里偏重幽默、浅滑、俚俗，范成大偏重平和、温润、明静，朱熹偏重明丽、思理、清新。他们共同促进了南宋山水诗整体"呈现出风格各异的繁荣局面"[①]。可谓上下齐备，雅俗共存，高低同在。此期山水诗风格多样性为南宋第一。陆游为南宋最重要诗家，亦为此期最重要山水诗家和山水诗艺术风格最为丰富者。

中兴四大诗家谢世，南宋步入后期。此期主要山水诗大家为四灵，江

---

① 陶文鹏，韦凤娟:《灵境诗心——中国古代山水诗史》，南京：凤凰出版社，2004年，第479页。

湖诗派之戴复古、方岳等，其他山水诗名家有刘克庄、叶适、叶绍翁等。虽山水诗发展式微，繁盛不再，但山水诗整体风格丰富性、多样性局面持续发展，素淡、幽寒、清逸为此期山水诗主体风格，且四灵与江湖诗派差别甚大。四灵山水诗偏重深沉、冷峻、清逸、寒瘦、清丽，江湖派则偏重浅白、通俗、明快、深厚、闲适、冲淡、秀逸、开朗、遒劲。其中戴复古多劲，刘克庄多俗，方岳多雅。戴复古山水诗风格多样性居此期之首。

理宗末期至元初宋遗民时期为南宋山水诗末期。此期山水诗风格丰富性较前期大为逊色，但犹能不拘一格、变化多端。主要山水诗家为真山民、文天祥、汪元量，其次有林景熙、萧立之等，此期山水诗主体风格为悲壮、凄寒、沉郁。因家国剧变，故山水诗格调多哀婉、低沉；但并非刻板不化，同时亦不乏清丽、明秀、轻快、闲淡、悠远、悲怆、雄健诸风格存在。囿于改朝换代之压抑，遗民诗人愈加寄情山水，曲写心志，清丽、明秀中寓意苍凉，真山民为此期山水诗成就重要代表，但风格单一，前后变化甚小。

发展时段差异亦是南宋山水诗艺术风格丰富性的表现。陆、杨、范、朱之中兴期创新最为旺盛、风格式样最为丰富。其次为南宋山水诗发展初期、晚期。初期山水诗风格虽多承前而来，但更有突破，陈与义为此期最高成就者；四灵、江湖诗派所在之晚期，在变异下，山水诗风格有突破但力度不够，数量亦不足，戴复古为此期最佳诗家。南宋末期山水诗艺术风格成就，其丰富性有一定呈现，但整体较差，创新显少。

南宋山水诗艺术风格发展差异性主要源于南宋各阶段之政治、经济、文化、社会审美观念、社会风尚发展状况、山水诗人发展状况、山水诗艺术发展能力等因素之差异。南宋前期政局不稳，诗人多辗转逃亡，潜心山水诗创造者寥寥无几；同时江西诗派影响大，诗人多未破除弊端，诗学变革还在探索时期，如吕本中理论上高扬"活法""悟入"，但其诗学成就却收效甚微。末期社会政局日窘，人心失望，失去山水诗丰富性社会基础；山水诗作品数量减少，失去山水诗丰富性题材外在基础；作家才能有限，失去山水诗丰富性艺术基础；作家阅历有限，失去山水诗丰富性题材内涵基础。与前期和末期相比，中期政局稳定，社会经济繁荣，诗学发展迅速；诗学独立性、个性化发展；大家多，才气高，数量多，诗歌题材内涵丰富，艺术性强，故山水诗多样性表现明显。

同时，发展阶段差异亦为山水诗自身发展内在规律之呈现，即事物发展总是经历兴、盛、衰之周期变化，南宋中兴期山水诗风格发展之盛亦为山水诗自身发展之盛，故前兴、后衰，均逊色于中兴期之艺术鼎盛。

要之，南宋山水诗风格整体丰富多样，不仅在于南宋山水诗整体数量大、诗家多、风格富，亦在于诗家不断追求艺术技巧之精进、追求诗学观念之变革；同时，南宋社会政治、军事、士人主体、时代风尚、道佛影响不断改变并作用于山水诗家，最终促成了南宋山水诗风格多样、成就辉煌、特色纷呈。

二、破旧除弊，力主创新

南宋山水诗艺术风格丰富性主要体现于重要诗家山水诗风格个体多样性、创新性中。山水诗名家重要者为陈与义、陆游、杨万里、范成大、朱熹、姜夔、四灵、戴复古，次要者为吕本中、曾几、方岳、文天祥、汪元量、真山民等。诸名家山水诗艺术风格创新性贯穿于南宋山水诗发展兴、盛、衰之全程。创新推动南宋山水诗数量丰富、技法精湛、才能卓杰，故山水诗艺术风格发展丰富性突显。

南宋前期诗人均从北宋出，深受江西诗派影响。然江西诗派末流之诗饾饤、晦涩、执拗，破碎不堪，甚至不能卒读，诗坛创作步入低潮。于是破旧创新，挣脱江西诗派藩篱成为南宋初期诗坛重任。

吕本中首言"活法"："所谓活法者，规矩备具，而能出于规矩之外；变化不测，而亦不背于规矩也。是道也，盖有定法而无定法，无定法而有定法。知是者，则可以与语活法矣。"[①] 并加"悟入"以辅之，二者实则本

---
① [宋]吕本中:《夏均父集序》，郭绍虞《中国历代文论选》册2，上海：上海古籍出版社，2001年，第367页。

同。吕氏虽贯彻"活法"之佳作无多,但前后风格异变明显且以近体为佳。前期多闲适、瘦硬,如《题淮上亭子》(亭下长淮百尺深)声调拗折,旨趣幽深。靖康逃难,萧瑟遽起,此期山水诗融家国灾难个人情怀于一体,深沉、厚重,亦含流美、圆转、清新,如《春晚郊居》(柳外楼高绿半遮),流转清丽,音节和婉。

后来光大"活法""悟入"者乃曾几。曾氏诗学吕氏,但多有突破。其山水诗风格整体清新、淡雅、秀丽、明快,亦有深沉、拗折、瘦硬者。《三衢道中》(梅子黄时日日晴)最可体现其山水诗之活泼、清新、恬静、悠远风格。

吕、曾乃开辟南宋诗坛创新局面之先锋。二人山水诗虽未大富大显,但其诗风乃从江西诗派末流崭然新出,南宋诗坛由此步入山水诗主体时代。

此期山水诗艺术风格最丰富者为陈与义(1090—1139),陈亦为南宋前期山水诗成就最高者。其山水诗主体风格为雄浑、深厚、清新。前期整体活泼、清新;靖康之乱至提举江州太平观为中期,诗风雄健、深厚、悲壮;此后为退居湖州时期,其山水诗多闲适、平淡、高远之态。

陈与义山水诗风格丰富性始终存在。前期山水诗已有别于江西诗派,艺术风格丰富多样。五古七古山水诗多有佳作,主要为白描,闲淡清新。如五古《夏日集葆真池上以绿阴生昼静赋诗得静字》(清池不受暑),冯煦谓之"一种萧廖逋峭之致,譬之缭涧邃壑,远绝尘埃"(《增广笺注简斋诗集序》)[①]。近体之律体山水诗成就稍逊。前期绝句山水诗成就最大,主要风格为轻快活泼、流畅、灵动生趣,具有闲情逸致,如《襄邑道中》(飞花两岸照船红)等艺术性很高。

后期,靖康之乱后,陈与义山水诗发生重大改变,因爱国情怀融入山水诗,情景交汇,苍凉深广,故山水诗风格多雄浑阔大、沉郁悲壮,《巴丘书事》《登岳阳楼》《金潭道中》等皆如此。因其才力博大、思想深邃,

---

① [宋]陈与义:《陈与义集校笺》,白敦仁校,上海:上海古籍出版社,1990年,第1020页。

故此期山水诗亦不乏清远、秀丽之作，如《春寒》（二月巴陵日日风）、《立春日雨》（衡山县下春日雨）等均婉丽、清秀。再如《雨中再赋海山楼》（百尺阑干横海立）、《渡江》（江南非不好）将山水与爱国情感融合，议论较多，风格雄壮阔大沉郁，多心灵独白，刘克庄谓之"造次不忘忧爱，以简洁扫繁缛，以雄浑代尖巧"①。辞官退居湖州后，陈与义山水诗风格愈加清新、秀丽。所咏多为田园湖居、自然天象。"雨"为其所咏常景，多清丽、闲淡，如《雨》（沙岸残春雨）、《雨》（霏霏三日雨）等。

陈与义山水诗艺术高超，时人即高评不绝。张嵲谓之"公尤邃于诗，体物寓兴，清邃超特，纡余闳肆，高举横厉，上下陶谢韦柳之间"②（《陈公资政墓志铭》）。刘辰翁曰："望之苍然，而光景明丽，肌骨匀称。"（《简斋诗集序》）③

陈与义山水诗以雄浑悲壮为主调，又具有多样风格，彻底打破江西诗派单调、陈旧格局，南宋初期山水诗格调焕然出新之功首在陈与义。

此外，汪藻、王庭圭、孙觌、刘子翚、张九成等山水诗艺术风格多样性亦为此期重要成分。

汪藻山水诗多清腴、雅健、深醇之味。纪昀谓："大抵以俪语为最工……皆明白洞达，曲当情事……实为词令之极则。其他文亦多深醇雅健，追配古人。"（《四库全书总目提要·浮溪集》）其代表作《春日》（一春略无十日晴）自然舒畅，雅健清新。

王庭圭山水诗前期多豪壮、奇峭之势，后期则多清刚、秀丽之气。代表作《江亭即事》（斜日江头春又归）清旷平淡，新丽婉转。

孙觌山水诗俊俏可人，多绮丽清婉、明秀静谧。代表诗作《吴门道中》（数间茅屋水边村）描绘江南水乡，充满宁静、秀媚、淡雅韵致。

---

① [宋]刘克庄：《后村诗话》，王秀梅点校，北京：中华书局，1983年，第27页。
② [宋]陈与义：《陈与义集校笺》，白敦仁校，上海：上海古籍出版社，1990年，第983页。
③ [宋]陈与义：《陈与义集校笺》，白敦仁校，上海：上海古籍出版社，1990年，第1016页。

刘子翚、张九成为南宋初期著名理学家，二人山水诗亦多本色风格。刘子翚深隽、清淡、幽远，吴之振谓之"幽淡卓炼，及陶谢之胜，而无康乐繁缛细涩之态"①。如《春望》（杳杳尽寒色）多幽深、旷远、清寒之韵。理学家张九成部分山水诗清新流丽，如《白石寺次韵》（寺古僧多老）毫无理学家腔调，其中"鸟声惊客梦，山色到江楼。落日千林迥，清风一径幽"两联冲淡、清幽、旷远。

以陈与义为主，汪藻、王庭圭、吕本中、曾几、孙觌、刘子翚、张九成等为辅之南宋初期诗家，开创中国古代山水诗新局面，夯实了南宋山水诗艺术风格丰富性之坚实基础。

三、技艺高进，精彩纷呈

南宋山水诗中兴期为鼎盛，山水诗艺术风格之发展亦至辉煌。陆游、杨万里、范成大、朱熹等重要诗家将南宋山水诗艺术风格丰富性发展到最见精彩之境。此期山水诗艺术风格最富者为陆游，余下依次为杨万里、朱熹、范成大等。

陆游现存诗作中山水诗数量最多，艺术性最显。山水诗题材内涵极为丰富，包含了行旅、登临、抗敌、田园、怀古、赠和、题咏等众多内容；山水诗主体艺术风格有雄阔、俊朗、清新、淡远、清新，亦有沉郁、顿挫、华艳、奇逸、狂放、瑰怪、神奇者，格调多样，变化无端。

陆游山水诗艺术风格之演进约可分为三阶段。乾道六年（1170）46岁入川前为第一阶段，乾道六年到绍熙元年（1190）66岁间为第二阶段，绍熙元年到嘉定二年（1210）离世为第三阶段。前期山水诗主要特色为俊朗、秀丽、典重，自谓"但欲工藻绘"；中期入川亲临南郑前线，山水诗豪迈、沉雄、壮阔，所谓"中年始少悟，渐若窥宏大"（《示子遹》）；后期被罢黜归家，隐居山阴20余年，山水诗闲淡、深厚、明秀。

---

① ［清］吴之振：《宋诗钞·屏山集钞》，北京：中华书局，1986年，第1506页。

陆游山水诗艺术精深醇熟。在建构不同艺术风格时注重格调、情感、经历、体裁差异性的紧密结合，因而山水诗风格极为丰富多样。同样为古风，《风雨中望峡口诸山奇甚戏作短歌》（白盐赤甲天下雄）豪迈奔放，《醉中下瞿唐峡中流观石壁飞泉》（吾舟十丈如青蛟）则瑰丽奇逸；同为律体，《初发夷陵》（雷动江边鼓吹雄）雄伟狂放，五律《剑门关》则沉雄悲壮、深厚精炼。大致而言，主要用来描绘入川从军生活抑或回忆此期生活，雄阔激烈者多以古风山水诗，如《风雨中望峡口诸山奇甚戏作短歌》《醉中下瞿唐峡中流观石壁飞泉》《初发夷陵》等；深沉悲壮者多以律绝，如《剑门道中遇微雨》《楚城》《秋夜将晓出篱门》等。"剑南屏除纤绝，独往独来，其遒峭沉郁之概，求之有宋诸家，无可方比。"（冯煦《宋六十家词选例言》）①冯煦之言主要指陆游如此内容及其风格。

陆游表现家乡及其行旅所见山水清新、明丽者以律绝为主，如《游山西村》《初夏闲步村落间》。大约古风不拘章法、韵律，纵横跌宕，随心所欲，苏轼所谓"与山石曲折，随物赋形而不可知也。所可知者，常行于所当行，常止于不可不止"②（《自评文》）。故多以古风展现其内在激烈抗敌豪情。律绝受句法、韵律限制，同时亦小巧、轻便，故多以明丽、清新风格描绘青山秀水。

陆游作品"主要有两个方面，一方面是悲愤激昂，要为国家报仇雪耻，恢复丧失的疆土，解放沦陷的人民；一方面是闲适细腻，咀嚼出日常生活的深永的滋味，熨帖出当前景物的曲折的情状"③。这两个方面正是陆游入川或退居山阴、山水诗艺术风格最为丰富的两个时期。陆游广法前贤，不拘一家，豪放闲适并重，浪漫与现实共进，诗仙诗圣互参。入川时情重太白，想象雄奇神逸，笔法夸张乃至虚诞，情感激荡、跳跃、狂放，多以崇山峻岭、悬崖峭壁、怒涛湍洄、俊鹘飞舟、雷电狂风为描绘对象；罢黜后则亲杜甫，报国无门、请缨无路，故山水诗多以孤灯苦雨、夕阳寒

---

① 孔凡礼：《陆游资料汇编》，北京：中华书局，1962年，第357页。
② [宋]苏轼：《苏轼全集》，上海：上海古籍出版社，2000年，第2100页。
③ 钱锺书：《宋诗选注》，北京：生活·读书·新知三联书店，2002年，第270页。

鸦、秋风断雁、荒榛残垣为景色，所取山水景物内涵特色鲜明，风格差异性、丰富性明了，深沉、浑厚、悲怆乃至孤寂、愤懑。

陆游隐居田园期间所作山水诗深受陶渊明、王维、韦应物、白居易、柳宗元等影响，处处可见他们影子，但又绝非承袭窠臼，而是独铸熔造。其山水诗之闲淡、幽远、秀丽风格甚富，以致后世几误陆游为老清客。其中佳作名句尤多。如《游山西村》融山水田园为一体，被后世广为传诵。表现清新、秀丽、淡远山水诗名联举不胜举，如"云归时带雨数点，木落又添山一峰"（《晚眺》）、"绿叶忽低知鸟立，青萍微动觉鱼行"（《初夏闲步村落间》）等。

陆游晚年山水诗兼有淳朴、静穆、清畅、古淡、风趣、圆美风格，陶文鹏谓之"优美纯静……清新自然……深永秀逸……温润圆熟、清腴隽永而又简朴自然"[1]。如此雅韵悠调实为山水与田园二重奏，此为师法陶渊明、王维之成效。

陆游诗艺自古有高誉。时人刘克庄言"古人好对偶被放翁用尽"[2]；明后尤富，如"诗为中兴之冠"[3]"放翁七律对仗工整，使事熨帖，当时无与比埒"[4]；"游诗清新刻露，而出以圆润。实能自辟一宗，不袭黄、陈之旧格。"（《四库全书总目提要·剑南诗稿》）《唐宋诗醇》甚至将其媲美于杜，言"少历兵间，晚栖晨亩，中间浮沉中外，在蜀之日颇多，其感激悲愤忠君爱国之诚，一寓于诗。酒酣耳热，跌宕淋漓，至于渔舟樵径，茶碗炉熏，或雨或晴，一草一木，莫不著咏歌以寄此意，此与杜甫之诗何以异哉"[5]。

陆游山水诗风格齐备且各具特色。古风有诗仙之飘逸豪放，近体之律绝风格尤富，包涵陶渊明之闲淡隽永，老杜之沉郁厚重，韦苏州之清丽冲

---

[1] 陶文鹏，韦凤娟：《灵境诗心——中国古代山水诗史》，南京：凤凰出版社，2004年，第490页。

[2] [宋]刘克庄：《后村诗话》，王秀梅点校，北京：中华书局，1983年，第30页。

[3] [清]厉鹗：《宋诗纪事》卷53，上海：上海古籍出版社，1983年，第1341页。

[4] [清]沈德潜：《说诗晬语》，北京：人民文学出版社，1979年，第234页。

[5] [清]爱新觉罗·弘历：《唐宋诗醇·山阴陆游诗序》卷42，四库全书本。

远，苏东坡之清新圆美，王半山之精深闲雅。赵翼言之最切，谓放翁"名章俊句，层见叠出，令人应接不暇。使事必切，属对必工；无意不搜，而不落纤巧；无语不新，而不事涂泽，实古来诗家所未见也……看似华藻，实则雅洁，看似奔放，实则谨严……放翁工夫精到，出语自然老洁"①。放翁古风、律体、绝句山水诗风格亦然。

陆游山水诗为南宋亦为两宋第一。他学李杜最得李杜之精髓，奄有太白之飘逸，老杜之沈雄，东坡之清丽，渊明之平淡，其山水诗之妙胜于东坡。其山水诗将家国情思、山水形胜相融，超越太白借山水而泄私愤之情怀，境界胜出太白为多！如《秋夜将晓出篱门》俊秀而沉郁，熔太白、杜甫风格于一炉，其气势压倒老杜，情怀亦远胜太白。

杨万里、朱熹山水诗艺术风格丰富性紧承陆游。杨万里诗风前后变化明显，其《荆溪集序》自言：

> 予之诗，始学江西诸君子，既又学后山五字律，既又学半山老人七字绝句，晚乃学绝句于唐人。学之愈力，作之愈寡……自此，每过午，吏散庭空，即携一便面，步后园，登古城，采撷杞菊，攀翻花竹，万象毕来献予诗材，盖麾之不去，前者未雠，而后者已迫，涣然未觉作诗之难也。②

师法自然，活写万物，从而形成特色鲜明之"诚斋体"山水诗。杨万里山水诗艺术风格主要有活泼、风趣、轻巧、通俗、浅显、新奇、幽默，亦有深沉、厚重、哲理、平实者。

杨万里山水诗艺术风格之"活"首先源于其心怀道佛"万物性灵"观念，赋山水景物以生命，驰骋想象，臆造虚境，运用拟人化、戏剧化、谐

---

① [清]赵翼：《瓯北诗话》，郭绍虞《清诗话续编》，上海：上海古籍出版社，1983年，第1222页。

② [宋]杨万里：《诚斋荆溪集序》，郭绍虞《中国历代文论选》册2，上海：上海古籍出版社，2001年，399页。

谑化手段描绘山水景物，笔下山水诗风格新奇、秀丽、轻快乃至滑稽。此类作品十分丰富，《舟过城门村清晓雨止日出》（五日银丝织一笼）、《秋山》（乌白平生老染工）等即此。其次，杨万里直面世俗生活、世俗场景，以俗为雅，以俗取材，以小见大，以浅见深，运用幽默、夸张、拟人等艺术手段表现山水诗景物趣味，抑或展现山水景物蕴含之哲理。此类山水诗风格多平实、轻松、清新、活泼、新奇乃至深厚、含蓄。《过百家渡四绝句》（一晴一雨路干湿）、《晓出净慈寺送林子方》（毕竟西湖六月中）、《宿灵鹫禅寺》（初疑夜雨忽朝晴）等即是。再次，系风捕影，敏捷写生，瞩目细腻小巧、瞬间所见所存景物入诗，灵性摄入转瞬即逝之色彩、人物、场景、细节、画面。如此笔墨山水则多轻巧、灵动、流丽、活泼之势，如《晓行望云山》（霁天欲晓未明间）、《小池》（泉眼无声惜细流）之精彩正在于截取瞬间片段成佳篇。钱锺书称："放翁善写景，而诚斋善写生。放翁如图画之工笔；诚斋则如摄影之快镜，兔起鹘落，鸢飞鱼跃，稍纵即逝而及其未逝，转瞬即改而当其未改，眼明手捷，踪矢蹑风，此诚斋之所独也。"①

杨万里山水诗风格曲直雅俗并存，褒贬亦因之同存。其风格不仅有坦易，亦多有层次曲折、深婉雅致者，如前所言之《晓出净慈寺送林子方》（毕竟西湖六月中）内涵丰富，恰如陈衍"大抵浅意深一层说，直意曲一层说，正意反一层，侧一层说"②是也。

杨万里乃南宋山水诗世俗性最为典型者，扩大题材范围，强化了诗作之平实、通俗、幽默活泼之风格。但有时取材世俗而裁剪欠工，故其风格亦存低俗、浅滑之弊。赵翼道："诚斋专以俚言俗语阑入诗中，以为新奇。放翁则一切扫除，不肯落其窠臼。"③

杨万里之"活法"亦多有被人肯定处。如周必大谓诚斋"万事悟活

---

① 钱锺书：《谈艺录》，北京：生活·读书·新知三联书店，2001年，第353页。
② [清]陈衍：《石遗室诗话》卷16，北京：人民文学出版社，2004年，第258页。
③ [清]赵翼：《瓯北诗话》卷6，郭绍虞《清诗话续编》，上海：上海古籍出版社，1983年，第1222页。

法",且"状物姿态,写人情意,则铺叙纤悉,曲尽其妙……凡名人杰作,无不推求其词源,择用其句法。五六十年之间,岁锻月炼,朝思夕维。然后大悟大彻,笔端有口,句中有眼。夫岂一日之功哉!"(《跋杨廷秀石人峰长篇》)[①]刘克庄谓之"诚斋出真得所谓活法,所谓流转圆美如弹丸者"(《江西诗派总序》)[②]。山水诗亦为如此,其"活法"亦多被人赞誉,如姜夔称之"年年花月无闲日,处处山川怕见君"(《送朝天续集归诚斋时在金陵》)。葛天民谓之"参禅学诗无两法,死蛇解弄活泼泼……知公别具顶门窍,参得彻兮吟得到。赵州禅在口皮边,渊明诗写胸中妙"(《寄杨诚斋》)。杨万里山水诗艺术风格之丰富正源于其"活法"之独特。

朱熹不单为南宋最大理学家,亦为南宋四大诗家之一、南宋山水诗三大家之一。朱熹一生酷爱山水,"每经行处,闻有佳山水虽迂途数十里,必往游焉。携樽酒,一古银杯,大几容半升,时引一杯,登览竟日,未尝厌倦"[③]。故其山水诗数量极富,各体皆有佳作,其中尤以七绝五绝最佳。

朱熹山水诗主体艺术风格为冲淡、闲远、旷达、轻快、明丽、隽永、清瘦,其次亦含俊朗、壮阔、奇逸、沉郁乃至波磔之调。其人心性通达、诗才精奥、师学博杂,儒道佛综取,古近体兼擅,故其山水诗艺术风格丰富多样。如《春日》(胜日寻芳泗水滨)风格明快、隽永、流丽,情、景、理融合,物、人、道共存;组诗《武夷棹歌》呈现清新、宁静、秀美、流畅、雅致、风趣、神秘等多样风格;《醉下祝融峰》(我来万里驾长风)则显雄阔、劲朗、旷达之调。

朱熹哲理山水诗为南宋诗坛一绝。数量多,质量高,艺术精,风格富;寓理于景,借景喻理抑或因景悟理。如《偶题三首》(门外青山积翠堆)、《水口舟行二首》(昨夜扁舟雨一蓑)有风趣、含蓄、明快、清新之韵,亦含闲适、旷达、高远之格;《入瑞岩道见》(清溪流过碧山头)则澄明、旷达、清秀、爽快。

---

① [宋]周必大:《文忠集》卷49,文渊阁四库全书影印本,1147册,第525页。
② [宋]刘克庄:《后村先生大全集》卷95,四库全书本。
③ [宋]罗大经:《鹤林玉露》,北京:中华书局,1983年,第282页。

朱熹山水诗艺术风格丰富性亦因其匠心而来。他喜爱并善于以组诗描绘同一山水景物，从不同层面、不同角度，用不同风格充分展现山水景物特色和诗人创作时个体情态、内在感受。除上述组诗《武夷棹歌》（10首）外，另有《百丈山六咏》（6首）、《芹溪九曲诗》（9首）、《武夷精舍杂咏》（12首）、《山北纪行》（12首）、《庐山杂咏》（14首）等，以想象、夸张、拟人等手法，再现笔下山水风光清新、自然、活泼、轻快、奇逸之韵。同样，朱熹一如陈与义、陆游钟情雨趣，广绘雨景，早晚无论，四季不拘，诗中愁苦、喜悦、平淡、闲适、轻快、活泼、明丽、隽秀之态亦不拘。如此，其山水诗艺术风格必得丰富多样性。

南宋中兴期范成大山水诗艺术成就稍逊陆游、杨万里、朱熹，但亦具特色。其山水诗主体风格清新秀丽与峻峭爽朗兼胜，亦有沉郁、雄阔、冲淡、奇逸者。如《横塘》（南浦春来绿一川）、《碧瓦》（碧瓦楼前绣幕遮），清秀、明媚、轻快、悠远中略带哀婉、苍凉，内涵浑厚，韵味隽永。范成大山水诗风格多样，大致说来，"五言古体山水诗写景精致，辞藻华赡；七言古体山水诗颇多奔逸隽伟之作；七言律体山水诗精工稳健，时有饱满俊逸篇章；七言绝句山水诗流丽自然"[①]。

范成大家居石湖，江南水乡，风光旖旎，触目所见，小桥流水、花红柳绿，故笔下多烟雨蒙蒙、山清水秀之诗，风格多自然、妩媚、清幽之象。但范成大四任封疆大吏，不单喜爱山水，亦以诗歌咏国是、民生、民俗。范成大山水诗最为突出艺术成就乃是将山水与田园、旅次与国是融合，以清新、深沉笔触，表达丰富、深刻的社会内容，拓展了山水诗艺术风格特色。前者世人多谓之田园山水诗，后者谓之使北诗、行旅诗。

田园山水诗在陶渊明、王维笔下已有呈现，唯范成大将田园、山水与民生结合为佳，其《四时田园杂兴》中田园山水诗数量既多，风格亦富。如："土膏欲动雨频催，万草千花一饷开。舍后荒畦犹绿秀，邻家鞭笋过墙来。"（《春日十二绝》其二）"梅子金黄杏子肥，麦花雪白菜花稀。日

[①] 陶文鹏，韦凤娟：《灵境诗心——中国古代山水诗史》，南京：凤凰出版社，2004年，第497页。

长篱落无人过,惟有蜻蜓蛱蝶飞。"(《夏日十二绝》其一)二诗所绘乃清新、自然、淡雅、灵动、秀丽田园风光。

范成大山水诗亦有如杨万里者,将淮北山水与江山沦陷、人民盼归结合起来,不仅扩大了山水诗题材表现范围,亦扩大了山水诗艺术风格表现形态。如其使北诗《宜春苑》(狐冢獾蹊满路隅)悲凉、沉郁、哀痛加之愤懑、激荡情怀跃然纸上。此类山水诗作还有《安肃军》(从古铜门控朔方)等,均含沉郁、哀痛之韵。

范成大几乎涉足南宋疆域之四极,即目超凡,见闻广泛,加之手不释笔,笔不厌俗,故大量旅次山水诗中展现奇逸、清新、秀美之趣。所履之处如澧浦、浯溪、虎牙滩、大丫隘、千石岭、白狗峡、蛇倒退等均有山水诗纪录奇逸地理风光、民俗村乡趣闻,展现了各地特色景物。如《千石岭》:

晨光挂高岭,晴色媚远客。哀湍吼丛薄,宿雾袅绝壁。
露重蓟花紫,风来蓬背白。迷涂朴渥跳,饮涧于菟迹。
层巅多折木,迮磴有飞石。不知山几重,杳杳入丛碧。

此诗奇逸、奔放、壮阔、俊朗。《澧浦》(苇岸齐齐似碧城)、《浯溪道中》(江流去不定)、《虎牙滩》(倾崖溜雨色)、《峡州至喜亭》(断崖卧水口)、《蛇倒退》(山前壁如削)等多入此类。

杨万里谓范成大"大篇决流,短章敛芒;缛而不酿,缩而不僒。清新妩媚,奄有鲍谢;奔逸隽伟,穷追太白。求其支字之陈陈,一唱之鸣鸣,不可得世"[①]。以之言其山水诗艺术风格皆然。

姜夔、张栻山水诗艺术风格亦为大观。姜夔山水诗艺术风格主要有幽冷、清寒、冲淡、旷远、空寂,在律绝中表现极为鲜明,组诗《除夜自石湖归苕溪》(10首)、《湖上寓居杂咏》(14首)即为如此。前者幽冷、空

---

① [宋]杨万里:《石湖先生文集序》,《诚斋集》卷83,四库全书荟要本。

寂、旷远、冲淡、清悠、超脱,最能代表姜夔诗风;后者则清新、秀丽、清冷、旷达、悠远,晚唐风味十足,李慈铭谓"看白石道人诗,清绝如餤冰雪也"[1]。清代王士禛称"余于宋南渡后诗,自陆放翁外,最喜姜尧章"[2]。即言姜夔清空奇逸、骚雅凄清之诗风,凸显缥缈悠远之神韵。

姜夔古风山水诗艺术风格别异律绝。如《昔游》中山水诗艺术风格主要为奇逸、寒峭、雄放、鬼怪,此亦足证白石山水诗风格之丰富性。

张栻山水诗艺术风格主要为活泼、清新、秀丽、隽永,《城南杂咏》(20首)中山水组诗最见此特征;名作《立春偶成》(律回岁晚冰霜少)则兼有蓬勃、俊朗、刚健之气,理景融会,契合无垠。

可见,南宋中兴期山水诗家,从陆游到张栻,精彩纷呈,他们各以特性共同建构起南宋山水诗艺术风格多样性之辉煌。

四、诗风衰变,诗艺犹富

中兴之后至崖山之变,约70年,南宋诗发展步入余光闪烁之晚期,山水诗艺术丰富性、新变性持续发展。众多名家以其丰富优秀诗篇使南宋末山水诗依旧成就斐然,四灵、江湖诗派(戴复古、刘克庄、方岳为代表)、文天祥、汪元量、真山民等即在此列。就风格丰富性而言,戴复古最佳,其次为四灵、方岳。

四灵、江湖诗派处于南宋中兴期后,国势日衰,国事日窘,中兴无望,抗敌无力,整个社会陷入悲观、消沉、衰微、颓唐、纤弱、逃避、窒息之意识中,人心日趋萎靡,士人沉情内敛,避身山林,倾心寺院,加之个体才力有限,故山水诗风格豪迈不见,壮阔无踪,呈现与中兴期陆、杨、范、朱别样风格。

四灵亦称永嘉四灵,乃南宋中兴期后、江湖诗派前最重要诗学派别,时人并后人多称之"四灵"而非"四灵诗派"。四灵为徐照(字灵晖)、

---

[1] [清]李慈铭:《越缦堂读书记》,北京:中华书局,2006年,第477页。

[2] [清]王士禛:《香祖笔记》卷5,四库全书本。

徐玑（号灵渊）、翁卷（字灵舒）、赵师秀（号灵秀），均为浙江永嘉人，字号均含"灵"字，且彼此关系密切，诗学观念、艺术风格亦彼此切近。他们同尊叶适，反对江西诗派饾饤、破碎、桀骜之弊，祖祧晚唐姚合、贾岛，力主清新、自然、素淡本色。

四灵诗学成就几乎全在山水诗，近体以五律佳，次之为五七绝句。虽诗作未富，但成效显然，影响深远。受时代及个体才力制约，四灵山水诗题材较中兴期山水诗名家之山水诗题材狭窄，于社会政治关注较少，所谓"有口不须谈世事，无机惟合卧山林"（翁卷）。但四灵山水诗题材内涵亦为丰富，有流连山林、吟咏山居、游乐田园、抒怀羁旅，情结寺院、思念友情、唱和题赠，亦不乏忧国忧民之章，故其山水诗艺术风格绝非"敛情"而"狭"，亦非单薄无变，而是宽广丰富。

其山水诗主体艺术风格为孤瘦、凄寒、幽微、枯寂、清淡，亦有卑微、悲苦、酸楚、明快、古朴、清秀者。如徐照《宿寺》（古殿清灯冷）凸显了凄冷、幽昏、空寂、孤苦、萧然、清丽之韵，同时亦含宏达、闲适、野逸、旷远、淡泊之气，几乎可谓四灵山水诗主体艺术风格之代表作。为显清寒幽寂之意，四灵山水诗多以深山、幽林、青苔、夕照、秋夜、寒潭、暗涧、野水等为意象，"这些意象组合成了清冷幽寂的意境氛围，显示出他们对清瘦野逸风格追求"[1]。其实，四灵山水诗大量暮鸦、衰草、残月、颓桥、断痕、荒苔等意象乃是四灵内在性情和社会现实、时代特征共同作用的反映。

四灵虽"敛情约性"[2]，但于道佛之徒却倾情交好。栖身寺院、沉浸禅心乃四灵山水诗重要题材，亦为其思维灵感之动力（徐照"得句佛香中"）、艺术精进之手段（徐玑"悟得玄虚理，能令句律精"）并诗境塑造之法度（道佛旨归）。故四灵山水诗艺术风格禅味浓厚，与中兴期山水诗家相较多有新变，乃南宋山水诗艺术丰富性的发展和体现。

---

[1] 陶文鹏，韦凤娟：《灵境诗心——中国古代山水诗史》，南京：凤凰出版社，2004年，第525页。

[2] [宋]叶适：《题刘潜夫南岳诗稿》，《水心集》卷29，四库全书本。

第四章　南宋山水诗艺术特征

同时，四灵山水诗艺术风格多有清新、灵动、圆美、自然、清秀、流丽之态，绝句尤显，如徐照《舟上》（小船停桨逐潮还）、徐玑《新凉》（水满田畴稻叶齐）、翁卷《乡村四月》（绿满山原白满川）、赵师秀《有约》（黄梅时节家家雨）等均如此。律体亦多清新、圆美者，如徐玑《溪上》（十日清溪路）、翁卷《同徐道晖赵紫芝泛湖》（相见即相亲）、赵师秀《进贤道中》（半月逢梅雨）等韵味圆满。

《四库全书总目提要·芳兰轩集》言："四灵之诗，虽镂心鈢肾，刻意雕琢，而取径太狭，终不免破碎尖酸之病。照在诸家中尤为清瘦……其清隽者在此，其卑靡者亦即在此。"然四灵恰是以所谓"取径太狭"特色专心于自然山水景物描绘，护持着山水诗纯正之本色与风格，促进了南宋山水诗艺术性发展。

江湖诗派成员复杂，有百余位，整体而言，其山水诗风格多样成为必然。个体而言，戴复古为此派山水诗最佳代表，其次有方岳、高翥、叶绍翁等。

就山水诗艺术风格个体多样性而言，南宋中晚期以戴复古成就最高，超越四灵。戴复古山水诗艺术风格多样性在于诗作数量多，题材内涵丰富；亦在于个体诗作奇特历程。戴复古自称"狂夫本是农家子，抛却一犁游四方"（《田园吟》）。中年游走江湖，拜师会友，天资聪颖，加之勤笔不辍，故成为南宋后期诗坛大家，正如吴子良谓之"所搜猎点勘……凡可资以为诗者，何啻数百千家。所游历登览……可以拓诗之景、助诗之奇者，周遭何啻数千万里。所酬唱谂订……凡以诗为诗友者，何啻数十百人"[①]。

戴复古诗歌成就以山水诗最高，诗人将旅次与山水景物描绘、个人感想、国家民族前途紧紧相连。此类山水诗有老杜之沉郁、陆游之悲壮、晚唐之洗练，如《江阴浮远堂》（横冈下瞰大江流）、《淮上寄赵茂实》（渺渺长淮路）、《淮村兵后》（小桃无主自开花）、《盱眙北望》（北望茫茫渺

---

① [清]吴子良：《石屏诗后集序》，《石屏诗集》卷首，丛书集成续编，台北：台湾新文丰出版社，第437页。

渺间）等，饱含兵难家破、故土难归、国力不济之沉郁、悲伤之情。一些山水诗追步朱熹，装点韵味，蕴含哲理，如《麻城道中》（临水知鱼乐）、《题董侍郎山园》（楼高纳万象）等，画面清新、秀丽，咏赏山水，寓理自然。

戴复古山水诗题材内涵如此广泛，其山水诗艺术风格成就亦高。主体风格有宏阔、雄健、奔放、灵动、清新、典雅、闲适、舒朗、旷远等，亦含悲壮、悽怆、清瘦、奇逸乃至平实、俚俗。

戴复古山水诗艺术风格多样性于体裁有所分别。

古风多学李白，故艺术风格多奔放、开阔乃至奇逸，如《灵璧石歌》（灵璧一峰天下奇）、《黄州栖霞楼即景》（朝来栏槛倚晴空）、《鄂州南楼》（鄂州州前山顶头）等皆如此。

律体山水诗风格最富，主要有宏伟、清新、秀丽、圆美、轻快、沉郁，亦有瘦硬、清幽、冲淡、高远，此类山水诗数量极多。五律如《舟中》（舣棹河梁畔）、《上封》（楼台逼霄汉）等绘景清丽、轻快。七律山水诗佳作多，最可体现戴复古山水诗精湛艺术、多样风格。如《鄂渚烟波亭》（倚遍南楼更鹤楼）、《括苍石门瀑布》（少泊石门观瀑布）壮阔、明快；《蕲州上官节推同到浮光》（马蹄相逐到浮光）、《罗汉寺》（半空紫翠隔微茫）则深沉、厚重。

绝句山水诗艺术风格多样，名篇尤富。《山村》（雨过山村六月凉）、《初夏游张园》（乳鸭池塘水浅深）、《江村晚眺》（数点归鸦过别村）、《题郑子寿野趣》（菜花园圃槿花篱）、《巾子山翠微阁》（双峰直上与天参）诸篇皆佳作，且清新、灵动、风趣、流畅、圆美。前述《江阴浮远堂》《淮上寄赵茂实》《淮村兵后》等亦皆名篇，艺术风格则深沉、哀伤。

戴复古山水诗艺术风格之富时人有论。"其诗清苦而不困于瘦，丰融而不豢于俗，豪健而不役于粗，闲放而不流于漫，古淡而不死于枯，工巧而不露于斫。闻而争传、读而亟赏者，何啻数百千篇。盖尝论诗之意义贵雅正，气象贵和平，标韵贵高逸，趣味贵深远，才力贵雄浑，音节贵婉畅。若石屏者，庶乎兼之矣……然则诗固自性情发，石屏所造诣，有在言语之外者，非世俗所能测也。"①

论及宋末之山水诗坛，方岳应有一席之地。方岳秉性刚直，仕途坎壈，数官数罢，最终闲居而老。虽曰江湖诗派，但方岳诗"不江西、不晚唐，自成一家"②，其山水诗多田园风光，乃陶渊明、孟浩然诗艺之延续，以"山居"为题者古体、近体（五律、七律、五绝、七绝）达两百余篇。诗作整体数量富，山水诗艺术成就高，特色鲜明，且多名篇佳作。

方岳山水诗艺术风格多样丰富，主体风格有清新、活泼、流丽、淡远，亦有瘦硬、奇峭、古奥、俚俗；且律体、绝句之异，艺术风格侧重点有别。五言律诗艺术风格以清新、流畅、淡远、闲适、幽静为主，以《山居十首》表现最为鲜明。如："我爱山居好，林梢一片晴。野烟禽语语，春水柳闲情。藓石随行枕，藤花醒酒羹。吾诗不堪煮，亦足了吾生。"（其一）幽静、闲远、旷达、俊朗之态跃然纸上。五律山水诗亦有奇峭、清瘦、凄寒者，如《泊歙浦》（此路难为别）等。

最能体现方岳才气和格调丰富性者乃七律山水诗，方岳覃心于此，佳作迭出。其艺术风格主要有流动、轻巧、峻峭、清幽、淡远、秀丽等，如《春行》（藓石阑干一欠伸）、《山中》（缭碧萦青一径深）、《山中》（溪村杨柳好藏鸦）、《山行》（亦爱卢仝屋数间）等。方岳七律山水诗艺术风格亦有深沉、苍凉、悲壮者，多置山水景物与国是时局融合，故风格别异主体之高亢，如《白鹭亭》（荻花芦叶老风烟）、《直汀晚望》（沙头新雨没潮痕）。如此，恰为方岳山水诗艺术风格多样性之证。

方岳绝句山水诗以七绝为主，风格多清新、含蓄、灵性、活泼、流丽。如《春晚》（青梅如豆带烟垂）、《记画》（闲云古木山藏寺）、《渔父词》（烟波渺渺一轻篷）、《早春山中》（空濛山翠湿乌纱）等皆深含韵致。亦有沉郁、幽清、空寂者，如《清明》（淡烟疏雨清明日）、《闻莺》（绿

---

① [清]吴子良：《石屏诗后集序》，《石屏诗集》卷首，丛书集成续编，台北：台湾新文丰出版社，第437页。

② [元]方回：《瀛奎律髓汇评》卷27，李庆甲集校，上海：上海古籍出版社，2005年，第1210页。

窗愁寂雨凄凄）等。

方岳山水诗卓越时俗，独具风格。陈訏赞曰："秋崖诗工于琢镂，清隽新秀，高逸绝尘，挹其风致，殆如云中白鹤，非尘网所能罗也。"（《宋十五家诗选·秋崖诗序》）

除四灵、戴复古、方岳外，于南宋后期山水诗艺术风格丰富性有贡献者还有众多诗家，著名者如刘克庄、高翥、叶绍翁、文天祥、汪元量、真山民等。刘克庄清新、疏朗，如《豫章沟》（沟水泠泠草树香）、《报恩寺》（一抹斜阳上缭垣）等。高翥山水诗中近体律诗流丽、绚烂、明快、闲适，如《春日湖上》（清波门外放船时）等；绝句新巧、灵动、清隽、淡雅，如《秋日三首》（旋买扁舟载一翁）等。叶绍翁山水诗以绝句见长，风格清新、秀丽、明快、雅致、清淡乃至富含理趣。如《烟村》（隐隐烟村闻犬吠）、《嘉兴界》（平野无山见尽天）等。

真山民，其实不知姓名者，乃南宋遗民。山水诗主要以白描、写实艺术见长，乃山水诗本色护持者。山水诗主要成就在律绝，主体艺术风格有清新、明丽、秀逸、冲淡等。几乎每篇山水诗皆可誉为清凉佳品，故吴之振言之"皆探赏优胜之作，未尝有江湖应酬语也"（《宋诗钞·山民钞序》）。清人亦多肯定其晚唐清淡诗风，言其诗"皆近体，无古诗……然就其存者论之，黍离麦秀，抱痛至深……诗格出于晚唐，长短皆复相似……则颇得晚唐佳处矣。一丘一壑，足资延赏，要亦宋末之翘楚也"（《四库全书总目提要·真山民集》）。

从四灵到江湖诗派，他们的山水诗各居特色，其精湛艺术成就和丰富多样风格共同铸造南宋山水诗辉煌诗史。

此外，南宋理学家、道释家山水诗人于南宋山水诗艺术特色丰富性亦有功绩。南宋理学家山水诗人除杨万里、朱熹、张栻外，其他理学家山水诗人有刘子翚、张九成、陆九渊、真德秀、魏了翁、周必大、叶适、黄干、何基、王柏等，其中张九成、叶适、黄干、何基、王柏等山水诗艺术风格丰富性显著，主要有明秀、凝重、轻快、清淡。

南宋道释家山水诗风格主要有冲淡、幽清、新秀、明丽、轻快、闲逸、安静等；意境多幽深、闲淡、空寂。主要诗家有志南、居简、永颐、斯植、圆悟、白玉蟾等，各家山水诗艺术成就高，艺术风格丰富性亦显著。

要之，在特色自然和发达经济、文化、教育诸因素共同作用下，南宋诗坛发展到中国古代诗史新的灿烂阶段，其山水诗更是媲美唐、北宋而无愧。在吕本中、陈与义、中兴大家、四灵、江湖诗派乃至遗民真山民等众多诗家共同努力下，山水诗艺术风格形态齐备，成就辉煌，山水诗艺术风格丰富性从而成为南宋山水诗坛乃至南宋诗界重要的艺术特征之一。

第二节　南宋山水诗艺术观念世俗化

宋代社会重文抑武，南宋尤甚。与之相应，南宋教育发达，"弦诵之声，往往相闻"[1]，"十室九书堂"（《舆地纪胜》卷135），甚至"五步一塾，十步一庠，朝诵暮弦，洋洋盈耳"（《舆地纪胜》卷133）。因之"家习儒业"[2]，家家有读书人，读书成为习俗乃至产业。

人人读书为好，士人群体数量大增，于是南宋社会整体文化素质、艺术素养大为提升，注重现实，以俗为美、化俗为美，社会整体艺术观念大为改变。南宋山水诗艺术审美观念亦与世情沉浮，山水诗之取材、审美趣味、意境塑造世俗化特性尤为鲜明。

一、取材对象生活化

南宋山水诗为南宋诗坛重要代表。南宋文学浸润世情，南宋山水诗亦大受世情影响，在取材上表现为以眼前现实凡俗景物为主体，且着力于景

---

[1]　[宋]耐得翁：《都城纪胜·三教外地》，上海：古典文学出版社，1957年，第101页。

[2]　[宋]祝穆：《方舆胜览》卷9，北京：中华书局，2003年，第155页。

物细微幽深表象，诗家透过外在凡俗幽微景物感悟点之描绘，彰显景物内在蕴含着的超凡脱俗之美。

（一）倾情凡俗物象

南宋山水诗家摄入诗作画面之山水物象多为日常生活即目所见之自然景物、所感之自然天象。前者主要为日常家居、旅次、登临所见之自然山水及其附属物，如日常举目所见无名山水、道路、林泉、小桥、亭楼、枫叶、野花等；自然天象乃通称春夏秋冬及昼夜、风雷、虹霓等现象。山水诗中所描绘之特色适用于各地乃至同季节之每一天，故大多数山水诗除诗家妙笔艺术描绘下诗句生动、画面鲜明外，没有山水景物独一无二特色。一些山水景物若非诗家注明所在地或季节特色，难以辨明山水景物地域性。如曾几名作《三衢道中》（"梅子黄时日日晴，小溪泛尽却山行。绿阴不减来时路，添得黄鹂四五声。"）所及景物乃是黄梅、阳光、小溪、山路、绿荫、鹂声，皆为常见常景，在此季节江南地区处处皆然之凡物。若非诗家标明"三衢"，置之江南任何其他山水溪流处贴切依然。曾几《途中》亦以即目常景入诗："小麦青青大麦黄，新蚕满箔稻移秧。绿阴马倦休亭午，芳草牛闲卧夕阳。"曾几山水诗中此类平凡景物众多，如韭苗、青蔬、芭蕉、山杏、江梅、水舟等。

以平凡景物入诗乃南宋山水诗共性，从南宋初之吕本中、曾几、陈与义到中兴大家陆游、范成大、杨万里、朱熹，再到中后期之四灵、江湖诗派、真山民等均为鲜明。陈与义为南宋初期大家，其山水诗画面多平素景物，如蝉声、乱鸦、燕子、柳絮、绿竹、杨柳、芜菁、桃花、涧边、荒林、斜阳、落日、秋夜、淡月、河汉、细雨、微风等。景物平凡，但经诗家艺术建构之后，诗意超凡。

陆游为南宋第一大山水诗家，山水诗数量、艺术成就均居南宋首位，虽有激昂诗篇、特色景物，但纵观整体，其山水诗所取景物亦以即目常景为主，可谓俯拾即是，如夏日、微风、东风、小雨、细雨、林塘、前峰、溪上、湖上、西村、疏钟、素月、茅庐、春柳、梅坞、和风、桥柳、炊烟等。如此凡俗景物随处可见，故此类山水诗作可谓通作，置之何处乃至何时无所差别。如《晓雨初霁》（晓来一雨洗尘痕）所用景物（晨晓、雨洗、尘痕，浓绿、阴、园、燕子、苔径、篱门）皆随处有见，诗作置之处处春日皆成同画。一些山水诗虽注明地域，但诗中物象皆平俗对象，故实亦为通作，如《野步书触目》："村落初过雨，园林殊未霜。幽花杂红碧，野橘半青黄。飞鹭横秋浦，啼鸦满夕阳。最怜山脚水，撩乱入陂塘。"此诗虽为"野步"，却无地域、旅次特色，因为所用景物皆为初秋通见。

杨万里山水诗摄取日常生活景物特色最为明了。其山水诗所选取物象几平凡中平凡者，如石山、小溪、小船、木樨、落日、水碓、水声、乱石、野花、鱼、虾、菜花、拨剌（鱼跳水声）等皆生活中天天所见。杨万里一些山水诗所用景物之词句甚至虚而无实、言而无物，可泛用于所有同类景物之上而无别，如《过百家渡》（园花落尽路花开，白白红红各自媒。莫问早行奇绝处，四方八面野香来。）所言景物"园花、路花、白白红红、野香"空泛、笼统、含糊，全以无实指、无实物词语来描绘景物，实乃以生活化用语描绘生活中平凡常见景物。此类取材特色之山水诗于杨万里诗作占比尤富，如《小雨》（雨来细细复疏疏）、《南溪暮立》（溪影明霞新月底）、《晚望》（病身似怯暮来风）、《自值夏小溪泛舟出大江》（放溜山溪一叶轻）等皆属此列。

朱熹山水诗如《武夷棹歌》《芹溪九曲诗》《庐山杂咏》除特色鲜明外，其他所取景物亦多通观常见俗景，无鲜明景物特色。众多名作多用如此宽泛、无定物象，如《涉涧水作》（幽谷溅溅小水通）、《晚霞》（日落西南第几峰）等。朱熹最著名哲理山水诗中选用平凡景物为描绘对象愈加突出，如《春日偶作》（闻道西园春色深）、《入瑞岩道间得四绝句呈彦集充父二兄》（清溪流过碧山头）、《偶题》（门外青山翠紫堆）、《水口行舟》（昨夜扁舟雨一蓑）等皆为凡俗常景寓意义理，深得道佛三昧。

四灵山水诗以凡俗常景入诗特色亦为显见。他们主要生活于东南之江浙，偶尔涉足闽、湘[1]，加之性情内敛、清冷，诗存欠富，故所取亦多世

---

[1] 解旬灵：《南宋四灵诗派研究》，复旦大学博士论文，2007年。

俗常见。如徐玑《新凉》："水满田畴稻叶齐，日光穿树晓烟低。黄莺也爱新凉好，飞过青山影里啼。"翁卷《东湖行》："湖水添时宿雨晴，野禽无处不春声。万株杨柳青如昨，全是东风染得成。"

诸家所言山水多即目常见凡俗之景物，特色多无地域乃至时间差异，所谓"放之四海而皆准"，但诗人则"于无声处听惊雷"，在凡俗中可见奇异，在常景中提炼美丽，此乃诗人审美能力之提升，亦紧密关联南宋疆域之变、社会文化环境及其观念之变、社会审美趣味之变、士人群体心理之变。

（二）着笔细微幽野景物

政治腐坏、疆域狭小、中兴无望使南宋诗人失去唐乃至北宋那种豪迈心境，悲凉、忧郁笼罩始终。此种情怀一方面促使南宋诗人勤奋好学、自我思忖；另一方面亦强化了社会整体内敛好静、善感忧思集体属性，士人忧怀伤感尤为明显。

南宋诗人敏感、忧郁又充满关爱情怀。在此意识浸润下，南宋山水诗取材表现之一即是诗家偏爱荒野偏僻、细微幽深景物。此为南宋山水诗异于唐山水诗之鲜明特色。

南宋开辟乃是逃难肇始，吕本中、曾几、陈与义一路行幽涉僻，所见崎岖小径、荒山野水尽情入诗，故此季山水诗多幽深、荒野、悲凉之景。绿荫、深涧、深溪、幽竹、暗香、淡烟、斜阳、孤村、暮蝉、山村、茅屋、野舍、冷雨、秋风等物象被南宋山水诗人频繁使用，且家家多见，以陈与义、陆游、姜夔、四灵最为典型。陈与义、陆游乃南宋诗家之宏深者，其山水诗实多含僻野、荒凉之景物。

陈与义山水诗之古体、近体律绝多有描绘此类荒野偏僻苍凉山水景物者，绝句如《秋夜》（中庭淡月照三更）、《窦园醉中前后五绝句》（东风吹雨小寒生）、《春寒》（二月巴陵日日风）等皆此意味景物，律体名作如《雨》（沙岸残春雨）、《登岳阳楼》（洞庭之东江水西）、《巴丘书事》（三分书里识巴丘）所含荒野苍凉意味历来被人称道，纪昀谓《登岳阳楼》"意境宏深，直逼老杜"[①]。本质上，陈与义此类山水诗沉郁、悲壮乃是以描绘凡俗景物而来。

陆游山水诗此类物象亦为常见，荒城、寒砧、咽笳、霜柳、孤村、孤僧、孤月、孤烟、孤雁、野水、荒陂、寒寺、夕阳等遍及诗中，以此物象为诗句不胜枚举，各体均现，以近体为著，近体五、七律为多。五律如"斜阳觅归路"（《河桥晚归》）、"寺废有颓垣"（《舟中作》）、"残杏过篱开"（《小雨》）、"山鸟啼孤戍，烟芜入废亭"（《山行》）；七律如"数点归鸦已带昏"（《野步至村舍暮归》）、"西楼落月径三尺，北岭乱云生半峰"（《晓出东城》）、"荒烟漫漫沉残月，宿莽离离上古堤"（《梦中赋早行》）、"暮投野店孤烟起，晓涉清溪小蹇愁"（《云门道中》）、"高林日暮无莺语，深巷人归有犬随"（《晚行湖上》）、"杳杳暝钟浮远浦，离离烟树识孤村"（《春阴溪上小轩作》）等，均意境幽深。

绝句中以七绝为多为佳，如"燕子声中寂无事，独穿苔径出篱门"（《晓雨初霁》，七绝）、"数家茅屋自成村，地碓声中昼掩门"（《小舟游近村舍舟步归》，七绝）、"日落溪南生暮烟"（《夏初湖村杂题》，七绝）、"湖上山衔落月明"（《湖上秋夜》，七绝）、"冷云微雨湿黄昏"（《秋晚思梁益旧游》，七绝）。

陆游取材细微幽深，物象广泛而丰富，举凡所见，可取尽取，四季天象、动植物、寺院亭台等俱在其列。陆游此类山水诗约为七成，由此可见其山水诗情感主体格调非慷慨激昂，而在于沉郁、苍凉。

姜夔、四灵等诗作原以清逸、寒冷见长，其山水诗愈发如此，幽深、荒野、偏僻物象几乎垄断他们山水诗整体。

南宋山水诗家取材对象世俗化亦体现于诗家钟情细微乃至残缺、荒败景物。孤、独、寂、小、微、单、半、只、残、败、荒、破、野、缺、塌等词眼及其所组成词语使用频繁，表示细小、残破物象充满大小诗家及其各体山水诗中。以细微、残败物象入诗不单见诗家观察事物之精细、艺术

[①] [元]方回:《瀛奎律髓汇评》卷2，李庆甲集校，上海：上海古籍出版社，2005年，第42页。

格调之癖好、审美能力之提升，亦为诗家内在心境并社会心态、时局发展现状之折射。

幽深细微物象乃诗家审美能力卓异、秀颖世俗之体现，小而寓奇、微而藏深，有以小见大、以点映面、以简夺繁、以微显胜之效用。南宋山水诗取材幽深细微之篇章丰富，大家陈与义、陆游、杨万里、四灵、戴复古佳作名篇甚显。如：

露侵驼褐晓寒轻，星斗阑干分外明。寂寞小桥和梦过，稻田深处草虫鸣。

——陈与义·早行

泉眼无声惜细流，树阴照水爱晴柔。小荷才露尖尖角，早有蜻蜓立上头。

——杨万里·小池

晓来一雨洗尘痕，浓绿阴阴可一园。燕子声中寂无事，独穿苔径出篱门。

——陆游·晓雨初霁

平桥小陌雨初收，淡日穿云翠霭浮。杨柳不遮春色断，一枝红杏出墙头。

——陆游·马上作

江头落日照平沙，潮退渔舠阁岸斜。白鸟一双临水立，见人惊起入芦花。

——戴复古·江村晚眺

柳竹藏花坞，茅茨接草池。开门惊燕子，汲水得鱼儿。地僻春犹静，人闲日自迟。山禽啼忽住，飞起又相随。

——徐玑·山居

上述山水诗均为佳作，具有借俗寓雅、托微藏胜之艺术特色。诸篇均取材于即目常见之情景，以小显大、以浅见深，画面清新、生动，内涵丰富,凸显了诗人取材与构景、设意之艺术技巧。

四灵于此艺术手法愈加纯熟,名句迭出,如"残磬吹风断,眠禽压竹低"(徐照《题衢州石壁寺》)、"水上花来远,风中树动频"(徐照《题翁卷山居》)、"黄莺也爱新凉好,飞过青山影里啼"(徐玑《新凉》)、"小溪清水平如镜,一叶飞来细浪生"(徐玑《秋行》)、"幽鹭窥泉立,闲童跨犊眠"(翁卷《初晴道中》)、"楼钟晴听响,池水夜观深"(赵师秀《冷泉夜坐》)、"一鸟过寒木,数花摇翠藤"(赵师秀《岩居僧》)、"地静微泉响,天寒落日红"(赵师秀《壕上》)等,皆工巧精妙。四灵雕琢字句,叶适赞曰:"斫思尤奇,皆横绝欲起,冰悬雪跨,使读者变踔憭慄,肯首吟叹不自已。然无异语,皆人所知也,人不能道耳。"①纪昀言:"盖四灵之诗,虽镂心鉥肾,刻意雕琢;而取径太狭,终不免破碎尖酸之病……尤为清瘦。要其清隽者在此,其卑靡者亦即在此。"(《四库全书总目提要·芳兰轩集》)虽含讥议,亦谓之用功。

偏爱以残缺、荒败、破落景象入诗亦为南宋山水诗取材特色。如此用意有诗家审美偏好之故,亦有诗人社会心态认知,如陈与义、陆游、四灵、姜夔等所咏多有个人、时世之怀;亦有南宋江山易变、兵燹惨烈、生灵涂炭之映射,如杨万里、范成大、戴复古入淮所咏多为国难民苦之叹。如:

> 小桃无主自开花,烟草茫茫带晓鸦。几处败垣围故井,乡来一一是人家。
>
> ——戴复古·淮村兵后

现实之景物无论幽微巨显抑或凡俗奇逸均在即目所见之中。故南宋山水诗扎根现实主义审美观,描绘现实平凡景物,摒弃虚幻、荒诞、神异色彩,李白《梦游天姥吟留别》《蜀道难》中的虚夸景物在南宋山水诗几乎

---

① [宋]叶适:《徐道晖墓志铭》,《水心集》卷17,四库全书本。

无见。朱熹《武夷棹歌》等少数山水诗引用神话传说，乃是增加诗作艺术魅力，亦非以歌咏神山奇水。此为宋人学富、善思、理性、冷静现实主义表现，由此引发以日常世俗景物为美之审美趣味新变。

严羽《沧浪诗话》反对诗学五"俗"："学诗先除五俗：一曰俗体，二曰俗意，三曰俗句，四曰俗字，五曰俗韵。"然不反对俗材。南宋山水诗家以其精妙的艺术素养，化腐朽为神奇，化俗为雅，寓雅于俗，此为宋人之变、宋诗之变，亦乃宋人之胜、宋诗之胜！

二、艺术审美观念世俗化

理性化、书本化、世俗化下，南宋士人特别重视个性发展，保持个体思维自主性、思想独立性，追求自我中心意识。在山水诗审美情趣上始终以个性化为原则，力图破除前人影响或他人制约，根据时代发展，适时以自我审美观念自成一家。

南宋山水诗主体审美观念发展过程大约呈现三个阶段特征，即初期新活、中兴期俊俏、后期深沉，它对应着南宋发展三个阶段：南迁立国期、繁荣中兴期、哀伤衰落期。初期吕本中、曾几力破江西派，中兴期百家争鸣，后期四灵主张晚唐，江湖派破立并举；南宋诗家审美观念发展时俗性主要表现为审美情趣个性化随时而异，不同个体、不同时段的审美趣味变化显著。

（一）立活破弊，新圆为美

靖康之变，人心大变，社会意识大变。诗学领域审美观念以创新破旧为使命，以自主、新活、圆润为观念准绳。

新鲜现实山水景物题材，推助南宋初期山水诗家审美观念异变目标之实践并实现。以吕本中、曾几为主要代表，高举"活法"大旗，以反对江西诗派末流拗折、桀骜、饾饤、典故、晦涩为主要任务，树立起轻快、清新、自然、现实新式审美理念。

吕本中言："学诗当识活法。所谓活法者，规矩具备而能处于规矩之外，变化不测而亦不背于规矩。"① 实质上，吕氏本心旨意乃是要破除江西诗派藩篱，倡导自出机杼，清新用语，流变音韵，却道之以婉转暗喻语意。故此，又言："老杜诗云'诗清立意新'，最是作诗用力处，盖不可循习陈言，只规摹旧作也……近世人学老杜多矣，左规右矩，不能稍出新意，终成屋下架屋，无所取长。"② 江西诗派以老杜为祖，鲁直为宗，但承袭前人、学而不化，故弊端丛生。为适应时代发展需要，吕氏倡导破除前弊，自立异响，以清新圆美为宗，其审美观念之变乃合乎时俗、顺应人心。

当时，除吕本中、曾几外，孙觌、汪藻、王庭圭等均持此等破旧布新审美理念，诗坛气象为之焕然一新，笼罩诗坛半个世纪的江西派弊端为之破局，士人纷纷为之称道，效之昌然。其间代表诗作除吕本中《春晚郊居》（柳外楼高绿半遮）、曾几《三衢道中》外，亦有其他佳作，如：

数间茅屋水边村，杨柳依依绿映门。渡口唤船人独立，一蓑烟雨湿黄昏。

一点炊烟竹里村，人家深闭雨中门。数声好鸟不知处，千丈藤罗古木昏。

——孙觌·吴门道中二首

一春略无十日晴，处处溪云将雨行。野田春水碧于镜，人影渡傍鸥不惊。

桃花嫣然出篱笑，似开未开最有情。茅茨烟暝客衣湿，破梦午鸡啼一声。

——汪藻·旅次

---

① [宋]吕本中:《夏均父集序》，郭绍虞《中国历代文论选》册2，上海：上海古籍出版社，2001年，第367页。

② [宋]吕本中:《童蒙诗训》，郭绍虞《宋诗话辑佚》，北京：中华书局，1980年，第596页。

南宋初期清新流变之审美观念已成为社会共同意识,此类山水诗广为传播,为人称道,如赵庚夫谓曾几"清如月出初三夜,淡比汤煎第一泉"(《读曾文清公集》)。

国难当头,把自然景物与家国现实苦痛结合,以此创新出反映生活、寄寓诗人情感的清活山水诗日益成为山水诗审美理念主体。陈与义山水诗适应时代需要,将反拨江西诗派、自主创新使命与展现国难民困内涵熔铸一炉,成为新时期锻造沉郁厚重审美理念之典范。

陈与义山水诗不仅数量丰富、艺术精湛,居南宋前期诗人之冠;其以现实生活为内涵,融入即目自然山水,破旧立新,独具一格,亦为南宋初期山水诗审美观念树立最为成功者。大量自出机杼、自然清新之山水诗于南宋初期秀逸诗史,如:

飞花两岸照船红,百里榆堤半日风。卧看满天云不动,不知云与我俱东。

——襄邑道中

其他如《早行》(露侵驼褐晓寒轻)、《城上晚思》(独凭危堞望苍梧)等均清新圆美,乃顺应时代审美理念而生之佳作。

更为卓绝者乃诗人于山水诗中置山水与国难家破、个人心境三者于一体,展现时代现实,顺应士人心态转换,扩大山水诗审美理念内涵和思想高度,成为那个时代山水诗最美作品。如:

洞庭之东江水西,帘旌不动夕阳迟。登临吴蜀横分地,徙倚湖山欲暮时。

万里来游还望远,三年多难更凭危。白头吊古风霜里,老木沧波无恨悲。

——登岳阳楼

五年辗转逃难,面对秀美景物、破碎山河,诗人触景伤怀,寓家国情怀与春光秋色融合,沉郁、壮阔中清逸、俊朗,乃审美理念与时代情感的优秀结晶。《春寒》(二月巴陵日日风)、《舟次高舍书事》(涨水东流满眼黄)、《巴丘书事》(三分书里识巴丘)等皆此类佳作。

陈与义、吕本中、曾几、孙觌、汪藻等山水诗家以反拨江西诗派弊端、自立独创为宗旨,树立新时代背景下清新、流丽山水诗审美理念,南宋诗学因之气象生新,中兴期山水诗繁荣得以精进。

即令李纲等武人亦有清新、流丽之山水诗,如:

石路凝霜白,山村落月纤。溪头一桥小,烟外数峰尖。
高亩层成级,寒沙软胜盐。江南风景好,无那旅愁添。

—— 玉山道中

江南山,秀色晴光杳霭间。一带平凝愁翠黛,数峰孤绝耸烟鬟。

—— 江南六咏 其一

要之,靖康之乱后高宗在位期间,南宋山水诗以反抗江西诗派奇崛、生硬、峭折、晦涩、掉书袋、獭祭鱼为时尚,标榜新活、自然、清爽、流圆之审美观念。主要诗家陈与义、吕本中、曾几等秉承以为志,各逞特色,所谓"恢张悲壮者,陈简斋也;流动圆活者,吕居仁也;清劲雅洁者,曾茶山也"[①]。南宋山水诗因之立异开局而得胜。

(二)直写自然,各成一家

南宋中兴期,诗学发展到一个崭新阶段,怀抱俊逸、平和、清丽、爽朗情怀之大诗家成为诗坛主体。其时,时局稳定,经济繁荣,文化发达,人情豪迈。陆、杨、范、朱适应时代需要,于南宋诗史有深远影响、成就斐然的变革创新,以自然、流丽、俊逸为集体共存审美观,共同创造了南宋山水诗最为辉煌的成就。

---

① [元]方回:《瀛奎律髓汇评》卷2,李庆甲集校,上海:上海古籍出版社,2005年,第42页。

同时，陆、杨、范、朱以颖秀雄才、深远胸襟，在投身自然、描绘山水、抒写性灵上各开蹊径，各成面目，各具特色。

陆游为中国古代山水诗创作数量最富者、南宋中兴期山水诗主体繁荣贡献最大者，亦为南宋山水诗个体风格最富、艺术成就最高者。陆游山水诗题材内涵极其丰富，几乎无事不入；诗歌风格多种多样，高低闲激、浓淡腴瘦，集南宋诗坛之大成。其山水诗乃取材自然、言情山水、自成一家审美理念最佳实践者、最大成就者。自始至终，其山水诗均为诗人亲历山水、用情世事、神思身心之感兴结晶，佳作名篇尤见此精奥。

陆游山水诗最精奥者主要为两种类型：一者为诗人怀抱雄心壮志，自山阴入川陕、南郑往返期间所见所咏（含日后追述此期之山水诗），以壮阔、豪迈、奔放、奇逸为主调，凸显雄浑之美；一者为无官抑或被罢黜闲居家乡江南山阴期间所见所咏，以闲适、清新、秀丽、醇厚为主调，凸显清秀之美。二者均目接自然、情动心胸之得。

陆游一生以爱国为志。身受家族影响，自小胸抱报国之怀。乾道六年（1170）陆游自山阴沿江入蜀，至淳熙五年（1178）又沿江由蜀返临安。川陕地区临近边境，南郑乃抗敌前线，陆游梦想一生襟怀付诸实践，心高气雄；加之一路目见奇秀山水、身历金戈铁马，故此期陆游山水文字以雄阔、奇伟为美，以描绘目见山水为要，豪迈勃发，英气逼人，《醉中下瞿唐峡中流观石壁飞泉》《风雨中望峡口诸山奇甚戏作短歌》《登灌口庙东大楼观岷江雪山》《瞿唐行》等均饱含此等气势。如《风雨中望峡口诸山奇甚戏作短歌》：

> 白盐赤甲天下雄，拔地突兀摩苍穹。
> 凛然猛士舞长剑，空有豪健无雍容。
> 不令气象少渟滀，常恨天地无全功。
> 今朝忽悟始叹息，妙处元在烟雨中。
> 太阴杀气横惨淡，元化变态含空濛。
> 正如奇材遇事见，平日乃与常人同。

安得朱楼高百尺，看此疾雨吹横风。

诗中如此绘形绘神描摹，若非身历目见断然难为；特别诗中蕴含那种雄健、奔放、奇逸气势，唯有置身其中才可感悟而发。

陆游始终以抗战反降为己任，为保守派所忌，故仕途坎壈，数遭贬黜，最后20年（1190—1210）终至长期闲居山阴，归隐田园，于家乡远山近水、幽院曲径可谓足迹殆尽。故其笔下湖山亭园、草虫林鸟、烟雨云霓无不足之所履、目之所及、情之所动。如：

村落初过雨，园林殊未霜。幽花杂红碧，野橘半青黄。
飞鹭横秋浦，啼鸦满夕阳。最怜山脚水，撩乱入陂塘。

—— 野步书触目

色彩杂驳，野鸟知趣，唯耳闻目见而具其神色。诗人寻胜探微，举步僻野、游身幽境，韵含清秀，景发自然。

陆游描绘山水景物体裁依情别致。表现山水雄阔、奇伟之美多以古风。古风不受篇幅限制，可尽情尽兴尽力尽象描绘山水景物；不受韵律影响，意气风发，运笔灵活，句意流畅，表达奔放，一泻千里；不受字数、文脉限制，糅合多样艺术手法，上下左右纵横，行所当行，止所当止。表现山水之清秀、闲适多用近体之律绝。律绝便于工笔细描，凸显技巧，承载丰富内涵，表达顿挫、沉郁、婉转韵调。陆游诗才高超绝伦，艺术技巧精熟，故其山水诗古今各体皆妙。

杨万里亦为中兴期别具一格之山水诗大家。其即目自然之审美观重在描绘活泼之灵性、捕捉动人之细节。

杨万里山水诗为南宋山水诗家中细节描写最多、最有特色者之一。其山水诗审美观念之构建方式主要有二：一是展现日常生活所见滑稽细节以愉悦身心，一是描绘即目山水景物表象之一点或一面从而启发其内涵。二者均以生活现实中所见所感灵性、活泼题材为前提，以小见大，以点代面而来。

杨万里山水诗以细节展示山水自然景物愉悦身心者数量丰富,而且题材内涵范围广泛。此类山水诗艺术手法丰富、多样,寓谑于庄、寓乐于俗,以异变夸张、反常合理手段取得灵性活泼效果。姑列数例以见其俏:

　　五日银丝织一笼,金乌捉取送笼中。知谁放在扶桑树,只怪满溪烟浪红。

　　　　　　　　　　　　—— 舟过城门村清晓雨止日出 其一

　　乌白平生老染工,错将铁皂作猩红。小枫一夜偷天酒,却倩孤松掩醉容。

　　　　　　　　　　　　　　　　　　　—— 秋山二首 其二

　　柳子祠前春已残,新晴特地却春寒。疏篱不与花为护,只为蛛丝作网竿。

　　　　　　　　　　　　　　　　　—— 过百家渡四绝句 其三

诗人以山水描绘为背景,再精心构思即目所见之一片段、一场景,抑或抓取景象中一偶现细节,以艺术手法融合山水景物,使之成为山水景物描绘重点、热点,诗篇整体因之活泼,大显性灵。

杨万里众多山水诗描绘即目山水景物表象,开掘内涵,阐发理性思维。因其艺术手法独特,理而不赘,言而不枯,乃是寓庄于谑、寓教于乐。如:

　　霁天欲晓未明间,满目奇峰总可观。却有一峰忽然长,方知不动是真山。

　　　　　　　　　　　　　　　　　　　　　　—— 晓行望云山

　　初疑夜雨忽朝晴,乃是山泉终夜鸣。流到前溪无半语,在山做得许多声。

　　　　　　　　　　　　　　　　　　　—— 宿灵鹫禅寺 其二

诗人首联渲染山水景物以为铺垫，尾联承上略绘余景，重点以之点拨内涵，景中有理，如"却有一峰忽然长，方知不动是真山""流到前溪无半语，在山做得许多声"等非以理绘景，而是景中含理。

本来静止、无知无觉之山水景物、细节在诚斋笔下均性灵十足，活灵活现，可谓"诚斋万物有性灵"。诚斋山水诗运用艺术手段，以凸显自然山水之美为本意，故世人于其诗多有高评。但有时俚俗运用失当，堕入浅滑，有伤诗之大雅。

除陆游、杨万里山水诗审美理念最显特性外，中兴期其他山水诗家范成大、朱熹等亦如此。除家乡石湖景物描绘外，范成大《四时田园杂兴六十首》绝句中山水诗最表现其审美之理念。如：

土膏欲动雨频催，万草千花一饷开。舍后荒畦犹绿秀，邻家鞭笋过墙来。
梅子金黄杏子肥，麦花雪白菜花稀。日长篱落无人过，惟有蜻蜓蛱蝶飞。
新霜彻晓报秋深，染尽青林作缬林。惟有橘园风景异，碧丛丛里万黄金。

诗中田园风光一如山水景物，所绘清新灵动，唯有置身田园，才能如此幽深入微。范成大有时甚至同村民一道参加田园劳动，故其田园山水诗绘景喜怒哀乐俱在，而非仅仅站在田岸观赏寻乐。

朱熹山水诗中展现其即目自然山水、清新秀美之审美理念者有吟咏武夷、庐山系列组诗《武夷棹歌十首》《芹溪九曲诗》《云谷二十六咏》等，多清新、自然、流美。如：

六曲苍屏绕碧湾，茅茨终日掩柴关。客来倚棹岩花落，猿鸟不惊春意闲。

—— 武夷棹歌十首 其七

>　　二曲溪边万木林，水环竹石四时清。渔歌櫂入斜阳里，隔岸时闻一两声。
>
> ——芹溪九曲诗 其二

但朱熹最著名者乃其理趣山水诗，理景融合，自成一家。如：

>　　昨夜扁舟雨一蓑，满江风浪夜如何。今朝试捲孤篷看，依旧青山绿树多。
>
> ——水口行舟 其一

中兴期山水诗大家陆游、杨万里、范成大、朱熹等虽均以直绘自然、清丽俊秀为共同审美观念之要，但主体上又各有他家无可替代之特色，如陆游雄浑深厚、杨万里灵动欢谑、范成大婉峭清逸、朱熹寓理山水、姜夔凄清幽远，诸家不仅于南宋，于唐宋亦均雄居特色，独领风骚。

要之，中兴季繁荣时势下，南宋山水诗家以即目自然、言情山水、自成一家为共同审美观念，成就了以山水诗为主体之诗界繁荣。一方面，诗家秉持直接自然之集体审美观念，共同成就了中兴期南宋山水诗最辉煌成绩；另一方面，各个体在直接自然下又各自成一家，各家个体差异性、特色显著。两者彼此辉映，共同建构着中兴期南宋山水诗审美特色。

（三）返璞归真，清淡幽境

南宋中后期时局日蹙，中兴无望，广大士人心灰意冷，将入世之心转化为随波逐流之态。江西诗派气息又开，"连篇累牍、汗漫而无禁"[①]，晦涩、馇饤、执拗日炽，诗坛萧瑟，诗道迷茫。

四灵山水诗审美理念顺应时代发展。审时度势之下，四灵适时调整山水诗审美理念，倡导宗师晚唐，"初，唐诗废久，君与其友徐照、翁卷、赵师秀议曰：'昔人以浮声切响单字只句计巧拙，盖风骚之至精也。近世

---

① [宋]叶适：《徐文渊墓志铭》，《水心集》卷21，四库全书本。

乃连篇累牍，汗漫而无禁，岂能名家哉！'四人之语遂极其工，而唐诗由此复行矣"①。以晚唐贾岛、姚合为范版，回归山水诗到以自然山水描绘为审美理念之本色，校正了借山水大量言理、言政之偏离，摒除了山水诗疏阔异变，故四灵诗虽少，但山水诗丰富，且诗中山水审美意味醇厚。

四灵强化南宋初期、中兴期奉行即目自然之审美理念本色，强调以自然幽清景物尤其是深林、僻水、野寺、荒郊为山水诗题材，裁剪田园内容，淘汰雄俊、壮阔格调，罢除滑稽、戏谑手法，倾情幽冷、沉稳笔触；反对资书以为诗，直指自然景物，同时强调抒写自我心灵、表达自我感受，淡薄民族抗争意识和参政议政情怀，此为四灵与南宋初期、中兴期山水诗家审美理念之重大差异。因而四灵山水诗切近时代而更加本色。

四灵以白描、清寒、枯寂、幽深为审美观念主体。其核心在于清幽素朴，故山水诗以悲凉、清淡乃至哀伤为主调。就此意义而论，四灵山水诗审美格调较南宋前期诸家为专一、纯净、浅薄。在叶适等人揄扬下，四灵成为中兴后南宋诗坛主体，其山水诗审美理念成为时代主体，世俗追捧，因而四灵山水诗审美理念乃是世俗集中表现；因时势而成，亦以之为时势本质之映射。

四灵山水诗主体凸显清幽素朴审美理念。四灵山水诗两百余篇，总量未富，题材涉及内涵却较为丰富，除言战议政题材山水诗不及陈与义、陆游、范成大等大家外，其他方面均有诗篇。虽多为诗家自我情怀，但均为即目自然山水景物者，其主要类别旅次、登临、怀古、应和、题赠、闲居、田园、杂感中均展现以清幽素朴为主体之审美理念，如：

古殿清灯冷，虚堂叶扫风。掩关人迹外，得句佛香中。
鹤睡应无梦，僧谈必悟空。坐惊窗欲晓，片月在林东。

——徐照·宿寺

柳竹藏花坞，茅茨接草池。开门惊燕子，汲水得鱼儿。

---

① [宋]叶适：《徐文渊墓志铭》，《水心集》卷21，四库全书本。

地僻春犹静，人闲日自迟。山禽啼忽住，飞起又相随。

——徐玑·山居

幽兴苦相引，水边行复行。不知今夜月，曾动几人情。

光逼流萤断，寒侵宿鸟惊。欲归犹未忍，清露滴三更。

——翁卷·中秋步月

著草占秋动，逢秋早得归。本非为事迫，不欲与心违。

波净孤萤度，宵凉数叶飞。远怀高卧者，微月闭松扉。

——赵师秀·贵溪夜泊寄赵昌甫

所咏无论夜宿古寺、隐居山野、中秋步月抑或夜泊贵溪，均为诗人置身其境、有感而发，清幽、静寂乃至凄凉之意味全在诗人对感知环境、客观物象纯然直觉素描之中，没有夸饰，没有点评、没有典故。以如此笔法传承清幽冷寂审美理念贯穿四灵各家山水诗全部内容；不仅律体，绝句、古体亦如此。

四灵构建清幽冷寂俱有特色，除天然偏好、内在秉性无意识为之外，四灵多有意而为。首先，为对抗江西诗派，四灵主张面向自然山水，反对"资书为诗"，反对抄袭前人，倡导以客观笔法直书其境；四灵建构山水诗清幽冷寂审美意味更在诗的意象设置上巧含用心。除诗家通用凄清枯寂字眼（如寒、冷、孤、独）外，四灵偏好幽冷、凄清物象，如寺院、青灯、幽林、夕阳、孤鸟、寒蝉、流萤、废苑、荒堤等，见之诗句者比比皆是，如上文所举"古殿清灯冷，虚堂叶扫风""光逼流萤断，寒侵宿鸟惊""波净孤萤度，宵凉数叶飞"等。同时，以无色或冷色主摄画面，少用或不用暖色，如徐照《衰柳》（风吹无一叶）虽见"翠"字，但"风吹无一叶"；徐玑《山居》（柳竹藏花坞）虽言春山幽居，但"地僻春犹静"，绿色无踪。其次，设置时节暗淡，多夜暮、深夜，并叠加秋冬冷季，如秋夜《宿寺》（徐照、徐玑各有《宿寺》）、《中秋步月》（翁卷）、《贵溪夜泊寄赵昌甫》（赵师秀）。再次，描摹动态，以动衬静，如"古殿清灯冷，虚堂叶扫风""寒栖江鹭早，暗出野萤多""殿静灯光小，经残磬韵空""开门惊燕子，汲水得鱼儿""光逼流萤断，寒侵宿鸟惊"等，虽言及"动"物（如灯光、磬韵、萤流、鼠窥、虫唧等），但更觉凄静。

四灵山水诗多用近体律诗表达其清幽审美理念。盖因五、七律于韵律、内容上可展现婉转心结，容纳多重意向，丰富表达诗人清淡、枯寂、曲折的内在思想。同时，四灵山水诗以多重清冷意象叠加强化其幽清素朴审美理念，故四灵山水诗清冷、枯寂为南宋山水诗之最。时人曹幽道："予爱四灵诗，爱其清而不枯，淡而有味。"（《瓜庐诗题识》）[①]苏洞亦曰："为爱君诗清入骨，每常吟便学推敲。"（《书紫芝卷后》）四灵山水诗清逸、幽俊，用语生新、精炼、清灵，故其诗内涵充足，咀嚼多味，在南宋山水诗领域乃至中国古代诗坛有其不可磨灭之贡献。

上述南宋山水诗审美理念主体发展过程三阶段，虽然不同阶段主体审美理念存在差异，但同一阶段主体审美理念乃是一种共性下的集体意识。同时，审美观念个体个性发展亦始终存在。如南宋初期，以吕本中、曾几、陈与义山水诗为主体的"新活"审美理念下，孙觌山水诗以清幽秀丽卓别于陈与义沉郁浑厚；南宋中后期之戴复古山水诗以其豪雄、疏阔别异于世俗山水诗主体审美理念。主体同一性与个体差异性共同建构了南宋山水诗审美理念的丰富性。

第三节　南宋山水诗艺术发展性

南宋山水诗继承北宋而来。宋室南迁，不仅疆域有变，其社会政治、经济、文化、教育格局亦变。一方面，社会政治腐败，中兴无望，各阶层充满悲观、哀伤情绪；个体寒门仕途无望，下层升迁坎壈，为舒缓压抑、逃避现实、寄托情怀，大量士人遁迹山林，吟咏山水。另一方面，经济、

---

① [宋]薛师石:《瓜庐诗》附录，汲古阁景宋钞《南宋群贤六十家小集》(51册)。

文化、教育高度繁荣，社会、个体文化素养大为提高，人生态度更趋理智、现实，审美情趣日益世俗化；较之北宋，南宋山水士人、诗家情感愈加注重个性、自我，内在思想愈加注重探究、异变、创新。因而，南宋山水诗艺术、诗家观念与北宋大有不同，宋调异化明显。

一、宋调形成及其特征

宋诗"宋调"形成始于北宋欧阳修、梅尧臣、苏舜钦，他们"表现出宋人理性深思的特点……欧、梅、苏开宋诗大量'以议论为诗'的风气"[1]。同时，欧、梅、苏三人力主诗作自然平淡，在三人主导下，宋诗已大别于唐诗。及至王安石、苏轼、黄庭坚等人登坛，"以议论为诗，以文为诗……又发展了以技巧、法度为诗及以才学为诗，使'宋调'成型，从此唐音、宋调判然有别"[2]。"欧、梅诸人出，则尽弃唐音，独立门户，初具'宋调'；及至苏、黄，宋诗发展到高峰，'宋调'完全成熟。"[3]宋调标准代表为黄庭坚及其开创的江西诗派，"江西诗派历时二百余年，几经变化修正……基本的审美理想保持了一致……江西诗派因此而被看作是宋诗的代表"[4]。黄庭坚被江西诗派奉为开山祖师，"其诗歌创作在被视作具有独特风貌的宋诗的代表以及文学史上宋诗派的理想范式方面，就比苏轼具有了更大的典型性……在宋诗史上影响最大"[5]。宋诗特质乃"筋骨思理见胜"[6]，或曰"宋诗以意胜，故贵深折透辟……宋诗之美在气骨，故瘦劲"[7]。故此，宋诗"宋调"的基本特征可总括为：议论、思理、平淡、瘦硬、学问、法度、技巧。宋调为北宋诗歌特质概括，故世人关于

---

[1] 王水照：《宋代文学通论》，开封：河南大学出版社，1997年，第95—96页。
[2] 王水照：《宋代文学通论》，开封：河南大学出版社，1997年，第109页。
[3] 许总：《宋诗史》，重庆：重庆出版社，1992年，第12页。
[4] 王水照：《宋代文学通论》，开封：河南大学出版社，1997年，第120页。
[5] 许总：《宋诗史》，重庆：重庆出版社，1992年，第419页。
[6] 钱锺书：《谈艺录》，北京：生活·读书·新知三联书店，2001年，第3页。
[7] 缪钺：《诗词散论·论宋诗》，上海：上海古籍出版社，1982年，第36页。

"宋调"之论实质上主要指北宋诗调。南宋诗根本上归于宋诗，但在时俗发展下，其特质与北宋差异鲜明，谓之"南宋调"则契合事实。南宋山水诗发展亦变化于北宋，与北宋山水诗主体特色多不协步，其意境、议论、学问诸方面异变尤显。南宋山水诗较北宋更为贴近、促进社会、时代、人民发展；较之南宋诗歌，其发展亦为新变下的新变。

宋调形成过程中，从欧、梅、苏再到王、苏、黄都强调诗作意境须平淡、以平淡为至。梅尧臣言"作诗无古今，唯造平淡难"（《读邵不疑学士诗卷》）。欧阳修《六一诗话》言诗须"以闲远古淡为意""覃思精微，以深远闲淡为意"[①]。王安石诗之平淡广为人称道，如"深婉不迫"（《后山诗话》）、"但见舒闲容与之态尔"（《石林诗话》）。苏轼亦倡导平淡，论之极多，如"发纤秾于简古，寄至味于淡泊"（《书黄子思诗集后》）、"所贵乎枯淡者，谓其外枯而中膏，似淡而实美"（《评韩柳诗》）、"凡文字，少小时须令气象峥嵘，彩色绚烂。渐老渐熟，乃造平淡。其实不是平淡，绚烂之极也"（《与侄书》）。周紫芝《竹坡诗话》以之为的。黄庭坚亦力主平淡，"平淡而山高水深……更无斧凿痕，乃为佳耳"[②]。

二、南宋山水诗宋调新变

南宋山水诗虽有北宋之追求平淡、清远之美，但意境之沉郁、雄俊、凄清者更富，异变于宋调鲜明，大家尤见如此。

陈与义山水诗意境多为壮阔、沉郁，世人多持此论。时人张嵲说："公尤邃于诗，体物寓兴，清邃超特，纡余闳肆，高举横厉。"（《陈公资政墓志铭》）[③]刘克庄谓："及简斋出……以雄浑代尖巧，第其品格，当在

---

① [宋]欧阳修：《六一诗话》，何文焕《历代诗话》，北京：中华书局，1981年，第265、267页。

② [宋]黄庭坚：《与王观复第二书》，郭绍虞《中国历代文论选》册2，上海：上海古籍出版社，2001年，第324页。

③ [宋]陈与义：《陈与义集校笺》，白敦仁校，上海：上海古籍出版社，1990年，第984页。

诸家之上。"①方回称："简斋诗气势浑雄，规模广大。"②清人亦谓之"风格遒上……慷慨激越，寄迹遥深"（《四库全书总目提要·简斋集》）。陈与义山水诗名篇如《登岳阳楼》（洞庭之东江水西）、《巴丘书事》（三分书里识巴丘）等均沉雄悲壮，而非平淡闲适。

陆游山水诗意境异变宋调亦多。其山水诗意境多样性为南宋诗家第一。闲淡有之，雄浑、沉郁亦富。后世人最称道陆游者以其奔放、雄豪意境之诗。山水诗亦如此，此种意境乃异变宋调。大众所常言赴蜀及南郑前线沿途所咏山水诗意境之异变表现最为鲜明，如前言《风雨中望峡口诸山奇甚戏作短歌》（白盐赤甲天下雄）、《醉中下瞿唐峡中流观石壁飞泉》（吾舟十丈如青蛟）等均雄阔浩荡，绝非平淡意境。陆游山水诗亦多有异变为悲壮、苍凉意境者，如《楚城》（江上荒城猿鸟悲）、《秋夜将晓出篱门迎凉有感》（三万里河东入海）等，均突破宋调之平和、闲适规范。

清姚鼐谓陆游诗"裁制既富，变境亦多"（《今体诗钞序目》），山水诗亦然。世人于此多有论断，如《四库全书总目提要·剑南诗稿》："游诗清新刻露，而出以圆润。实能自辟一宗，不袭黄、陈之旧格。"冯煦言："剑南屏除纤绝，独往独来，其遒峭沉郁之概，求之有宋诸家，无可方比。"③钱锺书言陆游诗："一方面是悲愤激昂，要为国家报仇雪耻，恢复丧失的疆土，解放沦陷的人民。"④此言亦谓陆游山水诗深含去平淡意境，且鲜明丰富。

南宋其他大家如范成大、杨万里、四灵等山水诗意境亦多异变于闲淡平和之宋调。清人谓范成大"恣而不野，峭而有韵"（纪昀语，方回《瀛奎律髓汇评》卷4）、"约以婉峭，自为一家"（《四库全书总目提要·石湖诗集》）、"奔逸隽伟，穷追太白"（《宋诗纪事》卷51）等，所言均异

---

① [宋]刘克庄：《后村诗话》，王秀梅点校，北京：中华书局，1983年，第26页。
② [元]方回：《瀛奎律髓汇评》卷24，李庆甲集校，上海：上海古籍出版社，2005年，第1091页。
③ 孔凡礼：《陆游资料汇编》，北京：中华书局，1962年，第357页。
④ 钱锺书：《宋诗选注》，北京：生活·读书·新知三联书店，2002年，第270页。

于宋调。"杨万里、四灵山水诗意境宋调之变多承少。"①其中杨万里山水诗之滑稽、轻松与宋调平淡、闲适愈显异变。《宋诗钞》谓杨万里"见者无不大笑。呜呼！不笑不足以为诚斋之诗"②。宋调唯树平正、温稳，杨万里之谑笑可谓异端于宋调而大加发展。

宋调核心人物黄庭坚极力主张以学问为诗、以书本为诗，堆积典故，并示"点铁成金""夺胎换骨"为诗捷径，言"自作语最难，老杜作诗，退之作文，无一字无来处，盖后人读书少，故谓韩、杜自作此语耳。古之能为文章者，真能陶冶万物，虽取古人之陈言入于翰墨，如灵丹一粒，点铁成金也"③，反复强调诗写得不好乃"读书未能破万卷""读书未能精博""读老杜、李白、韩退之诗不熟"。黄庭坚论诗亦讲求法度，言"词意高胜要从学问中来……作文字须摹古人，百工之技，亦无有不法而成者也"④。"凡作一文，皆须有宗有趣，始终关键，有开有阖。"（《答洪驹父书》）

宋调代表江西诗派奉黄庭坚诗学观为圭臬。但南宋山水诗家于此大相径庭，反对学问化、书卷化，提倡"捐书以为诗"，不求典故；主张即目自然，诗咏现实；自我创新，自成一家，反对窠臼前人。

吕本中首倡异变宋调观，以"活法"为宗，言"学诗当识活法。所谓活法者，规矩备具而能出于规矩之外，变化不测而亦不背于规矩也。是道也，盖有定法，而无定法；无定法而有定法；知是者，则可以与语活法矣"⑤。反对承袭不化，言"近世人学老杜多矣，左规右矩，不能稍出新意，终成屋下架屋，无所取长"⑥。

---

① 吕肖奂：《论"诚斋体"及宋调转型的特征》，《郑州牧业工程高等专科学校学报》，2002年11月。
② [清]吴之振：《宋诗钞·江湖诗钞》，北京：中华书局，1986年，第2038页。
③ [宋]黄庭坚：《答洪驹父书》，郭绍虞《中国历代文论选》册2，上海：上海古籍出版社，2001年，第316页。
④ [宋]黄庭坚：《论作诗文》，《山谷别集》卷6，四库全书本。
⑤ [宋]刘克庄：《江西诗派小序·吕紫微》，《后村大全集》卷95。
⑥ [宋]吕本中《童蒙诗训》，郭绍虞《宋诗话辑佚》，北京：中华书局，1980年，第596页。

陆游变宋调愈加彻底，始终主张自我创新。陆游吟诗为诀言子曰"汝果欲学诗，工夫在诗外"（《示子遹》），认为"诗家三昧"在亲历自然、即目山水，"君诗妙处吾能识，正在山程水驿中"（《题萧彦毓诗卷后二首》）；反对江西诗派"字字有来历"，言"今人解杜诗，但寻出处，不知少陵之意，初不如是"。今人作诗如果"字字有出处，但不妨其为恶诗耳"（《老学庵笔记》）。诗应我手写我口，不可衣钵前人不化。

杨万里变异宋调最为典范。其山水诗活泼、流便，视万物有性灵，丝毫难觅规模前人程式；反复倡导面向生活、即目山水，称"闭门觅句非诗法，只是征行自有诗"（《下横山滩头望金华山四首》其二）、"城里哦诗枉断髭，山中物物是诗题"（《寒食雨中同舍约游天竺得十六绝句呈陆务观，其九》），强烈主张自我创新、务去陈言，"传派传宗我替羞，作家各自一风流。黄陈篱下休安脚，陶谢行前更出头"（《跋徐恭仲省干近诗》）。

在《荆溪集序》中，杨万里以自身经历明证创新、写实下反宋调之成功：

> 予之诗，始学江西诸君子……学之愈力，作之愈寡……于是辞谢唐人及王、陈、江西诸君子，皆不敢学，而后欣如也……自此，每过午，吏散庭空，即携一便面，步后园，登古城，采撷杞菊，攀翻花竹，万象毕来献予诗材，盖麾之不去，前者未觯，而后者已迫，涣然未觉作诗之难也。盖诗人之病，去体将有日矣。[①]

四灵亦反宋调"才学为诗"，主张"捐书以为诗"，用白描手法直击自然山水景物。如徐玑《新凉》（水满田畴稻叶齐）、翁卷《乡村四月》（绿遍山原白满川）、赵师秀《约客》（黄梅时节家家雨）等，通篇素描所见山水景物，无书卷踪迹，无典故借用，用语清新、平实又形象生动。

---

① [宋]杨万里：《诚斋荆溪集序》，郭绍虞《中国历代文论选》册2，上海：上海古籍出版社，2001年，第399页。

南宋诗论家亦多助推山水诗家之论。张戒言："子瞻以议论为诗,鲁直又专以补缀奇字……诗人之意扫地。"(《岁寒堂诗话》)严羽亦谓："本朝人尚理而病于意兴""诗有别才,非关书也;诗有别趣,非关理也。"(《沧浪诗话》)可见,南宋山水诗大家从吕本中到陆游、杨万里等,其艺术观均未恪守宋调。南宋山水诗作自我独创,自然清新,无书卷气、无规矩格套。此类诗作居南宋山水诗主体,乃反宋调之中坚。

南宋诗家亦鲜明变异宋调以文为诗、议论化、思理性之格套。山水诗以描绘自然山水景物之美为主,南宋山水诗极大地淡化议论程式,减少思理成分,远离宋调人文说教,树立山水诗描绘山水体现自然美的自觉意识,回归山水诗本色。

朱熹虽为理学家,于诗却讲求艺术性。其《诗集传》称"诗者,人心之感于物而形于言之余也"、诗"各言其情者也",注重诗言情的抒情功能,陈衍谓之"晦翁登山临水,处处有诗,盖道学中最活泼者"[1]。故其山水诗多为自然山水景物直观描绘,无议论化、无思理性,自称"自然触目成佳句,云锦无劳更剪裁"(《新喻西境》)。即令其哲理山水诗亦多形象化,与宋调议论化异趣。如名篇《春日》(胜日寻芳泗水滨)言儒理照映万物,"寓物说理而不腐"(陈衍《宋诗精华录》卷3),咏景为主,少有议论,为山水诗典范。

陈与义、陆游、范成大、杨万里、四灵、戴复古等名家山水诗中议论化色彩愈加淡薄,儒家空洞说理、说教于南宋山水诗中几乎绝形。

南宋山水诗思理性大为减淡。理学虽然被南宋确立为正统思想,但道佛更盛,浸润社会、人心更深,张扬个性、关注自我成为南宋社会共同意识。士人多以个性自然下"喜怒哀乐"为准,不抑其性,不虚其情,远离儒家正统面孔,合乎世俗发展。儒家理学亦时俗化,陆九渊称"古人视道,只如家常茶饭","圣人教人,只是就人日用处开端。"[2] 陈淳亦道:"圣贤所谓道学者,初非有至幽难穷之理,甚高难能之事也,亦不外乎人

---

[1] [清]陈衍:《宋诗精华录》卷3,曹中孚校注,成都:巴蜀书社,1992年,第463页。
[2] [宋]陆九渊:《陆九渊集》,钟哲点校,北京:中华书局,1980年,第398、432页。

生日用之常尔。"(《道学体统》)

因而,南宋社会儒家传统"诗言志"中"志"之内涵已由治国平天下转为个人喜怒哀乐,参破红尘,淡化了社会奉献价值和自我功名价值,提升了借描绘山水诗之美而自我娱情养性功用的地位,正如陆游言:"盖人之情悲愤积于中而无言,始发为诗。不然,无诗矣!"[1]如此趋近时俗,山水诗思理性自然淡化。多数山水诗家吟咏山水乃是藉之愉目悦性、驰骋世俗生活而已!

要之,政治崩坏,理想破灭,儒学式微而道佛盛行,南宋诗家多由中兴幻灭转向沉重世俗现实。时俗化趋势下,南宋山水诗之取材、审美趣味、意境塑造自成特色;如此集体意识之下,山水诗之变异宋调成为必然。

第四节 南宋山水诗绘画艺术性

两宋山水画成熟繁荣,南宋山水诗艺术之精湛多受益于两宋山水画(含水墨山水画,下略)艺术之促进。观照绘画艺术性乃南宋山水诗艺术性鲜明特色。

北宋山水画名家有董源、巨然、李成、范宽、郭熙等,其中李成、范宽继承五代荆浩水墨山水并有发展,将"三远法""以大观小法"运用精熟。苏轼及其表兄文同并进,对文人水墨画贡献良多,[2]其题材以梅、竹最著。南宋推动北宋山水画、水墨画融合发展,山水画名家主要有李唐、刘松年、马远、夏圭"南宋四家",四家"在观念、构图、布局、笔墨等各个方面,都带来了中国绘画史上具有转折意义的变化"[3]。较唐与北宋,

---

[1] [宋]陆游:《澹斋居士诗序》,《渭南文集》卷15,四库全书本。
[2] 徐书城:《宋代绘画》,北京:人民美术出版社,2004年,第140页。
[3] 陈野:《南宋绘画史》,上海:上海古籍出版社,2008年,第35页。

第四章　南宋山水诗艺术特征

南宋山水诗接纳山水画艺术思维，其中以题材、艺术手法、审美观念诸方面受之影响尤著。

一、以画入诗，诗画同题

南宋山水画所绘内容生活气息浓厚，大量自然山川绘画中兼有旅次、访道、村居及渔樵耕读等；两浙、尤以西湖明山秀水为题材之山水画遍及画册。丰富的山水画题材极大促进了南宋山水诗题材发展。

依山水画题山水诗。其范式多样，或者诗画相伴，诗在画中，如赵构《题阎次平小景》（西来白水满南池）、王之道《题马以道画扇》（寒芦卧疏黄）等；或者诗画分开，看画题诗，如汪藻《题大年小景》（忽惊坐上江天渺）、刘克庄《郭熙山水障子》（高为峰岚下涛江）；或者看画有感，与之应和、分韵等形式，如蔡戡《王东卿惠墨戏副之以诗因次韵谢之》等。

南宋诗之名家均有题画山水诗，陈与义、陆游、杨万里最为丰富。一些南宋山水诗家本身即是画家，如陈与义、徐照等，故其山水诗中多见题画诗。

题画山水诗成为南宋山水诗重要成分。南宋孝宗淳熙年间，孙绍远辑录唐宋题画诗为《声画集》，此为中国历史上第一部题画诗总集，"名之曰《声画》，用'有声画、无声诗'之意也……则非惟有资于画，且有资于诗矣"（《四库全书总目提要·声画集》）。其体裁主要为古体、律诗和绝句，分为26门类，其中风云雪月、州郡山川、四时、山水、林木、竹、梅、窠石、花卉、屏扇等多有题画山水诗，题材内涵丰富。

《声画集》选录南宋初期诗家20余位，所选吕本中20首、汪藻10首、陈与义26首、张栻10首中多为山水诗。如吕本中有《题芦雁扇》（雁下秋已晚）、《山水图歌》（君不见南江老龙夜不眠）、《山水图》（君家茅屋低蓬蒿）、《次韵钱逊叔画图》（西风著人尘满襟）等，陈与义有《题唐希雅画寒江图》（江头云黄天酝雪）、《和张规臣水墨梅五绝》、《为陈介然题持约画》（层层水落白滩生）、《题画》（分明楼阁是龙门）等，汪藻有

· 235 ·

《题日暮倚修竹图》(藁砧何在复凋年)、《题江南春晓图》(忽从林杪见朝晖)、《观秋江捕鱼图》(霜飙落木潇湘秋)等,题材内涵丰富,以萧散素淡为主调,如:

层层水落白滩生,万里征鸿小作程。日暮微风过荷叶,陂南陂北听秋声。

——陈与义·为陈介然题持约画

南宋题画山水诗题材内涵丰富亦源于诗人群体广泛。上至帝王(如高宗赵构、孝宗赵昚、宁宗赵扩等)下至僧尼均在其列。作为帝王,高宗题画山水诗题材多样,艺术精湛,风格清新、自然、婉柔,乃南宋题画山水诗中上品。如:

南山晴翠入波光,一派溪声绕路长。最爱早春沙岸煖,东风轻浪拍鸳鸯。

——题刘松年画团扇

桃李无言春告归,落红如海乱莺啼。西村渡口斜阳里,渺渺烟波绿拍堤。

——题马远画册

第一首颇有白居易题钱塘湖风韵,轻盈、秀丽;第二首忧伤、哀婉,似吴文英之词调。赵构题画山水诗佳作颇多,如《题画册花草四首》《题阎次平小景》《题燕文贵柳庄观荷图》均清丽、幽婉。

《声画集》所录南宋题画山水诗极有限。清陈邦彦等奉敕编120卷《御定历代题画诗类》(据《景印文渊阁四库全书》)所录南宋题画山水诗800余首,亦不全面。

至于山水诗名家,题画山水诗题材愈加广泛,如陆游《题阳关图》《题城侍者剡溪图》《题剡溪莹上人梅花小轴》、杨万里《题邓国材水墨寒林》《戏题郡斋水墨坐屏二面》《戏题水墨山水屏》《题文发叔所藏潘子真水墨江湖八境小轴》《题张坦夫腴庄图》、范成大《题画卷五首》《题秋鹭图》、朱熹《题可老所藏徐明叔画卷》、徐玑《题陈西老画蜀山图》等，凡人物、花鸟、山水、神道等均有入题画山水诗者。

以同源山水画为同题山水诗。题画山水诗以异画题诗为主，亦有依同画题诗者。如北宋宗室画家赵令穰，字大年，与苏轼友善，其小景山水画别具一格，所谓"近时画手说超然，小景仍推赵大年"（蔡戡《王东卿惠墨戏副之以诗因次韵谢之》其六）。南宋山水诗多有《大年小景》题咏，如汪藻、赵孟坚、舒岳祥、艾性夫、龚璛等，此题山水诗均萧散、旷远、流美，如：

霜轻榆柳未全黄，两岸菰蒲洲渚长。鸥鸟背人飞扑漉，西风尝是入斜阳。

——赵孟坚·题赵大年小景

三株五株依岸柳，一只两只钓鱼船。水天鹈鸭斜飞去，细草平沙兴渺然。

——舒岳祥·题赵大年小景

以同源山水画为同题山水诗最著名者乃潇湘八景。潇湘八景，相传为潇湘一带八处佳胜。[①] 潇湘八景之名在历史上多有变化，首创者亦难确定，北宋禅僧德洪（一名惠洪，号觉范）《石门文字禅》云："宋迪作八景绝妙，人谓之'无声句'，演上人戏余曰：'道人能作有声画乎？'"这条记载亦见于孙绍远《声画集》。《石门文字禅》卷15载德洪《潇湘八景》七绝8首，为《山市晴岚》《洞庭秋色》《江天暮雪》《潇湘夜雨》《渔村落照》《远浦归帆》《烟寺晚钟》《平沙落雁》。

最终以沈括归及宋迪为定。沈括《梦溪笔谈》云："度支员外郎宋迪

---

① 陈野：《南宋绘画史》，上海：上海古籍出版社，2008年，第228页。

工画,尤善为平远山水,其得意者《平沙落雁》《远浦归帆》《山市晴岚》《江天暮雪》《洞庭秋月》《潇湘夜雨》《烟寺晚钟》《渔村夕照》,谓之八景。好事者多传之。"

南宋以"潇湘八景"为题之题画山水诗颇多,主要诗家有赵扩、喻良能、赵汝燧、刘学箕、刘克庄、叶茵、周密等,八景次序不一,以五、七绝为主,亦有五律(赵扩)、古风(叶茵、周密,似七律),其中以宁宗(赵扩)、周密最佳,萧散、清淡、闲远,如:

薮泽趁虚人,崇朝宿雨晴。苍崖林影动,老木日华明。
野店收烟湿,溪桥流水声。青帘何处是,彷佛听鸡鸣。

——赵扩·山市晴岚

半空兰若岚翠霏,千点万点林鸦归。疏烟灭没冷幡影,沉沉绿树生春晖。

孤钟殷殷度残雾,响透松梢惨将暮。山椒暝色失浮图,隔岸残僧尚呼渡。

——周密·烟寺晚钟

题画山水诗极大丰富了山水诗题材,更促进山水诗艺术提高。自同源山水画而来之题画山水诗,忌蹈前迹,故尤显技巧。

山水诗依山水画规范题材。宋代山水画题材世俗生活占有极大比例,南宋愈加贴近现实。南宋山水画所绘山水多为平常景物,现实即目可见,溪流、云峰、林木、草石少有怪奇,如李成《小寒林图》、范宽《雪景寒林图》、马远《梅石溪凫图》《松间吟月图》《晓雪山行图》、夏圭《烟岫林居图》《遥岑烟霭图》均为平居常见之风光景物,且多以江南风光为主,充满诗意,为山水诗家青睐;所显生活亦多合乎情理时俗,如马远《踏歌图》、阎次平《牧牛图》等描绘了人于现实山水中劳动、旅次、山居、游乐等,与南宋书写现实之诗学观吻合。

宋代诗画家普遍遵从诗画同源之古训。北宋郭熙《林泉高致》称:"诗是无形画，画是有形诗。"① 苏轼《东坡题跋·书摩诘〈蓝田烟雨图〉》亦云："味摩诘之诗，诗中有画；观摩诘之画，画中有诗。"② 所论促进了山水诗艺术在题材领域同山水画之借鉴、融合，一些山水诗家本身亦为画家，故南宋山水诗家多直接或间接参照山水画之题材，其借鉴范围、影响程度较直接的题画诗更为深远、广泛。同时，南宋山水诗家以自然为题材，直击山水，征行为诗，故南宋山水诗艺术中"题材和塑造的山水形象"深受山水画题材影响可见。③

二、景象清淡，水墨诗趣

宋室南迁，画风亦有新变。南宋绘画"异变北宋全景式布局，转而注重局部布置"④，由北宋粗犷壮阔变为柔美细腻，色彩愈素淡，布置愈精巧，内容愈时俗。南宋山水画以"两米"（米芾、米友仁）、"四家"（李唐、刘松年、马远、夏圭）为代表，他们"与北宋山水画风格大异其趣，自成一家"⑤。

南宋山水诗艺深受两米、四家山水画之水墨妙趣、边角排设、疏朗留白艺法影响。

水墨画以水墨为颜色，重在写意，所谓"意足不求颜色似"（陈与义《和张规臣水墨梅五绝》）。中国古代文人画重要奠基者为北宋苏轼及其表兄文同⑥，其水墨笔法妙趣横出。两宋之季，"两米"父子以"米点"开辟"云山墨戏""真趣"，扩大苏轼"意似"，山水画由"写实"进入"写意"时代。⑦ 其后"四家"山水画水墨愈加个性鲜明，马远、夏圭之山水画最

---

① 黄宾虹：《美术丛书》（二集七辑），杭州：浙江人民美术出版社，2013年，第19页。
② [宋]苏轼：《苏轼全集》，上海：上海古籍出版社，2000年，第2189页。
③ 陈野：《南宋绘画史》，上海：上海古籍出版社，2008年，第248页。
④ 陈野：《南宋绘画史》，上海：上海古籍出版社，2008年，第98页。
⑤ 陈野：《南宋绘画史》，上海：上海古籍出版社，2008年，第77页。
⑥ 徐书城：《宋代绘画》，北京：人民美术出版社，2004年，第140页。
⑦ 徐书城：《宋代绘画》，北京：人民美术出版社，2004年，第150页。

具特色者即为水墨山水。南宋山水诗艺显著融通"两米""四家"水墨画素淡、真趣之本质。

素描景物、单调冷色。为光大"画道之中，水墨最为上"（王维《山水诀》）之理念，"两米"父子精心设置画中水墨，强化墨迹，混沌色调。如米友仁《潇湘奇观图》浓墨染山、白淡飘云，全幅在云山掩映、平山远景中黑白交错，对比鲜明。"四家"墨色凝重，如马远《松寿图》《溪山无尽图》、夏圭《溪山清远图》《雪堂客话图》等均两色对比分明，树木山石浓墨，天水云溪白淡，全幅清素，冷淡无彩，萧寒逼人，夏圭水墨清寒尤甚。[1]

南宋山水诗接受山水画水墨作画、清淡描景特色。为体现诗之素淡，南宋山水诗家取材多借鉴山水画之幽微、荒僻、清素物象，如雨、雪、月、寒烟、寒林、枯枝、鸦雀、流萤、危桥孤舟、素潭清溪、残垣断壁、荒郊野岭等；时间上偏重初春、深秋、日暮、星夜、雨时、雪天、雾霭突起等色彩暗淡、光线深沉之际。

南宋山水诗大家从陈与义到四灵作品均蕴含水墨山水画艺术之妙用。陈与义山水诗多绘烟雨、暮色之景，如"风雨破秋夕，微月照残更"（《风雨》）、"孤莺啼永昼，细雨湿高城"（《春雨》）、"中庭淡月照三更，白露洗空河汉明"（《秋夜》）、"竹林路隔生新水，古渡船空集乱鸦"（《立春日雨》）等；陆游诗里愈加常见秋深、僻景之态，如"高城带远林，落日动寒砧"（《云门晚归》）、"霜凋两岸柳，水浸一天星"（《城西晚眺》）、"疏篱带残雪，幽窦泻湍沙"（《初晴野步》）、"泽园霜露晚，孤村烟火微"（《小舟过吉泽效王右丞》）等；范成大、杨万里诗中亦不乏此类清素山水，姜夔诗中幽清、凄寒尤甚，其《除夜自石湖归苕溪十首》尤显清素，"长桥寂寞春寒夜，只有诗人一舸归"之凄冷正所谓"如饮冰雪"。

四灵诗借用水墨山水画法甚深。四灵山水诗景物颜色素朴清淡，物象细小幽深，环境凄寒空寂，如徐照"蛩响移砧石，萤光出瓦松"（《宿翁

---

[1] 陈野：《南宋绘画史》，上海：上海古籍出版社，2008年，第196页。

灵舒幽居期赵紫芝不至》)、"古殿清灯冷，虚堂叶扫风"(《宿寺》)，徐玑"殿静灯光小，经残磬韵空"(《宿寺》)、"蛩响砌尤静，云疏月尚微"(《秋夕怀赵师秀》)，翁卷"光逼流萤断，寒侵宿鸟惊"(《中秋步月》)、"灯冷纱光淡，香残印篆空"(《宿寺》)，赵师秀"微雨过时松路黑，野萤飞出照青苔"(《玉清夜归》)等，均凄寒透骨。四灵山水诗如此清冷源于清凄秉性、身世，源于时代衰败、社会暗淡，亦源于诗人所受水墨山水画影响，徐照本身乃山水画家，其他三人于山水画亦颇有鉴赏功底。

匠心设景，凸显意趣。大千世界，色彩缤纷，画家水墨山水原本不求颜色而取意趣，故"米点"可反复玩味，"四家"水墨不可求真求实。水墨山水之真趣被南宋山水诗家广泛接受。

诗家取景之际，精心裁剪，巧思布置，破除常规，立景新异。所为或者放大一点，不及其余；或者夸饰小节，横目立异；或者反常反道，以趣传神，以味含意。陈与义、陆游、范成大、四灵均有此等诗作，如"海棠不惜胭脂色，独立濛濛细雨中"(陈与义《春寒》)、"最怜山脚水，撩乱入陂塘"(陆游《野步书触目》)、"小童一棹舟如叶，独自编阑鸭阵归"(范成大《四时田园杂兴》)、"开门惊燕子，汲水得鱼儿"(徐玑《山居》)、"闲上山来看野水，忽于水底见青山"(翁卷《野望》)等皆生妙趣。

杨万里、朱熹山水诗吸收水墨山水画之"真趣"更为突出。前者寓山水以性灵，景物活泼流动；后者理性万物，多解山水趣味。杨万里善于抓住细节，散发趣味，凸显笑意，如"小荷才露尖尖角，早有蜻蜓立上头"(《小池》)、"戏掬清泉洒蕉叶，儿童误认雨声来"(《闲居初夏午睡起》)、"青山自负无尘色，尽日殷勤照碧溪"(《玉山道中》)、"绿杨尽道无情著，何苦垂条拂路人"(《宿小沙溪》)、"却有一峰忽然长，方知不动是真山"(《晓行望云山》)、"童子柳阴眠正著，一牛吃过柳阴西"(《桑茶坑道中》)等皆趣味横生，初读会心，哑然失笑，故《宋诗钞》谓之："见者无不大笑。呜呼！不笑不足以为诚斋之诗。"[1]

---

[1] [清]吴之振：《宋诗钞·江湖诗钞》，北京：中华书局，1986年，第2038页。

朱熹此类"真趣"山水诗技高一筹，得趣处亦得义。如"回头自爱情岚好，却立滩头数乱峰"（《涉涧水作》）、"只看云断成飞雨，不道云从底处来""断梗枯槎无泊处，一川寒碧自萦回"（《偶题》）、"满江风浪夜如何……依旧青山绿树多"（《水口行舟二首其一》）等，读之有趣，玩之得味，理趣相生。故陈衍谓"晦翁登山临水，处处有诗，盖道学中最活泼者"（《宋诗精华录》卷3）。

要之，南宋水墨苍劲画以"两米""四家"为主流。南宋山水诗接受南宋水墨山水画艺术内涵，素描山水、单调冷色、显真寓趣，因而此类山水诗多萧索淡然、空寂寥落。

三、诗家"白画"言尽意远

绘画留白自古有之。原始社会岩画、秦汉陶纹、两晋壁画均见留白，至唐张彦远《历代名画记》言"白画"[①]，留白遂立论定名，至宋留白艺术大胜。宋山水画无论院体派抑或文人派均好留白艺术。郭熙称："山欲高，尽出之则不高，烟霞锁其腰则高矣！"（《林泉高致》）[②]此论可谓尽得画家留白三昧。画之留白一者可谓白、空、幻物，可谓溪水、烟霭、天空、白云等，解之百义，随心转化；二者可画有尽而意之无尽，包藏无限不可画之义。留白亦为南宋山水画共性，"两米""四家"之画均如此，其空白示意大地、江河、天际、云烟、水雾等，乃至景色之朦胧、环境之清幽、季候清寒，从而给人以气象万千、恍惚迷离、苍茫氤氲、萧瑟荒凉、神秘莫测之感。如"夏圭更巧妙地利用画幅上的大片空白以表现江山的辽阔深远"[③]，其《溪山清远图》《烟怕林居图》《雪堂客话图》等均多留白，即使画面化繁为简，亦使意义领悟繁复。诗贵含蓄，忌讳尽言，所谓"'诗家

---

① [唐]张彦远：《历代名画记》卷3，丛书集成初编，上海：商务印书馆，1936年，第107页。

② 黄宾虹：《美术丛书》（二集七辑），杭州：浙江人民美术出版社，2013年，第17页。

③ 徐书城：《宋代绘画》，北京：人民美术出版社，2004年，第93页。

第四章　南宋山水诗艺术特征

三昧'是'略具笔墨'"①，此与画之留白通灵，故南宋山水诗借鉴山水画艺术而亦大力"留白"。

南宋山水诗之"留白"艺术范式主要体现为直接文字表达、取景虚实大小对比强烈、设境朦胧含混无定。

（一）空白文字直接表达

将表达留白的实义文字直接用于山水诗中以表现诗歌空间、意义无尽不定之意。此类文字主要有"空""白""虚""无""旷""远""尽""迷茫""混沌"等，此为南宋山水诗仿画"留白"最简洁、最通俗、最直观方式，诗家陈与义、陆游、范成大、杨万里、朱熹、四灵、戴复古等均有如此诗作。如：

陈与义：世乱不妨松偃蹇，村空更觉水潺湲。

——衡岳道中 其一

陆　游：开帘一寄平生快，万顷空江著月明。

——七月十四夜观月

奇峰迎马骇衰翁，蜀岭吴山一洗空。

——过灵石三峰 其一

桌边蘸岸接蓝水，篷外横空破墨山。

——入城舟中作

杨万里：水气清空外，人家秋色中。

——题文发叔所藏潘子真水墨江湖八境小轴 其五 太湖秋晚

近山远岫不知重，暖翠晴岚只满空。

——寄题王国华环秀楼 其一

---

① 钱锺书：《中国诗与中国画》，《七缀集》，北京：生活·读书·新知三联书店，2002年，第21页。

朱　熹：金鸡叫罢无人见，月满空山水满潭。

——淳熙甲辰中春精舍闲居戏作武夷
　　櫂歌十首呈诸同游相与一笑 其五

清溪流过碧山头，空水澄鲜一色秋。

——入瑞岩道间得四绝句呈彦集充父二兄 其三

徐　照：四望空无地，孤舟若在天。

——过鄱阳湖

徐　玑：淡云遮月连天白，远水生凉入夜多。

——中秋集鲍楼作

翁　卷：绿遍山原白满川，子规声里雨如烟。

——乡村四月

赵师秀：流来桥下水，半是洞中云。

——雁荡宝冠寺

在前后语境语义配合下，诗句中留白文字凸显意义宽泛、不定，乃至无限，不同读者、不同心境可以填充不同实义，但每一实义又似乎不足、不尽。故诗中"空"而不空，恰如画中留白之解。

（二）景与境差比空阔

如此手法以"留白"于山水画为常见艺术，南宋"两米""四家"山水画愈多有此构图范式，夏圭名作《溪山清远图》第三幅（见陈野《南宋绘画史》书首之图版13）最为典型。此画为长卷横幅，中间为水墨山石、稀疏树木，留白居半；画之两侧亦为留白，总计全卷空白居七成，山石与空白对照，视觉空阔。

山水诗虽无视觉画面直接可观，但诗人可以匠心遣词造句、设计布局，诗之读者在社会文化、传统认知、个体阅读经验习惯和思维定式影响下，形成比配直接的山水画留白效果，甚至所得感知超越山水画之有限，进入无限体念，通过抽象的文字获得超越任何具体线条的感觉。

就此而言，山水诗在营造留白艺术效果上远超任何直观山水画——

认识山水画留白时亦得借助思维想象，然因具体线条、颜色限制，有时亦难以超越文字内涵之承载力。恰如王弼所言："夫象者，出意者也；言者，明象者也。尽意莫若象，尽象莫若言。"（《周易略例·明象》）画一如象，故虽"言不尽意"，但尽意莫若言。此意足见山水诗胜于山水画。

山水诗景境空阔之留白乃运用手法营造虚实、大小强烈对比，悬殊空阔，诗之主体与背景空间形成寥廓疏空意境。以阔、大、虚之背景衬托实、小、明之实体，二者中间地带稀疏空阔，如萤虫入夜厅。其类诗中多以"一""半""孤""单""小""数"诸词言其实景之小；而言背景之空阔者无定语，多以塑造朦胧而旷阔景象为用。如陈与义"孤莺啼永昼，细雨湿高城"（《春雨》）、"一川木叶明秋序，两岸人家共夕阳"（《舟次高舍书事》），陆游"数只船横浦口，一声笛起山前"（《夏日六言四首》其三）、"一汀蘋露渔村晚，十里荷花野店秋"（《秋夜泊舟亭山下》），四灵"两层帘幕垂无地，一片笙箫起半空"（赵师秀《陈待制湖楼》）、"数间茅屋残山外，片石崚嶒树影交"（徐照《送尘老归旧房》）、"一天秋色冷晴湾，无数峰峦远近间"（翁卷《野望》）等，均以小景小物置大境大象中，二者对比殊差，中间空阔，景象留白巨大。浩渺"夕阳"下寥寥数"人家"，迷茫"浦口"静卧几只小舟，"荷花十里"却只有孤寂野店，"一天秋色"下独显半湾残水，其大小、多少、高低殊差至极。细味此类留白山水诗句，若鱼游汪洋、鹏翔北冥，令人浮想联翩。

（三）设境朦胧空阔、混沌迷茫

南宋山水诗留白最主要艺术范式乃是建构朦胧空阔、混沌迷茫之意境，从而形成虚无飘逸、旷荡寥远、余味无穷之感受。

南宋山水画以清淡、旷远为主，无论"两米""四家"还是后来的阎次平，均以素淡颜色乃至简洁的水墨表达山水之幽静、淡远、空蒙、萧散意象，故其笔下多绘孤峰、野寺、老树、寒江、茅屋、小桥、闲舟等荒野幽寒景象。

"以画法为诗法……最得画家三昧。"① 为切合表达烟雨江南山水风光，亦如南宋山水画家选景，南宋山水诗人发挥文字特有艺术手段，尽显清寂幽寒、旷远虚阔气象，故留白空间充足。

设置含混朦胧物象。此类山水诗多选取古寺、寒江、荒山、野岭，秋月、夕照、长空、皓月、横浦、远山、莽原、幽林、云、霞、雾、烟、雨等混沌景物；同时，亦频繁加之声音、空间、光线、梦等变幻不定、恍惚迷离物象，故南宋山水诗之"留白"较之山水画更为丰富、更具意味。南宋山水诗中此类留白亦最为广泛、频繁，以陆游、姜夔、四灵居多，如：

陈与义：寂寞小桥和梦过，稻田深处草虫鸣。

——早行

陆　游：渺渺烟中路，冥冥海上村。

——秋日次前辈新年韵五首 其一

傍檐林鸟惊幽梦，极目烟芜捲烧痕。

——春阴

烟雨迷衰草，汀洲老白蘋。

——秋兴

雪暗梨千树，烟迷柳一川。

——小舟游西泾度西冈而归

姜　夔：梅花竹里无人见，一夜吹香过石桥。

——除夜自石湖归苕溪十首 其一

夜深吹笛移船去，三十六湾秋月明。

——过湘阴寄千岩

徐　照：水边山出月，松上雨沾衣。

——中夕

徐　玑：断桥横落浅沙边，沙岸疏梅卧晓烟。

——春雨

---

① [清]仇兆鳌：《杜诗详注》卷4，北京：中华书局，1999年，第279页。

第四章　南宋山水诗艺术特征 ◀◀◀

　　翁　卷：绿遍山原白满川，子规声里雨如烟。

　　　　　　　　　　　　　　　　　　——乡村四月

　　姜夔山水诗乃是塑造此类留白高手，迷离、缥缈、恍惚意境，极具严羽所言"透彻玲珑，不可凑泊，如空中之音，相中之色，水中之月，镜中之象，言有尽而意无穷"[①]之妙。

　　借用含混多义词语。山水诗中含混语言亦可置空阔杳远、言尽意余之境而成留白。其法或者为迷离恍惚之词语，如苍茫、微茫、茫茫、浩渺、蒙蒙、朦胧诸类；或者为含混、歧义、多义、多解诗句。前者如尤袤"万里江天杳霭，一村烟树微茫"（《题米元晖潇湘图二首》其一），孙觌"无言独立苍茫里，更听黄鹂一两声"（《静节轩》），陆游"千里郊原俯莽苍，三江烟水接微茫"（《秋望》）、"横林渺渺夜生烟，野水茫茫远拍天"（《乙丑夏秋之交小舟早夜往来湖中戏成绝句十二首》其一）等；后者如陆游"小楼一夜听春雨，深巷明朝卖杏花"（《临安春雨初霁》）、"山重水复疑无路，柳暗花明又一村"（《游山西村》），叶绍翁"春色满园关不住，一枝红杏出墙来"（《游园不值》）、张栻"律回岁晚冰霜少，春到人间草木知"（《立春偶成》）等，内涵无穷，言尽意余，正如画白之遐想。

　　朱熹众多哲理山水诗亦可归入此类，其含义深刻，玩味不尽，恰山水画空白之含混、多义、多解，如"只看云断成飞雨，不道云从底处来"（《偶题》）、"等闲识得东风面，万紫千红总是春"（《春日》）等，意中有意、味外有味，乃司空图所谓"韵外之致""味外之旨"（《与李生论诗书》）是也。

　　可见，南宋山水诗之留白有三个意义层次：山水诗取材物象空白（如杨万里名诗《小池》）、山水诗意境空白（如姜夔朦胧诗）、山水诗意义空白（如朱熹哲理山水诗），三者可为递进，亦可为并列。

　　取物象而为"白画"诗，乃是因为一定物象表达一定意境。物、境之

[①] ［宋］严羽：《沧浪诗话》，何文焕《历代诗话》，北京：中华书局，1981年，第688页。

认知有一定范式,即所谓"符号化的景物意象",它"包含着历史传统,更蕴含着作者自己的思想感情"①。同时,亦与读者思想情感、个体经历、社会集体意识、民族地理、地域气候认知等关联密切。

南宋山水诗家设境留白多是混沌物象与混沌词语并用,赵扩所题《潇湘八景》即是此类典型,故境清远、空寂而余味无尽。

南宋山水诗留白艺术乃是山水诗与山水画融合互参表现,但道佛之空无、无解观亦于南宋山水诗留白艺术之构建有重大影响,或曰道禅意识及其言语方式于南宋山水诗空白艺术思维建构亦同时有参照,此处略论。

四、诗咏边角 气象新变

宋室南变,画风亦变。五代北宋"三远"全景式日益新变为"平远"截景式,甚至边角式。"南宋时期,出现大量小幅形制的绘画作品……成为南宋绘画中引人瞩目的独特景象。"②此变自李唐始,其代表作《清溪渔隐图》之截景、《江山小景图》之半边标志南宋"彻底变革了荆浩、关仝等北宋山水画的构图法,直接开启其后马远、夏圭一角、半边局部取景布置的全新章法,极具创意"③。

边角画法最有成就者为李唐后继者马远、夏圭。马、夏光大山水小幅边角构思,其画多绘山之一角或水之一段,留白广大,主体突出,空间分明,境界深邃,以少胜多,韵味无穷。二人以其精湛艺术、深远影响将"一角""半边"构建技巧固化为南宋山水画标志,以致后来称之"马一角""夏半边"。"夏圭与马远有共通之处……'水墨西湖,画小满幅',章法别致,布局出新。构图常取半边,焦点集中,空间旷大。在对空间的表现上,往往舍去中景、近景突出、远景清淡,清旷俏丽,画面因而十

---

① 王德明:《中国古代诗歌情景关系研究》,南宁:广西民族出版社,2005年,第262页。
② 陈野:《南宋绘画史》,上海:上海古籍出版社,2008年,第36页。
③ 陈野:《南宋绘画史》,上海:上海古籍出版社,2008年,第99页。

分空灵。"① 马远《梅石溪凫图》《松间吟月图》《晓雪山行图》、夏圭《雪堂客话图》《烟岫林居图》《遥岑烟霭图》分别为"马一角""夏半边"代表作。

夏圭以清旷布局凸显江南自然山川秀美，虽为"半边"，但"布景运思，不盈咫尺而万里可论"②。"夏的小幅山水……淡墨轻笼的云烟山岚因无羁而飘散弥漫，引人遐思。江南山水的婉约多姿、灵动秀逸、明净清润，在夏圭的小幅画中，得到了淋漓尽致的表现。"③ 夏"半边"含蓄韵致略胜马"一角"，但后人多将四家并列称道，明清人甚至谓南宋画为"刘、李、马、夏又一变也"④。

"马一角""夏半边"之变亦因南北山水景物之异。北方山水雄浑高大、厚实古朴，不取全景不足以体现北方天高云淡、山雄地阔之势。马、夏所在杭州山清水媚、雕梁画栋、烟雨迷蒙，极宜工笔一角、细描半边尽显灵秀，可谓以点代面，以小显大，以微见广。

南宋山水诗充分融合了山水画"一角""半边"构建技巧，山水诗题材、体裁并表现手法、艺术风格等均从中得益颇多。

体裁取便，题材就简。受边角山水画启发，南宋山水诗家偏爱近体，轻便五绝、七绝日趋为多；在题材上多选取简单、片段、边角山水景物，大量细微景物如一人、一物、一景乃至瞬间偶见之场面、突发之冥想遍布山水诗篇。

南宋初期，陈与义笔下山水诗近体居绝对数量，古风寥寥无几。其山水诗之佳作名篇多为绝句，如七绝《春寒》（二月巴陵日日风）笔墨主要集中于海棠，可谓至简。至中兴季，山水诗大家亦多纳简便边角景物于绝句，成就名篇佳作。如陆游七绝《夏初湖村杂题》之"一对菱鸡下绿阴"、

---

① 陈野：《南宋绘画史》，上海：上海古籍出版社，2008年，第193页。
② [宋]无名氏：《宣和画谱》卷20，丛书集成初编，上海：商务印书馆，1936年，第247页。
③ 陈野：《南宋绘画史》，上海：上海古籍出版社，2008年，第199页。
④ [清]厉鹗：《南宋院画录》，黄宾虹《美术丛书》集4辑4，杭州：浙江人民美术出版社，2013年，第17页。

《春日》之"忽见家家插杨柳,始知今日是清明"均选取细小边角为材,前者突显夏初湖村之万物生机,后者言春深景浓,春光易逝。姜夔山水名篇取材边角、裁剪冗余愈加得体,如《除夜自石湖归苕溪》中"梅花竹里无人见,一夜吹香过石桥""长桥寂寞春寒夜,只有诗人一舸归"、《湖上寓居杂咏》中"轻舟忽向窗边过,摇动青芦一两枝""荷叶似云香不断,小船摇曳入西陵",均以细微之"石桥""长桥""一舸""一两枝""小船"入景入韵,杨万里称之"裁云缝雾之妙",亦含拾角取边之意。

四灵山水诗亦多以描绘细微山水景物而著称。如徐玑《秋行》着笔"小溪清水平如镜,一叶飞来细浪生",《新凉》选取"黄莺也爱新凉好,飞过青山影里啼",二句均细微深处见意味。赵师秀《玉清夜归》之"微雨过时松路黑,野萤飞出照青苔"同样以细微边角景物显幽清朴野之韵。

南宋山水诗仿学山水画体裁取便、题材就简之艺法于江湖诗派戴复古、方岳等笔下亦多有见。如戴复古有:

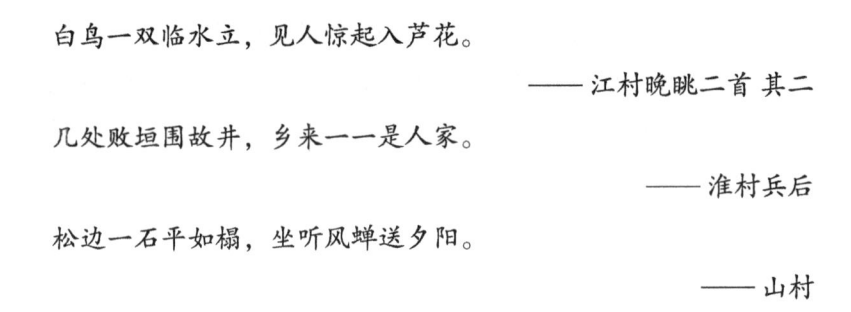

白鸟一双临水立,见人惊起入芦花。

——江村晚眺二首 其二

几处败垣围故井,乡来一一是人家。

——淮村兵后

松边一石平如榻,坐听风蝉送夕阳。

——山村

上述所列山水诗句如入画卷,其"白鸟一双""几处败垣""松边一石"或为"马一角"风格,或为"夏半边"风格;同时,其留白亦多,思味无极。

南宋山水诗近体尤其绝句日益壮大发展,至南宋末之江湖诗派、真山民等愈加以绝句山水诗为主,"马一角""夏半边"式山水诗愈加丰富。究其因,源于诗歌自身发展趋势、社会时尚需求,更源于诗家追慕时俗、崇爱边角山水画简洁风格。

第四章　南宋山水诗艺术特征

艺术灵动，风格清新。马远、夏圭既选取轻快体裁、细小题材，艺术上亦刻意经营、酝酿裁剪、斟酌线条，凸显"一边""半角"画面之灵动、意味之深长，恰如明人沈颢所谓"层峦叠嶂，如歌行长篇；远山疏麓，如五七言绝，愈简愈入深永"（《画麈》）①。以山水画边角范式为榜样之南宋山水诗亦全在艺术手法中显功夫、见风格。无论陈与义、范成大、杨万里、四灵、方岳诸大家，抑或叶绍翁、黄庚等微名小家均具有艺术灵动、格调清新之共性，如：

园里无人园外静，暗香引得数蜂来。
———曾几·独步小园四首 其一

海棠不惜胭脂色，独立濛濛细雨中。
———陈与义·春寒

日长篱落无人过，惟有蜻蜓蛱蝶飞。
———范成大·四时田园杂兴 其二十五夏日十二绝

数声啼鸟乱云暮，竹外一枝梅小春。
———韩淲·青山寺

黄莺也爱新凉好，飞过青山影里啼。
———徐玑·新凉

春色满园关不住，一枝红杏出墙来。
———叶绍翁·游园不值

山鸟亦知人意思，忽翻残雪啄梅花。
———方岳·即事

白鸟一双临水立，见人惊起入芦花。
———戴复古·江村晚眺二首 其二

荠花满地无人见，唯有山蜂度短墙。
———刘克庄·豫章沟二首 其一

---

① 黄宾虹：《美术丛书》（初集6辑），杭州：浙江人民美术出版社，2013年，第31页。

一声短笛斜阳外，知有渔舟泊柳阴。

——黄庚·雨过

归鸦不带残阳老，留得林梢一抹红。

——真山民·晚步

海棠独立、竹外梅枝、一枝红杏、柳荫渔舟乃孤寂之物，蜂舞蝶飞、莺啼鸟叫、白鹭入水、脆笛飞声本瞬间幽景，诗家精心运用拟人、衬托、夸张、白描等多种艺术手法尽显情趣，场面活泼，景象生动，清新可人，虽边角之物、瞬见之景，但江南山水景物灵性饱含其中，景小而情深，言淡而韵长。

杨万里"边角"式绝句山水诗既多，所含艺术之灵动、活泼之场景亦见特色。如："小荷才露尖尖角，早有蜻蜓立上头"（《小池》）、"远草平中见牛背，新秧疏处有人踪"（《过百家渡四绝句》其四）、"未必柳条能蘸水，水中柳影引它长"（《新柳》）、"儿童急走追黄蝶，飞入菜花无处寻"（《宿新市徐公店二首》其一）、"童子柳阴眠正著，一牛吃过柳阴西"（《桑茶坑道中八首》其七），无不蕴含清新、轻松、诙谐特色。诗人正是选取细微末节景象，不用典故，注重白描，用语浅俗，以物拟人，此"活泼自然、饶有谐趣"正是诚斋体风格特征表现[1]。时人于杨万里此种边角山水诗早有肯定，如"死蛇解弄活泼泼"（葛天民《寄杨诚斋》）、"状物姿态，写人情意，则铺叙纤悉，曲尽其妙"（周必大《跋杨廷秀石人峰长篇》），周密亦言"极有思致"[2]。清人力纠明人偏执，于杨万里此类纤细山水诗称扬愈多，称之"落尽皮毛，自出机杼"[3]，延君寿亦曰："机颖清妙，性灵微至，真有过人处。"（《老生常谈》）[4]

要之，南宋山水诗模范南宋山水画之一角半边思维，运用恰当艺术手

---

[1] 袁行霈：《中国文学史》（卷3），北京：高等教育出版社，2005年，第123页。
[2] 湛之：《杨万里范成大资料汇编》，北京：中华书局，1964年，第36页。
[3] [清]吴之振：《宋诗钞·江湖诗钞》（册3），北京：中华书局，1986年，第2038页。
[4] 郭绍虞：《清诗话续编》，上海：上海古籍出版社，1983年，第1805页。

法，以有限空间、细微景物表现南宋山水无穷韵致，与山水画以"马一角""夏半边"表现南方秀美风光可谓异曲同工之妙。山水诗边角取材虽为南宋政治形态、社会时局、时俗人心之折射，抑或谓之以细小幽微边角山水隐寓宋室江山破碎、促居东南，但师学山水画边角艺术以促进山水诗创作发展之动机最为主要。借助山水画思维艺术以发展山水诗贯穿南宋始终，山水诗艺术成就因之显著。

五、援画言诗，语用多样

南宋山水诗语言上接受山水画最重要的、直接的手法乃是大量以山水画名称、术语入诗，并以之为山水诗创作艺术借鉴、山水诗审美规范。

"诗画本一律。"（苏轼《书鄢陵王主簿所画折枝二首》其一）两宋山水画原本亦有借鉴山水诗者，仿诗作画、以诗言画乃两宋士人、诗人、画家共同意识，所谓"诗中有画……画中有诗"[1]是也。郭熙《林泉高致》谓"诗是无形画，画是有形诗……古人清篇秀句，有发于佳思而可画者"[2]，并援用唐王维、老杜、郑谷并宋魏野、王安石等十余诗家诗句言诗画本性相通。南宋山水诗家如陈与义、徐照、姜夔、白玉蟾、赵奎等兼善丹青，援画入诗、借画寓诗甚富。南宋山水诗言语艺术接受山水画主要方式有画景同言、画比山水、画词入诗、画式入诗四类。

画景同言。山水诗将所言山水景物直接与"画""图"关联、等同，抑或前缀"如""是""似"字眼，将自然山水直接比喻为泛义山水画。如：

独凭危堞望苍梧，落日君山如画图。

——陈与义·城上晚思

攒峰叠嶂来无尽，疑是舟行图画中。

——吕本中·涂中久雨乍晴

---

[1] [宋]苏轼：《苏轼全集》，上海：上海古籍出版社，2000年，第2189页。
[2] 黄宾虹：《美术丛书》（二集7辑），杭州：浙江人民美术出版社，2013年，第19页。

马上遥看江上山，白云红树画图间。

——陆游·迓益帅马上作

人行剡曲溪山里，家住辋川图画中。

——杨万里·次韵李与贤幽居

好山十里都如画，更与横排一径松。

——杨万里·江上松径

一溪盘曲到阶除，四面青山画不如。

——戴复古·见山居可喜

烟村秋色画，茅屋夕阳春。

——方岳·唐律十首 其八

水色山光皆画本，蝉声禽语亦吟情。

——真山民·送云泉入山

上述诗句中，诗家将所言山水景物抑或其意味直接视同山水画之美之味，无需借助中间话语，现实山水与画中山水融合为一，意在凸显自然山水即是天然画卷。

画比山水。山水诗家将所言山水景物之美比喻为具体画家之画，有时甚至直接用画家之名借代画家之画。南宋山水诗常引山水画家宋前主要有唐王维（摩诘），北宋主要有巨然、关仝、李成（营丘）、范宽、郭熙、王诜（将军）、赵令穰（大年），南宋主要有"两米"（米芾、米友仁）、"四家"（李唐、刘松年、马远、夏圭）等。如：

雪里芭蕉摩诘画，炎天梅蕊简斋诗。

——陈与义·题赵少隐青白堂三首 其三

樊川诗句营丘画，尽在先生拄杖边。

——陆游·舍北晚眺

卷藏破墨营丘笔，却展将军著色山。

——陆游·雨中山行至松一风亭忽澄霁

第四章　南宋山水诗艺术特征

峰顶夕阳烟际水，分明六幅巨然山。

—— 陆游·湖上晚望

大年小景真儿戏，郭熙远山闲故纸。

—— 杨万里·题刘子远宴坐画图楼

曾泛扁舟访石湖，恍然坐我范宽图。

—— 姜夔·雪中六解 其四

李成（919—967），世称李营丘。《宋朝名画评》列其画为"神品"，谓之"精通造化，笔尽意在……思清格老，古无其人"①。"凡称山水者，必以成为古今第一，至不名而曰李营丘焉。"②甚至"营丘山水天下知"（李之仪《题王子重出李成所画山水》），"夫气象萧疏，烟林清旷，毫锋颖脱，墨法精微者，营丘之制也"③。李成独创"卷云皴"，"以侧笔作圆浑秀润的线条来刻画山石树木"④。此法以刻画山水秀丽清明为主调，此切合南宋东南风光，故南宋山水诗用语"营丘"最富。

范宽，约与李成同时。擅长描绘北方雄伟、浑厚山川，其"雨点皴"法"以短促峻峭的直笔作短线条以刻画高山巨石的体貌，具有一种磅礴雄伟的气势"⑤。《溪山行旅图》为其雄浑山水画卷代表，南宋山水诗以之喻壮阔山水景物。

王诜（约1048—约1104），字晋卿，娶英宗女为妻，曾官左卫将军。善绘幽谷晴岚、烟江叠嶂，笔法独特，"先以墨笔勾皴，然后着青绿色"⑥，故陆游谓之"却展将军著色山"。

---

①　[宋]刘道醇：《宋朝名画评》卷2，四库全书本。

②　[宋]无名氏：《宣和画谱》卷11，丛书集成初编，上海：商务印书馆，1936年，第284页。

③　[宋]郭若虚：《图画见闻志·论三家山水》，丛书集成初编，上海：商务印书馆，1936年，第39页。

④　徐书城：《宋代绘画》，北京：人民美术出版社，2004年，第28页。

⑤　徐书城：《宋代绘画》，北京：人民美术出版社，2004年，第30页。

⑥　徐书城：《宋代绘画》，北京：人民美术出版社，2004年，第174页。

以营丘、将军、巨然、大年等不同画家、画作、画法言其不同山水景物，足见南宋诗家于宋山水画研究全面、深刻、透彻，对现实山水景物把握亦十分到位，故用语于山水诗贴切、生动。

画词入诗。在山水诗中大量引入绘画术语，主要有绘画动作、笔法、方式、颜色等。绘画动作、方式、笔法三者多紧密关联，难以绝对区分。主要词语有"画（动词）""抹""皴""添""破""点""染""印""泼"等，此类山水诗句有：

卷藏破墨营丘笔，却展将军著色山。
——陆游·雨中山行至松一风亭忽澄霁

樟边蘸岸接蓝水，篷外横空破墨山。
——陆游·入城舟中作

好山万皴无人见，都被斜阳拈出来。
——杨万里·舟过谢潭

庐山山北泼蓝青，碧罗幛裹翡翠屏。
——杨万里·过江州岸回望庐山

东风染得千红紫，曾有西风半点香。
——杨万里·木犀二绝句 其一

日落西南第几峰，断霞千里抹残红。
——朱熹·晚霞

南宋山水诗亦常借用处理、收藏画卷动作、方式之词语，主要有"提""挂""捲（卷）""展""铺""悬"等。如：

断雨暂提苍玉出，游云忽捲画图归。
——钱时·暮山

阳光稍稍褰层箔，春色徐徐展画图。
——项安世·富阳道中早行

第四章　南宋山水诗艺术特征

更许虚空画山水，细铺霞浪衬云峰。

——张镃·过慈云岭

　　大量引入表现绘画动作、笔法之术语为山水诗文字语用，不仅使山水诗语言更为新颖、生动，亦见诗家充分利用绘画艺术以提高山水诗创作技巧之用心，同时亦反映出诗家对笔下自然山水之喜爱，视之为秀美画卷矣！

　　画式入诗。山水诗借用山水画中画面、画框、画布、画幅范式抑或量规之语以体现诗家笔下描绘山水景物角度、范式与画家绘制山水画卷表现角度、范式类同，所获审美视觉效果亦共趣同味。

　　南宋山水诗所引入绘画范式词语主要有"框""窗""卷""幅""屏""轴""扇""面"等。山水诗利用这些"画框"，使时间线性文字呈现出别致巧妙、范式有序之空间立体画卷感觉和意味。如：

一窗月上杉篁影，便是人间水墨图。

——刘子翚·夜凉

小雨霏霏旋作晴，北窗清润绿阴成。

——陆游·北窗

峰顶夕阳烟际水，分明六幅巨然山。

——陆游·湖上晚望

乞与画工团扇本，青林红树一川秋。

——陆游·舍北望水乡风物戏作绝句

远近青山列画屏，近山浓抹远山轻。

——杨万里·望山

窗外小山重叠好，阴阴松竹翠排檐。

——郑刚中·题雷石寺润公环翠轩

山色濛濛横画轴，白鸥飞处带诗来。

——俞桂·过湖

> 颍江山水檐楹外，壮观风烟画轴中。
>
> ——陈造·寄赵宰三首 其一

　　山水诗中借用山水画取景布图模式，以一定逻辑秩序把山水景物之远近、高低、大小、显隐、明暗等位置与形态一一表现出来，诗似画美，景如画展。陆游山水诗为南宋成就最高典范，亦为借用山水画艺术的最成功典范。"陆游写景的诀窍是选取两个以上景物，按照声色、朝夕、远近等艺术辩证法构设成对句，变单一意象为复合意象，通过自然意向群的排列、分合、映衬，形成带有连续欣赏意味的画面，从而突破视听的时空限制，创造出如歌似乐的诗歌境界。"[1]故陆游山水诗中借用"画框"范式最为丰富。

　　南宋山水诗以语用范式借鉴山水画，表面上为词语借用，本质则为艺术手法、审美思维之借鉴。"范成大、杨万里、朱熹、姜夔以及江湖派诗人和永嘉四灵都创造了大量短小精美的山水诗绝句，由此可见，诗人、画家息息相通的艺术性灵。重峦叠嶂，如歌行长篇；远山疏麓，如五七言绝，愈简愈入深永。"[2]可见，南宋山水诗之辉煌与诗家深受山水画艺术影响密不可分，且所得惠益、所受影响具有全面性和深刻性。

　　要之，南宋山水诗、南宋山水诗艺术之变深受南宋山水画之影响，其山水诗之题材、艺术特征、审美意境之变与山水画之变趋于协调，二者均以变化适应南宋偏居东南、面临南方山水景物之现实。南宋山水诗借鉴南宋山水画不仅仅在于不同文化形式间思维、艺术的借鉴、融合，亦为南宋社会好学勤思、理性沉稳、平淡内敛之共同意识体现。

---

[1] 章尚正：《中国山水文学研究》，上海：学林出版社，1997年，第230页。
[2] 陈野：《南宋绘画史》，上海：上海古籍出版社，2008年，第248页。

本章结语

　　南宋山水诗承唐、北宋山水诗而来却自有南宋山水诗艺术特色，为中国古代山水诗最终定型，并创造了中国诗学最后的辉煌，其后元明清山水诗艺术成就无有超越南宋者。南宋山水诗独特艺术性源于南宋独特社会性：局促于华夏东南一隅，政治衰败、军力孱弱，经济、文化、教育、商贸、都市却空前繁荣；理学居于正统地位，但于社会、文人思想实际影响力则日益式微，道佛意识、世俗化观念更深入人心；南宋士人愈加勤学好书，艺术素养大为提升，众多山水诗家集仕人、诗人、文人、画家、书法家于一身。因而，南宋山水诗深受道佛、绘画、时俗影响，其题材、体裁、风格、意境、审美观念日益世俗化，变易宋调，山水诗、画艺术融通互进，最终成就了南宋山水诗艺术之独特性。

　　南宋山水诗还兼具清雅、冲和、闲淡、蕴藉之艺术特征，且与道禅意识关联紧密，前文后语有所论及，故此处阙如。

第五章　南宋山水诗与道佛

自道佛传播以来，中华大地深受其影响。唐代，佛教本土化形成禅宗，因而唐以后"禅""佛""释"三者多为同指。宋代300余年之社会、政治、经济、思想、文化、宗教无一不在道佛浸润中。中国古代文化"历数千载之演变，而再造极于赵宋之世"[1]，"整个宋代的文学成就，特别是诗坛独特风格的形成，是与佛教的影响密不可分的"[2]。其实，道教于宋代文学影响亦密不可分。诗歌为宋代文化一部分，南宋山水诗为南宋诗歌一部分，亦与道佛渊源深厚，其所在社会环境、诗家、题材、体裁、艺术、风格、意境等均与道佛关联密切。本章主论道佛与南宋山水诗家之社会生活环境、诗学观、山水诗内容之关联，略及道佛与南宋山水诗本体之艺术、风格、意境等内蕴之关联与作用。

第一节　南宋山水诗家与道佛渊源

山水诗之诞生与中国本土道家、道教密不可分，山水诗可谓文人与道家融合产物。宋代道佛并盛，同时因偏居东南，于南宋特殊政治、时俗影

---

[1] 陈寅恪：《金明馆丛稿二编·邓广铭宋史职官志考证序》，北京：生活·读书·新知三联书店，2001年，第227页。

[2] 孙昌武：《中国佛教文化史》册5，北京：中华书局，2010年，第2424页。

响下，南宋山水诗家及其家族亲友浸润道佛甚为深厚。解析诗家所处道佛环境而论诗，正孟子所谓"知人论世"之用。

一、南宋社会与道佛

政治、经济、文化、教育、家庭、人才、生活均是社会构建元素。道佛与文学关系始自道佛与社会关联。南宋文化道佛化乃南宋山水诗道佛意识形成的社会基础。

（一）山水诗与道佛文化渊源

中国山水诗学理念与老庄思想契合由来已久。其始，老子即有道、自然一统之心，所谓"人法地，地法天，天法道，道法自然"（《道德经》章25），庄周亦曰"原天地之美而达万物之理"（《庄子·知北游》），自然山水成为道家悟道之中介、言道之载体。及至晋宋，自然山水、老庄理念两者结合见之于文愈加紧密，盖因"方寸湛然，固以玄对山水"（孙绰《庾亮碑》），但"于时篇什，理过其辞，淡乎寡味"（钟嵘《诗品序》），老庄之玄理甚嚣于山水自然景物之上。

时世之变，"庄老告退，而山水方滋"（刘勰《文心雕龙·明诗》）。谢灵运、谢朓删减玄言，缘情山水，"若乃山林皋壤，实文思之奥府"（《文心雕龙·物色》）。此后，"山水有清音"（左思《招隐诗》）乃为共识。自晋至唐，老庄融合山水之文殊未绝迹。在一定意义上，山水诗可谓道家生活世俗化产物。

佛教自入东土，于人心、习俗、文化影响尤深，文学之变亦在列。佛家日益与中国本土道家结合，唐时形成中国化佛教——禅宗，于是文人称佛为禅，以禅代佛，论禅头头是道；同时道家接受外来宗教文化（主要为佛教）形成了道教。经过南北朝各种宗教文化互相碰撞、吸收，唐五代时，道、禅与其他文化进一步融合，形成了禅中有道、道中有禅之宗教新体系。文化总在历史继承与时代新变双重驱动下发展，文学与道佛原本就存在深厚渊源，无论社会环境、个体思想、作家群体抑或作家个体作品形式、作品内容诸方面均见其鲜明、深刻影响和表现。

道佛影响宋代社会文化诸方面中，以文学表现最为丰富、明显。盖因宋文人心近佛门道堂，渊源久远。道来自本土，与儒亲缘；梵佛入华，千年改造，合流儒道，所谓"宋学之产生，原于纯文学之反动，非妄言矣。佛学之影响于宋学，其时最久，而其力亦最伟。吾人如谓无佛学即无宋学，绝非虚诞之论。宋学之所号召者曰儒学，而其所以号召者实为佛学；要言之，宋学者，儒表佛里之学而已"（周予同《朱熹》）[1]。南宋儒学道佛化、道佛日益灌注儒学，故儒学于南宋诗歌影响虽为深远，但日益转化、体现为道佛与诗歌关联之中，且最为直接、鲜明。最终，道佛于南宋山水诗影响超过儒学。

（二）南宋朝堂与道佛接受

道佛深刻影响宋代社会于朝廷政治作用最为明显。出于社会政治需要，宋初太祖即保护寺院，不仅"当废未毁者存之"[2]，且广建寺观，厚赐财物，多结名僧。太宗亲撰"《莲花心轮回文偈颂》十部，共二百五十卷、《回文图》十轴，以示宰相近臣"（李焘《续资治通鉴长编·太宗》卷24）。

宋廷崇佛亦重道。宋初视道几为"国教"[3]。太宗、真宗多次利用道教神化其履尊统之"合法性"，徽宗"独喜其事……建上清宝箓宫，密连禁省"（《宋史·方技传·林灵素》卷462）；"诏天下宫观改为神霄玉清万寿宫，无观者以寺充……上自称教主道君皇帝"[4]。

南宋朝廷承继北宋道佛并重政策。高宗立国即佞道；孝宗尊道喜佛，著《原道辩》（《三教论》）专论三教融合，称"以佛修心、以道养生、以儒治世，斯可也"；妙喜被孝宗"赐金钵、袈裟、舆前用青盖，赐号大慧，

---

[1] 朱维铮：《周予同经学史论著选集》，上海：上海人民出版社，1996年，第114页。
[2] [宋]李焘：《续资治通鉴长编·太祖》卷1，北京：中华书局，1995年，第17页。
[3] 杨倩描：《南宋宗教史》，北京：人民出版社，2008年，第61页。
[4] [宋]赵与时：《宾退录·灵素》卷1，上海：上海古籍出版社，1983年，第4页。

言者列其宠遇太过"①;"时诏山林修养者入都,置之高士寮,人因称之曰某高士"②。

理宗立理学,不废道佛。大建寺观,多赐财田;广敕辞匾,居宋代帝王寺观题辞之冠;撰教文,书《太上感应篇》诏令天下;交接男女僧道,"陛下何惜一女冠,天下所侧目而不亟去之乎?帝不谓然"(《宋史·杨栋传》卷421)。甚至委国是于道佛,"今日醮内庭,明日祷新宫,今日封神祠,明日迎佛像,倚靠于衲子,听命于黄冠"③。

上行下效,南宋臣僚于道佛亦始终风从景行。宋禅师道融在其《丛林盛事》中真实记载当时执政重臣、官宦参禅迷佛盛况:

> 本朝……张无垢(九成)侍郎、李汉老(邴)参政、吕居仁学士,皆见妙喜老人,登堂入室,谓之方外道友。(卷上"归云本和尚"条)④

南宋朝臣权要于道佛接受极为倾心。各朝宰相均深心援引道佛扶持政治、安稳社会,高宗朝李纲、张浚、秦桧,孝宗朝张浚、汤思退,光宗朝周必大,宁宗朝赵汝愚、韩侂胄、史弥远,理宗朝郑清之、吴潜、贾似道,度宗朝马廷鸾,恭帝、端宗朝陈宜中、陆秀夫等均如此。实质上,政治窘困、军事孱弱之下,南宋廷崇道趋佛气势压倒儒学风气。崇拜道佛成为上层集体意识,亦为社会时尚;尤其中兴期后,南宋社会朝野上下已视道佛为倚天巨柱。

"两宋诸儒门庭径路,半出入于佛老。"(《宋元学案·西山真氏学案》卷81)⑤ 南宋重臣理学家身居儒门者心亦宠道崇佛。真德秀、魏了翁最为

---

① [宋]叶绍翁:《四朝闻见录·径山大慧》甲集,北京:中华书局,1989年,第34页。
② [宋]叶绍翁:《四朝闻见录·高士》丙集,北京:中华书局,1989年,第108页。
③ [明]杨士奇:《历代名臣奏议·灾祥》卷311,四库全书本。
④ [宋]释道融:《丛林盛事》,《卍续藏经》影印本(1611部),册148,第16页。
⑤ [清]黄宗羲、全祖望:《宋元学案》册4,北京:中华书局,1986年,第2708页。

典型。真德秀本以理学大家自居，其充满理学意味之《读书记》曰："古今兴衰治忽之故，亦犁然可睹。在宋儒诸书之中，可谓有实际者矣。"①却两次撰《感应篇序》扬道，多作道教青词、佛家记文。"乾淳诸老之后，百口交推，以为正学大宗者莫如西山。"(《宋元学案·西山真氏学案》卷81)②朝廷引之入堂以治天下，可结果如"近临川李侍郎穆堂讥其'沉溺于二氏之学，梵语青辞，连轴接幅，垂老津津不倦，此岂有闻于圣人之道者!'"(同上)今存《西山文集》55卷，卷48至卷54均为设醮祈祷青词、疏文、祝文。

魏了翁亦多青词、醮词、寺观记文等。其《鹤山集》第99卷42篇全为青词、醮词、疏文，第98卷32篇亦为祈祷、祝文，诸如《导善观人日祈雨》《梓潼庙祝文》《社稷及诸庙祈雨》《寺观祈雪》之类比比皆是。

南宋定位统治理念之理学实亦为大量融合道佛产物。理学亦称道学，"道学"或"理学"，这一名称本身来源于道佛③。同时，本质上，理学作为新儒学，乃是大量援入道佛而成，并非纯儒，于汉唐所称之儒殊差。故朝廷所树立、标榜作为统治思想之理学，抑或士人、文人、诗人所倾心之宗教，其本质均为道佛，可见，朝廷重臣（其中多含山水诗人）无一不受道佛浸润。

朝野媚教之观念、行为不仅引导了社会意识，更维护了文学创作主体文人与道佛紧密关系，④"声音之道与政通矣"(《礼记·乐记》)。故南宋理学虽为正统文学观，但道佛意识于文学影响更加巨大、深远，南宋山水诗亦如此；南宋山水诗人所处社会形态、意识均在道佛深深浸润中。

---

① [清]纪昀：《四库全书总目提要·读书记》，石家庄：河北人民出版社，2000年，第2376页。
② [清]黄宗羲，全祖望：《宋元学案》册4，北京：中华书局，1986年，第2708页。
③ 王水照：《宋代文学通论》，开封：河南大学出版社，1997年，第230页。
④ 侯外庐：《宋明理学史》，北京：人民文学出版社，1997年，第89页。

二、南宋山水诗人与道佛

南宋山水诗人佛道意识更直接源于诗人所置身之家庭、生活环境浸润。家族、师友交游中道佛渊源濡染乃是推动南宋山水诗人接受道佛意识最直接、最重要、最有力因素。自陈与义、曾几、陆游、杨万里、范成大、朱熹、姜夔、四灵至戴复古、刘克庄、文天祥等莫不如此。

（一）家族道佛渊源

家族道佛意识乃诗人耳濡目染之最早要素。南宋山水诗人家庭、家族道佛渊源久远。陈与义，字去非，号简斋，出身官宦之家，祖本籍京兆，曾祖希亮出蜀迁洛。希亮始世交苏家。苏轼《陈公弼传》云："公讳希亮，字公弼，姓陈氏，眉之青神人。其先京兆人也，唐广明中始迁于眉。"[①]据《宋史·陈希亮传》载，希亮四子恱、恪、恂、慥均居官。慥即苏轼《方山子传》中方山子，有"季常之癖"。恂即陈与义祖，张嵲《陈公资政墓志铭》言恂："为奉议郎，赠太子太傅。"[②]陈与义外祖张友正，襄阳大族，"神宗尝评其草书为本朝第一，号存诚子"[③]。京兆、蜀川、襄阳均俗好道佛，陈与义曾祖、祖、父及外祖族亦如此，故陈与义自幼深受道佛影响。同时，与义自幼体弱多病，亦思以道佛之道养生。

曾几，字吉甫，自号茶山居士，官宦世家。陆游《曾文清公墓志铭》曰曾几曾祖识、祖平、父准均为高官；其三兄弼、楘、开均仕于朝，通经博古，诗文兼长；诗坛驰名"清江三孔"之文仲、武仲、平仲为其舅父。他们均心喜道佛，曾几受之影响极深。

《曾文清公墓志铭》言曾几曾主"临安洞霄宫""台州崇道观""提举洪州玉隆观"，亦厚著道佛之论，有"《易释象》五卷"[④]。《宋史》言"经说二十卷"。

---

① [宋]苏轼：《苏轼全集·文集·传》（中），上海：上海古籍出版社，2000年，第918页。
② [宋]陈与义：《陈与义集·附录》，北京：中华书局，2007年，第534页。
③ [宋]陈与义：《陈与义集》卷9，北京：中华书局，2007年，第143页。
④ [宋]陆游：《渭南文集·曾文清公墓志铭》卷32，摛藻堂四库全书荟要影印本，第8页。

陆游，字务观，号放翁，越州山阴人，道学家传。高祖陆轸虔诚道教，著道书《修心鉴》。陈鹄《西塘集耆旧续闻》言：

> 陆太傅轸，会稽人，神采秀异，好为方外游。七岁犹不能语，一日乳媪携往后园，俄而吟诗曰："昔时家住海三山，日月宫中屡往还。无事引他天女笑，谪来为吏在人间。"后仕至兵部郎官，力请老归稽山，宋元宪公、杜祁公，一时名胜皆有送行诗，篇中多及神仙之事，盖公之雅志也。公晚年专意炉鼎，丹将成，偶一日妻夫人因事怒击碎，其丹化为双鹤飞去。①

陆轸可谓活道仙。陆游自言轸学仙修道，且"自号朝隐子……因受炼丹辟谷之术，尸解而去"②。《剑南诗稿》卷五十六厚赞家学"吾家学道今四世，世配施真三住铭"（《道室试笔》）、"全家共保一忍字，累世相传三住铭"（《岁晚幽兴》）。

祖佃、父宰亦倾心道佛，并富藏道佛书卷两千余册（《渭南文集·跋老子道德古文》卷26）。放翁自言"少时妄意学金丹"（《溪上夜钓》）、"少时喜方药"（《春日对花有感》）、"少年慕黄老，雅志在山林"（《古风》）等。成人后，陆游甚至还迷恋道家丹药，如"大药何时九转成"（《玉笈斋书事二首》其二）、"炼丹留日观"（《自述》）、"丹砂烧已死"（《道室书事》）、"烧丹久未成"（《道室戏咏》）等，崇道吟咏颇丰。

受家学影响，陆游序跋多言道佛事。从《渭南文集》窥知有《跋修心鉴》《跋高象先金丹歌》《跋天隐子》《跋老子道德古文》《跋司马子微饵松菊法》《跋坐忘论》等。泛读经书，多有诗吟咏，如"午夜诵仙经"（《道室夜意》）、"隐书不厌千回读"（《玉笈斋书事二首》其二）、"朝来坐待方平久，读尽黄庭内外篇"（《待青城道人不至》）、"闲倚松萝论剑术，静临窗几勘丹经"（《游学射观次壁间诗韵》）、"一簪残雪寄林亭，手把

---

① [宋]陈鹄：《西塘集耆旧续闻》卷1，丛书集成初编，第4页。
② [宋]陆游：《渭南文集·跋修心鉴》卷26，摛藻堂四库全书荟要影印本，第6页。

第五章　南宋山水诗与道佛

黄庭两卷经"(《道室即事》)等；并手录存匮，"道室生虚白，仙经写硬黄"，所藏《坐忘论》《高象先生金丹歌》《天隐子》等道书均借抄而得。道佛山水诗家之外，南宋山水诗家沉迷道佛者无逾放翁。

杨万里，字廷秀，号诚斋，出身寒贫。胡铨《杨君文卿墓志铭》言诚斋父芾，以授徒为生，"尤邃《易》学"，"忍饥寒以市书，积十年得数千卷"①，道佛为多。诚斋得以"上窥姚姒，下逮羽陵、群玉之府，至于周柱、鲁壁、汲冢、泰山、汉渠、唐馆之藏，奥篇隐衮，抉摘殆尽。沉浸浓郁，撷葩咀英，词藻粲发，往往钩章棘句，怪怪奇奇，可喜可愕"②。故其《诚斋易传》以儒家思想为主，亦多道佛意识。

范成大，字致（至、志）能，晚年卜居苏州石湖，号石湖居士，人称范石湖，官宦世家。父雩官至秘书郎，好道佛，"尝试《禹稷颜回同道论》"，"学者至今以为模范"③。周必大《范成大神道碑》言石湖母蔡氏乃蔡襄孙女、文彦博外孙女。石湖"年十二遍读经史，十四能文词"④。绍兴九年（1139）母卒，十三年父卒，读书荐严寺十年，心慕道佛，自号"此山居士"，"青鬓朱颜万事墉"，思入虚堂。

朱熹，字元晦，号晦庵，别号紫阳，婺源人。南宋山水诗中朱熹批驳道佛最甚，却与之关联最深（其字、号即可见）。其父朱松好程子之学，亦结缘道佛，朱熹自言"熹旧时亦要无所不学，禅道、文章、楚辞、诗、兵法，事事要学"⑤。"某年十五六时亦尝留心于此（禅）。""某自十四五岁时，便觉得这物事（禅）是好底物事，心便爱了"⑥，且"出入于释老者十余年"⑦（《答江元适书一》）。朱熹表面上大谈道佛之害，其诗文却受惠

---

① [宋]胡铨：《杨君文卿墓志铭》，《胡澹庵先生文集》卷25，清道光十三年本，第23页。
② [宋]胡铨：《诚斋记》，《胡澹庵先生文集》卷18，清道光十三年本，第2页。
③ [宋]龚明之：《中吴纪闻·范秘书》卷5，上海：上海古籍出版社，1986年，第103页。
④ [宋]周必大：《范成大神道碑》，《周益国文忠公集》卷61，文四库全书本，第11页。
⑤ [清]黄宗羲，全祖望：《宋元学案·晦庵学案》卷48，北京：中华书局，1986年，第1543页。
⑥ [宋]黎靖德：《朱子语类》卷104，北京：中华书局，1986年，第2620页。
⑦ [宋]朱熹：《朱子全书》册21，上海：上海古籍出版社，2002年，第1700页。

于道佛颇深，其哲理诗从内容到意境均效法道佛。

姜夔，字尧章，号白石道人，鄱阳人，一生未仕，诗书自娱。十四岁时父噩（字肃父）卒汉阳令，依姊食沔。后移依萧德藻、张鉴等，行游四方，飘摇江湖，卒而难殓，赖友人吴潜助资下葬杭州。夔行迹如仙踪飘忽，其形性亦酷似道圣，"气貌若不胜衣，而笔力足以扛百斛之鼎，家无立锥而一饭未尝无食客，图史翰墨之藏充栋汗牛，襟期洒落如晋宋间人"（陈郁《藏一话腴》内编卷下）。"拂衣鉴须眉，唤起仙骨惊。"① 其《白石道人诗集》自云："余居苕溪上，与白石洞天为邻。潘德久（柽）字予曰：'白石道人'且以诗见畀。"

白石生源为《神仙传》道仙，叶寘《爱日斋丛钞》卷二云：

> 白石生见《神仙传》中，黄丈人弟子也，至彭祖时已年二千余岁，煮白石为粮，因就白石山居，时号曰"白石生"。尧章称此三字，盖有据而后用。②

唐宋多有与仙道相联之"白石"诗，如"涧底束荆薪，归来煮白石"（韦应物《寄全椒山中道士》）、"白石先生小有洞"（白居易《寻王道士药堂因有题赠》）、"白石通宵煮，寒泉尽日春"（贾岛《山中道士》）、"好住名山煮白石，他年因子问丹丘"（张嵲《赠翁法师》）等。姜夔号白石道人，足见其家族道佛渊源原本深厚。

戴复古，字式之，号石屏、石屏樵隐，黄岩（今属浙江台州）人。幼失慈怙。父敏，号东皋子。楼钥《跋式之诗卷》载："黄岩戴君栋，字敏，才独能以诗自适，终穷而不悔。号东皋叟，不肯作举子业。且死，一子方在襁褓中……子既长，名曰复古，字式之。或告以遗言，深切痛之。读书绩文而尤笃意于古律。"③ 万历《黄岩县志》卷六亦言："戴复古，字式

---

① [宋]韩淲：《题姜尧章白石洞诗》，《涧泉集》卷2，四库全书本，第3页。
② [宋]叶寘：《爱日斋丛钞》卷2，四库全书本，第25页。
③ [宋]楼钥：《攻媿集》卷76，四库全书本，第1578页。

之、号石屏,(戴)敏之子。父没时复古方在襁褓……"①(弘治本《石屏诗集》卷前序跋略异)温州、黄岩自宋道佛兴盛,民俗重教,宋僧普济《五灯会元》记载尤富,复古自幼深染道佛。

江湖派大家刘克庄,字潜夫,号后村,莆田人。《宋史》无传,事迹主要见《后村先生大全集》卷一九四引宋林希逸《后村先生刘公行状》②和卷一九五引宋洪天锡《后村先生墓志铭》。后村祖夙乃"隆、乾第一流人物"(《后村先生墓志铭》),父弥正学兼"百家"(叶适《水心文集·故吏部侍郎刘公墓志铭》卷20),《后村先生刘公行状》并言后村母林氏知书达理,潜心佛教,对后村影响甚大。

受家庭影响,后村自幼钟情佛家,广览经典,自云:"余二十七八岁时尝读是经,且笔其至言妙义于简。"(《萧居士书〈华严经〉序》,《后村先生大全集》卷97)多作佛言,如:"儒释有异同之迹……嗟乎!释氏何曾自外于伦纪哉!"(《孝友堂》,《后村先生大全集》卷91)"儒诋释为夷教,义理一也,岂有华夷之辨哉?"(《送高上人》,《后村先生大全集》卷94)

四灵以道佛宗派观念命名。道家典籍《三辅黄图·未央宫》言:"青龙、白虎、朱雀、玄武,天之四灵,以正四方。"道教名之为"四灵",即《太清玉册》所谓"四灵帝君"。《宋诗钞·苇碧轩集钞序》云:"盖四人因卷字灵舒,故遂亦道晖为灵晖,文渊为灵渊,紫芝为灵秀云。"近人陈衍《宋诗精华录》卷四直言"翁卷,字灵舒,永嘉人,四灵之一。四人因卷本字灵舒,遂改道晖为灵晖,文渊为灵渊,紫芝为灵秀云"③。足见永嘉"四灵"之得名,其始即带着浓重道教色彩。

道佛意识融入家庭、家族,道佛渊源极大推进南宋山水诗人早期道佛

---

① [明]袁应祺:(万历)《黄岩县志·人物志下》卷6,《天一阁藏明代方志选刊》影印本,第18页。
② [宋]林希逸:《后村先生刘公行状》,《后村先生大全集》卷194,四部丛刊初编本。
③ [清]陈衍:《宋诗精华录》卷4,曹中孚校注,上海:上海古籍出版社,1999年,第610页。

意识接受，其影响直接而巨大。

（二）师友方外之士道佛渊源

师友方外之士濡染乃南宋山水诗人道佛意识接受另一重要助力。陈与义十六岁师事崔鶠[①]。徐度《却扫编》言："陈参政去非少学诗于崔鶠德符，尝请问作诗之要"，而鶠好道佛，"以龙图阁直学士主管嵩山崇福宫"（元脱脱《宋史》卷356）。宣和二年（1120）陈与义居汝州，广交僧徒，如觉心、印老、超然等，诗和唱酬，《陈与义集校笺》载《以石龟子施觉心长老》《觉心画山水赋》《次韵谢天宁老见贻》《留别心老》《心老久许为作画未果以诗督之》《印老索钝庵诗》等有证。绍兴六年（1136）春，居青镇时与大圆洪智禅师为友，多留名句。如"残年不复徙他邦，长与两禅同夜釭"（《与智老天经夜坐》）、"客子光阴诗卷里，杏花消息雨声中"（《怀天经智老因访之》）、"自得休心法，悠然不赋诗"（《九日示大圆洪智》）等。

此外，陈与义寄心禅院，厚交高士，谈经论道。如《雨中宿灵峰寺》《游玉仙观》《宿资圣院阁》《游八关寺后池上》《闻葛工部写华严经成随喜赋诗》等常见其校笺。

曾几（茶山居士）尝从韩驹、吕本中学诗，韩、吕论诗多祖道佛。韩驹（1080—1135），字子苍，世称陵阳先生，陵阳仙井（今四川仁寿）人，早年学从苏辙，道佛意识亦是浓厚，其《赠赵伯鱼》言："学诗当如学参禅，未悟且遍参诸方，一朝悟罢正法眼，信手拈出皆成章。"[②] 同时语及道佛诗句亦多。如："云求法舍利"（《送沩山显化士往印经》）、"早学汤休句，中参鲁祖禅"（《送聪师往蜀中乞钱》）、"老渐欲参禅"（《蜀僧法聪率然叩门乞诗送行》）、"老禅行履处，著眼看机锋"（《送蜀僧希肇往云居》）、"自识云门老"（《示圭上人》）等，其他诗篇如《送云门妙喜游雪峰》《曹山老送笋蕨与诸禅客同食戏成》《次韵参寥》《为超然道人作云卧庵》等，有近百首之富。

---

① 白敦仁：《陈与义年谱》，北京：中华书局，1983年，第22页。
② [宋]韩驹：《陵阳集·赠赵伯鱼》卷1，四库全书本，第16页。

第五章　南宋山水诗与道佛

吕本中力主"悟入""活法",其《夏均父集序》言:"学诗当识活法。所谓活法者,规矩备具而能出于规矩之外,变化不测而亦不背于规矩也。"(吕紫微条)①《童蒙诗训》言:"作文必要悟入处,悟入必自工夫中来,非侥幸可得也。"②《与曾吉甫论诗第一帖》亦言:"此事(作诗)须令有所悟入,则自然越度诸子。悟入之理,正在工夫勤惰间耳。如张长史见公孙大娘舞剑,顿悟笔法。"《第二帖》云:"须于规摹令大,涵养吾气而后可。"③其"悟入""活法"论诗之思之语实根源于道佛。

吕本中"江西诗派"之定名亦源于道佛分宗立派之思。《苕溪渔隐丛话》直言:"吕居仁近时以诗得名,自言传衣江西,尝作宗派图。自豫章以降,列……二十五人以为法嗣,谓其源流皆出豫章也。"④赵彦卫之录似乎直截《江西诗社宗派图》原语,为"尽发千古之秘,亡余蕴矣。录其名字,曰江西宗派,其源流皆出豫章也"⑤。周紫芝《竹坡诗话》直白为"吕舍人作《江西宗派图》,自是云门、临济始分矣!"⑥

曾几本身亦多登庙观,广接僧徒。《茶山集》有诗《游虎丘寺》《寓广教僧寺》《岳麓寺》《题天衣寺》等。禅师疏山清老、空上人、日杲禅师、雪峰空老、云泉庵主、道规、惠通、沼公长老等皆为其厚友,其诗多言交往佛徒,如《赠疏山清老》《赠空上人》《谒径山佛日杲禅师于虎丘》等;道观之人亦在曾几交游之列,多有和诗,如《寄空同山中道士》等。

曾几诗学居仁、子苍且亲近寺观,道佛意识必然浓厚,其诗亦多青鞋、蒲团之语。朱熹证言:"胡文定初得曾文清时,喜不可言,然已仕宦

---

① [宋]刘克庄:《后村先生大全集》卷95,四部丛刊初编本。
② 郭绍虞:《宋诗话辑佚》,北京:中华书局,1980年,第595页。
③ [宋]胡仔:《苕溪渔隐丛话·前集》卷49,北京:人民文学出版社,1962年,第332、333页。
④ [宋]胡仔:《苕溪渔隐丛话·前集》卷48,北京:人民文学出版社,1962年,第327页。
⑤ [宋]赵彦卫:《云麓漫钞》卷14,丛书集成初编,上海:商务印书馆,1937年,第389页。
⑥ [宋]周紫芝:《竹坡诗话》,何文焕《历代诗话》,北京:中华书局,1981年,第355页。

骎骎了，又参禅了，如何成就得他！"(《程子门人·胡康侯》)①

曾几痴迷道佛之性亦再传陆游，其《陆务观读道书名其斋曰玉笈》诗言："周时柱下史，设教本清静。至今五千言，谈若鼓钟磬……三家一以贯，不事颊舌竞。"②海之以三教并重，于理合一。其《读吕居仁旧诗有怀其人作诗寄之》援道佛论诗："学诗如参禅，慎勿参死句。纵横无不可，乃在欢喜处。又如学仙子，辛苦终不遇。忽然毛骨换，正用口诀故。"③

陆游师从曾几，亦深得师传，《读七子》言"孰能试之出毫芒，末俗可复跻羲黄"。其诗多类修禅悟理句，如"功夫在诗外""始是金丹换骨时""柳暗花明又一村"等。

陆游亦广交道徒，多留诗可见，如《赠宋道人》《赠过门道人》《赠倪道士》《与青城道人饮酒作》《寄邓州道人》《简黎道士》《与黎道士小饮偶言及曾文清公慨然有感》《道室晨起》等。甚至有女观，如《送紫霄女道士四明谢君》等。南宋山水诗家语涉道佛者，陆游最多。

杨万里学从王庭圭、张九成、张浚、张栻等，众师均缘情道佛。王庭圭（1080—1172），字民瞻，自号卢溪真逸，为诚斋少时之师，有《卢溪文集》五十卷行世，主台州崇道观。周必大《左承奉郎直敷文阁主管台州崇道观王公庭珪行状》称其"弱冠，通经史百家"④。家居之乡青原山自古佞佛，寺观广布。《江西通志·吉安府》有载，《五灯会元·六祖大鉴禅师法嗣》（卷5）亦言："吉州青原山静居寺行思禅师，本州安城刘氏子。幼岁出家……会下学徒虽众……"⑤卢溪自幼濡染，广接道佛，笃厚名僧洪觉范（惠洪）、清首座等，多留诗咏，其《卢溪文集》有证，如《游青原呈王元勃舍人周秀实监丞》《赠蒋山僧》《题洪觉范方丈》《赠蜀僧妙高》《赠清首座》《赠蜀僧无观》等；多作道佛之文，如《隆庆寺

---

① [宋]黎靖德:《朱子语类》卷101,北京：中华书局,1986年,第2580页。
② [宋]曾几:《茶山集》卷1,四库全书本,第13页。
③ [宋]陈思:《两宋群贤小集·茶山集》卷190,四库全书本,第17页。
④ [宋]周必大:《文忠集》卷29,四库全书本,第2页。
⑤ [宋]释普济:《五灯会元》卷5,四库全书本,第1页。

五百罗汉记》《重修东华寺记》《请如老住曹山疏》《杲和尚画赞》《惠门寺铭》等；宣称"我今自是在家僧"（《赠侄孙行深》，《卢溪文集》卷41），并迁居野寺（《闰十二月自城东泛舟迁居城西安福寺舟中微雪》）。卢溪以禅论诗画，如"要识笔端三昧力，夜深山水自成音"（《彭青老好谈禅喜作诗西宁诗有谋身之语借其语激之三首其三》）。"学诗真似学参禅，水在瓶中月在天。"（《赠曦上人二绝句》）"老崇学画如学禅，中年悟入理或然……定自维摩三昧里，半幅生绢开万里。"（《题惠崇画秋江凫雁》）

张九成（1092—1159），字子韶，号无垢居士、横浦居士，南宋名臣和理学家，其思想多合道佛。横浦故里盐官宋为"东南佛国"，"未第时……皆由禅学而至，于是心慕之"[1]。广师佛徒，为名僧宗杲士大夫弟子，友善宝印楚明禅师、善权清禅师、法印一禅师、寿圣惟尚禅师等，多道佛之诗，《横浦集》有载，如《过报恩》《嘉祐寺》等；亦有文，如《喻弥陀塔铭》等[2]。其《中庸说》《论语绝句》等均多道佛思维。朱熹言："凡张氏所论著，皆阳儒而阴释，其离合出入之际，务在愚一世之耳目，而使之恬不觉悟以入乎释氏之门。"（《朱子全书·杂学辨·张无垢中庸解》卷72）横浦道佛之缘深厚可见。

张浚、栻父子亦迷道佛。张浚（1097—1164），字德远，号紫岩先生，汉州绵竹（今四川绵竹）人。友善临济宗圆悟克勤、大慧宗杲师徒；精《易》学，撰《紫岩易传》。史称张浚"学邃于《易》，有《易解》及《杂说》十卷，《书》《诗》《礼》《春秋》《中庸》亦各有解"（元脱脱《宋史·张浚子栻》卷361）。

张栻（1133—1180），字敬夫、钦夫，又字乐斋，号南轩。自幼随母好佛。初拜师胡宏时，"先生辞以疾。他日，孙正孺而告之。孙道五峰

---

[1] [宋]正受：《嘉泰普灯录·侍郎张横浦先生居士》卷23，海口：海南出版社，2011年，第878页。

[2] [明]吴之鲸：《武林梵志》卷4，杭州：杭州出版社，2006年，第67页。

之言曰'渠家学佛，宏见他说甚！'南轩方悟不见之因"[1]。曾"提举武夷让冲右观"（《朱子全书·右文殿修撰张公神道碑》卷89）。

杨万里"诚斋"之号源于张浚之赠言，足见浚父子与万里至情。

诚斋道佛意师承既深，亦得僧缘。他广拜佛徒，如葛天民、照上人、显上人、正孚长老、万杉长老等；多咏寺观，《诚斋集》有《题栖贤寺三峡桥》《题西湖僧房》《宿白云山奉圣禅寺》《宿灵鹫禅寺二首》等篇什。

石湖自幼有缘道佛。他广友僧徒，如现老、范老、寿老、举老、显老、混融、澹庵等，《石湖集》均有诗留证；涉足寺观亦多，有《临溪寺》《晓诣三井观》《丰都观》《灵祐观》等山水诗篇。石湖多有论及道佛之文，如《吴船录》言："乃赐名会庆建福宫。余将入山而敕书适至，乃作醮以祝圣谢恩。""夜，道士就殿前作步虚仪……"[2] 其《三高祠记》慕道崇佛心志宛然，周密称之"石湖老仙一记，亦天下奇笔也"[3]。

朱熹亦师友道佛，"时年十有四，慨然有求道之志，博求之经传，遍交当时有识之士，虽释老之学，亦必究其归趣，订其是非"[4]。朱子《答汪尚书》自云："熹于释氏之说，盖尝师其人、尊其道，求之亦切至矣！"（《朱子全书》卷30）

熹幼师刘子翚、胡宪、刘勉之，三先生心向佛老。朱子言："初师屏山（刘子翚）、籍溪（胡宪）。籍溪学于文定（胡安国），又好佛老。"（《朱子语类》卷104）

刘子翚自言："吾少未闻道，官莆田时，以疾病始接佛老子之徒，闻其所谓清静寂灭者而心悦之，以为道在是矣。"（《屏山刘先生墓表》）[5] 屏山以"元晦"为朱熹号，其《字朱熹祝词》言"字以元晦，表名之义：木

---

① [清]黄宗羲，全祖望：《宋元学案·五峰学案·附录》册2卷42，北京：中华书局，1986年，第1383页。

② [宋]范成大：《范成大笔记六种·吴船录》，北京：中华书局，2002年，第190页。

③ [宋]周密：《齐东野语》卷16，北京：中华书局，1983年，第288页。

④ [清]李清馥：《闽中理学渊源考·文公朱晦庵先生学派》卷16，四库全书本，第19页。

⑤ [宋]朱熹：《朱子全书·晦庵先生朱文公文集》卷90，上海：上海古籍出版社，2002年，第4169页。

晦于根，春容晔敷。人晦于身，神明内腴"①。此内外交融、虚实相应之文深含道佛厚意。

朱熹善结佛子。最善友宗杲，虽"别人不晓禅，便被他谩。某却晓得禅，所以被某看破了"（《朱子语类》卷41），应考临安独携其徒道谦所赠《大慧语录》，并留《祭开善谦禅师文》，谓"我昔从学，读易语孟"。②

朱熹钦佩梵理，言："佛书中说'六根''六尘''六识''四大''十二缘生'之类皆精妙，故前辈谓此孔孟所不及。"（《朱子语类》卷104）"佛氏之学，超出世故，无足以累其心。""其克己，往往吾儒之所不及。"（《朱子语类》卷29）朱熹亦情系道观，主华山云台观、台州崇道观、武夷山冲佑观、南京鸿庆宫、嵩山崇福宫等；心好佛道经籍，单《朱子语类》即言及《华严经》《楞严经》《大般若经》《圆觉经》《心经》《传灯录》以及《老子》《庄子》诸典；自言"清夜眠斋宇，终朝观道书"（《读道书作六首》），乃至云"为我中间留一榻，他年去著薜萝衣"（《送李道士归玉笥三首》）。

姜夔师友亦亲缘道佛。良师挚友萧德藻，字东夫，自号千岩老人。朱熹叹曰："平生未见东夫诗也。"（《答巩仲至》）③但亦可窥其心："千岩"意寓道佛；"萧千岩亦师茶山"④，则学从居士。仅存诗12首中，多道佛意味，如咏吕洞宾诗《吕公洞》"指端变化又玄玄""稽首秋空一剑仙"，全为道家气象。除千岩引导白石入道佛外，杨万里、范成大、张鉴、项安世、辛弃疾、楼钥、叶适诸倾心道佛者亦浸润白石。

姜夔亦近佛徒，友于释氏葛天民（朴翁）、费山人等，诗多有记，如《同朴翁登卧龙山》《乍凉寄朴翁》《访费山人》等。情好佛寺，诗如《寺中》《陪张平甫游禹庙》《同朴翁过净林广福院》（见咸淳临安志）等有载。

---

① ［宋］刘子翚：《屏山集》卷6，四库全书本，第1页。
② ［明］释心泰：《佛法金汤编》，《四库未收书辑刊》五辑册13，北京：北京出版社，1997年，第693页。
③ ［宋］朱熹：《朱子全书·晦庵先生朱文公文集》卷64，上海：上海古籍出版社，2002年，第3099页。
④ ［宋］张端义：《贵耳集》卷上，北京：中华书局，1985年，第15页。

四灵、戴复古、刘克庄亦倾情道佛。四灵诗遵叶适,叶适(1150—1223),字正则,号水心居士,世称水心先生,永嘉人。幼师事刘愈,而愈醉心佛事,"学佛得空解,自称无相"①。水心承师入禅,"昔余在荆州,无吏责,读浮屠书尽数千卷,于其义类,粗若该涉"②。友善佛徒,多道佛之文,《水心集》仍留存《温州开元寺千佛阁记》《白石净慧院经藏记》《法明寺教藏序》等众多篇章。受师学影响,四灵亲近道士佛徒。徐照《芳兰轩集》有《赠江心寺钦上人》《怀如顺上人》《哭居尘禅师》《赠朱道士》等;徐玑《二薇亭集》有《喜奭上人至》《题方上人房古梅》《赠东庵约老》等;翁卷《苇碧轩集》有《冬日过道上人旧房》《寄从善上人》《赠普觉院道上人》《寄葛天民》等;赵师秀《清苑斋集》有《送奭上人抄化》《石门僧》《岩居僧》《赠孔道士》《赠易道士》等。

四灵留恋寺院。徐照有《题江心寺》《登歙山寺》《光武庙》《登宿觉庵》等;徐玑有《宿寺》《灵峰寺洞》《净名寺》《秀峰寺》《智果庵》等;翁卷有《信州草衣寺》《能仁寺》《宝冠寺》《福州黄檗寺》《题定慧寺》等;赵师秀有《雁荡宝冠寺》《翠岩寺》《桃花寺》《龟峰寺》《石门寺》《万年寺》等。

四灵对道家亦有偏爱,交好丹药道徒。徐照炼丹,其《赠刘明远》言:"疾除禅老药,诗答野人书。又说成丹鼎,吾生愧不如。"《送李伟归黄山》称"丹药岁烧成"。徐玑信"丹砂能愈疾,不用化黄金"(《赠李丹士》)。翁卷有《赠九华李丹士》,并赞友"学就金丹法"(《喜蒋德瞻还里》)。自己亦"寻药每同丹客去"(《山中》),"除疴养天和,仙方岂吾欺"(《山中采药》)。赵师秀言"见说丹炉内,黄金化不难"(《赠孔道士》),期盼"丹灵不化银"(《赠易道士》)。

徐照之死亦因误用丹药,赵师秀《哀山民》证言:"岳僧有烈剂,倒箧得余惠。服之汗翻浆,事与东流逝。"此足见照入道之深之久!

四灵对佛经亦有研习。如徐玑询问徐照"近参圆觉境如何?"(《赠徐

---

① [宋]叶适:《刘子怡墓志铭》,《水心集》卷17,四库全书本。
② [宋]叶适:《题张君所注佛书》,《水心集》卷29,四库全书本。

第五章 南宋山水诗与道佛

照》)翁卷《寓南昌僧舍》言"数轴楞伽屡展舒"。《步虚词》则足证翁卷精通道士醮坛所需讽诵词章曲律。

江湖诗派之戴复古、刘克庄深心向佛。石屏"早年读书少，故诗无事料"①（方回《跋戴石屏诗》）。但勤学多师，"雪巢林景思（宪），竹隐徐渊子（似道），皆丹丘名士。既从之游，又登三山陆放翁之门而诗益进"（《跋戴式之诗卷》）②。后村友善石屏，《题二戴诗卷》言："余为仪真郡掾，始识戴石屏式之。后佐金陵阃幕，再见之，及归田里，式之来入闽，又见之，皆辱赠诗。""追念曩交式之，余年甫三十一。同时社友如赵紫芝、仲白、翁灵舒、孙季蕃、高九万皆与式之化为飞仙。"③林宪、徐似道名列《宋元学案》，与陆游、赵师秀、翁卷等俱好道佛，石屏吟咏其间，濡染其身。

石屏漫游四方，广接道佛之徒。诗赠者有万杉长老、孤峰长老、报恩长老、南台寺长老等；交友寺观如慧林寺、清虚庵、水陆寺、胜业寺、清凉寺、觉慈寺、鱼西寺、白鹤观等。多丹禅之士，"早晚来参文字禅"（《寄报恩长老恭率翁》）、"无暇问丹砂"（《黄道士出爻》）、"参禅学佛见新功"（《别钟子洪》）、"十载看经不下堂"（《湘中》）、"参得石头禅"（《南台寺长老》）等。其山水诗名篇多有咏道佛而来者，如"东岸楼台西岸山，潇湘一片在中间。红尘不到沧波上，僧与白云相对闲"（《湘西寺观澜轩》）。

刘克庄道佛交友愈广。《后村先生大全集》所识禅徒道人以百计，有倪上人、晤上人、日长老、日老、真济、风水僧等。所游寺观亦以百计，如胜业寺、幽居寺、天目寺、铁塔寺、东岩寺、瑞峰寺、西林寺、雪峰寺、清凉寺、香山寺、黄檗寺、白鹿寺、真隐寺、蒲涧寺、华严寺、临溪寺、报恩寺、枕峰寺、魏太武庙、清惠庙、盖竹庙、紫泽观、千山观、玄山观、瑞香庵、净居庵、千岁庵、留衣庵、白云庵、叱驭庵、溪庵等。

---

① [元]方回：《跋戴石屏诗》，《桐江集》卷4，《续修四库全书》影印宛委别藏本，第4页。
② [宋]楼钥：《跋戴式之诗卷》，《攻媿集》卷76，四库全书本，第4页。
③ [宋]刘克庄：《二戴诗卷》，《后村先生大全集》卷109，四部丛刊初编本。

后村谈道论经方内之友亦多。如"学仙烧汞成灰，学书埋笔为冢。羡关尹喜见聃，爱希氏子瞻孔"（《又和后九首》其二）。"自言不看传灯了，只读楞严见佛心。"（《临溪寺》）此"传灯"指佛门载法师传法机缘之"灯录"，"楞严"乃佛门要典《楞严经》。《次竹溪所和薛明府镜中我诗三首》言"物我乖离果孰亲，色空捏合本非真。金戎马上惭穷相，玉镜台中识幻人。南北宗禅皆具眼，东西施貌各含橄。眉间一点元无喜，颊上三毛岂有神"，全是与人论道佛。《次徐户部韵》《溪庵十首》《同孙季蕃游净居诸庵》《赠辉书记二首》等均此类见友之诗；《何秀才诗禅方丈序》《云泉精舍记》《古田县广惠惠应行祠记》等均为此类见友之文。

后村亦多友求青词者。青词本道徒斋醮奏告天神祝词。现存最早文献为唐李肇《翰林志》，云："凡太清宫道观荐告词文用青藤纸，朱字，谓之青词。"[①] 唐王泾《大唐郊祀录》卷九之 "其申告荐之文曰青词" 条云："开元二十九年初置太清宫。有司草仪用祝策以行事。天宝四载四月甲辰，诏以非事生之礼，遂停用祝版，而改青词于青纸上，因名之。自此以来为恒式矣。"[②]《后村先生大全集》载35篇，多为友作，如《新居设醮青词》《福国生日青词》《荐工部弟青词》等。

其他如宋末汪元量、真山民乃至文天祥等均广结道师佛友。

志同声应，近朱染赤，南宋山水诗坛道佛意识弥漫，诗境磬音梵气回荡。家族渊源及其亲友濡染是山水诗人接受道佛意识最持久、最广泛、最内在动力。

最终，朝野政治和社会习俗共同作用使道佛思想融入南宋文人集体无意识之中，构成了南宋山水诗道佛成分浓厚的社会、文化、思想基础。

---

① [唐]李肇:《翰林志》，四库全书本。
② [唐]王泾:《大唐郊祀录》卷9，丛书集成续编本（40册），第701页。

第二节　南宋山水诗作与道佛

儒道佛深刻影响着南宋社会政治、经济、文化、思想、军事、教育诸方面。虽三教同行，较之儒学，道佛作用于南宋文学更为直接、广泛、强劲。

南宋儒学俗称理学，亦称道学，"理学成为当时思想领域中统治思想"[①]。本质上，理学以儒家思想为宗，但南宋理学与前之汉唐儒学大异，乃是大量融合道佛而异变之新儒。虽然宋代道佛亦融合了儒学思想，但较之理学，宋人于道佛接受更直接、更倾心。故较之理学，道佛于宋文学、山水诗作用更为深刻久远。

纵观南宋山水诗史，从前期曾几、陈与义、陆游、范成大到后期姜夔、四灵、戴复古、刘克庄等众多俗家山水诗人之山水诗富含道佛之意，即令道学家山水诗人吕本中、杨万里、张栻、刘子翚，"道学家中间的大诗人"朱熹俱如此；更遑论方外山水诗人如志南、元肇、斯植、白玉蟾等山水诗道佛意识之丰富存在。总体而言，南宋山水诗之诗家生存环境、诗学观念，诗家山水诗之题材、体裁、建构形态、遣词用语、艺术手法乃至意境、风格等均与道佛关联紧密。

道佛意识于南宋山水诗作即南宋山水诗本体之建构形态约可概括为外在形式（象、型）、中在文意（言、词）、内在意韵（思、境）三个层面。三层面所展现道佛意识或者于形而下之直接外在显明，或者于形而上之间接融化蕴含，但均彼此关联，交错融合，非可截断。

道佛影响于南宋山水诗本体极为广泛、丰富，饱含如此意识之山水诗抑或山水诗句数量多、内容广，居南宋诗及宋诗其他类别之冠。

无论直接表达抑或间接蕴含，道佛意识作用于南宋山水诗本体之构建

---

① 任继愈：《中国道教史》，上海：上海人民出版社，1990年，第485页。

形态约可析类为如下四种范式。

一、标题直明式

山水诗标题直接表明本诗与道佛意识关联。所用语直指道佛之人、之物，或道佛之事等。

宋人上下喜道好佛，山水诗中此类内容极为丰富。所指之人或僧或道，男女均见，如《送僧还山》（汪藻）、《呈甘露印老》（吕本中）、《寄空同山中道士》（曾几）、《寄宗上人》（华岳）、《次韵净照》（方岳）、《访观公不遇》（徐照）等。

所指之物或寺或庙或观或庵等，如《过丹峰庵》（刘子翚）、《翠围院》（陆游）、《水陆寺》（戴复古）、《游定林寺即荆公读书处四首》（杨万里）、《松溪庙》（高翥）、《送尘老归旧房》（徐照）、《月上人退居》（周密）等。此类山水诗为数颇多，名作亦众。如：

> 玉溪何日寺，古佛亦尘埃。高阁云初卷，小池莲半开。
> 竹风清枕簟，松露滴莓苔。寂寞溪边路，幽人自往来。
>
> ——李纲·玉溪寺
>
> 独寻青莲宇，行过白沙滩。一径入松雪，数峰生暮寒。
> 山僧喜客至，林阁借人看。吟罢拂衣去，钟声云外残。
>
> ——严羽·访益上人兰若

道佛字词直显，目之所及，意得心会。南宋主要诗人均有此类山水诗作。除前述陆游、杨万里、范成大、戴复古外，他人亦多，如朱熹《题九日山石佛院乱峰轩二首》、姜夔《访费山人》、刘克庄《报恩寺》等。

诗人所友、所游、所吟均染道佛之情，足见诸人山水诗道佛意之盛。方回《瀛奎律髓》卷一"登览类"即以道佛物之语词入类；卷四七专列"释梵类"，聚类即以题名，五言如《题江心寺》（徐照）、《寄从善上人》（翁卷），七言如《寄璧公道友》（吕本中）等。

此类名句亦多，如"乌啼春院静，人语夜堂深"（孙觌《宿善法寺》）、"浅碧鳞鳞人度彴，长空杳杳鸟冲烟"（陆游《布金院》）、"片云闲出岫，水月自空明"（范成大《水月庵谒现老不值》）、"棋声敲竹外，帘影落花间"（真山民《宋道士同游白云关》）、"菊开嫌径小，荷尽觉池宽"（赵师秀《秋日游栖霞庵》）等，均脍炙人口。

二、主体包含式

此类标题无道佛词语关联指示，诗之主体内容却关联道佛之人、物或事、典等。其中，道佛之人、物较为明显，道佛之事、道佛之典或许较为隐曲。

前者如《偶成》（汪藻）"幽卧一禅榻，无人共白云"、《题黄嗣深家所蓄惠崇秋晚画》（曾几）"禅扉掩昼夜，短纸开秋晚"、《山行》（陆游）"临溪旋唤罾船渡，过寺初闻浴鼓声"、《大慈道》（赵师秀）"小寺鸣钟晚，深林透日微"、《傅冲益久不得书》（汪藻）"经年坐久一蒲团，幽鸟时呼到曲栏"、《晓行山间》（真山民）"僧舍在何许，隔林钟磬清"等。诗作主体之"禅""寺""蒲团""僧"等语道佛意明确，览于目即可会于心。

后者道佛内容隐含于词，须加分辨。如《龟潭》（孙觌）"楞严浑不看"、《晚集南楼》（范成大）"懒拙已成三昧解，此生还证一圆通"、《赠徐照》（徐玑）"近参圆觉境如何，月冷高空影在波"、《夜登甘露山二首》其二（刘克庄）"月落宿禽起，幽人殊未回。不知何处磬，迢递过山来"等均引道佛典故、典籍，隐指道佛意识。

"楞严""圆觉"指佛教大乘经典《楞严经》和《圆觉经》。《楞严经》为《大佛顶如来密因修证了义诸菩萨万行首楞严经》简称，亦称《首楞严经》《大佛顶首楞严经》。传说古印度天竺国般剌密谛割臂藏经来中国，唐中宗神龙元年（705）于广州制止寺（今光孝寺）念诵楞严经十卷，后流行东土。①《圆觉经》乃《大方广圆觉修多罗了义经》简称,亦称《大方广圆觉经》《圆觉修多罗了义经》《圆觉了义经》,"圆觉"即圆满菩提,即指佛果,指对世间一切事理无不彻底了知其事实真相。圆觉为人人本具真心,亦万法平等真如性。②

"圆通""三昧"均佛家用语。《佛学大辞典》(丁福保著)"圆通"条言:"妙智所证之理曰圆通。性体周遍为圆,妙用无碍为通。又以觉慧周遍通解通入法性,谓为圆通。"并举证《三藏法数》四十六曰:"性体周遍曰圆,妙用无碍曰通。乃一切众生本有之心源,诸佛菩萨所证之圣境也。"③任继愈《佛教大辞典》(江苏古籍出版社)亦言如此。可见"圆通"佛家意指悟觉法性。《楞严经》(卷22)言:"阿难及诸大众。蒙佛开示。慧觉圆通。得无疑惑。"④(上文吕居仁"圆转""活法"论诗源此道佛话头。)

《佛学大辞典》言"三昧"梵音Samadhi,亦作:"三摩提,三摩帝。译言定,正受,调直定,正心行处,息虑凝心。心定于一处而不动,故曰定。正受所观之法,故曰受。调心之暴,直心之曲,定心之散,故曰调直定。正心之行动,使合于法之依处,故曰正心行处。息止缘虑,凝结心念,故曰息虑凝心。"⑤可见"三昧"本禅家修行之法,意指摒除杂念、定静心神,借指事物要诀、真谛。

蕴含本土道佛意识的典故、典籍更须分辨。如汪藻《题葆真阁》"世论未宜轻小隐,可能朝市胜山林"、刘子翚《意远亭》(其七)"吾心游太虚,聊寄此亭上"、严羽《游紫芝岩》"羽客逍遥地,花源世未寻""紫芝未可采,空寄白云心"、周密《小木天次曾昭阳韵》"弱水蓬莱路,人间隔几千……静参齐物意,小大岂其然"等都隐用了寓意深厚的道佛文化。

---

① 赖永海:《楞严经·前言》,赖永海译注,北京:中华书局,2010年,第2页。
② 赖永海:《圆觉经·前言》,徐敏译注,北京:中华书局,2010年,第1页。
③ 丁福保:《佛学大词典》,北京:文物出版社,1984年,第1169页。
④ 赖永海:《楞严经》卷5,赖永海译注,北京:中华书局,2010年,第183页。
⑤ 丁福保:《佛学大词典》,北京:文物出版社,1984年,第156页。

第五章 南宋山水诗与道佛

"小隐隐山林,大隐隐朝市"源于道家出入世思想。《老子》(41章)首语"道隐无名。夫唯道,善贷且成",河上公注为"道潜隐,使人无能指名也。成,就也。言道善禀贷人精气,且成就之也"①。王弼注更近潜道,言:"物以之成而不见其成形,故隐而无名也。贷之非唯供其乏而已,一贷之则足以永终其德,故曰善贷也。成之不如机匠之裁,无物而不济其形,故曰善成。"②《楞严经》云:"身心安隐。得无量乐。虽非正得真三摩地。安隐心中。欢喜毕具。名为三禅。"③

东晋王康琚所悟最具价值,其《反招隐诗》宣言"小隐隐陵薮,大隐隐朝市"④,其后有道家之思者多据此立言。李白曰"小隐慕安石"(《秋夜独坐怀故山》),权德舆言"大隐本吾心"(《酬南园新亭宴会璨新第慰庆之作时任宾客》),热衷功名者元稹称"大隐犹疑恋朝市,不如名作罢归园"(《赠绝句》),白居易亦云"大隐住朝市,小隐入丘樊"(《中隐》)。宋言隐为好,欧阳修曰"漫说市朝堪大隐,仙家谁信在重城"(《寄题景纯学士藏春坞新居》),苏轼道"大隐本来无境界,北山猿鹤漫移文"(《夜直秘阁呈王敏甫》),黄庭坚谓"大隐在城市"(《和师厚栽竹》),故汪藻"世论未宜轻小隐,可能朝市胜山林"诗句为道家观自然入意。

齐物亦道家之论。《老子》(2章)所谓"有无相生,难易相成,长短相形,高下相倾,音声相和,前后相随"即具有"齐物"思想,王弼注此曰"此六者皆陈自然不可偏举之明数也",⑤"不可偏举"即为齐物。

《庄子》之《齐物论》(内篇)言"物无非彼,物无非是……是亦彼也,彼亦是也",甚至"天地与我并生,而万物与我为一"。"庄周梦蝶"最为名典,"不知周之梦为胡蝶与?胡蝶之梦为周与?周与胡蝶则必有分

---

① [先秦]河上公:《老子道德经河上公章句》,王卡点校,北京:中华书局,1993年,第165页。

② [魏]王弼:《老子道德经注校释》,楼宇烈校,北京:中华书局,2008年,第113页。

③ 赖永海:《楞严经》卷9,赖永海译注,北京:中华书局,2010年,第329页。

④ [南朝梁]萧统:《文选·反招隐诗》卷22,李善注,上海:上海古籍出版社,1986年,第1030页。

⑤ [魏]王弼:《老子道德经注校释》,楼宇烈校,北京:中华书局,2008年,第6页。

矣。此之谓物化"。"物化"乃人主动与物之同化，进入更高同一观，此为道家"齐物论"主旨。①

至于"太虚""羽客""紫芝""蓬莱""幽人"等亦寓意深厚的道佛文化，不一而论。此类中亦多味隽韵永山水诗作。如：

闲云古木山藏寺，野渡孤舟水落矶。秋色无人空黯淡，竹门未掩待僧归。

—— 方岳·记画

出门谁是伴，只约瘦藤行。一二里山径，两三声晓莺。
乱峰相出没，初日乍阴晴。僧舍在何许，隔林钟磬清。

—— 真山民·晓行山间

此类直接显示道佛人、事、物之山水诗佳作于南宋山水诗大家如陈与义、陆游、朱熹等更为丰富。

三、主体悟道式

山水诗句间接蕴含道佛意识，具有复义性和模糊性。其字面缺少明确的道佛指向信息，其解读最费心思。亦可分为两大范式：主体悟道式、整体意境式。

主体悟道式指山水诗主体中没有直接展现道佛意识的词句，但以山水句所深含的自然、社会之理来契合道佛之理，进而可以从中体悟道佛之意。这类山水诗重构道佛意识独具特色，以表现山水自然之美词语来结构山水诗主体，而其中蕴含理趣，议论明显，析义纷然。

以山水悟道原为山水诗之本能。山水诗源于玄言诗，玄言诗悟道却"理过其辞，淡乎寡味"（钟嵘《诗品序》）。山水诗以表现山水之美为主，

---

① 陈鼓应：《庄子今注今译》，北京：商务印书馆，2007年，第109页。

第五章　南宋山水诗与道佛

虽间或悟道，但其词情韵胜于义议，理融美中，切中"诗缘情而绮靡"之旨，合得"辞达而理举"之妙！（陆机《文赋序》）

自然山水、社会万物中都包存理，蕴含道。故以山水诗喻理是道佛家之常情。《老子》（25章）言："人法地，地法天，天法道，道法自然。"王弼注此为"道不违自然，乃得其性。法自然者，在方而法方，在圆而法圆，于自然无所违……道顺自然，天故资焉"①。

《庄子》亦主张从自然得道，倡言"真者，所以受于天也，自然不可易也。故圣人法天贵真，不拘于俗"（《杂篇·渔父》），"顺之以天理，行之以五德，应之以自然"（《外篇·天运》），"明天地之理、万物之情"（《外篇·秋水》），从而"顺物自然而无容私焉，而天下治矣"（《内篇·应帝王》）。

释家称"青青翠竹，尽是真如，郁郁黄花，无非般若"②。此即言自然之物之象均为道之载体，故可寻物而求道悟理。释家多筑居山林、亲近自然，盖在体物悟道、静心空性。晋慧远《沙门不敬王者论》言"神也者，圆应无生，妙尽无名，感物而动，假数而行"，其《万佛影铭序》直言"神道无方，触象而寄"，这里"象"亦是包含佛像在内的一切外物。可见，佛家深寓神——道寄托于自然外物之观。外物载道，道寄万物，二者并行互生。刘勰引至文论，所谓"神用象通，情变所孕；物心貌求，心以理应"（刘勰《文心雕龙·神思》）。禅宗以"戒、定、慧"为"三学"，修行的终极目标在于从中获得智慧，进入有厌、无欲、见真境界。③

可见老庄、佛、禅都有可从自然山水获得灵感、理念的根底。此亦为宋山水诗蕴道含释之本事。

宋诗尚议多理，其"议"多社会之思，其"理"多有道佛之意；加之南宋国力屡弱、道佛盛行，故南宋山水诗将自然之理与道佛之理和合统

---

① [魏]王弼：《老子道德经注校释》，楼宇烈校，北京：中华书局，2008年，第64页。
② [宋]释普济：《五灯会元·荐福承古禅师》卷15，四库全书本，第35页。
③ 赖永海：《坛经·般若品》，尚荣译注，北京：中华书局，2010年，第45—69页。

一，重构巧妙。

南宋此类山水诗数量众多，如汪藻"春风自满江南岸，不管人间万事非"(《天台道中》)，高翥"行尽白云三十里，诗人又在白云南"(《访铦朴翁不遇》)、"落尽桐花春已休，过墙新竹箨初抽"(《山行即事》)、"半夜雨声急，一溪流水深"(《春日即事》)，范成大"梅子弄黄应要雨，不知客路已泥深"(《桐庐》)，戴复古"临水知鱼乐，观山爱马迟"(《麻城道中》)、"楼高纳万象，木落见群山"(《题董侍郎山园》)等。

四灵以山水诗喻道佛之理多有佳作，如徐照"啼猿不自愁，愁落行人心"(《三峡吟》)，徐玑"眼看别峰云雾起，不知身也在云间"(《过九岭》)、"溪山本被人图画，却道溪山是画图"(《丹青阁》)、"风静白云横不断，山前又叠一重山"(《新秋》)，翁卷"平明忽见溪流急，知是他山落雨来"(《山雨》)、"闲上山来看野水，忽于水底见青山"(《野望》)，赵师秀"地静微泉响，天寒落日红"(《壕上》)、"春深禽语改，溪落岸沙高"(《春晚即事》)等，均充满道佛之理。

陆游《游山西村》并非典范山水诗，但"山重水复疑无路，柳暗花明又一村"以山水悟道则是共识，此乃《老子》所谓"有无相生、难易形成"，"敝则新"，合乎万物"周行不殆"循环往复之理；亦切中佛家万物"轮回"之说。

陆游悟道山水之诗多有佳句，如"喧中有静意，水车终日鸣"(《题柴言山水四首》其一)、"身闲诗旷逸，心静梦和平"(《山中》)、"村深初度穿林笛，寺近先闻出坞钟"(《泛舟》)。

最著名者为杨万里、朱熹等大家重构悟道山水诗。二人为理学家，其诗多理，其理并非全为儒家之理，而是融合道佛—禅之理。试看数诗：

　　泉眼无声惜细流，树阴照水爱晴柔。小荷才露尖尖角，早有蜻蜓立上头。

——杨万里·小池

　　莫言下岭便无难，赚得行人错喜欢。正入万山围子里，一山放出

第五章 南宋山水诗与道佛

一山拦。

——杨万里·过松源晨炊漆公店六首 其五

清溪流过碧山头,空水澄鲜一色秋。隔断红尘三十里,白云黄叶共悠悠。

——朱熹·入瑞岩道间得四绝句呈彦集充父二兄 其三

门外青山翠紫堆,幅巾终日面崔嵬。只看云断成飞雨,不道云从底处来。

——朱熹·偶题

胜日寻芳泗水滨,无边光景一时新。等闲识得东风面,万紫千红总是春。

——朱熹·春日

"小荷才露尖尖角,早有蜻蜓立上头"清新、妙趣多合道佛之理。夏天,"小池"生"小荷","小荷"招"蜻蜓",此境恰如《老子》"道生一,一生二,二生三,三生万物"(42章);因季而荷,因荷而物,如禅家"一华开五叶,结果自然成"。①而物各顺其自然而存,亦是佛家"水无占月之心,月无分照之意",合《坛经》"心生则种种法生,心灭则种种法灭""心存善念,福缘自来"之旨。

"下岭"而欢,但"一山放出一山拦",山山重叠,"喜"情堕空。此深喻佛家人生在世,"苦海"无边之意。《法华经·寿量品》谓:"我见诸众生,没在于苦海。"故必重法修行,乘舟登"岸",否则"若道不得,永沉苦海"②。

朱子"隔断红尘三十里,白云黄叶共悠悠""始悟真源行不到,倚筇随处弄潺湲"等句隐喻道佛超越自我之意,契合王维"人闲桂花落"物我合一、"行到水穷处,坐看云起时"随遇而安的禅心冥境。

"只看云断成飞雨,不道云从底处来"为拨云见日、寻因探源之义,

---

① [宋]释普济:《五灯会元·净慈楚明禅师》卷16,四库全书本,第72页。
② [宋]释普济:《五灯会元·药山利昱禅师》卷14,四库全书本,第26页。

深合禅佛修行要诀。佛家所谓"因果""因缘""五因缘""十二因缘",《阿含经》云"有因有缘集世间,有因有缘世间集;有因有缘灭世间,有因有缘世间灭""此有故彼有,此起故彼起……此无故彼无,此灭故彼灭,无明灭故行灭,行灭故识灭"①。《五灯会元》言:"盖为地水火风,因缘和合,暂时凑泊。"②诸家所言均是一理,即因果相连,有果须求因。

《春日》不仅喻解儒家之道,一喻悟道佛之道。"等闲识得东风面,万紫千红总是春"多"寓含寻求孔孟之道的'道'"③,但更为隐喻道佛家"万物有灵""万物有道""道及万物""众生平等"之理。切《老子》"道者万物之奥""万物莫不尊道"诸旨,亦合庄子"以道观之,物无贵贱"(《庄子·秋水》)诸意。

佛家众多经典如《出曜经》《阿含经》《法华经》《华严经》等亦力主此观。北凉天竺三藏昙无谶所译印度《大般涅槃经》以"一切众生皆可成佛"为中心,屡言"一切众生皆有佛性"④"等视众生无有差别"(《大般涅槃经》卷8)。

《五灯会元》亦多此意,多言"众生有道"(《二十七祖般若多罗尊者》)、"一切众生皆有佛性"(《兴善惟宽禅师》)、"心佛众生,一二无差别"(《昭觉克勤禅师》)、"心佛及众生,是三无差别"(《觉阿上人》)等。六祖《坛经》言:"自性若悟,众生是佛;自性若迷,佛是众生。"⑤即谓众生均可得道,众生本性平等。

这"春"就在等闲视野、等闲什物之中,"万紫千红"各异,但均是"春",亦均显"春",此亦足含佛家所谓"一月普现一切水,一切水月一月摄……以一统万,一月普现一切水;会万归一,一切水月一月摄"⑥"万川印月"(《金刚般若波罗蜜经郢说》)之理。朱熹自言:"释氏云'一月普

---

① 恒强:《阿含经校注·杂阿含经》(上),北京:线装书局,2012年,第40、288页。
② [宋]释普济:《五灯会元·参政钱端礼居士》卷20,四库全书本,第82页。
③ 木斋:《宋诗流变》,北京:京华出版社,1999年,第423页。
④ [北凉]昙无谶:《大般涅槃经》卷7,《大正藏》版第12册,第59页。
⑤ 赖永海:《坛经·付嘱品》,尚荣译注,北京:中华书局,2010年,第189页。
⑥ [宋]释普济:《五灯会元·无为守缘禅师》卷20,四库全书本,第90页。

现一切水，一切水月一月摄'，这是那释氏也窥见得这些道理。"①

山水诗中悟出的道佛理句恰如禅宗灵动的机锋；所悟之意充满智慧，亦为佛家修行之范式。佛家所谓戒、定、慧三法，求智慧为最高、最后者。南宋山水诗道佛意识的此类重构足见艺术性，所谓"不烦绳削而自合矣"（黄庭坚《与王观复书》之一》)②。

四、整体意境式

此类山水诗表面无明确道佛义词语，借描山绘水表现道佛意境，与道佛内在气氛、情感契合，或孤寂、或空无、或灵秀、或静穆、或超然、或觉解。盖因诗佛王维、诗僧贾岛等以"空、静、幽、寂、深"之寒山、秋水、落日、片云、孤渡等物象塑造"与禅宗所追求的境界完全相似的艺术境界"③，且不断强化，因而孤寂、迷离、凄寒、幽远之象指向道佛意境，成为中国诗歌艺术之集体意识。

南宋诗作中，此类山水诗艺术居重要地位，作者众多。如：

山行逢浅夏，浓绿屡低巾。地冷犹衣袷，村香已食新。
菰蒲浑欲老，鱼鸟自相亲。倚杖看孤月，悠悠何处人。

——汪藻·天长道中三首 其一

万壑千岩一剡溪，漫天云冻雪风飞。人踪鸟迹俱沉绝，独有扁舟兴尽归。

——张元干·跋赵唐卿所藏访戴图 其一

寂寂临湖屋，湖风为掩门。鸟声幽谷树，山影夕阳村。
好事长留客，虽贫亦置樽。平生枯淡意，去此欲谁论。

——刘子翚·访原仲山居

---

① [宋]黎靖德：《朱子语类》卷18，北京：中华书局，1986年，第399页。
② [宋]黄庭坚：《山谷集》卷19，四库全书本，第17页。
③ 王德明：《中国古代诗歌情景关系研究》，南宁：广西民族出版社，2005年，第171页。

湖上山衔落月明，钓筒收罢叶舟横。不知身世在何许，一夜萧萧芦荻声。

——陆游·湖上秋夜

破驿荒村山路边，斜风细雨客灯前。子规一夜啼到晓，更待溪声始不眠。

——杨万里·宿三里店溪声聒睡终夕

路随马足难知数，山叠鱼鳞不记名。隔岸青帘人不渡，一溪流水暮潮生。

——华岳·过西溪

稍欣入林深，已觉烦虑屏。霜果垂秋山，归禽度岚岭。
纷纷叶易积，漠漠云欲盛。洞户寂无人，松萝窅然瞑。
惟闻山鸟啼，月出柴门静。终岁寡持醪，延欢聊煮茗。

——严羽·山居即事

烟波渺渺一轻篷，浦溆生寒芦荻风。昨夜新霜鱼自少，满江明月笛声中。

——方岳·渔父词

薜崖苍润雨初乾，石罅飞泉喷雪寒。啼断禽声山更静，青松影下倚栏干。

——郑思肖·湖上漫赋二首 其一

朱熹、姜夔、四灵、戴复古、真山民诸家此类山水诗深含道佛意境最为典型。理学大家朱熹山水诗清新、空灵，不仅源于注重诗作艺术性，更在于本人早期出入释氏，多道佛之心性。如：

郁郁层峦夹岸青，春山绿水去无声。烟波一棹知何许，鹁鸠两山相对鸣。

——水口行舟二首 其二

二曲溪边万木林，水环竹石四时清。渔歌棹入斜阳里，隔岸时闻一两声。

——芹溪九曲诗 其二

以鹧鸪自在对鸣、河岸飘渺渔歌表现山幽水旷，加上茫茫烟波、脉脉斜阳、悠悠孤棹，群山万木，其境静寂，亦足显超然、洒脱之禅意。再如：

寒水粼粼受晚风，轻舠来往思无穷。何妨也向溪南去，徙倚空林暮霭中。

——分宜晚泊江亭望南山之胜绝江往游将还而舟子不至择之刺
船径渡呼之予与伯崇伫立以俟因得二绝 其一

此为孤寂、清空、虚失、杳渺之思，亦类道家恍惚迷离、逍遥冥化之境。此寥廓、凄寒、幽远意境于其诗常见，《南安道中》"高蝉多远韵，茂树有馀阴。烟火居民少，荒蹊草露侵。悠悠秋稼晚，寥落岁寒心"、《苧溪道中》"禾黍收将尽，氛埃晚欲空。登原悲落景，倚杖怯高风。更有寒塘水，应将此处同"等均属此意。

时人评朱子此类诗明言其清秀、空灵道佛之境。王柏论朱诗"从容洒落，莹彻光明，以至山川草木，风云月露，虽一时之所寄，亦皆气韵疏越，趣味深永"（《鲁斋集》卷5）。后人亦有此论，纪昀言"流美"、有"意境"[1]，吴之振言朱子此类山水诗"浑涵万有……此和顺之英华，天纵之馀事也"[2]。

白石仙风道骨，其山水之雅韵正合佛家幽磬之缕缕、道家虚词之袅袅。如"夜深吹笛移船去，三十六湾秋月明"（《过湘阴寄千岩》）中船去水空，笛声渺渺、秋月孤照、天清地阔，尽显佛家空灵、明秀之境，恰似

---

[1] [元]方回：《瀛奎律髓汇评》卷16，李庆甲集校，上海：上海古籍出版社，2005年，第639页。

[2] [清]吴之振：《宋诗钞》，北京：中华书局，1986年，第1651页。

"明月松间照,清泉石上流"之神妙。

白石之个性、气质遣词"骚雅""清空",其诗亦然。其《除夜自石湖归苕溪十首》《湖上寓居杂咏十四首》均有道佛之清悠气象。如:

> 细草穿沙雪半销,吴宫烟冷水迢迢。梅花竹里无人见,一夜吹香过石桥。
>
> ——除夜自石湖归苕溪 其一
>
> 苑墙曲曲柳冥冥,人静山空见一灯。荷叶似云香不断,小船摇曳入西陵。
>
> ——湖上寓居杂咏 其九

白石山水诗幽香冷玉,孤清空灵,凄而无怨、简而厚味、思而不尽,其语与道佛之经义同工,其境与道佛之性情同象。白石此类诗句比比皆是,如"轻舟忽向窗边过,摇动青芦一两枝""白水青山生晚寒""露滴桐枝欲断弦""卧看秋水浸山烟""白云依旧两三峰"等,皆含超然、觉解道佛境象。

盖"不为虚谷所喜",故《瀛奎律髓》只选白石其一,吴之振《宋诗钞》未录。虽白石诗誉词夺,慧眼者亦多佳评。杨万里称之"有裁云缝雾之妙思,敲金戛玉之奇声";《四库全书总目》之《白石诗集》提要言"运思精密,而风格高秀";纪昀言"气韵颇高",非方回言"不逮词远甚"[①]。瞿佑《归田诗话》言"姜尧章句,造语奇特",亦指其诗道佛意蕴超然。厉鹗《宋诗纪事》引用此语并给予白石诗坛极高地位。[②]

四灵反拨江西派,诗宗贾岛,回归唐诗。"四灵学晚唐诗"(方回),

---

① [元]方回:《瀛奎律髓汇评》卷36,李庆甲集校,上海:上海古籍出版社,2005年,第1437页。

② [清]厉鹗:《宋诗纪事》,上海:上海古籍出版社,1983年,第1494页。

"四灵似唐而薄""四灵唐人面目"（冯舒、冯班），①"七言律大率皆弱格，不高致也"②，气象狭小，但四灵山水诗格清景素，境空意雅，步趋王维、孟浩然，可谓深得山水诗宗传。"绿遍山原白满川，子规声里雨如烟"（翁卷《乡村四月》）清新如孟，"残磬吹风断，眠禽压竹低"（徐照《题衢州石壁寺》）、"古木山边寺……经残磬韵空。不知清梦远，啼鸟在林东"（徐玑《宿寺》）孤凄仿贾，均似前人高古。

四灵诗"专于中四句用功，尾句不甚着力"③。他们亲近山林，善友僧道，其山水诗甚至于石、松、云、峰、水、月之词通篇深含道佛境象。如：

> 无数山蝉噪夕阳，高峰影里坐阴凉。石边偶看清泉滴，风过微闻松叶香。
>
> ——徐玑·夏日闲坐

虽禅气满纸，但亦有别。徐照凄苦、穷俭；翁卷明净、清虚；徐玑、赵师秀境最佳。

徐照山水诗"不减晚唐"（方回）④，其"寒瘦之语，然有别味"（纪昀）⑤，但其气象不似贾岛之寒俭。岛本为僧身，禅气袭人，灵晖"家贫儿废学，寺近佛为邻"，虽诗写禅境，亦叹清苦，但更多不语清贫，吟咏道佛韵味。如：

---

① [元]方回:《瀛奎律髓汇评》卷48、30, 李庆甲集校, 上海：上海古籍出版社, 2005年, 第1783、1308页。
② [元]方回:《瀛奎律髓汇评》卷44, 李庆甲集校, 上海：上海古籍出版社, 2005年, 第1601页。
③ [元]方回:《瀛奎律髓汇评》卷23, 李庆甲集校, 上海：上海古籍出版社, 2005年, 第987页。
④ [元]方回:《瀛奎律髓汇评》卷23, 李庆甲集校, 上海：上海古籍出版社, 2005年, 第986页。
⑤ [元]方回:《瀛奎律髓汇评》卷13, 李庆甲集校, 上海：上海古籍出版社, 2005年, 第484页。

飞尘难到碧波中，波上烟云尽不同。吟断不知惊鹭起，汀花一半在船篷。

——题赵运管吟篷

徐玑诗凄冷、厚重，多全篇铺景，境寓象中，更似王维；纪昀言"调自清圆""善写人情"，① 故禅气清淡。如：

夜凉扶杖出山斋，身似孤云倚石崖。吟就不知山月晓，清风满面落松钗。

——夜凉

柳竹藏花坞，茅茨接草池。开门惊燕子，汲水得鱼儿。
地僻春犹静，人闲日自迟。山禽啼忽住，飞起又相随。

——山居

翁卷挟韦苏州之闲，纪昀谓之"闲雅""气韵尤高""深稳"。② 如：

百事已无机，空林不掩扉。蜂沾朝露出，鹤带晚云归。
石老苔为貌，松寒薜作衣。山翁与渔父，相过转依依。

——书隐者所居

赵师秀山水诗明秀、轻活，尾联间或景中夹论，似谢灵运，亦似杨万里，盖"小巧有余""滑稽之中亦新巧"③"婉而章""深婉而有味""薄而

---

① [元]方回:《瀛奎律髓汇评》卷14，李庆甲集校，上海：上海古籍出版社，2005年，第526页。

② [元]方回:《瀛奎律髓汇评》卷23，李庆甲集校，上海：上海古籍出版社，2005年，第988页。

③ [元]方回:《瀛奎律髓汇评》卷23、47，李庆甲集校，上海：上海古籍出版社，2005年，第1016、1760页。

第五章 南宋山水诗与道佛

有致"（纪昀）①之故。如：

> 餐馀行数步，稍觉一身和。蚕月人家闭，春山瀑布多。
> 莺啼声出树，花落片随波。前路东林近，惭因捧檄过。
>
> ——德安道中

方回评此诗"尾句委婉"，纪昀言："三、四似对非对，别有幽味，故佳。"② 此洒脱之禅味。

贾岛、四灵都被指酸衲气。欧阳修言："岛尝为衲子，故有此枯寂气味，形之于诗句也如此。"（《诗人玉屑》卷15）明陆时雍言："贾岛衲气终身不除，语虽佳而气韵自枯寂耳。"（《诗镜总论》）清王夫之亦言"似衲子者，其源自东晋来……自是而贾岛固其本色"（《姜斋诗话》）。诸论恰是贾岛这"清奇僻苦者"诗含道佛境象之明证。

四灵亦如此。时人曹豳《瓜庐诗集跋》有"予读四灵诗，爱其清而不枯，淡而有味"；苏泂《书紫芝诗后》称"为爱君诗清入骨"（《冷然斋诗集》卷8）。严羽《沧浪诗话》云："近世赵紫芝、翁灵舒辈，独喜贾岛、姚合之诗，稍稍复就清苦之风。"这"清苦""清入骨""清淡"即谓饱含道佛意境。徐玑自谓"悟得玄虚理"（《读徐道晖集》），赵师秀亦云"君诗如贾岛"（《哀山民》）。如此，足见四灵以道佛境入诗抑或有意为之。

四灵山水诗道佛意境多被人误解。范晞文言："四灵，倡唐诗者也，就而求其工者，赵紫芝也。然具眼犹以为未尽者，盖惜其立志未高而止于姚贾也……乃尖纤浅易，相煽成风，万喙一声，牢不可破，曰此'四灵体'也。"③《四库全书总目提要》言："盖四灵之诗，虽镂心鉥肾，刻意雕

---

① [元]方回：《瀛奎律髓汇评》卷15、33，李庆甲集校，上海：上海古籍出版社，2005年，第562、1386页。

② [元]方回：《瀛奎律髓汇评》卷29，李庆甲集校，上海：上海古籍出版社，2005年，第1287页。

③ [宋]范晞文：《对床夜语》，丁福保《历代诗话续编》，北京：中华书局，1983年，第416页。

琢；而取迳太狭，终不免破碎尖酸之病。"然亦曰"其清隽者在此"(《四库全书总目·芳兰轩集》)。此"清隽者"乃道佛意境之谓也。

石屏弃农从诗，以诗会友，游走四方。盖其性豪迈，故虽幼苦，其诗亦孤中有健、丽中含清，为禅家之旷达、透脱气。如：

数点归鸦过别村，隔滩渔笛远相闻。菰蒲断岸潮痕湿，日落空江生白云。

——江村晚眺二首 其一

江头落日照平沙，潮退渔舠阁岸斜。白鸟一双临水立，见人惊起入芦花。

——江村晚眺二首 其一

小楼萧洒面晴川，袅袅西风扫暮烟。碧水明霞两相照，秋光全在夕阳天。

——溪上

落日斜晖，明霞满天，渔笛、菰蒲、白鸟、芦花，音色形神具备，满目暮色，满怀清丽。即令秋光萧瑟，西风袅袅，亦"潇洒""明"快之景，可谓居禅家"看山是山、看水是水"超脱之第三境。吴之振《宋诗钞》言石屏诗"正大醇雅，多与理契。机括妙用，殆非言传"，正谓石屏诗道佛语意之蕴藉且建构技巧之上乘。

清人称石屏"精思研刻，实自能独辟町畦"(《四库全书总目提要·石屏集》)，方回言"其诗苦于轻俗，高处颇亦清健"[1]。但《瀛奎律髓》言之高，用之低，所录石屏诗仅三首，且非佳作，评选并憾！

真山民山水诗之高古简散气象，有似唐末司空图诗意禅境。托失国之恨赋山水之情，寄破家之悲寓道佛之旷，苍凉附秀，清新含哀。如：

---

[1] [元]方回：《瀛奎律髓汇评》卷20，李庆甲集校，上海：上海古籍出版社，2005年，第840页。

楼高古城绕，无奈漏声催。幽梦风吹断，新吟月送来。
江长渔唱远，云冷雁声哀。明日重阳酒，黄花开未开。

—— 江楼秋夕

天色微茫入暝钟，严陵滩上系孤篷。水禽与我共明月，芦叶同谁吟晚风。

隔浦人家渔火外，满江愁思笛声中。云开休望飞鸿影，身即天涯一断鸿。

—— 泊舟严滩

这里"幽梦""新吟""重阳酒""黄花""明月""渔火"喜气入怀，但"吹断""云冷""声哀""孤篷"略见忧戚，"愁思""断鸿"愈加伤感；"楼高古城""江长渔唱""严陵滩"蕴含苍凉、古朴。即令春光丽日，其境亦多忧伤，如《春晓山行》"古木殊无趋世态，幽禽懒作弄春声。棕鞋踏遍山南北，只与白云相送迎"亦如此。

方回《瀛奎律髓》未选其诗，大约顾忌或未见之故。后人幸得元大德董师谦序刊本而窥山民诗道佛意境。吴之振言之："痛值乱亡，深自湮没，世无得而称焉。惟所至好题咏，因流传人间。然皆探幽赏胜之作，未尝有江湖酬应语也。"①《四库全书总目》赞山民此类山水诗之禅道幽境：

至于五言之"鸟声山路静，花影寺门深"……七言之"小窗半夜青灯雨，幽树一庭黄叶秋"……则颇得晚唐佳处矣。一丘一壑，足资延赏，要亦宋末之翘楚也。

可见，道佛意识整体意境式重构于内敛或宋代晚期的山水诗人中愈发浓烈。

山水诗道佛意识诗句重构往往相互错杂、不可分割。其主体悟道式、

---

① [清]吴之振:《宋诗钞·山民诗钞》，上海：上海古籍出版社，1993年，第331页。

整体意境式中多包含直接道佛词句，如此则整体山水诗道佛意蕴愈加浓烈。如："古木山边寺，深松径底风。独吟侵夜半，清坐杂禅中。殿静灯光小，经残磬韵空。不知清梦远，啼鸟在林东。"（徐玑《宿寺》）单混均富含道佛韵味。

道佛意识山水诗句重构从语言内部功能上亦可解析为两个层面，一者词句层面，一者意义层面。两层面相互交织、关联，词句层面为第一层，可直接亦可间接显示山水诗道佛意识；意义层面为词句层面的指向和归宿，可由词句层表面意义直接明示道佛意识，或借助中介、语境、文化等间接指向道佛意识。

道佛意识建构形态有直接道佛词语，但不能归为词句层面；后两类表面道佛词语欠缺，但所指向意义、意境有道佛意识，亦不可归为意义层面。词句层面和意义层面本质上不可分割。

要之，南宋山水诗人重构道佛意识的山水诗句最为生动、最为艺术，"片云闲出岫，水月自空明"（范成大《水月庵谒现老不值》）、"等闲识得东风面，万紫千红总是春"（朱熹《春日》）、"钟声云外残"（严羽《访益上人兰若》）、"小立溪桥听雨鸠"（高翥《山行即事二首》）、"楼钟晴听响，池水夜观深"（赵师秀《冷泉夜坐》）等山水诗句广为流传。

第三节　南宋山水诗人诗论与道佛

南宋山水诗道佛意识建构亦体现于山水诗人之道佛观诗论和山水诗中。南宋山水诗人转化、重构道佛意识在文学诗论中有诗话，更有遍及卷帙之序跋、书帖和饱含道佛观之诗句。

一、山水诗人诗话道佛意识

山水诗人诗话寓含道佛意识于北宋已盛。北宋范温《潜溪诗眼》、叶梦得《石林诗话》等均有精深论及。南宋诗话愈加繁荣,张戒《岁寒堂诗话》、范晞文《对床夜语》及诗话总汇类胡仔《苕溪渔隐丛话》、魏庆之《诗人玉屑》等多有以道佛意识立论,此情延及山水诗者。

南宋山水诗家论及道佛之诗话著作较为丰富,吴可《藏海诗话》、杨万里《诚斋诗话》、刘克庄《后村诗话》等略有涉及,但无如严羽《沧浪诗话》、姜夔《白石道人诗说》(简称《诗说》)以道佛论诗著名。

山水诗家白石《诗说》饱含道佛观,以自然、自我、蕴藉为本,言:

> 雕刻伤气,敷衍露骨。若鄙而不精巧,是不雕刻之过;拙而无委曲,是不敷衍之过。
>
> 诗有四种高妙:一曰理高妙,二曰意高妙,三曰想高妙,四曰自然高妙。碍而实通,曰理高妙;出自意外,曰意高妙;写出幽微,如清潭见底,曰想高妙;非奇非怪,剥落文采,知其妙而不知其所以妙,曰自然高妙。
>
> 语贵含蓄……句中有馀味,篇中有馀意,善之善者也。
>
> 一家之语,自有一家之风味。如乐之二十四调,各有韵声,乃是归宿处。模仿者语虽似之,韵亦无矣。[①]

严羽山水诗清淡,《访益上人兰若》《江行》等皆如此。其《沧浪诗话》破"资闲谈"窠臼,以道佛喻诗,体大论精,乃"中国古代最重要的一部诗话著作"。[②] 毛晋《沧浪诗话跋》评曰:"诸家诗话,不过月旦前人,或拈警句,或拈瑕句,聊复一段公案耳。惟沧浪先生诗辩(郭本《沧浪诗话

---

① [宋]姜夔:《白石道人诗说》,何文焕《历代诗话》,北京:中华书局,1981年,第680—683页。

② 张少康:《中国文学理论批评史》,北京:北京大学出版社,2005年,第80页。

校释》原均为"辨",笔者改之)、诗体、诗法、诗评、诗证五则精切简妙,不袭牙后,其与临安表叔吴景仙一书,尤诗家金针也。故其吟卷百余章,如镜中花影,林外莺声,言有尽而意无穷,自谓参诗精子。"① 其《沧浪诗话·诗辩》最见道佛意,言:"诗之极致有一:曰入神。诗而入神至矣!……惟悟乃为当行,乃为本色。"东晋僧肇《涅槃无名论》亦云:"玄道在于妙悟,妙语在于即真。即真则有无齐观,齐观则彼己莫二。所以天地与我同根,万物与我一体。"二者本质一然。《沧浪诗话》可谓集道佛观诗论大成,其重构道佛意识丰富精深,无需赘述。

吴可时跨两宋,但其山水诗作活动显耀处主要在后宋,其《藏海诗话》亦有以佛(禅)论诗者,如:

凡作诗如参禅,须有悟门……忽有群雀飞鸣而下,顿悟前语。自尔看诗,无不通者。②

张戒未为南宋山水诗家,但其《岁寒堂诗话》所言诗法、诗境、诗技之道佛意均着眼于山水诗之主体,所举诗例多为山水诗,所论之意亦以山水景物为地,如"大抵句中若无意味,譬之山无烟云,春无草树,岂复可观?"③ 此类以道佛主旨论诗而作者非山水诗家之南宋诗话亦有《艇斋诗话》,如:

后山论诗说换骨,东湖论诗说中的,东莱论诗说活法,子苍论诗

---

① [明]毛晋:《沧浪诗话跋》,严羽《沧浪诗话校释》,郭绍虞校,北京:人民文学出版社,1983年,第269页。
② [宋]吴可:《藏海诗话》,丁福保《历代诗话续编》,北京:中华书局,1983年,第340页。
③ [宋]张戒:《岁寒堂诗话》,丁福保《历代诗话续编》,北京:中华书局,1983年,第450页。

说饱参，入处虽不同，然其实皆一关捩，要知非悟入不可。①

此外，后人从南宋大山水诗家朱熹文集中单列出诗话类著作《晦庵诗说》《清邃阁论诗》。《晦庵诗说》托名朱子门人宋陈文蔚等辑，《清邃阁论诗》为清朱玉所辑《朱子文集大全类编》部分。朱玉为朱熹十六代孙，《清邃阁论诗》一卷四十则，除论梅圣俞一则外，其他均见于《晦庵诗说》。郭绍虞主编《中国历代文论选》第二册（上海古籍出版社2001年版）选录《清邃阁论诗》数则，亦略含道佛论诗意，但均在《朱子语类》有见。

可见，借助道佛论诗成为南宋诗话时尚。《沧浪诗话》之所以为南宋最重要诗话，其要因在于以禅论诗之全面、透彻、精辟。虽有欠缺（清代冯班《钝吟杂录》有所偏纠），但仍不失为中国古代"最有理论价值、产生了极为深远影响的一部不朽著作"②。

二、山水诗人序跋、书帖道佛意识

相较诗话，序跋、书帖蕴含南宋山水诗人道佛文学观尤为富赡。吕本中序帖诗论是南宋山水诗人论诗之始，其《夏均父集序》因后村《江西诗派·吕紫微》引存而誉世：

> 学诗当识活法。所谓活法者，规矩备具而能出于规矩之外；变化不测，而亦不背于规矩也。是道也，盖有定法而无定法，无定法而有定法，知是者，则可以与语活法矣。谢元晖有言"好诗转圆美如弹丸"，此真活法也。近世豫章黄公首变前作之弊，而后学者知所趋向。必精尽知，左规右矩，庶几至于变化不测。③

---

① [宋]曾季狸：《艇斋诗话》，丁福保《历代诗话续编》，北京：中华书局，1983年，第296页。

② 张少康：《中国文学理论批评史》（下），北京：北京大学出版社，2005年，第101页。

③ [宋]刘克庄：《后村先生大全集》卷95，四部丛刊初编。

居仁此话原文佚失，幸赖后村、俞成等而存。胡仔《苕溪渔隐丛话》引存居仁《与曾吉甫论诗第一帖》《与曾吉甫论诗第二帖》。前者言：

> 宠谕作诗次第……惟不可凿空强作，出于牵强，如小儿就学，俯就课程耳。《楚词》、杜、黄，固法度所在，然不若遍考精取，悉为吾用，则姿态横出，不窘一律矣。如东坡、太白诗，虽规摹广大，学者难依，然读之使人敢道，澡雪滞思，无穷苦艰难之状，亦一助也。要之，此事须令有所悟入，则自然越度诸子。悟入之理，正在工夫勤惰间耳。如张长史见公孙大娘舞剑，顿悟笔法。①

居仁"活法""悟入""顿悟"语均源于道佛意识观念，且三者紧密关联。"活法"意乃"变术"，圆转变化之道，此为道佛修行要术。（"圆转""圆觉""圆通""圆美"均道佛家修行术语。）宗杲《正法眼藏》卷一（下）云："语中有语，名为死句；语中无语，名为活句。"济普《五灯会元》卷15言："但参活句，莫参死句。活句下荐得，永劫无滞。一尘一佛国，一叶一释迦，是死句。扬眉瞬目，举指竖拂，是死句。山河大地，更无讹，是死句。"② 此"活句"即"活法"话头。

这里，"参"即"悟"，"活法"与"悟"同源。南宋俞成《萤雪丛说》明言：

> 文章一技要自有活法……吕居仁尝序江西宗派诗，若言灵均自得之，忽然有入，然后惟意所在，万变不穷，是名活法。杨万里又从而序之，若曰学者属文，当悟活法。所谓活法者，要当优游厌饫。是皆有得于活法如此。吁！有胸中之活法，蒙于伊川之说得之；有纸上之活法，蒙于处厚、居仁、万里之说得之。③

---

① [宋]胡仔:《苕溪渔隐丛话·前集》卷49，北京：人民文学出版社，1962年，第332页。
② [宋]释普济:《五灯会元·青原下七世·云门偃禅师法嗣》卷15，四库全书本，第24页。
③ [宋]俞成:《萤雪丛说》卷1，丛书集成新编册86，1986年，第674页。

第五章 南宋山水诗与道佛

清张泰来《江西诗社宗派图录》"吕本中"条亦云：

> （吕居仁）尝序《诗社宗派图》，谓："诗有活法，若灵均自得，忽然有悟，然后惟意所出，万变不穷。"杨诚斋又从而序之，亦以"学者属文，当优游厌饫，以悟活法"。①

顿悟乃禅宗修行之法，明王阳明龙场顿悟成为经典。然唐六祖惠能《坛经·般若品第二》早有明示：

> 善知识，不悟即佛是众生，一念悟时，众生是佛。故知万法尽在自心，何不从自心中顿见真如本性？……一闻言下便悟，顿见真如本性，是以将此教法流行，令学道者顿悟菩提，各自观心，自见本性……若识自性，一悟即至佛地。②

禅宗本旨在以"悟"得道。唐大珠慧海禅师以《顿悟入道要门论》为经名，倡"顿悟"之功，言"唯有顿悟一门，即得解脱……顿者，顿除妄念；悟者，悟无所得"③。《五灯会元》载世尊言："吾有正法眼藏，涅盘妙心，实相无相，微妙法门，不立文字，教外别传。"（《五灯会元·释迦牟尼佛》卷1）《涅槃无名论》言"玄道在于妙悟，妙悟在于即真"。

学诗与修道同理，故以道佛之"悟"论诗契合无隙。吕居仁《与曾吉甫论诗第二帖》有言：

> 欲波澜之阔去，须于规摹令大，涵养吾气而后可。规摹既大，波

---

① [清]张泰来：《江西诗社宗派图录》，丁福保《清诗话》上册，上海古籍出版社，1983年，第60页。
② 赖永海：《坛经》，北京：中华书局，2010年，第52页。
③ [唐]慧海《顿悟入道要门论》卷上，《卍续藏》册63，第18页。

澜自阔，少加治择，功已倍于古矣。①

自然养气、加固根本，此论亦源道佛。《老子》言"古之善为士者，微妙玄通，深不可识"（15章）、"含德之厚，比于赤子"（55章）、"天得一以清……万物得一以生"（39章），这里"一"乃"道"，乃"气"，就是自然、万物之本。②河上公注道："一者，道始所生，太和之精气也。故曰：一布名于天下，天得一以清，地得一以宁，神得一以灵，谷得以一以盈。"③（河上公《老子道德经章句·能为第十》）

"悟"亦有庄子《逍遥游》养气之意。庄子以为"夫列子御风而行，泠然善也……若夫乘天地之正，而御六气之辩，以游无穷者，彼且恶乎待哉"。此为厚养浩气、充实自我，无需有待而又无所不至的道家思维。④

禅宗亦多养气之论。可见，居仁《与曾吉甫论诗第二帖》一如《与曾吉甫论诗一帖》，其心不离道佛。

居仁《江西诗社宗派图》树门立派，于诗界有首创之功。其立"宗派"之名之思亦源于道佛之规。道家早在春秋战国之际就分门别派，唐代符箓派道教分上清、灵宝、正一、神霄、清微诸门，且派系交错漫演。⑤

禅宗派系愈多。据宋《五灯会元》所载，大约在唐末、五代之间，禅宗形成了五个重要的派别，即：沩仰、临济、曹洞、法眼、云门。所谓一家五宗，一花五叶，宗下又分小支，支后亦结小派，派系错综。⑥

居仁《江西诗社宗派图》原文佚失，后人所引多有文字出入。唯南宋俞成和清张泰来引入"活法"。前者《萤雪丛说》卷1之引为"灵均自得之，忽然有入，然后惟意所在，万变不穷，是名活法"。后者《江西诗社宗派图录》略有差异，为"诗有活法，若灵均自得，忽然有入，然后惟意

---

① [宋]胡仔：《苕溪渔隐丛话·前集》卷49，北京：人民文学出版社，1962年，第333页。
② 陈鼓应：《老子今注今译》，台北：台湾商务印书馆，1978年，第151页。
③ [先秦]老子：《老子道德经河上公章句》，北京：中华书局，1993年，第34页。
④ 陈鼓应：《庄子今注今译》，北京：商务印书馆，2007年，第23页。
⑤ 卿希泰：《中国道教史》卷2，成都：四川人民出版社，1996年，第119页。
⑥ 范文澜：《唐代佛教》，重庆：重庆出版社，2008年，第74页。

所出，万变不穷"。此类《江西诗社宗派图》"活法""悟"语所含道佛意亦如前论。

杨万里《江西诗派图序》、刘克庄《江西诗派小序》所持诗论承袭居仁《江西诗社宗派图》意，虽文有异，但均含融道佛之心。

杨万里序跋语以道佛论诗丰富。除《江西诗派图序》外，其《颐庵诗稿序》《诚斋荆溪集序》《诚斋江湖集序》《诚斋南海诗集序》《习斋论语讲义序》《周子益训蒙省题诗序》《黄御史集序》诸篇道佛意论诗显明，强调自我感悟，所谓"读书必知味外之味，不知味外之味，而曰我能读书者，否也"（《习斋论语讲义序》）。

诚斋主张诗材自然，即目山水，"步后园，登古城，采撷杞菊，攀翻花竹，万象毕来献予诗材，盖麾之不去，前者未讎，而后者已迫，涣然未觉作诗之难也"（《诚斋荆溪集序》）。如此感悟皆切合禅家所谓"功到自然成""时至骨自换"之修炼程序、过程。

朱子诗论内容丰富，其《朱子语类》、序跋广有涉及。《朱子语类》卷139、卷140为记录朱子诗论最集中处。朱子力主诗在静处，言举世做诗，但"无一个人做得成诗……这个只是心里闹、不虚静之故。不虚不静故不明，不明故不识。若虚静而明，便识好物事。虽百工技艺做得精者，也是心虚理明，所以做得来精。心里闹，如何见得！"[①]故"读书闲暇，且静坐，教他心平气定，见得道理渐次分晓"（《朱子语类》卷11）。此与道家"致虚极，守静笃""心斋""坐忘""归根曰净"一致。

作诗要活，解诗要透，"文字须活看。此且就此说，彼则就彼说，不可死看。牵此合彼，便处处有碍。"（《朱子语类》卷5）"大凡事物须要说得有滋味，方见有功。而今随文解义，谁人不解？须要见古人好处……这个有两重：晓得文义是一重，晓得意思好处是一重。若只晓得外面一重，不识得他好底意思，此是一件大病。"（《朱子语类》卷114）此意即禅家透彻之悟，与"世尊拈花，迦叶微笑"融通，与圆明缘密禅师"但参

---

① [宋]黎靖德：《朱子语类》卷140，北京：中华书局，1986年，第3333页。

活句,莫参死句。活句下荐得,永劫无滞。'一尘一佛国,一叶一释迦',是死句。'扬眉瞬目,举指竖佛',是死句。'山河大地,更无淆讹',是死句"① 同理。

朱子以道家天生自然、平淡之美称诗,云:"文字自有一个天生成腔子。古人文字自贴这天生成腔子。"(《朱子语类》卷139)"平易自在说出底,便说;说得出来崎岖底便不好。今日且将自家写得出、说得出底去穷究。"(《朱子语类》卷9)这平易是真情而非假作,"当其不应事时,平淡自摄,岂不胜如思量诗句?至如真味发溢,又却与寻常好吟者不同","这物事须教看得精透后,一日千里始得。而今都只泛泛在那皮毛上理会,都不曾抓着那痒处,济得甚事!做工夫一似穿井相似:穿到水处,自然流出来不住;而今都干燥,只是心不在,不曾着心。如何说道出去一日,便不曾做得工夫?"(《朱子语类》卷140)此理甚合道家"功到自然成"之论。朱子《新喻西境》诗有"自然触目成佳句,云锦无劳更剪裁"。写作不待安排,"只是自胸中流出,更无些窒碍,此文章之妙也"(《朱子语类》卷139),推崇陶诗正在于"渊明诗平淡出于自然。后人学他平淡,便相去远矣"(《朱子语类》卷140)。此言正是道家所谓"见素抱朴""质真若渝""大巧若拙"之意。

朱子序跋中亦含道佛论诗意,其《答巩仲至书》《答杨宋卿书》《跋病翁先生诗》诸篇有见。如:

> 予尝以为天下万事,皆有一定之法,学之者须循序而渐进。如学诗,则且当以此等为法……呜呼!学者其毋惑于不烦绳削之说,而轻为放肆以自欺也哉!②

此言正为佛家自家创造、自家感知之论。可见,朱子虽由释入儒,批

---

① [宋]释普济:《五灯会元·云门偃禅师法嗣》卷15,四库全书本,第24页。
② [宋]朱熹:《朱子全书·跋病翁先生诗》卷84册24,上海:上海古籍出版社,2002年,第3968页。

第五章 南宋山水诗与道佛

禅扬儒,但其论多融合道佛意识。清人颜元评曰:"朱子半日静坐是半日达摩也,半日读书是半日汉儒也。"①

刘克庄为宋末大家,其序跋中亦多道佛诗论。首先为道佛正名并给予与儒等同地位,为道佛论诗张本。后村辩解曰:"儒释有异同之迹,伦纪无绝灭之理。世所传释氏事多失之过而流于诞,其忠厚而蹈乎常者余信之,乖悖而不近乎情者余疑焉。"②并直言:

> 儒诋释为夷教,义理一也,岂有华夷之辨哉?吾闻身毒、罽宾诸国皆有城郭、君民,其法度、教令虽不可得而详,窃意其奖忠孝而禁悖逆,大指无以异于中华,不然则其类灭而国墟矣。③

其次,后村以道佛言简意妙论诗艺。言"余闻佛之妙在于离言语处拈花面壁,岂有句义可诠注哉!其后话头百千,则语录五车,亦大繁矣!"(刘克庄《石塘闲话序》)并指明禅诗二者语义主旨相类,"诗家以少陵为祖,其说曰:语不惊人死不休。禅家以达摩为祖,其说曰:不立文字……夫至言妙义,固不在于言语文字"(刘克庄《何秀才诗禅方丈序》)。

同时,以道佛修行喻学诗过程,强调自我修炼功夫。言:

> 前辈有学诗如学仙之论,窃意仙者,必极天下之轻清而后易于解脱,未有重浊而能仙也。君之作庶乎轻清矣,然余闻之丹家冲漠自守,专固不怠,一旦婴儿成、顶门开,足以不死矣,此养内丹者之事,癯于山泽之仙也。若夫大丹则异于是,传方诀必有师,安炉灶必有地,致久永必有赀,又必修三千功行以俟之,及其成也,笙鹤幢节,本不期而至,王乔骖乘,韩众执辔,翱翔大清而朝于帝所,此天仙也,异乎前之癯于山泽者矣。余以其说推之于诗,凡大家数擅名今

---

① [清]颜元:《颜元集·朱子语类评》,北京:中华书局,1987年,第278页。
② [宋]刘克庄:《孝友堂》,《后村先生大全集》卷91,四部丛刊初编本。
③ [宋]刘克庄:《送高上人序》,《后村先生大全集》卷94,四部丛刊初编本。

古,大丹之成者也;小家数各鸣所长,内丹之成者也。①

以禅宗灯传比之江西诗派传承,"豫章稍后出,会粹百家句律之长,究及历代体制之变,搜猎奇书,穿穴异闻,作为古律,自成一家,虽只字半句不轻出,遂为本朝诗家之祖,在禅学中比得达摩,不易之论也"(刘克庄《江西诗派序·黄山谷》)。

后村以道佛简淡主论诗之轻清。言:"诗贵轻清,恶重浊。王君诗如人炼形,跳出顶门,绝天下之轻。如人绝粒不食烟火,极天下之清。"(刘克庄《王元度诗》)"繁秾不如简淡,直肆不如委婉,重而浊不如轻而清,实而晦不如虚而明。"(刘克庄《跋真仁夫诗卷》)

在论及吕居仁"活法"时,除《江西诗派·吕紫微》引入外,《江西诗派·总序》先亦有言。云:

吕紫微作江西总派,自山谷而下……后来诚斋出,真得所谓活法,所谓流转圜美如弹丸者,恨紫微公不及见耳……庶几不失紫微公初意。②

后村所论诗"圆转"之话头及其品诗内容准则均密接道佛。可见,后村论诗道佛意深厚,恰如其诗自言"游戏人间又一年,非儒非佛复非仙"。(《七十四吟十首》其九)

诗话之外,严羽亦有跋序、书帖以道佛言诗者。其《答出继叔临安吴景仙书》为《沧浪诗话》疑问之答辩,文中所言诗论亦富含道佛之心,如"以禅喻诗,莫此亲切。是自家实证实悟者,是自家闭门凿破此片田地,即非傍人篱壁、拾人涕唾得来者"③。此语契合《沧浪诗话》以禅言诗主旨。

可见,南宋山水诗家之诗论抑或南宋其他论山水诗者均富含道佛

---

① [宋]刘克庄:《王与义诗序》,《后村先生大全集》卷96,四部丛刊初编本。
② [宋]刘克庄:《江西诗派·总序》,《后村先生大全集》卷95,四部丛刊初编本。
③ 郭绍虞:《中国历代文论选》,上海:上海古籍出版社,2001年,第430页。

（禅）意识。南宋诗坛之山水诗亦以附着道佛意识者最富艺术性。

三、山水诗人诗句道佛意识

南宋山水诗人诗论重构道佛意识于其诗句中最为广泛，其中最为丰富者为以禅入诗论诗。

北宋即见以禅入诗论诗，如苏轼"暂借好诗消永夜，每逢佳处辄参禅"（《夜直玉堂携李之仪端叔诗百馀首读至夜半书其后》）、苏辙"诗词温厚新成格，道论精微近入禅"（《答颜复国博》）、陈师道"学诗如学仙，诗至骨自换"（《次韵答秦少章》）、王安中"写出禅家有眼句，不妨馀事作诗人"（《直舍有书》其四）、韩驹"学诗当如初学禅，未悟且遍参诸方。一朝悟罢正法眼，信手拈出皆成章"（《赠赵伯鱼》）等。

南宋亦大兴此意，吴可、龚相、白玉蟾等均有此语，"学诗如参禅"成为泛论。如王庭圭"学诗真似学参禅，水在瓶中月在天"（《赠曦上人二绝句》其一）、李衡"学诗如参禅，初不在言句"（《赠学者》）、张汝勤"学诗如学禅，所贵在观妙"（《戏徐观空》）等多为此论。

"大抵禅道惟在妙悟，诗道亦在妙悟。"（严羽《沧浪诗话·诗法》）南宋主要山水诗人此类诗最为著名，参与者众多，陈与义、吕本中、曾几、陆游、杨万里、四灵、江湖派诗人等都有佳篇。表现范式多样，或诗景嵌入，吕本中"小诗自可逃禅"（《雪》其一）；或应酬附着，吕本中"章子问诗如问禅"（《戏成两绝奉简章仲孚兼呈宗师》其二）、陈与义"布衲王摩诘，禅余寄笔端"（《心老久许为作画未果以诗督之》）、曾几"时从禅那起，游戏于笔端"（《赠空上人》）、陆游"学诗大略似参禅，且下功夫二十年"（《赠王伯长主簿》）、杨万里"衣钵无千古，丘山只一毛"（《和李天麟二首》其一）；或读书有怀，曾几"学诗如参禅，慎勿参死句"（《读吕居仁旧诗有怀其人作诗寄之》）、陆游"夜来一笑寒灯下，始是金丹换骨时"（《夜吟二首》其二）等。以禅入诗论诗于应酬附着中最富，足见其时"借禅言诗"成为时尚，亦为南宋诗人、南宋山水诗人传播、论辩诗学观共同思维。

吕本中以主"活法""悟入"著称，但以禅喻诗诗却逊色他人。如曾几诗言：

> 学诗如参禅，慎勿参死句。纵横无不可，乃在欢喜处。又如学仙子，辛苦终不遇。忽然毛骨换，正用口诀故。居仁说活法，大意欲人悟。常言古作者，一一从此路。岂惟如是说，实亦造佳处。其圆如金弹，所向若脱兔。风吹春空云，顷刻多态度。（《读吕居仁旧诗有怀其人作诗寄之》）

曾几以参禅之法言学诗，意在"悟"，因"悟"而得"金弹"之圆，"脱兔"之捷，其诗生气盎然、变化万端、得心应手。此意于《赠空上人》再现："时从禅那起，游戏于笔端。当其参寻时，恣意云水间。"如此而得诗作必然"秀色若可餐""圆美珠走盘""万象纷往还"。

放翁以禅法喻诗重在言两者过程功夫本质相类。其《赠王伯长主簿》言"学诗大略似参禅，且下功夫二十年"，非便捷速成，以之为要诀示子"汝果欲学诗，工夫在诗外"（《示子遹》）。学诗如参禅，须长期下工夫，最终有得，正是"六十馀年妄学诗，工夫深处独心知。夜来一笑寒灯下，始是金丹换骨时"（《夜吟二首 其二》）。修炼至"金丹换骨"，诗思如涌，寒灯夜笑，天地洞开。

此种修炼还须广泛深入生活。放翁自言："我昔学诗未有得，残馀未免从人乞。力孱气馁心自知，妄取虚名有惭色。四十从戎驻南郑，酣宴军中夜连日。打毬筑场一千步，阅马列厩三万疋。华灯纵博声满楼，宝钗艳舞光照席。琵琶弦急冰雹乱，羯鼓手匀风雨疾。"如此才会"诗家三昧忽见前，屈贾在眼元历历。天机云锦用在我，剪裁妙处非刀尺"（《九月一日夜读诗稿有感走笔作歌》）。

诚斋以禅论诗内涵丰富。其《送分宁主簿罗宏材秩满入京》有"要知诗客参江西，政似禅客参曹溪。不到南华与脩水，于何传法更传衣"。此

第五章 南宋山水诗与道佛

以禅宗灯传喻诗学门派相继,且须有超越而新进。但学诗参禅终在领悟有得,故《和李天麟二首》其一言:"学诗须透脱,信手自孤高。衣钵无千古,丘山只一毛。句中池有草,子外目俱蒿。可口端何似,霜螯略带糟。"此言诗家须学禅家透彻的认知,思维的升华是"传法更传衣"的递进,所谓从"看山是山"到"看山不是山",再到"看山是山"的飞跃,获得"近来别具一只眼,要踏唐人最上关……恰则新莺百啭声,忽有寒蛩终夜鸣"(《送彭元忠县丞北归》)之新境。《答徐子材谈绝句》亦以禅喻诗道:"受业初参且半山,终须投换晚唐间。国风此去无多子,关捩挑来只等闲。"

戴复古《论诗十绝》(即《昭武太守王子文日与李贾严羽共观前辈一两家诗及晚唐诗因有论诗十绝子文见之谓无甚高论亦可作诗家小学须知》)以禅论诗。其七言:"欲参诗律似参禅,妙趣不由文字传。个里稍关心有误,发为言句自超然。"此与严羽《沧浪诗话》"妙悟""透彻玲珑,不可凑泊,如空中之音,相中之色,水中之月,镜中之象,言有尽而意无穷"同旨。其四言:"意匠如神变化生,笔端有力任从横。须教自我胸中出,切忌随人脚后行。"则意言诗作须破除窠臼、独创匠心,亦是禅家"涅槃妙心,实相无相,微妙法门,不立文字,教外别传"[①]之旨。

可见石屏以参禅论诗旨在禅家"不立文字"心知神觉之感,亦佛家所谓"如人饮水,冷暖自知"[②]之得,契近吕居仁"悟入"之意。

后村以禅入诗意在重构诗禅相伴之论,禅旨诗思为诗人意念所有,但禅难求而诗易得。如"万顷烟波百尺丝,禅家宗旨有谁知。自嫌固陋如高叟,却为僧笺把钓诗"(《船子和尚遗迹在华亭朱泾之间圭上人即其所诛茅名西亭精舍介竹溪求诗于 余寄题 三绝 其三》)、"棒喝机锋捷似飞,推敲事业费寻思。师归定被丛林笑,腹里无禅却有诗"(《赠辉书记二首 其二》)、"画得诗禅三昧少,诗如无住一联多"(《诸人颇有和余百梅诗者各赋一首 其七》)、"坏衲蒙头易,玄机得髓难。何因清夜话,分我一蒲

---

① [宋]释普济:《五灯会元·释迦牟尼佛》卷1,四库全书本,第13页。
② [宋]释普济:《五灯会元·蒙山道明禅师》卷2,四库全书本,第20页。

团"(《题何秀才诗禅方丈》)等中均为此意,至极是"禅堪拈出众,诗亦长于前"(《示观老》),其意约略可解曰"为求妙诗须多参禅,禅悟诗活"。

四灵亦有以禅觉论诗意。如徐照《赠从善上人》有"诗因缘解堪呈佛,棋与禅通可悟人",此以诗与佛二者觉解同一持论,力主诗意与禅缘相融观。

南宋山水诗人亦引道家入诗论诗。石屏于诗亦主道家素朴观,言"雕镂太过伤于巧,朴拙惟宜怕近村"(《论诗十绝 其三》),近于《老子》"去甚,去奢、去泰""见素抱朴"论。

四灵"捐书以为诗",回归朴野,其清冷之气亦主道家之意。徐照"秀句出寒饿"(《和翁灵舒冬日书事》)、徐玑"悟得玄虚理,能令句律精"(《读徐道晖集》)、赵师秀"诗好当开板,丹灵不化银"(《赠易道士》)、翁卷"诗因道进言辞别,丹得师传火候真"(《赠陈管辖》)等即是以道论诗之例。以禅论诗之严羽多游仙诗,如《昔游东海上》《望西山》《游仙》《云山操为吴子才赋》等,其《剑歌行》言诗"雄词落纸走山岳,霹雳绕壁蛟龙随",亦道家意识之味。

要之,宋山水诗人之诗句中以道佛意识论文学、论诗,内容极为丰富。如此内容不仅推动了南宋文化、文学、诗学与道佛之融合、交流,亦直接推动了南宋山水诗人及其山水诗作之内容观念、艺术技巧于道佛之广泛深刻借鉴与吸收。

本章结语

南宋山水诗人思想三教融合乃时代文人集体特征。其接受因素多种多样,家族、师友、道佛环境、时代文化均施加作用与影响。总体上,以儒家思想主导其积极用世,道佛思想主导其修心、为文乃至遁世。就诗歌、文学而言，道佛影响南宋山水诗人力度最为重大、深远。初期孙觌、李纲、吕本中、曾几、陈与义，中兴期范成大、陆游、杨万里、朱熹、姜夔，晚期四灵、江湖派，末期真山民、汪元量等无不在山水诗中显现道佛意识。道佛意识与山水诗融合形式多种多样，或直接描绘寺观环境、僧徒生活，或与僧人、道士唱和，或在诗意中隐含道佛清幽、空寂意境，显隐明暗之分别正是个体风格、生活经历、内在性情之差异。

简言之，除诗家以道禅意境为山水诗艺术性追求之轨范外，南宋山水诗与道禅之关联主要表现于诗家社会、生活环境道禅化，诗家直接道禅意味之山水诗或山水诗句，诗家直接的道禅意味之诗话，还体现于诗家其他尺牍、序跋等直接的道禅意味之诗论。

三教融和、道禅大为发展，故南宋山水诗语用之精当、内容之丰富、艺技之高进、意境之升华较前均显变化。

第六章 南宋山水诗接受与传播

山水诗概念唐已有提及。王昌龄《诗格》首言:"欲为山水诗,则张泉石云峰之境,极丽绝秀者。"① 白居易《读谢灵运诗》有"泄为山水诗,逸韵谐奇趣"。宋多有"山水诗"之称,许𫖮《彦周诗话》称:"画山水诗……惟荆公《观燕公山水诗》前六句差近之。"②其他如庄绰《鸡肋编》、胡仔《苕溪渔隐丛话后集》、魏庆之《诗人玉屑》、阮阅《诗话总龟后集》、葛立方《韵语阳秋》、无名氏《宣和画谱》等亦言此名。迄近代之前,山水诗有名而无类,均附着其他类别诗作之中。故严格意义上,古代缺乏纯粹山水诗选本。

南宋山水诗与非山水诗虽混杂无分,但笔者远绍旁搜,细绎前贤南宋诗辑集,擘肌析理,足见南宋山水诗乃南宋诗之主体。进而言之,南宋诗选本发展史本质上乃南宋山水诗选本发展史,南宋诗选本主体上乃南宋山水诗选本。

选本为诗作接受最重要范式和方式。本章南宋山水诗选本以笔者所见南宋诗选本之经典总集为样板(如《全宋诗》《宋诗钞》《宋诗纪事》等),以断代为主,兼及数种通代著名者(如《瀛奎律髓》《唐宋诗醇》《千家诗》等)。

历代南宋山水诗选本乃南宋山水诗历代接受与传播之首证、力证,历

---

① [唐]王昌龄:《诗格》,郭绍虞《中国历代文论选》卷2,上海:上海古籍出版社,2001年,第88页。

② [宋]许𫖮:《彦周诗话》,何文焕《历代诗话》,北京:中华书局,1981年,第387页。

代诗话、诗论、仿作均以选本作品为据，故诗话、诗论、仿作乃南宋山水诗历代接受与传播之辅证。本章主要从南宋、元、明、清四个时期考察南宋山水诗后世接受与传播。

第一节　南宋山水诗南宋接受与传播

中国古代诗歌选本于南宋具有里程碑式开创意义。经济发展、版刻技进、印刷繁荣、市场兴旺，宋代诗集刻制大行于世。因时代久远，南宋之宋诗选本现存要籍稀缺。籍古论著并近代相关论文（如张智华《南宋诗歌选本叙录》，《文献》2000年第1期；高磊《清代宋诗选本研究》，2010年苏州大学博士论文；申屠青松《历代宋诗选本论略》，《江汉大学学报》人文科学版2010年第1期；吕维《南宋诗歌总集编纂研究》，2015年广西师范大学博士论文等）可知南宋之南宋诗选原非稀少，参研南宋晁公武《郡斋读书志》、尤袤《遂初堂书目》、陈振孙《直斋书录解题》、王应麟《玉海》并元脱脱《宋史·艺文志》、马端临《文献通考·经籍考》、清《四库全书总目提要》、陆心源《皕宋楼藏书志》诸类要著推知，笔者所未见之南宋诗选本亦多含山水诗。

南宋虽为南宋山水诗古选本之起始，然选本初具规模，数量不菲。现存南宋时之南宋山水诗选本可见者约十余种，如《南岳倡酬集》《后村千家诗》（《分门纂类唐宋时贤千家诗选》）《千家诗》（谢枋得辑）《诗家鼎脔》《江湖集》《两宋名贤小集》等，要本有《南岳倡酬集》《后村千家诗》《千家诗》《诗家鼎脔》等。此处略论《南岳倡酬集》《后村千家诗》，概论《江湖集》等。

一、《南岳倡酬集》南宋山水诗接受

唱和总集北宋盛行，其中多山水吟咏，如《二李唱和集》《西昆酬唱集》等。《南岳倡酬集》可谓南宋山水诗古选本之开山，为孝宗乾道二年（1166），朱熹、张栻、林用中等人以诗纪游南岳衡山唱和总集，凡2卷（含《附录》1卷）、57题、149首，《四库全书》已收录。是集后人编辑讹误甚多，"每题皆三人同赋，以五十七题计之，亦不当云一百四十九篇。不知何以参错不合。又卷中联句，往往失去姓氏标题……以南岳标题，而泛及别地之尺牍；以唱酬为名，而滥载平居之讲论；以三人合集，而独载用中一人之言行，皆非体例"（《四库全书总目提要·南岳倡酬集》）。然此集所选山水诗极富，盖因三人唱酬本依山水景物触发而得。朱子自谓所见"凡百有八十里，其间山川林野、风烟景物，视向所见无非诗者"（《朱熹序》），张栻亦叹："弥望杳无烟火，林壑岩边时有积雪……月明窗牖，间有猿啸清甚。出寺即行古木寒藤中，阴崖积雪厚几数尺，望石廪如素锦屏，日影下照林间，冰堕锵然有声，云阴骤起，飞霞交集，顷之乃止……凡七日经行上下数百里，景物之美不可殚叙。"①（《张栻序》）故是集山水满篇，胜景弥眼。其体裁有五绝、七绝、五律、七律、古风等，乃至联句长排，其中不乏山水佳作，如：

晚霞（第30题）

日落西南第几峰，断霞千里抹残红。上方杰阁凭栏处，欲尽馀晖怯晚风。

——朱熹

早来雪意遮空碧，晚喜晴霞散绮红。便可悬知明旦事，一轮明月快哉风。

——张栻

---

① [宋]朱熹等：《南岳倡酬集》，四库全书本，第5—8页。

> 醉下祝融峰（第32题）
> 我来万里驾长风，绝壑层云许荡胸。浊酒三杯豪气发，朗吟飞下祝融峰。

——朱熹

《南岳倡酬集》57题，除第7题《马上举韩退之口占》（3首）、第10题《马迹桥》（3首）、第18题《赋罗汉果》（3首）、第19题《方广版屋》（3首）、第23题《夜宿方广》（3首）、第28题《福岩寺读张南湖旧诗》（3首）、第42题《过高台获信老诗集》（3首）、第48题《胡文广仲》（3首）、第56题《又和敬夫韵》（3首）27篇有违典范山水诗体制外，余下48题122篇均在山水诗之列，占比过八成，可谓首家南宋山水诗选本之辉煌范本。

二、《后村千家诗》南宋山水诗接受

《后村千家诗》原称《分门纂类唐宋时贤千家诗选》，因掺和唐宋之外南北朝、五代之作，故世人多言后人假托后村而辑，抑或后人篡改后村原本而为。笔者亦同此说，认为现见《后村千家诗》以后村版为本，应视为南宋人诗选。是选共22卷，分时令、节候、气候、昼夜、百花、竹林、天文、地理、宫室、器用、音乐、禽兽、昆虫、人品等14门，133类，442目，所录律诗和绝句1281首。"本书为宋人所选，故唐人诗不多，而宋人诗则占十之七、八，其中尤以南宋诗人居多。"（《后村千家诗校注·前言》）[①] 收录作者368人中，排开众多阙名，可以确定有宋者145位，其中南宋诗人约为121位，南宋著名山水诗大家多入囊彀，如曾几、吕本中、陈与义、陆游、杨万里、姜夔、戴复古、刘克庄、徐照、徐玑、赵师秀、方岳、朱淑真、高翥、王珪、刘子翚、葛长庚（白玉蟾）、居简等均

---

① [宋]刘克庄：《后村千家诗校注》，胡问侬校注，贵阳：贵州人民出版社，1986年，第2页。

在列，其他显名者有赵葵、叶绍翁、华岳、徐元杰、林洪、敖陶孙、刘仙伦、真德秀、刘翰、宋伯仁、潘牥等。他们均以丰富山水诗作占据《后村千家诗》要位。是选14门中，南宋诗家山水诗于时令、节候、气候、昼夜、百花、竹林、天文、地理诸门居绝对数量，时令（春夏秋冬）、昼夜（晓昼晚夜）、竹林（竹松杨柳）、天文（日月星云雾风雷雨虹露霜雪）、地理（山村江郊湖溪泉舟）诸门山水景物吟咏尤多南宋山水佳作。笔者以《后村千家诗校注》为正，辅以《分门纂类唐宋时贤千家诗选校证》（刘克庄编集，李更、陈新校证，人民文学出版社2002年版）本，略举两例为论。

时令门——夏 《后村千家诗校注》载本目选南宋诗人确名者10家11首，依次为：

桑间葚熟麦齐腰，莺语惺惺野雉骄。日薄人家晒蚕子，雨馀山客买鱼苗。

——陆游·初夏道中

竹摇清影罩幽窗，两两时禽噪夕阳。谢却海棠飞尽絮，困人天气日初长。

——朱淑真·初夏

院宇沈沈雨四垂，博山香断未多时。驱除春事风姨怨，贴水新荷又满池。

——赵葵·初夏

梅子留酸软齿牙，芭蕉分绿与窗纱。日长睡起无情思，闲看儿童捉柳花。

——杨万里·闲居初夏午睡起

横波泪竹纹铺簟，叠雪轻罗香剪衣。清夏槐生风细细，新秋麦涨雨霏霏。

——徐元杰·初夏

乳鸭池塘水浅深，熟梅天气半晴阴。东园载酒西园醉，摘尽枇杷一树金。

————戴复古·初夏游张园

梅子金黄杏子肥，麦花雪白菜花稀。日长篱落无人过，惟有蜻蜓蛱蝶飞。

————范成大·四时田园杂兴·夏日之一

城中厌雨过清和，偶出西郊野兴多。蚕簇趁晴方摘茧，麦场经润欲生蛾。

————葛长庚·初夏

瑶池十丈藕花香，清赏尤便水殿凉。闻说内家多乐事，前星亲自捧霞觞。

————真德秀·皇后阁端午贴子词

绿暗红稀四月天，榆钱铺径撒青毡。雨肥渴动羹梅兴，风暖香传饼麦鲜。

解愠更无琴可续，纳凉徒有句堪联。看看河朔相追逐，避暑忘形到酒边。

————赵希逢·初夏

枝上浑无一点春，半随流水半随尘。柔桑欲椹吴蚕老，稚笋成竿緥凤驯。

荷嫩爱风敧盖翠，榴花宜日皱裙殷。待封一罨伤心泪，寄与南楼薄倖人。

————朱淑真·初夏

上述11首均典范山水诗。（按：《后村千家诗校注》中署《初夏游张园》作者戴敏，范成大《夏日》"梅子金黄"句误"梅子黄金"。）《后村千家诗校注》本目中还有四首阙名作者诗，据笔者考查，阙名七绝《宫夏》（水晶帘捲午风轻）和《宫夏》（午漏迟迟滴玉壶）当为真德秀《端午贴子词》，阙名七律《初夏》当为葛长庚《夏五即事》，阙名五绝《初夏》当为寇准五律《首夏书事》前两联，他们均为南宋诗家。后二"阙名"可谓山水诗佳作：

晓来掠面更东风，过尽溪山属祝融。杨柳引教荷芰绿，海棠让与石榴红。

稻针刺水连青亩，麦浪翻云涨碧空。我有浮瓜沉李约，诸君同上紫霄峰。

——阙名·初夏（葛长庚·夏五即事）

窗户经初雨，风清野景饶。闲庭犹戏蝶，高树已鸣蜩。

——阙名·初夏（寇准·首夏书事）

时令门——秋 《后村千家诗校注》本目中选南宋确名者12家12首，依次为：

新霜彻晓报秋深，染尽青林作缬林。惟有橘园风景异，碧丛丛里万黄金。

——范成大·四时田园杂兴·秋日之十二

乳鸦啼散玉屏空，一枕新凉一扇风。睡起秋声无觅处，满阶梧叶月明中。

——刘翰·立秋

千林摇落窃号风，怒激秋涛气势雄。远水兼天拖练白，晓风委地染丹红。

——赵希逢·秋

榴花才放客辞家，客里因循见菊花。独坐西楼对风雨，天寒犹自著轻纱。

——戴复古·客中秋晚

江头枫叶舞低回，催得浓云顷刻开。万里碧天红日晚，数声新雁送寒来。

——高翥·秋晚

第六章 南宋山水诗接受与传播

西风吹破黑貂裘，多少江山惜倦游。红叶已霜天欲暮，绿蓑初雨客吟秋。

———— 宋伯仁·秋晚

岸花洗面初收雨，江草摇头已怯风。独立无聊聊送目，西边落日叫孤鸿。

———— 葛长庚·秋晚

满目秋容拂画图，败荷衰柳接平芜。西风刮地雁声落，寒月满天人影孤。
木耳有才持紫橐，楮皮无计换青蚨。不知此去功名事，还许封彝见也无。

———— 华岳·秋宵有感

晴窗早觉爱朝曦，竹外秋声渐作威。命仆安排新暖阁，呼童熨贴旧寒衣。
叶浮嫩绿酒初熟，橙切香黄蟹正肥。蓉菊满园皆可羡，赏心从此莫相违。

———— 刘克庄·晚秋

昨日午时秋，西风夜转头。吹来溪外雨，藏却树间楼。
暝带栖鸦色，凉催客燕愁。一樽吟未了，衰鬓早飕飕

———— 沈惟肖·秋

肃肃凉风至，凄然景骤清。雨馀残暑退，日落晚凉生。
鹰隼双睛转，梧桐一叶惊。试听松竹里，万籁起秋声。

———— 朱淑真·秋

残暑何时退，秋风日夜生。已嫌湘簟冷，稍觉楚天清。
山路晴犹湿，星河夜自明。时闻梧叶落，一似打门声。

———— 方岳·初秋

《后村千家诗校注》本目亦有五诗作者阙名，笔者考订五阙名者均可确名，前四作者为葛长庚（白玉蟾），后一作者为华岳，五诗均为南宋诗

家山水佳作：

> 检点秋光莫问天，只从鸿雁见推迁。未霜杨柳老多病，既雨芙蓉美少年。
>
> ——阙名·秋晚（葛长庚）
>
> 拄杖相寻访夕阳，诗肩独耸到昏黄。白蘋洲上西风起，黄叶声中秋意长。
>
> ——阙名·秋晚（葛长庚）
>
> 庭皋一叶夜来秋，拍塞乾坤爽气浮。有客放船芳草渡，何人吹笛夕阳楼。
> 鲈鱼莼菜季鹰兴，鸿雁芦花宋玉愁。碧水映天天映水，淡云如幕月如钩。
>
> ——阙名·秋晚（葛长庚）
>
> 一点秋光寄画图，秋来吟鬓似枫疏。晴烟染树看何足，缺月梳云状不如。
> 暑退凉生蝉有语，水长天远雁无书。此心直欲鹏南举，不学蜘蛛结网居。
>
> ——阙名·秋晚（葛长庚）
>
> 暮色千林薄，秋空万里长。寒蝉鸣晚树，归棹发斜阳。
> 水远天同碧，风高叶脱黄。星星老蓬鬓，不觉到潘郎。
>
> ——阙名·秋晚（华岳）

可见，时令门之夏秋二目所选南宋诗家19人，以山水诗家为主，名家陆游、范成大、杨万里、戴复古、刘克庄、方岳、华岳、赵葵、高翥、葛长庚（白玉蟾）、朱淑真在列，所选诗作32首几乎全为山水诗。

《后村千家诗校注》之宫室、器用、音乐、禽兽、昆虫、人品6门亦多南宋诗家山水诗作。如宫室门之赵葵《楼》（等闲携酒上南楼）、戴复古《鄂渚烟波亭》（倚遍南楼到此楼）、葛长庚《登楼秋望》（凭暖朱栏醉已酥)、徐玑《宿寺》(古木山边寺)等均脍炙人口。此外，器用门之华岳《琴》(月浸虚堂夜气清)、戴复古《画山》(几簇云烟几段山)，禽兽门之朱淑真《莺》(野花啼鸟喜新晴)，昆虫门之杨万里《宿新市徐公店》(篱落疏疏一径深)等亦山水佳作。

《后村千家诗》选本中丰富的山水诗为后来谢枋得之童蒙《千家诗》本铺定了山水景物主体性基础。

三、《江湖集》等南宋山水诗接受

《江湖集》 南宋诗选《江湖集》颇为复杂，主要指《江湖集》系列，包括《江湖前集》《江湖前诗》《江湖集》《江湖诗集》《江湖后集》《江湖续集》《中兴江湖集》《江湖前贤小集》《江湖前贤小集拾遗》《中兴群公吟稿》等。今存《江湖集》系列刻本多为陈起选刻，亦多难定归者。

陈起，字宗之，号芸居，居临安，南宋孝宗至理宗期间在世。本书商，亦工诗，与江湖诗人交善，汇刻当朝诗人为集，即《江湖集》。其集被控谤讪朝廷，当政史弥远查禁此书，《江湖集》并书版被烧毁，陈起被流配。史弥远死，"江湖案"平反，陈起回临安重操旧业，陆续刊刻，但众刊后亦多散失。今存《江湖集》系列通行本主要为《四库全书》编者旁蒐远绍辑为《江湖后集》24卷(稍含词篇)，《江湖小集》95卷，多加小序，均署名陈起刊刻。

江湖派亦颇为复杂，张宏生《江湖诗派研究》拟定成员为138家。陈振孙《直斋书录解题》卷15谓《江湖集》"取中兴以来江湖之士以诗驰誉者"刊之[①]，非江湖派者之作亦偶有收录。虽"书坊巧为射利"，然"士之不能自暴白于世者，赖此以有传"(同上，《文献通考·经籍考·江湖集》卷249亦引)，故《江湖集》刊行多有留史存档之功。鉴于《江湖小集》清代初现，笔者以四库全书版《江湖后集》选本为南宋陈起《江湖集》系

---

① [宋]陈振孙:《直斋书录解题》卷15，上海：上海古籍出版社，1987年，第452页。

列之代表。

四库全书版《江湖后集》并非南宋原本，所选诗人篇章一鳞半爪，非诗家全作，但亦颇能凸显南宋选家之观念并所刊选本之特征。是选24卷，收录诗人67家（按：《四库全书提要·江湖后集提要》统计66家有出入，前实49人，误为50人，后面漏掉"吴仲孚"，故实共计67家。《宋代文学通论》曰"47家"[①]亦有出入），依次为巩丰、周弼、刘子澄、林逢吉、周端臣、赵汝鐩、郑清之（上下）、赵汝绩、赵汝回、赵庚夫、葛起文、赵崇嶓、张榘、姚宽、罗椅、林昉、戴埴、林希逸、张炜、万俟绍之、储泳、朱复之、李时可、盛烈、史卫卿、胡仲弓、曾由基、王谌、李自中、董杞、陈宗远、黄敏求、程炎子、刘植、张绍文、章采、章粲、盛世忠、程垓、王志道、萧㵎、萧元之、邓允端、徐从善、高吉、释圆悟、释永颐、吴仲方、张辑、敖陶孙（上下）、李龏、黄文雷、周文璞、叶茵、张蕴、俞桂、武衍、吴仲孚、胡仲参、姚镛、戴复古、危稹、徐集孙、朱继芳、陈必复、释斯植、陈起。诸家中惟郑清之、林希逸等数人仕途显达，余多低微寒士、布衣，乃至浪迹江湖、抽丰为食者。

各家所录诗作多寡殊差，多者李龏186首、郑清之179首、胡仲弓166首、周端臣113首、赵汝鐩101首、周弼95首；少者巩丰、董杞、章采、程垓各9首，周文璞、俞桂各8首，戴埴、李时可、李自中、邓允端各7首，姚镛、戴复古、张绍文、叶茵各6首，吴仲孚、胡仲参各5首，葛起文4首，危稹3首，徐集孙、释斯植各两首。悬殊如此，盖因即作即选即刻之故，恰如邸报。所录之诗以周弼、郑清之、张榘、张炜、胡仲弓、李龏、姚镛、朱继芳、陈必复、释家等成就最高。

是选共有诗作2190余首（不计吴仲方、张辑、张绍文词作），山水诗1400余篇，足见选本整体以山水诗为主。周弼、刘子澄、郑清之、葛起文、李时可、张绍文、董杞、邓允端、徐从善、释圆悟、释永颐、李龏、姚镛、朱继芳、陈必复诸家山水诗主体性最为凸显，如刘子澄诗选19首中16首、董杞9首中8首、李时可7首中4首、邓允端7首中5首、释

---

① 王水照：《宋代文学通论》，开封：河南大学出版社，1997年，第514页。

圆悟28首中27首、姚镛6首中5首、陈必复29首中20首为山水诗,葛起文4首全为山水佳作。诸家多山水诗佳作,律绝尤著,如:

残村时有两三家,缭绕清溪路更赊。客里不知春去尽,满山风雨落桐花。

——林逢吉·新昌道中

斜风吹雨打篷窗,独棹孤舟向晓江。沙岸竹洲烟漠漠,青山飞鹭一双双。

——陈宗远·灵溪舟中风雨

短短桃身尽著花,微风细雨响芦芽。一晴眼底皆新物,蛱蝶成群聚浅沙。

——敖陶孙·晚霁湖边独步

拄杖寻幽古寺中,云容淡淡雨濛濛。归来一笑春多事,野杏山桃各自红。

——姚镛·赠孤峰

杳杳双林路,林深不易登。寺幽怜宿鸟,地僻喜闲僧。
静彻垂梁板,寒销背壁灯。水边人忽笑,猿落过溪藤。

——周弼·双林寺

雨过青青草,湖边信马蹄。夕阳沙路远,春水板桥低。
柳暗渔人屋,花香燕子泥。摩挲酒家壁,留著醉时题。

——朱继芳·春游

可见,《江湖后集》所选林逢吉、朱继芳等诗家名位未微,其作亦大有可观,且多为山水诗。入选释家山水诗多清新幽静,释圆悟尤著,如:

疏林过微雨,西岭收残晖。草露湿我屦,松风吹我衣。
坐久四山暝,吟余独鸟飞。归来不知晚,萝月盈窗扉。

——山中四首·其一

> 桥巷低临水，数家深掩门。路穷生寂寞，人渡更黄昏。
> 风色占帆席，潮痕认柳根。岸回林影暝，渔火满沙村。
>
> ——晚渡

要之，四库全书版《江湖后集》所选南宋诸家诗作亦以山水诗为主体。是选山水诗数量之富、艺术之工均体现宋人选宋诗意识特征。

《声画集》《声画集》所选亦多含南宋山水诗。《四库全书总目提要·声画集》言："此本卷首，有淳熙丁未十月绍远自序……名之曰《声画》，用'有声画，无声诗'意也，则为绍远编集，确有明证……且有不知其名字者，颇赖是书存其一二，则非惟有资于画，且有资于诗矣。"（《四库全书总目提要》卷187）

《声画集》凡8卷、26门，依次为：卷一古贤、故事；卷二佛像、神仙、仙女、鬼神、人物、美人、蛮夷；卷三赠写真者、风云雪月、州郡山川、四时；卷四山水；卷五林木、竹、梅；卷六窠石、花卉、屋舍器用、屏扇；卷七畜兽；卷八翎毛、虫鱼、观画题画、画壁杂画。其"风云雪月""州郡山川""四时""山水""林木""竹""梅""窠石""花卉""屏扇""观画题画""画壁杂画"诸门包含南宋题画山水诗篇。南宋山水诗家孙觌、陈与义、汪藻、周紫芝、张栻、吕本中、陈子高等十数诗家在列，入选孙觌《题范周士潇湘图》、汪藻《观秋江捕鱼图》《题江南春晓图》、吕本中《墨梅》《题芦雁扇》、陈与义《题江参山水横轴画俞余秀才所藏二首》《题许道宁画》《题持约画轴》《题崇兰图二首》《题画》《和张规臣水墨梅五绝》、周紫芝《题徐季功画二古木二首六言》《题渭川图》《题徐季功画墨梅木犀二首六言》《题齐安新刻雪堂图》《题钱少愚四画》、张栻《墨梅》《和元晦咏画壁》等百余篇。其中多有佳作，如：

> 笔间烟雨谩愁人，不是溪山自在春。一段江南好风景，夕阳花坞净无尘。
>
> ——陈子高·江南山色

层层水落白滩生，万里征鸿小作程。日暮微风过荷叶，陂南陂北听秋声。

——陈与义·为陈介然题持约画

今存南宋人辑南宋诗选本还有《天台集》《中兴禅林风月集》《增广圣宋高僧诗选》等。

《天台集》《天台集》辑者李庚、林师蒧均南宋人。《直斋书录解题》卷15、《文献通考·经籍考》卷76、《宋史·艺文志补》《四库全书总目》卷187等均有载。《直斋书录解题》言："《天台集》二卷、《别编》一卷、《续集》三卷。初，李庚子长集本朝人诗为二卷，未行，太守李兼孟达得之；又得郡士林师蒧所辑前代之作，为赋二、诗二百，乃以本朝人诗为《续集》而并刻焉。《别编》则师蒧子表民所补也。"① 因吟咏专为名山天台，故是选亦含南宋山水诗。如汪藻《天台道中》、林宪《寓天台水南四首》、赵师秀《桐柏观》、戴复古《巾山》等均可观。

《中兴禅林风月集》等　《中兴禅林风月集》由孔汝霖辑、萧瀣校。孔、萧均南宋人。此书日本藏有三卷抄本，两卷专选七绝，一卷专选五绝。全书选录绝句100首，多山水诗。《增广圣宋高僧诗选》为南宋陈起辑，5卷，计前集1卷，后集3卷，续集1卷，收录释家61家、诗333首。其中多有南宋释家山水诗作。此外，吕祖谦《宋文鉴》（诗歌部分）、叶适《四灵诗》亦为宋人选宋诗之山水诗选本代表；蒲积中《岁时杂咏》、谢翱《天地间集》选本亦含有南宋山水诗。

含南宋山水诗之南宋选本佚失者亦多，著名者曾慥辑《宋百家诗选》（一名《皇宋诗选》《皇宋百家诗选》）、郑景龙辑《续百家诗选》、刘克庄辑《本朝五七言绝句》《中兴五七言绝句》等，《直斋书录解题》《文献通考·经籍考》《郡斋读书志》等有载，因无实见，故阙论之。

宋人选宋诗为南宋山水诗选本发轫阶段，所存不足亦为明显。首先在

---

① [宋]陈振孙：《直斋书录解题》卷15，上海：上海古籍出版社，1987年，第454页。

于诗选数量未富,体制短小;其次在选本次序混乱,作者时序颠倒,体裁主次缠杂;同时,派系门户明显,选本视角狭窄。

典范南宋律诗中间两联对仗工整且多为自然山水景物描写,故山水辞句文本丰富,山水主体性凸显明了。后世品论南宋诗人多以其山水诗为载体,各种选本亦以山水诗为建构主体,故确立选本成为南宋山水诗研究重要范式、前提,选本亦为山水诗研究重要内容。山水诗为南宋诗坛建构主体,众多南宋诗之选本事实上亦多以山水诗为主体。故本质上,关于南宋诗之古选本亦为南宋山水诗之古选本,南宋山水诗选本与南宋诗选本本质上具有共通性。

四、南宋诗话、诗评中南宋山水诗接受

南宋山水诗的接受亦含历代各类涉及南宋山水诗及其作者之诗话、诗评、序跋等理论性文本。诗论则以诗评、序跋等文本为主,如为诗话所含,则归于诗话。但其种类繁杂、数量庞大,故南宋、元、明、清诗论于南宋山水诗之接受只及选本所有,其他诗话、诗评从简抑或从删。

南宋诗话、诗论于南宋山水诗之接受极为丰富。南宋诗话今存二十余种,涉及南宋山水诗之主要诗话有严羽《沧浪诗话》、杨万里《诚斋诗话》、刘克庄《后村诗话》等,南宋汇编式诗话集如罗大经《鹤林玉露》、胡仔《苕溪渔隐丛话》、魏庆之《诗人玉屑》等亦多有涉及。

上述诗话所论内容丰富,有山水诗家掌故、轶事,更有山水诗创作艺术技巧、名句赏析等。如"以人而论,则有……陈简斋体、杨诚斋体"[1](严羽《沧浪诗话》)。此评重在从艺术角度为山水诗家立名立体。亦有山水诗句之赏析,如"陈去非诗,平淡有工。如'疏疏一帘雨,淡淡满枝花'……'客子光阴诗卷里,杏花消息雨声中'"[2];"紫芝又有诗云'野水

---

[1] [宋]严羽:《沧浪诗话》,何文焕《历代诗话》,北京:中华书局,1981年,第690页。
[2] [宋]胡仔:《苕溪渔隐丛话》前集,北京:人民文学出版社,1962年,第361页。

多于地，春山半是云'，世尤以为佳。"①

刘克庄《后村诗话》之论遍及南宋主要山水诗家陈与义、陆游、杨万里、范成大等，内容更为丰富。如：

> 陆放翁少时调官临安，得句云："小楼一夜听春雨，深巷明朝卖杏花。"传入禁中，思陵称赏，由是知名。
>
> 古人好对偶，被放翁用尽……南渡而后，故当为一大宗。
>
> 今人不能道语，被诚斋道尽……"东风染得千红紫，曾有西风半点香。"
>
> 放翁，学力也，似杜甫；诚斋，天分也，似李白。
>
> 石湖诗……《春晚》云："绣地红千点，平桥绿一篙。楝花来石首，谷雨熟樱桃。"②

吕本中《紫微诗话》、范晞文《对床夜语》等亦于南宋山水诗有接受之论。诸家诗话所论南宋诗佳句名篇多以山水诗为举隅，足见南宋山水诗乃南宋诗艺术之表率。

诗评于南宋山水诗之接受较诗话更为丰富。主要有杨万里《诚斋集》、周必大《文忠公集》、朱熹《朱子大全集》(《晦庵先生朱文公文集》《朱子语类》)、叶适《水心先生文集》、戴复古《石屏诗集》、刘克庄《后村先生大全集》等。其中以《后村先生大全集》论及南宋山水诗最丰，所论及作家多、范围广、内容富；所论及内容主要为山水诗发展趋势、时俗学习状况、存在问题等。如：

> 自四灵后，天下皆诗人……余尝谓以情性、礼义为本，以鸟兽草木为料，风人之诗也；以书为本，以事为料，文人之诗也。世有幽人羁士饥饿而鸣，语出妙一世，亦有硕师鸿儒宗主斯文而于诗无分

---

① [宋]罗大经:《鹤林玉露》乙编卷3，北京：中华书局，1983年，第174页。

② [宋]刘克庄:《后村诗话》，北京：中华书局，1983年，第30页。

者，信此事之不可勉强欤！①

《后村先生大全集》中《江西诗派序》（卷95）、《跋韩隐君诗》（卷96）等序跋所论南宋山水诗均高屋建瓴、切中肯綮，极富价值。

戴复古《石屏诗集》（四部丛刊本）有时人序跋十余篇。其中主要论及戴复古并南宋山水诗创作、发展，乃研究南宋山水诗南宋接受重要资料。如：

> 石屏戴式之以诗鸣海内余四十年……是故其诗清苦而不困于瘦，丰融而不泰于俗，豪健而不役于粗，闲放而不流于漫，古淡而不死于枯，工巧而不露于斫。闻而争传、读而亟赏者，何啻数百千篇。②（吴子良《石屏诗后集序》）

赵汝腾、楼钥、赵汝谈、真德秀、王埜、姚镛诸序跋均称赏戴复古诗作，其中多含山水诗。

叶适《水心先生文集》论及南宋山水诗篇目亦多，如《王木叔诗序》《徐斯远文集序》（卷12）、《徐道晖墓志铭》（卷17）、《徐文渊墓志铭》（卷21）、《题刘潜夫南岳诗稿》（卷29）于四灵诗宗晚唐过程及四灵诗特色、接受、影响论及深刻、全面。

南宋于南宋山水诗诗作之接受亦鲜明。有同题接受，以朱熹《武夷棹歌十首》之同题接受最为著名。朱熹首创此10首山水诗后，辛弃疾、欧阳光祖、白玉蟾均有应和、仿作；有语句借用，如戴复古多揣摩前人之作，其"一冬天气如春暖，昨日街头卖杏花"（《都中冬日》）受惠陈与义"客子光阴书卷里，杏花消息雨声中"（《怀天经智老因访之》）、陆游"小楼一夜听春雨，深巷明朝卖杏花"（《临安春雨初霁》）明显；更有描写景物意韵相似，如戴复古《江滨晓步》《村景》颇似陆游《游山西村》之神韵。

---

① [宋]刘克庄：《跋何谦诗》，《后村先生大全集》卷106，四部丛刊本。
② [宋]戴复古：《石屏诗集》卷首，丛书集成续编，台北：台湾新文丰出版社，第437页。

要之，南宋山水诗于南宋时期的接受形式多样，以选本、诗话、序跋最为主要。此足以肯定南宋山水诗艺术成就和时俗受之影响之盛况。

第二节　南宋山水诗元代接受与传播

元代南宋，不禁宋诗传播，诗作未衰，宋诗接受一如南宋兴旺。因怀念故国，遗老遗少主导各种诗社蜂起，唱和如前；加之初、中期朝廷不行科考，士人沉心诗词戏曲，宋诗选本多有发展，所及南宋山水诗亦为丰富。故元虽国祚短暂，但南宋山水诗选本较前仍大有拓展，其数量之丰富、体制之张大、形态之多样超越有宋。元代包含南宋山水诗选本现存主要为方回《瀛奎律髓》、金履祥《濂洛风雅》、吴渭《月泉吟社诗》、刘瑄《诗苑众芳》等，其中以《瀛奎律髓》最著。

元代诗话规模、体制甚逊两宋，论及南宋山水诗者主要有韦居安《梅磵诗话》、吴师道《吴礼部诗话》。南宋山水诗之评品除《瀛奎律髓》所含评议外，另以方回《桐江集》（含戴表元《桐江诗集序》）、刘壎《隐居通议》为主。

一、《瀛奎律髓》南宋山水诗接受

《瀛奎律髓》为方回（1227—1307）晚年之作，专录唐宋五律、七律。方回自言："'瀛'者何？十八学士登瀛洲也。'奎'者何？五星聚奎也。'律'者何？五、七言之近体也。'髓'者何？非得皮得骨之谓也。斯登也，斯聚也，而后八代、五季之文弊革也。文之精者为诗，诗之精者为律。"（《瀛奎律髓自序》）全书以登览、朝省、怀古、风土等49类贯串。所录385家，五、七言律诗2992首（除去22首重复），其中唐164家，诗作

1227首，宋221家，诗作1765首。① 可见，方回作为江西诗派拥护者，以宋超唐。南宋153家、诗作1133首中，山水诗人及其作品占比九成，《瀛奎律髓》为元代南宋山水诗选本最佳代表，理固宜然。

《瀛奎律髓》各类均有南宋山水诗选入。最为丰富者为登览、春日、夏日、秋日、冬日、晨朝、暮夜、晴雨、梅花、雪、月、闲适、旅况、边塞、山岩、川泉诸类，其次为着题、陵庙、庭类、远外、寄赠、梵释诸类。就个体而言，所选南宋大家均以山水诗见长。

诗录20首以上之两宋诗人24位，其中南宋山水诗人14人，依次为陆游、陈与义、曾几、刘克庄、张道洽（泽民）、杨万里、尤袤、吕本中、范成大、翁卷、赵师秀、赵蕃、韩淲、朱熹。入选20首以下之南宋山水诗名家主要有徐照、徐玑、刘子翚、葛天民、寇准、张栻、楼钥、戴复古、叶适等。诸家入选诗作以山水诗为主体，笔者统计列表如下：

陆游188（98）；尤袤31（15）；韩淲22（14）；寇准4（3）
陈与义68（55）；吕本中28（16）；朱熹22（14）；戴复古3（3）
曾几63（30）；范成大28（15）；徐照13（10）；楼钥3（2）
刘克庄39（14）；翁卷24（18）；徐玑10（9）；张栻3（1）
张道洽36（36）；赵师秀24（16）；刘子翚10（8）；叶适1（1）
杨万里31（16）；赵蕃23（11）；葛天民7（5）；姜夔1（0）

（括号外数据为诗家入选诗总数，括号内数据为该诗家入选诗中山水诗数）

由上可见，南宋诗人主要名家吕本中、曾几、陈与义、陆游、范成大、杨万里、朱熹、张栻、姜夔、四灵、戴复古、刘克庄等在列，除姜夔外，家家所录均含山水诗，且为数丰富。其中多有山水诗名作，如陆游《临安春雨初霁》，陈与义《雨》（数首）、《怀天经智老因以访之》、《登

---

① [元]方回：《瀛奎律髓汇评》，李庆甲集校，上海：上海古籍出版社，2005年，第2页。

岳阳楼》，徐照《山居》，赵师秀《雁荡宝冠寺》等脍炙人口之经典诗篇在选。

方回所谓"律髓"为人非议颇多，张道洽入选36首，居范成大、杨万里、朱熹、张栻、四灵之上；刘克庄虽为大家，其39首诗相比范成大28首、杨万里31首、朱熹22首亦有拔高之嫌，故多遭人诟病，"虽推尊少陵，其实未曾梦见，佳者多遗，闲泛者悉录"①。"去取评点，多近凡庸，特便于时下捉刀人耳。"②但纪昀所言恰好道明方回选诗意重山水，"虚谷以长江（贾岛）、武功（姚合）一派，标为写景之宗，一虫、一鱼、一草、一木，规规然摹其性情，写其形状，务求为前人所未道，而按以作诗之意，则不必相涉也"③。《瀛奎律髓》所选南宋山水诗数量之丰富，体制之广大、形态之拓展均空前；不仅仅在选，还有丰富、中肯之品评。其于后世影响之深远，足为南宋山水诗重要选本。

二、《濂洛风雅》等南宋山水诗接受

《濂洛风雅》《濂洛风雅》乃中国古代首部理学家诗歌总集，金履祥（1232—1303）辑。履祥为南宋末元初理学家，初事王柏，后入何基门，传朱学，宋亡，隐居著书。是选六卷，乃元贞二年（1296）刊刻。起自周敦颐，迄于王侃，诗选两宋理学家47人400余首，书前仿吕本中《江西诗社宗派图》作《濂洛诗派图》，"以为濂、洛诸人之诗固皆风雅之遗……自履祥是编出，而道学之诗与诗人之诗千秋楚越矣……然而天下学为诗者，终宗李、杜，不宗濂、洛也。此其故可深长思矣。"（《四库全书总目提要·濂洛风雅》）

《濂洛风雅》重在南宋。两宋47位理学家中，南宋占30位；诗选前三

---

① [清]贺裳:《载酒园诗话》卷1，郭绍虞《清诗话续编》，上海：上海古籍出版社，1983年，第257页。
② [清]沈德潜:《说诗晬语》卷下，南京：凤凰出版社，2010年，第133页。
③ [清]纪昀:《瀛奎律髓刊误》，《纪文达公遗集》卷9，清嘉庆刻本，第4页。

位为朱熹（78首）、张栻（46首）、王柏（42首），均南宋人；入选南宋其他理学家亦较丰富，如何基20首、王侃8首、真德秀7首、曾极6首、黄干6首，等等。

唐良瑞序曰："《风雅》有正有变，有小有大，虽颂亦有周、鲁之异体，则今日《濂洛风雅》之编不可不以类分也。于是断取诗、铭、箴、诚、赞、谏四言者为风雅之正体，其楚辞、歌操、乐府韵语则风雅之变体，其五七言古风则风雅之再变，其绝句、律诗，则又风雅之三变也。"（《濂洛风雅序》）①然最可称道之山水诗恰恰在末端之"再变""三变"（按：《濂洛风雅》卷五"七言绝句"误书为"七言古风"）。其律绝总计311首（五绝23首，五律38首，七绝169首，七律81首），其中山水诗153首，近半。故是选本质上虽为扬理学"名教之书"，却富含山水吟咏。【按：《濂洛风雅》多有疏漏处：①卷二有刘静春诗《南康别朱先生》（岩岩康庐），"濂洛诗派图"有"刘静春"，"濂洛风雅姓氏目次"无此——抑或即姓氏目次"刘圻"；《南康别朱先生》（岩岩康庐）《全宋诗》未收。②谢良佐无诗选，"濂洛诗派图""濂洛风雅姓氏目次"却均有名。③卷六收录程蒙斋《省过》（此道从来信不疑）诗，"濂洛诗派图""濂洛风雅姓氏目次"均无"程蒙斋"。】笔者统计《濂洛风雅》南宋理学家名数、诗作以具体篇章为据。

《濂洛风雅》几可曰南宋程朱理学山水诗律绝选本。律绝153首中南宋山水诗占82首，视野丰富，散布于旅次、游历、登临、次韵、送别等多种题材中；30位理学家中24家有山水诗，朱熹、张栻尤富。笔者罗列《濂洛风雅》10位主要南宋理学家律绝山水诗概况如下：

朱松9（12）；朱熹20（30）；吕祖谦4（6）；张栻30（34）；黄干4（5）

曾极5（5）；真德秀2（3）；何基9（14）；王柏22（35）；王侃

---

① [元]金履祥：《濂洛风雅·唐序》，丛书集成初编，上海：商务印书馆，1939年，书首第1页。

6（6）

（每组括号外为律绝山水诗数，括号内为律绝诗总数）

可见，《濂洛风雅》10位主要理学家律绝诗选中山水诗居绝对优势，且张栻、王柏、朱熹诗作所含山水诗丰富。所选多有佳作，如张栻《桃花坞》《吟风桥》《城南书院》（8首）、《病起城南书事》《春日和陈择之》（4首）、《春日西兴道中》《晚春》《晚望》等，朱熹《百丈岩石磴》《小涧》《水口舟行》《春日》等，王柏《渔舟晚笛》《野》《山居》等，均为人称道。如：

花开山雨明，花落水流去。行人欲寻源，只在山深处。

——张栻·桃花坞

落日下大野，江边渔事收。小舟横断岸，长笛一声秋。

——王柏·渔舟晚笛

金辑王柏《渔舟晚笛》有人亦作《题玉涧八景八首》其六。
《濂洛风雅》其他南宋理学家亦选有山水诗佳作，如：

南溪抱山流，润气滋林麓。梦破午窗阴，清风在寒竹。

——刘子翚·屏山

风正波平可进桡，水光山影暮相交。残阳欲去犹回首，一抹斜红曳竹梢。

——巩丰·晚晴便有春意

轻阴薄薄笼朝曦，小雨斑斑湿燕泥。春草阶前随意绿，晓莺花里尽情啼。

——叶采·春日闲居（一作何基诗）

金辑《屏山》亦有人作刘氏《续赋家园七咏》其一《旱赋堂》一、三两联。理学家山水吟咏意在凸显其格物致知、悟道自然，亦用以彰显与山水自然融合之平静圆和心境，胡凤丹所言"因物观时，因时见道"（《濂洛风雅序》），故《濂洛风雅》虽为两宋理学家诗选，亦可谓两宋理学家山水诗选。

《月泉吟社诗》《月泉吟社诗》一卷，元初吴渭辑，为元现存著名南宋遗民山水诗选本，亦为现存最早的一部诗社总集。"至元丙戌、丁亥间，征《赋春日田园杂兴诗》，限五、七言律体……此本仅载前六十人，共诗七十四首，又附录句图三十二联。"（《四库全书总目提要·月泉吟社诗》）入选者主要为微名诗家且多为化名，如罗公福、司马澄翁、高宇、仙村人等。因借田园风光抒黍离之悲，寓遁世之意，故笔墨幽深古静，此74篇皆南宋遗民山水诗选本典范。如：

野色摇春麦正肥，烟村闲寂往还稀。未多桑叶蚕初浴，更小茅茨燕亦飞。

行市绿蛆花泼眼，卧依黄犊草侵衣。数声桐角归来晚，杨柳移阴月半扉。

——槐窗居士（第25名）【浦阳长塘黄景昌】

《诗苑众芳》《诗苑众芳》一卷，元初刘瑄所编，共选录南宋诗人潘牥、章康、黄简、赵汝谈、方万里、郑起潜、文天祥、李迪、郑传之、何宗斗、蒋恢、朱诜、魏近思、张榘、张绍文、张元道、吕江、蒋华子、陈钧、萧炎、沈规、吕胜之、江朝卿、吴龙起共24家，五、七言律诗83首，其中山水诗占72首，多有佳作，如：

蔷薇花落笋斑斑，酝酿清和数日间。杜宇不知春去了，又啼斜日过前山。

——张矩·春尽出郊

幽事每堪娱，秋深晚霁初。帆分江影破，风勒鸟行疏。

山色美无度，稻花香可书。逍遥今夕意，未厌短辕车。

——蒋恢·野色

门外行蹊落叶遮，西风寒入野人家。重阳日近秋光足，开遍闲庭帝女花。

——沈规·九月一日

飞鹭落凫渚，山花灿如绣。爱闲人不来，柴门掩春昼。

——吕胜之·题周草窗江村小景扇面

上述选本乃元代南宋山水诗接受主要方式。元代不排斥南宋诗，元初南宋遗民甚至以南宋诗作抑或描绘南宋之诗作为怀念故国之资源，故元虽统治中原不足百年，但于南宋山水诗之接受足以媲美于明。

三、元诗话诗评等南宋山水诗接受

元代韦居安《梅磵诗话》、吴师道《吴礼部诗话》多有南宋山水诗接受之言论。韦居安《梅磵诗话》十分推崇南宋山水诗佳句艺术，多摘佳句以明鉴，如"南渡后，朱文公追和坡韵，世多诵之。近世陆放翁《雪后寻梅》诗云……意高语爽，真不苟作"。尤其赞扬小诗人山水佳作，如：

乡人雪巢林宪景思……梁溪尤公延之序其诗，言："景思喜哦，初不锻炼，而落笔立就，浑然天成，无一语蹈袭。如'柔橹晚潮上，寒灯深树中''汲水延晚花，推窗数新竹'……谓景思诗高处不止似唐人，且摘出"群花飞尽杨花飞，杨花飞尽无可飞""天空霜无影"等句，谓其超出诗人准绳之外，亦非虚语。(《梅磵诗话》)

陈起宗之……有《夜过西湖》诗一绝云："鹊巢犹挂三更月，渔板惊回一片鸥。吟得诗成无笔写，蘸他春水画船头。"语意殊不尘腐。(《梅磵诗话》)

《梅磵诗话》间有记诗家趣事，但仍以山水诗句鉴赏为主。如：

> 澹庵（胡铨）在谪所……作《潇湘夜雨图》以寄兴，自题一绝云：一片潇湘落笔端，骚人千古带愁看。不堪秋著枫林港，雨阔烟深夜钓寒……诗与画俱清丽可爱。（《梅磵诗话》）

韦氏诗话论及南宋山水诗人达二十家，大小诗人齐备，除上述诗家外，亦有曾几、潘柽、周必大、曾极等，可见韦氏于南宋山水诗接受、传扬之热心。

吴师道《吴礼部诗话》论南宋诗家多称赏南宋山水诗佳句。如：

> 世称宋诗人句律流丽，必曰陈简斋；对偶工切，必曰陆放翁……简斋有"水光忽倒树"及"忽有好诗生眼底，安排句法已难寻"之句，非袭用其语，则亦暗合者与。（《吴礼部诗话》）

> 友人叶审言家茂孙应时手写五言律诗十八首……落照久未夕，断云低不飞。孤舟上水急，归鸟度山微……秋声摇落日，野色荡寒云……今晨明客眼，桃杏照江红。鸟哢苍山曲，人声翠竹中。（《吴礼部诗话》）

《吴礼部诗话》于文天祥、方岳等诗家之山水诗句亦多有接受。同时吴氏诗话于理学家朱熹等山水诗多有称赏。可见师道于南宋山水诗之接受视角广泛、视野开阔。

元代论及南宋山水诗以方回《瀛奎律髓》所附诗评最为集中，方氏《桐江集》亦有品评南宋山水诗内容，此外较为著名者为刘壎《隐居通议》。

方氏《桐江集》多有接受南宋山水诗家及其作品内容，如《跋所抄陆放翁诗后》《读张功父南湖集并序》《读胡内直诗》《跋遂初尤尚书诗》《送罗寿可诗序》诸篇论及中兴大家、四灵等山水诗。如"宋中兴以来,言治必曰乾淳,言诗必曰尤杨范陆……诚斋时出奇峭,放翁善为悲壮,公与石湖冠冕佩玉,度骚媲雅"(《跋遂初尤先生尚书诗》卷1)。又曰:"乾淳以来,称尤杨范陆,而萧千岩东夫、姜梅山邦杰、张南湖功父,亦相伯仲。梁溪之槁淡细润,诚斋之飞动驰掷,石湖之典雅标致,放翁之豪荡丰腴,各擅一长。"(《读张功父南湖集并序》卷8)

方回《秋晚杂书三十首·其一》称:"堂堂陈去非,中兴以诗鸣。吕曾两从橐,残月配长庚。尤萧范陆杨,复振乾淳声。尔后顿寂寥,草虫何薨薨。永嘉有四灵,词工格乃平。上饶有二泉,旨淡骨独清。"足见方回于南宋主要山水诗家均有接受。

刘埙《隐居通议》之《诗歌》部分(卷6至卷12)于南宋山水诗家广有议评。于曾几、吕本中、陈与义、陆游、杨万里、戴复古、刘克庄、文天祥等之山水诗均有一定接受。如有佳作,虽微者亦扬,如:

东风吹草绿离离,路入黄陵古庙西。帝子不知春又去,乱山无主鹧鸪啼。此陆士规题黄陵庙诗也,兴致深长,殊有唐人标格。然其人客秦桧之门,有不足道者,故其名不传。[1](卷11"黄陵庙诗"条)

《隐居通议》其他序跋等论及南宋山水诗亦多见,如"陆放翁诸作"条赞陆言:"专尚风骨,雄浑沈着,自成一家,真骈俪之标准也。因摘其妙语以训诸幼……"

"非胸中有千百卷书、笔下能挽万钧重者不能及。"[2](卷21)刘氏所摘训幼妙语多为山水景物描写。《隐居通议》内容杂博,于南宋山水诗家之接受较为全面,从诗家掌故、诗法、诗史、师传到佳句欣赏均有涉及,非一般诗话所能及。

---

[1] [元]刘埙:《隐居通议》(册2)丛书集成初编,上海:商务印书馆,1937年,第123页。
[2] [元]刘埙:《隐居通议》(册3)丛书集成初编,上海:商务印书馆,1937年,第212页。

要之，宋元相接，方回偏爱江西诗派，故《瀛奎律髓》所录虽多有偏颇，但宋诗于元代民间接受极为广泛，为后来宋诗、南宋山水诗选本编纂积累了丰富资源。元代诗话、诗评接受南宋山水诗尤重其鉴赏性、艺术性，其次为掌故辑录、理论性探讨。刘壎《隐居通议》为后来宋诗接受研究保存了众多珍贵资料。

因元与宋相距无间，存国不久，故元代南宋山水诗接受之辑录文字较后来之明清均为稀少。

第三节　南宋山水诗明代接受与传播

明人普遍低视宋诗，但钟情宋诗者亦始终有之。明初瞿祐、杨慎、公安派三袁均推崇宋诗。明前后七子偏执，整体上多抵牾宋诗，但王世贞前后有变，后期肯定宋诗，于南宋山水诗亦多推崇。明代宋诗选本数量、规模较南宋、元代大为提高；其数量之丰富、体制之张大、形态之多样超越宋元。现存明代南宋山水诗选本主要有李蓘《宋艺圃集》、潘是仁《宋元名家诗选》、曹学佺《石仓宋诗选》、符观《宋诗正体》、卢世㴶《宋人近体分韵诗钞》等。其中以李蓘《宋艺圃集》、曹学佺《石仓宋诗选》最著，几为断代广角式南宋山水诗专辑。

明代诗话相较南宋数量为少，但诗评增多。明代主要宋诗选本、诗话及关于宋诗序跋基本可以展现其南宋山水诗之接受与传播状况。

一、《宋艺圃集》南宋山水诗接受

李蓘以其《宋艺圃集》为潘是仁《宋元名家诗选》、曹学佺《石仓宋诗选》导夫先路。李蓘所辑《宋艺圃集》为首部南宋山水诗大型断代选本。李蓘（1531—1608）字子（于）田，号少庄、黄谷山人，嘉靖三十二年进士。除检讨，左迁仪部郎。罢归，居乡著述。博学，有《于塸注笔》《黄谷琐谈》《宋艺圃集》《元艺圃集》《李子田文集》等。《宋艺圃集》凡二十二卷，初选288家、诗2552首。万历五年（1577）暴孟奇刻本《宋艺圃集》再刊增补三卷，最终录301家、诗3101首。其集多有不足，颇受后人诟病，"书中编次后先最为颠倒……陈与义、吕本中、曾几列蔡襄、欧阳修、黄庭坚、陈师道前……其最诞者，莫若以徽宗皇帝与邢居实、张栻、刘子翚合为一卷……至邢居实为邢恕之子，年十八早夭，在徽宗以前。刘子翚为刘韐之子，张栻为张浚之子，皆南宋高、孝时人，在徽宗以后。乃君臣淆列，尤属不伦"（《四库全书总目提要·宋艺圃集》）。

然是集专注于两宋，并重心在后，选取南宋诗作数量多、诗家多，且主要为山水诗，南宋山水诗佳作囊括殆尽，基本反映南宋山水诗全貌，为明代最佳南宋山水诗选本之一。

《宋艺圃集》所录可确定姓名之南宋山水诗家约55位，重要诗家为陈与义（84，所选诗数，下同）、吕本中（7）、曾几（4）、潘柽（1）、孙觌（63）、汪藻（16）、杨万里（6）、叶采（1）、徐元杰（1）、曹豳（1）、雷震（1）、刘翰（1）、舒岳祥（3）、张栻（32）、刘子翚（56）、朱熹（242）、王十朋（10）、范成大（8）、赵葵（1）、徐照（2）、徐玑（4）、翁卷（6）、赵师秀（3）、陈傅良（5）、严羽（50）、林景熙（28）、谢翱（50）、陆游（94）、戴复古（36）、戴昺（4）、谢枋得（2）、文天祥（29）、王柏（1）、何基（2）、僧元肇（1）、僧善珍（1）、僧志南（1）、白玉蟾（2）、朱淑真（2）等。此39家李蓘取诗未尽善尽美，有时所选诗家之山水诗篇比例未合乎诗家实际地位，如中兴大家范成大录8首（存世1900余首），杨万里录6首（存世4200余首），均非公心；未选方岳、刘克庄、真山民、汪元量等亦为缺憾。尽管如此，《宋艺圃集》基本涵盖南宋各阶层著名山水诗家。

《宋艺圃集》所选南宋诸家诗作以山水诗为主，上述39家861篇中山水诗612首，占七成。此特征于律绝最显，陈与义、吕本中、曾几、孙觌、汪藻、陆游、范成大、杨万里、张栻、刘子翚、朱熹、徐照、徐玑、翁卷、赵师秀、林景熙、戴复古、文天祥诸家律绝山水诗占八成。陈与义律绝63首、山水诗58诗,陆游律绝76首、山水诗61首,朱熹律绝98首、山水诗72首,此三家最典型。

陈与义山水诗名作多在其列,其名篇有七绝《秋夜》(中庭淡月照三更)、《为陈介然题持约画》(层层水落白滩生),五律《雨》(沙岸残春雨)、《春雨》(花尽春犹冷)、《雨》(云起谷全曙)、《晚步》(畎亩意不适)、《岸帻》(岸帻立清晓)、《连雨赋书事四首》(九月逢连雨)、《寒食》(草草随时事)、《舟抵华容县》(篙舟入华容),七律《登岳阳楼》(洞庭之东江水西)等。陆游、朱熹山水诗名作入选欠富,陆游有七绝《青村寺》(十年淹泊望修门),五律《初春杂兴》(水长鸥初泛),七律《雨夜》(断岸轻烟著柳条)、《临安春雨初霁》(世味年来薄似纱)、《春阴》(春风浩荡作春阴)等;朱熹有五绝《东渚》(小山幽桂丛)、《琮琤谷》(湖光湛不流),七绝《水口行舟二首》(郁郁层峦夹岸青)、《武夷棹歌》三首,五律《安仁晓行》(凤驾安仁道)等。孙觌山水诗名篇入选亦多,如七绝《过枫桥寺示迁老三首 其三》(翠木苍藤一两家)、《吴门道中二首》(数间茅屋水边村)在列。(朱熹《舟泊山溪》一般作《水口行舟二首》)

诗选数量一、二首者几乎均为律绝山水诗佳篇:

诗家	诗题并体裁	诗家	诗题并体裁
叶采(1)	《登山》七绝	徐元杰(1)	《湖景》七绝
曹豳(1)	《春暮》七绝	雷震(1)	《村晚》七绝
刘翰(1)	《立秋》七绝	赵葵(1)	《慧山寺》七绝
王柏(1)	《渔舟晚笛》五绝	何基(2)	《春日闲居》《春晓郊行》七绝
元肇(1)	《径山》五律	志南(1)	《绝句》七绝
白玉蟾(2)	《上巳》《中秋》七绝	朱淑真(2)	《落花》《即景》七绝

四灵虽诗选未富,但徐照两首《题翁卷山居》《贫居》、徐玑4首《山居》《登横碧轩继赵昌甫作》《夏日怀诗友》《夏夜同灵晖有作奉寄翁赵二

友》、翁卷6首《赠滕处士》《赠九华李丹士》《同徐道晖文渊赵紫芝泛湖》《寄从善上人》《幽居》《隐者所居》、赵师秀3首《题薛氏瓜庐》《岩居僧》《桃花寺》均为五、七律。

李蓘心仪唐诗，以唐诗为宗，其于万历重刻《宋艺圃集》本中云："昔人选诗，取于欲离欲近，故余是编亦旁斯义，离者离远于宋，近者近附于唐，执斯二义，以向是编，则庶几无谪于宋哉。"（《书〈宋艺圃集〉后》）[①]但李蓘亦不满前后七子于宋诗选本中被刻意排挤，其《宋艺圃集》意在以唐诗选宋诗，客观上于"宋无诗"背景下为宋诗挣得一席地位，本质上彰显了不可忽视的宋诗特色；收集南宋微名并无名诗人如宫闱、灵怪、妓等之山水诗，保存了大量宋诗而不至于佚失，"特其殚十三年之功，蒐采成编，网罗颇富，宋人之本无专集行世与虽有专集而已佚者，往往赖此编以传"（《四库全书总目提要》）。故《宋艺圃集》于明代为南宋山水诗优秀选本，于后世为大型南宋诗辑纂之极好范版。

二、《宋名家诗选》南宋山水诗接受

明《宋名家诗选》亦称《宋元六十一家集》《宋元诗集》《宋元名家诗集》《宋元诗》等，初刻于万历四十三年（1615），名为《宋元四十三家集》，216卷，收宋代诗人26家135卷。天启二年（1622）又有重修，并另增元代诗人16家，总计273卷，称为《宋元六十一家集》。其宋代部分多称为《宋名家诗选》。潘是仁，字讱叔，安徽歙县人，名不甚显，事迹多无考，其集李维桢、焦竑、袁中道等名家有序，众序应为潘氏生前亲自所求，推知其人其时原有一定名望。

《宋名家诗选》拟刻37家，然北宋部分王曾、晁端友、孙觉、晁补之、李植并南宋部分鲍由、贺铸、刘克庄、方岳、江端友、李清照11家有名无实，花蕊夫人乃五代十国人，故实选录两宋25家。且集前目录拟刻37

[①] 台湾图书馆：《图书馆善本序跋集录》，台北：台北图书馆，1994年，第484页。

家姓氏爵里中北宋误收南宋严羽、王十朋、葛长庚、裘万顷，南宋误收北宋鲍由、贺铸、江端友，故北宋8家实为林逋、唐庚、米芾、蔡襄、秦观、文同、陈师道、赵抃，南宋17家实为曾几、陈与义、王十朋、陆游、戴复古、严羽、戴昺、宋伯仁、葛长庚、裘万顷、翁卷、赵师秀、徐照、徐玑、谢翱、真山民、朱淑真。是仁选诗偏宠野逸之人，故不选苏轼、王安石、朱熹、刘克庄、文天祥诸家，然北宋滤去苏舜钦、梅尧臣等，南宋滤去姜夔等，皆颇失妥当。

是选类似别集丛刊，以人系卷，依体系诗，分体列次，重在南宋，多尊崇晚唐诗风，因其选录诗家篇章丰富，且多含山水诗，故可谓明代南宋山水诗选本之代表。上册所选4家诗集为严羽《严沧浪诗集》（6卷）、王十朋《王梅溪诗集》（6卷）、葛长庚《白玉蟾诗集》（9卷）、裘万顷《裘竹斋诗集》（6卷），下册所选13家为曾几《曾茶山诗集》（2卷）、陈与义《陈简斋诗集》（5卷）、陆游《放翁诗集》（8）、谢翱《晞发吟集》（5卷）、戴复古《石屏诗集》（6卷）、宋伯仁《雪岩诗集》（3卷）、戴昺《戴东埜诗集》（5卷）、翁卷《苇碧轩诗集》（4卷）、赵师秀《清苑斋诗集》（4卷）、徐照《芳兰轩诗集》（5卷）、徐玑《二薇亭诗集》（4卷）、真山民《真山民诗集》（4卷）、朱淑真《断肠诗集》（4卷）。所选17家中律绝山水诗尤为丰富，约占诗选总数六成。如《陈简斋诗集》选陈与义五律35首、七律53首、五绝11首、七绝8首，计107首，其中山水诗为89首，多含名作，有五律《秋雨》《寒食》《雨》（沙岸残春雨）、《晚步》，五绝《绝句》（野鸭飞无数），七绝《襄邑道中》《秋夜》《中牟道中》等，七律所选山水诗名作尤富，如《登岳阳楼》《雨晴》《立春雨》《清明》《舟行遣兴》《归洛道中》《巴上书事》均在列。

四灵、真山民等所选律绝诗作中山水诗占比更高。四灵山水诗名作多在选录，如翁卷有五律《能仁寺》《宝冠寺》《初晴道中》、七绝《西风》《野望》《南塘即事》《乡村四月》等，赵师秀有五律《进贤道中》《冷泉夜坐》《秋色》《德安道中》《雁荡山宝观寺》《大慈道》、七律《万年寺》、七绝《池上》《白石岩》《约客》等，徐照有五律《宿寺》《登歙山寺》《石门瀑布》《石门庵》、七律《高山寺晚望》、七绝《题赵运管吟篷》《舟上》等，徐玑有五律《江亭临眺》《宿寺》《春望》《山居》《溪上》、七律《秋日登玉峰》《题东山道院》、七绝《过九岭》《春雨》（二首）《夏日闲坐》《秋行》（二首）、《建剑道中》《舟过水口作》《新凉》《春晚》《古陵桥》《新秋》《永春路》《连江官湖》等，均为上乘精品。

《真山民诗集》4卷均为律绝，其中所选47首五律全为山水诗，47首七律中43首为山水诗，10首五绝中7首为山水诗，13首七绝中10首为山水诗，所录117诗中107首为山水诗，占比达九成以上，山水诗选本特征凸显。

三、《石仓宋诗选》南宋山水诗接受

《石仓宋诗选》乃曹学佺《石仓十二代诗选》宋代部分。《石仓十二代诗选》全本506卷，所选录诗歌涵盖汉、魏、晋、宋、齐、梁、陈、隋八代，故该选亦多被人称为《石仓历代诗选》。曹学佺（1574—1646），字能始，号西峰居士，福建侯官（今属福建福州）人，官至四川按察使、广西右参议等，自筑石仓园，藏书万卷，隐居二十余年，著书千卷。清军入闽，1646年自缢殉国。

《石仓宋诗选》107卷，仅比唐诗选少3卷，收录宋人192家之诗歌6722首，为明代宋诗选本之最富者。宋诗中，南宋诗3149首（除去徐玑重复3首），可确定南宋诗家88人（按：徐玑与徐致中实为同一人，《石仓宋诗选》分为两人），南宋诗并南宋诗家各几近一半。各诗家并所选诗篇数依次为曾几25、陈与义50、洪适17（附韩元吉5、韩淲34）、李纲103（附岳飞4）、汪藻27、范成大166、陆游104、范浚23、周必大34（附赵蕃17）、罗愿14（附罗从彦8）、吕祖谦35（附杨万里21）、吕本中58（标31，附胡铨14）、朱松56、刘子翚63（标数76）、朱熹160（标数132）、陈渊45、胡宏7、林光朝18、林亦之28、陈藻25、林希逸41、张栻58（标数59，附尤袤28）、真德秀11（附真山民29）、刘克庄118

（附方信孺8）、黄干14、陈傅良72、徐照41（附徐玑34）、翁卷35（附赵师秀28）、黄公度36、张九成57、宋伯仁53、王庭圭60、沈与求92、崔与之10、吴儆28、李弥逊65、王十朋39、戴复古55（附戴昺26）、高登15（附姚孝锡10）、李昴英26、杜范51、叶适20（附刘燫8）、熊鉌29、徐经孙19（附徐鹿卿11）、谢翱47、文天祥74（附谢枋得9）、陈普32（附韩信同5）、王柏50、严羽39、裘万顷47、吴龙翰39（附李焘6、巩仲至4、徐致中9、姜夔-姜特立11）、刘宰78、吕定25（附吕声之31）、林景熙83（附赵万年褝帽集12）、王镃45、刘壎10（附唐泾5、彭秋宇4）、白玉蟾58、黄希旦32、僧善权2、僧元肇2、僧善珍2、僧自南1、僧显万1。

不同于李袭之轻视，曹学佺特别珍重南宋理学家，所选理学家达20余位，作品亦为丰富，朱熹160首居所选南宋诗之冠，其他如吕祖谦35、吕本中58、朱松56、刘子翚63、陈渊45、张栻58、陈傅良72、王柏50等，相较全部诗作，均取量为多。且无论成就大小均独立为主，而诗学成就很高者如上饶二泉之韩淲与赵蕃、四灵之徐玑与赵师秀、真山民等反而依附为副；曹学佺于宋遗民亦有厚爱，所辑文天祥、谢翱、林景熙、王镃、吴龙翰、真山民等选录上富。

《石仓宋诗选》所选南宋80余家，基本囊括南宋主要山水诗人，映照了南宋诗坛山水诗发展各阶段、各流派状况，亦为南宋山水诗发展较为全面、客观、公正概括。是选山水诗主体性特征明了，所录3149首南宋诗中，山水诗为2300余首；各主要个体诗家如曾几、陈与义、汪藻、范成大、陆游、吕本中、朱松、刘子翚、朱熹、张栻、真山民、刘克庄、徐照、翁卷、王庭圭、李弥逊、王十朋、戴复古、叶适、白玉蟾等所选均以山水诗为主体。如卷146所录陈与义50首中40首为山水诗，律绝中山水诗比例尤富，名作有《寒食》《晚步》《试院书怀》《岸帻》《晚晴野望》《金潭道中》《登岳阳楼》《怀天经智老因以访之》《秋夜》等，雨篇佳作丰富，《连雨书事》《雨》（沙岸残春雨）、《雨思》《雨中》《春雨》（花尽春犹冷）、《立春雨》《观雨》等在列，可见学佺选诗于简斋自然山水景物欣赏有加。

　　山水诗为四灵诗选主体性亦为显著。四灵共入选144篇，山水诗126篇，占比近九成。所选四家为：徐照41诗中山水诗33首，徐玑40诗中山水诗38首，翁卷35诗中山水诗28首，赵师秀28诗中山水诗27首，各家山水诗占比均八成以上，所选四灵诗以山水诗为主体之特性于整体、个体相同。四灵律绝山水诗名篇多有入选，如徐照《宿寺》《题衢州石壁寺》《高山寺晚望》、徐玑《春望》《题东山道院》《夏日闲坐》《春雨》《新凉》《山居》、翁卷《南塘即事》、赵师秀《德安道中》《大慈道》等皆在列。

　　其他所选次等诗人如周必大、陈渊、沈与求、崔与之、吴儆、戴昺、李昴英、杜范、叶适等山水诗亦为丰富。纵观而论，《石仓宋诗选》确为明南宋诗选本之山水诗最富有者。

　　《石仓宋诗选》辑录时错讹颇多，前人多有指正。就南宋山水诗而言，笔者略举他人忽略处。第一，标述模式前后不一。如卷107附杨万里诗时标述方式为"附杨廷秀"，卷218为"附李涛诗"、卷220为"附吕声之雁山杂咏"、卷221为"附赵万年褌幄集"等。第二，张冠李戴。如卷218"附姜夔诗"11首，实际上前10首均为姜特立诗，姜夔仅最后1首《送朝天集归杨诚斋》；卷194徐照后附徐玑诗，误玑为"照之弟也"。第三，不辨名号。如徐玑，字文渊，一字致中，号灵渊。卷194徐照后附徐玑诗33首；卷218亦有"附徐致中诗"9首，且前3首与卷194内容重复：卷218《夏日怀美》即卷194《夏日怀诗友》；卷218、卷194两《夏夜同灵晖有作奉寄翁赵二友》仅首句前两字略异，卷218、卷194两《初夏游谢公岩》亦如此。第四，笔者统计与选本自计有误，笔者统计吕本中58首（选本标数31首），类似者有刘子翚63（标数76）、朱熹160（标数132）、张栻58（标数59）。虽错讹如此，亦无损《石仓宋诗选》为明代山水诗选本最富者地位，且其对南宋山水诗诸家所取数量大多切近各家本体。

　　明代一些南宋诗选本，如瞿佑《鼓吹续音》、杨慎《宋诗选》、陈光述《宋元诗选》、周诗雅《宋元诗选》、许学夷《宋三十家集》、朱华圉《宋元诗选》、张可仕《宋元诗选》、周侯《宋元诗归》等，多佚失抑或原本难觅，其山水诗选录实情不可考论，故此处省略无述。

因时代集体意识强烈影响，明代整体上宗唐黜宋，宋诗选本亦多以唐规宋，吴之振言："万历间，李蓘选宋诗，取其离远于宋而近附乎唐者。曹学佺亦云'选始莱公，以其近唐调也。'以此义选宋诗，其所谓唐终不可近也，而宋人之诗则已亡矣。"（《宋诗钞序》）但客观上仍能扩大宋诗影响范围，且这一范围构建的基础乃是山水诗，山水诗为南宋诗之基本、主体尤为凸显。盖因山水诗在"去取"后"大都不乖风雅之旨"（《四库全书总目提要·石仓历代诗选》）。事实上，以山水诗为主体之明代南宋诗选本本质上于无意识中冲破了明人自我固化"宋无诗"之藩篱。

四、诗话诗论南宋山水诗接受

明代诗话规模、体制较南宋、元代更为繁荣，数量虽多，但整体价值较元代高、较南宋则低，其理论性更无法媲美南宋张戒之《岁寒堂诗话》、严羽之《沧浪诗话》等。明代主体上轻视南宋山水诗，但一如选本，明诗话亦有赞扬南宋山水诗者。此类诗话主要有瞿佑《归田诗话》、杨慎《升庵诗话》、李东阳《麓堂诗话》、都穆《南濠诗话》、王世贞《艺苑卮言》等。《归田诗话》赞赏其用语艺术高妙，摘录三条如下：

> 陈简斋诗云："客子光阴诗卷里，杏花消息雨声中。"陆放翁诗云："小楼一夜听春雨，深巷明朝卖杏花。"皆佳句也，惜全篇不称。叶靖逸诗："春色满园关不住，一枝红杏出墙来。"戴石屏诗："一冬天气如春暖，昨日衔头卖杏花。"句意亦佳（杏花二联）。

> 姜尧章诗云："小山不能云，大山半为天。"造语奇特……似颇近之。然较之唐人"野水多于地，春山半是云"之句，殊觉安闲有味也（姜白石云山句）。

戴式之尝见夕照映山，峰峦重叠，得句云："夕阳山外山"……后行村中，春雨方霁，行潦纵横，得"春水渡傍渡"之句以对，上下始相称。然须实历此境，方见其奇妙（戴石屏奇对）。①

上述"野水多于地，春山半是云"乃是赵师秀《薛氏瓜庐》句，唐人如白居易仅有"人烟半在船，野水多于地"（《早秋晚望兼呈韦侍郎》），方岳《秋崖先生小稿》有《次韵赵佥为赵宰画野水多于地春山半是云盖宰之尊公诗也》之题，故瞿祐之道仍是南宋山水诗名句之接受。

杨慎反七子鄙视宋诗之论，置南宋山水诗之接受寓于高评宋诗中。其《升庵诗话》多有称赏佳篇名联，如："宋人诗话称戴石屏'春水渡傍渡，夕阳山外山'以为奇句。"并反复云："刘后村集中……三诗皆佳，不可云宋无诗也。""此诗无愧唐人，不可云宋无诗也。"杨慎称赏南宋山水诗绝句，谓宋绝句于唐绝句"岂无可匹体者，在选者之眼力耳……朱文公《雨》诗云……张南轩《题南城》……《东渚》……《丽泽》……《西屿》……《采菱舟》……五诗有王维辋川遗意，谁谓宋无诗乎？"②此言实借举南宋山水诗佳句以反驳七子"宋无诗"之谬。

李东阳一如杨慎为宋诗争取名位同时，亦称赏南宋山水诗佳作。言："律诗对偶最难……戴石屏'夕阳山外山'，对'春水渡傍渡'，亦然。严沧浪'空林木落长疑雨，别浦风多欲上潮'，真唐句也。"③

都穆《南濠诗话》亦有接受南宋山水诗之论，如："昔人谓诗盛于唐，坏于宋，近亦有谓元诗过宋诗者，陋哉见也。刘后村云宋诗岂惟不愧于唐，盖过之矣。予观欧、杨、苏、黄二陈至石湖、放翁诸公，其诗视唐未

---

① [明]瞿佑：《归田诗话》，丁福保《历代诗话续编》，北京：中华书局，1983年，第1260—1264页。

② [明]杨慎：《升庵诗话》，丁福保《历代诗话续编》，北京：中华书局，1983年，第682、717页。

③ [明]李东阳：《麓堂诗话》，丁福保《历代诗话续编》，北京：中华书局，1983年，第1374页。

可便谓之过，然真无愧色者也。"①

七子之王世贞有"余所以抑宋者，为惜格也。然而代不能废人，人不能废篇，篇不能废句"②，故其后期于南宋山水诗亦有所接受，言："诗自正宗之外，如昔人所称'广大教化主'者……于南渡后得一人，曰陆务观：为其情事景物之悉备也。"（《艺苑卮言》）③

在诗话接受南宋山水诗同时，明专著亦如此。明代诗学论专著发达，超越宋元。论及南宋山水诗者主要有朗锳（瑛）《七修类稿》、何良俊《四友斋丛说》、胡应麟《诗薮》等。如：

> 南宋陈简斋、陆放翁、杨万里、周必大、范石湖诸人之诗……能铺写情景，不专事绮缋。其与但为风云月露之形者，大相径庭，终在元人上。世谓元人诗过宋人，此非知言者也。④

明人序跋、尺牍中于南宋山水诗之正面接受尤为丰富，自宋濂起至三袁、徐渭均如此。如：

> 陈去非虽晚出，乃能因崔德符而归宿于少陵，有不为流俗之所移易驯。至隆兴乾道之时，尤延之之清婉，杨廷秀之深刻，范至能之宏丽，陆务观之敷腴，亦皆有可观者。⑤

宋濂所赞赏之论自然包括陈与义、尤袤，杨万里、范成大、陆游之山

---

① [明]都穆：《南濠诗话》，丁福保《历代诗话续编》，北京：中华书局，1983年，第1344—1345页。
② [明]王世贞：《宋诗选序》，《弇州续稿》卷41，四库全书本。
③ [明]王世贞：《艺苑卮言》，丁福保《历代诗话续编》，北京：中华书局，1983年，第1020页。
④ [明]何良俊：《四友斋丛说》卷25，北京：中华书局，1959年，第229页。
⑤ [明]宋濂：《答章秀才论诗书》，《宋濂全集》，北京：人民文学出版社，2014年，第57页。

水诗。

要之，一方面以前后七子为首的明代文人主体上于宋诗有排斥，乃是消极接受宋诗、南宋山水诗；另一方面，又有始终钟情于宋诗、正面接受南宋山水诗者，亦有指责宋诗之短而同时嘉其媲美唐诗之长者。纵观有明之选本、诗话、序跋、尺牍等，其正反论及、正面接受南宋山水诗之总量则远超宋元之和。可见，明人于宋诗之研究十分宽广、深入，为清人于南宋山水诗公正、客观、科学之接受指明了方向，开辟了道路。

第四节　南宋山水诗清代接受与传播

世道轮回，认知环进。宋诗主理，明人大谈性理却鄙视之，清人贬斥理学却视之为瑰宝。"宋人三百年之诗，更变递兴，称极盛矣。自献吉谓'唐后无诗'，嘉、隆以来纷然附会。然李川父（濂）已斥为'轻狂'、钱牧斋（谦益）又诋为'耳食'，则宋人一代之诗，诚足以继统三唐而衣被词人者也。"（王史鉴《宋诗类选·序》）[①]

清初之王夫之、顾炎武、朱彝尊斥宋诗多含怀明之情感。诸家以为明亡于理学，理学兴于宋，故憎宋。但诗界于王、顾、朱等沿袭明风贬斥宋诗之同时，宗宋亦成风气。钱谦益唐宋兼宗而开清代宗宋先河，吴伟业推尊唐音又不废宋诗，吴之振、黄宗羲、查慎行等以宋诗为师范，"查初白诗宗苏、陆，以白描为主，气求条畅，词贵清新，工于比喻，善于形容，意婉而能曲达，笔超而能空行，入深出浅，时见巧妙，卓然成一家言"（《筱园诗话》卷2）[②]。此后张扬、包容宋诗者日益成为主流，王士禛甚至

[①] [清]王史鉴：《宋诗类选·序》，康熙五十一年乐古斋刻本。

[②] [清]朱庭珍：《筱园诗话》卷2，《清诗话续编》下册，上海：上海古籍出版社，1983年，第2358页。

由宗唐转为宗宋。最终，唐宋并举成为一代共识。

与之相应，清初即以选刻宋诗为时尚，终致南宋山水诗接受之选本、诗话于有清一代最为繁盛。清自顺治至同治（1644—1875）230余年中，各类南宋山水诗选本达百余种，选本发展之数量、规模、形态均超前越后。纵观其持续始终之发展进程，以乾隆中期为界，前后阶段显有差异：前期大型多，以存史为主，乃南宋山水诗选本粗放期；后期则以精细、个性为主，乃南宋山水诗选本深化期。相较前期疏阔、庞杂，后期短小、具特色，其诗之"选"性愈加典型、显明。同时，清诗话论及南宋山水诗者达百余部，南宋山水诗之接受于诗话亦为繁荣。

一、清前期南宋山水诗选本接受

顺治至乾隆二十四年（1759）110余年为清南宋山水诗选本接受繁荣前期。在纠偏明人误解宋诗同时，清初复兴宋诗之社会政治因素亦为重要。宋明遗民汉士念念不忘黍离之悲，他们（尤指江浙一带文人）大力保存、出版南宋诗，祈以寄托民族情感、弘扬民族文化，唤醒民族意识。黄宗羲高扬宋遗民诗，言"故文章之盛，莫盛于亡宋之日，而翱其尤也"（《谢翱年谱游录注序》）、"宋之亡也，其诗又盛。无他，时为之也"（《陈苇庵年伯诗序》），其意在此。清廷亦深知汉文化之优、汉人数量之众，天下欲顺须藉汉，所谓"以汉治汉"。康熙亲制《刊刻日讲御制序》，且言："朕惟天生圣贤，作君作师，万世道统之传，即万世治统之所系也，自尧、舜、禹、汤、文、武之后，而有孔子、曾子、子思、孟子；自《易》《书》《诗》《礼》《春秋》而外，而有《论语》《大学》《中庸》《孟子》之书。如日月之光昭于天，岳渎之流峙于地，猗欤盛哉！盖有四子而后二帝三王之道传，有四子之书而后五经之道备，四子之书得五经之精意而为言者也……此圣贤训词诏后，皆为万世生民而作也。道统在是，治统亦在是矣！"（《圣祖仁皇帝实录》卷258，《清实录》）于是统治者默许并促进诗词大兴；加之山水诗政治色彩淡薄、受众庞大、应用广泛，三者融和，

第六章 南宋山水诗接受与传播

朝野合力，南宋山水诗选本于清前期蔚为壮观。

此期南宋山水诗选本见存者40余种，如康熙八年丁耀亢《宋诗英华》，康熙十年吴之振、吕留良《宋诗钞》，康熙十七年吴绮《宋诗永》（《宋金元诗永》部分），康熙二十二年陈焯《宋诗会》（《宋元诗会》部分），康熙二十六年吴曹直《宋诗选》，康熙二十六年陆次云《宋诗善鸣集》（《五朝诗善鸣集》部分），康熙三十二年潘问奇《宋诗啜醨集》，康熙三十二年周之麟、柴升《宋四名家诗选》（一名《宋四名家诗钞》《宋四名家诗》《宋四家诗钞》），康熙三十二年陈訏《宋十五家诗》，康熙三十三年邵曷《宋诗删》，康熙三十五年顾贞观《积书岩宋诗删》《积书岩宋诗选》，康熙四十八年张豫章《御选宋诗》（《御选宋金元明四朝诗》部分），康熙五十一年王史鉴《宋诗类选》，康熙五十五年前后郑鉽《宋诗选》，雍正九年陆钟辉《南宋诗选》（一名《南宋群贤诗选》），乾隆六年曹庭栋《宋百家诗存》，乾隆十一年厉鹗《宋诗纪事》，乾隆十五年《御选宋诗醇》（《御选唐宋诗醇》部分），等等，所选南宋山水诗极为丰富。

规模宏大、视野宽广之南宋山水诗选本要辑约10部，乃吴之振《宋诗钞初集》（106卷）、吴曹直《宋诗选》（20卷）、周之麟《宋四名家诗选》（27卷）、陈焯《宋诗会》（宋诗60卷）、陈訏《宋十五家诗》（16卷）、顾贞观《积书岩宋诗删》（25卷）、张豫章《御选宋诗》（78卷）、王史鉴《宋诗类选》（24卷）、曹庭栋《宋百家诗存》（40卷）、厉鹗《宋诗纪事》（100卷），其中又以《宋诗钞初集》《宋百家诗存》《宋诗纪事》三家最为后世称道。就山水诗而言，本书此处主论要本《宋诗钞初集》《御选宋诗》等，概论其余。

《宋诗钞初集》《宋诗钞初集》由吴之振、吕留良、吴自牧编选，历时九年，共106卷，选诗收诗12000余首。每集之首系以小传，并加以品评考证，诗人按时代先后为序。原拟选百家诗，但其中有16家有目无诗，故《宋诗钞初集》未为齐备。其后管庭芬、蒋光煦续以《宋诗钞补》，除补缺16家之外，另新补作家69人，向前作家名作亦多有增补，共计增诗2780首，其体例一如原书。1915年商务印书馆涵芬楼刊行之后，1986年中华书局整合二书为一书，加新式标点，统称《宋诗钞》，共计四册。

《宋诗钞初集》首开清代宋诗选本之鸿篇，亦为南宋山水诗巨制之先声。其编者为吴之振（1640—1717）、吕留良（1629—1683）、吴自牧（生卒年不详），其中之振、自牧二人乃叔侄。吴、吕有感于明人排挤宋诗，"自嘉、隆以还，言诗家尊唐而黜宋。宋人集覆瓿糊壁，弃之若不克尽，故今日搜购最难得。黜宋诗者曰'腐'，此未见宋诗也。宋人之诗，变化于唐而出其所自得，皮毛落尽，精神独存。不知者或以为'腐'，后人无识，倦于讲求，喜其说之省事而地位高也，则群奉'腐'之一字，以废全宋之诗。故今之黜宋者，皆未见宋诗者也。虽见之而不能辨其原流，则见与不见等。此病不在黜宋，而在尊唐。"①（《宋诗钞初集·序》）以致清初"宋诗向无总集，亦无专选。东莱《文鉴》所录无几，至李于田《宋艺圃集》，所选名氏二百八十余人，诗仅二千余首，宜其精且备矣，而漫无足观，非其见闻俭陋，则所汰者殊可惜也。曹能始《十二代诗选》所载，有百数十家，中如陆务观、杨诚斋，宋之大家也，集又最富，然存者甚少，诚斋尤寥寥，他可知矣。潘讱叔《宋元诗集》，亦止三四十种，虽去取未精，然每集所存较多。盖宋集为世所厌弃，其存者如秦火后之诗书。"为使"天下黜宋者得见宋之为宋"，于是吴、吕"宽以存之，卷帙浩繁，亟于行世，先出初集，以见崖略"②（《宋诗钞初集·凡例》）。吴氏此举恰好凸显南宋山水诗大家之佳品。

《宋诗钞初集》原拟辑100家，但刘弇《龙云集》、邓肃《栟榈集》等16家有目无选，且所录84家中两宋实为83家（其中费氏本五代人），北宋36家，低于南宋47家。此47家及其入闱57诗集乃陈造《江湖长翁集》、沈与求《龟溪集》、陈与义《简斋集》、李觏《盱江集》、王炎《双溪集》、孙觌《鸿庆集》、张元干《芦川归来集》、叶梦得《建康集》、张九成《横浦集》、汪藻《浮溪集》、范浚《香溪集》、刘子翚《屏山集》、朱乔年《韦斋集》、朱松年《玉澜集》、程俱《北山集》、吴儆《竹洲集》、周必大《省

---

① [清]吴之振：《宋诗钞》，北京：中华书局，1986年，卷首第3页。

② [清]吴之振：《宋诗钞》，北京：中华书局，1986年，卷首第5页。

第六章 南宋山水诗接受与传播

斋集》《平园续集》、朱熹《文公集》、范成大《石湖集》、陆游《剑南集》、陈傅良《止斋集》、杨万里《荆溪集》《西归集》《南海集》《朝天集》《江西道院集》《朝天续集》《江东集》《退休集》、薛季宣《浪语集》、叶适《水心集》、林光朝《艾轩集》、楼钥《攻媿集》、赵师秀《清苑斋集》、翁卷《苇碧轩集》、徐照《芳兰轩集》、徐玑《二薇亭集》、黄公度《知稼翁集》、刘克庄《后村集》、王庭圭《卢溪集》、刘宰《漫塘集》、王阮《义丰集》、戴敏《东皋集》、戴复古《石屏集》、戴昺《农歌集》、方岳《秋崖小稿》、郑震《清隽集》、谢翱《晞发集》《晞发近稿》、文天祥《文山集》、许月卿《先天集》、林景熙《白石樵唱集》、真山民《山民集》、汪元量《水云集》、梁栋《隆吉集》、何梦桂《潜斋集》。

可见《宋诗钞初集》所选包容了南宋诗坛发展整体阶段，涵盖了南宋主要诗家、流派。

是选"尽宋人之长，使各极其致，故门户甚博，不以一说蔽古人，非尊宋于唐也，欲天下黜宋者得见宋之为宋如此"①（《宋诗钞初集·序》），所选山水诗篇之富显见。所选47人均有山水诗作，且陈与义等32人为南宋山水诗大家、名家，其各自山水诗主要诗篇多在选中。《宋诗钞初集》所选南宋诗8350余首中山水诗5700余首，一些诗家所选诗篇主要为山水诗，故《宋诗钞初集》为清首部南宋山水诗大型选本名副其实。

《宋诗钞初集》选陈与义《简斋诗钞》可见其选录山水诗特色性、丰富性。陈与义为南宋前期第一大家，其山水诗艺术性几乎媲美陆游。《宋诗钞初集》选录简斋诗作347首，其中山水诗262首，占比近八成。其山水诗广布各体，其中五律49首，七律59首，五言排律4首，五绝15首，六绝1首，七绝54首，古风山水诗80首。所选80首古风中山水诗佳作丰富，《江南春》（雨后江上绿客悲）、《邓州城楼》（邓州城楼高百尺）、《与信道游涧边》（斜阳照乱石）、《出山道中》（雨歇淡春晓）、《晚步湖边》（客间无胜日）、《暝色》（残晖度平野）、《小阁晚望》（泽国候易变）等

---

① [清]吴之振：《宋诗钞》，北京：中华书局，1986年，卷首第4页。

均为摹山绘水上乘篇什。

《宋诗钞初集》所录简斋山水诗五律、七律、七绝最著，几乎包含简斋三体山水诗大部分名作。如五律《客里》（客里东风起）、《发商水道中》（商水西门语）、《舟抵华容县》（篙舟入华容）、《岸帻》（岸帻立清晓）、《道中》（雨子收还急）、《秋雨》（萧萧十日雨）、《雨》（沙岸残春雨）、《雨》（霏霏三日雨）、《雨中》（北客霜侵鬓）、《春雨》（花尽春犹冷）、《雨》（云物澹清晓），七律《归洛道中》（洛阳城边风起沙）、《雨晴》（天缺西南江面清）、《对酒》（新诗满眼不能裁）、《登岳阳楼二首》（洞庭之东江水西）、《巴丘书事》（三分书里识巴丘）、《观雨》（山客龙钟不解耕）、《雨中再赋海山楼诗》（百尺阑干横海立）、《怀天经智老因访之》（今年二月冻初融），七绝《窦园醉中前后五绝句》（东风吹雨小寒生）、《春寒》（二月巴陵日日风）、《城上晚思》（独凭危堞望苍梧）、《罗江二绝》（荒村终日水车鸣）、《牡丹》（一自胡尘入汉关）、《早行》（露侵驼褐晓寒轻）等均为公认名篇，《宋诗钞初集》所录简斋山水诗之富远超前人方回《瀛奎律髓》、李蓘《宋艺圃集》、潘是仁《宋元名家诗选》、曹学佺《石仓宋诗选》等。与义七绝经典《春寒》（二月巴陵日日风）于南宋、元、明宋诗选均未选录，《宋诗钞初集》之录为后人提供了经典认知文本。

《宋诗钞初集》选南宋山水诗之富于大家陈与义如此，所录之王炎《双溪集》、孙觌《鸿庆集》、张元干《芦川归来集》、叶梦得《建康集》、汪藻《浮溪集》、刘子翚《屏山集》、朱熹《文公集》、范成大《石湖集》、陆游《剑南集》、杨万里《荆溪集》、叶适《水心集》、楼钥《攻媿集》、赵师秀《清苑斋集》、翁卷《苇碧轩集》、徐照《芳兰轩集》、徐玑《二薇亭集》、王庭圭《卢溪集》、方岳《秋崖集》、林景熙《白石樵唱集》、真山民《山民集》、何梦桂《潜斋集》等诸大小诗家表现一为如此。试再举《宋诗钞初集》收录汪藻《浮溪集》、方岳《秋崖集》、林景熙《白石樵唱集》三家中小诗人解析。

汪藻（1079—1154），字彦章，为南宋初期诗坛小家，亦为山水诗名家。《宋诗钞初集》所录《浮溪集》计收入诗27首,其中山水诗22首,居八成。此22首诗分体丰富,为五律2首、七律4首、五绝1首、七绝5首、五言排律1首、古风9首,且多含佳作,如五律《过临平二首》(一别九霄路)、七绝《宿鄮侯镇二首》(当时踏月此长亭)等。古风《次高邮军》山水景物描写愈加清幽高古:

小雨静林麓,鹁鸪相应鸣。移舟漾清浅,薄晚荷风生。归鸟尽双去,潜鱼时一惊。菰蒲若无人,渺渺炊烟横。艇子楫迎我,携鱼荐南烹。月出殊未高,疏林隐微明。依没会有处,斗挂天边城。

方岳(1199—1262),字巨山,号秋崖,可为南宋中期山水诗小家之代表。其"诗主清新,工于镂琢,故刻意入妙,则逸韵横流。虽少岳渎之观,其光怪足宝矣"[①](《秋崖小稿序》)。《宋诗钞初集》所录方岳《秋崖集》(即《秋崖小稿》)诗263首,山水诗占160余首,占比六成以上,分布于古风、五律、七律、五绝、七绝等,且多含名篇,如古风《山居》(我爱山居好),五律《宿奉圣寺下》(幽事随人撰)、《舟次严陵》(与雁分洲宿)、《唐律十首》(云木上苍冥)、《泊歙浦》(此路难为别)、《重阳》(古岸维舟夜)、《道中连雨》(老屋村春急),七律《闻雨》(夜闻一霎两霎雨)、《次韵徐宰集珠溪》(山家凫鹜散平田)、《春日杂兴》(残雪初消月正明)、《梦寻梅》(野径深藏隐者家)、《宿芙蓉驿》(凤皇山下芙蓉驿),七绝《湖上八首》(连天芳草晚凄凄)、《春晚》(青梅如豆带烟垂)等均为山水诗佳品。最可称道者,所录五首《农谣》并二首《渔父词》均为七绝山水诗上品。《农谣》之一、五如下:

春雨初晴水拍堤,村南村北鹁鸪啼。含风宿麦青相接,刺水柔秧绿未齐。

---

① [清]吴之振:《宋诗钞》,北京:中华书局,1986年,第2771页。

漠漠余香着草花，森森柔绿长桑麻。池塘水满蛙成市，门巷春深燕作家。

《渔父词》所言隐者渔父实乃诗人自况，其清幽、萧散、自由、淡泊的生活画面，全然为悠远、隐逸之山水景物：

阴阴深树晚生烟，雨急归来失系船。白鹭不惊沙水浅，依然共在绿杨边。

沽酒归来雪满船，一蓑撑傍断矶边。谁家庭院无梅看，不似江村欲暮天。

遗民林景熙（1242—1310），字德阳，号霁山，宋亡隐居不仕。杨琏真伽掘宋帝诸陵，景熙与他人密葬高宗、孝宗二陵遗骨。于此气节情感，吴之振器重异常，收录林氏此类隐晦之诗多加小注，《梦中作》《冬青花》尤见如此。所录《白石樵唱集》诗110首中71首为山水诗，占比近七成，山水诗之权重可见。

《宋诗钞初集》所录《白石樵唱集》山水诗于古风、律绝均含丰富，且多大有可观，如古风《立秋日作》（苦热如焚想雪山）、《冬青花》（冬青花），五律《宿台州城外》（荒驿丹丘路）、《郑氏西庄》（不踏红尘道）、《溪行》（风高馀暑尽）、《山中早行》（短策穿幽径）、《仙坛寺西林》（古坛仙鹤杳），七律《赠天目吴君实》（诗兴翩翩度雪溪）、《栝城》（寒芒曾动少微星）、《舟中书事》（村酒沽来浊可斟）、《新晴偶出》（琴床茶鼎淡相依），绝句《天柱峰》（谁卓孤峰紫翠巅）、《梦回》（梦回荒馆月笼秋）等。

作为前朝遗民，林景熙所言山水景物多悲寒幽戚，如《山中早行》："短策穿幽径，山樵半掩扉。月斜林影薄，石尽水声微。一犬隔篱吠，孤僧何处归。相逢松下立，风露满秋衣。"甚至语带双关，如《天柱峰》："谁卓孤峰紫翠巅，流泉一脉到宫前。却怜千尺擎天柱，不拄东南半壁天。"

第六章 南宋山水诗接受与传播

林景熙之山水诗"大概凄怆故旧之作,与谢翱相表里。翱诗奇崛,熙诗幽宛"(《白石樵唱钞序》)①。《宋诗钞初集》所言大致中肯。

《宋诗钞初集》山水诗丰富性体现于整体并个体诸家,以山水诗为主体乃是集显著特色。《宋诗钞初集》乃清代南宋诗选本模式之先驱,其"于遗集散佚之馀,创意蒐罗,使学者得见两宋诗人之崖略,不可谓之无功"(《四库全书总目提要·宋诗钞》)。之振于破除七子牢笼、扭转数百年宋诗冷淡局势、推动宋诗选本繁荣功绩尤烈。"明自嘉、隆以后,称诗家皆讳言宋,至举以相訾謷;故宋人诗集,庋阁不行。近二十年来,乃专尚宋诗。至余友吴孟举《宋诗钞》出,几于家有其书矣。"②

《宋诗钞初集》为后续山水诗选本铺定坚实基础,清代后来众多选本以此为准,承之优长,去之弊短,《宋百家诗存》《宋诗纪事》《积书岩宋诗选》《宋十五家诗选》《御选宋诗》等浩繁者均资以借鉴,《宋诗删》《宋诗啜醨集》《宋诗善鸣集》《宋诗三百首》《宋诗别裁集》《宋诗选本》《宋诗选粹》并郑鈇《宋诗选》、马维翰《宋诗选》等短薄者直截之而为诗源。

综合谢海林、高磊诸学家研究可知,吴曹直《宋诗选》所录3598诗中直接录自《宋诗钞初集》者过半;陈焯《宋元诗会》选宋诗6266首,顾贞观《积书岩宋诗删》选宋诗2495首,二者取源于《宋诗钞初集》者比例分别为66%、83%。

要之,《宋诗钞初集》乃清南宋诗选本标本、诗源母本,亦清南宋山水诗选本繁荣之首功、首本。

《御选宋诗》《御选宋诗》为《御选宋金元明四朝诗》之宋代部分,张豫章、陈廷敬、张廷玉等于康熙四十八年(1709)奉敕编辑,78卷,其中姓名爵里2卷,选录宋人886家之诗作11966首③,以体编次,首则帝

---

① [清]吴之振:《宋诗钞》,北京:中华书局,1986年,第2895页。
② [清]宋荦:《漫堂说诗》,丁福保《清诗话》,上海:上海古籍出版社,1978年,第416页。
③ 王顺贵:《从历代宋诗选本看江湖诗派之传播与接受》,《湖南社会科学》2015年第2期,第172页。

制，次为四言、乐府歌行、古体、律诗、绝句、六言、杂言。此书一如吴之振《宋诗钞初集》、厉鹗《宋诗纪事》收录宋诗以存史为要，加之内府藏书丰富，故清代宋诗选本所录各类诗作以此书最富。尽管如此，《御选宋诗》所录南宋诗仍以山水诗居主体地位之特性显明。

《御选宋诗》所选886位诗人中有479位可确定为南宋诗家，可见辑者意重南宋。是选卷帙浩繁，最能代表南宋山水诗选录状况为律绝，笔者选录30位山水诗家并其律绝解析之。

《御选宋诗》多有瑕疵，就山水诗而言亦显，如其卷63中五绝三之葛长庚目录标数25首，实29首；真山民本为无名，是选定名作"真桂芳"。在与本研究关联之错讹纠订、源本厘定之后，笔者拟以李纲、汪藻、孙觌、王庭珪、吕本中、陈与义、曾几、刘子翚、范成大、陆游、杨万里、朱熹、张栻、姜夔、楼钥、赵师秀、翁卷、徐照、徐玑、高翥、葛天民、戴复古、方岳、刘克庄、真桂芳（真山民）、文天祥、林景熙、葛长庚、斯植、朱淑真30位山水诗家为研究对象。诸家各有代表性：从宋初江西派变革者到中兴大家、到四灵（赵师秀、翁卷、徐照、徐玑）、到江湖派、到宋末、到遗民，含女性、道释家、理学家，有仅存一山水诗而著名者，更多为山水诗富有者，几近囊括南宋诗坛状况，故可为解析《御选宋诗》选录山水诗之案例，见证其于南宋山水诗选之宽、录之富。

《御选宋诗》所选上述30家各家各体均厚存山水诗，其中尤以律绝山水诗之富最为显明，且于整体、个体建构各具特色。笔者细析30家律绝山水诗之分布，详见表6-1。

表6-1 《御选宋诗》所选30家山水诗之分布情况

诗家	总数/山水诗总数总计	五律	七律	五绝	七绝
李纲	24/23	12/11	8/8	0	4/4
汪藻	10/9	2/2	4/3	1/1	3/3
孙觌	27/25	12/12	8/6	0	7/7

续表

诗家	总数/山水诗总数总计	五律	七律	五绝	七绝
王庭圭	37/37	10/10	17/17	0	10/10
吕本中	33/28	13/8	7/7	3/3	10/10
陈与义	42/36	16/14	5/5	10/6	11/11
曾几	11/7	8/4	3/3	0	0
刘子翚	58/48	13/10	11/10	15/10	19/18
范成大	152/127	21/19	33/32	11/10	87/66
陆游	303/249	108/99	113/94	8/6	74/50
杨万里	99/84	22/17	23/17	35/24	19/26
朱熹	367/246	92/69	58/23	125/89	92/65
张栻	83/68	40/30	5/5	20/15	18/18
姜夔	25/20	3/1	2/0	0	20/19
楼钥	23/15	3/3	3/3	1/1	16/8
赵师秀	40/33	24/24	10/3	0	6/6
翁卷	42/32	27/23	6/0	0	9/9
徐照	25/22	18/17	3/2	0	4/3
徐玑	54/51	32/30	7/6	0	15/15
高翥	38/36	9/9	4/3	1/1	24/23
葛天民	26/26	10/10	4/4	1/1	11/11
戴复古	63/53	29/28	18/13	2/1	14/11
方岳	61/54	21/18	13/12	7/4	20/20
刘克庄	68/26	6/6	17/8	14/2	31/10
真桂芳（真山民）	52/50	29/29	20/19	1/1	2/1
文天祥	46/33	19/19	11/4	3/3	13/7
林景熙	36/33	19/18	7/6	0	10/9

续表

诗家	总数/山水诗总数 总计	五律	七律	五绝	七绝
葛长庚	66/65	15/15	5/5	29/28	17/17
斯植	28/22	11/9	3/1	6/5	8/7
朱淑真	44/42	8/8	12/10	5/5	19/19
	1983/1600				

（说明：每组第一数为所选录诗家诗总数，第二数为其中所含山水诗数。葛长庚五绝原书中表目误为25首，实为29首。）

上述30家南宋诗人选录律绝诗作1983首，山水诗作1600首，占比近八成。就个体而言，所选30家律绝仅刘克庄（68）一人山水诗略差于总数之半，其余29人均占比80%。甚至王庭珪（37）、葛天民（26）全为山水诗，李纲（24）、汪藻（10）、孙觌（27）、徐照（25）、徐玑（54）、高翥（38）、真山民（52）、林景熙（36）、葛长庚（66）等所选律绝亦几近全为山水诗。可见，无论整体、个体，《御选宋诗》所选诗家诗作中山水诗之富贯穿全辑，其以山水诗为主体具有普遍性、共通性。

《御选宋诗》所选山水诗于体裁乃是普遍性与差异性之统一。30家山水诗广布五律、七律、五绝、七绝。然整体而言，《御选宋诗》选录30家中五、七律最多，所含山水诗亦最富；绝句中以七绝为多，山水诗亦为富。个体中差异性亦见，所录曾几山水诗全在律诗，姜夔则全在七绝；四灵、陆游山水诗主要为五律，朱熹、范成大、杨万里山水诗却主要为五、七绝。亦有所录山水诗各体平衡者，陈与义、刘子翚、方岳、葛长庚较为典型。陈与义五律山水诗为14/16，七律山水诗为5/5，五绝山水诗为6/10，七绝山水诗为11/11，比率近似。且各体均录选名篇，如五律《雨》（沙岸残春雨）、《岸帻》（岸帻立清晓），七律《立春日雨》（衡阳县下春日雨），五绝《出山》（山空樵斧响）、《绝句》（野鸭飞无数），七绝《春寒》（二月巴陵日日风）、《早行》（露侵驼褐晓寒轻）等。

《御选宋诗》选录山水诗依附题材取类丰富，登临、旅次、游览、赠

第六章　南宋山水诗接受与传播

别、次韵、题画、闲居、自思、杂咏、怀古、怀人等应有尽有；描写对象包囊广泛，山水泉溪、云霞雨雪、庙宇厅堂、春夏秋冬、日月星辰等比比在目。试以"春"为题，略见一斑：

李　纲：七绝《春词》

孙　觌：五律《春雨》《春事》、七律《次韵王子钦春望》

王庭珪：五律《春日游鸽湖山》、七律《春日山行》《春晓招友人》、七绝《次韵刘英臣早春见过》《次韵陈君授暮春感怀》

吕本中：七律《春日即事》《春晚郊居》《春晚》

陈与义：七律《立春日雨》、七绝《春寒》

刘子翚：五绝《石峰春霭》

范成大：五律《鞭春微雨》《春晚即事留游子明王仲显》、七律《立春日郊行》《春后微雪一宿而晴》、七绝《浙江小矶春日》《春晚即事》《春晚》《春日》《春日田园杂兴》《晚春田园杂兴》

陆　游：五律《山家暮春》《春行》《春晚杂兴》《九月十八日至山园是日颇春意》、七律《春残》《数日暄妍颇有春意予闲居无日不出游戏作》《临安春雨初霁》《暮春》《春行》《春日小园杂赋》《春晚泛湖归偶赋》《春晴》、五绝《早春》、七绝《春晚村居杂赋绝句六首》《春晚感事》《春日绝句》《春晚出游》《春日杂兴》

杨万里：五律《和仲良春晚即事》、七律《春晴怀故园海棠》、七绝《都下无忧馆小楼春尽旅怀》

朱　熹：五绝《春同张敬夫城南二十咏》《庚申立春前一日》、七绝《春日》《春和子服黄杨游岩二诗》

张　栻：五律《中春过阳亭》、七绝《仲春有怀》《立春日禊亭偶成》《和陈择之春日四绝》

姜　夔：七绝《越中士女春游》

赵师秀：七律《暮春书怀寄翁十》

翁　卷：五律《春日和刘明远》

徐　玑：五律《春日游张提举园池》、七绝《春雨》《春晚》

高　翥：五律《春日即事》《春日湖上》、七律《春日湖上》、七绝《春日北上二首》《春寒》《春情》《晚春即事》《西湖春雪》《春日杂兴》

葛天民：七律《酬画上人石湖春望》、五绝《春怀》、七绝《行春词》

戴复古：五律《晚春次韵》《立春后》《晚春》、七律《春日二首呈黄子迈大卿》、七绝《晚春》

刘克庄：七律《次韵实之春日》

真山民：五律《春游和胡叔芳韵》《春感》《春晓园中》《晚春》、七律《春晚雨》《连城春夜留别张建溪》《春行》《江头春日》

林景熙：七绝《送春》

葛长庚：五绝《雷怡春小隐送春》

朱淑真：五律《伤春》《春日感怀》《春日有作》、七律《晚春会东园》《暮春三首》《春恨二首》《新春》、七绝《春日杂书》《春夜》《春》《春晓杂兴》《春夜有感》

由以上百余首"春"题诗可见《御选宋诗》选录山水诗以体裁之全展现题材之富，有借春题赠别者，如《连城春夜留别张建溪》《春晚即事留游子明王仲显》等；有春日登临、旅次、游览者，如《春日游鸽湖山》《春日山行》《春日游张提举园池》《春晚出游》等；有春日怀人、招友者，如《春晓招友人》《暮春书怀寄翁十》等；有春题次韵者，如《次韵王子钦春望》《次韵刘英臣早春见过》《春游和胡叔芳韵》《酬画上人石湖春望》《晚春次韵》等；其他伤春、春思、因春杂感者亦为丰富，如《伤春》《春日感怀》《春恨二首》《春晓杂兴》《春夜有感》《春感》等。所选绘春描景者最多，如《春日》《春雨》《春晚》《春夜》《春》《新春》《春寒》《立春日雨》《临安春雨初霁》等，达五十首之多。

不拘诗家名气、性别，唯作品艺术性是选，可见《御选宋诗》选录南

第六章 南宋山水诗接受与传播

宋山水诗视角之宽广、心态之端正。

《御选宋诗》所录南宋山水诗选取之富、为念之正、立意之新亦可从二微名小家郑协、志南处可见。郑协，生卒年不详。理宗景定元年（1260）为广东转运使（清雍正《广东通志》卷26），其诗《诗苑众芳》《宋元名家诗》《宋艺圃集》《石仓宋诗选》等前代南宋诗选本多有忽略。其《溪桥晚兴》（寂寞亭基野渡边，春流平岸草芊芊。一川晚照人闲立，满袖杨花听杜鹃）被公认为山水佳作，悠远冲淡，置之唐王维、韦应物之册亦无愧色。释志南，生卒年不详，史载少有。唯存诗一首，且其诗其事仅见于《诗人玉屑》引《柳溪近录》：

僧志南诗云：古木阴中系短篷，杖藜扶我过桥东。沾衣欲湿杏花雨，吹面不寒杨柳风。晦庵尝跋其卷云：南诗清丽有余，格力闲暇，无蔬笋气。如（云云），余深爱之。后作书荐至袁梅岩，袁有诗云：上人解作风骚话，云谷书来特地夸。杨柳杏花风雨外，不知诗轴在谁家！①

志南此诗唯《宋艺圃集》有存，其他南宋诗选所录无见。《御选宋诗》于郑协、志南单篇收录，二人盛名亦皆有赖此孤篇山水佳作，《御选宋诗》选录南宋诗并南宋山水诗之富可见。

《宋诗钞初集》虽曰"是选于一代之中，各家具收；于一家之中，各法具在"，但实"是刻皆以成集入钞，其不及五首以下者"②多未加捃摭。一诗有选，佳篇即存，诚见《御选宋诗》其除旧布新之举超越前人之南宋山水诗选本。

同时，《御选宋诗》虽为张豫章、陈廷敬、张廷玉等执笔，但"御选"非虚名，秉承圣意可见。故是选不仅显见朝臣南宋诗选山水诗之主体性诗学观，亦可窥统治者亦以山水诗为宗之意识。因而，选录山水诗时亦含准

---

① [宋]魏庆之：《诗人玉屑》卷20，上海：上海古籍出版社，1978年，第451页。
② [清]吴之振：《宋诗钞初集·凡例》，北京：中华书局，1986年，卷首第5页。

绳斧凿、朝旨裁剪，略去讥讽，以求正大雅洁，故曾几、陈与义、陆游、范成大等山水诗中蕴含愤懑朝堂、谴责时政、怨恨外寇之意者均未入选。如陈与义《发商水道中》（商水西门语）、《寥落》（寥落洞庭野）、《登岳阳楼》（洞庭之东江水西）、《巴丘书事》（三分书里识巴丘）等名篇均未选，范成大《北征集》中"使金七十二绝句"如《宜春苑》（狐冢獾蹊满路隅）、《赵州石桥》（石色如霜铁色新）、《金水河》（菜市桥西一水环）等亦未有见。《御选宋诗》如此删筛、捡拾，推崇雅正之初心，亦如《宋诗钞初集》《谷音》《月泉吟社诗》等从不同层面蕴含同样政治意味。

显然，从民间到朝堂，从文臣到天子均视山水诗为南宋诗之雅韵正统、中坚砥柱。如此亦正为发扬、光大山水诗之举。故《御选宋诗》虽流传未广，但较先期南宋山水诗之选本则实有扩张之功，所录南宋山水诗之多样性、丰富性足见编者所持之眼界之广阔、心境之包容、资料之丰富、思维之新异。

清代前期大型南宋山水诗选本要辑还有曹庭栋《宋百家诗存》、厉鹗《宋诗纪事》，二者收录南宋山水诗作亦多以存史为要，较之《宋诗钞初集》《御选宋诗》亦有特色。

《宋百家诗存》所收诗家多为小家，以补《宋诗钞初集》之遗失漏录者，所谓"初，吴之振辑《宋诗钞》，虽盛行于世，然阙略尚多，且刊刻未竟，往往有录无书。庭栋因搜采遗佚，续为是编……庭栋裒辑成编，以补吴之振书之阙。宋诗大略，已几备于此二集矣"（《四库全书总目提要·宋百家诗存》）。曹庭栋亦自言："《宋百家诗存》盖取存十一于千百之意……然则两宋诗人之声销迹灭……余之是选敢谓蒐辑遗僻，足补三百余年间风雅之未备哉。倘博识者以挂漏讥焉，余又奚辞。"① 裒辑僻集，存实留史，与《宋诗钞初集》选录名家颇异。

《宋诗纪事》收录诗人之富乃《全宋诗》前居首。虽重复错讹，瑕疵亦多，"然全书网罗赅备，自序称阅书三千八百一十二家。今江南、浙江

---

① [清]曹庭栋:《宋百家诗存·序》，四库全书本。

所采遗书中，经其签题自某处钞至某处，以及经其点勘题识者，往往而是，则其用力亦云勤矣。考有宋一代之诗话者，终以是书为渊海，非胡仔诸家所能比较长短也"（《四库全书总目提要·宋诗纪事》）。陆心源《宋诗纪事补遗》补《宋诗纪事》之漏，辑得厉鹗未录之宋诗人3000余家，诗歌8000余首，凡100卷，体系一如前人。《宋诗纪事》（二册）最近佳版为1983年上海古籍出版社版。

《宋诗纪事》为清代最大宋诗总集，100卷，收录宋代诗人3812家，诗作8061首，征引资料1205种，专录未有本集者诗和不见专集之佚诗，集选、评、释、史传、诗话大成。四库馆臣评谓："鹗此书裒辑诗话，亦以纪事为名。而多收无事之诗，全如总集；旁涉无诗之事，竟类说家。未免失于断限。又采摭既繁……然全书网罗赅备，自序称阅书三千八百一十二家……考有宋一代之诗话者，终以是书为渊海。"（《四库全书总目提要·宋诗纪事》）效南宋计有功《唐诗纪事》之体例，卷1为皇帝、皇后，卷2—81为年代可考诗家，卷82—83为无定时代诗家，卷84—99为宗室、闺媛、释道、神怪等，卷100为谣谚杂语。大致以时代为序，因人系诗，以诗纪事。所选南宋山水诗家2132人，诗作约5309首，其中山水诗作为2715首，南宋主要山水诗大家、名家均在其列。

因有感于"前明诸公剽拟唐人太甚，凡遇宋人集，概置不问，迄今流传者，仅数百家。即名公巨手，亦多散逸无存，江湖林薮之士，谁复发其幽光者？良可叹也！"①（厉鹗《宋诗纪事》卷首）厉鹗所选山水诗原本极为丰富，但因卷帙浩繁，其山水诗选本特点甚未凸显。

《宋百家诗存》《宋诗纪事》与《宋诗钞初集》形成互补。原为存史，加之长篇广纳，故《宋诗钞》《宋百家诗存》《宋诗纪事》所录山水诗之"选"性较之《御选宋诗》甚逊。

王史鉴《宋诗类选》可谓别具一格。是选收录宋339家诗1622首，仿《后村千家诗》《三体唐诗》《瀛奎律髓》之体例，且仅收近体；诗以类分，

---

① [清]厉鹗：《宋诗纪事》，上海：上海古籍出版社，1983年，卷首第2页。

类以时序，凡天、地、岁时、咏物（草木、禽兽、昆虫、饮食、器用）、咏史、庆贺、及第、落第、宴集、怀约、呈献、赠、寄、酬和、闲适、自咏、品目、题咏、游览、行旅、送别、杂诗、寺院、哀挽二十四类，卷各一类。

史鉴有感于前人"宋诗选本传者甚寡……李子田《宋艺圃集》、曹能始《十二代诗选》、潘讱庵《宋元诗集》、吴薗次《宋金元诗永》，皆去取未精。近日吕晚村《宋诗钞》登载甚广，大有功于宋集，惜止于百家，刻犹未竟。兹为补其漏略，汇其精英，都为一编"①。故所选录南宋山水诗家及其山水诗作均在总量半数以上，虽各类有见，但于天、地、岁时、咏物、赠、酬和、闲适、题咏、游览、行旅、送别、寺院诸类最富。南宋山水诗名家陆游、范成大、杨万里、朱熹、戴复古、刘克庄等山水诗选录丰富，乃清代南宋山水诗选本研究不可或缺者。

此外，陈焯《宋诗会》、陈訏《宋十五家诗》、顾贞观《积书岩宋诗删》等亦为清前期南宋山水诗大型选本较重要者，所论者尤多，姑不赘述。

除《宋诗钞初集》《御选宋诗》《宋诗纪事》等以大型存史为要之选本外，清代前期亦有数种小型南宋山水诗选本，如潘问奇《宋诗啜醨集》、郑鈇《宋诗选》、陆次云《宋诗善鸣集》等，他们各有特色，较之卷帙浩繁之《宋诗钞》《宋诗纪事》，小本"选"性凸显，虽影响有限，不为主流，但为清代后期特色南宋山水诗选本繁盛提供了重要资鉴。

要之，清代前期大型南宋山水诗选本为接受主流。它们于恢复宋诗地位、推动宋诗复兴功绩伟烈。清乾隆时期，宋诗终于取得稳固地位，许耀甚至曰："宋诗之选……吴孟举之《宋诗钞》，曹六圃之《宋诗存》，厉樊榭之《宋诗纪事》，汪紃青、姚和伯之《宋诗略》几于家置一编。"②清代后期小型特色南宋山水诗选本多赖前期巨型选本而来。

---

① [清]王史鉴：《宋诗类选·凡例》，清康熙五十一年乐古斋刻本。
② [清]许耀：《宋诗三百首·序》，清道光二十五年春水草堂刊本。

二、清后期南宋山水诗选本接受

乾隆后期（乾隆二十五年，1760）到同治末年（1875）110余年为清南宋山水诗选繁荣之后期，主要特色为南宋山水诗简易选本之迭出、流行。清前期宋诗选本大量版刻、流布，从根本上扭转了明人"宋无诗"之偏见。但此季众多宋诗选本卷帙浩繁，携带不便，翻捡不易，加之良莠俱在，淘汰未菁，学无下手，故《宋诗钞》《宋诗存》《宋诗纪事》虽"几于家置一编"，"然而犹苦其繁也。苦其繁，必置之不读，而读宋诗者愈少矣"[①]。

汪景龙亦洞悉弊端，其《宋诗略自序》感言：

> 两宋之诗独少专选……内乡李于田《艺圃集》，搜采颇多，然以五代、金元诸家厕其间，体例未合。曹石仓《十二代诗选》，去取尤为草率，而潘讱庵、吴蘭次、吴以巽、王子任之所选详略虽殊，其未能餍人意则均也。惟石门吴孟举之《宋诗钞》、嘉善曹六圃之《宋诗存》有功于宋人之集而未经决择；厉樊榭《宋诗纪事》网罗遗佚，殆无挂漏，然以备一代之掌故，非以末学者之准则。苟非掇其菁英，归诸简要，何以别裁伪体而新风雅哉？[②]（汪景龙、姚壎《宋诗略》卷首，乾隆三十五年（1770）竹雨山房刻本）

由此，清后期采撷菁华、删剪繁芜之选本应运而生。正如邵晷所言："卷帙浩繁，不便初学，故加删订，要在精简。虽苏、黄大家，不敢多登。宁失之刻，毋失之泛，贵取其所长也。"[③]（邵晷《宋诗删·凡例》，清康熙刻本）

此期南宋山水诗选本见存者主要有乾隆二十五年张庚《宋诗选》，乾

---
① [清]许耀：《宋诗三百首·序》，清道光二十五年春水草堂刊本。
② [清]汪景龙、姚壎：《宋诗略》卷首，乾隆三十五年（1770）竹雨山房刻本。
③ [清]邵晷：《宋诗删·凡例》，清康熙刻本。

隆二十六年张景星、姚培谦、王永祺《宋诗别裁集》(一名《宋诗百一钞》)，乾隆三十四年汪景龙、姚壎《宋诗略》，乾隆三十五年严长明《千首宋人绝句》，乾隆五十一年熊为霖《宋诗钞补》，嘉庆三年管世铭《宋人七言绝句诗选》，嘉庆八年彭元瑞《宋四家律选》(一名《南宋四家律选》，未刊刻，抄本)，道光五年侯廷铨《宋诗选粹》，道光二十五年许耀《宋诗三百首》，咸丰七年童槐《宋诗选》，同治六年蒋剑人《宋四灵诗》，同治年间卢景昌《南宋群贤七绝诗》等。

诸精简选本各具特色，其选之准绳或以体裁(《千首宋人绝句》《宋四家律选》)，或以数量(《宋诗三百首》《千首宋人绝句》)，或以地域(《宋四灵诗》)，或以目的(《宋诗别裁集》《宋诗钞补》)，或以人群(《宋四家律选》)等，承载着南宋山水诗选本时代性。其中要本有四，为《宋诗别裁集》《千首宋人绝句》《宋诗略》《宋诗三百首》，所录南宋诗均以山水诗为主体，乃清后期极具特色之南宋山水诗选本。本节详解前二者，约略其余。

《宋诗别裁集》《宋诗别裁集》8卷，原名《宋诗百一钞》，乃清乾隆中期张景星、姚培谦、王永祺所辑总集《宋元诗百一钞》之宋诗部分，后人将此书与沈德潜所辑《唐诗别裁集》《明诗别裁集》《清诗别裁集》合称《五朝诗别裁》，故其中《宋诗百一钞》一名《宋诗别裁集》。《宋诗别裁集》所选宋诗以《宋诗钞初集》《宋百家诗存》为依托，为清后期著名南宋山水诗特色选本。所选两宋137家645首诗作，卷1为五古，卷2、卷3为七古，卷4为五律，卷5、卷6为七律，卷7为五排，卷8为五绝、七绝。其"选"性前序所言明了：

> 钞名百一盖谓尝鼎一脔，窥豹一斑，亦可见宋诗宗派云耳。以予观之则一代源流正变已具，其诸美善之会归，鉴裁之至当者欤。夫论诗必宗唐是也，然云霞傅天，异彩同烂，花萼发树，殊色互妍。(傅

玉露《序》)①

其于南宋山水诗亦如此。《宋诗别裁集》所选南宋诗之山水诗主体性明显，所选南宋70家诗作276首中山水诗211首，山水诗占八成。诗家诗作并山水诗状况如下：

山水诗前茅之5家：陆游44（54）、陈与义26（28）、杨万里20（28）、朱子（熹）17（20）、范成大16（18）

山水诗5首之1家：张九成（7）

山水诗4首之5家：刘子翚（6）、朱松（5）、张栻（5）、王十朋（4）、张道洽（4）

山水诗3首之5家：王庭珪（4）、陈造（3）、李弥逊（3）、赵师秀（3）、徐玑（3）

山水诗两首之8家：吕本中（2）、张孝祥（2）、尤袤（4）、王铚（2）、周紫芝（7）、罗公升（2）、严粲（2）、方岳（2）

山水诗1首之33家：汪藻（5）、叶梦得（2）、程俱（2）、利登（2）、曾几（1）、孙觌（1）、姜夔（1）、谢翱（1）、邹登龙（1）、徐照（1）、高翥（1）、姚镛（1）、周弼（1）、陈鉴（1）、林景熙（1）、王琮（1）、华岳（1）、楼钥（1）、刘仙伦（1）、杜范（1）、陈起（1）、柴旺（1）、葛天民（1）、叶茵（1）、俞桂（1）、朱槔（1）、周必大（1）、汪莘（1）、周文璞（1）、戴复古（1）、黄大受（1）、武衍（1）、谢枋得（1）

（说明：括号内数为《宋诗别裁集》所选诗家全部诗量，括号外乃其中山水诗数。）

据上可知《宋诗别裁集》所选南宋山水诗家丰富，且大家凸显。前6家山水诗总数为128首，以10%诗家占比入选诗作61%，足见是辑于陆

---

① [清]张景星：《宋诗别裁》，王云五《万有文库》，上海：商务印书馆，1930年，卷首第1页。

游、陈与义、杨万里、范成大、朱子（熹）、张栻之隆重。各家山水诗亦为其所选主体，陆游入选54诗中山水诗44首，居南宋山水诗家之冠，占比逾81%；陈与义入选28诗，26首为山水诗，虽山水诗总量居二，但山水诗占比逾92%。其他杨万里入选28诗中山水诗为20首，占比逾71%；朱熹入选20诗中山水诗17首，占比85%；范成大入选18诗中山水诗为16首，占比逾88%；张九成5首山水诗数量较之前诸家绝对数量不足，但于入选7诗，则占比亦逾71%。所选小家山水诗总量微少，占比则逾隆。曾几、孙觌、姜夔等29家山水诗以单诗入选，则其比为百分之百。可见，《宋诗别裁集》南宋诗家山水诗之主体性特色鲜明。

《宋诗别裁集》体裁齐全，分布于五古、七古、五律、七律、五排、五绝、七绝。此点于陆游、陈与义、杨万里、范成大、朱子（熹）最显。陆游44首山水诗分布于五古4首、七古6首、五律1首、七律12首、五排3首、五绝5首、七绝13首，陈与义26首山水诗分布于五古3首、七古1首、五律7首、七律9首、五排两首、五绝两首、七绝两首，杨万里20首山水诗分布于五古3首、七古5首、五律5首、七律5首、七绝两首，朱子（熹）17首山水诗分布于五古7首、五律两首、七律5首、五绝1首、七绝两首，范成大16首山水诗分布于五古两首、七古3首、五律3首、七律5首、七绝3首，可见选家眼界之开阔、标准之宽泛，态度之公允、取舍之均衡，亦充分展示了南宋大家山水诗作之广泛、丰富。

至于名家、小家亦展现其各自山水诗体裁丰富特色，且主要体现于律绝，单篇者如孙觌（1）、高翥（1）、徐照（1）、林景熙（1）之五律，曾几（1）、华岳（1）、楼钥（1）之七律，葛天民（1）之五绝，戴复古（1）七绝等；多篇者如赵师秀（3）、徐玑（3）之五律，张孝祥（2）之五绝，方岳（2）之五律1首、七律1首，王庭珪（3）之五律1首、七律两首，严粲（2）之五律1首、五绝1首，等等，不一而足。纵观而言，《宋诗别裁集》所选南宋山水诗之体裁主体聚集于五、七律并五、七绝，二类占比八成，次为古风，其他排律寥寥数篇。

《宋诗别裁集》所选南宋山水诗题材丰富，名篇荟萃。古风有陈与义

第六章 南宋山水诗接受与传播

《出山道中》《夜步堤上》、范成大《过平望》、陆游《风雨中望峡口诸山奇甚戏作短歌》；五律有孙觌《春事》，陈与义《寒食》（草草随时事）、《岸帻》《金潭道中》，范成大《将至石湖道中书事》，陆游《小舟游西泾度西冈而归》，赵师秀《大慈道》，徐照《宿翁灵书幽居》，徐玑《黄碧》《春日游张提举园池》，方岳《泊歙浦》；七律有陈与义《登岳阳楼》《巴邱书事》《怀天经智老因访之》、范成大《暮春上塘道中》《鄂州南楼》、陆游《游山西村》、杨万里《春晴怀故园海棠》等。

律绝山水诗中名家名作尤多，五绝有陈与义《出山》《入山》、刘子翚《早行》、陆游《柳桥晚眺》、葛天民《春晚》、利登《春日》，七绝有陈与义《清明》《春日》、范成大《横塘》、陆游《次韵周辅道中》《楚城》《秋思》《三峡歌》（十二巫山见九峰）、杨万里《雪后晚晴》《游定林寺即荆公读书处四首》、朱子《水口行舟二首》、戴复古《江村晚眺二首》。可见，选家百里挑一为"比兴深婉""宫商协畅"[1]者，别裁所定唯诗家之艺术性。

《宋诗别裁集》所选山水诗除以名家、律绝为要外，还有三点亦显：

第一，重理学家山水诗。朱熹讳道其名，呼为"朱子"，选录诗作中17首（20）（该作者入选诗作总数，下同）山水诗，其他张九成5首（7）、刘子翚4首（6）、朱松4首（5）、张栻4首（5）、王庭圭3首（4）、陈造3首（3）、李弥逊3首（3）、吕本中2首（2）等山水诗权重亦高，于林景熙、楼钥、周必大等归情理学。

第二，微名并举，侧重寒士。所选南宋70诗家，多为寒士。其57山水诗家，微名者居大半，徐照、徐玑、赵师秀、王铚、周紫芝、罗公升、严粲、方岳、姜夔、谢翱、邹登龙、高翥、叶茵、俞桂、汪莘、周文璞、戴复古等30余人均贫寒之家，与上层之陈与义、周必大、范成大、杨万里名家等融合，映射出南宋山水诗吟咏之大众化、诗家之平民化、宋人山水景物审美意识之社会化，亦凸显南宋下层寒士失望现实、遁迹山林、寄

---

[1] [清]张景星：《宋诗别裁》，王云五《万有文库》，上海：商务印书馆，1930年，卷首第1页。

情山水之社会状况。

第三,概述南宋山水诗发展历程完整。南宋初江西派转型之变清新、中兴四大家之雄健、四灵之幽清、江湖派之平淡、宋末之悲戚、遗民之哀婉,且所选山水诗家及其诗作比例大致与诗坛发展状况吻合。

总之,尽管刘克庄、真山民等山水诗大家被拒之门外,翁卷、文天祥等所选未称山水诗之意,然《宋诗别裁集》体量虽小,品貌齐全,以其57家211诗之片脔,厚载南宋山水诗界之鼎味,实乃"尝鼎一脔,窥豹一斑,亦可见宋诗宗派"。可谓《宋诗钞初集》之微型、《宋百家诗存》之剪影,别裁得宜。

《千首宋人绝句》《千首宋人绝句》与《宋诗三百首》为清代后期最具选性之南宋山水诗选本,二者各以数量、体裁之选独具特色。《千首宋人绝句》为清严长明(1731—1787)所辑,清乾隆三十五年(1770)毕沅刻本。是选专选最易传播、最为人接受之绝句,仿"宋洪文敏(迈)《万首唐人绝句》原本之例"(《〈千首宋人绝句〉诗例六则》)[①],分七言绝句、五言绝句、六言绝句三个版块,厘为10卷,选录365家1000首。其中七言7卷289家686首,细析为第1卷40家七绝67首,第2卷30家七绝99首,第3卷33家七绝87首,第4卷28家七绝60首,第5卷26家七绝118首,第6卷41家七绝113首,第7卷91家七绝142首。五言2卷112家216首,细析为第8卷47家五绝100首,第9卷65家五绝116首。六言最少,亦居最后一卷,乃44家98首。

三版块中每个版块(七言版块尤为典型)依人物身份帝、妃、宫、宗室、降王降臣、宋臣、属国外臣、闺媛、释子、羽士、尼、无名子、神仙、鬼怪、妓女分次,诗家众多之宋臣,则以登第时序分卷。七言版块中所录宋臣大致而言为太祖、太宗、真宗三朝一卷(卷1),仁宗朝一卷(卷2),英神哲三朝一卷(卷3),徽钦两朝一卷(卷4),高、孝、光、宁四朝一卷(卷5),理、度两朝一卷(卷6),恭端两朝一卷(卷7)。五

---

① [清]严长明:《千首宋人绝句》,天津:天津市古籍书店,1991年,卷首第1页。

言版块则两宋各为一卷（卷8、卷9），人物次第如前，无者阙如。六言版块统为一卷（卷10）。

是选录南宋诗人192家、诗作563首，其中山水诗人168家，占所选南宋诗家之87.5%，山水诗作450首（杨万里六言目录多计1首），占所选南宋诗作近80%，《千首宋人绝句》为清代后期南宋山水诗选本之特色典范可见一斑。"宋绝中胜篇迥作，散置诸家，譬则珠玑在漂浪间，不得明眼者以捡别之，俾终与砂砾相等，亦良可惜。道甫因综所记忆，得其遥深清隽者七百余篇，复为旁加锼会……"[1]（《毕沅序》）

《千首宋人绝句》鲜明特色如下：

第一，山水诗主体性。《千首宋人绝句》所选南宋山水诗主体性凸显于整体，亦见于个体。笔者选取范成大、真山民等40家山水诗，析理数据为三组，分解其特色：

A：刘克庄19（24）、杨万里18（20）、姜夔17（22）、朱熹16（18）、陆游15（21）、范成大12（24）、陈与义10（11）

B：张栻6（6）、周紫芝6（6）、华岳4（4）、葛天民4（4）、孙觌3（3）、赵师秀3（3）、俞桂3（3）、萧德藻2（2）、尤袤2（2）、李清照1（1）、陆九渊1（1）、朱淑真1（1）、楼钥1（1）、翁卷1（1）、葛长庚1（1）、刘辰翁1（1）、真山民1（1）

C：黄庚7（8）、斯植5（6）、吴惟信4（5）、周文璞4（5）、叶绍翁3（4）、徐照2（3）、谢翱2（3）、吕本中7（9）、张孝祥6（8）、方岳4（6）、林景熙4（6）、曹勋3（5）、陈渊3（5）、汪元量2（4）、高翥6（9）、戴复古4（7）

（说明：括号外数为诗家山水诗量，括号内数为《千首宋人绝句》所选诗家诗总量。）

A组中刘克庄、杨万里、姜夔、朱熹、陆游、范成大、陈与义7人为

---

[1] [清]严长明：《千首宋人绝句》，天津：天津市古籍书店，1991年，卷首第2页。

南宋山水诗大家，所选山水诗绝对数量在10首之上，刘克庄达19首，居冠。7家山水诗总数为107首，占全部南宋山水诗23%，占7家所选全部诗作（140）逾76%，各诗家山水诗数占所选诗数最低为50%（范成大），最高为91%（陈与义）。可见，此7家山水诗整体抑或个体于选本均居重要位置，为选家所要凸显者，亦反映了各诗家山水诗成就卓绝之本色。

B组诗家所选山水诗绝对分量单薄，半数诗家为一二篇，但各家山水诗分量即为所选诗总量，占比100%，比率则超前盖后。其中孙觌、赵师秀、翁卷、葛长庚、真山民等乃南宋山水诗名家圣手，选家选录虽少，以一当十，未可小觑。

C组诗家所选诗作部分为山水诗，各家山水诗分量与所选诗总量略有差异，或1或2或3，然两量占比少则50%（如汪元量），高逾80%（如黄庚、吕本中、斯植、吴惟信、周文璞等），故诸家山水诗总量未为甚富，但各个体山水诗比量亦为上富。

总括而言，上述所选40家山水诗总量富、相对分量亦富。《千首宋人绝句》所录其他128家山水诗量之富亦如此，是辑为南宋山水诗典范选本名实相副。

第二，山水诗七绝之主体性。盖因每句多出二字，七绝较五绝胜处尤多，韵律更加曲折婉转，意象更加繁密聚积，意境亦更加广阔丰富，艺技求深，逞才为盛，切合"遥深清隽"，历来诗家之精英驰骋其文，情衷于彼。《千首宋人绝句》整体以七绝为主，居十卷之七卷，所选之南宋山水诗亦以七绝为重。所录450首山水诗中，七绝319首，占比约71%；五绝94首，占比约21%，六绝37首，占比约8%。就个体而言，七绝亦居津要。姑列刘克庄等前十家绎之端详：

刘克庄19（15+4+0）　　杨万里18（14+2+2）　　姜夔17（17+0+0）
朱熹16（11+3+2）　　　陆游15（13+1+1）　　　范成大12（7+1+4）
陈与义10（7+2+1）　　　吕本中7（4+3+0）　　　黄庚7（7+0+0）
高翥6（6+0+0）

（说明：括号外数为诗家山水诗量，括号内数为七绝、五绝、六绝分解量。）

整体上，十家山水诗127首，分解为七绝101首，五绝16首，六绝10首。七绝占比近八成，居山水诗主体地位确凿无疑。个体而言，十家中姜夔（17）、黄庚（7）、高翥（6）三家全为七绝，刘克庄、杨万里、朱熹、陆游四家七绝山水诗逾八成，范成大、陈与义二家七绝山水诗居七成，吕本中最少，亦近居六成。可见，十家山水诗均以七绝为主。

第三，山水诗选旨清雅之异响。盖因是选立旨为"胜篇迥作""遥深清隽者"①（《毕沅序》），故所选千首宋人绝句以山水诗为主，而山水诗所选亦意在凸显特异，以唐诗之雅洁、温婉为准绳，畅游平和、清新、醇厚之意，脱去忧闷、愤激、桀骜之语，切合清后期推崇淳雅之诗学风尚。正如同时代沈德潜（1673—1769）所称："诗教之尊，可以和性情、厚人伦、匡政治、感神明，以及作诗之先审宗指，继论体裁，继论音节，继论神韵，而一归于中正平和。"②（沈德潜《重订唐诗别裁集序》），故曰《千首宋人绝句》之选深藏时代烙印，不仅为避前人之短，去繁就简，撷精采华，亦在于去郑存雅、讴歌平和、裨益人心、匡扶时代。以明媚、温婉、和顺、稳静之自然景物为对象之山水诗正是表达、引导时代需求之诗道。此旨主导选家诗选意识，亦为观念异响前人之诱因。

《千首宋人绝句》所选南宋山水诗168家450首中，至尊有孝宗、度宗，二宗诗境雍容、平和，如度宗五绝《晚望》："鸥鹭归烟渚，秋江挟晚晴。老渔闲栖艇，坐待月华生。"诗意所显之悠淡、恬静恰如退隐闲士、幽居方家。可相对照的是，九流之末尼释所录山水诗亦在取境艺术。如斯植，所选山水诗五绝五首均幽静、冲淡之佳品，无世俗喧嚣，有旷远寥廓，如："万里色苍然，寒林夕照边。旧过南岳寺，曾向雨中看。"（《远山》）"何处芳草多，相呼向深坞。竹外立寒枝，山南又春雨。"

---

① [清]严长明：《千首宋人绝句》，天津：天津市古籍书店，1991年，卷首第2页。
② [清]沈德潜：《唐诗别裁集》，上海：上海古籍出版社，1979年，卷首第4页。

(《鸣鸠》)

《千首宋人绝句》所录山水诗选旨之异响于陈与义、陆游、范成大、杨万里、朱熹、姜夔、刘克庄、高翥、四灵诸名家山水诗作中体现尤显。陈与义所录10首山水诗，七绝推去《襄邑道中》《中牟道中》《春寒》《城上晚思》《早行》等公认名篇，所取《秋夜》《雨过》《和张矩臣水墨梅》（两首）《题余秀才所藏江参山水横轴画》《题向伯共过峡图》（两首）诸篇均可谓默默无闻，然细细解析，却见首首温婉、平正、幽静。简斋所处正天翻地覆之季，五年逃难，南北辗转，旦夕流离，故其诗酷肖老杜，沉郁顿挫，寓意郁结，如"扶筇共坐槎牙石，涧水悲鸣无歇时"（《坐涧边石上》、"二月巴陵日日风，春寒未了怯园公"（《春寒》）、"万里家山无路入，十年心事有谁论"（《题画》）、"邺城台殿已荒凉，依旧山河满夕阳"（《赋康平老铜雀砚》），等等。是选则削平愤懑，力主闲淡冲远，如"梦里不知凉是雨，卷帘微湿在荷花"（《雨过》）、"晴窗画出横斜影，绝胜前村夜雪时"（《和张矩臣水墨梅》）、"旌旗翻月淮南道，兴罢归来雪一船"（《题向伯共过峡图》）（2首）均意雅情悠。所录简斋五绝《出山》（1首）（山空樵斧响，隔岭有人家。日落潭照树，川明风动花）、《入山》（1首）（都迷去时路，策杖烟漫漫。微雨洗春色，诸峰生晚寒）亦从悠远、清明之旨。

可见，《千首宋人绝句》选家所录简斋山水诗避凡求异之心宛然。《千首宋人绝句》于陆游、范成大、杨万里、朱熹、姜夔、刘克庄、高翥、四灵诸家所选山水诗立旨异响亦为显然。

陆游诗之佳作主要为律诗，其山水诗亦如此。世人多忽视陆游绝句，而选家则专选之，且所录多为人忽视者。七绝所选《楚城》《小雨极凉舟中熟睡至夕》《剑南道中遇微雨》多为后人称道，《重阳》《湖村月夕》《建安遣兴六首》《枕上闻急雨》《溪上醉吟》《夜归》则闻者寡。

但所选放翁诸篇唯《楚城》深沉，余则平和温静，较之其古风、近律之奔放、排奡，则如潺湲清溪，春雨幽径。如"残梦未离窗日晚，数声柔橹下巴陵"（《小雨极凉舟中熟睡至夕》）、"此身合是诗人未，细雨骑驴入剑门"(《剑南道中遇微雨》)、"不辞醉袖拂花絮,与子更醉青萝阴"(《溪上醉吟》),其淳雅选旨毕显。

《千首宋人绝句》所选朱熹山水诗凸显雅静最为显明。朱子本为南宋之大儒,格物求理,然世人素称其诗"雅洁","南宋陆放翁……同时求偶对,唯紫阳朱子可以当之,盖紫阳雅正明洁,断推南宋一大家"(清李重华《贞一斋诗说·诗谈杂录》16条)①。"晦翁登山临水,处处有诗,盖道学中之最活泼者。"(陈衍《宋诗精华录》卷3之朱熹诗录)②

严长明所选朱子绝句多藉此旨。所选七绝《水口行舟》(2首)、《武夷棹歌》(9首)篇篇清新、明秀、雅静,如"郁郁层峦夹岸青,青山绿水去无声。烟波一棹知何许,鹧鸪两山相对鸣"(《水口行舟》)、"六曲苍屏绕碧湾,茆茨终日掩柴关。客来倚棹岩花落,猿鸟不惊春意闲"(《武夷棹歌》)所绘浑然山水清音、冲淡旷远、从容闲雅之意境,可谓雄浑纤秾与冲淡自然同在,疏野高远与飘逸清奇共容。

朱子诸山水诗篇亦多为世人称道有加,选家所录与陈与义、陆游之山水诗世人生僻特色对比鲜明,究因缘,亦乃其选旨以清雅为宗而异响。

《千首宋人绝句》所选范成大、杨万里、姜夔、刘克庄、高翥、四灵诸家山水诗亦多主典雅之旨,标新立异,去熟取生,"选"性明了,"选"点异俗,为清代后期南宋山水诗选本求异求新之特色典范。

诗选求异可以挺秀一时,但脱离共识、颠倒常规、破坏社会集体审美意识,久则难行,故《千首宋人绝句》特色虽显,播之未远,终流沉默。

选本乃南宋山水诗接受之基础。自宋迄清七百余年,南宋山水诗选本附着南宋诗选本之发展相继始终。南宋、元初为南宋山水诗选本之初创期,但南宋山水诗选本成就斐然,其诗选形态几乎开后世之先河,方回《瀛奎律髓》为此期巨著。明代整体上宗唐黜宋,所谓"文必秦汉,诗必盛唐",其寥寥无几之宋诗选本中所录南宋诗亦以山水诗为主,故客观上

---

① [清]李重华:《贞一斋诗说》,丁福保《清诗话》,上海:上海古籍出版社,1978年,第927页。

② [清]陈衍:《宋诗精华录》,曹中孚校注,成都:巴蜀书社,1992年,第463页。

亦在传播南宋山水诗、拓展南宋山水诗选本，李蒉《宋艺圃集》、曹学佺《石仓宋诗选》功绩尤显。

清人于明"宋无诗"之论极为不满，拨乱反正，兴宋诗之道，既高举宋诗大家倡导，亦重藉于选本，所谓拿事实以证之。清代南宋诗选本最有成效，所含南宋山水诗之丰亦为古选本之最。数量富（数百部之多）、形式多（各种体裁齐备），范围广（大小家、四方地域、俗教男女、派别、通代断代），视野通达，评论客观，选本体现南宋诗坛山水诗主体性面目更为明晰。有清宋诗选本发展之历程虽有前后阶段之差异，但各段之量均远超宋明，它们共同汇聚为宋山水诗古选本之繁荣、高潮。吴之振《宋诗钞初集》、王史鉴《宋诗类选》、曹庭栋《宋百家诗存》、厉鹗《宋诗纪事》为此期各段扛鼎之辑。

在社会、经济、文化诸因素之和合作用下，有清一代复兴宋诗、镌刻选本最盛。但民族情感亦为有清南宋山水诗选本隆盛之要因，吴之振、吕留良、曹廷栋、潘问奇并后之王史鉴、严长明、曾国藩等皆深藏抚今追昔、隐心汉室、借酒浇垒之城府。选本为诗话、诗评等接受之根本，清代南宋山水诗选本繁复，百花齐放、百马腾跃，故其诗话、诗评亦为繁荣。

三、清代诗话、诗评南宋山水诗接受

南宋山水诗接受之诗话以清代最富，达五十余部，其总量超越宋元明之总和。南宋山水诗接受史上最著名者有叶燮《原诗》、赵翼《瓯北诗话》、翁方纲《石洲诗话》，这些诗话除继承传统展示掌故、佳句欣赏外，更主要在于从阐释理论角度接受、传播宋诗、南宋山水诗。

理论意味最浓厚者为叶燮《原诗》。《原诗》从诗道规律、诗学发展历史树立清代宋诗接受之理念，批驳明人于宋诗之责难。他认为诗之前后更替为必然，宋诗变化于唐诗亦是必然，宋诗与唐诗地位等同，所谓"盖自有天地以来，古今世运气数，递变迁以相禅……宁独诗之一道，胶固而不变乎？……大家如陆游、范成大、元好问为最，各能自见其才……唐诗则枝叶垂荫,宋诗则能开花,而木之能事方毕";叶燮虽不赞成时人抄录"陆游、范成大……诸人婉秀便丽之句,以为秘本"①,但充分展示了清人南宋山水诗之接受状况。

陆游南宋山水诗之接受于赵翼《瓯北诗话》中展示极为丰富。《瓯北诗话》卷六、七专论陆游,将陆游地位推到极致,言:"放翁以律诗见长,名章俊句,层见叠出,令人应接不暇。使事必切,属对必工;无意不搜,而不落纤巧;无语不新,而不事涂泽,实古来诗家所未见也。"②赵氏列举陆游山水诗景句五律、七律200余联为学习范本。写景七律如:

> 十里溪山最佳处,一年寒暖适中时。(《近游》)山重水复疑无路,柳暗花明又一村。(《游西山村》)……空山霜叶无行迹,半岭天风有啸声。(《丈人观》)……山萦细栈疑无路,树络崩崖欲压人。(《普宁寺》)……小楼一夜听春雨,深巷明朝卖杏花。(《临安春雨初霁》)……云归时带雨数点,木落又添山一峰。(《晚眺》)……溪鸟低飞画桥外,路人相值绿阴中。(《门前小立》)晓树好风莺独语,夜窗细雨燕相依。(《山居》)身行十里画屏上,身在四山红雨中。(《出游》)……③

此处赵氏所辑陆游诗题名多有俗称相异处。如《游西山村》俗多称《游山西村》,《门前小立》亦称《衡门独立》,《山居》亦称《初夏幽居偶题》。《瓯北诗话》卷十一"诗人佳句"条亦摘句,亦载徐照、戴复古、杨万里、朱熹等。赵氏称道戴复古:"'夕阳山外山,春水渡旁渡。'戴石屏诗,得一句,经年始成对。"揣摩、借鉴佳句名联乃是接受捷径,故《瓯北诗话》不惜笔墨、大量列举。

翁方纲《石洲诗话》论宋诗以肯定宋诗之变且无愧于唐诗为前提,言

---

① [清]叶燮:《原诗》,丁福保《清诗话》,北京:中华书局,1963年,第566—571页。
② [清]赵翼:《瓯北诗话》卷6,北京:人民文学出版社,1963年,第60页。
③ [清]赵翼:《瓯北诗话》卷6,北京:人民文学出版社,1963年,第89页。

"诗则至宋而益加细密，盖刻抉入里，实非唐人所能囿也……宋人精诣，全在刻抉入里，而皆从各自读书学古中来，所以不蹈袭唐人也。"①

《石洲诗话》卷四论及南宋山水诗众多，如汪藻、孙觌、陈与义、陆游、杨万里、范成大、尤袤、朱熹、姜夔、楼钥、刘克庄、林景熙、陈起、四灵、戴复古、文天祥、高翥、吴惟信、何梦桂、谢翱、周密等30余家，大小俱道，基本概括了南宋主要山水诗家。翁氏分析诗家特色长处，亦言其不足，于各家之接受传播较为客观。如：

> 后村举简斋"登临吴蜀横分地，徙倚湖山欲暮时"，此其《岳阳楼》句也。又"楼头客子杪秋后，日落君山元气中"二语，亦不愧学杜。（三九，卷四）
>
> 诚斋之诗，巧处即其俚处。（六四，卷四）
>
> 石湖、诚斋皆非高格，独以同时笔墨，皆极酣恣，故遂得抗颜与放翁并称。而诚斋较之石湖，更有敢作敢为之色，颐指气使，似乎无不如意，所以其名尤重。其实石湖虽只平浅，尚有近雅之处，不过体不高，神不远耳。若诚斋以轻儇佻巧之音，作剑拔弩张之态，阅至十首以外，辄令人厌不欲观，此真诗家之魔障。（七一，卷四）
>
> 放翁诗善用"痕"字。如"窗痕月过西"、"水面痕生验雨来"之类，皆精炼所不能到也。（八五，卷四）
>
> 姜白石《除夜自石湖归苕溪》十绝句，极为诚斋所赏。然白石诗风致胜诚斋远矣。（九八，卷四）
>
> 陈起绝句，如《秋怀》《夜过西湖》之类皆工。（一○一，卷四）
>
> 四灵皆晚唐体……师秀所谓"饱喫梅花数斗，使胸次玲珑"者，全在工于炼句处耳。（一○二、一○三，卷四）
>
> 吴惟信中孚小诗，极有意味。不独吴下老儒为之下拜而已。（一一三，卷四）②

---

① [清]翁方纲：《石洲诗话》，北京：人民文学出版社，1981年，第119—120页。
② [清]翁方纲：《石洲诗话》，北京：人民文学出版社，1981年，第130—148页。

第六章 南宋山水诗接受与传播

杨万里、范成大皆中兴季大诗人，但"皆非高格"；杨万里"抗颜与放翁并称"，实远不及陆游，自以为"巧"，实是俚处；赞扬陈与义、姜夔山水诗。可见翁方纲于陆、杨、范、陈、姜五家之接受科学、合理。

上面所列佳句皆以山水诗为主。即令山水诗小家，翁氏亦有广泛赞扬、接受，如赞扬"吴惟信中孚小诗极有意味"即是如此。吴惟信"极有意味"之"小诗"乃是七绝，富含风韵，如《苏堤清明即事》（梨花风起正清明）、《野望》（闲与芦花立水边）、《太湖》（远山数笔抹秋烟）、《春日湖上（其一）》（傍水秋千柳影遮）等皆清新雅致、韵味无尽。

南宋山水诗接受更为丰富者为中小型诗话。主要有贺裳《载酒园诗话》、宋荦《漫堂说诗》、薛雪《一瓢诗话》、李重华《贞一斋诗说》、李慈铭《越缦堂诗话》、潘德舆《养一斋诗话》、朱庭珍《筱园诗话》、刘熙载《艺概》等十数部。它们主要从山水诗佳句、艺术角度来接受，一些诗话亦包含理论陈述。

贺裳《载酒园诗话》虽亦宗唐为主，但于南宋山水诗多有接受。其《又编》宋部分论及南宋李纲、吕本中、曾几、陈与义、周必大、朱熹、叶适、尤袤、杨万里、范成大、陆游、四灵、严羽、赵蕃、刘克庄、王镃、文天祥、林景熙、谢翱等30余人，在批评各家不当同时亦有肯定。如"（陆游）善写眼前景物，而音节琅然可听。一诗中必有一联致语，如雨中草色，葱翠欲滴。间出新脆之句，犹十月海棠，枯条特发数蕊，妖艳撩人"[①]。《载酒园诗话》于南宋山水诗之接受多在山水景物描写之艺术性或者以山水诗为举隅。除陆游外，陈与义、曾几、吕本中、杨万里、范成大、尤袤、朱熹、四灵、戴复古、刘克庄等均如此。

潘德舆《养一斋诗话》亦是以点评名句为要。如：

> 前谓剑南闲居遣兴七律，时仿许丁卯之流，非冤之也。如"数点

---

① [清]贺裳：《载酒园诗话》，郭邵虞《清诗话续编》（册1），上海：上海古籍出版社，1983年，第451页。

· 383 ·

残灯沽酒市,一声柔橹采菱舟","高柳簇桥初转马,数家临水自成村"……"绿叶忽低知鸟立,青萍徐动觉鱼行"……且放翁七律,佳者诚多,然亦佳句耳;若通体浑成,不愧南渡称首者,尝精求之矣……此十数章七律,著句既道,全体亦警拔相称。盖忠愤所结,志至气从,非复寻常意兴。①

《养一斋诗话》于南宋山水诗诗家主要称赏陆游,谓之"放翁诗择而玩之,能使人养气骨,长识见";"放翁作梅诗,多用全力……笔力横绝,实能为此花写出性情气魄者……尝谓放翁咏梅七律至数十首,惟'孤城小驿初飞雪,断角残钟半掩门'一联,稍得神耳。"

潘德舆《养一斋诗话》于南宋其他山水诗家如陈与义等均以赞美之论接受传播,称"宋人绝句亦有不似唐人,而万万不可废者",顺应王士禛、严长明包容南宋山水诗之思,道:"宋绝句尤不似唐,然王渔洋《池北偶谈》专录宋七绝之似唐者数十首,何尝不可与唐人匹!予又从近人严长明用晦所选《千首宋人绝句》中,反覆拣择,得其似唐者百数十首……而宋人绝句之佳者,仍未尽于是也……陈简斋《清明》……范至能《横塘》……陆务观《游寒岩钓矶》……戴复古《江村晚眺》……此十数绝句,与唐人声情气息,不隔累黍,何故遗之?且无论唐、宋,即以诗论,亦明珠美玉,千人皆见,近在眼前,而严氏置若无睹,故操选柄为至难也。"②

潘德舆所列陈与义《清明》、范成大《横塘》、陆游《游寒岩钓矶》、戴复古《江村晚眺》等均为山水诗佳作。

《筱园诗话》于南宋山水诗家多有接受,于陆游尤诚服,谓"放翁老

---

① [清]潘德舆:《养一斋诗话》,郭邵虞《清诗话续编》(册4),上海:上海古籍出版社,1983年,第2074页。
② [清]潘德舆:《养一斋诗话》,郭邵虞《清诗话续编》(册4),上海:上海古籍出版社,1983年,第2081页。

炼峭洁，七古简而能厚，真巨擘也"①。于陈与义、姜夔、四灵、谢翱等多有称道，如："宋人绝句，如……放翁之'四海一家天历数，两河百郡宋山川'，陈简斋之'晚木声酣洞庭野，晴天影抱岳阳楼'……以上各联，或沉雄，或悲壮，或凄丽，或新警，虽逊老杜，亦卓然可传，皆当参看，亦可取益也。"②"南宋遗民诗以谢皋羽晞发集为最，笔力生峭……四灵辈，虽规模狭小，力量浅薄，而秀削不俗，犹多佳句也……姜白石在宋末元初独为翘楚，其诗甚有格韵，清雅可传。"③

朱庭珍于杨万里等有所批评，主要不满其诗风之轻活、浅显，"诚斋诗浅俗鄙滑，颓唐粗硬，纯堕恶趣"④；谓"尤延之、戴石屏、刘后村、曾茶山、周益公辈，皆浪得虚名，粗鄙浅率，自堕恶道，披沙拣金，百不获一"则过于苛刻。

由上述可见，清诗话于南宋山水诗去弊存真、删芜就简之接受极为客观、科学。清代南宋山水诗选本众多序跋于南宋山水诗之接受言论极其丰富。此外，论及南宋山水诗诗学接受之专著亦多。最著名者为纪昀主笔之《四库全书总目提要》，黄宗羲《黄梨洲文集》等亦于宋诗、南宋山水诗有称道。如黄氏言："天下皆知宗唐诗，余以为善学唐者惟宋……虽咸酸嗜好之不同，要必心游万仞，沥液群言，上下于数千年之间，始成其为一家之学，故曰善学唐者惟宋。"（《姜山启彭山诗稿序》）⑤

要之，清代南宋山水诗正面接受最为繁荣，选本、诗话、序跋等所论内容之丰富前所未有。其认知接受亦较先前更为冷峻、客观、科学，因而

---

① [清]朱庭珍：《筱园诗话》，郭邵虞《清诗话续编》（册4），上海：上海古籍出版社，1983年，第2330页。

② [清]朱庭珍：《筱园诗话》，郭邵虞《清诗话续编》（册4），上海：上海古籍出版社，1983年，第2376页。

③ [清]朱庭珍：《筱园诗话》，郭邵虞《清诗话续编》（册4），上海：上海古籍出版社，1983年，第2407页。

④ [清]朱庭珍：《筱园诗话》，郭邵虞《清诗话续编》（册4），上海：上海古籍出版社，1983年，第2402页。

⑤ [清]黄宗羲：《黄梨洲文集·序类》，北京：中华书局，1959年，第351页。

其影响深刻而巨大,润泽后人广泛而深远,裨益永远。

本章结语

南宋山水诗选本乃南宋山水诗之研究和接受根本。南宋诗话、序跋、尺牍、专论等关于南宋山水诗之接受均以选本为依据。南宋山水诗自然景物描绘丰富、体裁形态齐备,外显南宋诗作艺能、诗学观念、审美情趣之别样,内隐南宋政治、经济、民族、文化、军事、地理之嬗变。

王朝变迁为南宋山水诗认知及其选本发展之历时性因素;地区差异为南宋山水诗认知及其选本发展之地域性原因。以时代而论,元初、晚明、清初为南宋山水诗认知活跃、古选本繁盛之季;就地域而言,江浙为南宋山水诗认知重振、南宋山水诗古选本隆盛之地。此乃元明清政治、经济、民族、文化历史时代之异及其社会变化之异、经济文化地域之异诸因素共同作用之结果。

南宋山水诗为南宋诗坛主体。宋元明清历代诗论、诗话(清人诗话尤甚)论及南宋诗必以山水诗为议题;南宋山水诗虽无古选本之专辑,然历代南宋诗选本中山水诗之主体性成为史实、通论。

结　语

　　南宋山水诗承继北宋及北宋前之山水诗发展而来，亦后继者元明清山水诗之铺垫基本，居中国古代山水诗异变之关节，具有前后未有之特色。南宋诗坛主体乃山水诗，山水诗乃南宋诗最佳且唯一代表，南宋山水诗家与南宋主要诗家几乎合一，南宋山水诗发展状况实质代表南宋诗坛发展状况。新旧选本所存南宋山水诗乃南宋山水诗研究之前提、基石，历代南宋诗选本均以山水诗为主体，诗家个体亦多以山水诗著称。山水诗主体性成为南宋诗坛基本特征。

　　社会政治异变、经济文化发展乃是推进南宋山水诗嬗变外在要素。南宋教育大为发展，平民广泛接受学校教育，社会整体文化素养大为提高，诗作技艺精进，艺术审美、鉴赏能力大为提高。诗作主体下移，作者日趋平民化，打破诗歌为少数人独有之神秘感。南宋山水诗作者人数众多，诗人群体广泛存在于普通世俗阶层，中兴大家与四灵、江湖派平分秋色。因时代集体意识制约，南宋山水诗主体上缺少豪迈、壮阔之风貌，而是充满思理、冷峻之深情，注目野景偶趣，着笔细微幽深，化俗为雅、即目自然，生活气息浓厚。南宋山水诗回归山水诗之本色。

　　文学自身发展更新乃是南宋山水诗嬗变之内在要素。南宋山水诗发展呈现阶段性环旋式前进。从突破江西派末流、反晚唐到中兴大家自出机杼，再到四灵、江湖派学晚唐；从资书以为诗到捐书以为诗，再到资书以为腐、捐书以为野。如此往复循环乃诗歌继承与发展之递进，亦使诗学观念认知日趋科学、完善，凸显诗学发展与社会发展紧密关联。南宋山水诗发展之兴发、辉煌、衰变、终结之进程映射山水诗风格之新活、雄秀、清逸、哀婉之轨变；同时，亦为南宋山水诗诗学观念嬗变之历程。南宋山水诗乃南宋社会文化发展切片。

南宋山水诗主要诗家、山水诗所描绘主要对象均集中于江浙闽赣地区及鄱阳湖、洞庭湖流域。这主要归结于南宋时江浙闽赣地区及鄱阳湖、洞庭湖流域政治、经济、农业、商业、贸易、文化、宗教、地理、自然等因素发展之优势，南宋山水诗如此发展状况亦为南宋社会诸领域发展之映射。江浙闽赣加之鄱阳湖流域、洞庭湖流域主要负载了南宋上述领域之继承与发展大任，中华文明亦幸赖于此偏居东南隅之南宋维系而得以薪火相传。此后，元明清时期中华文化发展中心从中原地区转移到江浙地区。南宋山水诗发展亦足以证明文学、诗学发展与社会政治、经济、文化、历史、地理关联密切。南宋山水诗时代亦是中国东南地区文化、政治、经济发展最辉煌时代。

南宋社会三教并用，南宋山水诗三教融合。虽有儒家为本之社会集体意识，但南宋山水诗诗人及其山水诗作所受道禅（佛）影响则更为直接、深刻。故南宋山水诗家思想渊源、思维模式、诗学理念、身份等得道释沾溉极为鲜明，其山水诗之语言、内容、艺术、审美诸方面于道释观念有意识抑或无意识之接受更为深重。道徒释士倾心山水诗创作、传播，身受方外世俗社会影响，亦同时与世俗山水诗家相互影响。道释推动南宋山水诗之发展功绩甚伟。

南宋山水诗可供研究之人、事、物纷繁众多，研究对象、范围、角度、视野众说纷纭，各自为是且又莫衷一是。本书以选本、诗话、论著为证据，以总分、主次、内外为架构，以历时性为主线，贯联共时性之人、事、物，抽绎南宋山水诗发展历程各节点之代表性诗家、诗作、诗事、诗艺、诗境、诗论、诗选而宏微交错解析之。

上述诸方面乃是蠡测，但亦可管窥南宋山水诗及其依存社会之发展概貌。故曰，南宋山水诗之研究亦为南宋社会政治、经济、文化、宗教、地理、自然诸因素之综合研究。南宋山水诗之上述陈现，书写文学新篇且辉煌精彩！

主要参考文献

一、专著

B

（晋）张华:《博物志》，王云五主编，丛书集成初编，上海：商务印书馆，1939年。

（唐）白居易:《白居易集》，南京：凤凰出版社，2006年。

（宋）赵与时:《宾退录》，上海：上海古籍出版社，1983年。

（清）陈廷焯:《白雨斋词话》，北京：人民文学出版社，1959年。

C

（宋）陈与义:《陈与义集校笺》，白敦仁校，上海：上海古籍出版社，1990年。

（宋）曾几:《茶山集》，四库全书本。

（宋）俞文豹:《吹剑录》，上海：古典文学出版社，1958年。

（清）冯金伯:《词苑萃编》，四库全书本。

D

（唐）王泾:《大唐郊祀录》，丛书集成续编，上海：上海书店出版社，1994年。

（清）王士禛:《带经堂诗话》，北京：人民文学出版社，1963年。

（清）吴瞻泰：《杜诗提要》，合肥：黄山书社，2015年。

（清）仇兆鳌：《杜诗详注》，北京：中华书局，1999年。

周采泉：《杜集书录》，上海：上海古籍出版社，1986年。

F

（宋）范成大：《范石湖集》，上海：上海古籍出版社，1981年。

（宋）祝穆：《方舆胜览》，北京：中华书局，2003年。

G

（宋）楼钥：《攻媿集》，四库全书本。

（宋）薛师石：《瓜庐集》，四库全书本。

（宋）崔敦礼：《宫教集》，四库全书本。

（宋）张端义：《贵耳集》，北京：中华书局，1985年。

钱锺书：《管锥编》，北京：生活·读书·新知三联书店，2007年。

H

（唐）李肇：《翰林志》，文渊阁四库全书影印本。

（宋）黄庭坚：《黄庭坚全集》，成都：四川大学出版社，2001年。

（宋）刘克庄：《后村先生大全集》，四部丛刊初编涵芬楼影印本。

（宋）罗大经：《鹤林玉露》，北京：中华书局，1983年。

（宋）黄震：《黄氏日钞》，天津：天津古籍出版社，1998年。

（宋）杨仲良：《皇宋通鉴长编纪事本末》，宛委别藏本，南京：江苏古籍出版社，1988年。

（宋）赵令畤：《侯鲭录》，北京：中华书局，2002年。

J

（清）全祖望：《鲒埼亭集》，四库全书本。

（清）王夫之:《姜斋诗话》，北京：人民文学出版社，1961年。

（清）褚人获:《坚瓠集》，上海：上海古籍出版社，2007年。

（清）刘喜海:《金石苑》，清道光二十六年刻本。

陈寅恪:《金明馆丛稿二编》，北京：生活·读书·新知三联书店，2001年。

莫砺锋:《江西诗派研究》，济南：齐鲁书社，1986年。

张宏生:《江湖诗派研究》，北京：中华书局，1995年。

L

（唐）张彦远:《历代名画记》，丛书集成初编，上海：商务印书馆，1936年。

（宋）欧阳修:《六一诗话》，北京：人民文学出版社，1962年。

（宋）王安石:《临川先生文集》，北京：中华书局，1959年。

（宋）陆游:《老学庵笔记》，北京：中华书局，1979年。

（宋）惠洪:《冷斋夜话》，四库全书本。

（元）金履祥:《濂洛风雅》，丛书集成初编，上海：商务印书馆，1939年。

（明）徐象梅:《两浙名贤录》，杭州：浙江古籍出版社，2012年。

何文焕:《历代诗话》，北京：中华书局，1981年。

丁福保:《历代诗话续编》，北京：中华书局，1983年。

陶文鹏，韦凤娟:《灵境诗心——中国古代山水诗史》，南京：凤凰出版社，2004年。

M

（宋）沈括:《梦溪笔谈》，北京：中华书局，2009年。

（清）李清馥:《闽中理学渊源考》，四库全书本。

黄宾虹:《美术丛书》，杭州：浙江人民美术出版社，2013年。

N

（宋）朱熹、张栻:《南岳唱酬集》，四库全书本。

（宋）吴曾:《能改斋漫录》，郑州：大象出版社，2012年。

方勇:《南宋遗民诗人群体研究》，北京：人民出版社，2000年。

杨倩描:《南宋宗教史》，北京：人民出版社，2008年。

何忠礼:《南宋全史》，上海：上海古籍出版社，2011年。

O

（清）赵翼:《瓯北诗话》，北京：人民文学出版社，1963年。

Q

（宋）周密:《齐东野语》，北京：中华书局，1983年。

（清）严长明:《千首宋人绝句》，天津：天津市古籍书店，1991年。

（清）全祖望:《鲒埼亭集》，四库全书本。

丁福保:《清诗话》，上海：上海古籍出版社，1978年。

郭绍虞:《清诗话续编》，上海：上海古籍出版社，1983年。

北京大学古文献研究所:《全宋诗》，北京：北京大学出版社，1998年。

张伯伟:《全唐五代诗格汇考》，南京：江苏古籍出版社，2002年。

谢海林:《清代宋诗选本研究》，上海：上海古籍出版社，2011年。

上海师范大学古籍整理研究所:《全宋笔记》，郑州：大象出版社，2012年。

张寅彭:《清诗话全编》，上海：上海古籍出版社，2018年。

R

（宋）陆游:《入蜀记》，丛书集成初编，上海：商务印书馆，1936年。

S

（宋）苏轼:《苏轼全集》，上海：上海古籍出版社，2000年。

（宋）黄庭坚:《山谷集》，四库全书本。

（宋）魏庆之:《诗人玉屑》，上海：上海古籍出版社，1978年。

（宋）叶绍翁:《四朝闻见录》，北京：中华书局，1989年。

（宋）叶梦得:《石林燕语》，北京：中华书局，1984年。

（明）胡应麟:《诗薮》，上海：上海古籍出版社，1979年。

（明）许学夷:《诗源辩体》，北京：人民文学出版社，1987年。

（清）黄宗羲、全祖望:《宋元学案》，北京：中华书局，1986年。

（清）陈訏:《宋十五家诗选》，续修四库全书本，第1621册。

（清）纪昀等:《四库全书总目提要》，石家庄：河北人民出版社，2000年。

（清）叶燮:《原诗》，南京：凤凰出版社，2010年。

（清）沈德潜:《说诗晬语》，北京：人民文学出版社，1979年。

（清）吴之振、管庭芬等:《宋诗钞》，北京：中华书局，1986年。

（清）王史鉴:《宋诗类选》，清康熙五十一年乐古斋刻本。

（清）许耀:《宋诗三百首》，清道光二十五年春水草堂刊本。

（清）汪景龙、姚壎:《宋诗略》，乾隆三十五年竹雨山房刻本。

（清）邵昺:《宋诗删》，清康熙刻本。

（清）翁方纲:《石洲诗话》，北京：人民文学出版社，1981年。

（清）厉鹗:《宋诗纪事》，上海：上海古籍出版社，1983年。

（清）叶德辉:《书林清话》，长沙：岳麓书社，1999年。

（清）阮元:《十三经注疏》，北京：中华书局，1980年。

（清）方东树:《昭昧詹言》，北京：人民文学出版社，1961年。

（清）陈衍:《宋诗精华录》，曹中孚校注，成都：巴蜀书社，1992年。

（清）陈衍:《石遗室诗话》，北京：人民文学出版社，2004年。

（清）袁枚:《随园诗话》，北京：人民文学出版社，1982年。

（清）叶德辉:《书林清话》，长沙：岳麓书社，1999年。

丁仪:《诗学渊源》，《民国诗话丛编》，上海：上海书店出版社，2002年。

钱锺书:《宋诗选注》,北京:生活·读书·新知三联书店,2001年。
朱自清:《诗言志辨》,北京:商务印书馆,2011年。
胡云翼:《宋诗研究》,长沙:岳麓书社,2011年。
梁昆:《宋诗派别论》,台北:台湾东升出版公司,1980年。
缪钺:《诗词散论》,上海:上海古籍出版社,1982年。
郭绍虞:《宋诗话辑佚》,北京:中华书局,1980年。
张秉戌:《山水诗歌鉴赏辞典》,北京,中国旅游出版社,1989年。
姚瀛艇:《宋代文化史》,开封:河南大学出版社,1992年。
许总:《宋诗史》,重庆:重庆出版社,1992年。
侯外庐:《宋明理学史》,北京:人民文学出版社,1997年。
王水照:《宋代文学通论》,开封:河南大学出版社,1997年。
吴文治:《宋诗话全编》,南京:江苏古籍出版社,1998年。
木斋:《宋诗流变》,北京:京华出版社,1999年。
张毅:《宋代文学研究》,北京:北京出版社,2001年。
吕肖奂:《宋诗体派论》,成都:四川民族出版社,2002年。
徐书城:《宋代绘画》,北京:人民美术出版社,2004年。
陈野:《南宋绘画史》,上海:上海古籍出版社,2008年。

T

(宋)胡仔:《苕溪渔隐丛话》,北京:人民文学出版社,1962年。
(清)沈德潜:《唐诗别裁集》,上海:上海古籍出版社,1979年。
钱锺书:《谈艺录》,北京:生活·读书·新知三联书店,2001年。
范文澜:《唐代佛教》,重庆:重庆出版社,2008年。
赖永海:《坛经》,北京:中华书局,2010年。

W

(南朝梁)刘勰:《文心雕龙注》,范文澜注,北京:人民文学出版社,

1962年。

（宋）吴坰:《五总志》，郑州：大象出版社，2012年。

（宋）释普济:《五灯会元》，四库全书本。

（宋）周密:《武林旧事》，上海：古典文学出版社，1956年。

（元）马端临:《文献通考》，北京：中华书局，1986年。

（明）吴之鲸:《武林梵志》，杭州：杭州出版社，2006年。

王国维:《王国维遗书》，上海：上海书店出版社，1983年。

X

（宋）李焘:《续资治通鉴长编》，北京：中华书局，1995年。

（明）田汝成:《西湖游览志余》，上海：上海古籍出版社，1980年。

（清）王士禛:《香祖笔记》，上海：上海古籍出版社，1982年。

Y

（南北朝）刘义庆:《幽明录》，上海：上海古籍出版社，1999年。

（唐）李吉甫:《元和郡县图志》，北京：中华书局，1983年。

（宋）王象之:《舆地纪胜》，北京：中华书局，1992年。

（宋）赵彦卫:《云麓漫钞》，丛书集成初编，上海：商务印书馆，1937年。

（宋）俞成:《萤雪丛说》，丛书集成新编，台北：新文丰出版公司，1986年。

（元）方回:《瀛奎律髓汇评》，李庆甲集校，上海：上海古籍出版社，2005年。

（清）叶燮:《原诗》，北京：人民文学出版社，1979年。

（清）李慈铭:《越缦堂读书记》，上海：上海书店出版社，2000年。

（清）刘熙载:《艺概》，上海：上海古籍出版社，1978年。

赖永海:《圆觉经》，北京：中华书局，2010年。

Z

（宋）朱熹:《朱子全书》，朱杰人主编，上海：上海古籍出版社，2002年。

（宋）陈振孙:《直斋书录解题》，上海：上海古籍出版社，1987年。

（宋）张嵲:《紫微集》，四库全书本。

（宋）龚明之:《中吴纪闻》，上海：上海古籍出版社，1986年。

（明）张宇初:《正统道藏》，上海：商务印书馆，1923年。

（清）李重华:《贞一斋诗说》，丁福保《清诗话》，上海：上海古籍出版社，1978年。

（清）方东树:《昭昧詹言》，汪绍楹校点，北京：人民文学出版社，1961年。

朱维铮:《周予同经学史论著选集》，上海：上海人民出版社，1996年。

卿希泰:《中国道教史》，成都：四川人民出版社，1996年。

章尚正:《中国山水文学研究》，上海：学林出版社，1997年。

袁行霈:《中国文学史》，北京：高等教育出版社，1999年。

郭绍虞:《中国古典文学理论批评专著选辑》，北京：人民文学出版社，1962年。

郭绍虞:《中国历代文论选》，上海：上海古籍出版社，2001年。

王德明:《中国古代诗歌情景关系研究》，南宁：广西民族出版社，2005年。

张少康:《中国文学理论批评史》，北京：北京大学出版社，2005年。

陈鼓应:《庄子今注今译》，北京：商务印书馆，2007年。

王国璎:《中国山水诗研究》，北京：中华书局，2007年。

孙昌武:《中国佛教文化史》，北京：中华书局，2010年。

丁成泉:《中国山水诗史》，武汉：华中师范大学出版社，2014年。

二、期刊论文

李天道：《古代山水诗的审美构思心理研究》，《青海民族学院学报》，1990年第2期。

胡大雷：《论山水诗的特殊目的——山水诗形成原因新探》，《暨南学报》，1991年第4期。

郭道荣：《禅宗与中国山水诗》，《成都大学学报》，1993年第2期。

陶文鹏：《论宋代山水诗的绘画意趣》，《中国社会科学》，1994年第2期。

贺秀明：《简论山水诗中的禅意理趣》，《厦门大学学报》，1998年第1期。

曾明：《陆游山水诗的艺术精神》，《西南民族学院学报》，1997年第6期。

陶文鹏：《宋末七家山水诗简论》，《阴山学刊》，2001年第4期。

侯长生：《朱熹山水诗的嬗变与超越》，《阴山学刊》，2006年第8期。

何方形：《戴复古山水诗的审美情感》，《湖北师范学院学报》，2007第6期。

王利民：《论朱熹山水诗的审美类型》，《中山大学学报》，2010年第1期。

三、学位论文

张文利：《理禅融会与宋诗研究》，陕西师范大学博士论文，2003年。

王明建：《刘克庄诗学研究》，河北大学博士论文，2003年。

孔妮妮：《南宋的学术发展与诗歌流变》，复旦大学博士论文，2004年。

王述尧：《刘克庄研究》，复旦大学大学博士论文，2004年。

张玖青：《杨万里思想研究》，浙江大学博士论文，2005年。

杨理论:《中兴四大家诗学研究》,四川大学博士论文,2006年。
解旬灵:《南宋四灵诗派研究》,复旦大学博士论文,2007年。
何忠盛:《刘克庄诗学思想研究》,四川大学博士论文,2007年。
韩立平:《南宋中兴诗坛研究》,复旦大学博士论文,2009年。
颜文武:《宋代诗歌学问化研究》,暨南大学博士论文,2010年。
常德荣:《南宋中后期诗坛研究》,上海大学博士论文,2011年。
刘雄:《陈与义诗歌研究》,浙江大学博士论文,2013年。
邱蔚华:《朱熹文学与佛禅关系研究》,福建师范大学博士论文,2017年。

后 记

　　魏巍大别山东南，白莲河畔，望江山脚，是我可爱的故乡。这里山连山，路弯弯，百草丰茂，四季葱茏，清溪潺流，群莺乱飞。春至，花开满野，万木争荣；秋来，木瘦群峰，山红烂漫。我生于山、长于山，大山哺育我成长，给予我碧水涧溪、青苔石桥、飘香稻田、烟雨梯垄、幽径竹园、秀美山村；大山更给予我山的记忆、山的情怀、山的毅力。故乡清山秀水、绿草繁花融入蒙童心田，从此，我的意识、我的情感与故乡山水草木、烟霞云岚绵连无尽。学道南国，几番番细雨梦回故乡山水；身影他方，数回回高台望断故乡星月。

　　生就喜田野，性本爱丘山。在南国赏桂秋春，邻居山水，品独秀幽韵，咏漓水清音，于是以《南宋山水诗研究》为题，既含遥寄故乡山水烟雨蒙蒙之思，亦载欣幸阳朔峰峦碧玉叠叠之景。

　　临桂千日，心绪万端；师友倾助，感念联翩。感激恩师王德明、力之、杜海军、胡大雷、莫道才、张利群诸教授悉心教导。往昔，德明师不弃我天资鲁钝，收留门下。开学之后，又数次邀入家府，循循善诱，孜孜赐教。开列参研书单，指导学道门径；张拳通俗示例，晓喻钻研要领。得恩师指点，可谓歧路指标，拨雾见日，行舟顺流。吾师言谈娓娓，声气穆穆，神态和煦，举止亲善！其貌明明，其德馨馨，王门之下，莫不钦佩！时去数载，莫不恩念；身在万里，莫不感怀！幸哉，我入德明师之学门；谢哉，德明师于我之厚教！

　　南国问道，师门助我者甚多！最谢师兄陈力士。力士兄年齿幼我，得道在先，多年来，于我关爱备至，情沈手足！学业课题指导尤多，漫步湖边，启我问道门径；携行龙胜，遗我循学金针。没力士兄倾心扶助，我则困于饥寒、苦于难海矣！力士兄，叩谢矣！叩谢矣！此外，余意梦婷师姐、徐艺萍师妹、吴彬彬师妹等亦有多助。深谢矣，众位王门才贤！

南桂数飘香，问学多艰辛。感恩师教诲、挚友关怀，使我信念火光熠熠高擎！不是春光胜似春光！

幸甚之至！数十载以来，于我学问之道，多得贤良贵人推助矣！磁湖畔之景遐东教授，珞珈山脚之陈水云、卢烈红、王兆鹏教授，山大之刘毓庆教授等，谆谆赐教，数年不倦；原芳邻江金锁、刘晓然、肖本华诸教授嘘寒问暖，至诚抬爱。诸贤开我鲁钝之蒙、导我迷津之惑，恩德笃厚，数十载思之，犹潸然屡拭矣！而今，杨爱新老师劳神费力助刊本文，又甚是令余感恩不胜矣！

呜呼，我亦泣血慈母仙去。痛定思痛痛失亲，悲后余悲悲绝音！思绪时有恍惚，神情间带飘摇！子现颇悟父心，工笔小楷赵体《道德经》十数遍，以消父怀慈之念。携笛随父步行十里数攀小岭高岗，声声《梅花》飞落，阵阵松涛应和；又屡次邀侄葵、甥莹引父越涧翻山携笛登化主寺下翠竹洞，无论寒暑，端坐石阶，横笛清吹，《小放牛》天际回荡，飘散我儿时足迹遍踏的青山原野；新年初一，又领诸亲与父偕步高高望江山顶，眺望蕲英罗，指点白莲河；笛越云中巨塔，身回梦里故地。暮色苍茫沉夕烟，万家灯火下寨塝。徜徉故乡山水怀抱，寻迹童年往日时光，我心绪渐宁，续文迄止！

斗方寺月松子落，古井庵霞暮钟悠。何日小岭穿大道，青山秀水妙客游。岁月流淌，子现、侄可、侄葵、甥品并莹似我亦眷恋故乡山水草木深矣！如此，则我山水诗之研究情有所承，心有所寄，志有所传，道有所载，足矣！

玉金书于望江山下寨塝

2024年春